Postaci występujące w powieści i krótka informacja o ich losach w pierwszym tomie

Rodzina Cerullo (rodzina szewca):

Fernando Cerullo, szewc, ojciec Lili. Nie pozwala córce kontynuować nauki po ukończeniu szkoły podstawowej.

Nunzia Cerullo, matka Lili. Ma bliski kontakt z córką, ale brakuje jej stanowczości, by wraz z nią sprzeciwić się ojcu.

Raffaella Cerullo, zwana Liną albo Lilą. Urodziła się w sierpniu 1944 roku. W chwili zniknięcia ma sześćdziesiąt sześć lat. Nie pozostawia po sobie żadnego śladu. Zdolna uczennica, w wieku dziesięciu lat pisze opowiadanie zatytułowane *Błękitna wróżka*. Po ukończeniu szkoły podstawowej porzuca naukę i rozpoczyna praktykę w zakładzie szewskim.

Rino Cerullo, starszy brat Lili, również szewc. Wraz z ojcem Fernandem i dzięki Lili oraz pieniądzom Stefana Carracciego zakłada fabryczkę obuwia „Cerullo". Zaręcza się z siostrą Stefana Pinuccią

5

Carracci. Pierwszy syn Lili otrzymuje właśnie jego imię: Rino.

Inne dzieci.

Rodzina Greco (rodzina woźnego):

Elena Greco, zwana Lenuccią albo Lenù. Urodzona w sierpniu 1944 roku, jest autorką tej właśnie długiej historii. Elena zaczyna ją pisać w chwili, w której dowiaduje się o zniknięciu przyjaciółki z lat dziecięcych, Liny Cerullo, którą tylko ona nazywa Lilą. Po szkole podstawowej Elena z powodzeniem kontynuuje naukę. Od wczesnego dzieciństwa jest zakochana w Ninie Sarratorem, ale kryje się ze swoim uczuciem.

Peppe, Gianni i *Elisa*, młodsze rodzeństwo Eleny.

Ojciec, woźny w magistracie.

Matka, gospodyni domowa. Elena ma obsesję na punkcie tego, że kuleje.

Rodzina Carraccich (rodzina don Achillego):

Don Achille Carracci, prawdziwy potwór z bajek, spekulant, lichwiarz. Został zamordowany.

Maria Carracci, żona don Achillego, matka Stefana, Pinuccii i Alfonsa. Pracuje w rodzinnym sklepie z wędlinami.

Stefano Carracci, syn zamordowanego don Achillego, mąż Lili. Zarządza dobrami zgromadzonymi przez ojca i wraz z siostrą Pinuccią, Alfonsem i matką Marią jest właścicielem dochodowego sklepu.

Pinuccia, córka don Achillego. Pracuje w sklepie. Zaręczona z bratem Lili, Rinem.

Historia nowego nazwiska

Elena Ferrante

Historia nowego nazwiska

Z języka włoskiego przełożyła
Lucyna Rodziewicz-Doktór

WYDAWNICTWO
SONIA DRAGA

Tytuł oryginału:
STORIA DEL NOUVO COGNOME

Projekt graficzny okładki: Mariusz Banachowicz

Redakcja: Jolanta Olejniczak-Kulan
Korekta: Joanna Rodkiewicz, Mariusz Kulan, Anna Just

ISBN: 978-83-7999-177-8

WYDAWNICTWO SONIA DRAGA Sp. z o.o.
Pl. Grunwaldzki 8-10, 40-127 Katowice
tel. 32 782 64 77, fax 32 253 77 28
e-mail: info@soniadraga.pl
www.soniadraga.pl
www.facebook.com/wydawnictwoSoniaDraga

Skład i łamanie: Wydawnictwo Sonia Draga

Katowice 2016. Wydanie I (1D816)

Alfonso, syn don Achillego. Kolega Eleny ze szkolnej ławy. Jego dziewczyną jest Marisa Sarratore.

Rodzina Peluso (rodzina stolarza):

Alfredo Peluso, stolarz. Komunista. Oskarżony o zamordowanie don Achillego, skazany i przebywa w więzieniu.

Giuseppina Peluso, żona Alfreda. Pracownica zakładu tytoniowego, oddana dzieciom i odbywającemu karę mężowi.

Pasquale Peluso, najstarszy syn Alfreda i Giuseppiny, murarz, komunista aktywista. Jako pierwszy dostrzegł urodę Lili i wyznał jej miłość. Nienawidzi rodziny Solara. Jego dziewczyną jest Ada Cappuccio.

Carmela Peluso, chce, by ją nazywano *Carmen*. Siostra Pasqualego, pracuje w sklepiku z pasmanterią, ale wkrótce zostanie zatrudniona przez Lilę w nowym sklepie z wędlinami otworzonym przez Stefana. Jej chłopakiem jest Enzo Scanno.

Inne dzieci.

Rodzina Cappuccio (rodzina oszalałej wdowy):

Melina, krewna Nunzii Cerullo, wdowa. Sprząta klatki schodowe w starej dzielnicy. Była kochanką Donata Sarratorego, ojca Nina. Rodzina Sarratore opuściła dzielnicę właśnie z powodu ich relacji. Melina wtedy postradała zmysły.

Mąż Meliny, rozładowywał towar na targu owocowo-warzywnym, zmarł w niejasnych okolicznościach.

Ada Cappuccio, córka Meliny. W dzieciństwie pomaga matce w sprzątaniu. Dzięki Lili zostanie zatrudniona jako sprzedawczyni w wędliniarni w starej dzielnicy. Chodzi z Pasqualem Pelusem.

Antonio Cappuccio, brat Ady, mechanik. Chłopak Eleny, bardzo zazdrosny o Nina Sarratorego.

Inne dzieci.

Rodzina Sarratore (rodzina kolejarza poety):

Donato Sarratore, pracownik kolei, poeta, dziennikarz. Wielki kobieciarz, był kochankiem Meliny Cappuccio. Podczas wakacji na Ischii Elena przebywa pod jednym dachem z rodziną Sarratore, w końcu ucieka z wyspy przed seksualnym molestowaniem przez Donata.

Lidia Sarratore, żona Donata.

Nino Sarratore, najstarszy z pięciorga dzieci Donata i Lidii. Nienawidzi ojca. Jest zdolnym uczniem.

Marisa Sarratore, siostra Nina. Bez większych efektów uczy się zawodu sekretarki. Jej chłopakiem jest Alfonso Carracci.

Pino, *Clelia* i *Ciro Sarratore*, młodsze dzieci Donata i Lidii.

Rodzina Scanno (rodzina handlarza owocami):

Nicola Scanno, handlarz owocami.

Assunta Scanno, żona Nicoli.

Enzo Scanno, syn Nicoli i Assunty, również sprzedaje owoce. Lila od wczesnego dzieciństwa darzy go sympatią. Więź między nimi rodzi się, kiedy podczas szkolnego konkursu Enzo wykazuje nieoczekiwane zdolności matematyczne. Jego dziewczyną jest Carmen Peluso.

Inne dzieci.

Rodzina Solara (rodzina właściciela baru-cukierni Solara):

Silvio Solara, właściciel baru-cukierni, monarchista i faszysta, kamorysta powiązany z nielegalnymi interesami w dzielnicy. Sprzeciwiał się powstaniu fabryki obuwia „Cerullo".

Manuela Solara, żona Silvia, lichwiarka; jej czerwony zeszyt budzi postrach w dzielnicy.

Marcello i *Michele Solara*, synowie Silvia i Manueli. Pyszałkowaci i aroganccy, ale lubiani przez miejscowe dziewczyny, oczywiście z wyjątkiem Lili. Marcello zakochuje się w Lili, ale ona go odrzuca. Niewiele młodszy od Marcella Michele jest bardziej wyrafinowany, inteligentny i brutalny. Zaręcza się z Gigliolą, córką cukiernika.

Rodzina Spagnuolo (rodzina cukiernika):

Pan Spagnuolo, cukiernik, pracuje w barze-cukierni „Solara".

Rosa Spagnuolo, żona cukiernika.

Gigliola Spagnuolo, córka cukiernika, zaręczona z Michelem Solarą.

Inne dzieci.

Rodzina Airota:

Profesor Airota, profesor literatury greckiej.

Adele, żona profesora.

Mariarosa Airota, najstarsza córka, wykłada historię sztuki w Mediolanie.

Pietro Airota, student.

Nauczyciele:

Pan Ferraro, nauczyciel i bibliotekarz. Nagradza małą Lilę i Elenę za wytrwałe czytanie książek.

Pani Oliviero, nauczycielka. Jako pierwsza dostrzega możliwości Lili i Eleny. Lila w wieku dziesięciu lat pisze opowiadanie zatytułowane *Błękitna wróżka*. Historyjka bardzo podoba się Elenie, więc daje ją do przeczytania pani Oliviero. Nauczycielka jednak nigdy nie wyraża swojej opinii, gdyż jest zła na rodziców Lili, że ci postanowili nie posyłać córki do gimnazjum. Przestaje zajmować się Lilą i koncentruje wyłącznie na postępach Eleny.

Pan Gerace, nauczyciel w gimnazjum.

Pani Galiani, nauczycielka w liceum. Dobrze wykształcona, komunistka. Zachwycona inteligencją Eleny. Pożycza jej książki, broni w sporze z nauczycielem religii.

Pozostałe postaci:

Gino, syn aptekarza. Pierwszy chłopak Eleny.

Nella Incardo, kuzynka pani Oliviero. Mieszka w Barano d'Ischia i gości Elenę podczas wakacji.

Armando, student medycyny, syn pani Galiani.

Nadia, studentka, córka pani Galiani.

Bruno Soccavo, przyjaciel Nina Sarratorego i syn bogatego przedsiębiorcy z San Giovanni a Teduccio.

Franco Mari, student.

Młodość

1.

Wiosną 1966 Lila w stanie wielkiego wzburzenia powierzyła mi metalowe pudełko, które zawierało osiem zeszytów. Powiedziała, że nie może trzymać ich w domu, boi się, że mąż je przeczyta. Zabrałam pudełko bez słowa komentarza, może z wyjątkiem kilku ironicznych przytyków na temat przesadnej długości sznurka, którym je związała. W tamtym czasie nasze stosunki były bardzo chłodne, ale chyba tylko ja je za takie uważałam. Podczas naszych sporadycznych spotkań Lila nie pokazywała po sobie żadnego skrępowania, była serdeczna, nigdy nie wymknęło jej się ani jedno wrogie słowo.

Kiedy poprosiła, abym przyrzekła, że pod żadnym pozorem nie otworzę pudełka, przyrzekłam. Ale już w pociągu rozwiązałam sznurek, wyciągnęłam zeszyty i zaczęłam czytać. Nie były to dzienniki, chociaż zawierały szczegółowe relacje z wydarzeń, począwszy od końca szkoły podstawowej. Wyglądały raczej na efekt samodyscypliny i upartego pisarstwa. Pełno było opisów: konaru na drzewie, stawów, kamienia, liścia z białymi żyłkami, garnków w domu, poszczególnych części maszynki do robienia kawy, piecyka, węgla i koksu, szczegółowego układu podwórka, drogi, zardzewiałego żelastwa za stawami, parku i kościoła, roślin za torami, nowych bloków, domu rodziców, narzędzi, którymi posługiwali się brat i ojciec przy naprawie butów, ich gestów podczas pracy i przede wszystkim barw, barw wszystkiego o różnych porach dnia. Ale było też coś poza opisami. Pojawiały się pojedyncze słowa w dialekcie i w języku włoskim, czasami zakreślone kółkiem, bez wyjaśnienia. I wprawki z tłumaczenia na grekę i łacinę. I całe fragmenty po angielsku o sklepach w dzielnicy, o towarach, o wozie uginającym się pod ciężarem owoców i warzyw, który Enzo Scanno co dzień przestawiał z ulicy na ulicę, trzymając osła za uzdę. I liczne uwagi o książkach, które czytała, o filmach, które obejrzała w sali parafialnej. I opinie, jakich broniła w dyskusjach z Pasqualem, podczas naszych wspólnych pogaduszek. Oczywiście brakowało temu ciągłości, ale wszystko, co Lila uwięziła w słowach, nabierało znaczenia, tak że nawet w tekstach napisanych w wieku jedenastu czy dwunastu lat nie odnalazłam ani jednej linijki brzmiącej infantylnie.

Zazwyczaj zdania były skrajnie precyzyjne, interpunkcja prawidłowa, pismo eleganckie, tak jak nauczyła nas pani Oliviero. Ale czasami Lila nie wytrzymywała rygoru, który sama sobie narzuciła, jak gdyby jakiś narkotyk zalewał jej żyły. Wówczas wszystko stawało się niespokojne, zdania nabierały chaotycznego tempa, interpunkcja znikała. Zazwyczaj nie trzeba było długo czekać, aby powróciła do płynnego i jasnego rytmu. Mogło się jednak zdarzyć, że nagle przerywała i zaczynała pokrywać tekst rysunkami przedstawiającymi powykrzywiane drzewa, garbate i dymiące góry, złowrogie twarze. Byłam oczarowana zarówno porządkiem, jak i chaosem, a im dłużej czytałam, tym bardziej czułam się oszukana. Jak wiele ćwiczeń wymagało napisanie listu, który lata temu wysłała mi na Ischię? To dlatego był tak dobrze napisany. Włożyłam zeszyty na powrót do pudełka i obiecałam sobie, że już więcej nie będę do nich zaglądać.

Szybko jednak uległam pokusie, bo emanowały tą urzekającą aurą, którą Lila od maleńkości roztaczała wokół siebie. Z bezlitosną dokładnością opisała dzielnicę, krewnych, rodzinę Solara, Stefana, wszystko i wszystkich. Nie mówiąc już o tym, jak potraktowała mnie, to, co jej mówiłam, co myślałam, osoby, które kochałam, nawet mój wygląd. Utrwaliła decydujące dla niej chwile, nie troszcząc się o nic i o nikogo. Jasno odmalowała przyjemność, jakiej doświadczyła, gdy w wieku dziesięciu lat napisała opowiadanie *Błękitna wróżka*. I równie jasno to, jak bardzo ją zabolało, że nasza nauczycielka, pani Oliviero, nie raczyła powiedzieć o nim ani słowa, co więcej, całkiem je zignorowała. I cierpienie oraz gniew, dlatego że ja poszłam do gimnazjum, nie martwiąc się o nią, i porzuciłam ją. I entuzjazm, z jakim nauczyła się szewskiego fachu, i chęć rewanżu, która zmotywowała ją do zaprojektowania nowych butów, i przyjemność wykonania pierwszej pary wraz z bratem Rinem. I ból, kiedy ojciec Fernando powiedział, że buty nie zostały dobrze wykonane. Na tych stronach było wszystko, zwłaszcza nienawiść do braci Solara, okrutna determinacja, z jaką odrzuciła miłość najstarszego z nich, Marcella, a także chwila, gdy postanowiła zaręczyć się z łagodnym Stefanem Carraccim, sprzedawcą wędlin, który z miłości zdecydował się kupić wykonaną przez nią pierwszą parę butów i zaklinał się, że zachowa je na zawsze. O, i piękna chwila, kiedy w wieku piętnastu lat poczuła się jak bogata elegancka dama u boku narzeczonego, który z miłości do niej zainwestował dużą sumę w zakład „Cerullo" – prowadzoną przez jej ojca i brata fabryczkę obuwia. I jak wielka była jej satysfakcja: buty wykonywane wedle jej pomysłu, dom na nowym osiedlu, ślub w wieku szesnastu lat. A jakie wspaniałe było wesele, i jak bardzo czuła się szczęśliwa. Potem, w samym środku zabawy, pojawił się Marcello Solara ze swoim bratem Michelem, a na nogach miał te buty, które były tak drogie jej mężowi, jak sam się zaklinał. Jej mężowi. Kogo ona poślubiła? Czy teraz, już po fakcie, zedrze maskę i pokaże jej swoją przerażająco prawdziwą twarz? Pytania i realia naszej biedy. Poświęciłam tym kartkom całe dnie, tygodnie. Przeanalizowałam je, nauczyłam się na pamięć fragmentów, które mi się spodobały, które mnie fascynowały, hipnotyzowały, upokarzały. Za ich pozorną naturalnością z pewnością kryła się sztuczność, nie potrafiłam jednak odgadnąć jej natury.

Aż wreszcie pewnego wrześniowego wieczoru nie wytrzymałam i wyszłam, zabrawszy ze sobą pudełko. Miałam dość obecności Lili przy mnie i we mnie, nawet teraz, kiedy zdobyłam uznanie, kiedy moje życie toczyło się już poza Neapolem. Zatrzymałam się na ponte Solferino, by przyjrzeć się przefiltrowanej przez mroźną mgłę poświacie. Pudełko położyłam na murku, przesuwałam je powoli, stopniowo, aż zanurzyło się w rzece, jakby to sama Lila wpadała ze swoimi myślami, słowami, złośliwością, którą odpłacała za cios, ze swoim posiadaniem nade mną władzy, jak nad wszystkim, co tylko się do niej zbliżyło, nad człowiekiem, rzeczą, wydarzeniem, wiedzą: z książkami i butami, łagodnością i brutalnością, małżeństwem i pierwszą nocą poślubną, powrotem do dzielnicy w nowej roli – pani Raffaelli Carracci.

2.

Nie mogłam uwierzyć, że Stefano, taki uprzejmy, taki zakochany, podarował Marcellowi Solarze cząstkę Lili z czasów dzieciństwa, ślad jej trudu uwieczniony w butach, które sama zaprojektowała.

Zapomniałam o Alfonsie i Marisie, którzy z błyszczącymi oczami rozmawiali przy stole. Nie zwróciłam uwagi na śmiech mojej pijanej matki. Wyblakła muzyka, głos wodzireja, tańczące pary, dręczony zazdrością Antonio, który wyszedł na taras i stał za przeszklonymi drzwiami, wpatrując się w fioletowe miasto, w morze. Zwiotczał także obraz Nina, który dopiero co opuścił salę, jak archanioł bez zwiastowania. Teraz widziałam tylko Lilę, która ze wzburzeniem mówiła coś Stefanowi na ucho, ona blada, w sukni panny młodej, on poważny, z białawą plamą zażenowania, która z czoła opada na oczy jak karnawałowa maska na rozpalonym obliczu. Co się dzieje, co się wydarzy? Moja przyjaciółka dwiema rękami ciągnęła męża za ramię. Nie szczędziła sił, dobrze ją znałam i w głębi serca czułam, że gdyby mogła, oderwałaby je od reszty ciała i przeszła przez salę, trzymając wysoko nad głową, kapiące krwią na tren, i posłużyłaby się nim jak maczugą albo oślą szczęką, żeby jednym dobrze wymierzonym ciosem rozwalić Marcellowi pysk. O tak, zrobiłaby to, a na samą myśl moje serce zabiło jak szalone i zaschło mi w gardle. Potem obu mężczyznom wyłupiłaby oczy, oderwałaby twarz od czaszki, pogryzłaby. Tak, czułam, że tego chcę, chcę, żeby do tego doszło. Koniec miłości i tego nieznośnego wesela, żadnego ściskania się w łóżku w Amalfi. Rozwalić natychmiast wszystko i wszystkich w dzielnicy, dokonać rzezi, uciec razem z Lilą, zamieszkać daleko, we dwie zbiegać z beztroską po schodach upodlenia w nieznanych miastach. To byłoby sprawiedliwe zakończenie dnia. Skoro nic nie mogło nas ocalić, ani pieniądze, ani męskie ciało, ani nawet nauka, dlaczego nie zniszczyć wszystkiego od razu. W piersi poczułam rosnący gniew Lili, siłę moją i nie moją, która przepełniła mnie rozkoszą zatracenia. Pragnęłam, aby ta siła się rozprzestrzeniła. Ale jednocześnie bałam się jej. Dopiero później zrozumiałam, że potrafię być spokojnie nieszczęśliwa tylko dlatego, że nie jestem zdolna do gwałtownych reakcji, boję się ich, wolę pozostać w bezruchu i pielęgnować urazę. Lila nie. Kiedy wstała ze swojego miejsca, zrobiła to z taką stanowczością, że zadrżał cały stół i sztućce na brudnych talerzach, a jedna szklanka się wywróciła. I gdy Stefano odruchowo rzucił się, aby powstrzymać język wina, który zbliżał się do żakietu pani Solary, ona szybkim krokiem wyszła bocznymi drzwiami, szarpiąc za suknię za każdym razem, kiedy o coś zahaczyła.

Chciałam pobiec za nią, chwycić ją za rękę, wyszeptać: byle dalej stąd. Ale nie ruszyłam się z miejsca. Ruszył za to Stefano. Po chwili wahania dobiegł do niej, przecisnąwszy się przez tańczące pary.

Rozejrzałam się. Wszyscy zauważyli, że coś zdenerwowało pannę młodą. Tylko Marcello poufale rozmawiał z Rinem, jak gdyby fakt posiadania tych butów był czymś naturalnym. Handlarz artykułami metalowymi wznosił gromko coraz bardziej wulgarne toasty. Kto czuł, że znajduje się na końcu hierarchii stołów i zaproszonych gości, dalej na siłę robił dobrą minę do złej gry. Jednym słowem nikt poza mną nie zdawał sobie sprawy, że dopiero co zawarte małżeństwo – które najprawdopodobniej będzie trwało aż do śmierci małżonków, pośród licznych dzieci, jeszcze liczniejszych wnuków, radości i bólu, srebrnych i złotych godów – bez względu na to, co mąż zrobi, aby żona mu przebaczyła, dla Lili już się skończyło.

3.

Dalszy przebieg wydarzeń rozczarował mnie. Siedziałam obok Alfonsa i Marisy, nie zwracając uwagi na ich rozmowę. Spodziewałam się jakiejś oznaki buntu, ale nic takiego nie zaszło. Jak zwykle trudno było odgadnąć, co Lili siedziało w głowie: nie słyszałam krzyku, nie słyszałam gróźb. Pół godziny później pojawił się niezwykle uprzejmy Stefano. Zmienił ubranie, z czoła i oczu znikły białe plamy. Kręcił się pośród krewnych i przyjaciół, czekając na nadejście żony, a kiedy i ona wróciła na salę, już nie w sukni panny młodej, lecz stroju podróżnym, w pastelowym błękitnym żakiecie z jasnymi guzikami i w niebieskim kapeluszu, od razu do niej podszedł. Lila rozdała dzieciom migdałowe cukierki, nabierając je srebrną łyżką z kryształowej czaszy, potem przeszła wzdłuż stołów z bombonierami dla gości: wpierw dała je swoim krewnym, potem krewnym Stefana. Zignorowała całą rodzinę Solara, a nawet swojego brata Rina – ten zapytał ją z niespokojnym uśmieszkiem: już mnie nie kochasz? Nie odpowiedziała i dała bombonierę Pinuccii. Miała nieobecny wzrok i bardziej niż zazwyczaj zapadnięte policzki. Kiedy przyszła moja kolej, z roztargnieniem, bez żadnego porozumiewawczego uśmiechu postawiła przede mną szklany kosz wypełniony cukierkami i owinięty białym tiulem.

Tymczasem goście z rodziny Solara poczuli się urażeni, ale Stefano zażegnał niebezpieczeństwo, ściskając każdego z osobna z pokojowym wyrazem twarzy i tłumaczeniem:

– Jest zmęczona, trzeba cierpliwości.

Ucałował nawet Rina, szwagier jednak się skrzywił i usłyszałam, jak mówi:

– Stefano, to nie zmęczenie, ona się już taka skrzywiona urodziła. Żal mi cię.

Stefano odpowiedział z powagą:

– Co krzywe można naprostować.

Potem widziałam, jaki biegnie za żoną, która stała już w drzwiach, podczas gdy orkiestra grała pijane kawałki, a wielu cisnęło się do ostatniego pożegnania.

Jak widać nie będzie rozłamu, nie uciekniemy razem po drogach świata. Wyobraziłam sobie młodą parę, piękną, elegancką, jak wsiada do kabrioletu. Wkrótce dotrą na Wybrzeże Amalfitańskie, do luksusowego hotelu, i wszelka śmiertelna obraza przemieni się w łatwe do zażegnania dąsy. Żadnej zmiany zdania. Lila ostatecznie oderwała się ode mnie, i ten dystans nagle wydał mi się o wiele większy, niż mogłam przypuszczać. Ona nie tylko *po prostu* wyszła za mąż, nie tylko co wieczór będzie kładła się spać z mężczyzną, aby spełnić małżeńskie powinności. Było coś więcej, czego nie rozumiałam, a co w tamtej chwili stało się dla mnie oczywiste. Lila, przyjmując do wiadomości fakt, że jej dziecięcy trud przypieczętował Bóg wie jaką umowę handlową między jej mężem a Marcellem, przyznała, że na mężu zależy jej bardziej niż na kimkolwiek bądź czymkolwiek innym. Skoro *już* się poddała, skoro *już* przetrawiła afront, więź ze Stefanem musiała być naprawdę silna. Kochała go, kochała go tak, jak dziewczęta z powieści ilustrowanych. Przez całe życie poświęci dla niego każdy swój talent, a on nawet nie dostrzeże tej ofiary, będzie miał wokół siebie bogactwo uczucia, mądrości, wyobraźni, które ją cechują, i nawet nie będzie wiedział, co z tym zrobić, zmarnuje to. Pomyślałam, że ja nie potrafię nikogo tak pokochać, nawet Nina, umiem tylko ślęczeć nad książkami. Przez ułamek sekundy zobaczyłam, że jestem jak obtłuczona miska, w której moja siostra Elisa dawała jeść kotkowi do czasu, aż zniknął, a wtedy miska pozostała pusta i zakurzona u dołu schodów. Właśnie w tej chwili z silnym uczuciem lęku doszłam do wniosku, że posunęłam się za daleko. Powiedziałam sobie, że muszę się cofnąć, muszę postąpić jak Carmela, Ada, Gigliola, jak sama Lila. Zaakceptować dzielnicę, odrzucić pychę, ukarać zarozumiałość, przestać upokarzać tych, którzy mnie kochają. Kiedy Alfonso i Marisa wymknęli się, aby na czas zdążyć na spotkanie z Ninem, szerokim łukiem, unikając matki, poszłam na taras, by dołączyć do swojego chłopaka.

Byłam zbyt lekko ubrana, słońce już zaszło, zrobiło się zimno. Antonio, jak tylko mnie zobaczył, zapalił papierosa i na nowo wpatrzył się w morze.

– Chodźmy stąd – powiedziałam.

– Idź z synem Sarratorego.

– Chcę iść z tobą.

– Kłamiesz.

– Dlaczego?

– Bo gdyby on cię chciał, odwróciłabyś się na pięcie i nawet się nie pożegnała.

To prawda, ale rozzłościło mnie, że stwierdził to tak otwarcie, nie bacząc nawet na słowa. Wysyczałam:

– Skoro nie dociera do ciebie, że jestem tutaj, choć ryzykuję, że w każdej chwili może nadejść moja matka i z twojej winy dać mi po twarzy, to znaczy, że myślisz tylko o sobie, że w ogóle ci na mnie nie zależy.

W moim głosie prawie nie dopatrzył się dialektu, dostrzegł długie zdanie złożone i stracił równowagę. Wyrzucił papierosa, chwycił mnie za przegub dłoni z siłą, którą coraz mniej kontrolował, i wykrzyczał – krzykiem ściśniętym w gardle – że on jest tu dla mnie, tylko dla mnie, i że to ja mu powiedziałam, że ma cały czas być przy mnie, w kościele i podczas wesela, tak, ja.

– I kazałaś mi przysiąc – wycharczał – przysięgnij, powiedziałaś, że ani na chwilę mnie nie zostawisz samej, dlatego kazałem sobie uszyć garnitur i zadłużyłem się po uszy u pani Solary, a żeby cię zadowolić, żeby zrobić, jak chciałaś, ani chwili nie spędziłem z matką i rodzeństwem: i jak mi za to odpłaciłaś, tak, że potraktowałaś mnie jak psa, cały czas rozmawiałaś z synem poety i upokorzyłaś mnie przed wszystkimi znajomymi, najadłem się przez ciebie wstydu, bo ja dla ciebie jestem nikim, bo ty jesteś wykształcona, a ja nie, bo ja nie rozumiem tego, co mówisz, i to prawda, najprawdziwsza prawda, że nie rozumiem, ale do cholery, Lenù, spójrz na mnie, spójrz mi w oczy: myślisz, że możesz mi rozkazywać, myślisz, że nie umiem powiedzieć dosyć, ale się mylisz, wiesz wszystko poza jednym, że jeśli teraz wyjdziesz ze mną przez te drzwi, że jeśli teraz powiem „dobrze" i wyjdziemy, ale potem dowiem się, że w szkole i poza nią spotykasz się z tym wierszokletą Ninem Sarratorem, zabiję cię, Lenù, zabiję. I dlatego zastanów się, rzuć mnie od razu – rozpaczał – rzuć, bo tak lepiej dla ciebie – i patrzył na mnie wielkimi zaczerwienionymi oczami, i wypowiadał słowa, otwierając szeroko usta, wykrzykując mi je bezgłośnie, z rozszerzonymi czarnymi nozdrzami, i z takim cierpieniem na twarzy, że pomyślałam, że może go boli w środku, bo zdania tak wykrzyczane w gardle, w piersi, ale bez wybuchu, są jak kawałki tnącego żelaza, które ranią płuca i krtań.

Niejasno czułam, że potrzeba mi było takiego napadu. Uścisk wokół przegubu, strach, że mnie uderzy, rzeka bolesnych słów ukoiły mnie, zrozumiałam, że przynajmniej jemu na mnie zależy.

– Robisz mi krzywdę – wyszeptałam.

Powoli rozluźnił uścisk, ale dalej wpatrywał się we mnie z otwartymi ustami. Dać mu znaczenie i władzę, związać się z nim: skóra na ręce stawała się fioletowa.

– Co wybierasz? – zapytał.

– Chcę być z tobą – odpowiedziałam nadąsana.

Zamknął usta, do oczu napłynęły mu łzy, spojrzał w stronę morza, żeby zyskać na czasie i je powstrzymać.

Chwilę później znaleźliśmy się na ulicy. Nie czekaliśmy na Pasqualego, na Enza i na dziewczyny, z nikim się nie pożegnaliśmy. Najważniejsze, żeby nie widziała nas moja matka, dlatego ruszyliśmy na piechotę. Było już ciemno. Przez jakiś czas szliśmy obok siebie, nie dotykając się, potem Antonio niepewnym ruchem założył mi rękę na ramię. Chciał w ten sposób dać mi do zrozumienia, że czeka na przebaczenie, jak gdyby to on był winny. Ponieważ mnie kochał, postanowił uznać za przywidzenie godziny, jakie na jego oczach spędziłam z Ninem, uwodząc i dając się uwodzić.

– Masz siniec? – zapytał, usiłując pochwycić moją dłoń.

Nie odpowiedziałam. Przytulił mnie swoją wielką ręką, ja wzdrygnęłam się z poirytowaniem, co sprawiło, że natychmiast zwolnił uścisk. Poczekał, poczekałam. Kiedy znowu spróbował zasygnalizować swoją uległość, objęłam go w pasie.

4.

Całowaliśmy się bez chwili przerwy, za drzewem, w bramie, w ciemnych uliczkach. Potem wsiedliśmy do jednego autobusu, do drugiego i dojechaliśmy na stację. Mało uczęszczaną drogą, która biegła wzdłuż torów, ruszyliśmy w stronę stawów, nie przestając się całować.

Byłam rozpalona, chociaż miałam na sobie cienką sukienkę, a wieczorny chłód przecinał skórę nagłymi dreszczami. Co jakiś czas Antonio przylepiał się do mnie w cieniu, przytulał mnie z taką porywczością, że aż sprawiał mi ból. Jego wargi parzyły, ciepło ust pobudzało moje myśli i wyobraźnię. Zastanawiałam się, czy Lila i Stefano są już w hotelu. Może jedzą kolację. Może są już gotowi, by kłaść się spać. Spać w objęciach mężczyzny, nie czuć więcej zimna. Język Antonia wił się w moich ustach, a gdy jego dłonie ugniatały moje piersi przez materiał sukienki, ja pocierałam jego przyrodzenie przez kieszeń w spodniach.

Czarne niebo spryskane było jasnymi plamkami gwiazd. Odór piżma i gnijącej ziemi w stawach ustępował słodkawym zapachom wiosny. Trawa była wilgotna, wodę wstrząsały nagłe pluski, jak gdyby wpadł do niej żołądź, kamień, żaba. Przemierzyliśmy dobrze nam znaną ścieżkę, która prowadziła do kępki suchych drzew o cienkim pniu i połamanych gałęziach. Kilka metrów dalej znajdował się stary budynek fabryki konserw z zapadniętym dachem, same żelazne belki i blachy. Poczułam na skórze palącą potrzebę przyjemności, coś, co ciągnęło od środka jak napięta atłasowa wstążka. Czułam jej dotyk, który przyjemnie pieścił i kłuł w dole brzucha, silniej niż przy poprzednich razach. Antonio wypowiadał w dialekcie słowa miłości, wciskał mi je w usta, w szyję, niecierpliwie. Ja milczałam, zawsze milczałam podczas naszych kontaktów, dyszałam tylko.

– Powiedz, że mnie kochasz – poprosił w pewnej chwili.

– Tak.

– Powiedz.

– Tak.

Nie dodałam nic innego. Objęłam go, przycisnęłam do siebie z całej siły. Chciałam w każdym zakątku ciała czuć pieszczoty i pocałunki, pragnęłam, by mnie gnieciono, gryziono aż do utraty tchu. On odsunął mnie trochę od siebie i włożył rękę pod stanik, nie przestając całować. Ale to było za mało, tego wieczoru nie wystarczało. Wszystkie nasze dotychczasowe zbliżenia, które on narzucał z ostrożnością, a ja z równą ostrożnością akceptowałam, teraz wydały mi się niewystarczające, niewygodne, zbyt pobieżne. Ale nie wiedziałam, jak mu powiedzieć, że chcę więcej, brakowało mi słów. Podczas każdego z potajemnych spotkań celebrowaliśmy milczący rytuał, krok po kroku. On pieścił piersi, podnosił spódnicę, dotykał mnie między nogami i jednocześnie przyciskał niespokojną masę miękkiego ciała, chrząstek, żył i krwi, która wibrowała w spodniach. Teraz jednak zwlekałam z wyciągnięciem na wierzch jego penisa, wiedziałam, że jak tylko to zrobię, zapomni o mnie, przestanie mnie dotykać. Przestaną go zajmować piersi, biodra, tyłek, wzgórek łonowy, skupi się jedynie na mojej ręce, co więcej, od razu zaciśnie na niej swoją, aby skłonić mnie do równomiernych ruchów. Potem wyciągnie chusteczkę i będzie ją trzymał w gotowości, aż do chwili, kiedy z ust wydobędzie się lekki jęk, a z penisa niebezpieczna ciecz. Wtedy wycofa się z lekkim oszołomieniem, może zawstydzeniem, i wrócimy do domu. Zwyczajowy finał, który teraz musiałam zmienić: nie obchodziła mnie ciąża bez ślubu, nie obchodził mnie grzech, boscy strażnicy kryjący się nad nami w kosmosie, Duch Święty czy Jego pomocnicy, i Antonio to wyczuł, i zmieszał się. Całując mnie z coraz większym podnieceniem, co chwilę usiłował ściągnąć moją rękę w dół, ale ja się wywijałam, przycisnęłam łono do palców, którymi mnie dotykał, przyciskałam mocno i rytmicznie, i głośno dyszałam. On wtedy cofnął rękę, spróbował rozpiąć spodnie.

– Poczekaj – powiedziałam.

Pociągnęłam go w stronę szkieletu starej fabryki konserw. Było tu ciemniej, bardziej intymnie, ale biegało pełno szczurów, czułam ich ostrożny szelest. Serce zaczęło mi walić jak szalone, bałam się tego miejsca, siebie, żądzy, jaka mnie opanowała, by usunąć z zachowania i głosu poczucie wyobcowania, które odkryłam w sobie kilka godzin temu. Chciałam wrócić do naszej dzielnicy i zapaść się w nią, być taka, jaka byłam. Chciałam dać sobie spokój z nauką, zeszytami pełnymi ćwiczeń. Bo na co te ćwiczenia? To, czym mogłam się stać poza cieniem Lili, nie miało znaczenia. Czym ja byłam w porównaniu z Lilą w sukni ślubnej, z Lilą w kabriolecie, w niebieskim kapelusiku i pastelowym żakiecie? Czym byłam tutaj, z Antoniem, ukryta pośród zardzewiałego złomu, szmeru szczurów, z podniesioną spódnicą, z opuszczonymi majtkami, pełna pożądania, strachu i winy, podczas gdy ona oddawała się naga, rozmarzona i nieobecna, w lnianej pościeli, w hotelu, którego okna wychodziły na morze, i pozwalała, aby Stefano ją zbezcześcił, wszedł w nią aż do końca, dał jej swoje nasienie, zapłodnił ją w świetle prawa i bez strachu? Czym ja byłam, kiedy Antonio grzebał przy spodniach i wkładał mi między nogi nabrzmiałe męskie ciało, dotykał mojego nagiego łona, i ściskał pośladki, i ocierał się o mnie w przód i w tył, dysząc głośno. To ocieranie się nie wystarczało. Chciałam penetracji, chciałam powiedzieć Lili po jej powrocie: ja też nie jestem już dziewicą, robię to samo co ty, nie zdołasz zostawić mnie w tyle. Dlatego objęłam Antonia za szyję i pocałowałam go, stanęłam na palcach, poszukałam go swoim łonem, szukałam bez słowa, po omacku. On to spostrzegł i pomógł sobie ręką, poczułam, jak odrobinę we mnie wchodzi, zadrżałam z ciekawości i przerażenia. Ale czułam również jego wysiłek, by się powstrzymać, by nie pchnąć ze złością nagromadzoną przez całe popołudnie, która z pewnością jeszcze się w nim tliła. Zdałam sobie sprawę, że się wycofuje, i objęłam go jeszcze mocniej, aby nie przestawał. Antonio jednak odsunął mnie z głębokim westchnieniem i powiedział w dialekcie:

— Nie, Lenù, ja chcę to zrobić tak, jak się to robi z żoną, a nie w ten sposób.

Chwycił moją prawą rękę, z tłumionym jękiem przyłożył ją do penisa. Poddałam się i masturbowałam go.

Potem, gdy opuszczaliśmy teren stawów, powiedział z zażenowaniem, że mnie szanuje i nie chce zrobić czegoś, czego będę żałować, nie w takim miejscu, nie w taki brudny i pospieszny sposób. Powiedział to tak, jak gdyby to on na zbyt wiele sobie pozwolił, i chyba naprawdę w to wierzył. Milczałam przez całą drogę. Pożegnałam go z ulgą. Kiedy zapukałam do domu, drzwi otworzyła matka, i choć rodzeństwo usiłowało ją powstrzymać, bez krzyku, bez słowa wyrzutu dała mi po twarzy. Okulary poleciały na podłogę, a ja wrzasnęłam z gorzkim zadowoleniem, bez cienia dialektu w głosie:

– Widzisz, co narobiłaś? Zniszczyłaś mi okulary i teraz przez ciebie nie będę mogła się uczyć, nie pójdę więcej do szkoły.

Matka zdrętwiała, nawet ręka, którą mnie uderzyła, zawisła nieruchomo w powietrzu jak ostrze siekiery. Moja siostrzyczka Elisa podniosła okulary i powiedziała cicho:

– Weź, Lenù, nie rozbiły się.

5.

Ogarnęło mnie tak wielkie zmęczenie, że nie mijało, pomimo iż starałam się wypocząć. Po raz pierwszy poszłam na wagary. Uciekałam z lekcji chyba przez piętnaście dni i nawet Antonio nie wiedział, że już nie daję sobie rady z nauką, że mam zamiar zrezygnować. Wychodziłam z domu o zwykłej porze, cały ranek szwendałam się po mieście. W tamtym okresie wiele dowiedziałam się o Neapolu. Przeglądałam używane książki na kiermaszu w Port'Alba, bezwiednie przyswajałam sobie tytuły, nazwiska autorów, potem szłam w stronę Toledo i morza. Albo wspinałam się na Vomero po via Salvator Rosa, docierałam do San Martino, wracałam na dół przez Petraio. Albo spacerowałam po Doganelli, docierałam do cmentarza, krążyłam po cichych alejkach, czytałam imiona zmarłych. Czasami bezczelni młodzieńcy, durnowaci starcy, a nawet dystyngowani panowie w sile wieku nagabywali mnie i składali mi lubieżne propozycje. Wtedy przyspieszałam kroku, uciekałam ze spuszczonym wzrokiem, wyczuwając zagrożenie, ale nie zawracałam. Bo im dłużej się włóczyłam, tym bardziej moje poranne wędrówki poszerzały dziurę w sieci obowiązków szkolnych, która mnie pętała, od kiedy skończyłam sześć lat. O właściwej porze wracałam do domu i nikt nie podejrzewał, że ja, właśnie ja, nie pojawiłam się w szkole. Popołudnia spędzałam na czytaniu powieści, potem biegłam nad stawy do Antonia, którego bardzo cieszyła moja dyspozycyjność. Chętnie by się dowiedział, czy widziałam się z synem Sarratorego. Wyczytywałam to pytanie w jego oczach, ale nigdy nie ośmielił się go zadać, bał się kłótni, bał się, że się rozgniewam i odmówię mu kilku minut przyjemności. Przytulał mnie, by na swoim ciele poczuć moją uległość i przegnać wszelkie wątpliwości. W takich chwilach wykluczał możliwość, że mogłabym go znieważyć, spotykając się też z tym drugim.

Mylił się: choć czułam się winna, nie przestawałam myśleć o Ninie. Pragnęłam się z nim spotkać, porozmawiać, ale się bałam. Bałam się, że mnie upokorzy swoją wyższością. Bałam się, że w taki czy inny sposób powróci do przyczyn, z jakich artykuł o moim starciu z nauczycielem religii nie został opublikowany. Bałam się, że przedstawi mi surową opinię redakcji. Nie zniosłabym tego. Zarówno wtedy, kiedy błąkałam się po mieście, jak i wieczorem, gdy leżałam w łóżku, a sen nie przychodził, wyraźnie czułam swoją niedostateczność, ale wolałam myśleć, że mój tekst został odrzucony ze względu na brak miejsca. Byle złagodzić, byle przytłumić. Jakie to trudne. Daleko mi było do brawury Nina, nie mogłam więc stanąć u jego boku, wypowiedzieć się, zwierzyć z własnych pomysłów. Zresztą jakich pomysłów, skoro nie miałam żadnego. Lepiej się wycofać, koniec z książkami, z ocenami i pochwałami. Liczyłam, że powoli o wszystkim zapomnę: o informacjach, które tłoczyły się w mojej głowie, o żywych i martwych językach, o samym języku włoskim, który pojawiał się już nawet w rozmowie z rodzeństwem. To wina Lili, że poszłam tą drogą, o niej też muszę zapomnieć: Lila zawsze wiedziała, czego chce, i dostawała to; ja niczego nie chciałam, ja jestem niczym. Liczyłam, że któregoś ranka obudzę się bez pragnień. Bo gdy już wreszcie o wszystkim zapomnę – myślałam – wystarczy uczucie Antonia i moje uczucie do niego.

Potem, któregoś dnia, gdy wracałam do domu, spotkałam Pinuccię, siostrę Stefana. Od niej dowiedziałam się, że Lila wróciła z podróży poślubnej i wydała uroczysty obiad, aby uczcić zaręczyny szwagierki z jej bratem.

– Ty i Rino zaręczyliście się? – zapytałam z udawanym zdziwieniem.

– Tak – odpowiedziała rozpromieniona i pokazała pierścionek, który podarował jej Rino.

Pamiętam, że gdy Pinuccia mówiła, we mnie kołatała się tylko jedna myśl: Lila wydała ucztę w swoim nowym domu i mnie nie zaprosiła, ale tak lepiej, cieszę się, dość tych ciągłych konfrontacji, nie chcę jej już więcej widzieć. Dopiero kiedy każdy szczegół z zaręczyn został zrelacjonowany, zapytałam ostrożnie o przyjaciółkę. Pinuccia z perfidnym uśmieszkiem odpowiedziała dialektalnym zwrotem: *uczy się*. Nie spytałam czego. Przespałam wtedy całe popołudnie.

Następnego dnia wyszłam jak co dzień, o siódmej rano, by iść do szkoły, a raczej udać, że tam idę. Ledwie pokonałam główną ulicę, kiedy zobaczyłam Lilę, jak wysiada z kabrioletu i wchodzi na nasze podwórko, nie obróciwszy się nawet, aby pożegnać Stefana, który siedział za kierownicą. Była dobrze ubrana, miała ciemne okulary, chociaż dzień był pochmurny. Uderzyła mnie błękitna apaszka, którą zawiązała tak, żeby przykrywała również usta. Pomyślałam z urazą, że może to jej nowy styl, już nie na Jacqueline Kennedy, teraz udaje tajemniczą damę, którą chciałyśmy się stać jeszcze jako małe dziewczynki. Ruszyłam przed siebie, nie zawoławszy jej.

Ale po kilku krokach zawróciłam bez żadnego określonego planu, po prostu nie mogłam się powstrzymać. Serce mi mocno waliło, miałam mieszane uczucia. Może chciałam ją poprosić, aby powiedziała mi w twarz, że to koniec naszej przyjaźni. Może chciałam jej wykrzyczeć, że postanowiłam dać sobie spokój z nauką i też wyjść za mąż, zamieszkać w domu Antonia z jego matką i rodzeństwem, myć klatki jak szalona Melina. Przeszłam pospiesznie przez podwórko, zobaczyłam, jak wchodzi do bramy, gdzie mieszka jej teściowa. Wbiegłam na schody, te same, po których jako dziewczynki szłyśmy razem, kiedy chciałyśmy prosić don Achillego, żeby oddał nam lalki. Zawołałam ją, ona się obejrzała.

– Wróciłaś – powiedziałam.

– Tak.

– Dlaczego się nie odzywałaś?

– Nie chciałam, żebyś mnie oglądała.

– Inni mogą cię oglądać, a ja nie?

– Inni mnie nie obchodzą, a ty tak.

Przyjrzałam się jej niepewnie. Czego nie miałam oglądać? Pokonałam stopnie, które nas dzieliły, i delikatnie zsunęłam apaszkę, podniosłam okulary.

6.

Teraz, kiedy zaczynam opowieść o jej podróży poślubnej, nie tylko opierając się na tym, co zdradziła mi na schodach, ale też na tym, co potem wyczytałam w jej zeszytach, powtarzam w wyobraźni te same gesty. Byłam niesprawiedliwa, chciałam uwierzyć w jej łatwą kapitulację, by móc ją poniżyć, tak jak Nino poniżył mnie, kiedy wyszedł z sali weselnej, chciałam umniejszyć jej wartość, aby nie odczuć straty. I oto ona pod koniec przyjęcia, zamknięta w kabriolecie, w niebieskim kapeluszu, w pastelowym żakiecie. Jej oczy płonęły gniewem. Jak tylko samochód ruszył, napadła na Stefana i obrzuciła go najgorszymi wyzwiskami i wulgaryzmami, jakie tylko może usłyszeć mężczyzna z naszej dzielnicy.

On wysłuchał tych obelg w swoim stylu, z czułym uśmiechem, bez słowa sprzeciwu, a ona w końcu zamilkła. Cisza trwała jednak krótko. Tym razem zaczęła spokojnie, z lekką zadyszką. Powiedziała, że nie zostanie w tym samochodzie ani minuty dłużej, że brzydzi się oddychać powietrzem, którym on oddycha, że chce wysiąść, natychmiast. Stefano naprawdę zobaczył odrazę na jej twarzy, ale jechał dalej, nic nie mówiąc, a to sprawiło, że Lila znowu zaczęła krzyczeć i żądać, żeby się zatrzymał. Wtedy stanął, ale gdy ona starała się otworzyć drzwi, chwycił ją mocno za ramię.

– Teraz mnie posłuchaj – powiedział cicho. – Istnieje poważny powód, dla którego stało się to, co się stało.

Spokojnie wyjaśnił jej przebieg wydarzeń. Aby zapobiec niebezpieczeństwu, że fabryka obuwia zostanie zamknięta, zanim na poważnie działalność się rozkręci, trzeba było wejść w spółkę z Silviem Solarą i jego synami, którzy jako jedyni mogli zagwarantować nie tylko, że buty znajdą się w najlepszych sklepach w mieście, ale też że do jesieni na piazza dei Martiri powstanie butik sprzedający wyłącznie markę „Cerullo".

– Pieprzę twoje potrzeby – przerwała mu Lila, wyrywając się.

– Moje potrzeby są twoimi, jesteś moją żoną.

– Ja? Ja dla ciebie nie jestem już niczym i ty dla mnie też. Puść moją rękę.

Stefano puścił.

– Twój ojciec i twój brat też są niczym?

– Zanim będziesz o nich mówić, wypłucz sobie usta, nie jesteś godzien wymawiać ich imion.

Ale Stefano wymówił. I powiedział, że sam Fernando chciał umowy z Silviem Solarą. Że największą przeszkodę stanowił Marcello, wkurzony na Lilę, na całą rodzinę Cerullo, a przede wszystkim na Pasqualego, Antonia i Enza za to, że rozwalili mu samochód, a jego pobili. Powiedział, że to Rino go udobruchał, że trzeba było wiele cierpliwości i że gdy Marcello stwierdził: w takim razie ja chcę buty, które zrobiła Lina, Rino odparł, że dobrze, weź sobie buty.

To była straszna chwila, Lila poczuła ukłucie w piersi. Wykrzyczała:

– A ty co zrobiłeś?

Stefano zmieszał się na moment.

– Co miałem zrobić? Pokłócić się z twoim bratem, zniszczyć twoją rodzinę, pozwolić, żeby wybuchła wojna z twoimi przyjaciółmi, stracić wszystkie pieniądze, które zainwestowałem?

Ze względu na ton i treść każde słowo brzmiało dla Lili jak obłudne przyznanie się do winy. Nie pozwoliła mu dokończyć, zaczęła walić go pięściami po ramieniu, wrzeszcząc:

– Czyli ty też się zgodziłeś, poszedłeś po buty i mu je dałeś.

Stefano nie reagował i dopiero kiedy znowu spróbowała otworzyć drzwi i uciec, powiedział lodowato: uspokój się. Lila odwróciła się gwałtownie: uspokoić się po tym, jak zrzucił winę na jej ojca i brata, uspokoić się po tym, jak cała trójka potraktowała ją jak szmatę do podłogi, jak ścierkę?

– Nie chcę się uspokajać, świnio – wykrzyczała.
– Masz mnie natychmiast odwieźć do domu, masz powtórzyć przed tamtą dwójką bydlaków to, co powiedziałeś mi.

I dopiero kiedy z jej ust padła obelga w dialekcie, zrozumiała, że przekroczyła granicę i nadszedł koniec wyważonego tonu jej męża. Chwilę później Stefano uderzył ją w twarz swoją potężną dłonią – ten brutalny policzek był jak eksplozja prawdy. Przeszedł ją dreszcz zaskoczenia i bólu. Spojrzała na niego z niedowierzaniem, a on w tym czasie ruszył, i po raz pierwszy, od kiedy zaczął się do niej zalecać, głosem wzburzonym i drżącym odparł:

– Widzisz, do czego mnie zmuszasz? Czy ty zdajesz sobie sprawę z tego, co robisz?

– Popełniliśmy straszny błąd – wyszeptała.

Ale Stefano zaprzeczył stanowczo, jak gdyby nawet nie zamierzał brać pod uwagę takiej możliwości, i wygłosił jej długie kazanie, nieco zastraszające, nieco wychowawcze, nieco patetyczne. Powiedział z grubsza:

– Nie popełniliśmy żadnego błędu, Lino, musimy tylko wyjaśnić sobie pewne sprawy. Nie nazywasz się już Cerullo. Teraz jesteś panią Carracci i masz robić to, co ja ci powiem. Wiem, brak ci zmysłu praktycznego, nie znasz się na handlowaniu, myślisz, że pieniądze leżą na ulicy. Ale tak nie jest. Ja codziennie muszę pracować, żeby zarobić, a pieniądze muszę zanosić tam, gdzie mogą się rozmnażać. Zaprojektowałaś buty, twój ojciec i brat potrafią je dobrze wykonać, ale nie jesteście w stanie pomnożyć pieniędzy. Rodzina Solara tak, więc dobrze mnie posłuchaj, bo mam w dupie, że ich nie lubisz. Ja też nie cierpię Marcella, i kiedy spogląda na ciebie choćby ukradkiem, gdy pomyślę, co o tobie wygadywał, mam ochotę wbić mu nóż w brzuch. Ale jeśli będzie mi potrzebny do robienia pieniędzy, stanie się moim najlepszym przyjacielem. I wiesz dlaczego? Bo jeśli pieniądze nie będą się pomnażać, my nie będziemy mieć tego samochodu, stracimy również dom ze wszystkim, co w środku, przestaniesz być panią, a nasze dzieci będą rosły jak dzieci nędzarzy. Więc jeśli jeszcze raz ośmielisz się powiedzieć to, co powiedziałaś mi dzisiaj, ja ci tę piękną buzię tak urządzę, że nie będziesz mogła wyjść z domu. Zrozumieliśmy się? Odpowiedz.

Lila zmrużyła oczy. Policzek nabrał fioletowej barwy, ale reszta twarzy była upiornie blada. Nie odpowiedziała.

7.

Wieczorem dotarli do Amalfi. Żadne z nich jeszcze nigdy nie było w hotelu, więc czuli się bardzo niezręcznie. Stefana onieśmielił przede wszystkim lekko ironiczny ton pracownika recepcji, mimowolnie więc przyjął podporządkowaną postawę. Kiedy zdał sobie z tego sprawę, zażenowanie pokrył nieuprzejmością, a uszy zapłonęły mu na samą prośbę o okazanie dokumentów. Tymczasem pojawił się tragarz, mężczyzna około pięćdziesięcioletni, z cieniutkim wąsikiem, ale on go odepchnął jak złodzieja, potem się opamiętał, i choć nie skorzystał z usługi, z pogardą wręczył mu sowity napiwek. Taszcząc bagaże, ruszył po schodach, a za nim Lila i – jak mi opowiadała – miała wrażenie, że gubi po drodze, stopień po stopniu, chłopca, którego rano poślubiła, że idzie za nieznajomym. Czy Stefano naprawdę był aż tak szeroki, miał krótkie i grube nogi, długie ramiona, białe knykcie? Z kim na zawsze się związała? Furia, która się przez nią przetoczyła podczas podróży, teraz ustąpiła miejsca obawom.

Gdy znaleźli się w hotelowym pokoju, on wysilał się na czułość, ale był zmęczony i jeszcze zdenerwowany policzkiem, który musiał jej wymierzyć. Jego głos brzmiał nienaturalnie. Pochwalił pokój, że taki duży, otworzył okna, wyszedł na balkon, powiedział: chodź tu, zobacz, jakie rześkie powietrze, spójrz na morze, jak się mieni. Ona jednak myślała tylko o tym, jak wydostać się z pułapki, i z roztargnieniem pokręciła głową, było jej zimno. Stefano od razu zamknął okno, rzucił, że jeśli chcą się przejść i zjeść coś na mieście, lepiej będzie ciepło się ubrać: mnie też weź jakąś kamizelkę, powiedział, jak gdyby od wielu lat żyli razem i ona potrafiła przeszukać walizki, by z wprawą znaleźć jego kamizelkę jak własną bluzkę. Lila skinęła potakująco, ale nie otworzyła bagaży, nie wzięła ani swetra, ani kamizelki. Szybko wyszła na korytarz, nie mogła zostać w pokoju ani minuty dłużej. On poszedł za nią, mamrocząc: mnie nic nie będzie, ale martwię się o ciebie, przeziębisz się.

Kręcili się po Amalfi, po szerokich schodach dotarli do Duomo, potem znowu na dół, do fontanny. Stefano chciał ją jakoś rozbawić, ale bycie zabawnym nigdy nie było jego mocną stroną, lepiej mu wychodziły tony patetyczne albo sentencjonalne wyrażenia, typowe dla człowieka, który wie, czego chce. Lila prawie cały czas milczała, dlatego mąż w końcu ograniczył się do pokazywania jej tego czy tamtego, wykrzykując: popatrz. I choć w innym czasie przyglądałaby się każdemu kamieniowi, teraz nie obchodziły jej ani piękno uliczek, ani zapach ogrodów, ani sztuka czy historia Amalfi, a przede wszystkim głos Stefana, który bez ustanku, męcząco powtarzał: piękne, co?

Wkrótce Lila zaczęła się trząść, ale nie żeby jej było szczególnie zimno, lecz z nerwów. On to zobaczył i zaproponował, aby wrócili do hotelu, odważył się nawet na zdanie: przytulimy się i będzie nam ciepło. Ona jednak chciała dalej spacerować, aż w końcu, wycieńczona, nie pytając go o zdanie i nie czując najmniejszego głodu, weszła do jednej z restauracji. Stafano cierpliwie podążył za nią.

Wiele zamówili, prawie niczego nie zjedli, wypili dużo wina. W pewnej chwili, kiedy nie potrafił dłużej się powstrzymać, zapytał, czy jeszcze jest na niego zła. Lila pokręciła przecząco głową, i była to prawda. Sama się zdziwiła, że nie znajduje w sobie ani odrobiny żalu wobec rodziny Solara, swojego ojca i brata, Stefana. Wszystko jej się poprzestawiało w głowie. Nagle przestały ją obchodzić buty, nie potrafiła nawet sobie przypomnieć, dlaczego tak strasznie się obraziła, gdy je zobaczyła na nogach Marcella. Teraz przerażała ją i zadawała ogromny ból gruba obrączka, która błyszczała na jej serdecznym palcu. Z niedowierzaniem przebiegła myślami cały dzień: kościół, nabożeństwo, przyjęcie. Co ona zrobiła, pomyślała zamroczona winem, i czym jest ten złoty krążek – błyszczącym zerem, w które włożyła palec. Stefano też takie miał, połyskiwało pośród czarnych włosków, na kosmatym palcu, jak pisano w książkach. Przypomniała sobie, jak zobaczyła go nad morzem w stroju kąpielowym. Pierś szeroka, kolana okrągłe jak odwrócona miska. Żaden z przywołanych w pamięci anatomicznych szczegółów jego ciała nie wywoływał już w niej zachwytu. Miała przed sobą człowieka, z którym nic jej nie łączyło, ale który siedział w marynarce i krawacie i poruszał pełnymi ustami, drapał się po mięsistym uchu i często zanurzał widelec w jej talerzu, żeby tylko posmakować. Miał niewiele wspólnego ze sprzedawcą wędlin, który ją pociągał, z ambitnym, bardzo pewnym siebie, ale dobrze wychowanym chłopcem, z mężem rano poślubionym w kościele. Coś w nim i wokół niego prysło, teraz widziała tylko białe szczęki i czerwony język w ciemnym otworze jamy ustnej. Przy tym stole, podczas nieustannej krzątaniny kelnerów, wszystko, co przywiodło ją do Amalfi, wydawało się pozbawione jakiegokolwiek logicznego ciągu, niemniej było nieznośnie rzeczywiste. Dlatego kiedy oczy tego człowieka rozpalała myśl, że burza już minęła, że ona zrozumiała jego racje, że się z nimi zgodziła, że może wreszcie opowiedzieć jej o swoich wielkich planach, jej przyszło do głowy, by zabrać ze stołu nóż i wbić mu go w szyję, jeśli w pokoju hotelowym choćby spróbuje ją tknąć.

W końcu tego nie zrobiła. Ponieważ w restauracji, przy stole, w oparach wina całe jej małżeństwo, od sukni ślubnej po obrączkę, wydawało się bez sensu i doszła do przekonania, że Stefanowi też bez sensu wydadzą się jakiekolwiek seksualne roszczenia. Dlatego najpierw obmyśliła plan wyniesienia noża (przykryła go serwetką, którą zdjęła z kolan, całość położyła na brzuchu, przygotowała się, by wziąć torebkę i wsunąć do niej nóż, a potem odłożyć serwetkę na stół), ale później z niego zrezygnowała. Śruby, które łączyły w jedną całość jej nową sytuację jako żony, restaurację i Amalfi były tak poluzowane, że pod koniec kolacji głos Stefana w ogóle do niej nie docierał, a w uszach szumiał jedynie nieokreślony galimatias spraw, istot żywych i myśli.

W drodze powrotnej on znowu zaczął mówić o dobrej stronie rodziny Solara. Powiedział, że znają ważne osoby w magistracie, mają powiązania z rodzinami Stella i Corona, z *missini**. Opowiadał tak, jakby naprawdę cokolwiek rozumiał z interesów prowadzonych przez rodzinę Solara, tonem głosu eksperta podkreślił: polityka to bagno, ale jest potrzebna, by robić pieniądze. Lila przypomniała sobie rozmowy, jakie kiedyś prowadziła z Pasqualem, i te, które odbyła ze Stefanem w trakcie ich narzeczeństwa, o planach oderwania się od rodziców, nadużyć, obłudy i dawnego

---

* Członkowie *Movimento Sociale Italiano*, Włoskiego Ruchu Społecznego, postfaszystowskiej partii politycznej (przyp. tłum.).

okrucieństwa. Pomyślała: mówił „tak", mówił, że się zgadza, ale nawet mnie nie słuchał. Z kim rozmawiałam. Ja tego człowieka nie znam, nie wiem, kim jest.

Mimo to, kiedy wziął ją za rękę i wyszeptał jej do ucha, że ją kocha, nie wyrwała się. Może chciała, żeby uwierzył, że wszystko się ułożyło, że naprawdę są młodą parą w podróży poślubnej, aby tym mocniej go zranić, kiedy z całą pogardą, którą czuła w sercu, powie mu: iść do łóżka z tragarzem hotelowym czy z tobą jest dla mnie równie odrażające, bo obaj macie palce pożółkłe od dymu. A może – co według mnie bardziej prawdopodobne – była zbyt przerażona i starała się odwlec jakąkolwiek reakcję.

Jak tylko znaleźli się w pokoju, on chciał ją pocałować, ale ona się wywinęła. Z powagą otworzyła walizkę, sobie wyjęła koszulę nocną, a mężowi podała piżamę. Na ten gest Stefano uśmiechnął się z zadowoleniem i znowu starał się ją pochwycić. Ona jednak zamknęła się w łazience.

Gdy znalazła się sama, długo zlewała twarz wodą, aby zmyć alkoholowe otępienie, wrażenie, jakby cały świat był powykrzywiany. Bez powodzenia, co więcej, tylko się wzmogło poczucie, że jej ruchom brak koordynacji. Co ja mam robić, myślała. Mogę tu siedzieć zamknięta przez całą noc. A potem?

Pożałowała, że nie wzięła noża: przez chwilę wydawało jej się, że to zrobiła, ale potem musiała pogodzić się z rzeczywistością. Usiadła na brzegu wanny, porównała ją z wanną w swoim nowym domu i pomyślała z podziwem, że jej jest ładniejsza. Nawet ręczniki miała lepszej jakości. Ona? Oni? Do kogo tak naprawdę należały ręczniki, wanna, wszystko? Odczuła niesmak na myśl, że nazwisko tego indywiduum, które czekało na nią za drzwiami, gwarantowało jej posiadanie wszystkich pięknych i nowych przedmiotów. Własność Carracciego, ona też była własnością Carracciego.

– Co robisz? Dobrze się czujesz?

Nie odpowiedziała.

Mąż poczekał jeszcze chwilę i znowu zapukał. Ponieważ nic się nie wydarzyło, nerwowo szarpnął za klamkę i zapytał z udawanym rozbawieniem:

– Mam wyważyć drzwi?

Lila nie wątpiła, że był do tego zdolny, ten obcy człowiek, który czekał na nią za drzwiami, zdolny był do wszystkiego. Ja też, pomyślała, zdolna jestem do wszystkiego. Rozebrała się, umyła, włożyła nocną koszulę, czując wstręt do siebie za dbałość, z jaką kilka miesięcy temu ją wybierała. Stefano – samo imię, które nie miało już nic wspólnego z zażyłością i uczuciem sprzed zaledwie kilku godzin – siedział w nogach łóżka ubrany w piżamę. Jak tylko się pojawiła, skoczył na nogi.

– Długo ci to zajęło.

– Tyle ile potrzeba.

– Jesteś śliczna.

– Jestem zmęczona, chcę spać.

– Spać będziemy później.

– Teraz. Ty po swojej stronie, ja po swojej.

– Dobrze. Chodź tutaj.

– Ja mówię poważnie.

– Ja też.

Stefano się zaśmiał, chciał ją wziąć za rękę. Ona się wywinęła, on spochmurniał.

– Co ci jest?

Lila się zawahała. Poszukała odpowiedniego słowa, po czym cicho powiedziała:

– Nie chcę ciebie.

Stefano pokręcił niepewnie głową, jak gdyby te trzy słowa były w jakimś obcym języku. Wymamrotał, że długo czekał na tę chwilę, dzień i noc. Proszę, przekonywał, i gestem przygnębienia wskazał na spodnie w kolorze winnym, mówiąc z krzywym uśmiechem: spójrz, co mi się dzieje, gdy cię widzę. Ona mimowolnie popatrzyła, wzdrygnęła się z obrzydzeniem i natychmiast odwróciła wzrok.

Wtedy Stefano zrozumiał, że zaraz znowu zamknie się w łazience. Skoczył na nią jak zwierzę, pochwycił ją w pasie, podniósł i rzucił na łóżko. Co się działo? Najwidoczniej nie rozumiał. Myślał, że pogodzili się w restauracji, zastanawiał się: dlaczego Lina tak się zachowuje, jest taka dziecinna. Przygniótł ją ze śmiechem, usiłował uspokoić.

– To coś pięknego, nie musisz się bać – powiedział. – Ja cię kocham bardziej niż własną matkę i siostrę.

Nic z tego, ona już się podnosiła, żeby mu uciec. Jak trudno nadążyć za tą dziewczyną: mówi tak, gdy myśli nie, mówi nie, gdy myśli tak. Stefano wybełkotał: teraz już koniec z kaprysami, i znowu ją przytrzymał, usiadł na niej okrakiem, przycisnął przeguby do kapy.

– Powiedziałaś, że musimy poczekać, i poczekaliśmy – przypomniał jej – choć trudno było być przy tobie i cię nie dotykać, bardzo cierpiałem. Teraz jednak jesteśmy mężem i żoną, uspokój się i nie bój.

Pochylił się, aby pocałować ją w usta, ale ona gwałtownie zaczęła odwracać głowę to w prawo, to w lewo, wyrywając się, wykręcając, powtarzając:

– Zostaw mnie, nie chcę cię, nie chcę cię, nie chcę cię.

Wtedy Stefano mimowolnie podniósł głos:

– Zaczynasz mnie wkurwiać, Lina.

Powtórzył to trzykrotnie, za każdym razem coraz głośniej, jak gdyby chciał przyswoić sobie polecenie nadchodzące z bardzo daleka, być może nawet jeszcze sprzed jego narodzin. Polecenie brzmiało: masz być mężczyzną, Stefano; albo złamiesz ją teraz, albo już nigdy jej nie złamiesz; twoja żona musi natychmiast się nauczyć, że ona jest kobietą, a ty mężczyzną, dlatego ma cię słuchać. I Lila, słysząc to trzykrotne „zaczynasz mnie wkurwiać", widząc go takiego szerokiego, ciężkiego na jej wątłych biodrach, patrząc na jego wzwód, który napinał materiał piżamy jak stelaż namiot, przypomniała sobie, jak wiele lat temu próbował pochwycić jej język palcami i przekłuć go szpilą, bo ośmieliła się upokorzyć Alfonsa podczas szkolnego konkursu. Nagle odkryła, że on nigdy nie był Stefanem, lecz najstarszym synem don Achillego. I ta myśl niespodziewanie obnażyła na młodej twarzy męża rysy, które do tej chwili pozostawały ukryte we krwi, choć istniały od zawsze, i tylko czekały na właściwy moment, by się ujawnić. No tak, aby przypodobać się w dzielnicy, aby jej się przypodobać, Stefano usiłował stać się kimś innym: na jego twarzy zagościła uprzejmość, wzrok przepełniła łagodność, głos przyjął ton mediacji, palce, dłonie, całe ciało nauczyło się, jak hamować gniew. Ale teraz kontury, w jakie przez długi czas się wbijał, zaczęły pękać i Lilę przepełniło infantylne przerażenie, większe niż wtedy, kiedy zeszłyśmy do piwnicy, by odzyskać nasze lalki. Don Achille powstał ze szlamu dzielnicy, karmiąc się żywą materią swojego syna. Przeniknął przez skórę, zmienił spojrzenie, eksplodował w ciele. I oto Stefano rozerwał jej koszulę, obnażył piersi, ścisnął brutalnie, pochylił się, aby przygryźć sutki. A kiedy ona stłumiła odrazę i ciągnąc za włosy, usiłując ugryźć aż do krwi, próbowała zrzucić go z siebie, on się odsunął, pochwycił jej ręce, zablokował potężnymi nogami i powiedział z pogardą: co robisz, uspokój się, jesteś cieńsza od suchej gałązki, jeśli zechcę cię złamać, złamię. Lina jednak się nie uspokoiła, dalej gryzła powietrze, wygięła się w łuk, aby uwolnić się spod jego ciężaru. Bez skutku. On teraz miał wolne ręce i pochylając się nad nią, końcówkami palców uderzał ją po policzkach, i powtarzał coraz to szybciej: chcesz zobaczyć, jaki jest duży, co, powiedz, że tak, powiedz, że tak, powiedz, że tak, aż w końcu wyciągnął z piżamy nabrzmiałego penisa. Członek, leżąc tak na niej, wyglądał jak niemo kwilący pajacyk bez rąk i bez nóg, pragnący oderwać się od tego większego pajaca, który charczał: zaraz go poczujesz, Lila, popatrz, jaki piękny, nikt takiego nie ma. A ponieważ ona nie przestawała się wyrywać, dwukrotnie uderzył ją w twarz, najpierw wewnętrzną stroną dłoni, a potem grzbietem. Siła uderzenia była tak wielka, że

Lila zrozumiała, że jeśli dalej będzie stawiać opór, on z pewnością ją zabije – a przynajmniej don Achille by zabił, siał postrach w całej dzielnicy, bo wiedziano, że jest w stanie zwalić na człowieka ścianę albo drzewo – przestała się więc buntować i zanurzyła w niemym przerażeniu, podczas gdy on zsunął się, podniósł jej nocną koszulę i szeptał do ucha: nie rozumiesz, jak bardzo cię kocham, ale zaraz zobaczysz, i od jutra ty sama będziesz mnie prosić, żebym cię kochał, jak teraz i bardziej niż teraz, będziesz mnie błagać na kolanach, a ja powiem dobrze, ale tylko jeśli będziesz posłuszna, i ty będziesz posłuszna.

Kiedy po kilku nieudanych próbach z pełną entuzjazmu brutalnością rozerwał jej ciało, Lila była nieobecna. Noc, pokój, łóżko, jego pocałunki, ręce na jej ciele, zmysły, wszystko pochłonęło tylko jedno uczucie: nienawiść do Stefana Carracciego, nienawiść do jego siły, jego ciężaru, nienawiść do jego imienia i nazwiska.

8.

Cztery dni później wrócili do Neapolu. Tego samego wieczoru Stefano zaprosił do ich nowego mieszkania teściów i szwagra. Z większą niż zazwyczaj pokorą poprosił Fernanda, aby opowiedział Lili, jak potoczyły się sprawy z Silviem Solarą. Urywanymi i nabrzmiałymi niezadowoleniem zdaniami Fernando potwierdził wersję Stefana. Zaraz potem Carracci poprosił Rina, aby powiedział, dlaczego wspólnie, choć z ogromną przykrością, koniec końców postanowili oddać Marcellowi buty, których się domagał. Rino zawyrokował z miną kogoś, kto wiele już widział: bywają okoliczności, kiedy trzeba podjąć pewne decyzje, i zaczął mówić o kłopotach, w jakie wpakowali się Pasquale, Antonio i Enzo, kiedy pobili braci Solara i zdemolowali im samochód.

– A wiesz, kto najbardziej ryzykował? – zapytał, przechylając się w stronę siostry i stopniowo podnosząc głos. – Oni, twoi przyjaciele i paladyni. Marcello rozpoznał ich i doszedł do wniosku, że to ty ich nasłałaś. Co ja i Stefano mieliśmy zrobić? Chciałaś, żeby ta trójka durniów oberwała trzy razy tyle, co sami wymierzyli? Chciałaś ich zniszczyć? I za co? Za parę butów w rozmiarze 43, których twój mąż i tak nie może nosić, bo go cisną i przemakają, jak tylko pokropi? Zaprowadziliśmy pokój, a że Marcellowi tak bardzo zależało, daliśmy mu je.

Słowa: można nimi budować, można i rujnować. Lila zawsze była dobra w słowach, ale wbrew oczekiwaniom przy tej okazji nie otworzyła ust. Podbudowany Rino przypomniał jej złośliwie, że to ona od dzieciństwa zamęczała go, że muszą zostać bogaci.

– Więc pozwól nam zostać bogatymi – powiedział, śmiejąc się – i nie komplikuj nam życia, bo i tak jest już wystarczająco skomplikowane.

Wtedy – ku zdziwieniu tylko pani domu – ktoś zadzwonił do drzwi. Byli to Pinuccia, Alfonso i ich matka Maria z tacą pełną ciastek, świeżo przygotowanych przez samego Spagnuola, cukiernika Solarów.

Na pierwszy rzut oka wyglądało to na świętowanie powrotu młodej pary z podróży poślubnej, zwłaszcza że Stefano pokazał dopiero co odebrane od fotografa zdjęcia z wesela (wyjaśnił, że na film trzeba jeszcze poczekać). Ale szybko się wyjaśniło, że ślub Stefana i Lili to już przeszłość, a ciastka miały uświetnić nową radość: zaręczyny Rina i Pinuccii. Na bok odłożono wszelkie spory. Rino zastąpił gniewny ton miękką dialektalną śpiewnością, wyznaniem miłości. I wpadł na pomysł, by od razu w pięknym domu siostry zorganizować przyjęcie zaręczynowe. Potem teatralnym gestem wyciągnął z kieszeni paczuszkę: po rozpakowaniu okazało się, że mieści ciemne pękate pudełko, a po otworzeniu ciemnego pękatego pudełka wszyscy zobaczyli pierścionek z brylantem.

Lila zauważyła, że niewiele różnił się od tego, który ona nosiła na palcu razem z obrączką, i zastanowiła się, skąd jej brat wziął na to pieniądze. Nastąpiły uściski i pocałunki. Wiele mówiono o przyszłości. Rozprawiano o tym, kto zajmie się sklepem obuwniczym „Cerullo" na piazza dei Martiri, kiedy Solarowie otworzą go jesienią. Rino zaproponował, że mogłaby go poprowadzić Pinuccia, sama albo z Gigliolą Spagnuolo, która właśnie zaręczyła się z Michelem, i dlatego miała roszczenia. Rodzinne zgromadzenie nabrało radośniejszego charakteru i wszystkich przepełniło nadzieją.

Lila prawie ciągle stała, odczuwała ból podczas siedzenia. Nikt, nawet jej matka, która wciąż milczała, nie zwrócił uwagi na to, że miała prawe oko fioletowe i opuchnięte, dolną wargę rozciętą i sińce na ramionach.

9.

Tak właśnie wyglądała, kiedy na schodach prowadzących do domu teściowej zdjęłam jej okulary i odsunęłam apaszkę. Skóra wokół oka była żółtawej barwy, a na dolnej wardze widniała fioletowa plama z ognisto-czerwonymi pasmami.

Krewnym i przyjaciołom powiedziała, że pewnego słonecznego poranka, kiedy wybrali się łódką aż na plażę pod żółtą ścianą skały, przewróciła się na amalfitańskich rafach. Gdy kłamała podczas zaręczynowego obiadu wydanego na cześć jej brata i Pinuccii, jej ton był sarkastyczny, i wszyscy z sarkazmem jej uwierzyli, zwłaszcza panie, które wiedziały, co należy mówić, kiedy kochający je i kochani mężczyźni mocno bili. Poza tym nie było w dzielnicy takiej osoby, zwłaszcza płci żeńskiej, która nie uważałaby, że Lilę już dawno należało naprostować. Dlatego lanie nie wzbudziło skandalu, co więcej, wokół Stefana umocniła się atmosfera życzliwości i szacunku: oto facet, który wie, jak być męskim.

Mnie natomiast na jej widok serce podeszło do gardła. Przytuliłam ją. Kiedy wyjaśniła, że mnie nie szukała, ponieważ nie chciała mi się pokazywać w takim stanie, do oczu napłynęły mi łzy. Opowieść o jej miesiącu miodowym, jak zwyczajowo pisano w powieściach ilustrowanych, mimo że sucha, prawie bez-barwna, przepełniła mnie gniewem i wielkim bólem.

Choć muszę przyznać, że doznałam również pewnej satysfakcji. Byłam zadowolona, że Lila teraz potrzebowała mojej pomocy, może nawet opieki, i rozczuliło mnie to wyznanie własnej słabości, nie przed dzielnicą, ale przede mną. Poczułam, że dystans między nami nieoczekiwanie znowu się zmniejszył, i kusiło mnie, aby od razu jej powiedzieć, że już nie będę się uczyć, że nauka jest bezużyteczna, że brak mi talentu. Wydawało mi się, że taka nowina może ją pocieszyć.

Ale teściowa przechyliła się przez poręcz ostatniego piętra i zawołała ją. Lila dokończyła swoją relację w kilku pospiesznych zdaniach: powiedziała, że Stefano ją oszukał, że jest taki sam jak ojciec.

– Pamiętasz, że don Achille dał nam pieniądze zamiast lalek? – zapytała.

– Tak.

– Nie powinnyśmy były ich przyjąć.

– Kupiłyśmy za nie *Małe kobietki*.

– Źle zrobiłyśmy: od tamtej chwili popełniam same błędy.

Nie była wzburzona, lecz smutna. Na powrót założyła okulary, zawiązała apaszkę. Spodobało mi się to *my* (*my* nie powinnyśmy były przyjąć, *my* źle zrobiłyśmy), ale poirytowało mnie nagłe przejście do *ja*: *ja* popełniam same błędy. *My*, chciałam poprawić, *zawsze my*, ale tego nie zrobiłam. Odniosłam wrażenie, że usiłuje pogodzić się z nową sytuacją i że musi koniecznie zrozumieć, czego może się pochwycić, aby stawić jej czoła. Zanim zaczęła wchodzić po schodach, spytała:

– Chcesz przyjść i pouczyć się w moim domu?

– Kiedy?

– Dzisiaj po południu, jutro, codziennie.

– Stefano nie będzie zadowolony.

– Skoro on jest panem domu, ja jestem żoną pana domu.

– Lila, sama nie wiem.

– Dam ci pokój, zamkniesz się.

– Po co?

Wzruszyła ramionami.

– Żebym wiedziała, że jesteś.

Nie powiedziałam ani tak, ani nie. Odeszłam, jak zwykle szwendałam się po mieście. Lila była przekonana, że ja nigdy nie zerwę ze szkołą. Przypisała mi rolę pryszczatej przyjaciółki w okularach, wiecznie pochylonej nad książkami, dobrej uczennicy, i nie była nawet w stanie wyobrazić sobie, że mogę się zmienić. Ale ja chciałam wyjść z tej roli. Dzięki upokorzeniu, jakiego doznałam przez nieopublikowany artykuł, dostrzegłam własne braki. Nino, choć urodził się i wyrastał w takim samym otoczeniu jak ja i Lila, na nędznych obrzeżach dzielnicy, potrafił mądrze wykorzystać zdobytą wiedzę, ja nie. Dlatego koniec ze złudzeniami, koniec z trudem. Trzeba pogodzić się z losem, jak to już dawno uczyniły Carmela, Ada, Gigliola i na swój sposób sama Lila. Nie poszłam do niej ani tego popołudnia, ani w kolejnych dniach, dalej wagarowałam i zadręczałam się myślami.

Któregoś ranka włóczyłam się w okolicach liceum, po via Veterinaria za Ogrodem Botanicznym. Zastanawiałam się nad rozmową, którą niedawno odbyłam z Antoniem: liczył, że jako syn wdowy i jedyne wsparcie dla rodziny wywinie się od wojska; chciał w warsztacie poprosić o podwyżkę i odłożyć trochę na dzierżawę pompy benzynowej przy głównej drodze; pobralibyśmy się, a ja pomagałabym mu na stacji. Zwykłe życie, które moja matka by zaaprobowała. „Nie mogę ciągle zadowalać Lili", pomyślałam. Ale jak trudno było wyrzucić z głowy ambicje wtłoczone mi podczas nauki. W porze, kiedy kończyły się lekcje, mimowolnie udałam się w pobliże szkoły, obeszłam ją dookoła. Bałam się, że zobaczy mnie któryś z nauczycieli, ale jednocześnie uświadomiłam sobie, że tego właśnie chcę. Chciałam zostać nieodwołalnie napiętnowana jako już nie wzorowa uczennica albo na powrót dać się wciągnąć przez szkolny wir, podporządkować się i zacząć od początku.

Pojawiły się pierwsze grupki uczniów. Usłyszałam wołanie, to był Alfonso. Czekał na Marisę, ale ona się spóźniała.

– Chodzicie ze sobą? – zapytałam szydząco.

– Skąd, ale ona się uparła.

– Kłamiesz.

– Ty kłamiesz, bo powiedziałaś, że jesteś chora, a tu popatrz, zdrowa jak ryba. Galiani ciągle pyta o ciebie, powiedziałem, że masz wysoką gorączkę.

– Bo mam.

– A jakże, widać.

Pod pachą trzymał książki ściśnięte gumką, na jego twarzy malowało się zmęczenie będące efektem szkolnego stresu. Czy Alfonso, pomimo tak delikatnych rysów, również krył w piersi swojego ojca, don Achillego? Czy to możliwe, że rodzice nigdy nie umierają, że każde dziecko zostaje nimi nieodwołalnie napiętnowane? Czy mnie też czeka taki los i wyjdzie ze mnie kiedyś moja kulawa matka i jej chód?

Zapytałam go:

– Widziałeś, co twój brat zrobił Linie?

Alfonso się speszył.

– Tak.

– I nic mu nie powiesz?

– Trzeba sprawdzić, co Lina zrobiła jemu.

– Ty też byłbyś w stanie postąpić tak z Marisą?

Zaśmiał się nieśmiało.

– Nie.

– Jesteś pewien?

– Tak.

– Dlaczego?

– Bo znam ciebie, bo rozmawiamy, chodzimy razem do szkoły.

Wtedy nie rozumiałam, co to znaczy, że znam ciebie, co znaczy, że rozmawiamy i razem chodzimy do szkoły. Dostrzegłam Marisę na końcu ulicy, biegła, bo była już spóźniona.

– Nadchodzi twoja dziewczyna – powiedziałam.

Nie obrócił się, wzruszył ramionami, wymamrotał:

– Proszę, wróć do szkoły.

– Źle się czuję – odparłam i odeszłam.

Nie chciałam się witać z siostrą Nina, wszystko, co go przypominało, budziło we mnie niepokój. Ale mgliste słowa Alfonsa dobrze mi zrobiły, po drodze obracałam je w głowie. Powiedział, że nigdy przemocą nie narzuci ewentualnej żonie swojej woli, ponieważ zna mnie, rozmawiamy, siedzimy w tej samej ławce. Wyraził się ze szczerością, bez obawy, że pośrednio przypisze mi moc wpływania na siebie, na mężczyznę, i na swoje zachowanie. Byłam mu wdzięczna za to zawiłe wyznanie – pocieszyło mnie i zainicjowało we mnie proces pojednania z samą sobą. Słabemu przekonaniu niewiele trzeba, by osłabło tak bardzo, że będzie musiało ustąpić. Następnego dnia podrobiłam podpis matki i wróciłam do szkoły. Wieczorem przy stawach przytulona do Antonia, aby uciec przed zimnem, obiecałam, że skończę tę klasę i się pobierzemy.

10.

Trudno było jednak nadrobić stracony czas, zwłaszcza w przedmiotach ścisłych, dlatego aby skupić się na nauce, musiałam ograniczyć kontakty z Antoniem. Gdy opuszczałam spotkanie, ponieważ miałam dużo nauki, on markotniał, pytał mnie z trwogą:

– Czy coś jest nie tak?
– Mam dużo zadań.
– Dlaczego nagle jest ich coraz więcej.
– Zawsze ich było dużo.
– Ostatnio w ogóle ich nie miałaś.
– To był przypadek.
– Lenù, co przede mną ukrywasz?
– Nic.
– Kochasz mnie jeszcze?

Zapewniałam, że tak, ale czas biegł szybko i musiałam wracać do domu, zła na siebie za to, ile mi jeszcze zostało nauki.

Antonia ciągle dręczyła jedna obsesja: był nią syn Sarratorego. Bał się, że z nim rozmawiam, że się widujemy. Rzecz jasna, by go nie ranić, ukrywałam, że wpadam na Nina przy wejściu do szkoły, przy wyjściu, na korytarzach. Nigdy do niczego szczególnego nie dochodziło, co najwyżej witaliśmy się skinieniem głowy i czmychaliśmy każde w swoją stronę: mogłabym o tym bez problemu powiedzieć mojemu chłopakowi, gdyby on był rozsądnym człowiekiem. Antonio jednak nie był rozsądny, i prawdę mówiąc, ja też nie. Choć Nino nie zwracał na mnie uwagi, sam fakt, że go widziałam, sprawiał, że w czasie lekcji błądziłam myślami w chmurach. Jego obecność kilka sal dalej, fakt, że istnieje, że jest rzeczywisty, lepiej wykształcony od nauczycieli, a przy tym odważny i niepokorny, odbierał sens wypowiedziom moich profesorów, linijkom w książkach, planom małżeńskim, pompie benzynowej przy głównej ulicy.

W domu też nie mogłam się uczyć. Do chaotycznych myśli o Antoniu, o Ninie, o przyszłości dochodziło neurotyczne zachowanie mojej matki, która wrzeszczała, abym zrobiła to czy tamto, dochodziło rodzeństwo, które przybywało w procesji i przynosiło swoje zadania. To, że ciągle ktoś mi przeszkadzał, nie było żadną nowością, zawsze uczyłam się w chaosie. Ale teraz moja dawna determinacja, która pozwalała mi dawać z siebie wszystko nawet w takich warunkach, gdzieś wyparowała, nie potrafiłam, a może nie chciałam już godzić szkoły ze spełnianiem żądań wszystkich dookoła. Dlatego całe popołudnia pomagałam matce, odrabiałam lekcje z rodzeństwem, a sama niewiele się uczyłam albo w ogóle. I tak jak kiedyś zarywałam noce, aby poświęcać je książkom, teraz ciągle czułam się wykończona i spanie stało się dla mnie wytchnieniem: wieczorem machałam ręką na zadania domowe i kładłam się do łóżka.

To sprawiło, że do szkoły zaczęłam przychodzić nie tylko roztargniona, ale i nieprzygotowana, żyłam w strachu, że nauczyciele wywołają mnie do odpowiedzi. Co wkrótce się stało. Któregoś dnia dostałam niedostateczny z chemii, z historii sztuki i z filozofii, a moje nerwy były tak napięte, że po ostatniej złej ocenie rozpłakałam się przed całą klasą. To była straszna chwila, czułam zarazem odrazę i rozkosz zatracenia, przerażenie i dumę z faktu, iż się staczam.

Po lekcjach Alfonso przekazał mi, że jego szwagierka prosiła, żebym ją odwiedziła. Idź, namawiał z troską, tam będzie ci się lepiej uczyło niż w domu. Tego samego popołudnia podjęłam decyzję i ruszyłam w stronę nowego osiedla. Nie poszłam do Lili, aby tam znaleźć rozwiązanie moich szkolnych problemów, bo byłam pewna, że przegadamy cały czas i że moja sytuacja byłej wzorowej uczennicy dodatkowo się pogorszy. Powiedziałam sobie jednak: lepiej staczać się podczas rozmów z Lilą, niż słuchając krzyków mojej matki, bezczelnych roszczeń rodzeństwa, z powodu fascynacji synem Sarratorego i wymówek Antonia. Przynajmniej czegoś się nauczę o życiu małżeńskim, które już wkrótce – co było dla mnie oczywiste – i mnie przypadnie w udziale.

Lila przyjęła mnie z nieskrywaną radością. Oko nie było już tak opuchnięte, warga się goiła. Po mieszkaniu chodziła ładnie ubrana, uczesana, ze szminką na ustach, jak gdyby ten dom był jej obcy i sama czuła się gościem. W korytarzu ciągle leżały prezenty ślubne, w pokojach czuć było zapach wapna i świeżej farby wymieszany z lekko alkoholowym oparem unoszącym się z nowych mebli w jadalni, stołu, bufetu z lustrem wprawionym w ciemną drewnianą ramę w kształcie pnącza, witryny pełnej sreber, talerzy, kieliszków i butelek z kolorowymi likierami.

Lila przygotowała kawę. Bawiło mnie siedzenie z nią w przestronnej kuchni i odgrywanie roli wielkich dam, jak to robiłyśmy w dzieciństwie przed otworem wentylacyjnym do piwnicy. Pomyślałam, że jest tu tak spokojnie i że źle zrobiłam, iż wcześniej nie przyszłam. Miałam przyjaciółkę w swoim wieku, z własnym domem pełnym czystych i drogich przedmiotów. Ta przyjaciółka, która przez cały dzień nie musiała nic robić, wyglądała na zadowoloną z mojego towarzystwa. Chociaż stałyśmy się inne, a dalsze zmiany wciąż następowały, ciągle łączyły nas serdeczne uczucia. Dlaczego nie miałabym się zrelaksować? Po raz pierwszy od dnia ślubu Lili poczułam się swobodnie.

– Jak mają się sprawy ze Stefanem? – spytałam.

– Dobrze.

– Wyjaśniliście sobie wszystko?

Uśmiechnęła się z rozbawieniem.

– Tak, wszystko jest jasne.

– Czyli?

– Ohyda.

– Jak w Amalfi?

– Tak.

– Bije cię jeszcze?

Dotknęła twarzy.

– Nie, to stare ślady.

– Więc?

– Chodzi o upokorzenie.

– A ty?

– Robię, czego żąda.

Zastanowiłam się chwilę i spytałam z aluzją:

– A gdy śpicie razem, jest pięknie?

Zrobiła zakłopotaną minę, spoważniała. Zaczęła opowiadać o mężu ze zniechęceniem w głosie. Nie było w niej wrogości, nie było pragnienia odwetu ani nawet odrazy, lecz zwykła pogarda, brak szacunku, które zalewały całą postać Stefana jak skażona woda ziemię.

Słuchałam, rozumiałam i zarazem nie dostrzegałam sensu. Jakiś czas temu groziła nożem Marcellowi tylko dlatego, że ośmielił się chwycić mnie za rękę i zerwać bransoletkę. Od tamtej pory byłam przekonana, że gdyby Marcello tylko ją dotknął, zabiłaby go. Ale teraz w stosunku do Stefana nie wykazywała żadnej agresji. Nietrudno to sobie było wyjaśnić: od dziecka widziałyśmy, jak nasi ojcowie biją matki. Wyrosłyśmy w przekonaniu, że obcemu nie wolno nas nawet tknąć, ale rodzic, narzeczony i mąż mogą nas spoliczkować, kiedy chcą – z miłości, dla przykładu, dla nauki. Ponieważ Stefano nie był znienawidzonym Marcellem, lecz młodzieńcem, którego jak sama twierdziła, pokochała, tym, którego poślubiła i z którym postanowiła spędzić całe życie, teraz brała na siebie całą odpowiedzialność za dokonany wybór.

Chociaż coś mi nie grało. W moich oczach Lila była Lilą, a nie pierwszą lepszą dziewczyną z dzielnicy. Nasze matki nie przyjmowały wyrazu spokojnej pogardy po policzku otrzymanym od mężów. Rozpaczały, płakały, obrażały się na nich, krytykowały za plecami, ale nie przestawały szanować (moja, na przykład, bezkrytycznie podziwiała hochsztaplerstwo ojca). Lila natomiast wykazywała pozbawioną respektu uległość. Powiedziałam:

– Mnie jest dobrze z Antoniem, chociaż go nie kocham.

Liczyłam, że zgodnie ze starym zwyczajem dojrzy w tym stwierdzeniu cały szereg skrywanych pytań. Chociaż ja kocham Nina – mówiłam bezgłośnie – czuję przyjemne podniecenie na samą myśl o Antoniu, o jego pocałunkach, o naszych uściskach i pieszczotach nad stawami. W moim przypadku miłość czy nawet szacunek nie są niezbędnymi warunkami doznawania przyjemności. Czy możliwe zatem, że *ohyda, upokorzenie* pojawiają się *potem*, kiedy mężczyzna podporządkowuje sobie kobietę, gwałci ją wedle własnej woli tylko dlatego, że już do niego należy, bez względu na miłość czy szacunek? Co się dzieje, kiedy leżysz w łóżku pod jego ciężarem? Ona tego doświadczyła, i chciałam, żeby mi opowiedziała. Ale Lila tylko odparła z ironią: lepiej dla ciebie, że ci dobrze, i zaprowadziła mnie do małego pokoju, którego okna wychodziły na tory. Jego ściany były gołe, stały tam tylko biurko, krzesło i leżanka.

– Podoba ci się?
– Tak.

– Więc się ucz.

Wyszedłszy, zamknęła za sobą drzwi.

W pokoju tym bardziej niż w pozostałej części mieszkania czuć było zapach wilgotnych ścian. Popatrzyłam przez okno: wolałabym dalej rozmawiać. Od razu zrozumiałam, że Alfonso powiedział jej o mojej nieobecności w szkole, może nawet o złych ocenach, i że ona chciała, nawet pod przymusem, przywrócić mi mądrość, którą zawsze mi przypisywała. Tak lepiej. Słyszałam, jak krząta się po mieszkaniu, dzwoni. Uderzyło mnie, że nie powiedziała: *halo, mówi Lina* albo, czy ja wiem, *mówi Lina Cerullo*, lecz *halo, mówi pani Carracci*. Usiadłam przy biurku, otworzyłam książkę do historii i zmusiłam się do nauki.

11.

Końcówka roku szkolnego nie była najszczęśliwsza. Budynek, w którym mieściło się liceum, ledwo się trzymał, sale przeciekały podczas deszczu, po ulewnej burzy kilka metrów dalej zapadła się ulica. Do szkoły chodziliśmy co drugi dzień, na zmianę, zadania domowe zaczęły odgrywać większe znaczenie od lekcji, nauczyciele zarzucili nas ogromem materiału. Pomimo protestów matki po szkole od razu szłam do Lili.

Byłam u niej o drugiej po południu, książki rzucałam w kąt. Ona przygotowywała mi bułkę z szynką, z serem, salami, ze wszystkim, czego chciałam. W domu nigdy nie widziałam takiej obfitości jedzenia: jak pięknie pachniał świeży chleb i jak smakowały dodatki, zwłaszcza szynka o żywej czerwonej barwie z białą otoczką tłuszczu. Jadłam zachłannie, a Lila w tym czasie przygotowywała mi kawę. Po ploteczkach zamykała mnie w pokoiku i zaglądała tylko po to, żeby przynieść coś dobrego i zjeść albo napić się ze mną. Ponieważ nie miałam ochoty na spotkanie ze Stefanem, który zazwyczaj wracał ze sklepu około ósmej wieczorem, zawsze ulatniałam się punktualnie o siódmej.

Oswoiłam się z mieszkaniem, z jego światłem, z dźwiękami dochodzącymi od strony kolei. Każdy kąt, każda rzecz była nowa, czysta, ale najbardziej podobała mi się łazienka, w której były umywalka, bidet, wanna. Pewnego szczególnie leniwego popołudnia spytałam Lilę, czy mogę się wykąpać. W domu myłam się pod kranem albo w miedzianej misie. Odparła, że mogę robić, co chcę, i pobiegła, żeby dać mi ręczniki. Puściłam wodę, która z kranu wypływała już gorąca. Rozebrałam się i zanurzyłam po szyję.

Ciepło wzbudziło we mnie nieoczekiwaną przyjemność. Po chwili skorzystałam z licznych ampułek ustawionych na brzegach wanny: ciało otoczyła lekka piana, która prawie się przelewała. Och, jakie wspaniałości posiadała Lila. Tu nie chodziło już tylko o higienę, lecz o zabawę, o relaks. Znalazłam szminki, cienie, odkryłam wielkie lustro, które nie wypaczało odbicia, powiew suszarki. Na koniec moja skóra była gładka jak nigdy, a włosy puszyste, błyszczące, jaśniejsze. Może na tym polega bogactwo, jakiego pragnęłyśmy jako dzieci: nie na skrzyniach pełnych złotych monet i diamentów, ale na wannie, na codziennym zanurzaniu się po szyję, jedzeniu chleba, salami, szynki, na przestrzeni nawet w ubikacji, na posiadaniu telefonu, spiżarki i lodówki pełnej jedzenia, na oprawionym w srebrną ramę zdjęciu stojącym na bufecie i przedstawiającym kobietę w sukni ślubnej, na posiadaniu *takiego* właśnie mieszkania, z kuchnią, sypialnią, jadalnią, dwoma balkonami i pokoikiem, w jakim się zamykam, żeby się uczyć, i w którym, choć Lila mi tego nie powiedziała, wkrótce spać będzie dziecko, kiedy przyjdzie na świat.

Wieczorem pobiegłam nad stawy, nie mogłam się doczekać, aż Antonio obsypie mnie pieszczotami, będzie mnie wąchał, dziwił się i rozkoszował tą bogatą czystością, która podkreśla urodę. Chciałam mu to zanieść w prezencie. Ale on wyglądał na zmartwionego, powiedział: ja nigdy nie będę mógł ci tego dać, a ja odparłam: a kto mówi, że tego chcę, on zaś na to: zawsze chcesz robić to co Lila. Obraziłam się, pokłóciliśmy się. Jestem niezależna. Robię tylko to, co sama uważam za słuszne, robię to, czego on i Lila nie robią, i nie potrafią zrobić, uczę się, ślęczę nad książkami i niszczę sobie wzrok. Wykrzyczałam, że mnie nie rozumie, że próbuje tylko mnie stłamsić i obrazić, po czym uciekłam.

Ale Antonio rozumiał mnie aż za dobrze. Z dnia na dzień dom mojej przyjaciółki coraz bardziej mnie zachwycał, stał się magicznym miejscem, w którym mogłam mieć wszystko, daleko od nędznej szarości starych kamienic, w jakich się wychowałyśmy, daleko od odrapanych ścian, porysowanych drzwi, odwiecznych i ciągle tych samych obitych i obtłuczonych przedmiotów. Lila starała się mi nie przeszkadzać, to ja ją wołałam: chce mi się pić, zgłodniałam, włączmy telewizor, czy mogę zobaczyć to, czy mogę zobaczyć tamto. Nauka mnie nudziła, męczyła. Czasami prosiłam, aby posłuchała, jak na głos powtarzam zadaną lekcję. Ona siadała na leżance, ja przy biurku. Pokazywałam jej strony, które miałam powtórzyć, recytowałam, Lila sprawdzała, linijka po linijce.

Przy tych właśnie okazjach spostrzegłam, jak bardzo uległ zmianie jej stosunek do książek. Teraz prawie ją peszyły. Nie narzucała mi już swojego porządku, swojego rytmu, jakby kilka zdań wystarczało do ogarnięcia całej kwestii i opanowania jej, powtarzając: ta myśl się liczy, zacznij z tego miejsca. Śledziła moją wypowiedź w książce i kiedy wydawało jej się, że popełniłam błąd, poprawiała mnie, usprawiedliwiając się: może źle zrozumiałam, lepiej sama to sprawdź. Jak gdyby zapomniała, że nadal potrafi uczyć się bez żadnego wysiłku. Tymczasem ja pamiętałam. Zobaczyłam na przykład, że chemia, dla mnie straszna nuda, u niej wywołała błysk w oku. I wystarczyło kilka jej uwag, abym przebudziła się z otępienia, rozpaliła. Zobaczyłam, że potrzeba jej zaledwie pół strony z książki do filozofii, by ustalić zaskakujące powiązania między Anaksagorasem, porządkiem, jaki umysł narzuca chaosowi rzeczy, a tablicą Mendelejewa. Ale częściej odnosiłam wrażenie, że jest przekonana o własnych brakach, o naiwności spostrzeżeń, dlatego świadomie się ogranicza. Jak tylko docierało do niej, że za bardzo się angażuje, wycofywała się, jakby unikając pułapki, i mówiła cicho: masz szczęście, że rozumiesz, ja nawet nie wiem, o czym mówisz.

Kiedyś z trzaskiem zamknęła książkę i powiedziała z poirytowaniem:

– Dosyć.

– Dlaczego?

– Dlatego że mam dosyć, zawsze to samo: wewnątrz tego, co małe, kryje się coś jeszcze mniejszego, co chce przecisnąć się na zewnątrz, a na zewnątrz tego, co duże, jest coś jeszcze większego, co chce to duże zniewolić. Idę gotować.

Ale ja nie uczyłam się niczego, co miałoby jakikolwiek związek z małym czy wielkim. Po prostu jej wrodzona zdolność przyswajania rozdrażniła ją, a może przeraziła, i zwyczajnie uciekła.

Gdzie?

By przygotować kolację, polerować mieszkanie, oglądać po cichu telewizję, tak by mi nie przeszkadzać, patrzeć na tory, na pociągi, na odległy kontur Wezuwiusza, na ulice nowego osiedla, jeszcze bez drzew i sklepów, na nieliczny ruch samochodowy, na kobiety z siatkami pełnymi zakupów i na małe dzieci uczepione ich spódnic. Rzadko i tylko na polecenie Stefana albo na jego prośbę udawała się do lokalu – niecałe pięćset metrów od domu, raz jej towarzyszyłam – gdzie miał powstać nowy sklep z wędlinami. Zabierała metr stolarski, żeby robić pomiary i zaprojektować regały oraz wyposażenie.

I to wszystko, nie miała nic innego do roboty. Szybko uświadomiłam sobie, że jako mężatka była bardziej samotna niż jako panna. Ja czasami wychodziłam z Carmelą, z Adą, a nawet z Gigliolą, a w szkole zakolegowałam się z dziewczynami z mojej klasy i z innych, tak że czasami spotykałyśmy się na lodach przy via Foria. Ona natomiast widywała się tylko ze szwagierką Pinuccią. Jeśli chodzi o chłopców, chociaż jeszcze w trakcie narzeczeństwa przystawali, aby zamienić kilka słów, teraz, po ślubie, co najwyżej witali się, mijając ją na ulicy. A przecież była piękną dziewczyną i ubierała się jak modelki z kolorowych pism dla pań, które kupowała w dużych ilościach. Jako mężatka jednak została zamknięta w swego rodzaju szklanej butelce: była jak statek, który na pełnych żaglach płynie w ograniczonej przestrzeni, na dodatek pozbawionej morza. Pasquale, Enzo, sam Antonio nigdy by się nie zapuścili na białe ulice, bez cienia, otoczone dopiero co wybudowanymi domami, aż pod jej bramę, pod jej mieszkanie, by zamienić z nią kilka słów czy zaprosić ją na spacer. To było nie do pomyślenia. I nawet telefon, ten czarny przedmiot zawieszony na kuchennej ścianie, wyglądał jak bezużyteczna ozdoba. Przez cały okres, kiedy się u niej uczyłam, usłyszałam go tylko kilka razy, i dzwonił zazwyczaj Stefano, który podłączył sobie aparat w sklepie, aby przyjmować zamówienia od klientów. Rozmowy tych świeżo poślubionych małżonków były krótkie, Lila odpowiadała znudzonym tak albo nie.

Telefon służył przede wszystkim do kupowania. W tamtym czasie bardzo rzadko wychodziła z domu, czekała, aż całkiem znikną ślady po uderzeniach, niemniej dużo nabywała. Na przykład po mojej radosnej kąpieli, po entuzjastycznym zachwycie włosami usłyszałam, jak zamawia nową suszarkę, a kiedy ją przywieziono, podarowała mi ją. Wypowiadała magiczną formułkę: „halo, mówi pani Carracci", a potem pertraktowała, dyskutowała, rezygnowała, kupowała. Nie płaciła, bo to byli sklepikarze z dzielnicy, dobrze znali Stefana. Ograniczała się do złożenia podpisu, *Lina Carracci*, imię i nazwisko, jak nauczyła nas pani Oliviero, a robiła to z taką precyzją, jakby odrabiała zadane ćwiczenie z uśmiechem, nie sprawdzając nawet towaru, jak gdyby znaczki na papierze bardziej ją obchodziły od przedmiotów, które jej dostarczono.

Kupiła też wielkie albumy w zielonej oprawie ozdobione kwiecistym motywem i powkładała do nich zdjęcia ze ślubu. Specjalnie dla mnie zrobiła nie wiem ile odbitek, na których byłam ja, moi rodzice, rodzeństwo, nawet Antonio. Dzwoniła i zamawiała je u fotografa. Któregoś razu na jednym ze zdjęć dostrzegłam Nina: byli Alfonso i Marisa, a on stał po prawej stronie, ucięty, ale widać było fragment włosów, nos, usta.

— Mogę mieć też to zdjęcie? — odważyłam się poprosić, ale bez przekonania.

— Nie ma cię na nim.

— Stoję tyłem.

— Dobrze, jeśli chcesz, zrobię ci odbitkę.

Nagle zmieniłam zdanie.

— Nie, zostaw.

— To żaden problem.

— Nie.

Ale zakupem, który wywarł na mnie największe wrażenie, był projektor. Wreszcie wywołano film z jej ślubu, któregoś wieczoru przyszedł fotograf, aby pokazać go młodej parze i krewnym. Lila dowiedziała się, ile kosztuje ten sprzęt, zamówiła do domu i zaprosiła mnie na oglądanie. Postawiła projektor na stole w jadalni, zdjęła obraz przedstawiający morze podczas burzy, z wprawą założyła taśmę, zasunęła żaluzje i na białej ścianie zaczęły przewijać się obrazy. Cudo: film był kolorowy, ledwie kilka minut, znieruchomiałam w podziwie. Jeszcze raz zobaczyłam jej wejście do kościoła pod ramię z Fernandem, wyjście na dziedziniec ze Stefanem, ich radosny spacer przez park delle Rimembranze, który kończył się długim pocałunkiem w usta, wejście do sali restauracyjnej, pierwszy taniec, krewnych, którzy jedli bądź tańczyli, pokrojenie tortu, rozdanie bombonier, pożegnanie skierowane do obiektywu, radosnego Stefana i ponurą ją, oboje w strojach podróżnych.

Podczas pierwszej projekcji uderzył mnie przede wszystkim widok mnie samej. Pojawiłam się dwukrotnie. Raz na dziedzińcu kościelnym, u boku Antonia: wyglądałam śmiesznie, nerwowo, twarz skryta za okularami; za drugim razem przy stole z Ninem, prawie się nie rozpoznałam: śmiałam się, gestykulowałam z lekceważącą elegancją, przeczesywałam włosy, bawiłam się bransoletką matki, wyglądałam subtelnie i pięknie. Lila wykrzyknęła nawet:

– Spójrz, jak ładnie wyszłaś.

– Ależ skąd – skłamałam.

– Tak wyglądasz, gdy jesteś szczęśliwa.

Za drugim razem (powiedziałam: puść od nowa, a ona nie kazała się prosić) wrażenie wywarło na mnie przede wszystkim wejście na salę braci Solara. Operator kamery uchwycił moment, który najbardziej wrył mi się w pamięć: chwilę, kiedy Nino opuszczał salę, a Marcello i Michele pojawiali się na niej. Dwaj bracia kroczyli w eleganckich garniturach, jeden obok drugiego, wysocy, umięśnieni przez podnoszenie ciężarów; Nino tymczasem wymykał się z pochyloną głową, lekko ramieniem szturchnął Marcella, i gdy ten nagle się obrócił z groźną miną kamorysty, on nawet się nie obejrzał, tylko zniknął obojętny na to.

Kontrast był porażający. Nie chodziło tyle o skromny ubiór Nina, który kontrastował z bogactwem Solarów, ze złotem, jakie nosili na szyi, na przegubach i na palcach. Nie chodziło nawet o wychudzenie, podkreślone przez jego wzrost – ma co najmniej pięć centymetrów więcej niż obaj bracia, którzy przecież do małych nie należą – i sugerujące słabowitość, jakże daleką od męskiej krzepkości, którą Marcello i Michele z przyjemnością eksponowali. Chodziło o lekceważenie. Choć zuchwałość Solarów można było uznać za rzecz normalną, dumne roztargnienie, z jakim Nino potrącił Marcella i zdawał się tego nie zauważyć, nie było w żadnym razie normalne. Nawet ci, którzy nienawidzili braci Solara, jak Pasquale, Enzo, Antonio, w taki czy inny sposób liczyli się z nimi. Nino natomiast nie dość, że nie przeprosił, to jeszcze nawet nie raczył spojrzeć na Marcella.

Scena była dla mnie namacalnym dowodem na to, co zaczęłam podejrzewać, gdy zobaczyłam ją na żywo. Synowi Sarratorego, choć jak my wyrósł w kamienicy w starej dzielnicy, choć wyglądał na bardzo przestraszonego, gdy przyszło mu pokonać Alfonsa w szkolnym konkursie, była całkiem obca hierarchia, na której szczycie znajdowali się Solarowie. W widoczny sposób go nie obchodziła, być może już jej nawet nie rozumiał.

Popatrzyłam na niego z zachwytem. Przypominał ascetycznego księcia, który potrafił wzbudzić strach w Michelem i w Marcellu jedynie niedostrzegającym ich wzrokiem. I przez chwilę poczułam nadzieję, że tutaj, na sekwencji obrazów, zrobi to, czego nie zrobił w rzeczywistości: zabierze mnie ze sobą.

Lila dopiero teraz zauważyła Nina, spytała z ciekawością:

– Czy to ten, z którym siedzisz przy stole razem z Alfonsem?

– Tak. Nie poznajesz go? To Nino, najstarszy syn Sarratorego.

– Jemu dałaś się pocałować na Ischii?

– To nic nie znaczyło.

– No i dobrze.

– Dlaczego dobrze?

– Ma o sobie duże mniemanie.

Wyjaśniłam, by usprawiedliwić to wrażenie:

– W tym roku zdaje maturę i jest najlepszy z całego liceum.

– Dlatego ci się podoba?

– Ależ skąd.

– Daj sobie spokój, Lenù, Antonio jest lepszy.

– Tak myślisz?

– Tak. Ten jest chudy, brzydki, a przede wszystkim strasznie zarozumiały.

Te trzy przymiotniki zabrzmiały jak obelga i już miałam jej odpowiedzieć: to nieprawda, jest śliczny, jego oczy skrzą iskrami, i przykro mi, że tego nie zauważasz, bo takiego chłopca nie znajdziesz ani w kinie, ani w telewizji, ani nawet w powieściach, a ja jestem szczęśliwa i kocham go już od dziecka, i chociaż on jest nieosiągalny, chociaż wyjdę za Antonia i spędzę życie na wlewaniu benzyny do samochodów, będę go kochać bardziej niż siebie samą, będę go kochać już zawsze.

Powiedziałam jednak, znowu nieszczęśliwa:

– Kiedyś mi się podobał, to było w szkole podstawowej, potem mi przeszło.

12.

Kolejne miesiące obfitowały w wydarzenia, z powodu których wiele cierpiałam i w których do dzisiaj nie potrafię zaprowadzić porządku. Choć narzuciłam sobie tempo i żelazną dyscyplinę, z bolesnym rozmiłowaniem pozwalałam, aby zalewały mnie fale nieszczęścia. Wszystko sprzysięgło się przeciwko mnie. W szkole, pomimo że znowu przykładałam się do nauki, nie dostawałam takich ocen jak niegdyś. Dni mijały, a ja ani przez chwilę nie czułam, że żyję. Droga do szkoły, droga do domu Lili, droga nad stawy – były jak bezbarwne morskie dno. Stałam się nerwowa i zniechęcona, i niemalże za każdym razem winą za większość moich problemów obarczałam Antonia.

On też był podenerwowany. Chciał mnie widywać bez ustanku, bywało, że urywał się z pracy i zmieszany czekał na mnie na chodniku, naprzeciwko szkolnej bramy. Niepokoił się szaleństwami swojej matki Meliny i przerażała go ewentualność, że nie zwolnią go ze służby wojskowej. We właściwym czasie złożył podania w okręgu, dołączając zaświadczenie o śmierci ojca, o stanie zdrowia matki, o swoim statusie jako jedynego żywiciela rodziny, i wyglądało na to, że tonące w biurokracji wojsko postanowiło o nim zapomnieć. Ale niedawno dowiedział się, że Enzo Scanno ma wyjechać jesienią, i bał się, że to samo spotka jego.

– Nie mogę zostawić mamy, Ady, rodzeństwa bez grosza i opieki – rozpaczał.

Któregoś razu pojawił się pod szkołą zdyszany – przyszli karabinierzy, by zebrać informacje na jego temat.

– Spytaj Linę – poprosił niespokojnie – niech ci powie, czy Stefano został zwolniony jako syn wdowy czy z jakiegoś innego powodu.

Uspokoiłam go i postarałam się dostarczyć mu jakiejś rozrywki. W tym celu zorganizowałam wieczór w pizzerii z Pasqualem i Enzem oraz ich dziewczynami, Adą i Carmelą. Miałam nadzieję, że rozmowa z przyjaciółmi go zrelaksuje, ale tak się nie stało. Enzo jak zwykle nie okazał żadnego przejęcia wyjazdem, żalił się tylko, że przez cały ten czas, kiedy on będzie odbywał służbę, jego ojciec wróci na ulicę z wozem, chociaż zdrowie już mu nie dopisuje. Jeśli chodzi o Pasqualego, zdradził nam z posępną miną, że nie poszedł do wojska z powodu przebytej gruźlicy. Powiedział jednak, że boleje nad tym, bo do wojska trzeba iść, i wcale nie po to, żeby służyć ojczyźnie. Tacy jak my, wymamrotał, muszą się nauczyć, jak posługiwać się bronią, bo szybko nadejdzie czas, że ten, kto ma zapłacić, zapłaci. W tej chwili rozmowa zeszła na politykę, choć tak naprawdę mówił tylko Pasquale, i to w sposób niedopuszczający sprzeciwu. Powiedział, że faszyści chcą z pomocą chadeków wrócić do władzy. Że policja i wojsko stoją po ich stronie. Że trzeba się przygotować. W tym momencie zwrócił się zwłaszcza do Enza, a ten potakująco kiwał głową, co więcej, choć zawsze milczący, teraz rzucił ze śmiechem: nie martw się, kiedy wrócę, pokażę ci, jak się strzela.

Ada i Carmela były wyraźnie pod wrażeniem tematu dyskusji, wyglądały na zadowolone, że są dziewczynami tak niebezpiecznych mężczyzn. Też chciałam coś powiedzieć, ale niewiele wiedziałam o przymierzach między faszystami, chadekami i policją, nic nie przychodziło mi więc do głowy. Co jakiś czas spoglądałam na Antonia w nadziei, że temat go zaciekawi, ale nic z tego, usiłował wrócić do kwestii, która nie dawała mu spokoju. Kilkakrotnie zapytał, jak jest w wojsku, a Pasquale, który tam nie był, odpowiedział, że parszywie, kto się nie ugnie, tego złamią. Enzo jak zwykle milczał, jak gdyby sprawa go nie dotyczyła. Antonio natomiast przestał jeść i bawiąc się połówką pizzy, która została na talerzu, kilkakrotnie powtórzył coś w rodzaju: oni nie wiedzą, z kim mają do czynienia, niech no się tylko odważą, to ja im pokażę łamanie.

Kiedy zostaliśmy sami, przybity wyskoczył ni z tego, ni z owego:

– Wiem, że jeśli wyjadę, nie poczekasz na mnie, znajdziesz sobie innego.

I wtedy zrozumiałam. Problemem nie była Melina, nie była Ada, nie była reszta rodzeństwa, które zostałoby bez środków do życia, problemem nie była też fala w koszarach. Problemem byłam ja. Nie chciał mnie zostawić ani na minutę, i bez względu na to, jakimi słowami czy czynami zapewniałabym go o swojej wierności, on mi nie uwierzy. Postanowiłam więc się obrazić. Odparłam, że powinien brać przykład z Enza:

– On ma zaufanie do Carmeli – wysyczałam – jeśli ma wyjechać, wyjedzie, nie skarży się, choć dopiero od niedawna z nią jest. Ty natomiast biadolisz bez powodu, tak, Antonio, bez powodu, bo i tak nie wyjedziesz, skoro Stefano Carracci został zwolniony z wojska jako syn wdowy, ciebie też zwolnią.

Mój głos, trochę agresywny, a trochę czuły, uspokoił go. Ale zanim mnie pożegnał, powtórzył speszony.

– Spytaj swoją przyjaciółkę.

– To też twoja przyjaciółka.

– Tak, ale ty spytaj.

Następnego dnia rozmawiałam o tym z Lilą, ale ona nic nie wiedziała o służbie wojskowej męża, niechętnie obiecała, że się czegoś dowie.

Nie zrobiła tego od razu, na co liczyłam. Ciągle były jakieś napięcia ze Stefanem i jego rodziną. Maria powiedziała synowi, że żona za dużo wydaje, Pinuccia stwarzała problemy z nowym sklepem z wędlinami, mówiła, że ona nie będzie się nim zajmować, że szwagierka powinna. Stefano uciszał matkę i siostrę, ale koniec końców karcił żonę za przesadną rozrzutność, wypytywał, czy ewentualnie byłaby gotowa stanąć za kasą w nowej wędliniarni.

W tamtym czasie Lila nawet w moich oczach stała się szczególnie nieobecna. Mówiła, że będzie wydawać mniej, chętnie godziła się na poprowadzenie sklepu, a tymczasem wydawała jeszcze więcej, i choć dawniej pojawiała się w nowym lokalu, bądź z ciekawości, bądź z obowiązku, teraz w ogóle tego nie robiła. Na dodatek siniaki na twarzy już znikły i chętnie krążyła po mieście, zwłaszcza rano, kiedy ja byłam w szkole.

Na spacery chodziła z Pinuccią. Rywalizowały ze sobą o to, która lepiej się ubierze, która kupi więcej niepotrzebnych rzeczy. Zazwyczaj wygrywała Pina, zwłaszcza że dzięki swoim infantylnym kaprysom wiedziała, jak wyciągać pieniądze z Rina, który czuł się zobowiązany do większej szczodrości niż szwagier.

– Pracuję cały boży dzień – mówił do narzeczonej. – Zabaw się też za mnie.

I z dumną niedbałością, na oczach pracowników i ojca wyciągał z kieszeni garść monet oraz pomiętych banknotów, wręczał Pinie i zaraz potem z szyderstwem zabierał się do obdarowywania także siostry.

Takie zachowanie drażniło Lilę, było jak uderzenia wiatru, który trzaska drzwiami, zrzuca przedmioty z regałów. Ale dostrzegała w nim również znak, że fabryczka obuwia wreszcie się rozkręca, i w gruncie rzeczy była zadowolona, iż buty „Cerullo" stoją w wielu sklepach, że wiosenne modele sprzedają się dobrze, a zamówień jest coraz więcej. Do tego stopnia, że Stefano musiał przerobić piwnicę pod warsztatem częściowo na magazyn, a częściowo na laboratorium, natomiast Fernando i Rino z pośpiechem zatrudnili pomocnika, ale i tak bywało, że pracowali również w nocy.

Nie obyło się rzecz jasna bez konfliktów. Sklep obuwniczy, który bracia Solara zobowiązali się otworzyć na piazza dei Martiri, miał zostać wyposażony na koszt Stefana, ten jednak, zaniepokojony faktem, iż nigdy nie podpisano żadnej umowy, kłócił się z Marcellem i Michelem. Ale chyba doszli wreszcie do porozumienia i postanowili między sobą spisać czarno na białym kwotę (nieco wygórowaną), jaką Carracci zamierzał zainwestować w wyposażenie. Cieszyło to zwłaszcza Rina, bo choć pieniądze wykładał szwagier, on przybierał minę właściciela, jak gdyby sam za wszystko płacił.

– Jeśli tak dalej pójdzie, w przyszłym roku się pobierzemy – obiecywał narzeczonej.

Któregoś ranka Pina postanowiła udać się do tej samej krawcowej, która szyła suknię ślubną Lili, ot tak, żeby rzucić okiem. Krawcowa uprzejmie przyjęła obie, ale potem, zafascynowana Lilą, kazała ze szczegółami opowiedzieć o uroczystości i bardzo nalegała, żeby ta podarowała jej duże zdjęcie w sukni ślubnej. Lila zrobiła dla niej odbitkę i któregoś ranka, gdy wychodziła z Piną, zaniosła do pracowni.

Przy tej właśnie okazji, idąc wzdłuż Rettifilo, Lila zapytała szwagierkę, jak to się stało, że Stefano nie poszedł do wojska: czy przyszli karabinierzy, aby zweryfikować jego sytuację syna wdowy, czy też informacja o zwolnieniu nadeszła pocztą, a może musiał się udać do okręgu osobiście?

Pinuccia popatrzyła na nią drwiąco.

– Syn wdowy?

– Tak, Antonio twierdzi, że w takiej sytuacji nie wysyłają do wojska.

– Ja wiem, że jedynym pewnym sposobem, by uniknąć służby, jest zapłacić.

– Komu zapłacić?

– Tym z okręgu.

– Stefano zapłacił?

– Tak, ale lepiej o tym nie mówić.

– Ile?

– Tego nie wiem. Wszystkim zajęli się Solarowie.

Lila zesztywniała.

– Czyli?

– Chyba wiesz, że ani Marcello, ani Michele też nie poszli do wojska. Zostali zwolnieni ze względu na niewydolność płuc.

– Oni? Jak to możliwe?

– Dzięki znajomościom.

– A Stefano?

– Wykorzystał znajomości Marcella i Michelego. Jeśli płacisz, znajomi wyświadczają ci przysługę.

Lila wszystko mi zrelacjonowała jeszcze tego samego popołudnia, ale chyba nie docierało do niej, jak złe to były informacje dla Antonia. Podnieciło ją natomiast – tak, podnieciło – odkrycie, że układ między jej mężem a braćmi Solara nie zrodził się z potrzeb wynikających z handlu, lecz był o wiele starszej daty, zawiązał się jeszcze przed zaręczynami.

– Od początku mnie oszukiwał – powtarzała niemalże z satysfakcją, jak gdyby historia z wojskiem stanowiła ostateczny dowód na prawdziwą naturę Stefana i dlatego teraz czuła się prawie wolna. Chwilę minęło, zanim zdołałam zapytać:

– Czy twoim zdaniem, jeśli Antonio nie zostanie zwolniony z wojska, Solarowie mogliby mu wyświadczyć przysługę?

Popatrzyła na mnie zimno, jak gdybym powiedziała coś odrażającego, i ucięła krótko:

– Antonio nigdy nie poprosi Solarów o pomoc.

13.

Nawet nie wspomniałam mojemu chłopakowi o naszej rozmowie. Unikałam go, powiedziałam, że mam dużo nauki i w najbliższym czasie będę często wywoływana do odpowiedzi.

To nie była wymówka, szkoła naprawdę zamieniła się w piekło. Kuratorium gnębiło dyrektora, dyrektor gnębił nauczycieli, nauczyciele gnębili uczniów, a uczniowie gnębili się sami. Większość z nas nie była w stanie unieść ogromu zadań, ale cieszyliśmy się, że lekcje odbywają się na zmianę, co drugi dzień. Mniejszość natomiast złościła się na fatalny stan budynku, na stracone godziny lekcyjne i chciała natychmiastowego przywrócenia normalnego rozkładu zajęć. Na czele tej grupy stał Nino Sarratore, i to dodatkowo skomplikowało mi życie.

Widziałam, jak na korytarzu urządzał pogaduszki z profesor Galiani, przechodziłam obok w nadziei, że nauczycielka mnie zawoła. Ale nigdy tego nie zrobiła.

Liczyłam więc, że może on mnie zagadnie, ale też nie zagadnął. Czułam się zdyskredytowana. Pomyślałam sobie: nie dostaję już takich ocen jak kiedyś, dlatego w krótkim czasie straciłam tę odrobinę prestiżu, na jaki tak ciężko pracowałam. Z drugiej strony – pytałam się z rozgoryczeniem – czego oczekiwałam? Że Galiani albo Nino spytają mnie o opinię na temat bezużytecznych sal i zbyt wielkiej ilości zadań? I co im powiem? Ja nie miałam de facto żadnej opinii, i dotarło to do mnie pewnego ranka, kiedy Nino wyrósł przede mną z kartką maszynopisu w ręku i spytał szorstko:

– Raczysz przeczytać?

Dostałam takiej palpitacji serca, że wydusiłam tylko:

– Teraz?

– Nie, oddasz mi przy wyjściu.

Emocje buzowały we mnie. Pognałam do łazienki i czytałam w podnieceniu. Kartkę zapełniało mnóstwo cyferek i mowa była o sprawach, o których nic nie wiedziałam: o planie zagospodarowania, o budownictwie szkolnym, o włoskiej konstytucji, o pewnych istotnych ustawach. Zrozumiałam tylko to, co i tak wiedziałam, czyli że Nino domagał się natychmiastowego przywrócenia normalnego rozkładu godzin.

W klasie pokazałam kartkę Alfonsowi.

– Daj sobie spokój – poradził mi, nawet nie czytając. – Zaraz będzie koniec roku, nauczyciele jeszcze odpytują, będziesz miała kłopoty.

Ale mnie ogarnęło jakieś szaleństwo, moje skronie pulsowały, gardło było zaciśnięte. Nikt inny w szkole nie narażał się tak jak Nino, bez lęku przed nauczycielami czy dyrektorem. Nie tylko był najlepszy we wszystkich przedmiotach, ale orientował się w rzeczach, o których nie uczono, których nie wiedział żaden inny uczeń, nawet zdolny. I był śliczny. Policzyłam godziny, minuty, sekundy. Chciałam już do niego biec i oddać mu kartkę, pochwalić, powiedzieć, że ze wszystkim się zgadzam, że chcę mu pomóc.

Nie zobaczyłam go ani na schodach, w tłumie uczniów, ani na ulicy. Wyszedł ze szkoły jako jeden z ostatnich, z miną bardziej niż zwykle naburmuszoną. Z radością podbiegłam do niego, wymachując kartką i zasypując go samymi superlatywami. On słuchał mnie ze zmarszczoną brwią, potem wziął kartkę, zmiął ją ze złością w kulkę i wyrzucił.

– Galiani powiedziała, że tak nie może być – odburknął.

Zmieszałam się.

– Co nie może być?

Zrobił niezadowoloną minę i machnął ręką, jakby chciał powiedzieć: daj spokój, nie warto o tym mówić.

– W każdym razie dziękuję ci – powiedział w sposób nieco wymuszony, pochylił się i nieoczekiwanie pocałował mnie w policzek.

Od pocałunku na Ischii nie było między nami żadnego kontaktu, nawet uścisku dłoni, dlatego ten nietypowy sposób pożegnania sparaliżował mnie. Nie poprosił, abym przeszła się z nim kawałek, nie powiedział cześć, zwyczajnie odszedł. Bez sił, bez tchu patrzyłam, jak się oddala.

Wtedy zdarzyły się dwie potworne rzeczy, jedna po drugiej. Przede wszystkim z bocznej uliczki wyszła dziewczyna, bez wątpienia młodsza ode mnie, najwyżej piętnastoletnia, której uroda mnie uderzyła: ładna sylwetka, czarne proste długie włosy, eleganckie ruchy, każdy element wiosennego ubioru wyważony i prze-studiowany. Podeszła do Nina, on objął ją ramieniem, ona podniosła twarz i podała usta. Pocałowali się. Był to całkiem inny pocałunek od tego, którym obdarzył mnie. Chwilę później spostrzegłam, że na rogu stoi Antonio. Miał być w pracy, a jednak przyszedł po mnie. Stał tam pewnie już dość długo.

14.

Niełatwo było go przekonać, że to, co widział na włas-ne oczy, nie było tym, co od dawna sobie wyobrażał, lecz zwykłym przyjacielskim gestem pozbawionym podtekstów.

– On ma dziewczynę – powiedziałam. – Sam ją widziałeś.

Wychwycił jednak w moich słowach nutkę cier-pienia i zaczął mi grozić, a jego dolna warga i ręce drżały. Wówczas odburknęłam, że mam już dość, że chcę go zostawić. Ustąpił, pogodziliśmy się. Ale od tej chwili jeszcze mniej mi ufał, a strach przed powoła-niem do wojska ostatecznie przerodził się w obawę, że zostawię go dla Nina. Coraz częściej urywał się z pra-cy, aby biec mi na powitanie, jak mawiał. W rzeczy-wistości chciał mnie przyłapać i udowodnić zwłaszcza sobie, że naprawdę nie dochowuję mu wierności. Co zrobiłby potem, tego nawet on sam nie wiedział.

Pewnego popołudnia jego siostra Ada, która ku wielkiemu zadowoleniu swojemu i Stefana od jakiegoś czasu pracowała w sklepie z wędlinami, zobaczyła, jak tamtędy przechodzę. Wybiegła do mnie. Miała na sobie poplamiony tłuszczem biały fartuch, który sięgał jej poniżej kolan, ale i tak wyglądała pięknie, a po szmince, pomalowanych oczach, spinkach we włosach można było się domyślić, że również pod fartuchem ubrana jest tak, jakby wybierała się na przyjęcie. Powiedziała, że chce ze mną porozmawiać, umówiłyśmy się więc na podwórku przed kolacją. Przyszła prosto ze sklepu, zmęczona, w towarzystwie Pasqualego, który po nią wyszedł.

Mówili razem, raz jedno, raz drugie, oboje zażenowani. Zrozumiałam, że byli bardzo zaniepokojeni: Antonio wkurzał się o byle co, nie miał już cierpliwości do Meliny, wychodził z pracy bez uprzedzenia. Nawet właściciel warsztatu, pan Gallese, był zdezorientowany, ponieważ znał go od dziecka i nigdy go jeszcze w takim stanie nie widział.

– Boi się powołania do wojska – odrzekłam.

– Jeśli go wezwą, będzie musiał pojechać – powiedział Pasquale. – W przeciwnym razie zostanie uznany za dezertera.

– Kiedy ma ciebie przy sobie, wszystko mu mija – dodała Ada.

– Nie mam zbyt wiele czasu – usprawiedliwiłam się.

– Ludzie są ważniejsi od nauki – powiedział Pasquale.

– Spędzaj mniej czasu z Liną, a wtedy będziesz miała go więcej dla Antonia – dodała Ada.

– Robię, co mogę – odparłam urażona.

– Ma słabe nerwy – powiedział Pasquale.

Ada zakończyła kwaśno:

– Lenù, od maleńkości zajmuję się jedną wariatką, dwójka to za dużo.

Rozgniewałam się i przeraziłam. Pełna wyrzutów sumienia znowu zaczęłam się często widywać z Antoniem, chociaż nie miałam na to ochoty, chociaż musiałam się uczyć. Ale i tego było mu mało. Któregoś wieczoru nad stawami rozpłakał się, pokazał mi zawiadomienie. Nie został zwolniony, miał wyjechać razem z Enzem, jesienią. W pewnym momencie zrobił coś, co bardzo mną wstrząsnęło. Upadł na ziemię i zaczął garściami wpychać ją sobie do ust. Musiałam przytulić go mocno, szeptać, że go kocham, palcami mu ją wybierać.

Później, gdy leżałam w łóżku i nie mogłam zasnąć, pomyślałam, że pakuję się w niezłe kłopoty, i odkryłam, że nagle osłabło pragnienie porzucenia szkoły, zaakceptowania siebie takiej, jaka jestem, poślubienia Antonia, mieszkania w domu jego matki, z jego rodzeństwem, wlewania benzyny do aut. Postanowiłam, że powinnam jakoś mu pomóc, a kiedy odzyska równowagę, uwolnię się od tego związku.

Następnego dnia poszłam do Lili, bardzo się bałam. Za to ona wyglądała na przesadnie radosną: obie w tym okresie byłyśmy rozchwiane emocjonalnie. Opowiedziałam jej o Antoniu, o zawiadomieniu i zdradziłam, że podjęłam pewną decyzję: w tajemnicy przed nim, bo nigdy by się na to nie zgodził, zamierzałam zwrócić się do Marcella, a nawet do Michelego z pytaniem, czy są w stanie wyciągnąć go z kłopotów.

Udawałam zdeterminowaną, a w rzeczywistości miałam chaos w głowie: z jednej strony wydawało mi się, że skoro to ja jestem przyczyną cierpień Antonia, muszę spróbować, z drugiej radziłam się Lili właśnie dlatego, że byłam pewna, iż mi odpowie, abym tego nie robiła. Ale zaślepiona własnym emocjonalnym bałaganem nie wzięłam pod uwagę jej problemów.

Jej reakcja była dwuznaczna. Najpierw zaczęła szydzić, że jestem kłamczuchą, że naprawdę kocham swojego chłopaka, skoro gotowa jestem upokorzyć się przed oboma braćmi Solara, choć wiem, że ze względu na wszystkie zaszłości oni nawet palcem nie kiwną w jego sprawie. Zaraz potem jednak zaczęła nerwowo drążyć temat, to się śmiejąc, to poważniejąc. Na koniec powiedziała:

– Dobrze, idź, zobaczymy, co się stanie. – I dodała: – Lenù, summa summarum na czym polega różnica między moim bratem a Michelem Solarą albo, dajmy na to, między Stefanem a Marcellem?

– Co chcesz przez to powiedzieć?

– To, że może powinnam była wyjść za Marcella.

– Nie rozumiem.

– Marcello przynajmniej od nikogo nie zależy, robi, co chce.

– Mówisz serio?

Natychmiast zaprzeczyła ze śmiechem, ale nie przekonała mnie. Pomyślałam, że to niemożliwe, aby się zastanawiała nad Marcellem: cały ten chichot nie jest szczery, to tylko oznaka złych myśli i cierpienia, ponieważ nie układa jej się z mężem.

Od razu otrzymałam na to dowód. Spoważniała, zwęziła oczy do dwóch szparek i odrzekła:

– Pójdę z tobą.

– Gdzie.

– Do Solarów.

– Po co.

– Po to, żeby się dowiedzieć, czy mogą pomóc Antoniowi.

– Nie.

– Dlaczego?

– Rozzłościsz Stefana.

– Pieprzyć to. Skoro on się do nich zwraca, to i ja mogę, jako jego żona.

15.

Nie udało mi się jej odwieść od tego zamiaru. W niedzielę, kiedy Stefano zazwyczaj spał aż do południa, umówiłyśmy się na wspólny spacer, by iść prosto do baru Solarów. Gdy Lila pojawiła się na nowej i jeszcze białej od zaprawy ulicy, skamieniałam. Ubrała się i pomalowała w sposób bardzo wyzywający, nie przypominała ani dawnej niechlujnej Lili, ani Jacqueline Kennedy z kolorowych pism, raczej, przyrównując do naszych ulubionych filmów, może Jennifer Jones z *Pojedynku w słońcu* albo Avę Gardner ze *Słońce też wschodzi*.

Gdy tak szłyśmy razem, nie dość, że czułam się zażenowana, to jeszcze dostrzegałam pewne niebezpieczeństwo. Pomyślałam, że Lili grozi nie tylko obmowa, ale i śmieszność i że obie te rzeczy odbiją się również na mnie, przypominającej bezbarwną i wierną suczkę, która grzecznie ją eskortuje. Wszystko, od uczesania i kolczyków po obcisłą bluzeczkę, ciasną spódnicę i chód, nie pasowało do szarych ulic dzielnicy. Oburzeni mężczyźni ukradkiem obrzucali ją pożądliwymi spojrzeniami. Kobiety, zwłaszcza te starsze, nie ograniczały się tylko do zniesmaczonej miny: niektóre przystawały na brzegu chodnika i przyglądały się z rozbawionym, a zarazem pełnym zakłopotania uśmieszkiem, jak wtedy gdy Melina wygłupiała się na ulicy.

Ale kiedy weszłyśmy do baru „Solara", po brzegi wypchanego mężczyznami kupującymi niedzielne ciasteczka, spotkałyśmy się tylko z pełnymi respektu spojrzeniami, kilkoma uprzejmymi gestami powitania, wielbiącym wzrokiem Giglioli Spagnuolo zza lady i przesadnym „dzień dobry", brzmiącym jak okrzyk radości, ze strony stojącego za kasą Michelego. Wymiana zdań, jaka nastąpiła, odbyła się w dialekcie, jak gdyby napięcie uniemożliwiało zastosowanie męczących filtrów wymowy, leksyki, włoskiej syntaksy.

– Czego sobie życzycie?
– Poproszę tuzin ciastek.

Michele zawołał do Giglioli, tym razem z lekką nutką ironii:

– Dwanaście ciastek dla pani Carracci.

Na dźwięk tego nazwiska zasłona, która oddzielała kuchnię, odsunęła się i wyłonił się Marcello. Zobaczywszy Lilę w swojej cukierni, zbladł i się cofnął. Po kilku sekundach znowu się pojawił i podszedł, aby się przywitać. Cicho zwrócił się do mojej przyjaciółki:

– Dziwnie mi to brzmi, gdy nazywają cię panią Carracci.

– Mnie też – odrzekła Lila, a lekki uśmiech wyrażający rozbawienie oraz całkowity brak wrogości zaskoczył nie tylko mnie, ale i obydwu braci.

Michele dobrze się jej przyjrzał, z przechyloną głową, jak gdyby oglądał obraz.

– Widzieliśmy cię – powiedział i zawołał do Giglioli: – Gigliò, prawda, żeśmy ją widzieli wczoraj po południu?

Gigliola bez większego entuzjazmu skinęła głową. Nawet Marcello przytaknął – „widzieli, tak, widzieli" – ale bez ironii, jakby zahipnotyzowany.

– Wczoraj po południu? – spytała Lila.

– Wczoraj po południu – potwierdził Michele – na Rettifilo.

Marcello, zniesmaczony tonem brata, uciął krótko:

– W witrynie u krawcowej stało twoje zdjęcie w sukni ślubnej.

Przez chwilę rozprawiali o fotografii, Marcello z nabożnością, Michele z ironią, obaj, choć w innych słowach, kładli nacisk na to, że wspaniale została uwieczniona uroda Lili w dniu jej ślubu. A ona kokieteryjnie udała zagniewaną – krawcowa nie uprzedziła jej, że wystawi zdjęcie w witrynie, w przeciwnym razie nie dałaby go.

– Ja też chcę, żeby moje zdjęcie stało w witrynie. – Gigliola zakrzyknęła zza lady, naśladując kapryśny głosik dziecka.

– Jeśli ktoś cię zechce – odparł Michele.

– Ty mnie zechcesz – odrzuciła naburmuszona.

Przekomarzali się jeszcze przez chwilę, aż w końcu Lila powiedziała z powagą:

– Lenuccia też chce wyjść za mąż.

Uwaga braci Solara niechętnie przeniosła się na mnie. Do tego momentu czułam się niewidzialna, nie wypowiedziałam ani słowa.

– Ależ skąd. – Spąsowiałam.

– No coś ty, ja bym cię poślubił, chociaż jesteś okularnicą – powiedział Michele i spotkał się z kolejnym groźnym spojrzeniem Giglioli.

– Za późno, już jest zaręczona – odparła Lila.

I powoli naprowadziła dwóch braci na Antonia – mówiła o jego sytuacji rodzinnej, żywo odmalowała to, jak dodatkowo się pogorszy, jeśli on pójdzie do wojska. Wrażenie zrobiła na mnie nie tylko brawura słowna, bo tę już znałam, uderzył mnie nowy ton, jakim się posłużyła, to uważne dozowanie czelności i umiaru. Rozpalonymi szminką ustami wmawiała Marcellowi, że przeszłość odrzuciła w niepamięć, Michelemu zaś, że bawiła ją jego chytra arogancja. I ku mojemu wielkiemu zaskoczeniu, do obydwu zwracała się jak kobieta, która dobrze wie, kim jest mężczyzna, która nie musi się już niczego uczyć, a raczej sama mogłaby wiele nauczyć. Nie grała, jak to robiłyśmy w dzieciństwie, kiedy naśladowałyśmy upadłe kobiety z romansów, lecz wyraźnie pokazywała, że jej wiedza jest rzeczywista i że wcale jej to nie zawstydza. Potem nagle stawała się nieprzystępna, zwiększała dystans, sugerując niejako: wiem, że mnie pożądacie, ale ja was nie chcę. Wycofywała się, wprawiając braci w konsternację, tak że Marcello się peszył, a Michele pochmurniał, niepewny, co dalej, z ostrym spojrzeniem, które zdawało się mówić: uważaj, suko, bo bez względu na to, czy jesteś panią Carracci, czy nie, oberwiesz. Wtedy ona znowu zmieniała ton, znowu stawała się pociągająca, rozbawiona i zabawna. Rezultat? Michele nie dał się nabrać, Marcello zaś powiedział:

– Antonio nie zasługuje, ale żeby sprawić przyjemność Lenucci, bo to dobra dziewczyna, mogę zapytać znajomego, czy da się coś zrobić.

Okazałam zadowolenie, podziękowałam mu.

Lila wybrała ciastka, grzecznie zamieniła słówko z Gigliolą, a nawet z jej ojcem, cukiernikiem, który wychylił się z kuchni, by przekazać pozdrowienia dla Stefana. Kiedy chciała zapłacić, Marcello stanowczym gestem odmówił, a brat go poparł, choć już z mniejszym zdecydowaniem. Właśnie wychodziłyśmy, kiedy Michele z powagą zwrócił się do Liny, powoli, głosem, który przybierał, gdy chciał czegoś i wykluczał wszelką dyskusję:

– Bardzo ładnie wyglądasz na tym zdjęciu.

– Dziękuję.

– Dobrze widać buty.

– Tego nie pamiętam.

– Ale ja pamiętam i chciałem cię o coś prosić.

– Ty też chcesz kopię? Chcesz ją zawiesić tutaj, w barze?

Michele pokręcił głową z zimnym rechotem:

– Nie. Ale wiesz, że właśnie urządzamy sklep na piazza dei Martiri.

– Ja o waszych sprawach nic nie wiem.

– Powinnaś się w takim razie doinformować, ponieważ to ważne sprawy, a my wszyscy wiemy, że nie jesteś głupia. Uważam, że skoro ta fotografia służy krawcowej jako reklama sukni ślubnej, nam może posłużyć jeszcze lepiej, jako reklama butów „Cerullo".

Lila wybuchła gromkim śmiechem i odparła:

– Chcesz wystawić zdjęcie w sklepie na piazza dei Martiri?

– Nie w witrynie, chcę je wielkie, ogromne, w środku.

Zamyśliła się na chwilę, potem zrobiła obojętną minę.

– Nie pytajcie o to mnie, ale Stefana, on decyduje.

Zobaczyłam, jak dwójka braci wymienia zmieszane spojrzenia, i zrozumiałam, że już rozmawiali między sobą o tym pomyśle i doszli do wniosku, że Lila nigdy się na to nie zgodzi, dlatego nie mogli uwierzyć, że nie stawia oporu, że od razu nie mówi nie, lecz bez dyskusji odwołuje się do władzy męża. Nie poznawali jej, i ja sama w tej chwili też jej nie poznawałam.

Marcello odprowadził nas do drzwi i już na zewnątrz, blady, powiedział uroczyście:

– Lino, bardzo dawno nie rozmawialiśmy ze sobą i jestem wzruszony. Nie było nam pisane i w porządku, tak się złożyło. Ale nie chcę, żeby były między nami jakieś niejasności. A zwłaszcza nie chcę być winny temu, czemu winny nie jestem. Wiem, że twój mąż rozpowiada, że wziąłem te buty, by się odegrać. Ale przysięgam przed Lenuccią: to on i twój brat sami chcieli mi je dać, aby pokazać, że nie żywią już żadnej urazy. Ja nie mam z tym nic wspólnego.

Lila słuchała, nie przerywając, z dobrotliwym wyrazem twarzy. Potem, jak tylko skończył, na powrót stała się sobą. Odpowiedziała z pogardą:

– Jesteście jak dzieci, które nawzajem się oskarżają.
– Nie wierzysz mi?
– Tak, Marcè, wierzę. Ale gówno mnie już obchodzi, co mówisz ty i co mówią oni.

16.

Zaciągnęłam Lilę na nasze stare podwórko, nie mogłam się doczekać, aż powiem Antoniowi, co dla niego zrobiłam. Zwierzyłam się jej podekscytowana: jak tylko się trochę uspokoi, zostawię go, ale ona nie skomentowała, wyglądała na nieobecną.

Zawołałam, Antonio wyjrzał, zszedł na dół z poważną miną. Przywitał się z Lilą, udając, że nie widzi, jak się ubrała i wymalowała, starał się raczej patrzeć jak najmniej, może dlatego, że się bał, iż wyczytam na jego twarzy męskie speszenie. Powiedziałam mu, że nie mogłam się powstrzymać, przyszłam tylko, żeby przekazać mu dobrą nowinę. Wysłuchał mnie, ale jeszcze gdy mówiłam, zaczął się cofać, jakby miał przed sobą ostrze noża.

– Obiecał, że ci pomoże – podkreśliłam mimo to z entuzjazmem i poprosiłam Lilę, żeby potwierdziła: – Marcello tak powiedział, prawda?

Lila tylko przytaknęła. Antonio zbladł, miał spuszczone oczy. Powiedział cicho, urywającym się głosem:

– Nigdy cię nie prosiłem, żebyś rozmawiała z Solarami.

Lila natychmiast skłamała:

– To był mój pomysł.

Antonio odpowiedział, nie patrząc na nią:

– Dziękuję, nie trzeba było.

Pożegnał się z nią – z nią, nie ze mną – odwrócił na pięcie i zniknął w bramie.

Poczułam ból w żołądku. Co ja takiego złego zrobiłam, dlaczego tak się zdenerwował? Żaliłam się Lili po drodze, powiedziałam, że Antonio jest gorszy niż jego matka Melina, ta sama rozchwiana krew, że już mam dosyć. Ona mi nie przerywała, i tak doszłyśmy pod jej dom. Powiedziała, żebym weszła.

– Jest Stefano – zaoponowałam.

Nie to jednak stanowiło powód, byłam roztrzęsiona reakcją Antonia i chciałam zostać sama, zrozumieć, gdzie popełniłam błąd.

– Na pięć minut.

Weszłam. Stefano był w piżamie, rozczochrany, zarośnięty. Przywitał się uprzejmie, rzucił wzrokiem na żonę, na pakunek z ciastkami.

– Byłaś w barze u Solarów?

– Tak.

– W takim stroju?

– Źle wyglądam?

Stefano pokręcił z niezadowoleniem głową, otworzył pakunek.

– Lenù, chcesz ciastko?

– Nie, dziękuję, muszę iść na obiad.

Ugryzł kawałek cannolo, zwrócił się do żony:

– Kogo widziałyście w barze?

– Twoich znajomych – odpowiedziała Lila. – Prawili mi wiele komplementów. Prawda, Lenù?

Co do słowa zrelacjonowała mu rozmowę z braćmi Solara, z wyjątkiem sprawy Antonia, czyli przyczyny, dla której udałyśmy się do baru i dla której, jak mi się wydawało, chciała tam ze mną iść. Zakończyła z wyraźnym zadowoleniem:

– Michele chce umieścić dużą odbitkę zdjęcia w sklepie na piazza dei Martiri.

– I ty mu powiedziałaś, że się zgadzasz?

– Powiedziałam, że muszę porozmawiać z tobą.

Stefano jednym kęsem dokończył cannolo, oblizał palce. I powiedział, jak gdyby to go najbardziej martwiło:

– Widzisz, do czego mnie zmuszasz? Przez ciebie jutro stracę czas, bo będę musiał iść do krawcowej na Rettifilo. – Westchnął, po czym zwrócił się do mnie: – Lenù, ty jesteś rozsądną dziewczyną, postaraj się wytłumaczyć swojej przyjaciółce, że ja w tej dzielnicy pracuję, że ma mnie nie wystawiać na pośmiewisko. Miłej niedzieli i pozdrów ode mnie tatę i mamę – dodał i wszedł do łazienki.

Za jego plecami Lila zrobiła drwiącą minę, potem odprowadziła mnie do drzwi.

– Jeśli chcesz, mogę zostać – powiedziałam.

– Nie przejmuj się tym draniem.

Udając niski, męski głos powtórzyła: „postaraj się wytłumaczyć swojej przyjaciółce, że ma mnie nie wystawiać na pośmiewisko", a to dodało jej oczom radości.

– A jeśli cię pobije?

– I co mi zrobi? Minie jakiś czas i będę wyglądać jeszcze lepiej.

Na podeście powiedziała jeszcze, znowu niskim głosem: „Lenù, ja w tej dzielnicy pracuję", a wtedy ja poczułam się w obowiązku przedrzeźnić Antonia, wyszeptałam więc: „Dziękuję, ale nie trzeba było", i nagle spojrzałyśmy na siebie jakby z zewnątrz: obie stałyśmy na progu, naśladując naszych mężczyzn, z którymi wpakowałyśmy się w tarapaty. I zaczęłyśmy się śmiać. Odezwałam się więc:

– Nieważne, co zrobimy, i tak będzie źle, nie zrozumiesz facetów, ech, same z nimi kłopoty.

Uścisnęłam ją mocno i uciekłam. Ale nie dotarłam jeszcze do parteru, gdy usłyszałam, jak Stefano wykrzykuje potworne obelgi. Teraz jego głos przypominał ryk potwora, głos jego ojca.

17.

Już w drodze do domu zaczęłam się martwić zarówno o nią, jak i o siebie. A co, jeśli Stefano ją zabije? Co, jeśli Antonio zabije mnie? Ogarnął mnie niepokój, szybkim krokiem przemierzyłam tonące w zakurzonym upale niedzielne ulice, które powoli się wyludniały. Zbliżała się pora obiadowa. Jak trudno było znaleźć właściwy kierunek, jak trudno nie pogwałcić żadnej z surowych męskich reguł. Lila, czy to w oparciu o swoje tajne rachuby, czy tylko z czystej złośliwości upokorzyła męża, kokietując na oczach wszystkich – ona, pani Carracci – byłego konkurenta, Marcella Solarę. Ja mimowolnie, co więcej, w przekonaniu, że postępuję właściwie, wstawiłam się za Antoniem u tych, którzy kilka lat temu znieważyli jego siostrę, którzy pobili go do krwi, których on pobił do krwi. Kiedy weszłam na podwórko, usłyszałam wołanie i zadrżałam. To był on, stał w oknie i czekał, aż wrócę.

Zszedł na dół, a ja byłam przerażona. Bałam się, że weźmie ze sobą nóż. Tymczasem on, spokojny, daleki, przez całe kazanie trzymał ręce głęboko w kieszeniach, jakby chciał je powstrzymać. Powiedział, że go upokorzyłam przed ludźmi, którymi pogardzał najbardziej na świecie. Że przeze mnie wyszedł na kogoś, kto posyła swoją kobietę, aby mu wyprosiła łaski. Że on przed nikim klękać nie będzie i woli iść do wojska nie raz, a sto razy, że woli zginąć, niż bić pokłony przed Marcellem. Że gdyby Pasquale i Enzo dowiedzieli się o tym, napluliby mu w twarz. Że mnie rzuca, bo wreszcie ma dowód, że nic mnie nie obchodzi ani on, ani to, co czuje. Że mogę robić z synem Sarratorego, co chcę, że nie chce mnie więcej widzieć.

Nie zdążyłam odpowiedzieć. Znienacka wyciągnął ręce z kieszeni, wciągnął mnie do bramy i mocno pocałował, wciskając swoje usta w moje i desperacko wpychając język. Potem odsunął się, odwrócił na pięcie i odszedł.

Zszokowana weszłam po schodach do mieszkania. Pomyślałam, że mam więcej szczęścia niż Lila, że Antonio nie jest jak Stefano. Nigdy by mnie nie skrzywdził, on potrafił krzywdzić tylko siebie.

18.

Następnego dnia nie widziałam się z Lilą, ale ku mojemu zaskoczeniu musiałam spotkać się z jej mężem.

Rano poszłam do szkoły przygnębiona, było gorąco, nie przygotowałam się, nie wyspałam. Lekcje okazały się koszmarem. Pod szkołą szukałam Nina, chciałam wejść z nim po schodach, by zamienić choć kilka zdań, ale nie pokazał się, może krążył po mieście ze swoją dziewczyną, może poszedł do jednego z kin, które otwierali rankiem, aby całować się z nią w ciemnościach, może był w lasku na Capodimonte, by robić rzeczy, która ja przez kilka miesięcy robiłam z Antoniem. Na pierwszej lekcji, a była to chemia, zostałam wezwana do odpowiedzi, plątałam się, mieszałam, sama nie wiem, co dostałam, a nie było już czasu, żeby to nadrobić, groziła mi powtórka we wrześniu. Profesor Galiani złapała mnie na korytarzu i zrobiła mi kazanie w stylu: co ci się dzieje, Greco, dlaczego przestałaś się uczyć? A ja nie potrafiłam odpowiedzieć inaczej jak: pani profesor, uczę się, dużo się uczę, przysięgam. Słuchała mnie przez chwilę, potem zwyczajnie zostawiła i weszła do pokoju nauczycielskiego. Długo szlochałam w łazience, użalając się nad sobą, jakie to moje życie jest nieszczęśliwe: wszystko straciłam, pozycję w szkole, Antonia, którego zawsze chciałam rzucić, a na koniec to on rzucił mnie i już za nim tęskniłam, Lilę, która od kiedy została panią Carracci, z dnia na dzień stawała się coraz bardziej inna. Do domu wracałam na piechotę, znużona bólem głowy, myśląc o niej, o tym, jak się mną posłużyła – tak, posłużyła – aby sprowokować Solarów, aby zemścić się na mężu, aby pokazać mi, jak żałosny jest zraniony samiec, i przez całą drogę zastanawiałam się: czy to możliwe, aby aż tak się zmieniła, że niczym już się nie różni od takiej, dajmy na to, Giglioli?

Ale oto w domu czekała na mnie niespodzianka. Moja matka nie naskoczyła na mnie jak zwykle, że przyszłam za późno, bo spotkałam się z Antoniem, albo że zaniedbałam jeden z wielu obowiązków domowych. Powiedziała natomiast z uprzejmym dąsem:

– Stefano pytał, czy dziś po południu pójdziesz z nim na Rettifilo do krawcowej.

Myślałam, że źle słyszę, czułam się otumaniona przez zmęczenie i depresję. Stefano? Stefano Carracci? Chciał, żebym poszła z nim na Rettifilo?

– Dlaczego nie pójdzie z żoną? – zażartował z drugiego pokoju mój ojciec, który oficjalnie był na zwolnieniu, a w rzeczywistości musiał przypilnować jednego ze swoich tajnych interesów. – Jak ta dwójka spędza czas? Na graniu w karty?

Matka machnęła ręką z poirytowaniem. Powiedziała, że może Lina ma coś pilnego, że powinniśmy być uprzejmi dla Carraccich, że niektórych to nic nigdy nie zadowoli. Ale mój ojciec był bardzo zadowolony: dobre stosunki ze sprzedawcą wędlin oznaczały, że mógł brać żywność na kredyt i zwlekać z płaceniem. Lubił jednak pożartować. Od jakiegoś czasu, jak tylko nadarzała się okazja, robił kpiarskie aluzje do rzekomego seksualnego rozleniwienia Stefana. Pytał przy stole: co u Carracciego, lubi chyba tylko telewizję? I śmiał się. I nie trzeba było się wysilać, żeby zrozumieć, że zdanie to tak naprawdę znaczyło: jak to jest, że ta dwójka jeszcze nie ma dzieci? Stefano może czy nie może? Moja matka, która te sprawy chwytała w lot, odpowiadała z powagą: to za wcześnie, daj im spokój, czego ty chcesz. Fakt faktem jednak, że podejrzenie, jakoby Carracci, sprzedawca wędlin, nie mógł pomimo wszystkich swoich pieniędzy, bawiło bardziej ją niż ojca.

Stół był już zastawiony, czekali tylko na mnie. Mój ojciec usiadł z drwiącą miną i dalej żartował, zwracając się do matki:

– Czy ja ci kiedykolwiek powiedziałem: przykro mi, dziś wieczór jestem zmęczony, pograjmy w karty?

– Nie, bo nie jesteś porządny.

– A ty chcesz, żebym stał się porządny?

– Odrobinę, ale bez przesady.

– W takim razie od dzisiaj będę porządny jak Stefano.

– Powiedziałam, bez przesady.

Jak ja nienawidziłam tych ich dialogów. Rozmawiali tak, jak gdyby byli przekonani, że ja i moje rodzeństwo nie jesteśmy w stanie zrozumieć, o co chodzi; a może z góry zakładali, że rozumiemy każdą aluzję, ale sądzili, że to właściwy sposób, by nas nauczyć, jak być facetem, a jak kobietą. Byłam zmęczona i przygnębiona, miałam ochotę wrzeszczeć, rzucić talerzem, uciec, nie oglądać więcej mojej rodziny, pokrytych wilgocią kątów, odrapanych ścian, miałam dość zapachu jedzenia, wszystkiego. Antonio: jak głupio go straciłam, już tego żałowałam, marzyłam, żeby mi przebaczył. Jeśli będę miała sprawdzian poprawkowy we wrześniu, nie pójdę, obleję, od razu za niego wyjdę. Potem przypomniałam sobie o Lili, o tym, jak się ubrała, jakim tonem rozmawiała z Solarami, co w niej siedziało, jak bardzo upokorzenie i cierpienie ją zniszczyły. Dywagowałam tak przez całe popołudnie, miałam zamęt w głowie. Kąpiel w wannie w nowym mieszkaniu, niepokój z powodu prośby Stefana, jak ostrzec przyjaciółkę, czego jej mąż chce ode mnie. I chemia. I Empedokles. I nauka. I rzucenie nauki. I wreszcie zimne ukłucie bólu. Nie było dla mnie ratunku. Tak, ani ja, ani Lila nigdy nie staniemy się takie jak ta dziewczyna, która czekała pod szkołą na Nina. Brakowało nam tego czegoś nieuchwytnego, ale fundamentalnego, co ona miała i co dostrzegało się z daleka, bo to było naturalne. Żeby to mieć, nie wystarczyło nauczyć się łaciny, greki czy filozofii i nie wystarczyło mieć pieniądze ze sprzedaży wędlin czy butów.

Stefano zawołał z podwórka. Zbiegłam na dół, od razu rzucała się w oczy jego przybita mina. Poprosił mnie, abym poszła z nim do krawcowej odebrać fotografię, którą bez pozwolenia umieściła w witrynie. Zrób to dla mnie z grzeczności, powiedział cicho, nieco przymilnym głosem. Potem gestem zaprosił mnie do kabrioletu i pojechaliśmy, owiewani gorącym wiatrem.

Kiedy opuściliśmy dzielnicę, zaczął mówić, i nie przestał do czasu, aż dotarliśmy do zakładu krawieckiego. Wyrażał się w dialekcie, ale bez wulgarnych słów, bez kpiny. Zaczął od tego, żebym wyświadczyła mu przysługę, ale nie wyjaśnił od razu, o jaką przysługę chodziło, powiedział tylko, plącząc się, że gdy jemu wyświadczam przysługę, to tak, jakbym ją wyświadczała przyjaciółce. Potem przeszedł do Lili, jaka ona inteligentna, jaka piękna. Ale buntownicza z natury, dodał, i albo robisz, co chce, albo cię dręczy. Lenù, ty nie wiesz, przez co przechodzę, a może wiesz, ale wiesz tylko to, co ona ci mówi. Teraz posłuchaj i mnie. Lina wbiła sobie do głowy, że ja myślę tylko o pieniądzach, i może to prawda, ale robię to dla rodziny, dla jej brata, dla jej ojca, dla wszystkich jej krewnych. Może źle robię? Ty jesteś wykształcona, powiedz, czy źle robię? Czego ona ode mnie chce, przecież wyrwała się z takiej biedy? Czy tylko Solarom wolno robić pieniądze? Czy mamy zostawić dzielnicę w ich rękach? Jeśli mi powiesz, że się mylę, nie będę z tobą dyskutował, od razu przyznam, że tak jest. Z nią jednak muszę dyskutować. Ona mnie nie chce, powiedziała mi to, ciągle mi to mówi. Muszę jakoś dać jej do zrozumienia, że jestem jej mężem, bo od kiedy się pobraliśmy, moje życie stało się piekłem. To straszne patrzeć na nią rano, wieczorem, spać koło niej i nie móc dać jej poczuć, jak bardzo ją kocham, z całą siłą, którą w sobie mam.

Spojrzałam na jego wielkie, zaciśnięte na kierownicy dłonie, na twarz. Miał wilgotne oczy. Przyznał, że w noc poślubną ją pobił, że został do tego zmuszony, że co rano, co wieczór prowokuje jego ręce do okładania jej właśnie po to, żeby go upodlić i zmusić do bycia tym, kim nigdy, przenigdy nie chciał być. Teraz

mówił, jakby był przerażony: znowu musiałem ją pobić, nie powinna była iść do Solarów w takim stroju.
Ale ona ma w sobie siłę, której nie potrafię złamać.
To zła siła, która przekreśla dobre maniery, wszystko.
Jak trucizna. Widzisz, że nie zachodzi w ciążę? Mijają
miesiące i nic się nie dzieje. Krewni, znajomi, klienci pytają z uśmieszkiem na twarzy, czy są jakieś nowiny, a ja muszę odpowiadać: jakie nowiny, udając,
że nie rozumiem. Bo gdyby wiedzieli, że rozumiem,
musiałbym odpowiedzieć. A co ja mogę powiedzieć?
Są rzeczy, które wiesz, ale ich nie mówisz. Lenù, ona
tą swoją siłą zabija w sobie dzieci, i robi to specjalnie,
żeby ludzie uwierzyli, że nie potrafię być mężczyzną,
by mnie przed wszystkimi ośmieszyć. Co ty sądzisz?
Że przesadzam? Nawet nie wiesz, jaką wyświadczasz
mi przysługę, że mnie słuchasz.

Nie wiedziałam, co odpowiedzieć. Byłam zaskoczona, jeszcze nigdy żaden mężczyzna tak mi się nie
zwierzał. Przez cały czas, nawet gdy mówił o przemocy, posługiwał się dialektem, ale dialektem pełnym
uczucia, bezbronnym, jak z niektórych piosenek. Do
dzisiaj nie wiem, dlaczego tak się zachował. Rzecz jasna w końcu zdradził, czego chce. Chciał, żebym dla
dobra Lili stanęła po jego stronie. Powiedział, że trzeba
jej pomóc zrozumieć, jak ważne jest, by zachowywała
się jak żona, a nie jak wróg. Prosił, abym ją przekonała, żeby pomogła mu w drugim sklepie z wędlinami
i z rachunkami. Ale w tym celu nie musiał się przede
mną otwierać. Pewnie przypuszczał, że Lila szczegółowo już mnie o wszystkim poinformowała i że powinien przedstawić swoją wersję wydarzeń. A może

nie planował takiej szczerej spowiedzi przed najlepszą przyjaciółką żony i zrobił to, bo go poniosły emocje. Albo założył, że jeśli mnie wzruszy, ja potem wzruszę Lilę, kiedy jej wszystko opowiem. Faktem jest, że słuchałam z coraz większym zainteresowaniem. Spodobało mi się to swobodne przelewanie się bardzo intymnych zwierzeń. Ale przede wszystkim, i muszę to przyznać, spodobało mi się to, za jak wielki autorytet mnie uznał. Kiedy swoimi słowami wyraził to, co ja od zawsze podejrzewałam, czyli że Lila kryje w sobie siłę sprawiającą, że jest zdolna do wszystkiego, nawet do powstrzymania swojego organizmu przed poczęciem, zdało mi się, że przypisuje mi dobrą moc, która jest w stanie pokonać tę złą u Lili, i to mile połechtało moją próżność. Wysiedliśmy z samochodu, podeszliśmy do zakładu krawieckiego, czułam się pokrzepiona jego słowami. Do tego stopnia, że uroczyście, w czystym języku włoskim zapewniłam go, że zrobię wszystko, aby pomóc im odnaleźć szczęście.

Ale już przed witryną krawcowej na powrót ogarnął mnie niepokój. Oboje przystanęliśmy, by przyjrzeć się oprawionej fotografii Lili, umieszczonej pośród kolorowych materiałów. Siedziała z nogą założoną na nogę, nieco podciągnięta suknia ślubna odkrywała buty, kostkę. Brodę opierała na dłoni i bezczelnie patrzyła prosto w obiektyw, wzrokiem poważnym i przenikliwym, a we włosach jaśniał wianek z kwiatów pomarańczy. Fotograf miał szczęście, wychwycił siłę, o której mówił Stefano, siłę – jak mi się wydawało – której nawet sama Lila nie mogła się oprzeć. Zwróciłam się w jego stronę, by z podziwem i jednocześnie ze smutkiem powiedzieć: o tym właśnie rozmawialiśmy, ale on tylko pchnął drzwi i puścił mnie przodem.

Znikł łagodny ton, z którym zwracał się do mnie, wobec krawcowej był szorstki. Powiedział, że jest mężem Lili, posłużył się właśnie tym sformułowaniem. Wyjaśnił, że on też pracuje w handlu, ale nigdy by mu przez myśl nie przyszło reklamować się w ten sposób. Stwierdził nawet: jest pani piękną kobietą, ale co powiedziałby pani mąż, gdybym wystawił pani zdjęcie pomiędzy żółtym serem a salami? Poprosił, aby zwróciła mu fotografię.

Krawcowa zmieszała się, próbowała się bronić, w końcu ustąpiła. Ale wyraziła ubolewanie i na dowód uczciwych zamiarów i na poparcie swojego żalu opowiedziała trzy czy cztery anegdotki, które z biegiem lat obrosły w dzielnicy legendą. W czasie kiedy zdjęcie znajdowało się w witrynie, aby spytać o młodą dziewczynę w sukni ślubnej, do zakładu zajrzeli: Renato Carosone, pewien książę egipski, Vittorio De Sica i dziennikarz z „Romy", który chciał porozmawiać z Lilą i wysłać do niej fotografa, by zrobić sesję w stroju kąpielowym, taką, jaką robi się kandydatkom na Miss Italia. Krawcowa zaklinała się, że adresu nikomu nie dała, choć niegrzecznie było odmówić zwłaszcza Carosonemu i De Sice, ze względu na znakomitość proszących.

Zauważyłam, że im krawcowa dłużej mówiła, tym bardziej Stefano miękł. Stał się towarzyski, chciał, aby kobieta dokładniej opowiedziała mu o tych zdarzeniach. Kiedy wychodziliśmy, zabrawszy ze sobą fotografię, humor całkiem mu się poprawił, więc jego

monolog w drodze powrotnej nie brzmiał już cier-
piętniczo. Stefano był radosny, zaczął mówić o Lili
z dumą człowieka będącego w posiadaniu rzadkiego
i przynoszącego mu chlubę przedmiotu. Powtórzył
jednak swoją prośbę o pomoc. I zanim wysadził mnie
pod domem, kilkakrotnie kazał mi przysiąc, że posta-
ram się przekonać Lilę o tym, co właściwe, a co nie.
Niemniej w jego słowach Lila nie jawiła się już jako
postać trudna do opanowania, lecz jako swego rodzaju
drogocenny fluid zamknięty w pojemniku, który należał do niego. W kolejnych dniach Stefano opowiadał
każdemu, kto się nadarzył, nawet w sklepie, o Caro-
sonem i De Sice. Sprawa się rozniosła i matka Lili,
Nunzia, do końca życia powtarzała wszystkim, że jej
córka mogła zostać piosenkarką i aktorką, zagrać w fil-
mie *Małżeństwo po włosku*, iść do telewizji, zostać nawet egipską księżniczką, gdyby krawcowa z Rettifilo
nie okazała się tak powściągliwa i gdyby Lila w wieku
szesnastu lat nie wyszła za Stefana Carracciego.

19.

Nauczycielka chemii była wobec mnie szczodra
(a może to Galiani postarała się o tę szczodrość) i podarowała mi ocenę mierną. Przeszłam do następnej
klasy z czwórkami z przedmiotów humanistycznych,
trójkami z przedmiotów ścisłych, oceną dostateczną
z religii i po raz pierwszy z oceną bardzo dobrą, a nie
wzorową z zachowania, co było oznaką, że ksiądz

i większość rady klasowej tak naprawdę nigdy mi nie wybaczyli. Było mi przykro, dawny spór z katechetą o rolę Ducha Świętego traktowałam już jako akt pychy z mojej strony i żałowałam, że nie posłuchałam Alfonsa, który wtedy usiłował mnie powstrzymać. Rzecz jasna nie otrzymałam stypendium i moja matka wpadła w szał, krzyczała, że to wszystko wina czasu, jaki zmarnowałam z Antoniem. Tego było za wiele. Odparłam, że nie mam zamiaru więcej się uczyć. Podniosła rękę, aby uderzyć mnie w twarz, ale bała się o okulary, pobiegła więc szukać trzepaczki. Krótko mówiąc, okropne dni, coraz okropniejsze. Jedyną dobrą rzeczą, jaka mnie wtedy spotkała, było to, że rankiem, kiedy poszłam skontrolować listy ocen, podbiegł do mnie woźny i wręczył pakunek zostawiony przez profesor Galiani. To były książki, ale nie powieści: książki pełne refleksji, delikatna oznaka zaufania, która jednak nie wystarczyła, by podnieść moje morale.

Zbyt wiele miałam obaw, a ponadto dręczyło mnie wrażenie, że wszystko, czego się dotknę, robię źle. Szukałam byłego chłopaka i w domu, i w pracy, ale on ciągle mnie unikał. Poszłam nawet do sklepu z wędlinami, żeby poprosić Adę o pomoc. Potraktowała mnie chłodno, powiedziała, że jej brat nie chce mnie więcej widzieć, i od tego dnia, kiedy się mijałyśmy, odwracała głowę w drugą stronę. Teraz, kiedy szkoła się skończyła, poranna pobudka stała się prawdziwą torturą, jak bolesny cios w głowę. Na początku zmuszałam się do czytania choć kilku stron z książek Galiani, ale nudziły mnie, prawie niczego nie rozumiałam. Zaczęłam więc wypożyczać powieści z obwoźnej biblioteki, połykałam jedną za drugą. Na dłuższą metę one też mi nie pomagały. Przedstawiały losy ludzi obfitujące w wydarzenia, głębokie dialogi, było to wyobrażenie bardziej przekonujące od mojej rzeczywistości. I tak, aby naprawdę oderwać się od własnego życia, udałam się do szkoły w nadziei, że spotkam Nina, który właśnie zdawał maturę. W dzień pisemnego egzaminu z greki czekałam cierpliwie kilka godzin. Ale kiedy pierwsi maturzyści zaczęli wychodzić z profesorem Roccim pod ramię, pojawiła się piękna i czysta dziewczyna, która niegdyś podała mu usta. Stanęła kilka metrów ode mnie i przez chwilę wyobraziłam sobie, że jesteśmy jak figurki z katalogu, na których spocznie wzrok syna Sarratorego w chwili, gdy będzie wychodził przez bramę. Poczułam się brzydka, niechlujna i poszłam sobie.

Pobiegłam do domu Lili, by tam szukać pocieszenia. Wiedziałam jednak, że wobec niej też źle postąpiłam, popełniłam głupstwo: nie powiedziałam jej, że byłam ze Stefanem zabrać zdjęcie. Dlaczego to przemilczałam? Czy dlatego że spodobała mi się rola mediatorki, którą jej mąż mi zaproponował, i myślałam, że lepiej ją wypełnię, jeśli nic nie powiem o samochodowej wyprawie na Rettifilo? Czy też bałam się zdradzić Stefana i koniec końców, nie zdając sobie z tego sprawy, zdradziłam ją? Tego nie wiedziałam. Z pewnością nie był to wybór świadomy, a raczej niepewność, która wpierw stała się udawanym roztargnieniem, a potem przemieniła w przeświadczenie, że skoro od razu nie powiedziałam, jak sprawy się potoczyły, stałam się wspólniczką i już nie można było temu zaradzić. Jak łatwo popełniać zło. Szukałam usprawiedliwienia, które byłoby dla niej przekonujące, ale nawet sama siebie nie potrafiłam przekonać. W swoim zachowaniu dostrzegałam zgniłe dno i milczałam.

Z drugiej strony ona nigdy się nie zdradziła, że wie o tym spotkaniu. Zawsze witała mnie z życzliwością, pozwalała, abym wykąpała się w jej wannie, abym skorzystała z jej kosmetyków. Ale rzadko komentowała powieści, które jej streszczałam, wolała przekazywać mi ploteczki z życia aktorów i piosenkarzy, o których czytała w kolorowych czasopismach. I nie powierzała mi już swoich myśli czy tajnych planów. Gdy widziałam jakieś sińce, gdy wspominałam o nich, aby nakłonić ją do zastanowienia się nad przyczyną gwałtownych reakcji Stefana, gdy mówiłam, że może staje się brutalny, bo chce, aby ona mu pomogła, wsparła go w trudnościach, patrzyła na mnie z ironią, wzruszała ramionami i zmieniała temat. W krótkim czasie zrozumiałam, że choć nie chce zrywać ze mną kontaktu, postanowiła już się nie zwierzać. Czyli wiedziała i przestała traktować mnie jak zaufaną przyjaciółkę? Doszło do tego, że zaczęłam coraz rzadziej do niej przychodzić w nadziei, że odczuje mój brak, zapyta o przyczynę i wreszcie wszystko wyjaśnimy. Ale ona chyba nawet tego nie zauważyła. Wtedy nie wytrzymałam i znowu widywałyśmy się często, nie było jednak żadnej reakcji zadowolenia czy dezaprobaty z jej strony.

Tamtego upalnego lipcowego dnia przyszłam do niej szczególnie przybita, ale nic nie powiedziałam o Ninie, o dziewczynie Nina, bo mimowolnie – wiadomo, jak to bywa w takich sytuacjach – ja też zredukowałam zwierzenia do minimum. Była jak zwykle serdeczna. Przygotowała orszadę, a ja, rozdrażniona zgrzytem pociągów, potem i wszystkim, przykucnęłam na sofie w jadalni, aby wypić ten orzeźwiający syrop migdałowy.

W milczeniu obserwowałam, jak porusza się po domu, złościła mnie jej umiejętność lawirowania po najbardziej deprymujących labiryntach, trzymania się bojowego postanowienia i niedawania niczego po sobie poznać. Przypomniało mi się, co powiedział jej mąż, jego słowa o sile, którą Lila trzymała w sobie jak sprężynę napędzającą niebezpieczny mechanizm. Spojrzałam na jej brzuch i wyobraziłam sobie, że tam w środku, co dzień, co noc naprawdę toczy swoją osobistą walkę, by zniszczyć życie, jakie Stefano chciał jej na siłę wszczepić. Zastanowiłam się, jak długo jeszcze wytrzyma, ale nie ośmieliłam się otwarcie zapytać, bo wiedziałam, że nie odbierze tego dobrze.

Wkrótce przyszła Pinuccia, pozornie składając szwagierce wizytę. Ale dziesięć minut później pojawił się także Rino. Zaczęli zbyt czule całować się na naszych oczach, tak że ja i Lila wymieniłyśmy drwiące spojrzenia. Kiedy Pina powiedziała, że chce zobaczyć pejzaż, on poszedł za nią i na dobre pół godziny zamknęli się w jednym z pokoi.

Z mieszaniną poirytowania i sarkazmu Lila zdradziła, że często tu bywają, a ja pozazdrościłam narzeczonym swobody: bez strachu, bez niewygód. Kiedy wyszli, wyglądali na bardziej zadowolonych. Rino udał się do kuchni, aby coś przegryźć, wrócił, zaczął rozmawiać z siostrą o butach, powiedział, że interesy idą coraz lepiej, wycisnął z niej kilka sugestii, aby potem zaimponować Solarom.

– Czy wiesz, że Marcello i Michele chcą umieścić twoje zdjęcie w sklepie na piazza dei Martiri? – spytał nagle przymilnym głosem.

– To nie jest dobry pomysł – wtrąciła się od razu Pinuccia.

– Dlaczego? – zapytał Rino.

– A cóż to za pytanie? Lina, jeśli zechce, umieści zdjęcie w nowym sklepie z wędlinami: to od niej zależy, prawda? A skoro sklep na piazza dei Martiri ja będę prowadzić, pozwól, że sama zadecyduję, co będzie w środku.

Mówiła tak, jakby przede wszystkim broniła Lili przed nachalnością brata. W rzeczywistości jednak wszyscy wiedzieliśmy, że broniła siebie i swojej przyszłości. Znudziła jej się zależność od Stefana, chciała rzucić wędliniarnię i podobał jej się pomysł, że może stać się panią sklepu w centrum miasta. Dlatego od jakiegoś czasu między Rinem a Michelem toczyła się mała wojna o to, kto poprowadzi sklep z butami, wojna podżegana przez naciski obydwu narzeczonych: Rino nalegał, aby zajęła się nim Pinuccia, Michele zaś, aby przypadł w udziale Giglioli. Ale Pinuccia była bardziej agresywna i nie wątpiła, że zwycięży, wiedziała, że może liczyć zarówno na autorytet narzeczonego, jak i brata. Dlatego przy każdej okazji zachowywała się tak, jakby dokonała już skoku na wyższy poziom, pozostawiła dzielnicę za plecami, i teraz sama ustalała, co pasuje, a co nie do wyrafinowanego smaku klienteli z centrum.

Zauważyłam, że Rino bał się ofensywy ze strony siostry, ale Lila wykazała absolutną obojętność. Wówczas spojrzał na zegarek, dając do zrozumienia, że jest bardzo zajęty, i tonem wizjonera zawyrokował:

– Moim zdaniem w tym zdjęciu kryje się duży handlowy potencjał. – Po czym pocałował Pinę, która natychmiast się odsunęła, dając do zrozumienia, że się z nim nie zgadza, i uciekł.

Zostałyśmy we trzy. Pinuccia spytała mnie nadąsana, licząc, że posłuży się moim autorytetem, by definitywnie zamknąć kwestię:

– Lenù, a co ty myślisz? Uważasz, że fotografia Liny powinna znaleźć się na piazza dei Martiri?

Odpowiedziałam po włosku:

– Decyzja należy do Stefana, a ponieważ osobiście pofatygował się do krawcowej, aby zdjąć je z witryny, wykluczam możliwość, by wyraził zgodę.

Pinuccia rozpromieniła się z zadowolenia i zakrzyknęła:

– Matko święta, Lenù, ty to potrafisz.

Poczekałam, aż Lila też się wypowie. Zapadło długie milczenie, potem odezwała się tylko do mnie:

– O ile się założysz, że jesteś w błędzie? Stefano wyrazi zgodę.

– Ależ skąd.

– Tak.

– O co się założymy?

– Jeśli przegrasz, nie wolno ci przejść do następnej klasy ze średnią mniejszą niż pięć zero.

Popatrzyłam na nią z zażenowaniem. Nigdy nie rozmawiałyśmy o moich problemach z przejściem do następnej klasy, sądziłam, że nie ma o tym pojęcia, ona jednak wiedziała i teraz karciła mnie za to. Nie stanęłaś na wysokości zadania – zdawała się mówić – dostałaś marne oceny. Żądała ode mnie tego, co sama zrobiłaby na moim miejscu. Naprawdę chciała mnie przypisać do roli mola książkowego, podczas gdy sama cieszyła się pieniędzmi, ładnymi ubraniami, mieszkaniem, telewizorem, samochodem i brała wszystko, na wszystko sobie pozwalała.

– A co, jeśli ty przegrasz? – zapytałam z odrobiną urazy.

Znienacka jej oczy stały się wąskie i zaczęły przypominać ciemne otwory strzelnicze.

– Zapiszę się do prywatnej szkoły, wrócę do nauki i przysięgam, że zdam maturę razem z tobą i lepiej niż ty.

Razem z tobą i lepiej niż ty. Czy to chodziło jej po głowie? Poczułam się tak, jak gdyby wszystko, co tłukło się we mnie w środku w tym strasznym okresie – Antonio, Nino, ogólne niezadowolenie z życia – zostało wessane przez wielki wir.

– Mówisz serio?

– A od kiedy ludzie zakładają się na żarty?

Pinuccia wtrąciła się brutalnie:

– Lina, skończ z tymi swoimi wygłupami: masz nowy sklep z wędlinami, Stefano sam nie da sobie rady. – Pohamowała się jednak w porę i dodała z udawaną słodyczą: – A poza tym chciałabym wiedzieć, kiedy ty i Stefano zrobicie mnie ciocią.

Pomimo tej słodkawej formułki w jej głosie wyczułam rozżalenie, a jego powody były irytująco podobne do powodów mojego. Pinuccia chciała powiedzieć: wyszłaś za mąż, mój brat daje ci wszystko, teraz rób to, co do ciebie należy. Bo co za sens być panią Carracci i jednocześnie zamknąć wszystkie drzwi, zabarykadować się, pielęgnować trujący gniew w brzuchu? Lila, dlaczego ty zawsze musisz wyrządzać szkody? Kiedy z tym skończysz? Kiedy wreszcie twoja energia wyparuje, padnie jak śpiący strażnik? Kiedy się otworzysz i zasiądziesz przy kasie, w nowej dzielnicy, z coraz bardziej wydętym brzuchem, i sprawisz, że Pinuccia zostanie ciocią, a mnie – mnie – pozwolisz pójść własną drogą?

– Któż to wie – odparła Lila, a jej oczy na powrót stały się wielkie i głębokie.

– Coś mi się wydaje, że pierwsza zostanę mamą – zaśmiała się szwagierka.

– Całkiem możliwe, jeśli dalej tak będziesz obściskiwać się z Rinem.

Nastąpiła krótka potyczka na słowa, ale ja już nie słuchałam.

20.

Aby uspokoić matkę, musiałam poszukać sobie jakiejś pracy na lato. Oczywiście poszłam prosto do sklepu papierniczego. Właścicielka przyjęła mnie jak jakąś nauczycielkę albo doktora, wezwała córki, które bawiły się na zapleczu, a one przytuliły się do mnie, wycałowały, chciały, żebym się do nich przyłączyła. Kiedy rzuciłam, że szukam pracy, powiedziała, że choćby po to, aby umożliwić swoim dzieciom spędzanie czasu z tak dobrą i mądrą dziewczyną jak ja, gotowa jest posłać je do Sea Garden od razu, nie czekając na sierpień.

– Jak bardzo od razu? – zapytałam.

– W przyszłym tygodniu?

– Wspaniale.

– Dam ci trochę więcej pieniędzy niż rok temu.

To była wreszcie jakaś dobra wiadomość. Wróciłam do domu zadowolona i humor nie zmienił mi się nawet wtedy, kiedy matka powiedziała, że jak zwykle mam fart, bo kąpanie i opalanie się to żadna praca.

Następnego dnia, podniesiona na duchu, udałam się z wizytą do pani Oliviero. Co prawda głupio mi było się przyznać, że w tym roku nieszczególnie popisałam się w szkole, ale musiałam się z nią spotkać, aby delikatnie przypomnieć o książkach do drugiej klasy liceum. A poza tym sądziłam, że ucieszy ją wiadomość, że być może Lila, teraz, gdy już dobrze wyszła za mąż i ma wiele czasu, wróci do nauki. Liczyłam na to, że jej reakcja pomoże mi ukoić niesmak, jaki ta wieść zrodziła we mnie.

Pukałam kilka razy, nauczycielka nie otworzyła. Pytałam sąsiadów, pytałam w dzielnicy, wróciłam po godzinie, ale nawet wtedy nie otworzyła. Nikt jednak nie widział, aby wychodziła, i nikt nie spotkał jej na ulicy, w sklepie. Ponieważ Oliviero była kobietą w podeszłym wieku, samotną i słabą na zdrowiu, dalej pytałam o nią w sąsiedztwie. Pewna pani, która mieszkała naprzeciwko, postanowiła poprosić syna o pomoc. Młodzieniec ten wszedł do mieszkania nauczycielki przez okno prosto ze swojego balkonu. Znalazł ją na podłodze w kuchni, w nocnej koszuli, nieprzytomną. Wezwano lekarza, a ten zadecydował, że trzeba panią Oliviero natychmiast przewieźć do szpitala. Podtrzymując ją pod pachami, sprowadzono na dół. Widziałam, jak wychodzi z bramy cała w nieładzie, z opuchniętą twarzą, ona, która w szkole zawsze pojawiała się zadbana. W jej oczach krył się strach. Kiedy skinęłam głową na przywitanie, opuściła wzrok. Wsadzono ją do samochodu, który od razu ruszył, trąbiąc głośno.

Tegoroczne upały dawały się we znaki słabszym organizmom. Po południu rozległy się wołania dzieci Meliny, które z coraz większym zaniepokojeniem szukały matki na podwórku. Ponieważ krzyki nie ustępowały, postanowiłam zejść i zobaczyć, co się dzieje, a wtedy wpadłam na Adę. Powiedziała ze zdenerwowaniem, z wilgotnymi oczami, że nie mogą znaleźć Meliny. Chwilę później pojawił się zdyszany Antonio, blady, nawet nie spojrzał na mnie i od razu gdzieś pobiegł. Wkrótce cała dzielnica szukała Meliny. Nawet Stefano, nie zdjąwszy fartucha, wsiadł do swojego kabrioletu, obok posadził Adę i przemierzał wolno wszystkie ulice. Ja ruszyłam za Antoniem, biegaliśmy to tu, to tam, nie odzywając się do siebie ani słowem. Na koniec znaleźliśmy się w okolicy stawów i oboje zapuściliśmy w wysokie trawy, wołając jego matkę. Miał zapadnięte policzki, sińce pod oczami. Wzięłam go za rękę, chciałam pocieszyć, ale mnie odepchnął. Powiedział coś potwornego, powiedział: zostaw mnie, ty nie jesteś kobietą. Poczułam silne ukłucie w piersiach i właśnie wtedy zobaczyliśmy Melinę. Siedziała

w wodzie, chłodziła się. Jej szyja i twarz wystawały ponad zielonkawą taflę, włosy miała mokre, oczy czerwone, usta brudne od liści i błota. Siedziała w ciszy,
choć jej atakom szaleństwa od dziesięciu lat towarzy-
szyły wrzaski albo śpiew.

Zaprowadziliśmy ją do domu, Antonio podtrzymywał ją z jednej strony, a ja z drugiej. Ludzie
wzdychali z ulgą, wołali do niej, ona z wyczerpaniem
machała ręką. Obok furtki zobaczyłam Lilę, nie brała
udziału w poszukiwaniach. Odizolowana w mieszkaniu na nowym osiedlu, zbyt późno otrzymała wiadomość. Wiedziałam, że była silnie związana z Meliną,
ale uderzyło mnie, że gdy wszyscy gestami wyrażali sympatię, gdy nadbiegała Ada, wołając „mamo",
a za nią Stefano, który zostawił samochód pośrodku
ulicy, z otwartymi drzwiami, i miał minę kogoś, kto
podejrzewał najgorsze, a teraz odkrywa, że wszystko
jest w porządku, ona stała na uboczu z trudnym do
określenia wyrazem twarzy. Wyglądała na wzruszoną
żałosnym stanem wdowy: brudna, blady uśmiech, lekki ubiór przesiąknięty wodą i błotem, a pod tkaniną
zarys wychudzonego ciała, oszczędne ruchy, którymi
witała przyjaciół i znajomych. Ale także na zranio-
ną, przybitą, jak gdyby w jej duszy panował taki sam
bałagan. Skinęłam do niej głową, nie zareagowała.
Wtedy przekazałam Melinę córce i ruszyłam w stronę
Lili, chciałam porozmawiać również o pani Oliviero,
powiedzieć o strasznym zdaniu, które rzucił do mnie
Antonio. Nie znalazłam jej jednak, poszła sobie.

21.

Kiedy znowu się spotkałyśmy, od razu uświadomiłam sobie, że nie czuje się dobrze i mnie też chce wpędzić w zły nastrój. Cały ranek spędziłyśmy w jej mieszkaniu w pozornym klimacie zabawy. W rzeczywistości z coraz większą złośliwością zmuszała mnie do przymierzania jej sukienek, chociaż mówiłam, że mi nie pasują. Zabawa przemieniła się w udrękę. Ona była wyższa, szczuplejsza, wszystko, co wkładałam, wyglądało na mnie komicznie. Nie chciała tego przyznać, twierdziła, że wystarczy tu czy tam przeszyć, niemniej patrzyła na mnie coraz bardziej ponuro, jak gdyby mój wygląd ją obrażał.

W pewnym momencie zawołała „dosyć" i zrobiła minę, jakby zobaczyła ducha. Zaraz jednak otrząsnęła się i frywolnie poinformowała mnie, że wieczór czy dwa temu poszła na lody z Pasqualem i Adą.

Stałam w halce, pomagałam jej umieszczać ubrania na wieszakach.

– Z Pasqualem i Adą?

– Tak.

– Stefano też był?

– Tylko ja.

– Oni cię zaprosili?

– Nie, ja zaproponowałam.

I z wyrazem osoby chcącej wywołać zaskoczenie powiedziała, że nie ograniczyła się do tego jednego wyjścia, jak za czasów panieńskich: następnego dnia poszła na pizzę z Enzem i Carmelą.

– Też sama?

– Tak.

– A co mówi Stefano?

Zrobiła obojętną minę.

– Małżeństwo to nie życie w klauzurze. Jeśli on chce iść ze mną, w porządku, ale jeśli wieczorem jest zbyt zmęczony, wychodzę sama.

– Jak było?

– Rozerwałam się.

Miałam nadzieję, że nie dostrzeże mojego zawodu. Często się widywałyśmy, mogła mnie poinformować: dziś wieczorem wychodzę z Adą, Pasqualem, Enzem, Carmelą, chcesz dołączyć? Ale ona nic nie powiedziała, zorganizowała te spotkania w tajemnicy, jak gdyby nie chodziło o *naszych* odwiecznych przyjaciół, lecz jej. A teraz wielce zadowolona relacjonowała mi ze szczegółami wszystko, o czym rozmawiali: Ada była zaniepokojona, Melina niewiele jadła, a co zjadła, to zwracała; Pasquale martwił się o swoją matkę Giuseppinę, która nie mogła spać, miała opuchnięte nogi, dostawała palpitacji serca, a kiedy odwiedzała męża w więzieniu, po powrocie tak rozpaczliwie płakała, że nie było sposobu, by ją pocieszyć. Słuchałam z uwagą. Zauważyłam, że jest bardziej niż zazwyczaj zaangażowana emocjonalnie w to, co mówi. Dobierała wzruszające słowa, opisywała Melinę Cappuccio i Giuseppinę Peluso, jak gdyby ich ciała opanowały jej ciało, narzucając jej tę samą skurczoną bądź rozrośniętą formę, te same dolegliwości. Dotykała się przy tym po twarzy, piersiach, brzuchu, biodrach, jakby nie należały już do niej, i demonstracyjnie udowadniała, że wie o tych kobietach wszystko, o najdrobniejszym szczególe, aby pokazać, że mnie nikt niczego nie mówi, a jej tak, albo co gorsza, abym poczuła się odizolowana, jak ktoś, kto nie dostrzega wokół siebie ludzkiego cierpienia. O Giuseppinie mówiła tak, jak gdyby nigdy nie przestały się spotykać, pomimo narzeczeństwa i małżeństwa; o Melinie zaś, jak gdyby ani na chwilę nie straciła matki Ady i Antonia z oczu i dogłębnie poznała jej szaleństwo. Potem przeszła do wyliczania wielu innych mieszkańców dzielnicy, których ja ledwo kojarzyłam, a o których ona, mimo odległości, dzięki telepatii zdawała się wiedzieć naprawdę wiele.

– Byłam na lodach także z Antoniem.

Na dźwięk tego imienia doznałam ukłucia w żołądku.

– Jak się czuje?

– Dobrze.

– Mówił coś o mnie?

– Nie, nic.

– Kiedy wyjeżdża?

– We wrześniu.

– Czyli Marcello nie ruszył palcem, żeby mu pomóc.

– To było do przewidzenia.

Do przewidzenia? Skoro było do przewidzenia, że bracia Solara nie ruszą palcem, to dlaczego mnie do nich zaprowadziłaś? I dlaczego teraz, kiedy masz już męża, chcesz sama spotykać się z przyjaciółmi? I dlaczego poszłaś na lody z Antoniem i nic mi o tym nie powiedziałaś, chociaż wiesz, że to mój były chłopak i że nie chce mnie więcej widzieć, ale ja jego tak? Chcesz się zemścić, bo pojechałam z twoim mężem i nie pisnęłam ani słowa o tym, co sobie powiedzieliśmy? Ubrałam się nerwowo, burknęłam, że mam coś do zrobienia i pójdę już.

– Muszę ci jeszcze coś powiedzieć.

Oznajmiła z powagą, że Rino, Marcello i Michele poprosili Stefana, aby się udał na piazza dei Martiri i sprawdził przygotowania w sklepie, i tam, pośród worków z cementem, wiader z farbami i pędzlami we trójkę pokazali mu ścianę naprzeciwko wejścia i powiedzieli, że chcą umieścić na niej ogromną odbitkę jej zdjęcia w sukni ślubnej. Stefano wysłuchał, potem odpowiedział, że byłaby to z pewnością wspaniała reklama obuwia, ale że nie uważa tego za właściwe. Cała trójka nalegała, on zaś odmówił Marcellowi, Michelemu i Rinowi. Jednym słowem wygrałam zakład: jej mąż nie ustąpił Solarom.

Odparłam, wysilając się na entuzjazm:

– Widzisz? Ciągle mówisz źle o biednym Stefanie. A ja miałam rację. Teraz musisz zacząć się uczyć.

– Poczekajmy.

– Na co? Zakład to zakład, a ty go przegrałaś.

– Poczekajmy – powtórzyła Lila.

Byłam w coraz gorszym humorze. Sama nie wie, czego chce, pomyślałam. Jest niezadowolona, że nie miała racji co do męża, albo czy ja wiem, może przesadzam, może doceniła odmowę Stefana, ale spodziewała się ostrzejszego starcia mężczyzn w kwestii jej wizerunku i jest rozczarowana, bo Solarowie zbytnio nie nalegali. Zobaczyłam, jak leniwie sunie ręką wzdłuż boku i nóg w swego rodzaju pieszczocie na pożegnanie, a w jej oczach na chwilę pojawia się ta sama mieszanina cierpienia, strachu i zniesmaczenia, którą dostrzegłam w wieczór, kiedy zniknęła Melina. Pomyślałam: a może po kryjomu liczy na to, że jej ogromne zdjęcie naprawdę zawiśnie w samym centrum miasta, i żałuje, że Michele nie zdołał narzucić Stefanowi swojej woli? Bo dlaczegóż by nie: chce być naj we wszystkim, taka już jest: najpiękniejsza, najbardziej elegancka, najbogatsza. I dodałam: przede wszystkim najbardziej inteligenta. I na myśl, że Lila naprawdę wróci do nauki, doznałam niemiłego uczucia, które mnie przygnębiło. Z pewnością nadrobi wszystkie stracone lata. Z pewnością zasiądziemy ramię przy ramieniu do egzaminów maturalnych. Zrozumiałam, że taka perspektywa byłaby nieznośna. Ale bardziej nieznośne było uczucie, które w sobie odkryłam. Zrobiło mi się wstyd: natychmiast powiedziałam Lili, że pięknie byłoby, gdybyśmy znowu razem się uczyły, i poleciłam jej z naciskiem, aby koniecznie się dowiedziała, jak to załatwić. Ponieważ wzruszyła ramionami, dodałam:

– Teraz naprawdę muszę już iść.

Tym razem nie zatrzymała mnie.

22.

Jak zwykle już na schodach zaczęłam analizować jej racje, a przynajmniej tak mi się wydawało: mieszkała sama na nowym osiedlu, zamknięta w nowoczesnym mieszkaniu, bita przez Stefana, zaangażowana w tajemną walkę z własnym ciałem, aby nie począć dziecka, tak bardzo zazdrosna o moje powodzenie w szkole, że poprzez nasz szalony zakład dała mi do zrozumienia, że sama chciałaby wrócić do nauki. Ponadto prawdopodobnie myślała, że mam o wiele większą swobodę niż ona. W jej oczach zerwanie z Antoniem, moje trudności z nauką były głupstwem w porównaniu z jej problemami. Z każdym krokiem podświadomie miękłam, wpierw pozwalając, by ogarnęła mnie jeszcze trochę przesycona nadąsaniem wyrozumiałość, potem zaś na powrót podziw dla jej osoby. Wrócić do czasów szkoły podstawowej, kiedy to ona była zawsze najlepsza w klasie, a ja druga w kolejności. Znów sprawić, że nauka będzie miała sens, tak jak tylko ona potrafiła. Trzymać się z tyłu, w jej cieniu, czuć się silna i bezpieczna. Tak, tak, tak. Zacząć wszystko od nowa.

W pewnym momencie, już w drodze do domu, w pamięci powróciła mieszanina cierpienia, przerażenia i zniesmaczenia, jaką dostrzegłam na jej twarzy. Dlaczego? Pomyślałam o bezwładnym ciele nauczycielki, o szalonym ciele Meliny. Bez żadnej konkretnej przyczyny zaczęłam z uwagą przyglądać się kobietom na głównej ulicy. Nagle dotarło do mnie, że żyłam dotychczas z klapkami na oczach, jak gdybym była w stanie dostrzegać tylko nas, dziewczęta: Adę, Gigliolę, Carmelę, Marisę, Pinuccię, Lilę, siebie samą, moje koleżanki ze szkoły, ale nigdy tak naprawdę nie zwróciłam uwagi na ciało Meliny, na ciało Giuseppiny Peluso, na ciało Nunzii Cerullo czy Marii Carracci. Jedynym kobiecym organizmem, któremu przyglądałam się z rosnącym niepokojem, było kulejące ciało mojej matki, i tylko ten obraz mnie prześladował, groził mi, bałam się nieustannie, że znienacka mnie opanuje. Teraz zaś wyraźnie przyjrzałam się matkom ze starej dzielnicy. Były nerwowe, były uległe. Milczały z zaciśniętymi ustami i zgarbionymi ramionami albo wykrzykiwały potworne wyzwiska do dzieci, które je zadręczały. Sunęły chude, z zapadniętymi oczami i policzkami, albo wręcz przeciwnie, z szerokimi tyłkami, opuchniętymi kostkami, ociężałymi piersiami, z torbami pełnymi zakupów, małymi dziećmi uczepionymi spódnic, które chciały być wzięte na ręce. Boże, miały dziesięć, góra dwadzieścia lat więcej niż ja. A wyglądały, jakby zatraciły cechy kobiece, do których my, dziewczęta, przykładałyśmy tak wielką wagę i które podkreślałyśmy strojem, makijażem. Zostały pochłonięte przez ciała mężów, ojców, braci, do których coraz bardziej się upodabniały czy to przez zmęczenie, czy to przez starość, chorobę. Kiedy zaczynała się taka transformacja? Czy podczas prac domowych? Kolejnych ciąż? Uderzeń? Czy Lila zniekształci się jak Nunzia? Czy z jej delikatnej twarzy wyskoczy kiedyś Fernando, jej elegancki chód przemieni się w kaczy chód Rina z szeroko rozstawionymi rękoma? Czy któregoś dnia również moje ciało ulegnie zniszczeniu, objawi nie tylko ciało mojej matki, ale również mojego ojca? A wszystko, czego nauczyłam się w szkole, rozpłynie się, dzielnica znowu weźmie górę, intonacja, zachowanie, wszystko stopi się w czarną magmę, Anaksymander i mój ojciec, Folgóre i don Achille, wartości matematyczne i stawy, aorysty, Hezjod i arogancka wulgarność Solarów, co zresztą od tysiącleci dzieje się z miastem, coraz bardziej chaotycznym, coraz bardziej zdegradowanym.

Nagle doszłam do wniosku, że mimowolnie przechwyciłam uczucia Lili i dodałam je do swoich. Czy dlatego miała taką minę, tak zły humor? Czy pogłaskała się po nodze, po boku na pożegnanie? Czy dotykała się podczas rozmowy, bo czuła, jak granice jej ciała zostają oblężone przez Melinę, przez Giuseppinę, i to ją przeraziło, zniesmaczyło? Czy szukała naszych przyjaciół, bo musiała jakoś zareagować?

Przypomniałam sobie jej spojrzenie z dzieciństwa, kiedy pani Oliviero spadła z katedry jak lalka. Przypomniałam sobie jej spojrzenie, kiedy Melina jadła na ulicy pastę do prania, którą właśnie kupiła. Przypomniałam sobie Lilę, kiedy opowiadała nam o zabójstwie, o krwi spływającej po miedzianym rondlu, i upierała się, że mordercą don Achillego nie był mężczyzna, lecz kobieta, jak gdyby w swojej opowieści przeczuła i zobaczyła zarys kobiecego ciała, który rozpada się z potrzeby nienawiści, z palącej konieczności odwetu albo sprawiedliwości, i zatraca swoją strukturę.

23.

Począwszy od ostatniego tygodnia lipca, chodziłam z dziewczynkami do Sea Garden codziennie, z niedzielą włącznie. Wraz z tysiącem przedmiotów, które mogły przydać się córkom właścicielki sklepu papier niczego, do płóciennej torby wkładałam też książki, które dostałam od profesor Galiani. Były to pozycje rozprawiające o przeszłości, o teraźniejszości, o świecie takim, jaki jest i jakim powinien się stać. Język przypominał ten ze szkolnych podręczników, ale był nieco trudniejszy i bardziej interesujący. Nie byłam przyzwyczajona do tego rodzaju lektury, szybko się męczyłam. Ponadto dziewczynki wymagały stałej uwagi. Do tego dochodziło rozleniwienie wywołane morzem, przytępienie spowodowane słońcem, które zalewało wybrzeże i miasto, snujące się marzenia, pragnienia, nieustannie obecna pokusa, by zniszczyć porządek linijek, a wraz z nim każdy porządek, który wymaga wysiłku, oczekiwanie, aż stanie się to, co ma być, i oddawanie się temu, co było na wyciągnięcie ręki, natychmiast osiągalne: pospolite życie istot na niebie, na ziemi i w morzu. Zbliżałam się do siedemnastych urodzin z jednym okiem skupionym na córkach właścicielki sklepu papierniczego, a drugim na *O początkach i zasadach nierówności między ludźmi*.

Którejś niedzieli nagle poczułam czyjeś dłonie na twarzy i usłyszałam żeński głos:

– Zgadnij, kto to?

Rozpoznałam Marisę i miałam nadzieję, że przyszła w towarzystwie Nina. Och, jak bym chciała, żeby zobaczył mnie upiększoną przez słońce i wodę morską, skupioną na lekturze trudnej książki. Wykrzyknęłam szczęśliwa: „Marisa!" i obróciłam się gwałtownie. Ale Nina nie było, był za to Alfonso z błękitnym ręcznikiem przerzuconym przez ramię, papierosami, zapalniczką i portfelem w ręce, w czarnych kąpielówkach z białym paskiem, sam tak biały, jak gdyby przez całe życie nie musnął go ani jeden promień słońca.

Zaskoczyło mnie, że przyszli razem. Alfonso miał poprawkę w październiku z dwóch przedmiotów, a ponieważ pracował w sklepie z wędlinami, myślałam, że w niedzielę się uczy. Jeśli chodzi o Marisę, byłam pewna, że jest z rodziną w Barano. Ona powiedziała natomiast, że rok temu rodzice pokłócili się z właścicielką Nellą i razem ze znajomymi z redakcji „Roma" wynajęli willę w Castelvolturno. Ona wróciła do Neapolu tylko na kilka dni, po podręczniki – miała poprawkę z trzech przedmiotów – a poza tym musiała z kimś się spotkać. Kokieteryjnie uśmiechnęła się do Alfonsa: tym kimś był on.

Nie mogłam się powstrzymać, od razu zapytałam, jak poszło Ninowi na maturze. Marisa wykrzywiła się z niesmakiem.

– Same piątki i dwie szóstki. Jak tylko poznał wyniki, sam, bez grosza przy duszy pojechał do Anglii. Mówi, że tam znajdzie pracę i będzie siedział tak długo, aż się nauczy porządnie angielskiego.

– A potem?

– Tego, co potem, nie wiem, może złoży papiery na ekonomię i handel.

Chciałam jej zadać tysiące innych pytań, chciałam nawet znaleźć sposób, by się dowiedzieć czegoś o dziewczynie, która czekała na niego pod szkołą i czy naprawdę pojechał sam, czy też może z nią, kiedy Alfonso odezwał się z zakłopotaniem:

– Nadchodzi Lina. – I dodał: – Przywiózł nas tu Antonio swoim samochodem.

Antonio?

Alfonso musiał dostrzec mój wyraz twarzy, pąs, który nagle na niej eksplodował, zazdrosne zaskoczenie w oczach. Uśmiechnął się i dodał szybko:

– Stefano miał sporo pracy z ladami w nowym sklepie i nie mógł przyjść. Ale Lina bardzo chciała się z nami spotkać, musi ci coś powiedzieć, dlatego poprosiła Antonia, żeby nas podrzucił.

– Tak, musi ci powiedzieć coś pilnego – podkreśliła Marisa, klaszcząc radośnie w dłonie, by pokazać, że ona już o tym czymś wie.

O czym? Entuzjazm Marisy sugerował, że było to coś wspaniałego. Może Lila udobruchała Antonia i teraz on chciał wrócić do mnie. Może Solarowie wreszcie posłużyli się znajomościami w okręgu i Antonio nie idzie do wojska. W pierwszej chwili do głowy przyszły mi te dwa przypuszczenia. Ale kiedy ich zobaczyłam, natychmiast je wykluczyłam. Najwyraźniej Antonio przyjechał tylko dlatego, że posłuszeństwo Lili nadawało sens pustej niedzieli, bo być jej przyjacielem to radość i konieczność. Ale miał nieszczęśliwą twarz, zaniepokojone oczy, przywitał się ze mną chłodno. Spytałam o jego matkę, udzielił skąpych informacji. Ze skrępowaniem rozejrzał się wkoło i od razu wskoczył do wody z dziewczynkami, które na jego widok ogromnie się ucieszyły. Lila zaś była blada, bez szminki, z wrogim spojrzeniem. Nie wyglądała, jakby miała mi coś pilnego do powiedzenia. Usiadła na betonie, wzięła książkę, którą czytałam, przewertowała bez słowa.

Marisę speszyło nasze milczenie, spróbowała wyrazić swój entuzjazm dla wszystkiego, co na świecie, potem zmieszała się jeszcze bardziej i też weszła do morza. Alfonso usiadł możliwie daleko od nas i znieruchomiał na słońcu, koncentrując się na plażowiczach, jak gdyby obserwowanie nagich ciał, które wchodziły i wychodziły z wody, było niezwykle fascynujące.

– Kto ci dał tę książkę? – zapytała Lila.

– Moja profesorka od łaciny i greki.

– Dlaczego nic mi nie powiedziałaś?

– Nie przypuszczałam, że cię zainteresuje.

– Wiesz lepiej, co mnie interesuje, a co nie?

Przybrałam pojednawczy ton, ale chciałam się też pochwalić:

– Pożyczę ci, jak tylko skończę czytać. Profesorka daje te książki do czytania dobrym uczniom. Nino też je czyta.

– Kim jest Nino?

Czyżby zrobiła to specjalnie? Udawała, że nie pamięta nawet jego imienia, aby umniejszyć go w moich oczach?

– Ten z filmu weselnego, brat Marisy, najstarszy syn Sarratorego.

– Ten brzydal, który ci się podoba?

– Powiedziałam ci, że już mi się nie podoba. Ale robi fajne rzeczy.

– Jakie?

– Teraz na przykład jest w Anglii. Pracuje, podróżuje, uczy się angielskiego.

Już samo streszczenie słów Marisy przepełniło mnie entuzjazmem.

Potem dodałam:

– Pomyśl, że my też mogłybyśmy coś takiego zrobić. Podróżować. Zarabiać na utrzymanie jako kelnerki. Nauczyć się angielskiego lepiej od samych Anglików. Dlaczego jemu wolno, a nam nie?

– Skończył szkołę?

– Tak, zdał maturę. Teraz pójdzie na bardzo trudne studia.

– Jest zdolny?

– Tak jak ty.

– Ja się nie uczę.

– A właśnie że tak: przegrałaś zakład i teraz musisz wrócić do szkoły.

– Lenù, przestań.

– Stefano ci nie pozwala?

– Muszę się zająć nowym sklepem z wędlinami.

– Możesz uczyć się w sklepie.

– Nie.

– Obiecałaś. Powiedziałaś, że razem zdamy maturę.

– Nie.

– Dlaczego?

Lila kilkakrotnie pogładziła ręką obwolutę książki.

– Jestem w ciąży – powiedziała w końcu. I nie czekając na moją reakcję, burknęła: – Ale upał. – Odłożyła książkę, poszła nad betonowy brzeg, bez wahania rzuciła się w wodę, wołając do Antonia, który chlapał się z Marisą i dziewczynkami:

– Tonì, ratuj mnie.

Przez chwilę leciała z rozłożonymi rękoma, potem zabawnie uderzyła w powierzchnię wody. Nie umiała pływać.

24.

W następnych dniach Lila rzuciła się w wir maniakalnego aktywizmu. Zaczęła od nowego sklepu z wędlinami; zajęła się nim, jak gdyby była to najważniejsza rzecz na świecie. Wstawała wcześnie, zanim obudził się Stefano. Wymiotowała, przygotowywała kawę, znowu wymiotowała. On stał się bardzo troskliwy, chciał ją zawozić samochodem, ale ona odmawiała, twierdziła, że ma ochotę na spacer, i szła do sklepu w świeżym porannym powietrzu, zanim eksplodował ukrop, po opustoszałych ulicach, pośród niedawno wzniesionych budynków, w większości jeszcze pustych. Tam podciągała rolety, myła poplamioną farbą podłogę, czekała na robotników i dostawców, którzy przywozili wagi, krajalnice i sprzęt, wydawała polecenia, jak je ustawić, sama przesuwała, aby wypróbować nowy, lepszy układ. Groźnie wyglądający faceci, nieokrzesani chłopcy pozwalali sobą dyrygować i bez słowa protestu spełniali wszystkie jej kaprysy. Ponieważ ledwo kończyła wypowiadać polecenie, a już sama zabierała się za ciężkie prace, wołali z niepokojem: pani Carracci, i rzucali się do pomocy.

Pomimo gorąca, które odbierało energię, Lila nie ograniczała się tylko do sklepu w nowej dzielnicy. Bywało, że towarzyszyła szwagierce w lokalu na piazza dei Martiri, gdzie remontem zazwyczaj kierował Michele, ale często również Rino. Jako wytwórca butów marki

„Cerullo" oraz szwagier Stefana, który był wspólnikiem Solarów, czuł się upoważniony do nadzorowania remontu. Tam też Lila nie siedziała w bezruchu. Kontrolowała, wchodziła na drabiny, spoglądała z góry, schodziła, zabierała się za przesuwanie sprzętów. Na początku raziło to wszystkich, szybko jednak jeden po drugim niechętnie zaczęli ustępować. Michele, choć był najbardziej wrogo i sarkastycznie nastawiony do Lili, jako pierwszy pojął korzyści płynące z udzielanych przez nią rad.

– Proszę pani – mówił z kpiną – proszę urządzić mi też bar, zapłacę.

Rzecz jasna Lila nawet nie myślała o ingerowaniu w bar Solarów, ale kiedy wystarczająco już namieszała na piazza dei Martini, przeniosła się do królestwa rodziny Carraccich, do starego sklepu, i tam osiadła. Zmusiła Stefana, żeby odesłał Alfonsa do domu, bo ten miał się uczyć do sprawdzianów poprawkowych, i nakłoniła Pinuccię, aby coraz częściej z matką zaglądała do sklepu na piazza dei Martiri. I tak krok po kroku zreorganizowała obydwa sklepy, usprawniając i ułatwiając pracę. W krótkim czasie udowodniła, że zarówno Maria, jak i Pinuccia są zasadniczo zbędne, zwiększyła rolę Ady i nakłoniła Stefana, aby podwyższył dziewczynie wynagrodzenie.

Kiedy późnym popołudniem wracałam z Sea Garden i przekazywałam dziewczynki właścicielce papierniczego, prawie zawsze zaglądałam do sklepu z wędlinami, by sprawdzić, jak się czuje Lila, czy brzuch już rośnie. Była wiecznie nerwowa, niezdrowo blada. Na ostrożne pytania o ciążę albo w ogóle nie odpowiadała, albo wyciągała mnie ze sklepu i mówiła pozbawione sensu rzeczy w stylu: „Nie chcę o tym rozmawiać, to jest jak choroba, mam w środku pustkę, która mi ciąży". Potem zaczynała opowiadać o nowej i starej wędliniarni oraz o sklepie na piazza dei Martiri w swój typowy, egzalto-wany sposób, by mnie przekonać, że to miejsca, gdzie dzieją się same cudowności, które mnie, bidulę, omijają.

Ale ja już znałam jej sztuczki, słuchałam i nie wie-rzyłam, chociaż hipnotyzowała mnie swoją energią, swoim byciem zarazem służką i panią. Lila potrafiła jednocześnie rozmawiać ze mną, rozmawiać z klien-tami, rozmawiać z Adą i ani na moment się nie za-trzymać, otwierać pudła, ciąć, ważyć, brać pieniądze, dawać je. Unicestwiała się w słowach i gestach, wy-czerpywała, jak gdyby naprawdę toczyła bezpardono-wą walkę, by zapomnieć o ciężarze tego, co sama okre-ślała dosyć nieadekwatnie jako „wewnętrzna pustka".

Najbardziej jednak uderzył mnie jej stosunek do pieniędzy. Szła do kasy i brała, ile chciała. Pieniądze były dla niej jak szuflada, jak skrzynia pełna skarbów z naszych dziecięcych fantazji, która się otwierała i oferowała swoje bogactwo. Kiedy w rzadkich przy-padkach w kasie nie było odpowiedniej kwoty, wystar-czyło, że rzuciła spojrzenie Stefanowi. Ten, wróciwszy do hojności z czasów narzeczeństwa, podciągał far-tuch, sięgał do tylnej kieszeni spodni, wyciągał pękaty portfel i pytał: „Ile ci potrzeba?". Lila pokazywała na palcach, mąż wyciągał prawą rękę z zamkniętą pięścią, ona wyciągała swoją szczupłą długą dłoń.

Ada spoglądała na nią zza lady tym samym wzro-kiem, którym oglądała gwiazdy na stronach kolorowych czasopism. Przypuszczam, że w tym czasie siostra Antonia czuła się jak w bajce. Oczy jej się skrzyły, kiedy Lila otwierała kasę i ofiarowywała pieniądze. Rozdawała je bez problemu, wystarczyło, żeby mąż się odwrócił. Adzie dała pieniądze dla Antonia, który miał jechać do wojska; Pasqualemu na pilne usunięcie aż trzech zębów. Na początku września nawet mnie wzięła na bok i spytała, czy potrzebuję pieniędzy na książki.

– Jakie książki?

– Te do szkoły i te nie do szkoły.

Odpowiedziałam, że pani Oliviero jeszcze nie wróciła ze szpitala, więc nie wiem, czy jak co roku pomoże mi zdobyć podręczniki. Próbowała więc wcisnąć mi pieniądze do kieszeni. Cofnęłam się, odmówiłam, nie chciałam uchodzić za ubogą krewną, która musi prosić o drobne. Odparłam, że trzeba poczekać, aż zacznie się szkoła, że właścicielka papierniczego przedłużyła mi opiekę nad dziewczynkami w Sea Garden aż do połowy września, że dzięki temu zarobię nieco więcej i sama dam sobie radę. Zrobiło jej się przykro, nalegała, żebym zwróciła się do niej, jeśli pani Oliviero nie będzie w stanie mi pomóc.

Nie tylko ja, ale każdy z jej przyjaciół miał problem z jej wielką szczodrością. Pasquale na przykład nie chciał przyjąć pieniędzy na dentystę, czuł się upokorzony, w końcu wziął, ale tylko dlatego, że twarz mu opuchła, w oko wdało się zakażenie, a okłady z liści kapusty nie przynosiły żadnej ulgi. Nawet Antonio stał się podejrzliwy, do tego stopnia, że aby zgodził się na pieniądze, jakie nasza przyjaciółka przekazywała Adzie poza jej pensją, trzeba było mu wmówić, że to wyrównanie za niegodziwe wynagrodzenie, jakie otrzymywała od Stefana wcześniej. Rzadko widywaliśmy gotówkę i przykładaliśmy duże znaczenie nawet do dziesięciu lirów, a każde znalezienie na ulicy monety było świętem. Dlatego grzechem śmiertelnym wydawało nam się to, że Lila rozdaje pieniądze jak bezwartościowe żelastwo, makulaturę. Robiła to w milczeniu, rozkazującym gestem, jak wtedy kiedy w dzieciństwie organizowała zabawę i każdemu przypisywała jakąś rolę. Potem jak gdyby nigdy nic zaczynała mówić o czymś innym. Z drugiej strony – jak powiedział mi któregoś wieczoru Pasquale w sposób dosyć zawiły – mortadela dobrze się sprzedaje, buty też, a Lina zawsze była naszą przyjaciółką, stoi po naszej stronie, jest naszym sprzymierzeńcem, koleżanką. Teraz jest też bogata, ale zapracowała sobie na to: tak, zapracowała, ponieważ ma pieniądze nie dlatego, że jest panią Carracci, przyszłą matką syna sprzedawcy wędlin, ale dlatego, że zaprojektowała buty „Cerullo", i choć teraz nikt o tym nie pamięta, my, jej przyjaciele, powinniśmy.

To była prawda. Ileż rzeczy Lila dokonała w ciągu tych kilku lat. Choć teraz, kiedy mieliśmy po siedemnaście lat, czas nie wydawał się już taki płynny, lecz stał się jakby kleisty i krążył wokół jak żółty krem w mieszadle u cukiernika. Sama Lila to zauważyła ze złością, kiedy pewnej niedzieli, gdy morze było gładkie, a niebo białe, ku zaskoczeniu wszystkich pojawiła się w Sea Garden koło godziny trzeciej po południu, o dziwo sama. Wsiadła do metra, potem do kilku autobusów i stanęła przede mną w stroju kąpielowym, z zielonkawą skórą i pryszczami na czole. „Parszywe siedemnaście lat", powiedziała w dialekcie, pozornie żartobliwie i z sarkazmem w oczach.

Pokłóciła się ze Stefanem. Podczas codziennych kontaktów z Solarami wypłynęła kwestia prowadzenia sklepu na piazza dei Martiri. Michele chciał umieścić w nim Gigliolę, groził Rinowi, który wspierał Pinuccię, ze zdecydowaniem podjął nużące negocjacje ze Stefanem i o mały włos nie doszło do bójki. I jak to się skończyło? Pozornie bez przegranych i bez zwycięzców. Gigliola i Pinuccia *wspólnie* poprowadzą obuwniczy. Pod warunkiem że Stefano zmieni swoją dawną decyzję.

– Jaką? – zapytałam.

– Zobaczymy, czy zgadniesz.

Nie zgadłam. Michele bezczelnie poprosił Stefana, aby dał mu zdjęcie Lili w sukni ślubnej. I jej mąż tym razem ustąpił.

– Naprawdę?

– Naprawdę. Mówiłam, że wystarczy poczekać. Wystawią mnie w sklepie na pokaz. Koniec końców to ja wygrałam zakład, nie ty. Bierz się do nauki, w tym roku masz mieć same piątki.

Nagle zmieniła ton, spoważniała. Powiedziała, że nie przyszła rozmawiać o zdjęciu, bo i tak od dawna wiedziała, że dla tego drania ona jest jedynie towarem przetargowym. Przyszła porozmawiać o ciąży. Mówiła długo, nerwowo, z zimną stanowczością, jak o czymś, co trzeba zgnieść, zdusić.

– To bez sensu – stwierdziła, nie kryjąc niepokoju.

– Faceci wpychają w ciebie swój interes i zamieniasz

się w mięsną puszkę z żywą lalką w środku. Mam to tutaj i napawa mnie obrzydzeniem. Ciągle wymiotuję, mój brzuch też tego nie znosi. Wiem, że powinnam myśleć pozytywnie, wiem, że powinnam się pogodzić, ale nie potrafię, nie widzę w tym nic pięknego, na co miałabym się godzić. Poza tym – dodała – czuję, że ja nie nadaję się do wychowywania dzieci. Ty tak, wystarczy popatrzeć, jak się troszczysz o córki właścicielki papierniczego. Ja nie, urodziłam się bez instynktu macierzyńskiego.

Zrobiło mi się przykro. Co jej miałam powiedzieć?

– Nie wiesz, czy masz ten instynkt czy nie, musisz to sprawdzić – starałam się ją pocieszyć i wskazałam na bawiące się w pobliżu córki sklepikarki: – Posiedź z nimi chwilę, porozmawiaj.

Zaśmiała się, odparła złośliwie, że nabrałam słodkiego tonu naszych matek. Potem jednak, choć skrępowana, zaryzykowała i rzuciła kilka słów do dziewczynek, wycofała się jednak, wróciła do mnie. Ja naciskałam, zmusiłam ją, żeby zajęła się Lindą, najmłodszą z sióstr. Powiedziałam:

– Idź, pobawcie się w jej ulubioną zabawę, w picie z kranu przy barze albo zatykanie go palcem i pryskanie wodą.

Niechętnie zabrała ze sobą Lindę, prowadząc ją za rękę. Minęło trochę czasu, a one nie wracały. Zaczęłam się martwić, zawołałam dwie pozostałe dziewczynki i poszłyśmy zobaczyć, co się dzieje. Wszystko w porządku, Lila została szczęśliwie zniewolona przez Lindę. Trzymała dziewczynkę nad kranem i pozwalała jej pić albo rozpryskiwać wodę wkoło. Obie radośnie piszczały.

Odetchnęłam z ulgą. Zostawiłam Lili pozostałe siostry i usiadłam w barze, tak żeby mieć całą czwórkę na oku i jednocześnie trochę poczytać. Oto jaka się stanie, pomyślałam, patrząc na nią. To, co wcześniej wydawało jej się nieznośne, teraz ją cieszy. Może powinnam jej powiedzieć, że rzeczy pozbawione sensu są tymi najpiękniejszymi. To niezłe zdanie, spodoba się jej. Szczęściara, ma już wszystko, co naprawdę ważne.

Przez chwilę starałam się prześledzić linijka po linijce rozważania Rousseau. Potem podniosłam wzrok, zobaczyłam, że coś jest nie w porządku. Krzyki. Może Linda za bardzo się pochyliła do przodu, może jedna z sióstr ją pchnęła, faktem jest, że wysunęła się Lili z rąk i uderzyła brodą o brzeg umywalki. Podbiegłam do nich przerażona. Lila, jak tylko mnie zobaczyła, od razu wrzasnęła dziecinnym głosem, którego nigdy u niej nie słyszałam, nawet kiedy była mała:

– Siostra ją przewróciła, to nie moja wina.

Trzymała drącą się i zakrwawioną Lindę na rękach i sama też płakała, a dwie pozostałe dziewczynki patrzyły w inną stronę, nerwowo się poruszając, z wymuszonymi uśmieszkami, jakby cała sprawa ich nie dotyczyła, jakby nic nie słyszały, niczego nie widziały.

Wyrwałam dziecko z rąk Lili, podłożyłam pod strumień wody, umyłam twarz szybkimi ruchami. Pod brodą ukazało się poziome rozcięcie. Stracę pieniądze, pomyślałam, moja matka się wścieknie. Pobiegłam szybko do ratownika, a on uspokoił Lindę kilkoma pieszczotami, polał ją znienacka alkoholem, wzbudzając kolejne wrzaski, po czym przycisnął do brody gazę i znowu zaczął uspokajać. Jednym słowem nic poważnego. Kupiłam trójce dziewczynek po lodzie i wróciłam na betonową plażę.

Lila w tym czasie zniknęła.

25.

Właścicielka papierniczego nie wyglądała na szczególnie przejętą raną Lindy, ale kiedy spytałam, czy następnego dnia mam przyjść po dziewczynki o zwykłej porze, odpowiedziała, że córki już wystarczająco się nakąpały tego lata i że nie ma takiej potrzeby.

Przemilczałam przed Lilą, że straciłam pracę. Ona też nigdy nie zapytała, jak potoczyły się sprawy, nie spytała nawet o Lindę i jej rozcięcie. Kiedy znowu się zobaczyłyśmy, była zaaferowana inauguracją nowej wędliniarni i przypominała atletę na treningu, który coraz szybciej i frenetyczniej skacze na skakance.

Zaciągnęła mnie do typografa, któremu zleciła zrobienie dużej liczby ulotek informujących o otwarciu nowego sklepu. Chciała, abym poszła do księdza i umówiła godzinę poświęcenia lokalu i towaru. Zapowiedziała, że przyjęła Carmelę Peluso i że zapłaci jej o wiele więcej, niż zarabiała w pasmanterii. Ale przede wszystkim oznajmiła, że o wszystko, ale absolutnie wszystko toczy ostrą walkę z mężem, z Pinuccią, z teściową i ze swoim bratem Rinem. Nie wyglądała jednak na szczególnie bojową. Wyrażała się cicho, zawsze w dialekcie, wykonując przy tym tysiące innych rzeczy, które zdawały się ważniejsze od tego, co mówi. Wyliczyła krzywdy, jakie jej wyrządzili, i dalej wyrządzali, powinowaci i krewni.

– Ugłaskali Michelego – powiedziała – tak samo, jak wcześniej ugłaskali Marcella. Zabawili się mną, ja dla nich nie jestem osobą, ale przedmiotem. Damy im Linę, zawiesimy na ścianie, bo ona przecież jest zerem, tylko zerem.

Gdy tak mówiła, jej ruchome oczy połyskiwały w fioletowych obwódkach, skóra napinała się na policzkach, a ona co chwilę odkrywała zęby podczas krótkich, nerwowych uśmiechów. Ale mnie nie przekonała. Zrozumiałam, że za tą czupurną aktywnością kryje się istota u kresu sił, szukająca drogi ucieczki.

– Co zamierzasz? – zapytałam.

– Nic. Wiem tylko, że aby zrobić z moją fotografią to, co chcą, wpierw muszą mnie zabić.

– Lila, machnij na to ręką. Przecież ostatecznie to piękna sprawa, sama pomyśl: tylko aktorki umieszczają na plakatach.

– A czy ja jestem aktorką?

– Nie.

– No więc? Skoro mój mąż postanowił sprzedać się Solarom, czy twoim zdaniem wolno mu sprzedać również mnie?

Starałam się ją uspokoić, bałam się, że Stefano straci cierpliwość i ją pobije. Powiedziałam jej to, ona się roześmiała: od kiedy zaszła w ciążę, mąż nie ośmielił się podnieść na nią ręki nawet po to, żeby dać jej w twarz. Ale właśnie w chwili, kiedy to mówiła, zrodziło się we mnie podejrzenie, że zdjęcie stanowi jedynie wymówkę, że w rzeczywistości chce ich wszystkich doprowadzić do szału, dać się zmasakrować Stefanowi, Solarom, Rinowi, sprowokować ich, aby pięściami pomogli jej wyrzucić to znienawidzone, wywołujące w niej ból żywe coś, co miała w brzuchu.

Moje przypuszczenie utrwaliło się w wieczór otwarcia sklepu z wędlinami. Ubrała się tak niedbale, jak to tylko możliwe. Na oczach wszystkich traktowała męża jak sługę. Odesłała księdza, którego mnie kazała sprowadzić, zanim ten pobłogosławił sklep, wciskając mu z pogardą pieniądze do ręki. Potem zaczęła kroić szynkę i przygotowywać bułki, po czym dawała je wszystkim za darmo z kubkiem wina. I to cieszyło się tak wielkim powodzeniem, że dopiero co otworzoną wędliniarnię wypełnił tłum, ona i Carmela zostały osaczone, a Stefano, który ubrał się bardzo elegancko, musiał pomóc im stawić czoła tej sytuacji, bez fartucha, plamiąc sobie garnitur tłuszczem.

Kiedy wycieńczeni wrócili do domu, mąż zrobił jej straszną scenę, a ona chwytała się wszystkiego, żeby wpędzić go w furię. Wrzeszczała, że jeśli chciał taką, która zawsze byłaby mu posłuszna, to źle trafił, bo ona nie jest ani jego matką, ani siostrą i zawsze będzie mu sprawiać kłopoty. I skupiła się na Solarach, na historii ze zdjęciem, obrzuciła go potwornymi wyzwiskami. On wpierw pozwolił jej się wyładować, potem zaatakował jeszcze gorszymi wulgaryzmami. Ale jej nie pobił. Kiedy następnego dnia opowiedziała mi o tym wszystkim, stwierdziłam, że Stefano pomimo swoich wad musi ją kochać. Ona zaprzeczyła.

– Rozumie tylko to – odparła, pocierając dwa palce, kciuk i wskazujący. I faktycznie, o wędliniarni słyszało już całe nowe osiedle, od rana pękała w szwach.
– Kasa jest już pełna. Dzięki mnie. Daję mu bogactwo, dziecko, czego jeszcze chce?
– A czego ty chcesz? – spytałam z odrobiną złości, co mnie samą zaskoczyło, dlatego od razu się do niej uśmiechnęłam w nadziei, że niczego nie zauważyła.

Pamiętam, że zrobiła zagubioną minę, dotknęła palcami czoła. Może sama nie wiedziała, czego chce, czuła tylko, że nie potrafi znaleźć spokoju.

Przed kolejną inauguracją, tym razem sklepu przy piazza dei Martiri, stała się nieznośna. Ale może to określenie jest zbyt mocne. Powiedzmy, że na wszystko, w tym i na mnie, przelewała zamieszanie, które odczuwała w duchu. Z jednej strony zamieniła życie Stefana w piekło, awanturowała się z teściową i szwagierką, szła do Rina i kłóciła się z nim w obecności pracowników i Fernanda, który bardziej niż zazwyczaj garbił się nad swoim stołem, udając, że nie słyszy; z drugiej sama dostrzegała, że zatraca się w niezadowoleniu, i czasami, w tych rzadkich chwilach, kiedy nowa wędliniarnia była pusta i Lila nie musiała zajmować się dostawcami, przyłapywałam ją z ręką na czole, we włosach, jak gdyby chciała zatamować ranę, z miną kogoś, kto musi zaczerpnąć powietrza.

Tamtego popołudnia siedziałam w domu i choć był już koniec września, panował straszny ukrop. W szkołach zaczynały się lekcje, żyłam z dnia na dzień. Moja matka wyrzucała mi, że nic nie robię cały czas. Nino był gdzieś w Anglii albo w tej tajemniczej przestrzeni zwanej uniwersytetem. Nie miałam już Antonia, ani nawet nadziei, że znowu będziemy razem: pojechał do wojska razem z Enzem Scanną, pożegnawszy się ze wszystkimi, tylko nie ze mnę. Usłyszałam, że ktoś woła mnie z ulicy, to była Lila. Miała szkliste oczy, jak w gorączce, powiedziała, że znalazła rozwiązanie.

– Jakie rozwiązanie?

– Zdjęcie. Jeśli chcą je powiesić, muszą zrobić tak, jak ja powiem.

– A ty jak powiesz?

Nie zdradziła, może w tamtej chwili sama jeszcze nie miała pojęcia. Ja jednak wiedziałam, jaką ma naturę, i dostrzegłam na jej twarzy wyraz, który przybierała za każdym razem, kiedy z ciemnych głębin nadciągał sygnał wypalający jej mózg. Poprosiła, abym wieczorem poszła z nią na piazza dei Martiri. Miałyśmy się spotkać z braćmi Solara, z Gigliolą, Pinuccią i jej bratem. Chciała, żebym jej pomogła, wsparła ją, i zrozumiałam, że ma na myśli coś, co wyprowadzi ją z nieustającej wojny: gwałtowny, ale ostateczny wybuch całego napięcia, jakie się w niej skumulowało, albo tylko sposób, by uwolnić głowę i ciało od niszczących energii.

– Dobrze – odpowiedziałam – ale obiecaj, że nie będziesz się wygłupiać.

– Obiecuję.

Po zamknięciu sklepów ona i Stefano przyjechali po mnie autem. Z kilku słów, jakie ze sobą zamienili, zrozumiałam, że nawet mąż nie wiedział, co ona zamierza, i że tym razem moja obecność zamiast dodawać mu otuchy, tylko go niepokoiła. Lila w końcu wykazała gotowość do ustępstw. Powiedziała, że skoro nie da się zrezygnować z fotografii, chce przynajmniej mieć wpływ na to, jak zostanie wystawiona.

– Czy chodzi o ramę, ścianę, światło? – zapytał.

– Zobaczę.

– Ale potem koniec, Lina.

– Tak, koniec.

Wieczór był piękny, letni, rozświetlony sklep rzucał na plac blask. Nawet z dużej odległości widać było ogromny wizerunek Lili w sukni ślubnej oparty o środkową ścianę. Stefano zaparkował, weszliśmy, lawirując między bezładnie poukładanymi pudełkami z obuwiem, wiadrami pełnymi farb, drabinami. Marcello, Rino, Gigliola, Pinuccia byli wyraźnie naburmuszeni: z różnych względów nie mieli ochoty po raz kolejny podporządkować się kaprysom Lili. Jedynym, który przyjął nas z ironiczną uprzejmością, był Michele. Ze śmiechem zwrócił się do mojej przyjaciółki:

– Piękna pani, czy zdradzisz nam wreszcie, co tam chowasz w zanadrzu, czy może planujesz tylko zniszczyć nam wieczór?

Lila spojrzała na oparte o ścianę zdjęcie, poprosiła, żeby położyli je na podłodze. Marcello zapytał ostrożnie, z pochmurnym wyrazem twarzy i nieśmiałością, jaką coraz częściej odczuwał w stosunku do Lili:

– Po co?

– Pokażę wam.

Rino interweniował:

– Lina, nie wygłupiaj się. Wiesz, ile nas to kosztowało? Jeśli zniszczysz obraz, pożałujesz.

Dwójka Solarów umieściła fotografię na podłodze. Lila rozejrzała się wkoło ze zmarszczonym czołem, z oczami jak dwie szparki. Szukała czegoś, co musiało tu być, może nawet sama to kupiła. W kącie dostrzegła zwój czarnego brystolu, z szafki wzięła nożyczki i pudełko z pinezkami. Potem z wyrazem maksymalnej koncentracji, dzięki której wyłączała się z otoczenia, wróciła do plakatu. Na naszych pełnych wątpliwości oczach, w niektórych przypadkach otwarcie wrogich, z wielką precyzją, która od zawsze ją cechowała, pocięła brystol na pasy i przymocowała je to tu, to tam na fotografii, lekkim skinieniem albo samym tylko spojrzeniem prosząc mnie o pomoc.

Współpracowałam z rosnącym zaangażowaniem, jak wtedy, gdy byłyśmy małymi dziewczynkami. Podobały mi się te chwile uniesienia, podobało mi się, że mogę być przy niej, zanurzyć się w jej intencje, z wyprzedzeniem je odgadywać. Przeczuwałam, że ona widzi coś, czego nie ma, i dokłada wszelkich starań, abyśmy i my to zobaczyli. Cieszyłam się i dostrzegałam upojenie, które ją ogarnia i biegnie wzdłuż palców, gdy ściska nożyczki i przyczepia pinezkami czarne pasy.

Na koniec, jakby w pomieszczeniu znajdowała się sama, usiłowała podnieść ramę, ale nie dała rady. Marcello rzucił się na pomoc, rzuciłam się i ja, oparliśmy fotografię o ścianę. Potem wszyscy cofnęliśmy się aż na próg, ktoś się zaśmiał, ktoś inny popatrzył krzywo albo z oszołomieniem. Ciało Lili zostało okrutnie pocięte. Większość głowy znikła, podobnie brzuch. Pozostało oko, ręka, na której opierała brodę, świetlista plama ust, ukośny zarys korpusu, linia założonych nóg, buty.

Pierwsza odezwała się Gigliola, z trudem hamując wściekłość:

– Ja nie zawieszę czegoś takiego w *moim* sklepie.

– Zgadzam się – wybuchła Pinuccia. – My tu mamy sprzedawać, a ludzie, jak zobaczą tego stwora, uciekną. Rino, proszę, powiedz coś swojej siostrze.

Rino ją zignorował, zwrócił się za to do Stefana, jak gdyby to on ponosił całą winę za to, co się działo:

– Ostrzegałem cię, z nią się nie dyskutuje. Mówisz tak albo nie i wystarczy, widzisz, do czego doszło? Tracimy tylko czas.

Stefano nic nie odrzekł, patrzył na oparty o ścianę obraz i najwyraźniej szukał jakiegoś rozwiązania.

– Lenù, a co ty myślisz? – zapytał mnie.

Odpowiedziałam po włosku:

– Moim zdaniem jest piękny. Oczywiście nie wystawiłabym go w naszej dzielnicy, to nie jest właściwe środowisko. Ale tutaj to co innego, przyciągnie uwagę, spodoba się. Właśnie tydzień temu w „Confidenze" przeczytałam, że w domu Rossana Brazziego wisi tego rodzaju obraz.

Na te słowa Gigliola jeszcze bardziej się rozzłościła.

– Co chcesz przez to powiedzieć? Że Rossano Brazzi wie lepiej, że wy wiecie lepiej, a ja i Pinuccia nie?

Wtedy dostrzegłam niebezpieczeństwo. Rzuciłam okiem na Lilę i w jednej chwili zrozumiałam, że gdy przyszłyśmy do sklepu, była naprawdę gotowa na kompromis, jeśli ta próba się nie powiedzie, a teraz, gdy już zmasakrowała swój wizerunek, nie ustąpi nawet o milimetr. Przeczułam, że minuty, w których pracowała nad fotografią, zerwały więzy: teraz ogarniało ją przesadne poczucie własnej wartości i potrzebowała czasu, by z powrotem wejść w rolę żony sprzedawcy wędlin, nie zaakceptuje żadnej odmowy. Co więcej, jeszcze Gigliola nie skończyła mówić, a ona już mruczała pod nosem: albo tak, albo wcale, i chciała się kłócić, chciała niszczyć, rozwalać, z chęcią rzuciłaby się na nią z nożyczkami.

Liczyłam na lojalność Marcella. Ale Marcello milczał ze spuszczoną głową: zrozumiałam, że resztki uczuć wobec Lili właśnie się ulatniają, stara i zduszona namiętność już za nią nie nadążała. Ingerował za to jego brat, hamując narzeczoną swoim najbardziej agresywnym głosem.

– Siedź cicho – powiedział. A gdy tylko usiłowała protestować, powtórzył, nawet na nią nie patrząc, skupiony na plakacie: – Cicho, Gigliò.

Potem zwrócił się do Lili:

– Mnie się podoba. Naumyślnie się wymazałaś, i wiem dlaczego: aby wyraźnie ukazać nogę, aby pokazać, jak dobrze damska noga wygląda w tych butach. Brawo. Jesteś straszną nudziarą, ale jeśli już do czegoś się bierzesz, robisz to jak należy.

Cisza.

Gigliola otarła palcami łzy, których nie potrafiła powstrzymać. Pinuccia spojrzała na Rina, potem na swojego brata, jakby chciała powiedzieć: odezwijcie się, brońcie mnie, nie pozwólcie, aby ta jędza mną dyrygowała. Stefano zaś spokojnie powiedział:

– Tak, mnie to przekonuje.

A Lila od razu dodała:

– To nie koniec.

– Co chcesz jeszcze zrobić? – zerwała się Pinuccia.

– Muszę dodać odrobinę koloru.

– Koloru? – wymamrotał coraz bardziej zdezorientowany Marcello. – Za trzy dni otwieramy.

Michele się roześmiał:

– Jeśli mamy poczekać dłużej, poczekamy. Bierz się do pracy, zrób, co chcesz zrobić.

Ten władczy ton, typowy dla kogoś, kto daje i zabiera wedle własnej woli, nie spodobał się Stefanowi.

– A co z nową wędliniarnią – powiedział, by dać do zrozumienia, że żona jest mu potrzebna.

– Radź sobie sam – odparł Michele. – My tu mamy ciekawsze rzeczy do roboty.

26.

Ostatnie dni września spędziłyśmy zamknięte w sklepie z trzema robotnikami. Były to wspaniałe godziny zabawy, inwencji, wolności, jakie w takiej formie, razem, nie przytrafiły nam się chyba od czasów dzieciństwa. Lila wciągnęła mnie w wir swojego szału. Kupiłyśmy klej, farby, pędzle. Z maksymalną precyzją (była bardzo wymagająca) przyklejałyśmy pasy z czarnego brystolu. Malowałyśmy czerwone albo niebieskie linie oddzielające części fotografii i ciemne chmury, które je pochłaniały. Lila zawsze była dobra w liniach i barwach, ale tutaj dokonała czegoś więcej, co, choć sama

nie potrafię dokładnie tego określić, z godziny na godzinę coraz bardziej mnie porywało.

Przez moment wydawało mi się, że stworzyła tę
okazję, aby symbolicznie zamknąć okres, który rozpoczął się od rysunków butów, kiedy była jeszcze
dziewczynką, Liną Cerullo. I do dzisiaj uważam, że
znaczna część przyjemności w tamtych dniach brała
się właśnie z wyzerowania, z naszych warunków życia, z umiejętności wyjścia poza siebie, odizolowania
się w czystym i prostym realizowaniu tej swoistej wi-
zji. Zapomniałyśmy o Antoniu, o Ninie, o Stefanie,
o Solarach, o moich problemach z nauką, o jej ciąży,
o spięciach między nami. Zawiesiłyśmy czas, odizolo-
wałyśmy przestrzeń, pozostała tylko zabawa klejem,
nożyczkami, brystolem, farbami: zabawa w zażyłą inwencję.

Ale było coś jeszcze. Szybko przypomniałam sobie
czasownik, jakim posłużył się Michele: *wymazać*. Bardzo prawdopodobne, że czarne pasy miały naprawdę
wydzielić buty i sprawić, aby były bardziej wyekspo-
nowane: młody Solara nie był głupi, potrafił patrzeć.
Ale niekiedy coraz silniej docierało do mnie, że to nie
był prawdziwy cel naszego klejenia i malowania. Lila
była szczęśliwa i wciągała mnie w swoje okrutne zadowolenie przede wszystkim dlatego, że nagle, być może
nawet sobie tego nie uświadamiając, znalazła sposób,
który pozwalał jej *wydobyć* całą furię skierowaną przeciwko niej samej, być może po raz pierwszy w jej życiu
wyłonić – i tutaj czasownik zastosowany przez Michelego był jak najbardziej właściwy – potrzebę wymaza-
nia siebie.

Dzisiaj, z perspektywy wielu wydarzeń, które nastąpiły potem, jestem raczej przekonana, że tak właśnie było. Czarnymi pasami z brystolu, zielonymi i sinawymi kołami, które Lila malowała wokół niektórych części swojego ciała, krwistoczerwonymi liniami, którymi siebie kroiła, i tak też o tym mówiła, dokonała samozniszczenia i wystawiła je na widok publiczny w przestrzeni zakupionej przez Solarów, by zaprezentować i sprzedać *swoje* buty.

Być może ona sama zasugerowała mi to wrażenie, uzasadniła je. Kiedy pracowałyśmy, zaczęła opowiadać o chwili, w której dotarło do niej, że jest już panią Carracci. Na początku prawie nic nie rozumiałam z tego, co mówiła, traktowałam to jako banalne uwagi. Wiadomo, że my, dziewczęta, kiedy się zakochujemy, w pierwszej kolejności staramy się sprawdzić, jak nasze imię będzie brzmiało z nazwiskiem ukochanego. Ja na przykład ciągle mam zeszyt z czwartej klasy gimnazjum, w którym ćwiczyłam swój podpis jako Elena Sarratore, i dobrze pamiętam, że szeptem sama tak się do siebie zwracałam. Ale Lila nie to miała na myśli. Szybko zdałam sobie sprawę, że zdradza mi coś całkiem przeciwnego, bo ćwiczenie analogiczne do mojego nawet jej nie przyszło do głowy. I również sformułowanie jej nowej roli początkowo wywarło na niej niewielkie wrażenie: *Raffaella Carracci z domu Cerullo*. Nic godnego uwagi, nic ważnego. Początkowo owo *Carracci* zaprzątało jej głowę nie więcej niż ćwiczenia z rozbioru zdań, którymi pani Oliviero maltretowała nas w szkole podstawowej. Co to takiego przydawka? Co to oznacza, że już nie będzie mieszkać z rodzicami, a ze Stefanem? Że nowe mieszkanie, do którego się przeniesie, będzie miało na mosiężnej tabliczce na drzwiach napis Carracci? Że ja, jeśli zechcę do niej napisać, nie będę już mogła zaadresować do Raffaelli Cerullo, lecz do Raffaelli Carracci? Że sformułowanie *z domu Cerullo* wkrótce zniknie, bo nie stosuje się go na co dzień, i że ona sama będzie się podpisywać tylko Raffaella Carracci, że dzieci będą musiały nieźle wysilić pamięć, by przypomnieć sobie jej panieńskie nazwisko, a wnuki w ogóle nie będą go znały?

Tak. Taki zwyczaj. Czyli wszystko w normie. Ale Lila jak zwykle nie poprzestała na tym, prędko poszła dalej. Gdy tak pracowałyśmy z pędzlami i farbami, opowiedziała, że zaczęła dostrzegać w tym sformułowaniu okolicznik ruchu, jak gdyby *Carracci z domu Cerullo* oznaczało *Cerullo przechodzi do Carraccich, spada, zostaje wchłonięta, zanika.* I od chwili kiedy niespodziewanie dowiedziała się, iż świadkiem będzie Silvio Solara, kiedy zobaczyła, jak na salę bankietową wkracza Marcello Solara, a na stopach ma nic innego jak buty, które dla Stefana były, jak się zaklinał, czymś więcej niż święta relikwia, od jej podróży poślubnej i lania aż do momentu, gdy w pustce, jaką w sobie miała, zasiedliło się to coś żywego, czego pragnął Stefano, z każdą minutą coraz bardziej zalewało ją nieznośne wrażenie, jakaś rosnąca i rozrywająca ją od środka siła. I to wrażenie było coraz bardziej widoczne, miało coraz większą przewagę nad nią. Pokonana Raffaella Cerullo przybrała postać i rozpuściła się wewnątrz profilu Stefana, stając się jego emancją: *panią Carracci*. Wtedy właśnie zaczęłam dostrzegać pod pędzlem ślady tego, co mówiła. „To się jeszcze nie dokonało", wyszeptała. Tymczasem nadal kleiłyśmy brystol, rozprowadzałyśmy farby. Ale co tak naprawdę robiłyśmy, w czym jej pomagałam?

Na koniec zmieszani robotnicy zawiesili obraz na ścianie. Ogarnął nas smutek, ale przyznałyśmy się do niego przed sobą: zabawa dobiegła końca. Wysprzątałyśmy sklep od podłogi po sufit. Lila jeszcze raz zmieniła ustawienie sofy, pufów. W końcu razem stanęłyśmy przed drzwiami i przyjrzałyśmy się naszej pracy. Lila wybuchła gromkim śmiechem, którego dawno u niej nie słyszałam, a był to śmiech szczery, pełen autoironii. Ja natomiast byłam pod tak wielkim wrażeniem górnej części plakatu, z której głowa Lili całkiem znikła, że nie potrafiłam spojrzeć na całość. Na górze dostrzegłam jedynie żywe oko, otoczone kolorami ciemnoniebieskim i czerwonym.

27.

W dzień otwarcia sklepu Lila przyjechała na piazza dei Martiri kabrioletem, siedząc u boku męża. Kiedy wyszła z auta, dostrzegłam u niej niepewne spojrzenie, jak u kogoś, kto obawia się czegoś niedobrego. Nadmierna ekscytacja minionych dni ulotniła się i powrócił chorobliwy wygląd kobiety brzemiennej wbrew własnej woli. Mimo tego była starannie ubrana, jak z okładki kolorowego czasopisma. Od razu zostawiła Stefana i pociągnęła mnie ze sobą do oglądania witryn sklepowych na via dei Mille.

Spacerowałyśmy przez chwilę. Była spięta, ciągle pytała, czy dobrze wygląda.

– Czy pamiętasz – zapytała znienacka – dziewczynę ubraną na zielono z melonikiem na głowie?

Pamiętałam. Pamiętałam nasze zakłopotanie, gdy wiele lat temu zobaczyłyśmy ją na tej właśnie ulicy, pamiętałam starcie między naszymi chłopakami a chłopakami z tej dzielnicy oraz interwencję braci Solara, a także Michelego z żelaznym prętem i strach. Dotarło do mnie, że chciała usłyszeć coś kojącego, rzuciłam więc:

– Lila, to była kłótnia o pieniądze. Dzisiaj wszystko jest inaczej, ty jesteś o wiele piękniejsza od tamtej dziewczyny ubranej na zielono.

W tej samej chwili pomyślałam: to nieprawda, okłamuję cię. W tej nierówności było coś złego, i ja o tym wiedziałam. To coś działało w duszy, wykraczało poza pieniądze. Nie wystarczy dochód z dwóch wędliniarni ani nawet z fabryki obuwia czy ze sklepu obuwniczego, aby zamaskować nasze pochodzenie. I Lili to się nie uda, choćby nawet brała ze skarbca jeszcze więcej pieniędzy, choćby wzięła miliony, trzydzieści, nawet pięćdziesiąt milionów. Zrozumiałam to, i wreszcie było coś, co wiedziałam lepiej od niej, nauczyłam się tego nie na tych ulicach, lecz pod szkołą, patrząc na dziewczynę, która przyszła po Nina. Ona była od nas lepsza, tak po prostu, mimowolnie. I to było nie do zniesienia.

Wróciłyśmy do sklepu. Popołudnie potoczyło się tak, jakby to było jakieś wesele: jedzenie, słodycze, dużo wina; wszyscy ubrani jak na ślub Lili, Fernando, Nunzia, Rino, cała rodzina Solara, Alfonso, ja, Ada,

Carmela. Auta stały zaparkowane w nieładzie, ludzie tłoczyli się w sklepie, rosła wrzawa. Gigliola i Pinuccia prześcigały się w roli gospodyni i każda z nich, pomimo skrajnego zmęczenia i napięcia, chciała być większą panią od tej drugiej. Nad ludźmi i przedmiotami królował obraz z fotografią Lili. Jedni przystawali, by przyjrzeć się z zainteresowaniem, inni rzucali sceptyczne spojrzenie albo wręcz się śmiali. Ja nie potrafiłam oderwać wzroku od zdjęcia. Nie dało się na nim rozpoznać Lili. Pozostała jedynie uwodząca i straszliwa postać, obraz jednookiej bogini, która wypychała swoje dobrze obute stopy na środek pomieszczenia.

Spośród tłumu moją uwagę zwrócił zwłaszcza Alfonso, swoją radością, elegancją, żywą gestykulacją. Nigdy go takim nie widziałam, ani w szkole, ani w dzielnicy, ani w wędliniarni, nawet sama Lila długo się w niego wpatrywała z mieszanymi uczuciami. Powiedziałam do niej ze śmiechem:

– Jak nie on.

– Co mu się stało?

– Nie wiem.

Alfonso był prawdziwym odkryciem tego popołudnia. Przy tej okazji w sklepie zalanym światłem przebudziło się w nim coś, co dotychczas drzemało. Jak gdyby nagle dotarło do niego, że ta część miasta przyczynia się do jego dobrego samopoczucia. Stał się wyjątkowo ruchliwy. Ciągle coś poprawiał, zagadywał elegancko ubranych ludzi, którzy zaglądali z ciekawości, oglądali towar albo częstowali się słodyczami i szklanką wermutu. W pewnym momencie podszedł do nas i bez ogródek niewymuszonym tonem pochwalił to, co zrobiłyśmy z fotografią. Był w stanie tak wielkiej swobody mentalnej, że pokonał wrodzoną nieśmiałość i powiedział szwagierce: „Zawsze wiedziałem, że jesteś niebezpieczna", i pocałował ją w policzki. Spojrzałam na niego zbita z pantałyku. Niebezpieczna? Co on takiego zobaczył w tym plakacie, co mnie umknęło? Czyżby Alfonso potrafił przeniknąć pozory? Patrzeć oczami wyobraźni? Zastanowiłam się: czy to możliwe, że jego prawdziwą przyszłością nie jest nauka, lecz ta bogata część miasta, w której będzie potrafił wykorzystać ową odrobinę, jaką wyniesie ze szkoły? Krył się w nim jakiś obcy człowiek. Był inny niż wszyscy chłopcy z dzielnicy, a przede wszystkim niż jego brat Stefano, który w milczeniu siedział na pufie w rogu, gotów jednak, by ze spokojnym uśmiechem odpowiedzieć każdemu, kto do niego zagada.

Zapadł wieczór. Nagle na zewnątrz eksplodowała wielka jasność. Wszyscy Solarowie, dziadek, ojciec, matka, synowie, ogarnięci hałaśliwym rodowym entuzjazmem, rzucili się do podziwiania. Pozostali też wyszli na ulicę. Nad witrynami i nad wejściem zaświecił się napis: SOLARA.

Lila skrzywiła się, powiedziała do mnie:

– Nawet na to się zgodzili.

Popchnęła mnie niechętnie w stronę Rina, który wyglądał na najbardziej zadowolonego, i rzekła:

– Skoro buty nazywają się „Cerullo", dlaczego sklep zwie się „Solara"?

Rino wziął ją pod łokieć i powiedział cicho:

– Lina, dlaczego ty zawsze musisz być tak wkurzająca? Pamiętasz burdę, w jaką mnie wplątałaś kilka lat temu właśnie na tym placu? Co mam zrobić, chcesz kolejnej burdy? Choć raz okaż zadowolenie. Jesteśmy tutaj, w centrum Neapolu, jako właściciele. Widzisz tych chamów, którzy niecałe trzy lata temu chcieli nas roznieść na kijach? Zatrzymują się, patrzą na wystawę, wchodzą, częstują się. Nie wystarczy ci? Buty „Cerullo", sklep „Solara". Co ty byś chciała tam zawiesić, Carracci?

Lila wysunęła rękę, odparła bez agresji w głosie:

– Jestem już spokojna. Wystarczająco spokojna, żeby ci powiedzieć, żebyś mnie już o nic nigdy nie prosił. Czyżbyś pożyczał pieniądze od pani Solara? Może Stefano także pożycza? Obaj jesteście zadłużeni i dlatego na wszystko przystajecie? Od teraz każdy idzie w swoją stronę, Rino.

Zostawiła nas i krokiem wyraźnie kokieteryjnym poszła prosto do Michelego Solary. Widziałam, jak oddala się z nim na plac, jak obchodzą kamienne lwy. Widziałam, jak jej mąż wodzi za nią wzrokiem. Widziałam, że ani na chwilę nie spuszcza jej z oczu przez cały czas, kiedy ona i Michele rozmawiają i spacerują. Widziałam, jak Gigliolę ogarnia furia, jak szepcze coś Pinuccii na ucho i obie na nią spoglądają.

Tymczasem sklep opustoszał, ktoś zgasił wielki napis. Na placu chwilowo zapadła ciemność, potem lampy wróciły do formy. Lila ze śmiechem zostawiła Michelego, ale do sklepu weszła już z twarzą nagle pozbawioną życia, zamknęła się na zapleczu, gdzie była ubikacja.

Alfonso, Marcello, Pinuccia i Gigliola zaczęli doprowadzać sklep do porządku. Dołączyłam do nich.

Lila wyszła z toalety, a Stefano, który wyglądał, jakby na nią czyhał, od razu pochwycił ją za ramię. Ona wyrwała się z rozdrażnieniem i podeszła do mnie. Była blada, wyszeptała:

– Zobaczyłam trochę krwi. Czy to oznacza, że dziecko nie żyje?

28.

Ciąża Lili trwała w sumie niewiele ponad dziesięć tygodni, potem przyszła akuszerka i wszystko z niej wyskrobała. Następnego dnia Lila wróciła do swoich obowiązków w nowym sklepie z wędlinami razem z Carmen Peluso. Raz uprzejma, innym razem wściekła, rozpoczęła w ten sposób długi okres, w którym przestała biegać to tu, to tam i wyglądała na zdecydowaną, aby całe swoje życie wcisnąć w tę przestrzeń pachnącą wapienną zaprawą i serem, po sufit wypchaną wędlinami, chlebem, mozzarellą, anchois w soli, blokami słoniny, workami pełnymi suszonej fasoli i pękatymi kiszkami smalcu.

Zachowanie to doceniła przede wszystkim matka Stefana, Maria. Jak gdyby dostrzegła w synowej jakąś cząstkę siebie. Nagle stała się bardziej czuła, podarowała jej nawet kolczyki z czerwonego złota. Lila przyjęła prezent z wdzięcznością i często je zakładała. Przez jakiś czas widać było u niej jeszcze bladość na twarzy, pryszcze na czole, oczy w sinej obwódce, naciągniętą skórę na policzkach, niemalże przezroczystą. Potem odzyskała siły i jeszcze więcej energii wkładała w prowadzenie sklepu. Zyski przed Bożym Narodzeniem pomnożyły się i w ciągu kilku miesięcy przekroczyły dochody wędliniarni ze starej dzielnicy.

Maria doceniała ją jeszcze bardziej. Coraz częściej szła pomagać synowej, a nie synowi, którego przybijała myśl o niedoszłym ojcostwie i trudnościach w interesach; i nie córce, która zaczęła pracę w sklepie na piazza dei Martiri i dosłownie zakazała matce wstępu, aby nie przynosiła jej wstydu przed klientelą. Doszło do tego, że starsza pani Carracci wzięła stronę młodej pani Carracci, kiedy Stefano i Pinuccia zarzucili Lili, że nie potrafi albo nie chce zatrzymać w sobie dziecka.

– Ona nie chce dzieci – żalił się Stefano.

– Tak – poparła go Pinuccia. – Chce być ciągle panienką, nie potrafi zachowywać się jak żona.

Maria skarciła oboje surowo:

– Nie wolno wam nawet tak myśleć, Pan daje dzieci i Pan je zabiera, nie chcę więcej słyszeć tych głupstw.

– Zamknij się – wrzasnęła rozzłoszczona córka. – Dałaś tej jędzy kolczyki, które mnie się podobały.

Ich kłótnie i reakcje Lili szybko trafiły na języki, rozniosły się po dzielnicy, dotarły nawet do mnie. Ale niewiele mnie obchodziły, zaczął się przecież nowy rok szkolny.

Sprawy od razu przybrały nowy obrót, który zaskoczył przede wszystkim mnie. Od pierwszych dni byłam najlepsza, jak gdyby wraz z wyjazdem Antonia, ze zniknięciem Nina i być może z definitywnym przykuciem Lili do sklepu z wędlinami coś się w mojej głowie otworzyło. Odkryłam, że dokładnie pamiętam wszystko, czego tak źle nauczyłam się w pierwszej klasie liceum: na pytania powtórkowe profesorów odpowiadałam z zaskakującą gotowością. Nie tylko. Profesor Galiani, być może dlatego, że straciła swojego najzdolniejszego ucznia, Nina, zaczęła okazywać mi większą sympatię i powiedziała nawet, że byłoby dla mnie rzeczą ciekawą i pouczającą, gdybym wzięła udział w marszu o pokój na świecie, który wyruszał z Resiny i docierał do Neapolu. Postanowiłam wybrać się na niego, po części z ciekawości, po części z obawy, że Galiani obrazi się, a po części dlatego, że marsz przechodził przez główną ulicę i szedł bokiem dzielnicy, tak że nie wymagało to zbyt wielkiego wysiłku z mojej strony. Matka zażyczyła sobie, abym zabrała ze sobą rodzeństwo. Pokłóciłam się z nią o to, nawrzeszczałam na nią, wróciłam późno. Razem z nimi dotarłam do mostu kolejowego, w dole zobaczyłam ludzi, którzy szli całą szerokością drogi, nie pozwalając samochodom przejechać. Były to osoby zwyczajne i nie maszerowały, lecz spacerowały z flagami i transparentami. Chciałam poszukać Galiani, pokazać się, poleciłam więc rodzeństwu, że ma zaczekać na mnie na moście. To był bardzo zły pomysł: nie znalazłam nauczycielki, a oni w tym czasie, jak tylko obróciłam się do nich plecami, dołączyli do innych dzieci i zaczęli obrzucać uczestników kamieniami i wyzwiskami. Wróciłam po nich biegiem, cała spocona, i zabrałam stamtąd: przerażała mnie myśl, że Galiani swoim spostrzegawczym wzrokiem mogła wyłowić ich z grupy i odgadnąć, że to moje rodzeństwo.

Tymczasem tygodnie mijały, pojawiły się nowe lekcje i nowe podręczniki, które trzeba było kupić. Pokazywanie mojej matce listy książek, aby porozmawiała z ojcem i wysupłała pieniądze, wydało mi się bezsensowne, z góry wiedziałam, że pieniędzy nie ma. Co więcej, nie miałam też wiadomości o pani Oliviero. Między sierpniem a wrześniem odwiedziłam ją dwa razy w szpitalu, ale za pierwszym razem trafiłam, gdy spała, a za drugim powiedziano mi, że została wypisana, do domu jednak nie wróciła. Przyciśnięta do muru na początku listopada udałam się do jej sąsiadki i dowiedziałam się, że ze względu na stan zdrowia nauczycielkę wzięła do siebie siostra, która mieszka w Potenzy, i nie wiadomo, czy w ogóle wróci do Neapolu, do dzielnicy, do swojej pracy. Wtedy pomyślałam, że spytam Alfonsa, czy nie pożyczyłby mi czasami swoich książek, kiedy już jego brat mu je kupi. Bardzo się ucieszył i zaproponował, abyśmy uczyli się razem, może nawet w domu Lili, który od kiedy ona zajmowała się wędliniarnią, stał pusty od siódmej rano do dziewiątej wieczorem. Tak też postanowiliśmy zrobić.

Ale któregoś ranka Alfonso powiedział mi cierpko:

– Idź dzisiaj do wędliniarni, do Lili, chce z tobą porozmawiać.

Wiedział w jakim celu, ale ona kazała mu przysiąc, że będzie milczał, więc nie dało się wydobyć z niego ani słowa.

Po południu poszłam do nowej wędliniarni. Carmen ni to ze smutkiem, ni to z radością pokazała mi kartkę wysłaną przez narzeczonego, Enza Scannę, z jakiejś mieściny w Piemoncie. Lila również otrzymała kartkę, tyle że od Antonia, i przez chwilę myślałam, że kazała mi tu przybiec tylko po to, żeby się nią pochwalić. Ale ani mi jej nie pokazała, ani nie zdradziła, co napisał. Wciągnęła mnie na zaplecze i spytała z rozbawieniem:

– Pamiętasz nasz zakład?

Skinęłam głową.

– Pamiętasz, co przegrałaś?

Znowu skinęłam.

– Pamiętasz, że masz przejść do następnej klasy z samymi piątkami?

Kolejne skinienie.

Wskazała na dwie duże paczki owinięte w papier pakunkowy. To były podręczniki.

29.

Były ciężkie. W domu ze wzruszeniem odkryłam, że nie były to książki używane, często śmierdzące, jakie w przeszłości załatwiała mi pani Oliviero, ale nowiutkie, pachnące świeżym drukiem, a wśród nich także słowniki: Zingarelli, Rocci i Calonghi-Georges, których nauczycielce nigdy nie udało się dla mnie zdobyć.

Moja matka, komentująca z pogardą wszystko, co mi się przytrafiało, gdy zobaczyła, jak rozpakowuję paczki, zaczęła płakać. Zaskoczona i onieśmielona tą nietypową reakcją podeszłam do niej i pogłaskałam ją po ramieniu. Trudno powiedzieć, co ją skłoniło do płaczu: może poczucie bezsilności w obliczu naszej nędzy, może szczodrość żony sprzedawcy wędlin, sama nie wiem. Szybko się uspokoiła, odburknęła coś nie-zrozumiałego i wróciła do swoich obowiązków.

W pokoiku, który dzieliłam z rodzeństwem, mia-łam rozchybotany stolik, cały zeżarty przez korniki, przy którym zazwyczaj odrabiałam zadania. Na nim ustawiłam książki. Patrząc, jak stoją równo na blacie, oparte o ścianę, poczułam przypływ energii.

Dni zaczęły uciekać jeden po drugim. Odda-łam profesor Galiani książki, które pożyczyła mi na lato, ona przekazała mi następne, jeszcze trudniejsze. Czytałam je pilnie w każdą niedzielę, niewiele jednak rozumiejąc. Przebiegałam wzrokiem linijki, przewra-całam strony, ale zdania wielokrotnie złożone nużyły mnie, ich sens mi umykał. Tamtego roku, w drugiej klasie liceum, nauka i trudna lektura szybko mnie mę-czyły, ale było to zmęczenie z przekonania, zmęczenie satysfakcjonujące.

Któregoś dnia Galiani zapytała:

– Jaką gazetę czytujesz?

To pytanie wpędziło mnie w taką samą konster-nację, w jaką wpadłam podczas rozmowy z Ninem na weselu Lili. Nauczycielka założyła, że robię z reguły coś, co w moim domu, w moim otoczeniu nie było w żadnym razie normalne. Jak miałam jej powiedzieć, że mój ojciec nie kupuje gazet, że nigdy ich nie czyta-łam? Nie odważyłam się przyznać i w pośpiechu sta-rałam się przypomnieć sobie, czy Pasquale, który był komunistą, coś czyta. Bezskutecznie. Wtedy przyszedł mi na myśl Donato Sarratore, pobyt na Ischii, pla-ża Maronti, i przypomniałam sobie, że on publikuje w „Romie". Odpowiedziałam:

– Czytam „Romę".

Profesorka uśmiechnęła się z lekką ironią i od następnego dnia zaczęła przekazywać mi swoje gazety. Kupowała dwie, czasami trzy i po szkole jedną podarowywała mnie. Ja dziękowałam i wracałam do domu rozgoryczona, bo traktowałam to jako dodatkowe zadanie.

Na początku rzucałam gazetę byle gdzie, zamierzając do niej zajrzeć, gdy odrobię lekcje, ale wieczorem znikała, mój ojciec ją sobie przywłaszczał i czytał w łóżku albo w ubikacji. Dlatego zaczęłam ją chować pomiędzy książkami i wyciągałam dopiero w nocy, kiedy wszyscy już spali. Czasami była to „L'Unità", niekiedy „Il Mattino", bywało, że „Il Corriere della Sera", ale wszystkie wydawały mi się równie trudne: to tak, jakbym miała się wciągnąć w komiks w odcinkach, nie znając poprzednich części. Przeskakiwałam z jednej kolumny na drugą, bardziej z poczucia obowiązku niż faktycznego zainteresowania, i jak w przypadku wszystkiego, co szkoła narzucała, miałam nadzieję, że to, czego dzisiaj nie rozumiem, dzięki uporowi pojmę jutro.

W tamtym okresie rzadko widywałam się z Lilą. Czasami zaraz po szkole, zanim pobiegłam odrabiać lekcje, szłam do nowej wędliniarni. Byłam głodna, i ona wiedziała o tym, pospiesznie przygotowywała mi obficie wypełnioną bułkę. Kiedy ją pochłaniałam, w poprawnym języku włoskim rzucałam zdania zapamiętane z książek czy gazet profesor Galiani. Wspominałam „o okrutnych realiach nazistowskich obozów koncentracyjnych", o „tym, co ludzie mogli zrobić i co mogą zrobić także dzisiaj", o „zagrożeniu nuklearnym i konieczności zaprowadzenia pokoju", o fakcie, że „podporządkowując sobie siły natury wynajdowanymi narzędziami, dzisiaj znaleźliśmy się w sytuacji, kiedy siła naszych narzędzi stała się bardziej niepokojąca od sił natury", o „potrzebie kultury, która zwalczy i wyeliminuje cierpienie", o idei, że „religia zniknie z ludzkich sumień, kiedy wreszcie zdołamy stworzyć świat pełen równości, bez podziałów klasowych, oparty na solidnych naukowych koncepcjach społeczeństwa i życia". Mówiłam jej o tym wszystkim, ponieważ chciałam udowodnić, że szczęśliwie zmierzam do średniej pięć zero, a poza tym nie wiedziałam, o czym innym mogłabym powiedzieć, zresztą liczyłam, że odpowie coś i wrócimy do naszych dawnych dyskusji. Ona jednak odzywała się rzadko albo wcale, wyglądała raczej na zażenowaną, jak gdyby niezbyt dobrze rozumiała, o czym ja w ogóle mówię. A jeśli już coś powiedziała, wracała do analizowania całkiem niezrozumiałej dla mnie kwestii, która stała się jej nową obsesją. Roztrząsała pochodzenie pieniędzy don Achillego, Solarów – robiła to nawet w obecności Carmen, która jej przytakiwała. Ale jak tylko wchodził jakiś klient, milkła, stawała się uprzejma i pomocna, kroiła, ważyła, inkasowała zapłatę.

Raz nie zamknęła kasy i przyglądając się pieniądzom, powiedziała markotnie:

– Zarabiam je własnym trudem i trudem Carmen. Ale nic, co się tu znajduje, nie jest moje, Lenù, zostało kupione za pieniądze Stefana. A Stefano zarobił pieniądze dzięki pieniądzom swojego ojca. Bez tego, co don Achille zgromadził pod materacem, wzbogacając się na czarnym rynku i lichwiarstwie, dzisiaj nie byłoby niczego i nie byłoby nawet fabryki obuwia. Nie tylko. Stefano, Rino, mój ojciec nie sprzedaliby ani jednego buta bez pieniędzy i koneksji rodziny Solara, którzy przecież też są lichwiarzami. Widzisz, w co ja się wpakowałam?

Widziałam, ale nie rozumiałam, po co to roztrząsa.

– Było, minęło – powiedziałam i przypomniałam wnioski, do jakich doszła, kiedy zaręczyła się ze Stefanem. – To, co mówisz, mamy już za sobą, my jesteśmy inne.

Ale ona, choć sama wymyśliła tę teorię, nie wyglądała na przekonaną. Dobrze pamiętam to zdanie, które wypowiedziała w dialekcie:

– Nie podoba mi się już to, co zrobiłam i co robię.

Pomyślałam, że może znowu spotyka się z Pasqualem, który od zawsze tak uważał. Pomyślałam, że może ich przyjaźń bardzo się ugruntowała, bo Pasquale chodzi z Adą, sprzedawczynią w starej wędliniarni, a poza tym jest bratem Carmen, która pracuje z nią w nowym sklepie. Odeszłam niezadowolona, z trudem hamując dawne dziecięce urazy z czasów, kiedy Lila i Carmela zaprzyjaźniły się i odsunęły mnie od siebie. Uspokoiła mnie nauka do późnych godzin.

Którejś nocy czytałam „Il Mattino", oczy same zamykały się ze zmęczenia, kiedy nagle krótki niepodpisany artykulik przeszył mnie jak grom i obudził. Nie mogłam w to uwierzyć, pisano o sklepie na piazza dei Martiri i wychwalano obraz, nad którym pracowałyśmy z Lilą.

Przeczytałam raz, przeczytałam drugi, do dzisiaj pamiętam kilka linijek: „Dziewczęta, które prowadzą przyjemny sklep na piazza dei Martiri, nie zdradziły nam nazwiska artysty. Szkoda. Ktokolwiek stworzył ten nietypowy kolaż fotografii i barw, dysponuje awangardową wyobraźnią, która z boską prostotą, ale i z niezwyczajną energią podporządkowuje materię wymogom ducha, przemożnemu uczuciu bólu". Pozostała część jednoznacznie chwaliła sklep z obuwiem, „istotny przejaw dynamizmu, z jakim w ostatnich latach rozwija się neapolitański przemysł".

Nie zmrużyłam oka.

Po szkole pobiegłam szukać Lili. Sklep był pusty. Carmen poszła do matki, która nie czuła się dobrze, a Lila rozmawiała przez telefon z dostawcą z prowincji, który nie przywiózł mozzarelli czy innego sera, sama już nie pamiętam. Słyszałam, jak krzyczy, rzuca wulgarnymi słowami, przejęłam się. Pomyślałam, że po drugiej stronie może stać starszy pan, który się obrazi, pośle jednego ze swoich synów, aby go pomścił. Pomyślałam: bo ona zawsze musi przesadzać. Kiedy skończyła, prychnęła gniewnie i zwróciła się do mnie z usprawiedliwieniem:

– Jeśli nie będę ostra, nawet mnie nie wysłuchają.

Pokazałam jej gazetę. Spojrzała z roztargnieniem i odrzekła:

– Już to widziałam.

Wyjaśniła mi, że to był pomysł Michelego Solary – jak zwykle zrobił po swojemu, z nikim się nie konsultując. Popatrz, powiedziała i poszła do kasy, wzięła kilka pogiętych wycinków, podała mi. One również mówiły o sklepie przy piazza dei Martiri. Na jednym był artykuł, jaki ukazał się na łamach „Romy", autor rozpływał się w pochwałach dla Solarów, ale nawet nie wspomniał o fotografii. Drugi zawierał całkiem pokaźny tekst na trzy kolumny, który wyszedł w „Napoli notte" i w którym sklep urósł do rangi niemalże pałacu królewskiego. Pomieszczenie zostało opisane w samych superlatywach, opiewających wyposażenie, wspaniałe oświetlenie, cudowne buty, a przede wszystkim „uprzejmość, słodycz i powab dwóch czarujących nereid, panny Giglioli Spagnuolo i panny Giuseppiny Carracci, cudownych dziewcząt w kwiecie wieku, które sterują losami przedsięwzięcia wznoszącego się wysoko ponad równie kwitnącą działalność handlową naszego miasta". Trzeba było doczytać do końca, aby znaleźć wzmiankę o obrazie, która rozprawiała się z nim w kilku zaledwie linijkach. Autor artykułu określił go mianem „niewybrednego gniotu, przykro kontrastującego z otoczeniem pełnym majestatycznej elegancji".

– Widziałaś podpis? – Lila zapytała prześmiewczo.

Pod artykulikiem w „Romie" widniały inicjały d.s., zaś artykuł w „Napoli notte" opatrzony był podpisem Donata Sarratorego, ojca Nina.

– Tak.

– I co na to powiesz?

– A co mam powiedzieć?

– Jaki ojciec, taki syn.

Roześmiała się, choć nie było jej do śmiechu. Wyjaśniła, że ze względu na rosnącą popularność butów „Cerullo" i sklepu „Solara" Michele postanowił nadać rozgłos przedsięwzięciu i poszedł to tu, to tam z prezentami, dzięki którym miejskie gazety chętnie rozpływały się w pochwałach. Jednym słowem reklama. Opłacona. Nie ma sensu nawet czytać. Powiedziała, że w tych artykułach nie ma ani jednego słowa prawdy. Ubodło mnie to. Nie spodobał mi się sposób, w jaki skwitowała gazety, które ja tak pilnie czytałam, poświęcając własny sen. I nie spodobało mi się, że podkreśliła pokrewieństwo łączące Nina z autorem obydwu artykułów. Czy musiała koniecznie zestawiać Nina z jego ojcem, nadętym twórcą obłudnych zdań?

30.

Ale to właśnie dzięki tym zdaniom w krótkim czasie sklep braci Solara i buty „Cerullo" ostatecznie odniosły sukces. Gigliola i Pinuccia strasznie się obnosiły, że napisano o nich w gazetach, niemniej nie zakończyło to rywalizacji między nimi i każda sobie przypisywała zasługi za powodzenie przedsięwzięcia, każda traktowała tę drugą jako przeszkodę na drodze do nowych sukcesów. Tylko w jednej kwestii nigdy nie przestały być zgodne: obraz z fotografią Lili to okropieństwo. Niegrzecznie traktowały wszystkich, którzy nieśmiało zaglądali jedynie po to, aby rzucić na niego okiem. I oprawiły w ramki artykuły z „Romy" i „Napoli notte", ale nie ten z „Il Mattino".

W okresie między Bożym Narodzeniem a Wielkanocą Solarowie i Carracci zarobili mnóstwo pieniędzy. Stefano odetchnął wreszcie z ulgą. Nowy i stary sklep z wędlinami przynosiły duże zyski, fabryczka Cerullich pracowała na pełnych obrotach. Ponadto sklep na piazza dei Martiri wykazał to, o czym zawsze wiedziano, a mianowicie, że buty zaprojektowane przez Lilę wiele lat temu nie tylko sprzedawały się z powodzeniem na Rettifilo, na via Foria czy na corso Garibaldi, ale zyskały uznanie wśród bogatej klienteli, czyli u tych, którzy chętnie sięgali do portfela. Był to istotny rynek zbytu, który należało pilnie umocnić i rozszerzyć.

Na potwierdzenie sukcesu już wiosną w sklepach na peryferiach zaczęły się pojawiać całkiem niezłe podróbki butów „Cerullo". Obuwie to w zasadzie wyglądało tak samo jak to zaprojektowane przez Lilę, z wyjątkiem drobnych detali, jak ozdóbki czy ćwieki. Protesty i groźby natychmiast zablokowały sprzedaż: Michele Solara rozwiązał problem. Ale na tym nie poprzestał, szybko doszedł do wniosku, że należy stworzyć nowe modele. Z tego względu pewnego wieczoru zaprosił do sklepu przy piazza dei Martiri swojego brata Marcella, państwa Carraccich, Rina i oczywiście Gigliolę oraz Pinuccię. Ku zaskoczeniu Stefano przyszedł bez Lili, tłumacząc, że żona przeprasza, ale jest zmęczona.

Ta nieobecność nie spodobała się Solarom.

– Skoro brakuje Lili – powiedział Michele, wkurzając tym samym Gigliolę – o czym my, do cholery, mamy rozmawiać?

Ale Rino od razu się wtrącił. Kłamiąc, zapowiedział, że on i jego ojciec już od dawna myślą o nowych modelach i planują zaprezentować je na wystawie, która we wrześniu odbędzie się w Arezzo. Michele mu nie uwierzył, był coraz bardziej zdenerwowany. Powiedział, że trzeba się lansować towarami w pełni innowacyjnymi, a nie czymś zwyczajowym. Na końcu zwrócił się do Stefana:

– Twoja pani jest niezbędna, powinieneś był ją zmusić do przyjścia.

Stefano odpowiedział z zaskakującą agresją w głosie:

– Moja pani cały dzień haruje w wędliniarni, a wieczorem ma być w domu, ma troszczyć się o mnie.

– W porządku – odparł Michele z grymasem, który na kilka sekund oszpecił jego śliczną chłopięcą buzię – ale sprawdź, czy nie uda jej się zatroszczyć też odrobinę o nas.

Wieczór wszystkim popsuł humory, zwłaszcza Pinucci i Giglioli. Obie, choć z odmiennych przyczyn, nie mogły ścierpieć znaczenia, jakie Michele przypisywał Lili, a w kolejnych dniach to niezadowolenie z byle powodu przeradzało się w kłótnie między nimi.

Wtedy właśnie – to był chyba marzec – doszło do wypadku, o którym jednak niewiele wiem. Któregoś popołudnia Gigliola w trakcie jednej z codziennych sprzeczek uderzyła Pinuccię w twarz. Pinuccia poskarżyła się Rinowi, a ten – przekonany, że znajduje się na szczycie fali wysokiej jak kamienica – przyszedł do sklepu z władczą miną i napadł na Gigliolę z wyrzutami. Gigliola zareagowała agresywnie, on więc zagroził, że ją zwolni.

– Od jutra – powiedział – wracasz do nadziewania cannoli.

Chwilę potem pojawił się Michele. Ze śmiechem na ustach wyprowadził Rina na zewnątrz, na plac, i spojrzeniem wskazał na napis nad sklepem.

– Przyjacielu – zwrócił się do niego – sklep nazywa się „Solara" i ty nie masz prawa przychodzić tutaj i mówić mojej narzeczonej: ja cię zwalniam.

Rino kontratakował, przypominając, że wszystko, co znajduje się w sklepie, należy do jego szwagra, a buty wykonuje on sam, dlatego owszem, ma do tego prawo. Tymczasem w środku Gigliola i Pinuccia, każda silna z powodu protekcji narzeczonego, znowu zaczęły się obrzucać wyzwiskami. Obaj mężczyźni pospiesznie wrócili do sklepu i starali się je uspokoić. Na próżno. Wtedy Michele stracił cierpliwość i wrzasnął, że zwalnia obie. Nie tylko: wymknęło mu się też, że przekaże sklep Lili.

Lili?

Sklep?

Dziewczyny zaniemówiły, pomysł wprawił w osłupienie także Rina. Zaraz jednak kłótnia rozpętała się na nowo, tym razem koncentrując się na tej skandalicznej wypowiedzi. Gigliola, Pinuccia i Rino sprzymierzyli się przeciwko Michelemu – tak nie można, po co ci Lina, my tu zarabiamy tyle, że nie wolno ci narzekać, to ja zaprojektowałem buty, ona wtedy była jeszcze dzieckiem, co mogła wymyślić – i napięcie rosło. Awantura trwałaby jeszcze długo, gdyby nie doszło do wspomnianego wypadku. Nagle z niewiadomych przyczyn płótno – z pasami czarnego brystolu, fotografią, intensywnymi plamami farb – wydało chrapliwy dźwięk, jakby chore westchnienie, i całe stanęło w płomieniach. Kiedy do tego doszło, Pinuccia była odwrócona do niego plecami. Ogień wystrzelił ponad nad nią jak z ukrytego ogniska i liznął włosy, które od razu się zajęły i spaliłyby się na głowie, gdyby Rino przytomnie nie ugasił ich gołymi rękoma.

31.

Zarówno Rino, jak i Michele winę za ogień zrzucili na Gigliolę, która paliła po kryjomu, dlatego posiadała malutką zapalniczkę. Zdaniem Rina zrobiła to specjalnie: kiedy wszyscy brali się za łby, ona podpaliła obraz, który zrobiony był z papieru, kleju, farb, spalił się więc w jednej chwili. Michele był ostrożniejszy: wiadomo, że Gigliola nieustannie bawi się zapalniczką, dlatego zrobiła to niechcący, zaaferowana kłótnią, nawet nie zauważyła, że płomień znajduje się za blisko fotografii. Dziewczyna jednak nie przyznała się ani do pierwszego, ani do drugiego i z bojowym nastawieniem obwiniła samą Lilę, a właściwie wypaczony obraz, który sam się zapalił, jak to bywało z diabłem, kiedy ten, by zwieść świętych, przybierał postać kobiety, ale święci wzywali Jezusa i demon przemieniał się w ogień. Na poparcie swojej tezy dodała, że sama Pinuccia opowiedziała jej o umiejętnościach szwagierki, która potrafiła nie dopuścić do zajścia w ciążę, co więcej, jeśli nie udawało jej się zapobiec zapłodnieniu, wypychała dziecko, odrzucając dary od Pana.

Plotki przybrały na sile, kiedy Michele Solara zaczął co drugi dzień przychodzić do nowej wędliniarni.

Wiele czasu spędzał na żartowaniu z Lilą i Carmen. Z tego powodu Carmen wysunęła przypuszczenie, że przychodzi dla niej, i z jednej strony bała się, że ktoś powie o tym Enzowi odbywającemu służbę wojskową w Piemoncie, a z drugiej schlebiało jej to i zaczęła go kokietować. Lila natomiast dworowała sobie z młodego Solary. Doszły do niej wieści o plotkach rozsiewanych przez jego narzeczoną, dlatego mówiła mu:

– Lepiej, jeśli sobie pójdziesz, jesteśmy wiedźmami, jesteśmy bardzo niebezpieczne.

Ale w tamtym okresie, za każdym razem kiedy szłam do niej, nigdy nie zastałam jej naprawdę radosnej. Przyjmowała sztuczny ton głosu i o wszystkim mówiła z sarkazmem. Miała siniec na ramieniu? Stefano zbyt czule ją pieścił. Miała oczy zaczerwienione od płaczu? Nie płakała z bólu, lecz ze szczęścia. Trzeba uważać na Michelego, bo krzywdzenie ludzi sprawia mu przyjemność? Ależ skąd, jeśli tylko mnie tknie, spali się: to ja krzywdzę ludzi.

W tej ostatniej kwestii od początku panowała dyskretna zgoda. I przede wszystkim Gigliola nie miała żadnych wątpliwości: Lila to suka i czarownica, uwiodła jej narzeczonego; oto dlaczego on chciał jej przekazać sklep na piazza dei Martiri. I przez wiele dni nie chodziła do pracy, z zazdrości, z rozpaczy. Potem postanowiła porozmawiać z Pinuccią, zawarły przymierze, przeszły do kontrataku. Pinuccia popracowała nad bratem, wielokrotnie wykrzykując, że jest zadowolonym z życia rogaczem, a potem napadła na narzeczonego, mówiąc, że nie zachowuje się jak pan, ale jak sługa Michelego. I tak pewnego wieczoru Stefano i Rino poszli pod bar, by poczekać tam na młodego Solarę, a kiedy się pojawił, zrobili mu dosyć ogólnikowe kazanie, które z grubsza oznaczało: zostaw w spokoju Lilę, tylko marnujesz jej czas, musi pracować. Michele odcyfrował przesłanie i odparł lodowato:

– Co wy mi sugerujecie?

– Nie rozumiesz, bo nie chcesz zrozumieć.

– Nie, drodzy przyjaciele, to wy nie chcecie zrozumieć naszych handlowych potrzeb. A skoro nie chcecie zrozumieć, ja muszę się wszystkim zająć.

– Czyli czym? – zapytał Stefano.

– Twoja żona marnuje się w wędliniarni.

– W jakim sensie?

– Na piazza dei Martiri w miesiąc zarobiłaby tyle, ile twoja siostra i Gigliola nie zarobią nawet przez sto lat.

– Wyrażaj się jaśniej.

– Stefano, Lina musi mieć władzę. Musi czuć na sobie odpowiedzialność. Musi wymyślać. Musi od razu zacząć projektować nowe modele butów.

Posprzeczali się, ale na koniec, pośród tysiąca różnych zdań, doszli do porozumienia. Stefano absolutnie wykluczył możliwość, aby żona poszła pracować na piazza dei Martiri, nowy sklep z wędlinami rozwijał się i zabranie stamtąd Lili byłoby głupotą; ale postara się ją przekonać, aby w krótkim czasie zaprojektowała nowe modele, przynajmniej te zimowe. Michele odparł, że głupotą jest nieprzekazanie sklepu Lili, z chłodnym dystansem zawyrokował, że do sprawy wrócą, jak się skończy lato, kwestię zaprojektowania nowych butów uznał za załatwioną.

– Ale to mają być eleganckie buty – polecił. – Masz na to zwrócić uwagę.

– I tak zrobi, co zechce.

– Ja mogę jej doradzić, mnie słucha – odparł Michele.

– Nie ma takiej potrzeby.

Krótko po tym porozumieniu wpadłam do Lili: sama mi o nim opowiedziała. Dopiero co wyszłam ze szkoły, robiło się już ciepło, czułam się zmęczona. W wędliniarni była tylko ona i na pierwszy rzut oka wyglądała raczej na zadowoloną. Powiedziała, że niczego nie zaprojektuje, ani jednego sandała, ani jednego kapcia.

– Będą wściekli.

– A co ja na to poradzę?

– Lila, chodzi o pieniądze.

– Mają ich aż nadto.

To brzmiało jak zwykłe upieranie się, taka już była, jak tylko ktoś kazał jej się na czymś skupić, od razu przechodziła jej ochota. Ale szybko dotarło do mnie, że nie chodzi o cechę charakteru ani nawet o wstręt do interesów męża, Rina, Solarów, umocniony przez pogaduszki w komunistycznym tonie z Pasqualem i Carmen. Chodziło o coś więcej, powiedziała mi o tym cicho i z powagą.

– Nie przychodzi mi nic do głowy – zwierzyła się.

– A próbowałaś?

– Tak, ale jest inaczej, niż kiedy miałam dwanaście lat.

Zrozumiałam, że buty wyszły z jej głowy tylko ten jeden raz i nie wyjdą drugi, nie miała już pomysłów.

Zabawa się skończyła, nie potrafiła do niej wrócić. Czuła odrazę nawet do zapachu skóry. Nie umiała już tego robić. A poza tym wszystko się zmieniło. Mały warsztat Fernanda został wchłonięty przez nowe pomieszczenia, przez stoły pracowników, przez trzy maszyny. Jej ojciec jakby się skurczył, nie kłócił się z najstarszym synem, tylko pracował. Nawet uczucie jakby wyparowało. I choć jeszcze rozczulała ją matka, kiedy szła do wędliniarni i za darmo wypychała torby, jak gdyby czasy biedy nie dobiegły końca, i choć robiła prezenty młodszemu rodzeństwu, nie czuła już więzi z Rinem. Zepsuła się, zerwała. Zniknęła potrzeba pomagania mu i opiekowania się nim. Dlatego zabrakło przyczyny, która rozbudziła fantazję o butach, wyjałowiła się ziemia, na której ta fantazja wykiełkowała.

– Ale przede wszystkim – dodała nagle – to był sposób, aby udowodnić ci, że potrafię zrobić coś dobrze, chociaż nie chodzę już do szkoły.

Potem roześmiała się nerwowo i rzuciła mi długie spojrzenie, chcąc zobaczyć reakcję.

Nie odpowiedziałam, ogarnęło mnie wzruszenie, które nie pozwoliło się odezwać. Czy taka była właśnie Lila? Brakowało jej mojej upartej pilności? Dobywała z siebie myśli, buty, słowa pisane i mówione, złożone plany, wściekłość i inwencję tylko po to, żeby mi coś udowodnić? A gdy przyczyna mijała, ona traciła ducha? Czyli że nie potrafiłaby powtórzyć nawet tego, co zrobiła ze swoją ślubną fotografią? Czy wszystko, czego dokonała, było owocem okazjonalnego bałaganu?

Zdało mi się, jakby gdzieś we mnie długotrwałe bolesne napięcie wreszcie puściło, i rozczuliły mnie jej kruchość, błyszczące oczy i lekki uśmiech. Trwało to jednak chwilkę. Ona dalej mówiła, dotknęła czoła typowym dla siebie ruchem, po czym powiedziała z rozgoryczeniem:

– Zawsze muszę udowadniać, że potrafię lepiej. – I dodała ponuro: – Kiedy otworzyliśmy ten sklep, Stefano pokazał mi, jak oszukiwać na wadze; najpierw skrzyczałam go: jesteś złodziejem, oto jak zarabiasz pieniądze, a potem nie mogłam się powstrzymać, pokazałam mu, że się tego nauczyłam, i od razu wymyśliłam swoje sposoby na oszukiwanie. Też mu je pokazałam. Przychodziły mi do głowy coraz to nowe sztuczki: wszystkich was oszukuję, oszukuję na wadze i w setkach innych rzeczy, oszukuję dzielnicę, nie ufaj mi, Lenù, nie wierz w to, co mówię i co robię.

Poczułam się nieswojo. W ciągu kilku sekund zmieniła się o 180 stopni, nie wiedziałam, czego chce. Dlaczego tak teraz do mnie mówi? Nie rozumiałam, czy to sobie zaplanowała, czy też słowa wypływały z jej ust mimowolnie, w niepohamowanym przypływie, czy zamiar umocnienia naszej więzi – zamiar szczery – od razu wypchnęła równie szczera potrzeba odmówienia jej wyjątkowości: popatrz, wobec Stefana zachowuję się tak jak wobec ciebie, zachowuję się tak wobec każdego, postępuję ładnie albo brzydko, dobrze albo źle. Splotła długie i szczupłe ręce, zacisnęła je mocno, zapytała:

– Słyszałaś, że Gigliola rozpowiada, że fotografia sama się zapaliła?

– To idiotyzm, Gigliola ma z tobą na pieńku.

Prychnęła, a jej śmiech zabrzmiał jak trzaśnięcie, coś w niej zbyt brutalnie się skurczyło.

– Czuję ból, tutaj, za oczami, jakby coś na nie napierało. Widzisz te noże? Są zbyt ostre, dopiero odebrałam je od szlifierza. Gdy kroję salami, zastanawiam się, ile krwi jest w człowieku. Jeśli upchniesz w czymś zbyt wiele rzeczy, pęknie. Albo zaiskrzy się i zapali. Cieszę się, że zdjęcie w sukni ślubnej się spaliło. Wszystko powinno się spalić, małżeństwo, sklep, buty, Solarowie.

Zrozumiałam, że bez względu na to, co robi, mówi, ogłasza, nie potrafi wyjść z błędnego kręgu: od dnia ślubu ogarniała ją coraz większa, coraz trudniejsza do opanowania rozpacz, i zrobiło mi się jej żal. Poprosiłam, aby się uspokoiła. Skinęła głową.

– Musisz zachować spokój.

– Pomóż mi.

– Jak.

– Bądź przy mnie.

– Jestem.

– Nieprawda. Ja tobie zdradzam wszystkie tajemnice, nawet te najstraszliwsze, a ty niczego mi o sobie nie mówisz.

– Mylisz się. Tylko przed tobą niczego nie ukrywam.

Energicznie zaprzeczyła głową i odparła:

– Chociaż jesteś lepsza, chociaż wiesz więcej, nie zostawiaj mnie.

32.

Tak długo naciskali, aż się ugięła, a wtedy udała, że ustępuje. Powiedziała Stefanowi, że zaprojektuje nowe buty, a przy pierwszej nadarzającej się okazji powtórzyła to też Michelemu. Po czym wezwała do siebie Rina i przekazała mu dokładnie to, co on od dawna chciał usłyszeć:

– Ty je wymyśl, ja nie potrafię. Wymyśl je razem z tatą, wy macie fach w ręku i wiecie, jak to zrobić. Ale dopóki nie wprowadzicie ich do obrotu i nie sprzedacie, nikomu nie mówcie, że nie są moje, nawet Stefanowi.

– A co, jeśli nie będą dobre?

– Wina spadnie na mnie.

– A jeśli będą dobre?

– Powiem, jak jest, i ty zgarniesz pochwały.

Takie kłamstwo bardzo się spodobało Rinowi. Razem z Fernandem wzięli się do pracy, ale od czasu do czasu Rino przychodził do Lili w wielkiej tajemnicy, aby pokazać, co wymyślił. Ona przyglądała się modelom i przybierała zachwyconą minę, po trosze dlatego, że nie znosiła jego zaniepokojonego wyrazu twarzy, a częściowo po to, aby się go szybko pozbyć. Ale wkrótce sama była nimi mile zaskoczona, bo choć buty odpowiadały aktualnym trendom, było w nich coś nowatorskiego. Któregoś dnia powiedziała mi z nieoczekiwaną radością w głosie:

– Może tamte buty nie ja zaprojektowałam, może naprawdę są dziełem mojego brata.

I wyglądała tak, jakby zrzuciła z siebie wielki ciężar. Na nowo odkryła uczucie do niego, a właściwie spostrzegła, że przesadziła w słowach: ich więź nie mogła się rozluźnić, nigdy się nie rozluźni, bez względu na to, co jej brat zrobi, nawet jeśli z jego ciała wyjdzie szczur, oszalały koń czy jakiekolwiek inne zwierzę. Wysunęła przypuszczenie, że kłamstwo przekreśliło w Rinie strach przed brakiem umiejętności, a to sprawiło, że stał się taki jak kiedyś i na powrót odkrył, że naprawdę zna się na rzeczy, jest dobry w tym, co robi. Rina zaś coraz bardziej cieszyły pochwały siostry. Pod koniec każdej porady prosił ją na ucho o klucze do jej mieszkania i szedł tam w wielkiej tajemnicy, aby spędzić godzinę z Pinuccią.

Ja ze swej strony starałam się pokazać Lili, że zawsze będę jej przyjaciółką, i często w niedzielę wyciągałam ją na spacery. Raz zaszłyśmy aż do Wystawy Zamorskiej z dwiema moimi koleżankami ze szkoły, ale one, gdy się dowiedziały, że Lila od ponad roku jest mężatką, zachowywały się tak, jakbym je zmusiła do wyjścia z własną matką: z respektem i powściągliwością. Jedna zapytała Lilę niepewnie:

– Masz dziecko?

Lila zaprzeczyła.

– Nie chcą przyjść?

Znowu zaprzeczyła.

Od tej chwili wieczór był połowiczną klapą.

W połowie maja zaciągnęłam ją do domu kultury na wykład uczonego, który nazywał się Giuseppe

Montalenti. Ponieważ poradziła mi go Galiani, czułam się w obowiązku, by tam pójść. Było to nasze pierwsze tego rodzaju doświadczenie. Montalenti poprowadził swoistą lekcję, ale skierowaną nie do nas, uczniów, tylko raczej do ludzi dorosłych, którzy przyszli specjalnie, aby go posłuchać. Siedziałyśmy na tyłach nieumeblowanej sali i ja szybko się znudziłam. Wyszeptałam: „Chodźmy stąd". Ale Lila odmówiła, również szeptem odpowiedziała, że nie ma odwagi wstać, boi się, że zakłóci konferencję: nigdy tak się nie zachowywała, co było oznaką nagłej uległości albo rosnącej ciekawości, do której nie chciała się przyznać. Zostałyśmy do samego końca. Montalenti mówił o Darwinie, żadna z nas nie wiedziała, kim on był. Gdy wychodziłyśmy, stwierdziłam żartobliwie:

– Powiedział coś, co wiem już od dawna: że jesteś małpą.

Lila nie miała jednak ochoty na żarty.

– Nigdy więcej nie chcę o tym zapomnieć – odparła.

– Że jesteś małpą?

– Że jesteśmy zwierzętami.

– My obie?

– Wszyscy.

– Ale on powiedział, że między nami a małpami jest wiele różnic.

– Tak? Jakich? Że moja matka przekłuła mi uszy i dlatego od urodzenia noszę kolczyki, a małpom ich matki uszu nie przekłuwają, nie noszą więc kolczyków?

Od tej chwili zebrało nam się na dowcipkowanie, wymieniałyśmy coraz bardziej absurdalne różnice, jedna po drugiej, i świetnie się bawiłyśmy. Ale kiedy wróciłyśmy do dzielnicy, dobry humor minął. Spotkałyśmy Pasqualego i Adę, którzy spacerowali wzdłuż głównej ulicy, i od nich dowiedziałyśmy się, że Stefano wszędzie szuka Lili i jest bardzo zdenerwowany. Zaproponowałam, że ją odprowadzę do domu, odmówiła. Zgodziła się natomiast, aby Pasquale i Ada odwieźli ją samochodem.

Dopiero następnego dnia dowiedziałam się, dlaczego Stefano jej szukał. Nie dlatego, że zrobiło się późno. I nawet nie dlatego, że nie podobało mu się, gdy jego żona czasami spędza czas wolny ze mną, a nie z nim. Przyczyna była inna. Dowiedział się, że Pinuccia często spotyka się z Rinem w jego domu. Dowiedział się, że obściskują się w jego własnym łóżku, że klucze daje im Lila. Dowiedział się, że Pinuccia jest w ciąży. Ale najbardziej go rozwścieczyło to, że kiedy wymierzył siostrze policzek za obrzydliwości, które robiła z Rinem, Pinuccia wykrzyczała mu w twarz: „Zazdrościsz, bo ja jestem prawdziwą kobietą, a Lina nie, bo Rino wie, jak postępować z kobietami, a ty nie". A ponieważ Lila – widząc, jak jest roztrzęsiony, słysząc, z jakim wzburzeniem mówi – przypomniała sobie jego powściągliwość z czasów ich narzeczeństwa i wybuchła gromkim śmiechem, Stefano, by jej nie zabić, wyszedł z domu i pojechał gdzieś autem. Jej zdaniem poszedł na dziwki.

33.

Małżeństwo Pinuccii i Rina przygotowano w wielkim pośpiechu. Ja niewiele się nim interesowałam, czekały mnie ostatnie zadania, ostatnie przepytania. A na dodatek przydarzyło mi się coś, co wprawiło mnie w wielkie zdenerwowanie. Galiani, która w zwyczaju miała śmiałe postępowanie i łamanie zasad zachowania nauczycieli, zaprosiła mnie – mnie i nikogo innego z liceum – do swojego domu na przyjęcie, które organizowały jej dzieci.

Już samo to, że pożyczała mi książki i gazety, że wspomniała o marszu pokoju i konferencji naukowej, było czymś nietypowym. Teraz przeszła samą siebie: odwołała mnie na bok i zaprosiła.

– Przyjdź, jak ci będzie wygodniej – powiedziała – sama albo w towarzystwie, z narzeczonym albo bez: najważniejsze, żebyś przyszła.

Tak po prostu, na kilka dni przed końcem roku szkolnego, nie troszcząc się o to, jak wiele nauki jeszcze przede mną, nie troszcząc się o trzęsienie ziemi, jakie we mnie wywoła.

Odpowiedziałam, że przyjdę, ale szybko zdałam sobie sprawę, że nigdy nie zdobędę się na odwagę. Przyjęcie u jakiejkolwiek nauczycielki było czymś nie do pomyślenia, co dopiero w domu profesor Galiani. Dla mnie oznaczało to tyle, co iść na bal do królewskiego pałacu, złożyć pokłon królowej, tańczyć z książętami. Wielka radość, ale także gwałtem narzucony obowiązek: jakby ktoś ciągnął mnie za ramię, zmuszał do czegoś, co chociaż mnie fascynowało, jednak nie pasowało do mnie, i gdyby nie okoliczności, chętnie bym odmówiła. Prawdopodobnie Galiani nawet przez myśl nie przeszło, że nie miałam w co się ubrać. W klasie nosiłam śmieszny czarny fartuch. Czego się pani profesor spodziewała, że pod fartuchem mam suknie i halki, i majtki takie jak pani? Pod fartuchem była nędza, złe wychowanie, nieprzystosowanie. Miałam tylko jedną parę bardzo zniszczonych butów. Jedyna sukienka, która wydawała się stosowna, to ta, którą włożyłam na ślub Lili, ale teraz przyszły upały, a ona była dobra na marzec, a nie na koniec maja. Zresztą problemem nie było tylko to, co mam na siebie włożyć. Była też samotność, skrępowanie, że znajdę się pośród nieznajomych, wśród dziewcząt i chłopców o odmiennym sposobie mówienia, poczuciu humoru, upodobaniach. Pomyślałam, że mogłabym zapytać Alfonsa, czy zechce ze mną pójść, zawsze był wobec mnie uprzejmy, ale przypomniałam sobie, że Alfonso jest kolegą z klasy, a Galiani zaprosiła tylko mnie. Co robić? Przez wiele dni paraliżował mnie niepokój, postanowiłam porozmawiać z profesorką i wymyślić jakąś wymówkę. Potem jednak przyszło mi do głowy, że mogę spytać o radę Lilę.

Jak zwykle był to dla niej zły czas, miała żółtawy siniec pod kością policzkową. Nie przyjęła tej informacji dobrze.

– Po co tam idziesz?

– Bo mnie zaprosiła.

– Gdzie mieszka ta twoja profesor?

– Na Corso Vittorio Emanuele.

– Czy z jej domu widać morze?

– Nie wiem.

– Co robi jej mąż?

– Jest lekarzem w szpitalu Cotugna.

– Dzieci jeszcze się uczą?

– Nie wiem.

– Chcesz którąś z moich sukienek?

– Wiesz, że nie pasują na mnie.

– Masz tylko większe piersi.

– Lila, wszystko mam większe.

– W takim razie nie wiem, co ci powiedzieć.

– Mam nie iść?

– Tak byłoby lepiej.

– Dobrze, nie pójdę.

Ta decyzja najwyraźniej ją zadowoliła. Pożegnałam ją, wyszłam ze sklepu, ruszyłam ulicą ozdobioną cherlawymi jeszcze krzewami oleandra. Usłyszałam jednak, że mnie woła, wróciłam.

– Pójdę z tobą – powiedziała.

– Gdzie?

– Na przyjęcie.

– Stefano cię nie puści.

– Zobaczymy. Powiedz lepiej, czy chcesz mnie ze sobą wziąć.

– Jasne, że chcę.

Wyglądała na tak uszczęśliwioną, że nie śmiałam odwodzić jej od tego zamiaru. Ale już w drodze powrotnej poczułam, że moja sytuacja tylko się pogorszyła. Żaden z problemów, które stały na przeszkodzie, abym poszła na przyjęcie, nie został rozwiązany, a propozycja Lili wprowadziła tylko dodatkowe zamieszanie w mojej głowie. Przyczyny tego zamieszania były niejasne i nie miałam zamiaru ich wyliczać, ale nawet gdybym to zrobiła, stanęłabym w obliczu sprzecznych twierdzeń. Bałam się, że Stefano nie pozwoli jej iść. Bałam się, że Stefano jej pozwoli. Bałam się, że ubierze się zbyt wyzywająco, jak wtedy, kiedy szłyśmy do Solarów. Bałam się, że bez względu na to, co na siebie włoży, jej piękno eksploduje jak gwiazda na niebie i każdy będzie chciał wziąć choć odrobinę dla siebie. Bałam się, że będzie mówić w dialekcie, że zrobi coś nieprzyzwoitego, że wszyscy zobaczą, że naukę zakończyła na szkole podstawowej. Bałam się, że jak tylko otworzy usta, zahipnotyzuje wszystkich swoją inteligencją i oczaruje nawet samą Galiani. Bałam się, że profesorka uzna ją za tak zarozumiałą i naiwną, że powie mi: kim jest ta twoja przyjaciółka, nie spotykaj się z nią więcej. Bałam się, że zrozumie, że ja jestem jedynie jej wyblakłym cieniem, i zacznie zajmować się tylko nią, będzie chciała się z nią spotykać, zatroszczy się o jej powrót do szkoły.

Przez jakiś czas nie chodziłam do sklepu z wędlinami. Liczyłam na to, że Lila zapomni o przyjęciu i gdy ten dzień nadejdzie, pójdę prawie po kryjomu, a potem powiem jej: nie dałaś mi znać. Ona jednak wkrótce sama przyszła do mnie, czego od dawna już nie robiła. Przekonała Stefana nie tylko do tego, aby nas zawiózł, ale żeby także przyjechał po nas, i chciała się dowiedzieć, o której mamy pojawić się w domu nauczycielki.

– Co na siebie włożysz? – zapytałam zaniepokojona.

– To co ty.

– Ja włożę bluzkę i spódnicę.

– W takim razie ja też.

– Stefano na pewno zawiezie nas i odbierze?

– Tak.

– Jak go przekonałaś?

– Jeśli czegoś chcę – wyszeptała, jakby sama nie chciała tego słyszeć – wystarczy, że poudaję kurewkę.

Tak właśnie powiedziała, w dialekcie, i żartując z siebie, dodała inne wulgarne słowa, by pokazać mi, jak wielki wstręt budzi w niej mąż, jak bardzo brzydzi się samą sobą. Mój niepokój nasilił się. Postanowiłam jej powiedzieć, że nie idę na żadne przyjęcie, że zmieniłam zdanie. Oczywiście zawsze wiedziałam, że za pozornie zdyscyplinowaną Lilą, siedzącą w pracy od rana do wieczora, kryje się Lila niepokorna, ale teraz, kiedy brałam na siebie odpowiedzialność wprowadzenia jej do domu Galiani, ta wierzgająca Lila zaczęła mnie przerażać, stawała się w moich oczach coraz bardziej zepsuta przez to ciągłe odrzucanie rozejmu. Co się stanie, jeśli w obecności profesorki coś ją zdenerwuje? Co się stanie, jeśli postanowi używać takiego języka, jakiego właśnie użyła wobec mnie?

Powiedziałam ostrożnie:

– Lila, proszę cię, nie mów tak.

Speszona spojrzała na mnie:

– Jak?

– Tak jak teraz.

Zamilkła, potem spytała:

– Wstydzisz się mnie?

34.

Zaklinałam się, że się jej nie wstydzę, nie powiedziałam jednak o swoich obawach, że może będę musiała. Stefano zawiózł nas kabrioletem pod sam dom profesor Galiani. Ja siedziałam z tyłu, oni z przodu i po raz pierwszy rzuciły mi się w oczy grube obrączki, które oboje nosili. Lila, tak jak obiecała, była w spódnicy i bluzce, nic ekstrawaganckiego, bez makijażu, tylko szminka na ustach, za to on ubrał się odświętnie, z dużą ilością złota, skropiony ostrym płynem po goleniu, jak gdyby liczył na to, że w ostatniej chwili powiemy: chodź z nami. Nie powiedziałyśmy. Ja wylewnie mu podziękowałam, Lila wysiadła z samochodu bez pożegnania. Stefano ruszył z bolesnym piskiem opon.

Kusiło nas, by wsiąść do windy, ale zrezygnowałyśmy. Nigdy jeszcze nie jechałyśmy żadną windą, nawet nowy blok Lili jej nie posiadał, i bałyśmy się kłopotów. Galiani powiedziała mi, że jej mieszkanie mieści się na czwartym piętrze, że na drzwiach jest napisane „Prof. dr Frigerio", ale i tak sprawdzałyśmy wszystkie tabliczki po kolei. Ja szłam przodem, Lila za mną, w ciszy, piętro po piętrze. Jak tu było czysto, jakie błyszczące klamki u drzwi i mosiężne tabliczki. Serce głośno waliło mi w piersi.

Drzwi zidentyfikowałyśmy głównie po głośnej muzyce, która zza nich dochodziła, po szmerze głosów. Wygładziłyśmy spódnice, ja ściągnęłam w dół halkę, która ciągle podciągała się na nogach, Lila palcami przeczesała włosy. Obie bałyśmy się, że stracimy nad sobą kontrolę, że w chwili roztargnienia zniszczymy maskę dziewczęcia z dobrej rodziny, którą przywdziałyśmy. Wcisnęłam guziczek dzwonka. Poczekałyśmy, ale nikt nie podszedł. Spojrzałam na Lilę, znowu zadzwoniłam, tym razem dłużej. Szybkie kroki, potem drzwi się otworzyły. Pojawił się drobny ciemnowłosy młodzieniec o ładnej twarzy i żywych oczach. Na oko wyglądał na dwadzieścia lat. Powiedziałam nieśmiało, że jestem uczennicą profesor Galiani, on nie dał mi nawet dokończyć, wykrzyknął:

– Elena?

– Tak.

– Wszyscy cię w domu znamy, nasza matka przy każdej okazji dręczy nas twoimi wypracowaniami.

Młodzieniec miał na imię Armando. Wypowiedziane przez niego zdanie okazało się decydujące, dzięki niemu zyskałam nieoczekiwane poczucie siły. Pamiętam go do dzisiaj, jak tak stoi w progu z sympatycznym wyrazem twarzy. On jako pierwszy pokazał mi, jak miło przyjść do obcego środowiska, potencjalnie wrogiego, i odkryć, że uprzedziła nas dobra opinia, że nie musimy już niczego robić, żeby nas zaakceptowano, że to inni, ci obcy muszą się natrudzić, aby wejść w nasze łaski, a nie na odwrót. Ponieważ byłam przyzwyczajona do braku przewagi, odczułam nagły przypływ energii i niewymuszonej swobody. Znikły gdzieś obawy, przestałam martwić się o to, co Lila mogła zrobić albo czego nie zrobić. Ogarnięta poczuciem nagłej popularności zapomniałam nawet przedstawić Armandowi przyjaciółkę, zresztą on zdawał się w ogóle jej nie zauważać. Wskazał mi drogę tak, jakbym przyszła sama, radośnie powtarzając, że jego matka ciągle o mnie mówi, chwali mnie. Podążyłam za nim w milczeniu, Lila zamknęła drzwi.

Mieszkanie było duże, pokoje przestronne i oświetlone, sufity wysokie i udekorowane kwiecistymi wzorami. Wrażenie wywierały przede wszystkim książki, książki w każdym kącie: w tym domu było więcej książek niż w bibliotece osiedlowej, całe ściany z półkami po sufit. I muzyka. I młodzież, która szalała w tańcu w ogromnym pokoju z okazałymi lampami. I reszta, która rozmawiała, paląc papierosy. Sami uczniowie i studenci, dzieci wykształconych rodziców. Jak Armando: matka nauczycielka, ojciec chirurg, który tego wieczoru był nieobecny. Młodzieniec zaprowadził nas na mały taras: ciepły wieczór, jasne niebo, intensywny zapach glicynii oraz róż wymieszany z aromatem wermutu i ciast. Zobaczyłyśmy miasto roziskrzone światłami, ciemną plamę morza. Profesor Galiani wesoło zawołała mnie po imieniu, to ona przypomniała mi o stojącej za moimi plecami Lili.

– To twoja przyjaciółka?

Wymamrotałam coś pod nosem, zdałam sobie sprawę, że nie umiem dokonać prezentacji.

– Moja pani profesor. To jest Lina. Chodziłyśmy razem do szkoły podstawowej – odpowiedziałam.

Galiani życzliwie pochwaliła wieloletnie przyjaźnie, są istotne, punkt oparcia i inne frazesy, które wypowiadała, przyglądając się Lili. Speszona Lila odpowiadała monosylabami, a gdy zdała sobie sprawę, że profesor spogląda na jej obrączkę, natychmiast przykryła ją drugą ręką.

– Jesteś zamężna?

– Tak.

– Masz tyle lat co Elena?

– Jestem starsza o dwa tygodnie.

Galiani rozejrzała się i zwróciła do syna:

– Przedstawiłeś je Nadii?

– Nie.

– Na co więc czekasz?

– Mamo, spokojnie, dopiero przyszły.

Nauczycielka powiedziała do mnie:

– Nadia bardzo chce cię poznać. Ten tutaj to łajdak, nie ufaj mu, ale ona jest dobrą dziewczyną, na pewno się zaprzyjaźnicie, spodoba ci się.

Zostawiłyśmy ją samą z papierosem. Zrozumiałam, że Nadia jest młodszą siostrą Armanda: szesnaście lat męczarni – jak stwierdził z udawaną złością – zniszczone dzieciństwo. Wspomniałam z ironią o swoich kłopotach z młodszym rodzeństwem i zwróciłam się ze śmiechem do Lili, by to potwierdziła. Ale ona pozostała poważna, nie odezwała się ani słowem. Wróciliśmy do pokoju balowego, który teraz tonął w półmroku. Leciała piosenka Paula Anki, a może *What a Sky*, kto to pamięta. Pary tańczyły w objęciach jak kołyszące się cienie. Muzyka dobiegła końca. Zanim ktokolwiek niechętnie przekręcił włącznik światła, poczułam w piersi uderzenie, rozpoznałam Nina Sarratorego. Zapalał papierosa, płomień rozjaśnił mu twarz. Nie widziałam go od prawie roku, wydał się starszy, wyższy, bardziej rozczochrany, piękniejszy. Nagle pokój

189

eksplodował elektrycznym światłem i rozpoznałam również dziewczynę, z którą właśnie skończył tańczyć. Tę samą, delikatną, świetlistą, którą widziałam pod szkołą i która uświadomiła mi moją bezbarwność.

– Oto ona – powiedział Armando.

To była Nadia, córka profesor Galiani.

35.

O dziwo to odkrycie nie zniszczyło przyjemności bycia w tym domu, pośród porządnych ludzi. Kochałam Nina, nigdy nie miałam co do tego wątpliwości. Oczywiście powinnam cierpieć w obliczu kolejnego dowodu na to, że nigdy nie będzie mój. Ale nie cierpiałam. Wiedziałam, że ma dziewczynę, że ta dziewczyna we wszystkim jest lepsza ode mnie. Nowością było, że chodzi o córkę profesor Galiani, która wychowała się w tym domu, pośród tych wszystkich książek. Od razu poczułam, że ta świadomość zamiast sprawiać mi ból, uspokaja mnie, usprawiedliwia ich wybór, czyni tę decyzję nieuniknioną, pozostającą w harmonii z naturalnym porządkiem rzeczy. Jednym słowem poczułam się, jak gdyby nagle wyrósł mi przed oczami przykład tak perfekcyjnej symetrii, że wypadało tylko milczeć i się nią radować.

Ale to nie wszystko. Kiedy Armando zwrócił się do siostry ze słowami: „Nadia, to jest Elena, uczennica mamy", dziewczyna spłonęła rumieńcem i z impetem zarzuciła mi ręce na szyję, mówiąc cicho:

– Eleno, strasznie się cieszę, że możemy się poznać. – I nie dając mi nawet czasu na jakąkolwiek
odpowiedź, zaczęła bez charakterystycznej dla brata
ironii z takim entuzjazmem wychwalać rzeczy, które
napisałam, i to, jak je napisałam, że poczułam się jak
podczas lekcji, kiedy jej matka odczytywała moje prace. A może nawet lepiej, ponieważ słuchały jej osoby,
na których najbardziej mi zależało, Nino i Lila, i oboje mieli właśnie okazję przekonać się, że jestem w tym
domu lubiana i szanowana.

Nabrałam takiej swobody w zachowaniu, o jaką
nigdy bym siebie nie podejrzewała. Od razu wdałam
się w luźną rozmowę – wysławiałam się pięknym językiem włoskim, który nie był tak wymuszony jak
w szkole. Spytałam Nina o jego podróż do Anglii,
spytałam Nadię o to, jakie czyta książki, jaką lubi muzykę. Tańczyłam bez przerwy, to z Armandem, to z innymi, i odważyłam się nawet na rock'n'rolla, podczas
którego okulary sfrunęły mi z nosa, ale na szczęście
się nie rozbiły. To był cudowny wieczór. W pewnym
momencie zobaczyłam, że Nino zamienia kilka słów
z Lilą, zaprasza ją do tańca. Ale ona odmówiła, wyszła z pokoju, straciłam ją z oczu. Minęło sporo czasu,
zanim przypomniałam sobie o przyjaciółce. Jej nieobecność zauważyłam dopiero wtedy, gdy coraz mniej
osób tańczyło, kiedy Armando, Nino i dwójka innych
chłopaków w ich wieku zaczęli głośno dyskutować
i przenieśli się z Nadią na taras, po części ze względu
na upał, a po części, żeby włączyć do rozmowy profesor Galiani, która paliła w samotności i zażywała świeżego powietrza.

– Chodź z nami – powiedział Armando, chwytając mnie za rękę.

– Zawołam tylko przyjaciółkę – odparłam i wywinęłam się.

Zgrzana szukałam Lili po pokojach, znalazłam przed ścianą książek, samą.

– Chodź na taras – powiedziałam.

– Po co?

– Żeby się przewietrzyć, porozmawiać.

– Idź sama.

– Nudzisz się?

– Nie, oglądam książki.

– Sporo ich, prawda?

– Tak.

Czułam, że jest niezadowolona. Bo została zaniedbana. Pomyślałam, że to przez obrączkę. A może w tym miejscu jej uroda nic nie znaczy, znaczy więcej uroda Nadii. Albo ona, choć ma męża, choć była w ciąży, choć poroniła, choć zaprojektowała buty, choć zarabia pieniądze, w tym domu nie wie, kim jest, nie potrafi skupić na sobie uwagi tak jak w naszej dzielnicy. Ja tak. Nagle zdałam sobie sprawę, że skończył się stan zawieszenia, który rozpoczął się w dniu ślubu Lili. Potrafiłam rozmawiać z tymi ludźmi, czułam się z nimi lepiej niż ze znajomymi z dzielnicy. Jedyne, co mnie niepokoiło, to Lila i jej izolowanie się, wycofanie na margines. Odciągnęłam ją od książek i zaprowadziłam na taras.

Chociaż część jeszcze tańczyła, wokół nauczycielki skupiła się grupka trzech lub czterech chłopców i dwóch dziewcząt. Ale mówili tylko chłopcy, jedyną kobietą, która się odzywała, i to ironicznie, była sama

Galiani. Od razu wyczułam, że najstarsi, czyli Nino, Armando i chłopak o imieniu Carlo, nie uważali za szlachetne spieranie się z nią. Chcieli spierać się między sobą, ją traktowali tylko jak autorytatywną szafarkę palmy zwycięstwa. Armando co prawda polemizował z matką, ale de facto zwracał się do Nina. Carlo popierał stanowisko nauczycielki, ale w konfrontacji z pozostałą dwójką dążył do oddzielenia własnych racji. A Nino uprzejmie zbijał argumenty Galiani i zaprzeczał zarówno Armandowi, jak i Carlowi. Przysłuchiwałam się w zachwycie. Ich słowa były jak pączki, które albo rozkwitały w mojej głowie jako mniej lub bardziej znane kwiaty, a wówczas rozpalałam się i miną przyłączałam się do dyskusji, albo przedstawiały nieznane mi kształty, a wówczas wycofywałam się, by skryć ignorancję. W tym drugim przypadku dodatkowo stawałam się nerwowa: nie wiem, o czym mówią, nie wiem, kim jest ten facet, nie rozumiem. Padały nieznane mi nazwy, które pokazywały, że świat ludzi, faktów, idei jest bezmierny i nocne lektury nie wystarczają, muszę bardziej się przykładać, żeby móc powiedzieć Ninowi, Galiani, Carlowi i Armandowi: tak, rozumiem, wiem. Cała planeta jest zagrożona. Wojna nuklearna, kolonializm, neokolonializm. Pied-Noir, OAS i Narodowy Front Wyzwolenia. Ludobójstwo. Gaullizm, faszyzm. France, Armée, Grandeur, Honneur. Sartre to pesymista, ale pokłada nadzieję w komunistycznych masach robotniczych Paryża. Upadek Francji, upadek Włoch. Trzeba otworzyć się na lewicę. Saragat, Nenni. Fanfani w Londynie, Macmillan. Chadecki kongres w naszym mieście. Ugrupowanie

Fanfaniego, Moro, lewica chadecka. Socjaliści skończyli w paszczy władzy. To my, komuniści, my i nasz proletariat, nasi parlamentarzyści przepchają prawa centrolewicy. Jeśli tak się stanie, partia marksistowsko-leninowska stanie się partią socjaldemokratyczną. Widzieliście, jak Leone zachował się na inauguracji roku akademickiego? Armando z niesmakiem kręcił głową: świata nie można zmienić poprzez planowanie, potrzeba krwi, potrzeba siły. Nino odpowiadał spokojnie: planowanie to niezbędne narzędzie. Ostra wymiana słów i Galiani trzymająca chłopców na smyczy. Ileż rzeczy wiedzieli, opanowali wszystkie oblicza ziemi. W pewnym momencie Nino wspomniał o Ameryce z sympatią, powiedział coś po angielsku, jakby był Anglikiem. Zauważyłam, że przez ten rok głos mu się nasilił, teraz był gruby, prawie chrypliwy, i mówił w sposób mniej sztywny niż podczas naszej rozmowy na weselu Lili, a potem w szkole. Wspomniał także o Bejrucie, jakby tam był, i o Danilu Dolcim, i Martinie Lutherze Kingu, Bertrandzie Russellu. Opowiedział się za formacją, która nazywała się Światowa Brygada Pokoju, i uciszył Armanda, który wypowiadał się o niej z sarkazmem. Potem zapalił się, podniósł głos. Och, jaki był piękny. Powiedział, że świat dysponuje technicznymi możliwościami, aby znieść z oblicza ziemi kolonializm, głód, wojnę. Słuchałam go ze wzruszeniem, i chociaż gubiłam się w tysiącu spraw, o jakich nie miałam pojęcia – czym był gaullizm, OAS, socjaldemokracja, otwarcie się na lewicę; kim byli Danilo Dolci, Bertrand Russell, Pied-Noir, ugrupowanie Fanfaniego; i co stało się w Bejrucie, co w Algierii – odczułam taką jak dawniej potrzebę, by zaopiekować się nim, zatroszczyć się o niego, ochronić go, wspierać we wszystkim, czego się podejmie w życiu. Była to jedyna chwila podczas całego wieczoru, kiedy zazdrościłam Nadii, że może stać przy nim jak wspaniałe bóstwo, choć niższe rangą. Potem usłyszałam, jak się wypowiadam, jak gdybym to nie ja sama o tym zadecydowała, tylko ktoś inny, pewniejszy siebie, lepiej poinformowany postanowił przemówić moimi ustami. Zabrałam głos, nie wiedząc jeszcze, co powiem, ale gdy tak słuchałam tych młodzieńców, w głowie odtworzyły się kawałki zdań przeczytanych w książkach i gazetach od Galiani, a nieśmiałość okazała się słabsza od chęci wyrażenia własnej opinii, pokazania, że jestem. Posłużyłam się językiem literackim, który wyćwiczyłam podczas przekładów z greki i łaciny. Stanęłam po stronie Nina. Powiedziałam, że nie chcę żyć na świecie znowu ogarniętym wojną. Powiedziałam, że nie wolno nam powtarzać błędów minionych pokoleń. Dzisiaj wojnę należy wytoczyć arsenałom nuklearnym, samej wojnie. Jeśli dopuścimy do zastosowania tej śmiercionośnej broni, wszyscy będziemy bardziej winni niż sami naziści. I gdy tak mówiłam, poczułam wzruszenie: poczułam, jak napływają mi łzy do oczu. Zakończyłam stwierdzeniem, że świat koniecznie potrzebuje zmian, że panuje na nim zbyt wielu tyranów, którzy ciemiężą narody. Trzeba to jednak zmienić pokojowo.

Nie wiem, czy mój występ wszystkim się spodobał. Armando wyglądał na niezadowolonego, a blondynka, której imienia nie znałam, przyjrzała mi się z ironicznym uśmieszkiem. Ale kiedy jeszcze mówiłam, Nino przytakiwał moim słowom. A zaraz potem Galiani wyraziła swoje zdanie i dwukrotnie zgodziła się ze mną, co było bardzo miłe: "Jak słusznie powiedziała Elena". Ale to Nadia zrobiła coś najbardziej niesamowitego. Oderwała się od Nina i podeszła do mnie, by szepnąć mi na ucho:

– Jesteś bardzo zdolna, bardzo odważna.

Lila, która stała obok mnie, wstrzymała oddech. I zanim nauczycielka skończyła mówić, szturchnęła mnie i wysyczała w dialekcie:

– Umieram ze zmęczenia. Spytasz, gdzie jest telefon, i zadzwonisz po Stefana?

36.

O tym, jak wiele cierpienia sprawił jej ten wieczór, dowiedziałam się dopiero z jej pamiętników. Przyznała, że sama spytała, czy może ze mną pójść. Przyznała, że chciała choć na jeden wieczór oderwać się od wędliniarni i rozerwać ze mną, uczestniczyć w szybkim rozrastaniu się mojego świata, poznać profesor Galiani, porozmawiać z nią. Przyznała, że sądziła, iż znajdzie sposób na to, aby zrobić dobre wrażenie. Przyznała, że była pewna, że spodoba się chłopakom, zawsze się podobała. Od razu jednak poczuła się pozbawiona głosu, wyrazu, urody. Wyliczyła szczegóły: nawet kiedy stałyśmy obok siebie, wszyscy mówili tylko do mnie; mnie przynosili ciastka, mnie przynosili napoje,

o nią nikt się nie zatroszczył; to mnie Armando pokazał rodzinny portret z siedemnastego wieku, mnie
o nim przez kwadrans opowiadał, ją potraktował tak,
jak gdyby nie była w stanie tego zrozumieć. Nikt jej
tam nie chciał. Nikt nie chciał się dowiedzieć, kim
jest. Tamtego wieczoru po raz pierwszy dokładnie
zrozumiała, że jej życiem już zawsze będzie Stefano,
wędliniarnie, ślub brata z Pinuccią, pogaduszki z Pasqualem i Carmen, podła wojna z Solarami. To i inne
rzeczy napisała może jeszcze tej samej nocy, a może
rankiem, w sklepie. Wtedy, przez cały wieczór, czuła
się ostatecznie stracona.

Ale w samochodzie, kiedy wracałyśmy do naszej
dzielnicy, nawet słówkiem nie wspomniała o tych
uczuciach, stała się bardzo przykra, perfidna. Zaata-
kowała, jak tylko wsiadła do auta, i jej mąż niechętnie
zapytał, czy dobrze się bawiłyśmy. Dałam jej odpowiedzieć, sama byłam jeszcze oszołomiona wysiłkiem,
podnieceniem, przyjemnością. I wtedy powoli zaczęła
mnie krzywdzić. Powiedziała w dialekcie, że jeszcze
nigdy tak się nie wynudziła. Byłoby lepiej, gdybyśmy
poszły do kina i – rzecz nietypowa, najwyraźniej po
to, aby mnie zranić, aby przypomnieć: spójrz, ja przynajmniej mam mężczyznę, a ty co, jesteś dziewicą,
wiesz wszystko, ale nie wiesz, jak to jest – pogłaskała
go po ręce, którą trzymał na gałce zmiany biegów. Powiedziała, że nawet oglądanie telewizji byłoby bardziej
zabawne niż spędzanie czasu z tak parszywymi ludźmi. Nie ma tam nic, żadnego przedmiotu, obrazu, na
który sami by zapracowali. Meble są sprzed stu lat.
Dom ma co najmniej trzysta lat. Książki owszem, nie-

które są nowe, ale inne bardzo stare, pokryte kurzem i nieprzeglądane od nie wiadomo jak dawna, starocie o prawie, historii, nauce, polityce. W tym domu czytali i uczyli się ojcowie, dziadkowie, pradziadkowie. Od setek lat są co najmniej adwokatami, lekarzami, profesorami. Dlatego wszyscy tak mówią, dlatego tak się ubierają i tak jedzą. Bo oni tacy się urodzili. Ale w głowach nie ma ani jednej myśli, która byłaby ich, którą sami by wymyślili. Wiedzą wszystko, ale nie wiedzą nic. Pocałowała męża w szyję, czubkiem palców przejechała przez włosy.

– Gdybyś tam był, widziałbyś tylko papugi, które skrzeczą. Z tego co mówili, ani jedno słowo nie było zrozumiałe, zresztą nawet między sobą się nie rozumieli. Czy ty wiesz, co to jest OAS, co to otwarcie na lewicę? Lenù, następnym razem nie bierz mnie, ale Pasqualego, zobaczysz, jak ich szybko ustawi. Szympansy, które sikają i srają do kibla zamiast pod krzakiem i dlatego zadzierają nosa i mówią, że wiedzą, co powinno się zrobić w Chinach, a co w Albanii, co we Francji, a co w Katandze. Muszę ci powiedzieć, Lena, żebyś uważała, bo ty też się stajesz papugą. – Zwróciła się do męża ze śmiechem: – Gdybyś ją słyszał – powiedziała. – Jaki miała głosik, tiu tiu. Dasz posłuchać Stefanowi, jak z nimi rozmawiasz? Ty i ten syn Sarratorego: tacy sami. „Światowa Brygada Pokoju; mamy techniczne możliwości; głód, wojna". Czy naprawdę po to się tak męczysz w szkole, żeby móc powtórzyć to, co on mówi? „Kto wie, jak rozwiązać problemy, pracuje na rzecz pokoju". Brawo. Pamiętasz, jak rozwiązywał problemy syn Sarratorego? Pamiętasz? I co, teraz mu przytakujesz? Też chcesz być taką marionetką, żeby zapraszali cię do swoich domów? Nas zostawicie samych w tym gównie, żyły sobie będziemy wypruwać, podczas gdy wy będziecie skrzeczeć: głód, wojna, klasa robotnicza, pokój?

Przez całą drogę, od Corso Vittorio Emanuele aż do domu, była tak bardzo złośliwa, że zaniemówiłam i czułam tylko, jak jej jad przemienia to, co wydawało mi się ważnym momentem w życiu, w fałszywy krok, który tylko mnie ośmieszył. Walczyłam, żeby jej nie wierzyć. Czułam, że staje się moim wrogiem, zdolnym do wszystkiego. Wiedziała, jak zburzyć spokój u porządnych ludzi, jak rozpalić w piersiach ogień zniszczenia. Przyznałam rację Giglioli i Pinucci, to ona sama zapaliła się na zdjęciu jak diabeł. Nienawidziłam jej w tamtej chwili, i dostrzegł to nawet Stefano. Gdy się zatrzymał przy bramie i otworzył mi drzwi po swojej stronie, powiedział ugodowo:

– Cześć, Lenù, dobranoc, Lina tylko żartuje.

A ja odburknęłam: „Cześć", i poszłam sobie. Dopiero kiedy samochód ruszył, usłyszałam, jak Lila woła do mnie, naśladując głos, jaki według niej specjalnie przybrałam w domu Galiani:

– Och, cześć, cześć!

37.

Tego wieczoru zaczął się trudny czas, który doprowadził do pierwszego zerwania kontaktów i długiej rozłąki.

Trudno mi było się pozbierać. W przeszłości pojawiało się wiele okazji do spięcia, jej niezadowolenie i żądza dominacji nieustannie dawały o sobie znać. Ale nigdy dotychczas, nigdy aż tak wyraźnie nie starała się mnie upokorzyć. Zrezygnowałam z wizyt w wędliniarni. I chociaż zapłaciła za moje podręczniki, chociaż założyłyśmy się, nie poszłam, by jej powiedzieć, że zdałam do następnej klasy z samymi piątkami i dwoma celującymi. Tuż po zakończeniu roku szkolnego zaczęłam pracę w księgarni przy via Mezzocannone i zniknęłam z dzielnicy, nie uprzedziwszy jej o tym. Wspomnienie sarkastycznego tonu, z jakim tamtego wieczoru zwracała się do mnie, zamiast słabnąć, tylko się wyolbrzymiło, rozżalenie również stawało się coraz silniejsze. Wydawało mi się, że nic nie może usprawiedliwić tego, co mi zrobiła. Ani raz, jak to bywało w przeszłości, nie przyszło mi na myśl, że musiała mnie upokorzyć, aby lepiej znieść własne upokorzenie.

Zerwanie kontaktów ułatwił fakt, iż szybko otrzymałam dowód na to, jak dobre wrażenie wywarłam na przyjęciu. Pewnego dnia podczas przerwy obiadowej szwendałam się po via Mezzocannone i nagle usłyszałam, jak ktoś mnie woła. To był Armando, szedł na egzamin. Dowiedziałam się, że studiuje medycynę, a ten egzamin jest wyjątkowo trudny, niemniej zanim zniknął w uliczce wiodącej do kościoła Świętego Dominika, chwilę postał ze mną – obsypał mnie komplementami i zaczął dyskusję na tematy polityczne. Wieczorem zajrzał do księgarni: zdał bardzo dobrze, był szczęśliwy. Spytał mnie o numer telefonu, powiedziałam, że nie mam telefonu; spytał, czy w następną niedzielę wybierzemy się na spacer, powiedziałam, że w niedzielę muszę pomóc mamie w domu. Zaczął mówić o Ameryce Łacińskiej, gdzie zamierzał wyjechać zaraz po obronie, by leczyć nędzarzy i namówić ich do chwycenia za broń przeciwko ciemiężycielom, i gadał tak długo, aż musiałam go wypchnąć z księgarni, zanim właściciel się zdenerwował. Byłam zadowolona, bo najwyraźniej mu się podobałam, byłam uprzejma, ale nie chętna. Słowa Lili wyrządziły we mnie szkody. Czułam się źle ubrana, źle uczesana, nieszczera i niewykształcona. Co więcej, kiedy skończył się rok szkolny i pomoc Galiani, zaniechałam czytania gazet, a ponieważ pieniędzy było mało, nie czułam potrzeby płacić za nie z własnej kieszeni. I tak Neapol, Włochy, świat bardzo szybko zamieniły się w mgliste połacie, na których straciłam orientację. Armando mówił, ja kiwałam głową, ale niewiele rozumiałam.

Następnego dnia spotkała mnie kolejna niespodzianka. Kiedy zamiatałam podłogę w księgarni, wyrośli przede mną Nino i Nadia. Dowiedzieli się od Armanda, gdzie pracuję, i przyszli tylko po to, żeby się ze mną przywitać. Zaproponowali kino w następną niedzielę. Musiałam odpowiedzieć tak, jak odpowiedziałam Armandowi: to niemożliwe, pracuję cały tydzień, matka i ojciec chcą w dzień świąteczny widzieć mnie w domu.

– A na przechadzkę po dzielnicy możesz się wybrać?

– Na przechadzkę tak.

– W takim razie przyjdziemy po ciebie.

Ponieważ właściciel wezwał mnie głosem bardziej zniecierpliwionym niż zazwyczaj – był to mężczyzna pod sześćdziesiątkę, ze skórą na twarzy wyglądającą na brudną, bardzo nerwowy, o lubieżnym spojrzeniu – natychmiast wyszli.

Następnej niedzieli późnym rankiem usłyszałam z podwórka wołanie i rozpoznałam głos Nina. Wychyliłam się przez okno, był sam. W kilka minut doprowadziłam swój wygląd do porządku i nic nie mówiąc matce, szczęśliwa, a zarazem roztrzęsiona, zbiegłam na dół. Kiedy znalazłam się naprzeciwko niego, straciłam dech w piersiach.

– Mam tylko dziesięć minut – powiedziałam zadyszana.

Nie wyszliśmy, by pospacerować na ulicy, szwendaliśmy się pomiędzy kamienicami. Dlaczego przyszedł bez Nadii? Dlaczego tak się fatygował, mimo że ona nie mogła? I choć nie zadałam tych pytań na głos, odpowiedział na nie. U Nadii byli z wizytą krewni ojca i musiała zostać w domu. On jednak przyszedł, żeby zobaczyć dzielnicę i żeby przynieść mi coś do czytania, najnowszy numer „Cronache meridionali". Podał mi go z pochmurną twarzą, a ja podziękowałam. Wbrew logice źle wyrażał się o gazecie, zaczęłam się więc zastanawiać, po co mi ją daje.

– Jest zbyt schematyczna – stwierdził i dodał ze śmiechem: – Jak Galiani i jak Armando. Potem znowu spoważniał, przyjął ton, który brzmiał jak u starca. Powiedział, że wiele zawdzięcza naszej nauczycielce, że bez niej czas spędzony w liceum byłby czasem straconym, ale że trzeba mieć się na baczności, trzymać ją na dystans. – Jej największą wadą – podkreślił – jest to, że nie znosi, kiedy ktoś może myśleć inaczej niż ona. Weź od niej wszystko, co może ci zaoferować, ale potem idź swoją drogą.

Znowu wrócił do gazety, powiedział, że pisze do niej też Galiani, i nagle, bez żadnego związku, wspomniał o Lili:

– Jej też możesz dać do przeczytania.

Nie wyjawiłam, że Lila już niczego nie czyta, że teraz jest panią Carracci, że z dzieciństwa zachowała jedynie złośliwość. Zmieniłam temat, spytałam o Nadię. Odparł, że wybiera się z rodziną w długą podróż samochodem, aż do Norwegii, a potem resztę wakacji spędzi w Anacapri, gdzie stoi rodzinny dom jej ojca.

– Odwiedzisz ją tam?

– Raz albo dwa, muszę się uczyć.

– Twoja matka dobrze się czuje?

– Wspaniale. W tym roku wraca do Barano, pogodziła się z właścicielką domu.

– Spędzisz lato z rodziną?

– Ja? Z moim ojcem? Nigdy w życiu. Będę na Ischii, ale osobno.

– Gdzie będziesz spał?

– Mam przyjaciela w Forio, rodzice na całe lato zostawiają mu dom i tam będziemy się uczyć. A ty?

– Do września pracuję na Mezzocannone.

– Nawet w święto Wniebowzięcia?

– Nie, w święto nie.

Uśmiechnął się:

– Przyjedź więc do Forio, dom jest duży: może na dwa albo trzy dni przyjedzie też Nadia.

Ja też się uśmiechnęłam, byłam szczęśliwa. Do Forio? Na Ischię? Do domu, gdzie nie będzie dorosłych?

Czyżby pamiętał plażę Maronti? Czyżby pamiętał, że tam się pocałowaliśmy? Powiedziałam, że muszę już iść.

– Jeszcze wrócę – obiecał. – Chcę się dowiedzieć, co myślisz o gazecie. – I cichym głosem, z rękoma wciśniętymi w kieszenie dodał: – Lubię z tobą rozmawiać.

Faktycznie, dużo mówił. Byłam dumna i wzruszona, że czuł się dobrze w moim towarzystwie. Wymamrotałam: „Ja też", choć niewiele powiedziałam, i już miałam wchodzić do bramy, kiedy wydarzyło się coś, co nas oboje wprawiło w zakłopotanie. Niedzielny podwórkowy spokój przeciął krzyk i zobaczyłam w oknie Melinę, jak wymachuje rękoma, aby przyciągnąć naszą uwagę. Kiedy również Nino obrócił się z konsternacją, ona zaczęła krzyczeć jeszcze głośniej, z mieszaniną radości i strachu. Wołała: Donato.

– Kto to? – zapytał Nino.

– Melina – odpowiedziałam. – Pamiętasz ją?

Wyglądał na skrępowanego.

– Jest na mnie zła?

– Nie wiem.

– Mówi Donato.

– Tak.

Jeszcze raz popatrzył w stronę okna, z którego wychylała się wdowa, nie przestając wykrzykiwać tego imienia.

– Czy wyglądam jak mój ojciec?

– Nie.

– Na pewno?

– Tak.

Odparł nerwowo:

– Idę.

– Tak będzie lepiej.

Odszedł szybkim krokiem, pochylony, a Melina wzywała go coraz głośniej, coraz bardziej roztrzęsiona: Donato, Donato, Donato.

Ja też uciekłam, kiedy wróciłam do domu, serce chciało wyskoczyć mi z piersi, a w głowie kłębiło się setki myśli. W Ninie nie było absolutnie niczego, co upodabniałoby go do Sarratorego: ani postawa, ani twarz, ani ruchy, ani głos czy spojrzenie. Był nietypowym owocem, przesłodkim. Był pociągający z tymi długimi i zmierzwionymi włosami, całkiem różny od jakiejkolwiek innej męskiej postaci: w całym Neapolu nie było drugiego takiego. I szanował mnie, chociaż ja musiałam jeszcze skończyć trzecią klasę liceum, a on chodził już na uniwersytet. W niedzielę zawędrował aż tu, do naszej dzielnicy. Niepokoił się o mnie, przyszedł, żeby mnie ostrzec. Chciał mi powiedzieć, że Galiani jest piękna i dobra, ale ma też wady, i przy okazji przyniósł mi gazetę w przekonaniu, że jestem w stanie ją przeczytać i porozmawiać o niej, i zaprosił nawet na Ischię, do Forio, na święto Wniebowzięcia. Choć wiedział, że mój wyjazd jest niewykonalny, że moi rodzice nie są jak rodzice Nadii, nigdy mnie nie puszczą; mimo to zaprosił, a w słowach, które wypowiedział, usłyszałam inne – niewypowiedziane: *chcę cię zobaczyć, jak bardzo chciałbym wrócić do naszych rozmów w Porto, na plaży Maronti*. Tak, tak, piszczałam w myślach, ja też tego chcę, dojadę do ciebie, na Wniebowzięcie ucieknę z domu, niech się dzieje, co chce.

Ukryłam gazetę między książkami. Ale wieczorem, już w łóżku, spojrzałam na spis treści i aż podskoczyłam. W środku był artykuł Nina. Jego artykuł w tym poważnym czasopiśmie, które niemalże przypominało książkę. Nie uczniowska gazetka, szara i byle jaka, w jakiej dwa lata temu zaproponował mi wydrukowanie mojego tekstu wymierzonego w księdza, lecz znaczące stronice stworzone przez osoby dorosłe dla osób dorosłych. I on tam był, Antonio Sarratore, z imienia i nazwiska. I ja go znałam. I był starszy ode mnie zaledwie o dwa lata.

Przeczytałam, niewiele zrozumiałam, przeczytałam jeszcze raz. Artykuł mówił o Programowaniu przez duże P, o Planie przez duże P i był napisany trudnym językiem. Ale to był wytwór jego inteligencji, kawałek jego samego, który nie chwaląc się, po cichu podarował mnie.

Mnie.

Łzy napłynęły mi do oczu, dopiero późną nocą odłożyłam gazetę. Powiedzieć o niej Lili? Pożyczyć jej? Nie, teraz należała do mnie. A z Lilą nie chciałam utrzymywać już żadnych bliskich kontaktów, tylko cześć i ogólnikowe zdania. Ona nie umiała mnie docenić. Inni natomiast tak: Armando, Nadia, Nino. To oni byli moimi prawdziwymi przyjaciółmi, to im mogłam zaufać. Od razu dostrzegli we mnie to, czego ona nie chciała zobaczyć. Bo ma wzrok typowy dla mieszkańców dzielnicy. Potrafi patrzeć tylko jak Melina, która zamknęła się w swoim szaleństwie i w Ninie widzi Donata, myli go ze swoim dawnym kochankiem.

38.

Początkowo nie chciałam iść na ślub Pinuccii i Rina, ale Pinuccia osobiście przyniosła mi zaproszenie, a ponieważ potraktowała mnie z wyjątkową serdecznością, co więcej, w wielu sprawach poprosiła o radę, nie umiałam jej odmówić, pomimo iż zaproszenie nie obejmowało moich rodziców i braci. To nie moja wina, usprawiedliwiała się, ale Stefana. Jej brat nie tylko nie chciał przekazać jej części rodzinnych pieniędzy, by mogła kupić sobie mieszkanie (powiedział, że tyle zainwestował w buty i w nowy sklep z wędlinami, że został bez grosza przy duszy), ale ponieważ to on płacił za suknię, za serwis fotograficzny, a przede wszystkim za przyjęcie, osobiście wykreślił z listy gości połowę dzielnicy. Okropne zachowanie, Rino był bardziej zażenowany niż ona. Jej narzeczony też chciałby taki okazały ślub, jaki miała siostra, i nowe mieszkanie z widokiem na kolej. Ale choć był właścicielem fabryki obuwia, własnymi siłami nie mógł sobie na to pozwolić, między innymi dlatego, że pieniądze się go nie trzymały, dopiero co kupił sobie fiata 1100 i nie miał żadnych oszczędności. Dlatego, pomimo silnych oporów, wspólnie postanowili zamieszkać w starym domu don Achillego i wyrzucić Marię z sypialni. Zamierzali odłożyć ile się da i wkrótce kupić mieszkanie jeszcze piękniejsze od tego, które mają Stefano i Lila. Mój brat to dupek, z żalem powiedziała Pinuccia na zakończenie: gdy chodzi o żonę, szasta pieniędzmi, ale dla swojej siostry ich nie ma.

Powstrzymałam się od komentarza. Poszłam na ślub w towarzystwie Marisy i Alfonsa, który zdawał się tylko czekać na takie uroczyste okazje, by móc stać się kimś innym, już nie moim kolegą ze szkolnej ławki, lecz młodzieńcem o wdzięcznym wyglądzie i zachowaniu, czarnych włosach, ciemnej brodzie, która wspinała się po policzkach, tęsknym spojrzeniu, ubranym w garnitur, który nie wisiał na nim, jak to zdarzało się innym mężczyznom, lecz zgrabnie opinał jego smukłe i zarazem wysportowane ciało.

W nadziei że Nino będzie zmuszony iść z siostrą, nauczyłam się na pamięć jego artykułu i reszty „Cronache meridionali". Ale funkcję kawalera Marisy pełnił już Alfonso, to on po nią przychodził, on odprowadzał, a Nino nawet się nie pokazał. Cały czas pilnowałam się tej dwójki, wolałam uniknąć samotnego spotkania twarzą w twarz z Lilą.

W kościele zobaczyłam, że siedzi w pierwszym rzędzie, między Stefanem a Marią, i była najpiękniejsza ze wszystkich, nie dało się jej przeoczyć. Później, podczas obiadu weselnego, który został podany w tej samej restauracji przy via Orazio, gdzie niewiele ponad rok wcześniej odbyło się jej przyjęcie, natknęłyśmy się na siebie tylko raz i ostrożnie wymieniłyśmy formułki grzecznościowe. Potem ja skończyłam przy bocznym stole z Alfonsem, Marisą i jakimś trzynastoletnim jasnowłosym chłopcem, ona wraz ze Stefanem zasiadła przy stole państwa młodych, razem z innymi ważnymi gośćmi. Jak wiele w tak krótkim czasie się zmieniło.

Nie było Antonia, nie było Enza, my dwie w stanie wojny. Sprzedawczynie z wędliniarni, Carmen i Ada, zostały zaproszone, ale Pasquale nie, a może to on postanowił nie przyjść, aby nie przebywać w towarzystwie tych, których podczas rozmowy w pizzerii, pół żartem, pół serio, planował zabić własnymi rękoma. Brakowało także jego matki, Giuseppiny Peluso, brakowało Meliny i jej dzieci. Natomiast rodziny Carraccich, Cerullo i Solara, powiązane różnymi interesami, zasiadały przy wspólnym stole państwa młodych wraz z krewnymi z Florencji, czyli handlarzem artykułami metalowymi i jego żoną. Widziałam, jak Lila rozmawia z Michelem, śmiejąc się przy tym z przesadą. Co jakiś czas spoglądała w moją stronę, ja od razu odwracałam wzrok z rozdrażnieniem i cierpieniem. Była bardzo rozbawiona, za bardzo. Przyszła mi na myśl moja matka. Tak jak ona była ucieleśnieniem kobiety zamężnej, o swobodnym zachowaniu i języku. Skupiała na sobie całą uwagę Michelego, który przecież miał u boku narzeczoną, Gigliolę, bladą i wściekłą za to, jak ją zaniedbywał. Tylko Marcello od czasu do czasu zagadywał przyszłą szwagierkę, żeby ją uspokoić. Oj, Lila, Lila: chciała przesadzać i tą przesadą wszystkich nas wpędzić w cierpienie. Zauważyłam, że nawet Nunzia i Fernando rzucali w stronę córki zatroskane spojrzenia.

Dzień minął gładko, z wyjątkiem dwóch epizodów pozornie bez dalszych konsekwencji. Przyjrzyjmy się pierwszemu z nich. Pośród zaproszonych gości był również Gino, syn aptekarza, ponieważ niedawno zaczął chodzić z kuzynką Carraccich drugiego stopnia,

chudą dziewczynką o kasztanowych ulizanych włosach i sinych obwódkach wokół oczu. Z wiekiem stawał się coraz bardziej wstrętny, nie mogłam sobie wy-
baczyć, że w dzieciństwie był moim chłopakiem. Już
wtedy był perfidny, i perfidny pozostał, a na dodatek
teraz znajdował się w chwili, która sprawiała, że był
jeszcze bardziej zdradliwy, bo znowu nie przeszedł do
następnej klasy. Mnie już od dawna nie mówił cześć,
ale nie przestał rozmawiać z Alfonsem, wobec którego raz zachowywał się po przyjacielsku, innym razem
obrzucał go szyderstwami o charakterze seksualnym.
Przy tej okazji, być może z zazdrości (Alfonso przeszedł do następnej klasy ze średnią cztery zero, a ponadto był w towarzystwie Marisy, ładnej dziewczyny
o żywym spojrzeniu), postąpił w sposób wyjątkowo
wredny. Przy naszym stole siedział jasnowłosy chłopiec, o którym już wspomniałam, śliczny i nieśmiały. Był synem krewnego Nunzii, który wyemigrował
do Niemiec i ożenił się z Niemką. Ja byłam cały czas
podenerwowana i nie zwracałam na niego uwagi, ale
Alfonso i Marisa dbali o to, aby nie czuł się skrępo-
wany. Zwłaszcza Alfonso wdał się z nim w pogaduszki, troszczył się, jeśli kelnerzy go zaniedbywali, i zaprowadził go nawet na taras, aby mu pokazać morze.
I właśnie kiedy ta dwójka wracała do stołu, żartując
między sobą, Gino wstał od swojej dziewczyny, która z chichotem usiłowała go powstrzymać, i dosiadł
się do nas. Cicho zwrócił się do chłopca, skinieniem
wskazując na Alfonsa:

— Uważaj na tego tam, to pedał: teraz zaprowadził
cię na taras, a następnym razem zaprowadzi do kibla.

Alfonso zrobił się pąsowy, ale nie zareagował, odebrało mu mowę, uśmiechnął się tylko bezbronnie. Ale Marisę szlag trafił:

– Jak śmiesz!

– Śmiem, bo wiem.

– Posłuchajmy, co takiego wiesz.

– Jesteś pewna, że tego chcesz?

– Tak.

– W takim razie powiem.

– Mów.

– Brat mojej dziewczyny został raz zaproszony do domu Carraccich i musiał spać w jednym łóżku z tym tutaj.

– I co z tego?

– On go dotykał.

– Który on?

– On.

– Gdzie twoja dziewczyna?

– Siedzi tam.

– Powiedz tej jędzy, że ja mogę udowodnić, że Alfonso lubi kobiety, ale nie wiem, czy ona może to samo powiedzieć o tobie.

W tej samej chwili odwróciła się do swojego chłopaka i pocałowała go w usta: był to pocałunek publiczny, tak namiętny, że ja nie miałabym odwagi zrobić czegoś takiego na oczach wszystkich.

Lila, która ciągle spoglądała w moją stronę, jakby chciała mnie kontrolować, pierwsza go zauważyła i zaklaskała w dłonie spontanicznie i z entuzjazmem. Michele roześmiał się i też zaczął bić brawo, a Stefano, przy wtórze handlarza, grubiańsko pogratulował bratu. Padały wszelakiego rodzaju żarty, ale Marisa udawała, że ich nie słyszy. Ściskając z przesadną siłą rękę Alfonsa – aż pobielały jej knykcie – wysyczała do Gina, który przyglądał się pocałunkowi z głupią miną:

– Teraz spadaj, bo dam ci po twarzy.

Syn aptekarza wstał bez słowa i wrócił do swojego stołu, gdzie dziewczyna ze złością coś szeptała mu na ucho.

Marisa rzuciła obojgu ostatnie pogardliwe spojrzenie.

Od tej chwili zmieniłam o niej zdanie. Podziwiałam ją za odwagę, za upartą miłość, za powagę, z jaką traktowała związek z Alfonsem. Pomyślałam ze smutkiem, że to kolejna osoba, którą zaniedbałam, i źle zrobiłam. Jak bardzo mnie zaślepiało uzależnienie od Lili. Jak pusty był jej podziw sprzed chwili, tak zbieżny z wulgarnym rozbawieniem Michelego, Stefana i handlarza.

Bohaterką drugiego wydarzenia była właśnie Lila. Przyjęcie zbliżało się już ku końcowi. Wstałam, aby iść do łazienki, i właśnie przechodziłam przed stołem panny młodej, kiedy usłyszałam, jak żona handlarza głośno się śmieje. Odwróciłam się. Pinuccia próbowała się osłonić, podczas gdy kobieta na siłę podnosiła jej suknię, odkrywała grube, potężne nogi i mówiła do Stefana:

– Popatrz, jakie twoja siostra ma uda, popatrz, jaki tyłek i brzuch. Dzisiaj chłopom podobają się kobiety, które wyglądają jak szczotka do kibla, ale Bóg stworzył właśnie takie jak nasza Pinuccia, żeby dawały wam dzieci.

Lila, która właśnie podnosiła kieliszek do ust, nie zastanawiając się ani chwili, chlusnęła jej winem w twarz i na sukienkę z szantungu. Pomyślałam z niepokojem: jak zwykle uważa, że może sobie na wszystko pozwolić. I teraz rozpęta się piekło. Uciekłam do ubikacji, zamknęłam się od środka i siedziałam tak długo, ile się dało. Nie chciałam oglądać wybuchu Lili, nie chciałam jej słyszeć. Wolałam pozostać poza tym wszystkim, bałam się, że wciągnie mnie w swoje cierpienie, bałam się, że z powodu wieloletniego przyzwyczajenia poczuję się w obowiązku, by stanąć po jej stronie. Kiedy w końcu wyszłam, panował spokój. Stefano rozmawiał z handlarzem artykułami metalowymi i jego żoną, która siedziała naburmuszona w poplamionej sukience. Orkiestra grała, pary tańczyły. Tylko Lili nie było. Zobaczyłam ją za oknami, na tarasie. Patrzyła w morze.

39.

Kusiło mnie, żeby do niej iść, ale natychmiast zmieniłam zdanie. Musiała być bardzo zdenerwowana i z pewnością źle by mnie potraktowała, co tylko pogorszyłoby nasze stosunki. Postanowiłam wrócić do stołu, kiedy nagle pojawił się przy mnie Fernando, jej ojciec, i spytał nieśmiało, czy mam ochotę zatańczyć.

Nie potrafiłam odmówić, w milczeniu tańczyliśmy walca. Pewnie prowadził mnie po sali, pośród wstawionych par, zbyt mocno ściskając w swojej spoconej ręce moją. Żona prawdopodobnie powierzyła mu zadanie, aby przekazał mi coś ważnego, ale on nie mógł się zebrać na odwagę. Dopiero pod koniec walca wymamrotał, stosując ku mojemu zaskoczeniu grzecznościową formę liczby mnogiej:

– Jeśli nie będzie to dla was kłopot, porozmawiajcie z Liną, jej matka się martwi. – Potem dodał szorstko: – Gdy będziecie potrzebować butów, nie krępujcie się, przyjdźcie do mnie – i z pośpiechem wrócił do swojego stołu.

Wzmianka o swego rodzaju wynagrodzeniu za moje ewentualne poświęcenie czasu Lili rozgniewała mnie. Poprosiłam Alfonsa i Marisę, żebyśmy już poszli, na co z chęcią przystali. Dopóki nie opuściliśmy restauracji, czułam na plecach wzrok Nunzii.

W kolejnych dniach zaczęłam podupadać na duchu. Myślałam, że dzięki pracy w księgarni będę miała do dyspozycji mnóstwo książek i starczy mi czasu na czytanie, ale źle trafiłam. Właściciel traktował mnie jak niewolnicę, nie tolerował ani chwili bezczynności: zmuszał mnie do rozładowywania pudeł, do ustawiania ich jedno na drugim, do rozpakowywania, układania nowych książek, przekładania starych, odkurzania i nieustannie wysyłał mnie po krętych schodach to na dół, to na górę tylko po to, żeby móc zaglądać mi pod spódnicę. Na dodatek Armando, po swojej pierwszej wizycie, kiedy wydawał się bardzo przyjacielski, już się więcej nie pokazał. Nie pokazał się też Nino, ani w towarzystwie Nadii, ani sam. Aż tak krótko trwało ich zainteresowanie? Zaczęły mi doskwierać nuda i samotność. Upał, wysiłek fizyczny, zniesmaczenie spojrzeniami i grubiańskimi komentarzami księgarza zaczęły mnie męczyć. Godziny biegły powoli. Co ja robiłam w tej ciemnej grocie, podczas gdy po chodniku spacerowali chłopcy i dziewczęta udający się do tajemniczego budynku uniwersytetu, gdzie ja z pewnością nigdy nie wejdę? Gdzie był Nino? Czy wyjechał już na Ischię, żeby się uczyć? Zostawił mi gazetę, swój artykuł, a ja wyuczyłam się go jak lekcji, ale czy kiedykolwiek wróci, żeby mnie odpytać? Gdzie popełniłam błąd? Może byłam zbyt nieprzystępna? Może spodziewał się, że będę go szukać, i dlatego sam mnie nie szukał? Czy powinnam porozmawiać z Alfonsem, skontaktować się z Marisą, spytać o jej brata? Ale po co? Nino miał dziewczynę, Nadię: jaki sens miało wypytywanie jego siostry o to, gdzie jest, co robi. Tylko bym się ośmieszyła.

Dzień po dniu malało moje samozadowolenie, które w tak nieoczekiwany sposób eksplodowało po przyjęciu u profesor Galiani. Byłam przybita. Wstawałam wcześnie, biegłam na via Mezzocannone, tyrałam cały dzień, wracałam do domu zmęczona, a w głowie kłębiły się tysiące słów ze szkoły, których nie miałam jak spożytkować. Ogarniał mnie smutek nie tylko, gdy myślałam o rozmowach z Ninem, ale nawet na wspomnienie minionych wakacji w Sea Garden z córkami właścicielki papierniczego, z Antoniem. Jak głupio zakończył się nasz związek, on był jedyną osobą, która naprawdę mnie pokochała, nikogo takiego więcej nie będzie. W nocy, w łóżku, przywoływałam w pamięci zapach jego skóry, spotkania nad stawami, nasze pocałunki i pieszczoty w starej fabryce przetworów pomidorowych.

Któregoś wieczoru, kiedy właśnie wpadałam w melancholię, przyszli do mnie po kolacji Carmen, Ada i Pasquale z zabandażowaną ręką, bo miał wypadek w pracy. Poszliśmy na lody – zjedliśmy je w parku. Carmen prosto z mostu i z pewną agresją w głosie zapytała, dlaczego nie pokazuję się już w wędliniarni. Odpowiedziałam, że pracuję na via Mezzocannone i nie mam czasu. Ada zimno dorzuciła, że jeśli komuś na kimś zależy, czas się znajdzie, ale ja już taka jestem. Spytałam:

– Jaka jestem?

Odpowiedziała:

– Bez uczuć, wystarczy popatrzeć, jak potraktowałaś mojego brata.

Przypomniałam jej ostro, że to jej brat mnie zostawił, a ona odparła:

– Jasne, kto w to uwierzy: jedni zostawiają, a inni robią tak, żeby ich zostawiono.

Carmen zgodziła się z Adą:

– Nawet przyjaźnie kończą się niby z winy jednego, ale jeśli się dobrze przyjrzeć, wina jest tego drugiego.

Wtedy zdenerwowałam się i odpowiedziałam dobitnie:

– Słuchajcie, to nie moja wina, że ja i Lina oddaliłyśmy się od siebie.

W tym miejscu wtrącił się Pasquale i stwierdził:

– Lenù, nieważne, czyja jest wina, ważne, że my powinniśmy być przy Linie.

I wyciągnął historię ze swoimi chorymi zębami, jak wtedy mu pomogła, przypomniał o pieniądzach, które po kryjomu przekazywała Carmen, i że wysyłała je nawet Antoniowi, który – tego nie wiedziałam i nie chciałam wiedzieć – ciężko znosił wojsko. Spytałam ostrożnie, co dzieje się z moim byłym chłopakiem, a oni z mniejszą lub większą agresją odpowiedzieli, że przeżył załamanie nerwowe, że było z nim źle, ale że jest twardy, nie poddaje się, da sobie radę. *Lina natomiast...*

– Co z Liną?
– Chcą zaprowadzić ją do lekarza.
– Kto chce ją zaprowadzić?
– Stefano, Pinuccia, rodzina.
– Po co?
– Aby się dowiedzieć, dlaczego tylko raz zaszła w ciążę.
– Co ona na to?
– Wścieka się, nie chce iść.
Wzruszyłam ramionami.
– Co mogę zrobić?
Odpowiedziała Carmen:
– Ty z nią idź.

40.

Porozmawiałam z Lilą. Zaczęła się śmiać, odparła, że pójdzie do lekarza, tylko jeśli ja przysięgnę, że nie jestem na nią zła.
– Dobrze.
– Przysięgnij.
– Przysięgam.

– Przysięgnij na braci, przysięgnij na Elisę.

Powiedziałam, że wizyta u lekarza to nic takiego, ale jeśli nie chce iść, mnie to nie obchodzi, niech robi, jak uważa. Spoważniała.

– Czyli nie przysięgniesz.

– Nie.

Zamilkła na chwilę, potem przyznała ze spuszczonym wzrokiem:

– W porządku, źle zrobiłam.

Skrzywiłam się zakłopotana.

– Idź do lekarza, a potem mi opowiesz, jak było.

– Ty nie pójdziesz?

– Jeśli urwę się z pracy, księgarz mnie zwolni.

– Ja cię zatrudnię – odparła ironicznie.

– Idź, Lila, do lekarza.

Poszła do lekarza w towarzystwie Marii, Nunzii i Pinucci. Wszystkie trzy chciały być obecne podczas badania. Lila zachowywała się posłusznie, wypełniała polecenia: nigdy nie miała tego rodzaju badania, przez cały czas trzymała usta zaciśnięte i oczy szeroko otwarte. Kiedy lekarz, bardzo stary człowiek, polecony przez akuszerkę z dzielnicy, w mądrych słowach orzekł, że wszystko jest w porządku, matka i teściowa ucieszyły się, Pinuccia natomiast spochmurniała i zapytała:

– Dlaczego więc dzieci nie pojawiają się u niej, a jeśli już się pojawią, to nie mogą się urodzić?

Lekarz wyczuł złą wolę i zmarszczył brwi.

– Pani jest jeszcze młoda – odrzekł. – Musi trochę się wzmocnić.

Wzmocnić. Nie wiem, czy lekarz użył właśnie tego czasownika, ale pojawił się on w relacji z wizyty i wywarł na mnie duże wrażenie. Oznaczało to, że Lila, pomimo siły, jaką okazywała przy każdej okazji, była słaba. Oznaczało, że dzieci nie pojawiały się albo nie zostawały w brzuchu nie dlatego, że ona posiada jakąś tajemniczą moc, która je unicestwia, ale właśnie wręcz przeciwnie, nie jest wystarczająco kobieca. Moje rozżalenie zelżało. Kiedy opowiadała mi na podwórku o mękach podczas lekarskiego badania, używając wulgarnych słów skierowanych zarówno do lekarza, jak i do trzech towarzyszek, nie okazałam zniesmaczenia, co więcej, byłam zainteresowana: żaden lekarz jeszcze mnie nie badał, nawet akuszerka. Na koniec powiedziała z sarkazmem:

— Rozrywał mnie jakimś żelastwem, dałam mu mnóstwo pieniędzy i po co? Żeby się dowiedzieć, że muszę się wzmocnić.

— W jaki sposób?

— Mam kąpać się w morzu.

— Nie rozumiem.

— Lenù, chodzi o plażę, słońce, słoną wodę. Zdaje się, że jeśli któraś jedzie nad morze, wzmacnia się i wtedy pojawiają się dzieci.

Pożegnałyśmy się w dobrych nastrojach. Spotkałyśmy się i nawet było miło.

Następnego dnia znowu się pojawiła, serdeczna wobec mnie, zdenerwowana na męża. Stefano chciał wynająć dom w Torre Annunziata i posłać ją tam na cały lipiec i sierpień razem z Nunzią i Pinuccią, która też chciała się wzmocnić, chociaż wcale nie było takiej potrzeby. Zaczęli się już nawet zastanawiać, jak rozwiązać kwestię sklepów. Alfonso zajmie się sklepem na piazza dei Martiri razem z Gigliolą, do czasu kiedy nie zacznie się szkoła, a Maria zastąpi Lilę w nowej wędliniarni. Powiedziała przybita:

– Zabiję się, jeśli będę musiała spędzić dwa miesiące z moją matką i Pinuccią.

– Ale będziesz się kąpać, opalać.

– Nie lubię się kąpać i nie lubię się opalać.

– Gdybym mogła się wzmocnić za ciebie, pojechałabym tam nawet jutro.

Spojrzała na mnie z ciekawością, potem powiedziała powoli:

– To jedź ze mną.

– Muszę pracować w księgarni na Mezzocannone.

Rozpaliła się, powtórzyła, że ona mnie zatrudni, ale tym razem mówiła już bez ironii.

– Zwolnij się – nalegała – a ja dam ci tyle, ile daje ci księgarz.

Nie odpuszczała, powiedziała, że jeśli się zgodzę, wszystko będzie łatwiejsze do zaakceptowania, nawet Pinuccia z tym swoim wystającym brzuchem, który już było widać. Odmówiłam uprzejmie. Wyobraziłam sobie, co będzie się działo przez te dwa miesiące w rozpalonym domu w Torre Annunziata: kłótnie z Nunzią, płacze; kłótnie ze Stefanem, kiedy przyjedzie w sobotę wieczór; kłótnie z Rinem, kiedy pojawi się razem ze szwagrem, aby pobyć z Pinuccią; przede wszystkim nieustanne kłótnie z Pinuccią, ciche albo głośne, składające się z perfidnych przytyków i potwornych wyzwisk.

– Nie mogę – powiedziałam w końcu stanowczo.

– Moja matka mi nie pozwoli.

Odeszła poirytowana, nasza idylla była chwiejna. Następnego ranka, ku mojemu zdziwieniu, pojawił się w księgarni Nino, blady, zmizerniały. Zdawał jeden egzamin za drugim, w sumie cztery. Ja, która marzyłam o jasnych przestrzeniach za murami uniwersytetu, gdzie przygotowani studenci i mądrzy starcy cały dzień dyskutują o Platonie i o Keplerze, słuchałam go w zachwycie, powtarzając tylko: „Ale jesteś dobry". I jak tylko nadarzyła się sposobność, pochwaliłam w licznych i nieco pustych słowach jego artykuł w „Cronache meridionali". Wysłuchał mnie z powagą, nie przerywając, aż w końcu nie wiedziałam, co mogłabym jeszcze dodać, aby pokazać, że dogłębnie przestudiowałam jego tekst. Wreszcie przyjął zadowoloną minę, zawołał, że nawet Galiani, nawet Armando, nawet Nadia nie przeczytali go z taką uwagą. I zaczął mówić o innych tekstach na ten sam temat, które miał już w planach, liczył, że mu je opublikują. Słuchałam, stojąc w progu księgarni, nie zważając na właściciela, który mnie wzywał. Po głośniejszym od poprzednich krzyknięciu Nino burknął, czego ta szuja chce, postał jeszcze przez chwilę z lekceważącą miną, powiedział, że nazajutrz wyjeżdża na Ischię, i podał mi rękę. Uścisnęłam ją – była delikatna, miła w dotyku – a on natychmiast lekko mnie do siebie przyciągnął, pochylił się, dotknął moich ust swoimi wargami. Trwało to chwilkę, potem pożegnał się lekkim ruchem, musnął palcami moją rękę i odszedł w stronę Rettifilo. Patrzyłam, jak się oddala, ani razu się nie odwróciwszy, krokiem nieuważnego kondotiera, który nie boi się niczego na świecie, bo świat istnieje tylko po to, żeby mu się podporządkować.

Tej nocy nie zmrużyłam oka. Wstałam wcześnie rano, pobiegłam do nowego sklepu z wędlinami. Lila właśnie podciągała rolety, Carmen jeszcze nie przyszła. Nie powiedziałam o Ninie, wybełkotałam tylko głosem kogoś, kto prosi o niemożliwe i o tym wie:

– Jeśli zamiast do Torre Annunziata pojedziesz na Ischię, zwolnię się i pojadę z tobą.

41.

Stefano i Lila, Rino i Pinuccia, Nunzia i ja przypłynęliśmy na wyspę w drugą niedzielę lipca. Panowie dźwigali bagaże, zaniepokojeni jak starożytni bohaterowie, którzy stanęli na nieznanej ziemi, skrępowani, bo pozbawieni zbroi swoich aut, nieszczęśliwi ze względu na wczesną pobudkę i nieuniknione wyrzeczenie się dzielnicowej gnuśności w dzień świąteczny. Odświętnie ubrane żony z różnych przyczyn były na nich złe: Pinuccia dlatego, że Rino wziął na siebie zbyt wiele ciężaru, nie pozostawiając dla niej niczego, Lila dlatego, że Stefano udawał, iż wie, co robić i gdzie iść, ale widać było, że nic nie wie. Jeśli chodzi o Nunzię, miała minę jak ktoś, kto wie, że jest ledwo tolerowany, i uważa, żeby nie powiedzieć czegoś niestosownego, co mogłoby zirytować młodzież. Jedyną naprawdę zadowoloną osobą byłam ja, z plecakiem na ramieniu, z niewielką ilością rzeczy osobistych, podekscytowana zapachami Ischii, dźwiękami, barwami, które jak tylko postawiłam nogę na wyspie, okazały się w pełni zgodne ze wspomnieniami z wakacji sprzed kilku lat.

Razem z bagażami, cali spoceni, wcisnęliśmy się w dwie motoriksze. Dom, pospiesznie wynajęty dzięki pomocy urodzonego na Ischii dostawcy wędlin, stał przy drodze prowadzącej do miejsca zwanego Cuotto. Był to skromny budynek i należał do kuzynki dostawcy, kobiety potwornie chudej, ponadsześćdziesięcioletniej, niezamężnej, która przyjęła nas raczej szorstko. Stefano i Rino zawlekli bagaże po ciasnych schodach, żartując, ale i klnąc ze zmęczenia. Gospodyni zaprowadziła nas do ciemnych pokoi, pełnych świętych obrazków i zapalonych świeczek. Ale kiedy otworzyliśmy okna, za drogą, za winnicami, za palmami i sosnami zobaczyliśmy długi pas morza. Prawdę mówiąc, na morze wychodziły tylko sypialnie, które po krótkim starciu w rodzaju: *twoja jest większa, nie, bo twoja jest większa*, zajęły Lila i Pinuccia. Pokój, który przypadł Nunzii, posiadał jedynie świetlik umieszczony u góry – nigdy się nie dowiedzieliśmy, co się ponad nim znajdowało – zaś mój, ostatni i najmniejszy, w którym ledwo mieściło się łóżko, wychodził na kurnik usytuowany na tyłach trzcinowego zagajnika.

W domu nie było nic do jedzenia. Zgodnie ze wskazówkami gospodyni dotarliśmy do ciemnej i pozbawionej innych klientów gospody. Rozgościliśmy się niepewnie tylko po to, żeby wypełnić czymś żołądki, ale koniec końców nawet Nunzia, która żywiła nieufność wobec każdej kuchni z wyjątkiem swojej własnej, stwierdziła, że jedzenie jest dobre, i chciała wziąć coś na wynos, na wieczór, na kolację. Stefano nawet nie

drgnął, żeby poprosić o rachunek, i po chwili nieme-
go zwlekania Rino poddał się i zapłacił za wszystkich.
Wtedy my, dziewczęta, zaproponowałyśmy spacer na
plażę, ale panowie zaczęli się wykręcać, ziewać, stwier-
dzili, że są zmęczeni. Nalegałyśmy, zwłaszcza Lila.

– Zbyt dużo zjadłyśmy – powiedziała. – Spacer
dobrze nam zrobi, plaża jest niedaleko, mamo, masz
ochotę?

Nunzia jednak stanęła po stronie mężczyzn
i wszyscy wróciliśmy do domu.

Znudzeni krążeniem po pokojach Stefano i Rino
prawie jednogłośnie orzekli, że chcą się zdrzemnąć.
Zaśmiali się, poszeptali coś sobie na ucho, znowu się
zaśmiali, a potem skinęli na żony, które niechętnie poszły za nimi do sypialni. Nunzia i ja zostałyśmy same
na dwie godziny. Sprawdziłyśmy stan kuchni, która
okazała się brudna, co skłoniło Nunzię do skrupulatnego wymycia wszystkiego: talerzy, szklanek, sztućców, garnków. Musiałam się nieźle natrudzić, żeby
wyraziła zgodę na moją pomoc. Kazała mi zapamiętać
listę rzeczy, o które pilnie trzeba poprosić właścicielkę,
a kiedy sama straciła już rachubę tego, czego brakowało, zdziwiła się, że ja pamiętam wszystko. Powiedziała:

– To dlatego tak dobrze ci idzie w szkole.

Wreszcie obie pary wyłoniły się z sypialni, najpierw Stefano i Lila, potem Rino i Pinuccia. Zaproponowałam, abyśmy poszli obejrzeć plażę, ale to
kawa, to żarty, to ploteczki, to Nunzia, która zabrała
się za gotowanie, i Pinuccia, która przylgnęła do Rina,
i albo dawała mu posłuchać brzucha, albo mruczała:
„zostań, pojedziesz jutro rano", sprawiły, że czas uciekł

i w rezultacie nigdzie nie wyszliśmy. Na koniec panów ogarnął pośpiech, bali się, że odpłynie im statek, i klnąc, że nie wzięli samochodów, pobiegli szukać kogoś, kto by ich zawiózł do portu. Zniknęli prawie bez pożegnania. Pinucci zakręciła się łza w oku.

My, dziewczęta, w milczeniu skupiłyśmy się na rozpakowywaniu bagaży, układaniu naszych rzeczy, a Nunzia uwzięła się na łazienkę i postanowiła, że doprowadzi ją do prządku. Dopiero kiedy upewniłyśmy się, że mężczyznom statek nie uciekł i już nie wrócą, odetchnęłyśmy i zaczęłyśmy żartować. Miałyśmy przed sobą długi tydzień bez żadnych obowiązków, chyba że wobec siebie nawzajem. Pinuccia powiedziała, że boi się spać sama w swoim pokoju – wisiał tam obraz Matki Bożej Bolesnej z licznymi mieczami wbitymi w serce, które pobłyskiwały w świetle lampki – i przeniosła się do pokoju Lili. Ja zamknęłam się w moim pokoiku i rozkoszowałam swoją tajemnicą: Nino jest w Forio, niedaleko, i może już następnego dnia spotkam go na plaży. Czułam się jak postrzelona wariatka, ale podobało mi się to. Jakaś część mnie zmęczyła się odgrywaniem osoby rozsądnej.

Było gorąco, otworzyłam okno. Wsłuchałam się w gdakanie kur, szum trzciny, ale zauważyłam komary. Szybko zamknęłam okno i przez co najmniej godzinę szukałam ich i rozgniatałam jedną z książek, które pożyczyła mi profesor Galiani, *Dziełami dramatycznymi* autorstwa niejakiego Samuela Becketta. Nie chciałam, żeby Nino zobaczył mnie na plaży z czerwonymi pęcherzami na twarzy i na całym ciele; nie chciałam, żeby przyłapał mnie z książką o teatrze, o miejscu, gdzie zresztą nigdy nie postawiłam nogi. Odłożyłam Becketta poplamionego czarnymi albo krwawymi ciałkami komarów i zabrałam się za czytanie bardzo złożonego tekstu o idei narodu. Zasnęłam nad nim.

42.

Rano Nunzia, czując potrzebę opiekowania się nami, udała się na poszukiwanie jakiegoś miejsca, gdzie mogła zrobić zakupy, a my poszłyśmy na plażę w Citarze, którą podczas minionych długich wakacji nazywaliśmy Cetarą.

Lila i Pinuccia, zdjąwszy sukienki plażowe, popisywały się pięknymi strojami kąpielowymi: rzecz jasna jednoczęściowymi, bo choć mężowie podczas narzeczeństwa łaskawym okiem spoglądali na stroje dwuczęściowe, teraz – zwłaszcza Stefano – byli im stanowczo przeciwni; niemniej kolory strojów były żywe, a wzór na dekolcie i na plecach elegancko podkreślał ciało. Ja pod starą błękitną sukienką z długimi rękawami miałam stary, wypłowiały i rozciągnięty już strój, który kilka lat wcześniej uszyła mi w Barano Nella Incardo. Niechętnie się rozebrałam.

Długo spacerowałyśmy w słońcu aż do dymiących źródeł, potem wróciłyśmy. Ja i Pinuccia często wchodziłyśmy do morza, Lila wcale, choć przyjechała tutaj właśnie w tym celu. Nino oczywiście się nie pojawił i poczułam się zawiedziona, bo byłam przekonana, że w jakiś cudowny sposób jednak dojdzie do spotkania. Kiedy dziewczyny postanowiły wrócić do domu, ja zostałam na plaży i brzegiem poszłam w stronę Forio. Wieczorem byłam tak spieczona, że czułam się, jakbym miała wysoką gorączkę. W następnych dniach musiałam zostać w domu, bo plecy pokryły się bąblami. Sprzątałam, gotowałam, czytałam, a moja aktywność wzruszała Nunzię, która nie przestawała mnie chwalić. Co wieczór pod pretekstem, że cały dzień siedziałam zamknięta, aby unikać słońca, zmuszałam Lilę i Pinę do długiej wyprawy do Forio. Krążyłyśmy po centrum, jadłyśmy lody. Tutaj to jest pięknie, żaliła się Pinuccia, bo u nas jest gorzej niż na stypie. Ale dla mnie w Forio też było jak na stypie: ani razu nie trafiłyśmy na Nina.

Pod koniec tygodnia zaproponowałam Lili, abyśmy wybrały się do Barano i na plażę Maronti. Lila zgodziła się z entuzjazmem, a Pinuccia nie chciała zostać sama, bo tylko nudziłaby się z Nunzią. Wyruszyłyśmy wcześnie rano. Pod sukienkami miałyśmy już kostiumy kąpielowe, w torbie niosłam nasze ręczniki, bułki, butelkę z wodą. Oficjalnie miałam zamiar wykorzystać tę wyprawę, by odwiedzić Nellę, kuzynkę pani Oliviero, która gościła mnie podczas poprzednich wakacji na Ischii. Skrycie jednak marzyłam, aby spotkać się z rodziną Sarratore i wydobyć od Marisy adres przyjaciela z Forio, u którego mieszka Nino. Bałam się oczywiście, że wpadnę na ojca, Donata, miałam jednak nadzieję, że będzie w pracy; z drugiej strony byłam gotowa wysłuchać jego sprośnych komentarzy, byleby tylko zobaczyć się z synem.

Drzwi otworzyła Nella, stanęła jak wryta, jakby zobaczyła ducha, a do oczu napłynęły jej łzy.

– To ze szczęścia – usprawiedliwiła się.

Ale to nie było tylko szczęście. Przypomniałam jej o kuzynce, która jak mi powiedziała, źle się czuje w Potenzy, cierpi i nie może wrócić do zdrowia. Zaprowadziła nas na taras, poczęstowała mnóstwem rzeczy, z troską zajęła się ciężarną Pinuccią. Posadziła ją, dotknęła brzucha, który nieco wystawał. Ja tymczasem zmusiłam Lilę do nietypowej pielgrzymki; pokazałam jej kąt na tarasie, gdzie spędziłam dużo czasu na słońcu, moje miejsce przy stole, kącik, gdzie wieczorem przygotowywałam sobie łóżko. Przez ułamek sekundy w głowie pojawił się Donato, jak pochyla się nade mną i wsuwa rękę pod kołdrę, dotyka mnie. Przebiegł mnie dreszcz obrzydzenia, mimo to zapytałam Nellę ze swobodą:

– A rodzina Sarratore?

– Są nad morzem.

– A pani jak się czuje?

– Cóż.

– Są wymagający?

– Od kiedy Donato zajmuje się bardziej dziennikarstwem niż koleją, to tak.

– Jest tutaj?

– Wziął zwolnienie lekarskie.

– Jest też Marisa?

– Marisy nie ma, ale poza nią są wszyscy.

– Wszyscy?

– Dobrze zrozumiałaś.

– Nie, przyrzekam, że nie zrozumiałam.

Roześmiała się głośno.

– Elenù, dziś jest też Nino. Zjawia się na pół dnia, gdy potrzebuje pieniędzy, potem wraca do przyjaciela, który ma dom w Forio.

43.

Pożegnałyśmy Nellę i poszłyśmy na plażę. Lila żartobliwie naigrywała się ze mnie przez całą drogę.

– Sprytna jesteś – powiedziała. – Sprowadziłaś mnie na Ischię tylko dlatego, że jest tu Nino, przyznaj.

Nie przyznałam, wykręcałam się. Wtedy Pinuccia przyłączyła się do szwagierki i ostrzejszym już tonem oskarżyła mnie, że zmusiłam ją do długiej i męczącej podróży aż do Barano tylko dla własnych interesów, nie bacząc, że ona jest w ciąży. Od tej chwili zaprzeczałam z większą stanowczością, a nawet zagroziłam, że jeśli w obecności rodziny Sarratore powiedzą coś niestosownego, jeszcze tego samego wieczoru wsiądę na statek i wrócę do Neapolu.

Szybko ich zlokalizowałam. Siedzieli dokładnie w tym samym miejscu, w którym rozkładali się kilka lat temu, i mieli nawet ten sam parasol, te same stroje kąpielowe, te same torby, ten sam sposób wylegiwania się na słońcu: Donato na ciemnym piasku, brzuchem do góry i oparty na łokciach; żona Lidia na ręczniku, z gazetą w ręku. Ku mojemu wielkiemu rozczarowaniu pod parasolem nie było Nina. Zaczęłam przyglądać się wodzie, dostrzegłam ciemny punkcik, który to pojawiał się na falującej powierzchni, to znikał, miałam nadzieję, że to on. Potem zapowiedziałam swoje przybycie, głośno wołając bawiące się na brzegu dzieci, Pina, Clelię i Cira.

Ciro urósł, nie poznał mnie, uśmiechnął się niepewnie. Pino i Clelia podbiegli do mnie z radością, a rodzice z ciekawością się odwrócili. Lidia od razu skoczyła na nogi, zawołała mnie po imieniu, wymachując ręką, Sarratore podbiegł z szerokim serdecznym uśmiechem i otwartymi ramionami. Uchyliłam się przed uściskiem, powiedziałam tylko: dzień dobry, co słychać. Byli bardzo życzliwi, ja przedstawiłam Lilę i Pinuccię, wspomniałam o ich rodzicach, powiedziałam, kogo poślubiły. Donato natychmiast skupił swoją uwagę na obydwu dziewczętach. Grzecznie zwracał się do nich „pani Carracci" i „pani Cerullo", przypomniał je sobie, gdy były dziewczynkami, zaczął idiotyczny wywód na temat uciekającego czasu. Ja usiadłam przy Lidii, uprzejmie zapytałam o dzieci, a zwłaszcza o Marisę. Pino, Clelia i Ciro mieli się fantastycznie, i to było widać, rozsiedli się wokół i czekali na odpowiednią chwilę, żeby wciągnąć mnie do zabawy. Jeśli chodzi o Marisę, matka powiedziała, że została w Neapolu z wujostwem, we wrześniu czeka ją poprawka z czterech przedmiotów i musi chodzić na korepetycje.

– Dobrze jej tak. – Spochmurniała. – Nic nie zrobiła przez cały rok, więc teraz musi cierpieć.

Nic nie odrzekłam, ale w duchu wykluczyłam cierpienie Marisy: całe lato miała spędzić z Alfonsem w sklepie na piazza dei Martiri, i cieszyłam się jej szczęściem. Zauważyłam natomiast wyraźne oznaki bólu na szerokiej twarzy Lidii, w oczach, w obwisłych piersiach, ociężałym brzuchu. Przez całą rozmowę nieustannie i z niepokojem kontrolowała męża, który rozpływał się w uprzejmościach przed Lilą i Pinuccią. Kiedy zaproponował kąpiel, obiecując Lili, że nauczy ją pływać, przestała zwracać na mnie uwagę i nie spuszczała już z niego oczu. Usłyszałyśmy, jak mówi: „Nauczyłem wszystkie moje dzieci, nauczę i ciebie".

Ani razu nie zapytałam o Nina, a Lidia ani razu o nim nie wspomniała. Ale oto czarny punkcik na błękitnej połyskującej tafli morza przestał się oddalać. Zmienił kierunek, robił się coraz większy, dostrzegłam biel spienionej wody.

Tak, to on, pomyślałam z wielkim przejęciem.

I faktycznie, chwilę później Nino wyszedł z wody, patrząc z ciekawością na ojca, który jedną ręką utrzymywał Lilę na powierzchni, a drugą pokazywał, co ma robić. Kiedy mnie zobaczył i rozpoznał, przybrał urażoną minę.

– Co tu robisz? – zapytał.

– Jestem na wakacjach – odpowiedziałam – i przyszłam odwiedzić panią Nellę.

Z rozdrażnieniem spojrzał w kierunku ojca i dwóch dziewcząt.

– Czy to nie Lina?

– Tak, a ta druga to jej szwagierka Pinuccia, nie wiem, czy pamiętasz.

Starannie wytarł włosy ręcznikiem, cały czas obserwując kąpiącą się trójkę. Powiedziałam z lekką zadyszką w głosie, że zostaniemy na Ischii aż do września, że mamy dom niedaleko Forio, że jest z nami też matka Lili, że w niedzielę przyjadą mężowie Lili i Pinuccii. Mówiłam, choć zdawało mi się, że w ogóle mnie nie słucha, ale i tak, pomimo obecności Lidii, rzuciłam, że na koniec tygodnia nie mam żadnych planów.

– Daj mi znać – odparł i zwrócił się do matki: – Muszę lecieć.

– Tak prędko?

– Mam dużo roboty.

Nino spojrzał na mnie, jakby dopiero teraz uświadomił sobie moją obecność. Pogrzebał w koszuli przewieszonej przez parasol, wziął ołówek i notesik, napisał coś, wyrwał kartkę i podał mi ją.

– Jestem pod tym adresem – powiedział.

Jednoznaczny, zdecydowany jak aktorzy na filmach. Wzięłam karteczkę, jakby to była relikwia.

– Zjedz coś najpierw – poprosiła błagalnie matka. Nic nie odpowiedział.

– I chociaż z daleka pożegnaj się z ojcem.

Zmienił kąpielówki, owinąwszy ręcznik wokół pasa, a potem odszedł bez żadnego pożegnania.

44.

Cały dzień spędziliśmy na plaży Maronti, ja na zabawie z dziećmi i na pluskaniu się z nimi w wodzie, Pinuccia i Lila całkowicie pochłonięte Donatem, który wyciągnął je nawet na spacer aż do gorących źródeł. Na koniec Pinuccia była wykończona, Sarratore więc doradził nam wygodny i przyjemny sposób, jak wrócić do domu. Dotarłyśmy do hotelu, który wyłaniał się niemalże z wody, jakby stał na palach, i tam za kilka lirów wynajęłyśmy barkę i zawierzyłyśmy staremu marynarzowi.

Jak tylko wypłynęłyśmy na morze, Lila podkreśliła z ironią.

– Nino niespecjalnie się tobą przejął.

– Ma dużo nauki.

– I nie mógł na odchodnym nawet powiedzieć cześć?

– Taką już ma naturę.

– Złą naturę – wtrąciła się Pinuccia. – Ojciec taki sympatyczny, a syn gbur.

Obie były przekonane, że Nino nie okazał mi ani uwagi, ani sympatii, a ja pozwoliłam im tak myśleć, wolałam zachować ostrożność i nie zdradzać swoich tajemnic. A poza tym doszłam do wniosku, że skoro Nino nie zaszczycił spojrzeniem nawet tak zdolnej uczennicy jak ja, łatwiej im będzie strawić, że je też całkowicie zignorował, i może nawet mu to przebaczą. Wolałam chronić go przed ich zawziętością, i udało mi się to: wkrótce zapomniały o nim, Pinuccia entuzjastycznie wychwalała wielkopańskie zachowanie Sarratorego, a Lila powiedziała z zadowoleniem:

– Nauczył mnie, jak utrzymywać się na wodzie i jak się pływa. Zdolny jest.

Słońce zachodziło. W pamięci powróciło molestowanie Donata, zadrżałam. Z fioletowego nieba spływał ponury chłód. Zwróciłam się do Lili:

– To on napisał, że obraz z fotografią w sklepie na piazza dei Martiri jest brzydki.

Pinuccia z zadowoloną miną wyraziła aprobatę. Lila odpowiedziała:

– Miał rację.

Zdenerwowałam się:

– I to on zniszczył Melinę.

Lina odparła ze złośliwym uśmieszkiem:

– A może sprawił, że choć raz było jej dobrze.

Ta uwaga zraniła mnie. Wiedziałam, przez co przeszła Melina, przez co przeszły jej dzieci. Znałam także cierpienie Lidii i to, że Sarratore za dobrymi manierami skrywał żądze, które nie miały względów dla nikogo i dla niczego. Nigdy też nie zapomniałam, z jakim bólem Lila od dziecka przyglądała się udrękom wdowy Cappuccio. Co zatem oznaczał ten ton, co oznaczały te słowa, czyżby jakaś lekcja dla mnie? Może chciała powiedzieć: jesteś jeszcze dzieckiem, nic nie wiesz o potrzebach kobiety? Nagle zmieniłam zdanie w kwestii ukrywania moich tajemnic. Chciałam natychmiast pokazać, że jestem kobietą jak one i że wiem.

– Nino dał mi swój adres – powiedziałam do Lili.

– Jeśli nie masz nic przeciwko, pójdę go odwiedzić, kiedy przyjadą Stefano i Rino.

Adres. Odwiedzę go. Odważne stwierdzenia. Lila przymrużyła oczy, jej szerokie czoło przecięła wyraźna poprzeczna zmarszczka. Pinuccia spojrzała złośliwie, dotknęła jej kolana, zaśmiała się:

– Rozumiesz? Lenuccia idzie jutro na spotkanie. I ma adres.

Zaczerwieniłam się.

– A co mam robić, kiedy wy będziecie z waszymi mężami?

Przez dłuższą chwilę na pierwszy plan wysunął się warkot silnika i niema obecność sternika.

Lila odparła zimno:

– Będziesz dotrzymywać towarzystwa mamie. Nie zabrałam cię tu po to, żebyś się bawiła.

Powstrzymałam się od riposty. Właśnie dobiegał końca nasz tydzień wolności. Ponadto obie z Pinuccią dzisiaj, na plaży, pod słońcem, podczas długich kąpieli i dzięki słowom, jakie Sarratore umiał wykorzystać, żeby rozbawić innych i przypochlebić się, zapomniały o swoim stanie. Donato sprawił, że poczuły się znowu jak panienki powierzone nietypowemu ojcu, z tych nielicznych, co nie karzą, lecz zachęcają do wyrażania pragnień, i nie wywołują potem poczucia winy. A teraz, kiedy dzień dobiegał końca, ja, obwieszczając, że czeka mnie niedziela tylko dla mnie, w towarzystwie studenta, przypomniałam obydwu, że tydzień zawieszenia ich w statusie żon minął i wkrótce pojawią się mężowie. Owszem, przesadziłam. Ugryź się w język, pomyślałam, nie wkurzaj jej.

45.

Mężowie pojawili się z wyprzedzeniem. Spodziewały się ich w niedzielny poranek, oni natomiast przybyli w sobotę wieczór, rozradowani, każdy na lambretcie, które jak sądzę, wynajęli w porcie. Nunzia przygotowała kolację pełną smakowitości. Rozmawialiśmy o dzielnicy, o sklepach, o fazie, w jakiej znajdują się projekty nowych butów. Rino bardzo się chwalił modelami, które właśnie wykańczał razem z ojcem, i korzystając ze stosownej chwili, podetknął Lili pod nos szkice, które ona z niechęcią przejrzała i doradziła kilka zmian. Potem zasiedliśmy do stołu, a dwaj panowie, zakładając się o to, kto więcej zmieści, zmietli dosłownie wszystko. Nie było jeszcze dziesiątej, kiedy zaciągnęli żony każdy do swojej sypialni.

Pomogłam Nunzii posprzątać ze stołu i umyć naczynia. Potem zamknęłam się w pokoiku, poczytałam chwilę. Dusiłam się z gorąca, ale bałam się, że oszpecą mnie komary, nie otworzyłam więc okna. Wierciłam się w łóżku zlana potem: myślałam o Lili, o tym, jak stopniowo zaczęła ulegać. Oczywiście nie zdradzała szczególnego uczucia do męża; przepadła też gdzieś czułość, którą kilka razy dostrzegłam w jej gestach jeszcze w czasach narzeczeństwa; a podczas kolacji ze zniesmaczeniem wyrażała się o sposobie, w jaki Stefano pije i pałaszuje; jednak było wyraźnie widać, że osiągnęli pewną równowagę, choć nie wiadomo na jak długo. Kiedy więc on po kilku aluzyjnych uwagach ruszył w stronę sypialni, Lila poszła za nim bez ociągania się, bez wykręcania: „idź, ja potem dojdę", poddana bezdyskusyjnemu zwyczajowi. Nie było między nią a mężem cielesnej radości, jaką demonstrowali Rino i Pinuccia, ale nie było też oporu. Obie pary hałasowały do późnej nocy, słyszałam śmiechy i jęki, otwieranie drzwi, wodę płynącą z kranu, szum spłuczki w toalecie, zamykanie drzwi. W końcu zasnęłam.

W niedzielę śniadanie zjadłam z Nunzią. Do dziesiątej czekałam, aż któreś wychyli się z sypialni, bez powodzenia, poszłam więc na plażę. Siedziałam tam do południa i znowu nikt się nie pojawił. Wróciłam do domu, Nunzia przekazała mi, że obie pary pojechały skuterami na wycieczkę po wyspie i mówiły, żeby nie czekać na nich z obiadem. I faktycznie wrócili koło trzeciej, nieco podchmieleni, zadowoleni, spaleni przez słońce, zachwyceni Casamicciolą, Lacco Ameno, Forio. Zwłaszcza dziewczyny miały błyszczące oczy, od razu rzuciły w moją stronę złośliwe spojrzenia.

– Lenù – Pinuccia prawie krzyczała – zgadnij, co się stało.

– Co?

– Nad morzem spotkaliśmy Nina – powiedziała Lila.

Serce mi stanęło.

– Aha.

– Boże, jak on dobrze pływa – ekscytowała się Pinuccia, z przesadą wymachując ramionami w powietrzu.

A Rino dodał:

– Nie jest antypatyczny, ciekawiło go, jak się robi buty.

I Stefano też:

– Jego przyjaciel nazywa się Soccavo i jest z tych Soccavo od mortadeli: jego ojciec ma fabrykę wędlin w San Giovanni a Teduccio.

I jeszcze Rino:

– Ten to dopiero ma pieniądze.

I znowu Stefano:

– Daj sobie spokój ze studentem, Lenù, nie ma grosza przy duszy: skup się na Soccavo, bo warto.

Chwilę jeszcze się naigrawali („widziałeś Lenuc-cię, będzie najbogatsza ze wszystkich, niby taka spo-kojna, a tu proszę"), po czym znowu zamknęli się w swoich sypialniach.

Czułam się potwornie. Spotkali Nina, kąpali się z nim, rozmawiali i wszystko beze mnie. Włożyłam najlepszą sukienkę – tę co zawsze, ze ślubu, chociaż było gorąco – z dbałością uczesałam włosy, które na słońcu bardzo pojaśniały, i powiedziałam Nunzii, że idę na spacer.

Udałam się piechotą do Forio, zdenerwowana długą drogą w samotności, upałem, niepewnym wy-nikiem mojej wyprawy. Odnalazłam dom przyjaciela Nina, kilkakrotnie zawołałam z ulicy, bojąc się, że nie odpowie.

– Nino, Nino!

Wychylił się przez okno.

– Wejdź.

– Poczekam tutaj.

Poczekałam pełna obaw, że potraktuje mnie nie-miło. Ale on wyszedł z bramy z niezwykle serdeczną miną. Jakże niepokojący był jego zarost. I jakże miłe uczucie przytłoczenia przez jego wysoką sylwetkę, sze-rokie ramiona i kształtną klatkę piersiową, przez opa-loną skórę ciasno opinającą szczupłe ciało, poza tym kości, mięśnie, ścięgna. Powiedział, że jego przyjaciel dołączy do nas później. Przeszliśmy się przez centrum Forio, przez niedzielne stragany. Zapytał o księgarnię przy via Mezzocannone. Odpowiedziałam, że Lila poprosiła, abym pojechała z nią na wakacje, więc się zwolniłam. Nie wspomniałam o tym, że płaci mi za to,

jakby mnie zatrudniła jako swoją damę do towarzystwa. Spytałam natomiast o Nadię, on odparł krótko:
 – W porządku.
 – Piszecie do siebie?
 – Tak.
 – Codziennie?
 – Co tydzień.
Tak wyglądała nasza rozmowa, nie mieliśmy więcej wspólnych tematów. Nic o sobie nie wiemy, pomyślałam. Mogłabym zapytać, jak układa mu się z ojcem,
ale w jaki sposób? Zresztą chyba na własne oczy widziałam, że źle? Zapadło milczenie, byłam skrępowana.
 On jednak prędko przeniósł się na jedyny teren,
który mógł usprawiedliwić nasze spotkanie. Powiedział, że cieszy się, że mnie widzi, z przyjacielem może
rozmawiać tylko o piłce albo o egzaminach. Pochwalił
mnie.
 – Galiani ma węch – powiedział. – Jesteś jedyną
dziewczyną w szkole, którą interesują sprawy niezwią-
zane z odpytywaniem i ocenami.
 Zaczął mówić na ważne tematy, od razu z zami-
łowaniem przeszliśmy na piękny włoski, w czym oboje byliśmy świetni. On wyszedł od kwestii przemocy.
Wspomniał o marszu pokoju w Cortonie i zgrabnie
odniósł się do bijatyki, jaka miała miejsce na jednym
z placów w Turynie. Powiedział, że chciałby lepiej zrozumieć relacje zachodzące między imigracją a przemy-
słem. Pochwaliłam jego zamiar, ale cóż ja wiedziałam
o tych sprawach? Nic. Nino spostrzegł to i opowiedział mi szczegółowo o buncie młodych Włochów
z południa i brutalności, z jaką policja go stłumiła.

– Nazywają ich neapolitańczykami, nazywają Marokańczykami, nazywają faszystami, prowokatorami, anarchosyndykalistami. A to są młodzi ludzie, o których nie troszczy się żadna instytucja, pozostawieni sami sobie, dlatego kiedy się wkurzą, rozwalają wszystko.

Chciałam odpowiedzieć coś, co przypadłoby mu do gustu, ośmieliłam się więc:

– Jeśli brakuje właściwego poznania problemów i nie znajdzie się na czas rozwiązania, naturalną konsekwencją są zamieszki. Ale wina nie leży po stronie tego, kto się buntuje, lecz tego, kto nie potrafi rządzić.

Rzucił w moją stronę spojrzenie pełne podziwu i powiedział:

– Myślę dokładnie to samo.

Sprawiło mi to ogromną przyjemność. Poczułam przypływ odwagi i ostrożnie przeszłam do refleksji na temat tego, jak pogodzić indywidualność z uniwersalnością, odwołując się do Rousseau i do innych lektur narzuconych przez Galiani. Potem zapytałam:

– Czytałeś Fryderyka Chaboda?

Rzuciłam to nazwisko, ponieważ był to autor książki o idei narodu, z której przeczytałam kilka stron. Nie wiedziałam nic więcej, ale w szkole nauczyłam się, jak udawać, że wiem dużo. *Czytałeś Fryderyka Chaboda?* Był to jedyny moment, kiedy Nino okazał niezadowolenie. Zrozumiałam, że nie wie, kim jest Chabod, i doświadczyłam elektryzującego uczucia satysfakcji. Streściłam mu tę niewielką wiedzę, jaką posiadłam, ale szybko dotarło do mnie, że znajomość tematu, demonstrowanie zdobytych informacji to zarazem jego mocna, ale i słaba strona. Czuł się silny, jeśli brylował, i bezbronny, jeśli brakowało mu słów. Spochmurniał, niemalże natychmiast mnie przystopował. Rozmowę zepchnął na boczne tory, powiedział o autonomii, o konieczności przegłosowania jej dla regionów, o decentralizacji, o planowaniu ekonomicznym na bazie regionalnej, o tym wszystkim, o czym nigdy ani słowa nie słyszałam. Ustąpiłam jednak, Chabod odszedł w zapomnienie. Z przyjemnością słuchałam jego wywodów, wpatrywałam się w rosnące na jego twarzy zaangażowanie. Oczy mu się rozpalały, kiedy tak się emocjonował.

Trwało to co najmniej godzinę. Odcięci od ordynarnego zgiełku dialektu czuliśmy się wyjątkowi, tylko ja i on, i nasz wysublimowany włoski, i rozmowy, które dotyczyły tylko nas i nikogo innego. Co to było? Dyskusja? Ćwiczenie przygotowawcze przed przyszłymi konfrontacjami z ludźmi, którzy jak my nabyli umiejętność posługiwania się słowami? Wymiana sygnałów, aby sprawdzić, czy istnieją przesłanki dla długiej i owocnej przyjaźni? Szermierka słowna z seksualnym pożądaniem w tle? Nie wiem. Jedno jest pewne, te tematy, sprawy i rzeczywiste osoby, do których się odnosiły, nie budziły we mnie szczególnego zainteresowania. Brakowało mi wykształcenia, nawyku, kierowała mną jedynie chęć, by zrobić dobre wrażenie. Niemniej to była piękna chwila, czułam się jak pod koniec roku, kiedy otrzymywałam świadectwo z dobrymi ocenami. Szybko jednak zrozumiałam, że nie ma żadnego porównania z rozmowami, jakie lata temu toczyłam z Lilą, kiedy rozpalała mi się głowa, kiedy wyrywałyśmy sobie słowa z ust i rodziło się w nas podniecenie, które przypominało burzę pełną wyładowań elektrycznych. Z Ninem było inaczej. Zrozumiałam, że muszę zachować czujność i mówić to, co on chce ode mnie usłyszeć, ukryć to, czego nie wiem, i tych kilka rzeczy, które ja wiem, a on nie. Zrobiłam to i poczułam się dumna, że zwierza mi się ze swoich przekonań. Ale nagle wydarzyło się coś zaskakującego. Powiedział „dosyć", wziął mnie za rękę, wymówił formułkę jak z reklamy: „teraz pokażę ci widok, którego nigdy nie zapomnisz", i zaciągnął mnie aż na piazza del Soccorso, ani na chwilę nie puszczając mojej dłoni, co więcej, splótłszy swoje palce z moimi tak, że z nadzwyczaj błękitnego morza po horyzont nie pamiętam nic, gdyż cała skupiłam się na tym uścisku.

To było dla mnie powalające doznanie. Raz czy dwa puścił moją rękę, aby poprawić włosy, ale zaraz potem znowu jej poszukał. Zastanowiłam się, jak pogodzić ten intymny gest ze związkiem z córką Galiani. Odpowiedziałam sobie, że może on w ten sposób traktuje przyjaźń między mężczyzną a kobietą. A co z pocałunkiem na via Mezzocannone? To samo, nowe zwyczaje, nowa moda w młodzieżowym zachowaniu; zresztą to nie było nic wielkiego, zwykły przelotny kontakt. Muszę cieszyć się chwilowym szczęściem, wakacjami, jakich sama chciałam: potem go stracę, potem odejdzie, czeka go inny los, który w żadnym razie nie stanie się też moim.

W głowie pulsowały mi te druzgocące myśli, kiedy nagle za plecami usłyszałam warkot i bezczelne wołanie. Lambretty Rina i Stefana z żonami na tylnych siodełkach właśnie mijały nas na pełnym gazie. Zwolnili, zręcznym manewrem cofnęli się. Wysunęłam swoją dłoń z dłoni Nina.

– A twój znajomy? – spytał Stefano, nie zdejmując nogi z pedału gazu.

– Wkrótce do nas dołączy.

– Pozdrów go ode mnie.

– Dobrze.

Rino zapytał:

– Chcesz przewieźć Lenuccię?

– Nie, dziękuję.

– No dalej, zobaczysz, że będzie zadowolona.

Nino spąsowiał, odparł:

– Nie umiem prowadzić lambretty.

– To łatwe jak jazda na rowerze.

– Wiem, ale to nie dla mnie.

Stefano się roześmiał:

– Rinù, daj spokój, to student.

Jeszcze nigdy nie widziałam, aby był aż tak radosny. Lila przytulała się do niego, obiema rękami obejmowała w pasie. Ponagliła:

– Jedźmy już, bo statek wam odpłynie.

– Tak, tak, w drogę – zawołał Stefano. – My jutro pracujemy, nie tak jak wy, co tylko się opalacie i kąpiecie. Cześć, Lenù, cześć, Nino, zachowujcie się.

– Miło było cię poznać – powiedział Rino uprzejmie.

Odjechali, Lila pożegnała Nina, machając ręką i piszcząc:

– Pamiętaj, żeby ją odprowadzić do domu.

Zachowuje się jak moja matka, pomyślałam z poirytowaniem, udaje dorosłą.

Nino znowu wziął mnie za rękę.

– Rino jest sympatyczny, ale dlaczego Lina wyszła za tego kretyna?

46.

Wkrótce poznałam jego przyjaciela, Bruna Soccava, chłopca niskiego, lat około dwudziestu, z wąskim czołem, kruczoczarnymi kręconymi włosami, przyjemną twarzą, choć podziurawioną przez młodzieńczy trądzik, który musiał okrutnie dać mu się we znaki.

Odprowadzili mnie do domu wzdłuż brzegu morza, które o zachodzie nabrało fioletowej barwy. Przez całą drogę Nino nie wziął mnie już za rękę, pomimo iż Bruno zostawił nas praktycznie samych: albo szedł z przodu, albo zostawał z tyłu, jak gdyby nie chciał nam przeszkadzać. Ponieważ nie zwrócił się do mnie ani słowem, ja też z nim nie rozmawiałam, jego nieśmiałość onieśmielała mnie. Ale kiedy żegnaliśmy się pod domem, nagle zapytał:

– Zobaczymy się jutro?

Nino poprosił o szczegółowe informacje, w którym miejscu schodzimy nad morze. Przekazałam mu je.

– Jesteście rano czy po południu?

– I rano, i po południu, Lina musi się często kąpać.

Obiecał, że przyjdą, by się spotkać.

Tryskając szczęściem, pokonałam schody biegiem, ale jak tylko przekroczyłam próg domu, Pinuccia zaczęła ze mnie drwić.

– Mamo – powiedziała do Nunzii podczas kolacji – Lenuccia chodzi z synem poety, chudziną o długich włosach, który uważa się za lepszego niż cała reszta.

– To nieprawda.

– Najprawdziwsza prawda, widzieliśmy was, jak trzymaliście się za ręce.

Nunzia nie zrozumiała żartu i sprawę potraktowała ze skrępowaną powagą, która ją cechowała.

– Czym się zajmuje syn Sarratorego?

– Studiuje na uniwersytecie.

– Jeśli się kochacie, będziecie musieli poczekać.

– Pani Nunzio, nie ma na co czekać, tylko się kolegujemy.

– Załóżmy jednak, że postanowicie być razem, on wpierw będzie musiał skończyć studia, potem znaleźć godną siebie pracę i dopiero gdy ją znajdzie, będziecie mogli się pobrać.

W tym miejscu wtrąciła się rozbawiona Lina:

– Mówi ci, że zestarzejesz się na czekaniu.

Ale Nunzia ją skarciła:

– Nie powinnaś tak się odzywać do Lenuccii.

I na pocieszenie opowiedziała, że ona poślubiła Fernanda w wieku dwudziestu jeden lat, a Rina urodziła, gdy miała dwadzieścia trzy lata. Potem zwróciła się do córki i bez złośliwości w głosie, tylko żeby podkreślić, jak sprawy się mają, dodała:

– Ty natomiast zbyt młodo wyszłaś za mąż.

Na to stwierdzenie Lila obraziła się i zamknęła w swoim pokoju. Kiedy Pinuccia zapukała, bo chciała u niej spać, odkrzyknęła, żeby się odczepiła: „Masz swój pokój". Jak w takiej atmosferze miałam powiedzieć: Nino i Bruno obiecali, że przyjdą do mnie na plażę? Zrezygnowałam z zamiaru. Pomyślałam, że jeśli przyjdą, dobrze, a jeśli nie, to po co im o tym mówić. Nunzia tymczasem z cierpliwością przyjęła synową do swojego łóżka, prosząc, aby nie brała do serca wyskoków córki.

Noc nie uspokoiła Lili. W poniedziałek rano obudziła się w gorszym nastroju, niż kiedy kładła się spać. To rozłąka z mężem, usprawiedliwiała ją Nunzia, ale ani ja, ani Pinuccia nie uwierzyłyśmy. Szybko odkryłam, że jest zła przede wszystkim na mnie. Po drodze na plażę kazała mi nieść swoją torbę, a potem z plaży dwukrotnie posłała mnie do domu, za pierwszym razem po szal, a za drugim, bo potrzebowała nożyczek do paznokci. Gdy zamierzałam zaprotestować, już miała mi wypomnieć pieniądze, jakie mi dawała. Powstrzymała się jednak w porę, ale nie na tyle szybko, żebym nie zrozumiała: to tak, jak kiedy ktoś zamierza się, by uderzyć nas w twarz, ale w końcu tego nie robi.

Dzień był bardzo upalny, cały czas siedziałyśmy w wodzie. Lila ćwiczyła utrzymywanie się na powierzchni i kazała mi stać obok, abym ją podtrzymała w razie potrzeby. Dalej jednak była dla mnie nieprzyjemna. Często mnie karciła, powiedziała, że głupia była, że mi zaufała: ja też przecież nie umiem pływać, jak więc mogę ją uczyć. Z żalem wspominała pedagogiczne zdolności Sarratorego, kazała mi przysiąc, że jutro wrócimy na plażę Maronti. A tymczasem robiła duże postępy. Posiadała zdolność zapamiętywania każdego ruchu. Dzięki temu nauczyła się robić buty, kroić z wprawą salami i sery, oszukiwać na ważeniu. Urodziła się z tym darem, nauczyłaby się posługiwać nawet rylcem, obserwując tylko ruchy jubilera, i wkrótce lepiej niż on pracowałaby w złocie. Przestała już sapać ze strachu i każdemu ruchowi nadała gładkość, jak gdyby rysowała swoje ciało na przezroczystej tafli morza. Długie i szczupłe nogi i ręce poruszały się rytmicznie i spokojnie, bez wzbijania piany, jak u Nina, bez widocznego napięcia, jak u Sarratorego ojca.

– Dobrze robię?

– Tak.

I to była prawda. Po kilku godzinach pływała lepiej ode mnie, nie wspominając nawet o Pinucci, i zaczęła wręcz żartować z naszej niezdarności.

Ta przygnębiająca atmosfera minęła w ułamku sekundy, kiedy koło czwartej po południu na plaży, wraz z orzeźwiającym powiewem wiatru, który odbierał chęci do dalszej kąpieli, pojawili się wysoki Nino i sięgający mu do ramienia Bruno.

Pierwsza dostrzegła ich Pinuccia, jak szli po mokrym piasku pośród dzieci bawiących się łopatkami i wiaderkami. Zaskoczenie wywołało u niej gromki atak śmiechu. Powiedziała:

– Nadciągają dwa Michały, jeden duży, drugi mały.

Nie pomyliła się. Nino i jego przyjaciel kroczyli wolno, z ręcznikami przerzuconymi przez ramię, papierosem i zapalniczką w ręce, wypatrując nas pośród plażowiczów.

Ogarnęło mnie nagłe poczucie siły, zawołałam, zaczęłam wymachiwać rękoma, aby zwrócić na siebie uwagę. Nino dotrzymał obietnicy. Po jednym dniu odczuł potrzebę, by mnie znowu zobaczyć. Specjalnie przyszedł z Forio, ciągnąc ze sobą milczącego kolegę, a ponieważ nic go z Lilą i Pinuccią nie łączyło, najwyraźniej wybrał się na ten spacer tylko dla mnie, jedynej niezamężnej, w pełni wolnej dziewczyny. Czułam się szczęśliwa, a im więcej miałam ku temu powodów – Nino rozłożył swój ręcznik obok mnie, usiadł, wskazał na błękitny materiał, a ja, jako jedyna siedząca na gołym piasku, chętnie przeniosłam się do niego – tym bardziej stawałam się serdeczna i elokwentna.

Lila i Pinuccia natomiast zaniemówiły. Przestały ze mnie szydzić, przestały się ze sobą spierać, usiadły i słuchały Nina, który opowiadał zabawne anegdoty o tym, jak to z kolegą zorganizowali sobie życie i naukę.

Minęła dłuższa chwila, zanim Pinuccia ośmieliła się odezwać, mieszając dialekt z językiem włoskim. Powiedziała, że woda jest ciepła, że sprzedawca świeżego kokosu jeszcze nie przechodził, a ona ma na ten kokos wielką ochotę. Nino jednak był tak zaaferowany swoimi zabawnymi opowieściami, że ją zlekceważył, Bruno zaś, bardziej uważny, poczuł się w obowiązku nie puszczać mimo uszu próśb kobiety brzemiennej: niepokojąc się, że dziecko może urodzić się ze znamieniem w kształcie kokosu, zaproponował, że pójdzie z nią na poszukiwania. Pinuccii spodobał się jego głos, nieśmiały, ale uprzejmy, głos osoby, która nikomu nie chce zrobić krzywdy, więc zaczęła go zagadywać, po cichu, aby nie przeszkadzać.

Lila natomiast dalej milczała. Nie zważała na grzeczności, jakie wymieniali między sobą Pinuccia i Bruno, za to nie opuściła ani słowa z tego, o czym rozmawialiśmy ja i Nino. To skupienie mnie krępowało i ze dwa razy napomknęłam, że chętnie przeszłabym się aż do fumaroli, licząc, że Nino odpowie: idziemy. Ale on dopiero zaczął rozprawiać o chaosie budowlanym na Ischii, więc tylko mechanicznie przytaknął głową, a potem kontynuował wywód. Wciągnął też Bruna, być może przeszkadzało mu to, że rozmawiał z Pinuccią, i kazał zaświadczyć o zniszczeniach, jakich dokonano obok domu jego rodziców. Odczuwał ogromną potrzebę wyrażenia siebie, streszczenia lektur, nadania formy temu, co osobiście zaobserwował. Był to jego sposób na uporządkowanie myśli – mówić, mówić, mówić – ale pomyślałam, że chyba także oznaka pewnej samotności. Stwierdziłam z dumą, że jestem do niego podobna, że też pragnę nadać sobie tożsamość osoby wykształconej, narzucić ją siłą, by móc powiedzieć: oto, co wiem, oto, czym się staję. Ale Nino nie dał mi takiej możliwości, choć muszę przyznać, że próbowałam. Słuchałam go więc jak pozostali, a kiedy Pinuccia i Bruno wykrzyknęli: „My jednak się przejdziemy, poszukamy kokosów", spojrzałam znacząco na Lilę, w nadziei, że pójdzie ze szwagierką i zostawi mnie i Nina wreszcie samych, abyśmy mogli skonfrontować się ze sobą, siedząc na tym samym ręczniku. Ona jednak nawet nie drgnęła, a kiedy Pina zdała sobie sprawę, że musi sama iść na przechadzkę z tym uprzejmym, choć obcym młodzieńcem, spytała mnie niechętnie:

– Lenù, chodź z nami, chciałaś się przejść, prawda?

Odpowiedziałam:

– Tak, ale daj nam skończyć tę rozmowę, potem do was dołączymy.

Niezadowolona odeszła z Brunem w stronę fumaroli: byli dokładnie tego samego wzrostu.

My zaś rozważaliśmy kwestię tego, że Neapol i Ischia, i cała Kampania skończyły w rękach najgorszych ludzi, którzy jednak udawali tych najlepszych. „Rabusie", jak ich określił Nino, „niszczyciele, krwiopijcy, osoby, które zarabiają góry pieniędzy i nie płacą podatków: budowniczowie, adwokaci, wykonawcy, kamoryści, monarchiści i faszyści, chadecy, którzy zachowują się tak, jakby beton mieszano w niebie i sam Bóg ogromną kielnią zrzucał go na wzgórza, na wybrzeża". To za dużo jednak powiedziane, że we trójkę rozważaliśmy. Rozważał przede wszystkim on, ja od czasu do czasu dorzucałam zdawkowe informacje, które przeczytałam w „Cronache meridionali". Jeśli zaś chodzi o Lilę, odezwała się tylko raz, i to bardzo ostrożnie, kiedy on na listę oszustów wciągnął kramarzy. Zapytała:

– Kim są kramarze?

Nino przerwał w połowie zdania, spojrzał na nią zaskoczony.

– Chodzi o sprzedawców.

– A dlaczego nazywasz ich kramarzami?

– Bo tak się mówi.

– Mój mąż jest kramarzem.

– Nie chciałem cię obrazić.

– Nie obraziłam się.

– Płacicie podatki?

– Po raz pierwszy o nich słyszę.

– Naprawdę?

– Tak.

– Podatki są istotne, aby zaplanować ekonomiczne życie danej społeczności.

– Skoro tak twierdzisz. Pamiętasz Pasqualego Pelusa?

– Nie.

– Jest murarzem. Gdyby nie było tego całego betonu, straciłby pracę.

– Aha.

– Ale jest też komunistą. Jego ojciec, również komunista, został przez sąd uznany za mordercę mojego teścia, który zrobił pieniądze na czarnym rynku i na lichwie. A Pasquale jest jak ojciec, nigdy nie zgadzał się w kwestiach pokoju, nawet ze swoimi towarzyszami komunistami. Mimo tego, choć pieniądze mojego męża pochodzą prosto z pieniędzy teścia, ja i Pasquale jesteśmy bliskimi przyjaciółmi.

– Nie bardzo rozumiem, dokąd zmierzasz.

Lila zrobiła głupią minę.

– Ja też nie, miałam nadzieję, że zrozumiem, gdy was wysłucham.

To wszystko, nie dodała nic więcej. Ale kiedy mówiła, w jej głosie nie dało się wyczuć charakterystycznej agresji, jak gdyby naprawdę oczekiwała, że pomożemy jej coś zrozumieć, gdyż życie w naszej dzielnicy było strasznie zagmatwane. Prawie cały czas posługiwała się dialektem, sugerując niejako ze skromnością: nie stosuję sztuczek, tak mówię i taka jestem. Szczerze zestawiła ze sobą sprawy, nie doszukując się, jak to miała w zwyczaju, więzi, która by je połączyła. I naprawdę ani ona, ani ja nigdy nie słyszałyśmy tego słowa brzemiennego w kulturową i polityczną pogardę:

kramarze. I naprawdę obie niczego nie wiedziałyśmy o podatkach: nasi rodzice, przyjaciele, narzeczeni, mężowie, krewni żyli tak, jak gdyby nie istniały, a w szkole nie uczono nas o niczym, co miałoby jakikolwiek związek z polityką. Niemniej Lila zdołała zniszczyć panującą do tego momentu atmosferę nowości i napięcia. Po krótkiej wymianie zdań Nino natychmiast starał się na nowo podjąć temat, ale zaplątał się i wrócił do opowiadania śmiesznych historyjek o wspólnym mieszkaniu z Brunem. Powiedział, że jedzą tylko jajecznicę i kiełbasę, że piją dużo wina. Potem speszyły go nawet jego własne anegdoty i doznał wyraźnej ulgi, kiedy wrócili Pinuccia i Bruno, z mokrymi włosami, jak gdyby przed chwilą wyszli z wody, i z kokosem w ręku.

– Ale się dobrze bawiłam – wykrzyknęła Pina, z taką jednak miną, jakby chciała powiedzieć: świnie jesteście, kazałyście mi iść samej z typem, którego przecież nie znam.

Kiedy młodzieńcy zaczęli się zbierać do drogi, odprowadziłam ich kawałek, żeby wyraźnie podkreślić, że to moi znajomi i przyszli do mnie.

Nino powiedział z dąsem:

– Lina całkiem się zatraciła, szkoda.

Skinęłam twierdząco głową, pożegnałam ich, chwilę postałam z nogami w wodzie, aby ochłonąć.

Po powrocie do domu ja i Pinuccia byłyśmy radosne, Lila zaś zamyślona. Pinuccia opowiedziała Nunzii o odwiedzinach dwóch chłopców i niespodziewanie stwierdziła, że bardzo jej się podobało, iż Bruno tak się zatroszczył, aby jej dziecko nie narodziło się ze znamieniem w kształcie kokosu. To dobrze wychowany młodzieniec, stwierdziła, student, ale nie nudziarz: i chyba nawet nie dba o to, w co się ubiera, chociaż nosi drogie rzeczy. Zaciekawił ją fakt, że można wydawać pieniądze inaczej niż jej brat Rino, bracia Solara. Powiedziała coś, co wywarło na mnie duże wrażenie: w barze na plaży kupił mi to i tamto, wcale się tym nie popisując.

Teściowa, która przez całe wakacje ani razu nie poszła nad morze, tylko zajmowała się zakupami, domem, przygotowywaniem kolacji i obiadu na następny dzień, abyśmy mogły zabrać go ze sobą na plażę, słuchała z zapartym tchem, jak gdyby synowa opowiadała jej o jakimś zaczarowanym świecie. Oczywiście od razu spostrzegła, że córka błądzi gdzieś myślami, i co chwilę rzucała jej badawcze spojrzenie. Lila naprawdę miała głowę w chmurach. Nie awanturowała się, przyjęła Pinuccię w swojej sypialni, wszystkim życzyła dobrej nocy. A potem zrobiła coś nieoczekiwanego. Dopiero co położyłam się do łóżka, kiedy zajrzała do mojego pokoiku.

– Pożyczysz mi jedną z twoich książek? – zapytała.

Spojrzałam na nią zaskoczona. Chciała czytać? Od jak dawna nie miała książki w ręku: trzy, może cztery lata? I akurat teraz postanowiła wrócić do czytania? Wzięłam Becketta, tego, którego używałam do zabijania komarów, i podałam jej. Pomyślałam, że to najbardziej przystępny tekst spośród tych, które posiadam.

47.

Tydzień minął na długich oczekiwaniach i zbyt szybko kończących się spotkaniach. Chłopcy ściśle trzymali się swojego rozkładu godzin. Budzili się o szóstej rano, uczyli do obiadu, o trzeciej szli na spotkanie z nami, o siódmej wracali, jedli kolację i znowu zabierali się za naukę. Nino ani razu nie pojawił się sam. On i Bruno, choć tak radykalnie różni, byli bardzo zżyci, a poza tym mieli odwagę stawiać nam czoło tylko dzięki siłom, jakie czerpali z wzajemnej obecności.

Pinuccia od pierwszej chwili nie podzielała naszej tezy o zżyciu. Twierdziła, że nie łączy ich ani szczególna przyjaźń, ani solidarność. Jej zdaniem to koleżeństwo utrzymywało się tylko dzięki cierpliwości Bruna, który miał dobry charakter i bez słowa skargi tolerował bzdury, od których głowa puchła, a które od rana do wieczora wygadywał Nino.

– Tak, bzdury – powtórzyła, ale potem przeprosiła z nutką ironii, że tak nazwała rozmowy, które bardzo mnie fascynują. – Wy jesteście wykształceni – dodała – i to logiczne, że się rozumiecie, ale musicie też zrozumieć, że nas te rozmowy trochę nudzą.

Spodobały mi się jej słowa. W obecności Lili, milczącego świadka, były potwierdzeniem tego, że między mną a Ninem zachodzi pewna wyjątkowa relacja. Ale któregoś dnia Pinuccia powiedziała do Bruna i Lili lekceważącym głosem:

– Zostawmy tę dwójkę, niech dalej bawią się w intelektualistów, i chodźmy popływać, woda jest cudowna. *Niech bawią się w intelektualistów* – jasno chciała dać do zrozumienia, że to, co mówiliśmy, tak naprawdę nas nie interesuje, że to tylko poza, granie. I choć mnie te słowa nie uraziły, wyraźnie dotknęły Nina, który przerwał zdanie w pół słowa. Skoczył na nogi i pędem rzucił się do wody, nie zważając na jej temperaturę. Opryskał nas, choć całe pokryte gęsią skórką błagałyśmy, by przestał, a potem zaczął walczyć z Brunem, jak gdyby chciał go utopić.

Jak widać, pełno w nim mądrych myśli, ale potrafi być także zabawny i radosny. Dlaczego więc przede mną pokazuje tylko swoją poważną stronę? Czyżby Galiani przekonała go, że mnie interesuje jedynie nauka? A może to ja sprawiam takie wrażenie, przez okulary, przez mój sposób mówienia?

Od tej chwili z rosnącym żalem uświadamiałam sobie, że nasze popołudniowe spotkania mijają przede wszystkim na jego wywodach, napęczniałych od palącej chęci wyrażenia się, i na moim podsuwaniu jakiejś myśli tylko po to, żeby usłyszeć, że się ze mną zgadza. Już nie brał mnie za rękę, nie zapraszał, abym usiadła na skraju jego ręcznika. Kiedy patrzyłam, jak Bruno i Pinuccia śmieją się z byle głupstwa, zazdrościłam im i myślałam: jakżebym chciała śmiać się tak z Ninem. Nie chcę niczego, niczego nie oczekuję, tylko odrobiny spoufalenia, choćby takiego ostrożnego jak pomiędzy Pinuccią a Brunem.

Lila z kolei zdawała się borykać z własnymi problemami. Przez cały tydzień była bardzo spokojna.

Większość ranka spędzała w wodzie, pływając tam i z powrotem wzdłuż brzegu i kilka metrów od niego. Ja i Pinuccia pilnowałyśmy jej, na siłę próbując jeszcze czegoś ją nauczyć, pomimo iż pływała o wiele lepiej niż my. Szybko jednak marzłyśmy i pędem biegłyśmy na rozpalony piasek, a ona dalej ćwiczyła, spokojnie zagarniając wodę rękami, lekko machając nogami, rytmicznie nabierając powietrza, tak jak nauczył ją Sarratore ojciec. Pinuccia, głaszcząc się po brzuchu, zrzędziła na słońcu, że jak zwykle musi przesadzać. A ja co chwilę wstawałam i wołałam: „Koniec pływania, za długo jesteś w wodzie, przeziębisz się". Lila jednak mnie nie słuchała i wychodziła dopiero wtedy, gdy była cała sina, oczy miała białe, usta niebieskie, opuszki palców pomarszczone. Czekałam na nią na brzegu z rozgrzanym na słońcu ręcznikiem, zarzucałam jej go na ramiona i energicznie ją wycierałam.

Kiedy przychodzili chłopcy, a nie opuścili żadnego dnia, albo wspólnie się kąpaliśmy – wtedy jednak Lila zazwyczaj odmawiała, siedziała na ręczniku i patrzyła na nas z brzegu – albo szliśmy na spacer, wówczas zbierała z tyłu muszelki. Jeśli ja i Nino zaczynaliśmy rozmawiać, przysłuchiwała się z wielką uwagą, rzadko jednak zabierała głos. Ponieważ wykształciły się pewne drobne zwyczaje, ku mojemu zdziwieniu pilnowała, byśmy ich przestrzegali. Na przykład Bruno zawsze przychodził z zimnymi napojami, które kupował po drodze, w barze przy plaży. Któregoś dnia zwróciła mu uwagę, że zawsze brał dla mnie oranżadę, a tym razem przyniósł wodę gazowaną. Ja powiedziałam: „Dziękuję, Bruno, może być woda", ale ona zmusiła go, by ją dla mnie wymienił. Na przykład Pinuccia i Bruno każdego popołudnia o określonej porze wybierali się na poszukiwanie świeżego kokosu, i choć prosili, abyśmy szli z nimi, Lili ani razu nie przyszło do głowy, by to zrobić, zresztą mnie i Ninowi też nie: rzeczą naturalną stało się, że odchodzili susi, a wracali ociekający wodą, niosąc w rękach bielusieńki miąższ kokosowy, a jeśli przez przypadek zapomnieli o nim, Lila pytała:

– A gdzie kokos?

Bardzo jej zależało także na naszych rozmowach z Ninem. Gdy zbyt długo rozprawialiśmy o wszystkim i o niczym, niecierpliwiła się i mówiła:

– Nie przeczytałeś dziś nic interesującego?

Nino uśmiechał się z zadowoleniem, jeszcze przez chwilę żartował, a potem podejmował kwestie, które najbardziej leżały mu na sercu. Mówił i mówił, ale między nami nigdy nie dochodziło do prawdziwych dyskusji: ja prawie zawsze przytakiwałam, a jeśli Lila miała inne zdanie, wyrażała je krótko, z taktem, nigdy nie siejąc niezgody.

Któregoś popołudnia Nino wspomniał o artykule ostro ganiącym działanie szkoły publicznej i ni z tego, ni z owego przeszedł do krytykowania szkoły podstawowej w naszej dzielnicy, do której wszyscy chodziliśmy. Ja go poparłam, opowiedziałam o tym, jak pani Oliviero biła nas linijką po rękach, kiedy popełniałyśmy błąd, i o okrutnych konkursach, jakie nam organizowała. Ale Lila, ku mojemu zaskoczeniu, stwierdziła, że dla niej szkoła podstawowa była bardzo ważna, i pochwaliła naszą nauczycielkę w tak poprawnym, bogatym języku włoskim, jakiego od dawna u niej nie

257

słyszałam. Nino ani razu jej nie przerwał, by wtrącić swoje zdanie, lecz wysłuchał z wielką uwagą, co ma do powiedzenia, i dopiero na koniec przeszedł do ogólnikowych stwierdzeń o różnych potrzebach i o tym, że to samo doświadczenie dla jednego jest zadowalające, a dla innego może okazać się niewystarczające.

Jeszcze w jednym przypadku Lila wyraziła odrębne zdanie, grzecznie i poprawnie. Ja byłam coraz większą zwolenniczką teorii głoszących, że kompetentna ingerencja w odpowiednim czasie pomaga rozwiązać problemy, przekreślić niesprawiedliwość i zapobiec konfliktom. Szybko nauczyłam się tego schematu rozumowania – zawsze byłam w tym dobra – i stosowałam go za każdym razem, kiedy Nino wyskakiwał z tematami, o których tu i ówdzie przeczytałam, jak kolonializm, neokolonializm, Afryka. Ale któregoś popołudnia Lila powiedziała cicho, że nic nie jest w stanie zapobiec konfliktom między bogatymi a biednymi.

– Dlaczego?

– Bo ci, którzy są niżej, chcą się piąć, a ci, którzy są wyżej, chcą na górze pozostać, więc zawsze dojdzie do wzajemnego opluwania się i kopania.

– Dlatego właśnie trzeba rozwiązywać problemy, zanim dojdzie do przemocy.

– A w jaki sposób? Wciągając wszystkich na górę? Sprowadzając wszystkich na dół?

– Odnajdując równowagę między klasami.

– W jakim miejscu? Czy ci poniżej mają się spotkać w połowie drogi z tymi powyżej?

– Powiedzmy, że tak.

– I ci, co są wyżej, chętnie zejdą w dół? A ci, co są niżej, zrezygnują z pięcia się w górę?

– Jeśli będziemy pracować nad rozwiązaniem wszystkich problemów, to tak. Nie uważasz?

– Nie. Klasy nie grają ze sobą w karty, lecz walczą, i jest to walka do ostatniej kropli krwi.

– Tak myśli Pasquale – wtrąciłam się.

– Ja też już tak myślę – odpowiedziała spokojnie.

Z wyjątkiem tej niezwykłej wymiany zdań to ja zazwyczaj pośredniczyłam w dyskusji między Lilą a Ninem. Lila nigdy nie zwracała się bezpośrednio do niego, Nino zresztą też nie zwracał się do niej, wyglądali, jakby się siebie krępowali. Zauważyłam, że o wiele swobodniej czuła się w obecności Bruna – choć milczący, dzięki uprzejmości, miłemu głosowi, którym czasami nazywał ją panią Carracci, zdołał nawiązać z nią bliższy kontakt. Na przykład raz, gdy wszyscy już od dłuższego czasu siedzieliśmy w wodzie, a Nino, ku mojemu zaskoczeniu, zrezygnował z długiego pływania, które zawsze przepełniało mnie strachem o niego, nie poprosiła jego, lecz Bruna, by pokazał jej, co ile uderzeń rękoma należy wyciągnąć głowę z wody i zaczerpnąć powietrza. Chłopiec od razu jej to zademonstrował. Ale Nino czuł się urażony, że nie wzięto pod uwagę jego mistrzowskich umiejętności, więc zaczął się naśmiewać z krótkich rąk Bruna i szybkiego rytmu. Potem sam chciał pokazać Lili, jak właściwie należy to robić. Ona patrzyła z uwagą i zaczęła go naśladować. Koniec końców pływała tak dobrze, że Bruno nazwał ją Esther Williams z Ischii i stwierdził, że stała się tak dobra jak filmowa pływaczka.

Kiedy nadszedł koniec tygodnia – a pamiętam, że był to cudowny sobotni poranek i przez całą drogę na plażę towarzyszyło nam rześkie jeszcze powietrze oraz intensywny zapach sosen – Pinuccia orzekła kategorycznie:

– Syn Sarratorego jest naprawdę nie do zniesienia.

Ostrożnie stanęłam w obronie Nina. Powiedziałam głosem znawcy, że kiedy człowiek czegoś się uczy, kiedy czymś się pasjonuje, odczuwa potrzebę przekazania tego innym, i tak jest w jego przypadku. Nie przekonało to Lili i zdanie, które wypowiedziała, zabrzmiało w moich uszach obraźliwie:

– Jeśli Ninowi wymażesz z głowy wszystko, co przeczytał, nie znajdziesz tam nic.

Uniosłam się:

– To nieprawda. Znam go i ma wiele zalet.

Pinuccia entuzjastycznie przyznała Lili rację. Ale Lila, może dlatego, że ta jednomyślność nie przypadła jej do gustu, wytłumaczyła, że nie wyraziła się jasno, i nagle odwróciła sens zdania, jak gdyby wypowiedziała je tylko na próbę i teraz tego żałowała, dlatego stawała na rzęsach, aby to jakoś naprawić. Wyjaśniła, że on ćwiczy się w myśleniu, że dla niego liczą się tylko wielkie problemy, i jeśli mu się to uda, poświęci im całe życie, nie pozwalając, aby co innego go rozproszyło: nie tak jak my, bo my zajmujemy się tylko własnymi sprawami, pieniędzmi, domem, mężem, robieniem dzieci.

Taki sens zdania też mi się nie spodobał. Co chciała przez to powiedzieć? Że dla Nina nie będą się liczyły uczucia do poszczególnych osób, że jego prze-

znaczeniem jest życie bez miłości, bez dzieci, bez małżeństwa? Zmusiłam się i odparłam:

– A czy ty wiesz, że on ma dziewczynę, na której
mu bardzo zależy? Piszą do siebie co tydzień.

Wtrąciła się Pinuccia:

– Bruno nie ma dziewczyny, ale szuka kobiety
idealnej, i jak tylko ją znajdzie, to się ożeni i chce mieć
dużo dzieci. – Potem bez wyraźnego związku westchnęła: – Ech, jak ten tydzień szybko przeleciał.

– Nie cieszysz się? Zaraz wraca twój mąż – zareagowałam.

Obruszyła się na przypuszczenie, że powrót Rina
nie jest jej miły. Zakrzyknęła:

– Jasne, że się cieszę.

Lila z kolei zapytała mnie:

– A ty się cieszysz?

– Że wracają wasi mężowi?

– Nie, dobrze wiesz, o co pytam.

Wiedziałam, ale nie przyznałam się do tego. Miała na myśli to, że nazajutrz, w niedzielę, kiedy one
będą zajęte Stefanem i Rinem, ja będę mogła spotkać
się z dwójką chłopaków sama, co więcej, prawie na
pewno, tak jak w ubiegłym tygodniu, Bruno nie będzie się narzucał i spędzę całe popołudnie z Ninem.
Nie myliła się, na to właśnie liczyłam. Od wielu dni
wyobrażałam sobie przed snem koniec tygodnia. Lila
i Pinuccia będą się rozkoszować małżeństwem, a ja
drobnymi radościami typowymi dla samotnej oku-
larnicy, która spędza życie na nauce: spacerem i trzy-
maniem się za ręce. A może, kto wie, czymś więcej.
Rzuciłam ze śmiechem:

– Lila, co mam wiedzieć? Szczęściary jesteście, bo macie mężów.

48.

Dzień mijał powoli. Podczas gdy ja i Lila wylegiwałyśmy się spokojnie na słońcu, czekając, aż nadejdzie godzina, kiedy pojawią się Nino i Bruno z zimnymi napojami, Pinuccia bez powodu zaczęła tracić humor. Co chwilę rzucała jakieś nerwowe i krótkie uwagi. Raz bała się, że nie przyjdą, za chwilę wykrzykiwała, że nie mogą wymagać, żebyśmy tak marnowały czas na czekanie na nich. Kiedy chłopcy pojawili się punktualnie, przynosząc jak zwykle napoje, była nieprzyjemna, powiedziała, że jest zmęczona. Ale kilka minut później, ciągle w złym nastroju, zmieniła zdanie i prychając, zgodziła się iść po kokos.

Lila zaś zrobiła coś, co bardzo mi się nie spodobało. Przez cały tydzień ani razu nie wspomniała o książce, którą jej pożyczyłam, tak że w ogóle o niej zapomniałam. Ale jak tylko Pinuccia i Bruno odeszli, nie czekając, aż Nino się odezwie, zapytała bez ceregieli:

– Byłeś kiedyś w teatrze?

– Kilka razy.

– Podobało ci się?

– Średnio.

– Ja nigdy nie byłam, ale widziałam teatr w telewizji.

– To nie to samo.

– Wiem, ale zawsze coś.

I w tej chwili wyciągnęła z torby książkę, którą jej dałam, tom z dramatami Becketta, i pokazała mu.

– Czytałeś to?

Nino wziął książkę, obejrzał, przyznał z niezadowoleniem:

– Nie.

– Czyli *jest coś*, czego nie czytałeś.

– Tak.

– Powinieneś przeczytać.

Lila zaczęła opowiadać nam o książce. Ku mojemu zaskoczeniu, bardzo się w to zaangażowała, robiła to jak dawniej, tak dobierając słowa, aby pokazać ludzi i sprawy, a także oddać emocje, odmalować je jak żywe. Powiedziała, że nie trzeba czekać na wojnę nuklearną, w książce jest opisana tak, jak gdyby już wybuchła. Długo mówiła o kobiecie, która nazywa się Winnie i która w pewnej chwili wykrzykuje: „kolejny boski dzień". I ona sama wyrecytowała to zdanie, ale w którymś momencie zmieszała się tak bardzo, że głos jej zadrżał: *kolejny boski dzień*, co za nieznośne słowa, bo nic, absolutnie nic, jak nam wyjaśniła, nie było w życiu Winnie, w jej gestach, w jej głowie *boskie*, ani wtedy, ani w żadnym z poprzednich dni. I dodała, że największe wrażenie wywarł na niej niejaki Dan Rooney. Powiedziała, że Dan Rooney jest ślepy, ale się nie skarży, ponieważ uważa, że bez wzroku życie jest lepsze, co więcej, zastanawia się, czy gdyby stał się głuchy i niemy, jego życie nie byłoby jeszcze pełniejsze, nie stałoby się życiem czystym, życiem przepełnionym tylko życiem.

– Dlaczego ci się spodobał? – zapytał Nino.

– Jeszcze nie wiem, czy mi się spodobał.

– Ale cię zaciekawił.

– Dał mi do myślenia. Co to znaczy, że życie jest pełniejsze bez wzroku, bez słuchu, a nawet bez słów?

– Może to tylko wybieg.

– Jaki wybieg? Nie. Jest w tym coś, co sugeruje inne rzeczy, to nie tylko wybieg.

Nino nic nie odrzekł. Po chwili, patrząc na okładkę, jak gdyby i ona była zagadkowa, powiedział:

– Skończyłaś czytać?

– Tak.

– Pożyczysz?

Ta prośba wstrząsnęła mną, zadała mi ból. Nino kiedyś powiedział – wyraźnie to pamiętałam – że literatura niewiele go interesuje, że czyta inne książki. Dałam Becketta Lili właśnie dlatego, że nie mogłam posłużyć się nim w rozmowie. A teraz, kiedy ona mu o nim opowiadała, nie tylko słuchał, ale wręcz prosił o pożyczenie.

Wtrąciłam się:

– To książka Galiani, pożyczyła mi.

– Czytałaś? – zapytał Nino.

Musiałam przyznać, że nie, jeszcze nie czytałam, ale od razu dodałam:

– Planowałam zacząć dziś wieczorem.

– Dasz mi, kiedy skończysz?

– Jeśli tak bardzo ci zależy – pospieszyłam z wyjaśnieniem – czytaj pierwszy.

Nino podziękował, paznokciem zdrapał z okładki ślad po komarze, zwrócił się do Lili:

– Przeczytam dziś w nocy i jutro o tym porozmawiamy.

– Nie jutro, jutro się nie widzimy.

– Dlaczego?

– Będę z mężem.

– Aha.

Było mu wyraźnie przykro. Czekałam z drżeniem, aż mnie zapyta, czy my się będziemy widzieć. Ale on tylko prychnął z poirytowaniem:

– Ja też jutro nie mogę. Wieczorem do Bruna przyjeżdżają rodzice i muszę iść na noc do Barano. Wrócę w poniedziałek.

Barano? W poniedziałek? Liczyłam, że poprosi, abyśmy spotkali się na plaży Maronti. On jednak był już myślami gdzie indziej, może przy Rooneyu, który choć ślepy, chciał jeszcze być głuchy i niemy. Ale tego już nie powiedział.

49.

Podczas drogi powrotnej zwróciłam się do Lili:

– Jeśli pożyczam ci książkę, która na dodatek nie należy do mnie, proszę cię, żebyś nie zabierała jej na plażę. Nie mogę zwrócić jej Galiani z piaskiem między kartkami.

– Przepraszam – odpowiedziała i radośnie pocałowała mnie w policzek. W ramach przeprosin wzięła ode mnie torbę, od Pinuccii zresztą też.

Powoli zaczął mi wracać dobry nastrój. Przyszło mi do głowy, że Nino nie bez powodu wspomniał, że jedzie do Barano: chciał, żebym o tym wiedziała i samodzielnie postanowiła do niego dołączyć. On już taki jest, pomyślałam coraz weselsza, chce być adorowany: jutro rano wstanę wcześnie i od razu ruszę w drogę. Pinuccia natomiast ciągle była w złym humorze. Zazwyczaj łatwo wpadała w złość, ale też nietrudno było ją udobruchać, zwłaszcza obecnie, kiedy ciąża zaokrągliła nie tylko jej kształty, ale i kanciasty charakter. Teraz natomiast stawała się coraz bardziej naburmuszona.

– Czy Bruno powiedział ci coś niemiłego? – zapytałam w pewnym momencie.

– Ależ skąd.

– To co się dzieje?

– Nic.

– Źle się czujesz?

– Wspaniale, sama nie wiem, co mi jest.

– Idź się przygotuj, zaraz przyjedzie Rino.

– Dobrze.

Została jednak w mokrym stroju kąpielowym i z roztargnieniem przeglądała kolorowe czasopismo. Lila i ja zaś wystroiłyśmy się, zwłaszcza Lila, która ubrała się jak na wesele. A Pinuccia nic. Nawet Nunzia, która w milczeniu tyrała w kuchni, powiedziała cicho:

– Pinù, co się dzieje, skarbie, nie idziesz się przebrać?

Żadnej odpowiedzi. Dopiero kiedy rozległ się warkot skuterów i dobiegły wołania młodzieńców, Pina skoczyła na nogi i zamknęła się w pokoju, wykrzykując:

– Tylko go nie wpuszczajcie, proszę!

Wieczór był dosyć dziwny i wprowadził w konsternację nawet obydwu mężów. Stefano, nawykły do konfliktowego charakteru Lili, niespodziewanie ujrzał bardzo czułą dziewczynę, skłonną do pieszczot i pocałunków bez okazywania zwyczajowego rozdrażnienia; natomiast Rino, który przyzwyczajony był do tego, że Pinuccia ciągle się do niego klei, a od kiedy zaszła w ciążę, stała się jeszcze bardziej namiętna, poczuł się rozczarowany, że żona nie wybiegła do niego na schody. Sam musiał jej poszukać, i kiedy w końcu przytulił ją w sypialni, od razu wyczuł, że jej radość jest wymuszona. Nie tylko. Gdy po kilku lampkach wina młodzi podchmieleni mężowie uderzyli w zwyczajowy ton i zaczęli rzucać erotyczne aluzje, wskazujące na rosnące pożądanie, Lila śmiała się głośno, Pinuccia zaś, gdy Rino wyszeptał jej coś na ucho, cofnęła się gwałtownie i wysyczała po włosku, z domieszką dialektu:

– Odczep się, prostaku.

On się wściekł:

– Do mnie mówisz prostaku? Do mnie?

Ona wytrzymała kilka minut, a gdy jej dolna warga zaczęła drżeć, uciekła i zamknęła się w sypialni.

– To wina ciąży – wyjaśniła Nunzia. – Potrzeba cierpliwości.

Zapadło milczenie. Rino skończył kolację, potem prychnął i poszedł do żony. Tego wieczoru już się nie pojawił.

Lila i Stefano postanowili przejechać się lambrettą, by zobaczyć plażę nocą. Gdy wychodzili, chichotali i obcałowywali się. Sprzątnęłam ze stołu, jak zwykle walcząc z Nunzią, która chciała zrobić wszystko sama. Chwilę porozmawiałyśmy o tym, jak poznała Fernanda i jak się w sobie zakochali. Powiedziała coś, co mną wstrząsnęło:

– Przez całe życie kochasz ludzi, których tak naprawdę w ogóle nie znasz. – Fernando był i dobry, i zły, a ona bardzo go kochała, ale bywało też, że nienawidziła. – Dlatego – podkreśliła – nie trzeba się martwić: Pinuccia jest kapryśna, ale potem się uspokaja. A pamiętasz, w jakim stanie Lina wróciła z podróży poślubnej? Spójrz na nich teraz. I całe życie jest takie: raz dostajesz lanie, a raz całusy.

Poszłam do swojego pokoiku, usiłowałam skończyć Chaboda, ale przypomniałam sobie, z jakim zachwytem Nino słuchał Lili, gdy opowiadała o tym Rooneyu, i przeszła mi ochota na ideę narodu. Pomyślałam, że Nino też jest niewiadomą, Nino też jest trudny do rozgryzienia. Wydawało się, że literaturę ma za nic, a tu proszę, Lila bierze przez przypadek dramaty, plecie piąte przez dziesiąte i on już się zapala. Pogrzebałam w zabranych książkach, szukając jeszcze czegoś o literaturze, ale niczego nie miałam. Za to zauważyłam, że brakuje jednej z nich. Czy to możliwe? Galiani dała mi sześć książek. Jedną miał Nino, jedną czytałam ja, a na marmurowym parapecie leżały trzy. Gdzie była szósta?

Szukałam wszędzie, nawet pod łóżkiem, przypominając sobie przy tym, że była to książka o Hiroszimie. Zdenerwowałam się, z pewnością zabrała ją Lila, kiedy myłam się w łazience. Co się z nią dzieje? Czy po latach spędzonych w zakładzie szewskim i w wędliniarni, latach narzeczeństwa, miłości i konszachtów z Solarami postanowiła na powrót stać się taka jak w szkole podstawowej? Jakiś sygnał już był: to ona zaproponowała zakład, który abstrahując od jego wyniku, miał mi pokazać jej pragnienie, by znowu mogła wziąć się do nauki. Ale czy coś się potem wydarzyło? Czy potraktowała go poważnie? Nie. Teraz jednak wystarczyło kilka pogawędek z Ninem, sześć popołudni na słońcu i piasku, by ożyła chęć do przyswajania wiedzy, a może nawet do rywalizowania o to, która z nas będzie lepsza. Czy dlatego obsypała panią Oliviero pochwałami? Czy dlatego uznała za coś pięknego, jeśli ktoś całe swoje życie poświęca tylko wzniosłym ideałom, a nie przyziemnym sprawom? Wyszłam z pokoju na paluszkach, uważając, by drzwi nie zaskrzypiały.

Dom tonął w ciszy, Nunzia poszła spać, Stefano i Lila jeszcze nie wrócili. Zakradłam się do ich pokoju: plątanina porozrzucanych ubrań, butów, walizek. Na krześle znalazłam książkę, nosiła tytuł: *Hiroszima: dzień po*. Wzięła ją bez pytania, jak gdyby moje rzeczy należały również do niej, jak gdybym jej zawdzięczała to, kim jestem, jak gdyby nawet troska Galiani o moje wykształcenie wynikała z faktu, że ona jednym roztargnionym gestem, jednym napomkniętym zdaniem sprawiła, że potrafiłam zaskarbić sobie względy profesorki. W pierwszej chwili chciałam zabrać książkę. Ale ogarnął mnie wstyd, zmieniłam zdanie i zostawiłam ją tam, gdzie leżała.

50.

To była nudna niedziela. Przez całą noc męczył mnie zaduch, ze strachu przed komarami nie odważyłam się otworzyć okna. Zasypiałam, budziłam się, znowu zasypiałam. Czy iść do Barano? Ale po co? By spędzić dzień na zabawie z Cirem, Pinem i Clelią, podczas gdy Nino będzie pływał albo w milczeniu wylegiwał się na słońcu, tocząc niemy spór z ojcem? Obudziłam się późno, o dziesiątej, i gdy tylko otworzyłam oczy, z bardzo daleka napłynęło poczucie tęsknoty, które przepełniło mnie niepokojem.

Od Nunzii dowiedziałam się, że Pinuccia i Rino poszli już nad morze, natomiast Stefano i Lila jeszcze śpią. Zniechęcona zjadłam chleb, mocząc go w kawie z mlekiem. Ostatecznie zrezygnowałam z Barano i też wybrałam się na plażę, rozdrażniona i smutna.

Rino spał na piasku, z mokrymi włosami i ciężkim ciałem, brzuchem w dół, Pinuccia zaś chodziła tam i z powrotem wzdłuż brzegu. Zapytałam, czy nie przejdzie się ze mną do fumaroli, niegrzecznie odmówiła. Poszłam więc na długi spacer w kierunku Forio dla ukojenia nerwów.

Ranek mijał ospale. W drodze powrotnej wykąpałam się w morzu, potem położyłam na słońcu. Musiałam słuchać, jak Rino i Pinuccia szeptali do siebie, jakby mnie nie było przy nich:

– Nie wyjeżdżaj.

– Mam pracę: buty muszą być gotowe na jesień. Widziałaś je. Podobają ci się?

– Tak, ale to, co Lila kazała ci dodać, jest brzydkie, wywal to.

– Nie, będzie pasowało.

– Widzisz? Nic, co ja mówię, nie liczy się dla ciebie.

– Nieprawda.

– Najprawdziwsza prawda, już mnie nie kochasz.

– Kocham cię i wiesz, że bardzo mi się podobasz.

– A tam, popatrz, jaki mam brzuch.

– Ja ten brzuch wycałuję. Przez cały tydzień myślę tylko o tobie.

– To nie jedź do pracy.

– Nie mogę.

– W takim razie wieczorem jadę z tobą.

– Zapłaciliśmy już naszą część, musisz zostać.

– Nie chcę.

– Dlaczego?

– Bo jak tylko zasnę, mam koszmary i potem nie mogę już spać przez całą noc.

– Nawet jeśli śpisz z moją siostrą?

– Zwłaszcza z nią, twoja siostra, gdyby mogła, już dawno by mnie zabiła.

– To idź spać z mamą.

– Twoja mama chrapie.

Pinuccia była nie do zniesienia. Przez cały dzień głowiłam się nad powodem tych utyskiwań. To prawda, że spała mało i źle, ale kłamstwem było, że chce, żeby Rino został, albo że chce z nim wyjechać. W końcu doszłam do wniosku, że usiłuje mu coś powiedzieć, coś, czego sama jeszcze nie wie, i stąd ten zły humor i narzekanie. Potem jednak dałam sobie spokój, co innego mnie zaabsorbowało. Przede wszystkim ekspansywność Lili.

Kiedy przyszła z mężem na plażę, wyglądała na jeszcze szczęśliwszą niż ubiegłego wieczoru. Chciała mu pokazać, że nauczyła się pływać, i razem oddalili się od brzegu – w pełne morze, jak powiedział Stefano, choć w rzeczywistości byli zaledwie kilka metrów od plaży. Ona, elegancka, wykonująca precyzyjne ruchy ramion i rytmicznie obracająca głowę – co dopiero opanowała – aby wyjąć twarz z wody i nabrać powietrza, szybko zostawiła go w tyle. Zatrzymała się i ze śmiechem patrzyła, jak on ją dogania, zabawnie wymachując rękami, trzymając sztywno głowę, prychając w wodę, która zalewa mu twarz.

Po południu, kiedy pojechali lambrettą na wycieczkę, jej radość jeszcze wzrosła. Rino też chciał się przejechać, ale ponieważ Pinuccia odmówiła – bała się, że spadnie i straci dziecko – zwrócił się do mnie: „Chodź ty, Lenù". Po raz pierwszy przeżyłam coś podobnego, Stefano na przedzie, Rino tuż za nim i wiatr, i strach przed upadkiem albo zderzeniem, i rosnące podniecenie, i silny zapach spoconych pleców męża Pinuccii, i pycha, która pchała go do gwałcenia wszelkich zasad i odpowiadania protestującym w sposób, w jaki robi się to w naszej dzielnicy, przez gwałtowne hamowanie i groźby – zawsze był chętny do bitki, by potwierdzić swoje prawo do robienia tego, co mu się żywnie podoba. To było zabawne, jak powrót do emocji podczas wybryków z dziecięcych lat, jakże inne od tego, co dawał mi Nino, kiedy po południu pojawiał się na plaży u boku przyjaciela.

Tej niedzieli często o nich wspominałam: sprawiało mi przyjemność przede wszystkim wypowiadanie imienia Nina. Szybko spostrzegłam, że zarówno Pinuccia, jak i Lila zachowują się tak, jakbyśmy nie spotykały się z Brunem i Ninem we trójkę. W efekcie kiedy ich mężowie się żegnali, by biec na statek, Stefano mnie poprosił, abym pozdrowiła syna Soccava, jak gdybym tylko ja miała okazję go widywać, a Rino drwił, zadając pytania w stylu: „Kto ci się bardziej podoba, syn poety czy kiełbasiarza? Kto jest według ciebie ładniejszy?", jakby jego żona i siostra nie mogły wyrazić własnej opinii.

Na koniec zdenerwował mnie sposób, w jaki obie zachowały się już po wyjeździe mężów. Pinuccii wrócił dobry nastrój, odczuła potrzebę, by umyć włosy, które – jak powiedziała głośno – są pełne piasku. Lila ze znudzeniem chwilę szwendała się po domu, a potem położyła się na niepościelonym łóżku, nie przejmując się panującym w pokoju bałaganem. Kiedy zajrzałam do niej, aby powiedzieć dobranoc, zobaczyłam, że nawet się nie rozebrała: ze zwężonymi oczami i zmarszczonym czołem czytała książkę o Hiroszimie. Nie robiłam jej wymówek, powiedziałam tylko z pewną szorstkością w głosie:

– Co się stało, że nagle naszła cię chęć, by czytać?
– Nie twoja sprawa – odparła.

51.

Nino pojawił się w poniedziałek nie jak zwykle o czwartej po południu, ale o dziesiątej rano, jak widmo przywołane moim pragnieniem. Zaskoczenie było wielkie. Dopiero przyszłyśmy na plażę, obrażone, bo każda z nas twierdziła, że pozostałe zbyt długo siedziały w łazience, szczególnie zaś nerwowa była Pinuccia, ponieważ w nocy zniszczyła jej się fryzura. To ona pierwsza się odezwała złowrogim głosem. Zanim Nino wyjaśnił, jak to się stało, że zmienił porządek dnia, naskoczyła na niego:

– Dlaczego Bruno nie przyszedł, miał coś lepszego do roboty?

– W domu są jeszcze rodzice, wyjeżdżają w południe.

– A potem przyjdzie?

– Myślę, że tak.

– Bo jeśli nie przyjdzie, to ja wracam spać, z wami się nudzę.

I gdy Nino opowiadał, że w Barano przeżył tak straszną niedzielę, że wczesnym rankiem postanowił uciekać, a ponieważ nie mógł iść do Bruna, skierował się prosto na plażę, ona raz czy dwa zapytała żałośnie: kto idzie ze mną do wody? Ponieważ ja i Lila zignorowałyśmy ją, poszła sama z gniewną miną.

Trudno. Wolałyśmy z uwagą wysłuchać, jak Nino wymienia krzywdy wyrządzane mu przez ojca. Nazwał go oszustem, leniuchem. Nie rusza się z Barano, bo znowu przedłużył sobie zwolnienie z pracy w oparciu o jakąś fikcyjną chorobę, którą potwierdził zaprzyjaźniony lekarz.

– Mój ojciec – powiedział z niesmakiem – jest w każdym calu zaprzeczeniem interesu publicznego. – I w tej samej chwili, ni z tego, ni z owego, zrobił coś nieprzewidywalnego. Nagłym ruchem, który przyprawił mnie niemalże o zawał, pochylił się i głośno cmoknął mnie w policzek, a potem powiedział: – Naprawdę się cieszę, że cię widzę. – Potem lekko zakłopotany, jak gdyby zdał sobie sprawę, że taka wylewność może Lili

wydać się niegrzeczna, zwrócił się również do niej: –
Czy tobie też mogę dać całusa?

– Jasne – odpowiedziała Lila, a on pocałował ją
lekko, bezgłośnie, w sposób ledwo zauważalny.

Po czym zaczął z zapałem opowiadać o dramatach
Becketta: och, jak mu się spodobali ci ludzie po szyję
zakopani w ziemię; a jakże piękne jest zdanie o ogniu,
który rozpala w nas teraźniejszość; i chociaż pośród
tysięcy sugestywnych idei, jakie wymieniali ze sobą
Maddie i Dan Rooney, trudno mu było odnaleźć dokładnie to miejsce, o którym wspomniała Lila, cóż,
koncepcja, iż człowiek lepiej odczuwa życie, kiedy jest
ślepy, głuchy, niemy, a nawet bez smaku i bez dotyku, sama w sobie wydaje się interesująca; jego zdaniem oznacza, iż mamy odrzucić wszelkie filtry, które
uniemożliwiają nam pełne zakosztowanie bycia *hic et*
nunc, bycia prawdziwymi.

Lila nie wyglądała na przekonaną, powiedziała, że
zastanawiała się nad tym i że życie w czystym stanie ją
przeraża. Wyraziła się z pewną emfazą, wykrzyknęła:

– Życie bez widzenia i bez mówienia, bez mówienia i bez słyszenia, życie bez ubioru, bez jakiejś powło-
ki jest zdeformowane.

Nie użyła dokładnie tych słów, ale z pewnością
powiedziała „zdeformowane", i zrobiła to z wyrazem
obrzydzenia. Nino powtórzył półgębkiem „zdeformowane", jak gdyby chodziło o przekleństwo. Potem
zaczął się nad tym zastanawiać z rosnącym podekscy-
towaniem, aż nagle zdjął koszulkę, obnażając swoje
chude i opalone ciało, wziął nas obie za ręce i zaciągnął do wody, a ja krzyczałam szczęśliwa: „Nie, nie, nie,

zimno mi", a on odpowiadał: „*Oto wreszcie kolejny boski dzień*", a Lila się śmiała.

Pomyślałam z zadowoleniem, że Lila się myli. Pomyślałam, że z pewnością istnieje ten drugi Nino: nie wiecznie pochmurny chłopiec, emocjonujący się tylko refleksją nad ogólnym stanem świata, ale *ten chłopiec*, który się bawi, który gwałtownie wciąga nas do wody, który nas chwyta, przyciska, przyciąga do siebie, odpływa, daje się dogonić, pochwycić, wepchnąć przez obie pod wodę i udaje pokonanego, udaje, że go topimy.

Kiedy nadszedł Bruno, sprawy przybrały jeszcze lepszy obrót. Wspólnie spacerowaliśmy, a Pinuccia stopniowo odzyskiwała dobry humor. Znowu chciała się kąpać, zajadać kokosem. Od tej chwili przez cały kolejny tydzień rzeczą normalną było, że obaj chłopcy spotykali się z nami na plaży już o dziesiątej rano i zostawali aż do zachodu, kiedy my mówiłyśmy: „Musimy już iść, bo Nunzia będzie zła", a wtedy oni, chcąc nie chcąc, też odchodzili, żeby się trochę pouczyć.

Nawiązała się między nami wielka zażyłość. Jeśli Bruno żartobliwie zwracał się do Lili per „pani Carracci", ona śmiejąc się, wymierzała mu kuksańca w ramię, goniła go, groziła mu. Jeśli okazywał zbyt wielką nabożność wobec Pinuccii, bo nosiła w brzuchu dziecko, Pinuccia brała go pod rękę i mówiła:

– Chodźmy, biegiem, chce mi się wody gazowanej.

Nino zaś często brał mnie za rękę, obejmował ramieniem, jednocześnie obejmując Lilę i chwytając ją za palec wskazujący, za kciuk. Ostrożny dystans odszedł w niepamięć. Staliśmy się pięcioosobową grupką młodzieży, której niewiele trzeba było do radości.

Przechodziliśmy od jednej zabawy do drugiej, a ten, kto przegrywał, płacił. Zapłatą prawie zawsze były całusy, oczywiście na żarty: Bruno musiał całować oblepione piaskiem stopy Lili, Nino moją rękę, a potem policzki, czoło, ucho, cmokając głośno w małżowinę. Organizowaliśmy też długie rozgrywki w rakietki, suchymi uderzeniami wybijając piłkę: Lila była w tym dobra, Nino też. Ale najbardziej zwinny, najbardziej precyzyjny okazał się Bruno. On i Pinuccia zawsze wygrywali, zarówno ze mną i Lilą, Lilą i Ninem, jak i Ninem i mną. Między innymi dlatego, że utwierdziła się między nami niepisana reguła o wyrozumiałości wobec Piny. Ona biegła, skakała, rzucała się na piasek, zapominając o swoim stanie, a wtedy dawaliśmy jej wygrać tylko po to, żeby chwilę odpoczęła. Bruno karcił ją dobrotliwie, kazał usiąść, mówił „koniec" i krzyczał:

– Punkt dla Pinuccii, świetna jest.

Kolejne dni i godziny wypełniało niczym niezmącone szczęście. Nie było mi już przykro, że Lila bierze moje książki, uznałam to wręcz za coś pięknego. Nie było mi przykro, że kiedy dyskusja nabierała rumieńców, ona coraz częściej wyrażała swoje zdanie, a Nino słuchał jej z uwagą, jakby brakowało mu słów, by odpowiedzieć. Wspaniałe było to, że przy tych okazjach nagle przestawał zwracać się do niej i przechodził do rozmowy ze mną, jak gdyby to pomagało mu uporządkować jego opinie.

Wreszcie któregoś razu Lila wspomniała o swojej lekturze poświęconej Hiroszimie. Zrodziła się z tego bardzo gorąca dyskusja, ponieważ Nino, choć był

krytycznie nastawiony wobec Stanów Zjednoczonych
i nie podobało mu się, że Amerykanie posiadali bazę
wojskową w Neapolu, fascynował się ich sposobem
życia, mówił, że chciałby go zgłębić, i dlatego zabolało go, gdy Lila stwierdziła, że zrzucenie bomb ato-
mowych na Japonię było zbrodnią wojenną, a nawet
czymś więcej niż zbrodnią wojenną – bo wojna nie
miała z tym nic wspólnego – było zbrodnią pychy.

– A czy pamiętasz Pearl Harbor? – zapytał ją
ostrożnie.

Ja nie wiedziałam, co to Pearl Harbor, ale odkryłam, że Lila owszem. Odparła, że nie można porów-
nywać Pearl Harbor i Hiroszimy, bo Pearl Harbor
było wojennym świństwem, a Hiroszima szalonym,
okrutnym i potwornym odwetem, o wiele gorszym
od nazistowskich mordów masowych. I zakończyła:
należałoby ich postawić przed sądem jako najgorszych
zbrodniarzy, bo dopuszczają się przerażających rzeczy
tylko po to, żeby terroryzować tego, kto pozostał przy
życiu, i rzucić go na kolana. Mówiła z taką werwą,
że Nino zamiast przejść do kontrataku, zamilkł i zamyślił się. Potem zaś zwrócił się do mnie, jak gdyby
ona nie istniała. Powiedział, że problemem nie było
ani okrucieństwo, ani zemsta, lecz konieczność poło-
żenia kresu najpotworniejszej z wojen i zarazem, właśnie poprzez zastosowanie nowej, przerażającej broni,
wszystkim kolejnym wojnom. Mówił niskim głosem,
patrząc mi prosto w oczy, jak gdyby zależało mu tylko
na mojej akceptacji. To była piękna chwila. On też był
bardzo piękny. Tak się wzruszyłam, że do oczu pode-
szły mi łzy i z trudem je powstrzymywałam.

Potem znowu nadszedł piątek, bardzo upalny dzień, który w większości spędziliśmy w wodzie. I coś nagle zaczęło się psuć.

Szłyśmy pod górę w stronę domu, chwilę wcześniej pożegnałyśmy chłopców, słońce było już nisko, a niebo się zaróżowiło, kiedy Pinuccia, która po wielu godzinach hałaśliwej swobody teraz stała się milcząca, znienacka rzuciła torbę na ziemię, usiadła na skraju drogi i zaczęła popiskiwać ze złości, prawie skamląc.

Lila zmrużyła oczy, spojrzała na szwagierkę, jakby zamiast niej zobaczyła coś okropnego, na co nie była przygotowana. Ja cofnęłam się przerażona i spytałam:

– Pina, co ci jest, źle się czujesz?

– Mam dość tego mokrego kostiumu.

– Wszystkie mamy mokre kostiumy.

– Drażni mnie.

– Uspokój się, chodź. Nie jesteś już głodna?

– Nie mów mi, że mam się uspokoić. Wkurzasz mnie, gdy tak mówisz. Mam cię dość, Lenù, ciebie i twojego spokoju.

I znowu zaczęła skomleć i bić się po udach.

Usłyszałam, jak Lila się oddala, nie poczekawszy na nas. Zrobiła to nie ze złości czy obojętności, ale dlatego, że w zachowaniu szwagierki dostrzegła coś palącego, co mogło ją poparzyć, gdyby za bardzo się zbliżyła. Pomogłam Pinuccii wstać, poniosłam jej torbę.

52.

Pina powoli zaczęła się uspokajać, ale wieczór spędziła z naburmuszoną miną, jakbyśmy wyrządziły jej nie wiadomo jaką krzywdę. Ponieważ w pewnym momencie stała się niegrzeczna nawet wobec Nunzii, niemiło skrytykowała miękkość makaronu, Lila prychnęła i w jednej chwili przeszła do surowego dialektu, w którym obrzuciła ją najbardziej wyrafinowanymi wyzwiskami, na jakie było ją stać. Pina postanowiła, że tej nocy spać będzie ze mną.

Rzucała się we śnie. Na dodatek pokoik był dla nas dwóch za mały, ledwo oddychałyśmy z gorąca. Zlana potem poddałam się, otworzyłam okno, a wtedy komary zaczęły mnie maltretować. To definitywnie przegnało sen, poczekałam, aż zacznie świtać, i wstałam.

Teraz ja też byłam w fatalnym nastroju, miałam trzy lub cztery ukąszenia na twarzy, które mnie szpeciły. Poszłam do kuchni, Nunzia prała nasze brudne ciuchy. Lila też była już na nogach, zjadła zupę mleczną i czytała kolejną z moich książek. Ciekawe, kiedy mi ją podebrała? Jak tylko mnie zobaczyła, rzuciła badawcze spojrzenie i spytała ze szczerą troską, której się nie spodziewałam:

– Jak się czuje Pinuccia?

– Nie wiem.

– Jesteś zła?

– Tak, nie zmrużyłam oka i popatrz, co tu mam.

– Nic nie widać.

– *Ty* niczego nie widzisz.

– Nino i Bruno też nie zobaczą.

– A co to ma do rzeczy?

– Zależy ci na Ninie?

– Setki razy już mówiłam, że nie.

– Spokojnie.

– Jestem spokojna.

– Musimy uważać na Pinuccię.

– Ty na nią uważaj, to twoja szwagierka, nie moja.

– Gniewasz się.

– Tak, tak i jeszcze raz tak!

Dzień był jeszcze gorętszy od poprzedniego. Na plażę szłyśmy pełne nieokreślonego lęku, zły humor przenosił się z jednej na drugą jak zaraza.

W połowie drogi Pinuccia spostrzegła, że nie zabrała ręcznika, i dostała kolejnego ataku histerii. Lila szła przed siebie ze zwieszoną głową i nawet się nie obróciła.

– Ja po niego pójdę – zaproponowałam.

– Nie, wracam do domu, nie mam ochoty na morze.

– Źle się czujesz?

– Czuję się wspaniale.

– To co jest?

– Spójrz, jaki mi brzuch wyskoczył.

Popatrzyłam na jej brzuch i odparłam bez namysłu:

– A ja? Nie widzisz, jakie bąble mi wyskoczyły na twarzy?

Zaczęła wrzeszczeć, powiedziała: jesteś kretynką, i pędem ruszyła, by dołączyć do Lili.

Na plaży przeprosiła mnie, wymamrotała: jesteś tak porządna, że czasami mnie to wkurza.

– Nie jestem porządna.

– Chciałam powiedzieć, że jesteś dobra.

– Nie jestem dobra.

Lila, która ze wszystkich sił starała się nas ignorować i wpatrywała się w morze w kierunku Forio, wtrąciła lodowato:

– Przestańcie, nadchodzą.

Pinuccia zadrżała. „Dwa Michały", szepnęła z nagłą miękkością w głosie i przejechała szminką po ustach, choć i tak były już wystarczająco czerwone.

W kwestii złego humoru chłopcy w niczym nam nie ustępowali. Nino sarkastycznie zwrócił się do Lili:

– To dziś wieczorem przyjeżdżają mężowie?

– Oczywiście.

– I co będziecie robić?

– Jeść, pić i spać.

– A jutro?

– Jutro też będziemy jeść, pić i spać.

– Zostają na niedzielny wieczór?

– Nie, w niedzielę jemy, pijemy i śpimy tylko po południu.

Skryłam się za autoironicznym tonem i wysiliłam na żart:

– Ja jestem wolna: nie jem, nie piję, nie śpię.

Nino spojrzał na mnie, jak gdyby dopiero teraz dostrzegł coś, co wcześniej mu umykało. Odruchowo zasłoniłam ręką prawy policzek, na którym ślad po ukąszeniu był najbardziej opuchnięty. Powiedział z powagą:

– Dobrze więc, jutro widzimy się tutaj o siódmej

rano i idziemy w góry. Po powrocie morze do wieczora. Co ty na to?

W żyłach poczułam miłe ciepełko uniesienia, odparłam radośnie:

– Wspaniale, o siódmej, ja wezmę coś do jedzenia.

Pinuccia zapytała smutno:

– A my?

– A wy macie mężów – odburknął Nino, a słowo *mężowie* wypowiedział tak, jakby mówił: ropuchy, żmije, pająki.

Pinuccia się zerwała i poszła nad brzeg morza.

– Ostatnio jest nieco przewrażliwiona – usprawiedliwiłam ją – ale to wina jej błogosławionego stanu, zazwyczaj zachowuje się inaczej.

Bruno odezwał się swoim pełnym cierpliwości głosem:

– Zabiorę ją na poszukiwanie kokosu.

Odprowadziliśmy go spojrzeniem. Był mały, ale dobrze zbudowany: potężna klatka piersiowa, mocne nogi, szedł po piasku spokojnym krokiem, jak gdyby słońce zapomniało rozpalić ziarenka, po których stąpał. Kiedy Bruno i Pina odeszli w kierunku ośrodka plażowego, Lila powiedziała:

– Chodźmy się kąpać.

53.

Jednocześnie ruszyliśmy w stronę morza, ja w środku, oni po bokach. Trudno wyrazić nagłe poczucie spełnienia, które mnie ogarnęło, kiedy Nino powiedział: jutro widzimy się tu o siódmej. Rzecz jasna przykro mi było ze względu na huśtawkę nastrojów Pinuccii, ale była to lekka przykrość, nie mogła nadwyrężyć mojego stanu błogości. Wreszcie byłam z siebie zadowolona, zadowolona z długiej i pełnej wrażeń niedzieli, która mnie czekała; czułam się też dumna, że tu jestem, w tej chwili, z osobami, które od zawsze odgrywały znaczącą rolę w moim życiu, rolę nieporównywalną nawet z rolą rodziców i rodzeństwa. Wzięłam ich za ręce, wydałam okrzyk szczęścia, zaciągnęłam ich do zimnej wody, wznosząc lodowate igiełki piany. Zanurzyliśmy się, jakbyśmy stanowili jedną istotę.

Pod wodą rozluźniliśmy sploty palców. Nigdy nie lubiłam, gdy lodowata woda zalewa mi włosy, kark, uszy. Od razu się wynurzyłam, prychając. I zobaczyłam, że oni już płyną, więc ja też popłynęłam, aby ich nie zgubić. Nie było to łatwe zadanie: nie potrafiłam sunąć prosto, z głową w wodzie, miarowo uderzając ramionami; prawą rękę miałam silniejszą od lewej, zbaczałam; bałam się, że połknę słoną wodę. Starałam się dotrzymać im tempa, aby nie stracić ich z oczu pomimo krótkowzroczności. Pomyślałam, że się zatrzymają. Serce waliło mi w piersiach, zwolniłam, w końcu stanęłam, unosząc się na wodzie i podziwiając, jak płyną w stronę horyzontu z poczuciem pewności, ramię przy ramieniu.

Za bardzo się oddalali. Ja zresztą również w porywie entuzjazmu zapuściłam się daleko poza niewidzialną linię bezpieczeństwa, która pozwalała mi szybko wrócić na brzeg i poza którą sama Lila nigdy nie odważyła się wypłynąć. Teraz natomiast rywalizowała z Ninem. Chociaż nie miała doświadczenia, nie ustępowała, chciała mu dorównać i coraz bardziej się oddalała.

Zaczęłam się martwić. A jeśli opadnie z sił? A jeśli źle się poczuje? Nino jest dobry, pomoże jej. A jeśli złapie go skurcz, jeśli on też osłabnie? Rozejrzałam się, nurt ściągał mnie na lewo. Nie mogłam tu na nich czekać, musiałam wracać. Spojrzałam w dół, w morze, i to był błąd. Błękit od razu przechodził w granat, potem ciemniał jak noc. Pomimo że słońce jaśniało, powierzchnia morza skrzyła się, a postrzępione chmury sunęły po niebie. Odczułam, że pode mną jest otchłań, odczułam jej pozbawioną punktów zaczepienia wodnistość, była jak mogiła, z której w okamgnieniu mogło coś wypłynąć, dotknąć mnie, pochwycić, ugryźć, wciągnąć w głąb.

Starałam się uspokoić, wrzasnęłam: Lila. Pozbawione okularów oczy na niewiele się zdały, pokonało je migotanie wody. Pomyślałam o niedzielnej wycieczce z Ninem. Wracałam powoli, na plecach, kołysząc nogami i ramionami, aż dotarłam do brzegu.

Usiadłam w połowie zanurzona w wodzie, z trudem wypatrzyłam ich czarne głowy, jak porzucone boje na powierzchni morza, odczułam ulgę. Lila nie tylko była cała, ale udało jej się dotrzymać tempa Ninowi. Ale ona jest uparta, ale zawzięta, ale odważna. Wstałam, podeszłam do Bruna, który siedział obok naszych rzeczy.

– Gdzie Pinuccia? – zapytałam.

Uśmiechnął się nieśmiało, żeby zamaskować smutek.

– Poszła sobie.

– Gdzie?

– Do domu, mówi, że musi się spakować.

– Spakować?

– Chce wyjechać, nie czuje się na siłach, by na tak długo zostawić męża samego.

Poleciłam Brunowi, żeby nie tracił z oczu Nina, a zwłaszcza Lili, zebrałam swoje rzeczy i mokra pobiegłam za Piną, żeby zrozumieć, co się z nią dzieje.

54.

To było fatalne popołudnie, a po nim nastąpił jeszcze bardziej tragiczny wieczór. Pinuccia naprawdę się pakowała, a Nunzia nie potrafiła jej uspokoić.

– Nie musisz się tak martwić – mówiła łagodnie. – Rino potrafi sobie wyprać majtki, potrafi sobie ugotować, a poza tym jest ojciec, są przyjaciele. On wcale nie myśli, że ty tu jesteś dla zabawy, rozumie, że musisz odpoczywać, żeby dziecko narodziło się śliczne i zdrowe. Głowa do góry, pomogę ci wszystko poukładać. Ja nigdy nie byłam na takich wakacjach, ale dzisiaj dzięki Bogu są pieniądze, i choć nie należy ich marnować, odrobina luksusu to nie grzech, możecie sobie na niego pozwolić. Pinù, proszę cię, córeczko. Rino cały tydzień harował, jest zmęczony, zaraz przyjedzie. Nie pokazuj mu się w takim stanie, znasz go, będzie się martwił, a jak jest zmartwiony, to i zły, i jaki tego efekt? Taki, że ty chcesz wyjechać, żeby być przy nim, on przyjeżdża, żeby być przy tobie, a kiedy się spotkacie, zamiast się cieszyć, będziecie się tylko kłócić. Pięknie to tak?

Ale do Pinuccii nie docierały argumenty Nunzii. Wtedy ja też dorzuciłam swoje trzy grosze i doszłyśmy do tego, że my wyjmowałyśmy z walizek rzeczy, a ona je tam z powrotem wkładała, krzyczała, uspokajała się, znowu krzyczała.

W pewnym momencie wróciła także Lila. Oparła się o framugę i ze ściągniętymi brwiami, ze zmarszczonym czołem przyglądała się żałosnemu obrazowi, jaki przedstawiała sobą Pinuccia.

– Wszystko w porządku? – zapytałam ją.

Skinęła głową, że tak.

– Całkiem nieźle już pływasz.

Nic nie odpowiedziała.

Miała minę kogoś, kto musi jednocześnie tłumić radość i przerażenie. Widać było, że coraz mniej toleruje wrzaski Pinuccii. Szwagierka znowu wyskoczyła z zamiarem wyjazdu, pożegnaniami, rozpaczą, bo zapomniała tego czy tamtego, westchnieniami za jej Rinucciem, a wszystko przetykała niekonsekwentnym żalem za morzem, zapachem ogrodów, plażą. Lila milczała, nie wypowiedziała żadnego ze swoich złośliwych przytyków, żadnej sarkastycznej uwagi. W końcu, jak gdyby chodziło nie o przywołanie do porządku, lecz o zapowiedź czegoś nieuchronnego, co wszystkim nam groziło, wymknęło się jej z ust:

– Zaraz przyjadą.

Wtedy Pinuccia opadła wyczerpana na łóżko obok pozamykanych waliz. Lila skrzywiła się, poszła do siebie, aby doprowadzić się do porządku. Wkrótce

wróciła w bardzo obcisłej czerwonej sukience i ze spię-
tymi włosami. Jako pierwsza usłyszała wycie silników,
wychyliła się przez okno, entuzjastycznie zamachała
rękami. Potem z powagą zwróciła się do Piny i wysyczała z taką pogardą, na jaką ją tylko było stać:

— Idź, umyj twarz i zdejmij ten mokry kostium.

Pinuccia spojrzała na nią w milczeniu. Między
nimi przeleciało coś błyskawicznego, jakaś niewidoczna iskra skrywanych uczuć, wiązka elementarnych
cząsteczek wystrzelonych z głębi jestestwa, wstrząs
i drżenie trwające jedną sekundę, które jednak zdołałam przechwycić w zdumieniu, ale których nie potrafiłam odcyfrować; one jednak tak, one się zrozumiały,
dostrzegły podobieństwa, i Pinuccia już wiedziała, że
Lila wie, rozumie i chce jej pomóc, nawet przez pogardę. Dlatego posłuchała.

55.

Stefano i Rino wpadli do domu. Lila była jeszcze bardziej czuła niż w ubiegłym tygodniu. Przytuliła Stefana, sama też pozwoliła się przytulić, zapiszczała z radości, kiedy on wyciągnął z kieszeni pudełko, a ona
je otworzyła i znalazła złoty łańcuszek z wisiorkiem
w kształcie serca.

Oczywiście Rino też przywiózł prezent i Pinuccia
zrobiła wszystko, żeby zareagować jak szwagierka, ale
w jej oczach widoczne były ból i słabość. Dlatego pocałunki Rina i uściski, i prezent szybko zerwały maskę

szczęśliwej żony, pod którą skryła się w pośpiechu. Usta zaczęły jej drżeć, z oczu trysnęła fontanna łez i łamiącym się głosem powiedziała:

– Przygotowałam już walizki. Nie chcę tu zostać ani minuty dłużej, chcę zawsze być z tobą i tylko z tobą.

Rino uśmiechnął się, wzruszyła go ta miłość, roześmiał się. Potem powiedział:

– Ja też chcę być zawsze z tobą i tylko z tobą.

Wreszcie dotarło do niego, że żona nie tylko pokazuje mu, jak bardzo za nim tęskniła i że zawsze będzie tęsknić, ale że naprawdę chce wyjechać, że wszystko jest już gotowe i obstaje przy swojej decyzji ze szczerym i trudnym do zniesienia płaczem.

Zamknęli się w sypialni, aby porozmawiać, ale trwało to krótko i Rino wrócił do nas, wrzeszcząc na matkę:

– Mamo, chcę wiedzieć, co tu się stało. – I nie czekając na odpowiedź, naskoczył również na siostrę:

– Jeśli to twoja wina, jak Bóg na niebie, spiorę cię po pysku. – Potem wrzasnął do żony w drugim pokoju: – Dosyć, wkurwiłaś mnie, chodź tu natychmiast, jestem zmęczony, chce mi się jeść.

Pinuccia pojawiła się z opuchniętymi oczami. Zobaczywszy ją, Stefano, próbując rozładować atmosferę, objął siostrę i z westchnieniem zażartował:

– Ech, miłość, można przez was, baby, zwariować.

Potem, przypomniawszy sobie nagle przyczynę swojego szaleństwa, pocałował Lilę w usta, a widząc nieszczęście drugiej pary, poczuł się jeszcze bardziej szczęśliwy z powodu swojego nieoczekiwanego szczęścia.

Wszyscy zasiedliśmy do stołu, Nunzia w milczeniu nakładała każdemu. Ale tym razem Rino nie wytrzymał, wrzasnął, że nie jest już głodny, i talerzem pełnym spaghetti z małżami cisnął na środek kuchni. Przestraszyłam się, Pinuccia znowu uderzyła w płacz. Nawet Stefano stracił równowagę i sucho odezwał się do żony:

– Idziemy, zabieram cię do restauracji.

Wśród protestów Nunzii i Pinuccii wyszli z kuchni. W ciszy, jaka zapadła, usłyszeliśmy warkot odjeżdżającej lambretty.

Pomogłam Nunzii zmyć podłogę. Rino wstał, wyszedł do sypialni. Pinuccia pobiegła do łazienki, ale chwilę później dołączyła do męża i zamknęła drzwi do pokoju. Dopiero wtedy Nunzia wybuchła, zapominając o roli uległej teściowej:

– Widziałaś, co Rinuccio musi przechodzić przez tę kretynkę? Co jej się stało?

Odpowiedziałam, że nie wiem, i to była prawda, ale cały wieczór spędziłam na pocieszaniu jej i snuciu opowieści o uczuciach Pinuccii. Powiedziałam, że gdybym ja nosiła w brzuchu dziecko, tak jak ona chciałabym być zawsze blisko przy mężu, by czuć się pewnie, bezpiecznie, że moja odpowiedzialność jako matki wspierana jest przez jego odpowiedzialność jako ojca. Powiedziałam, że Lila jest tutaj, aby zajść w ciążę, i widać, że to właściwa kuracja, że morze dobrze jej robi – wystarczy spojrzeć na szczęście, jakim emanuje, gdy przyjeżdża Stefano – a Pinuccia już ma w sobie miłość i pragnie całą ją ofiarować Rinowi, w każdej minucie dnia i nocy, inaczej zaczyna jej ona ciążyć i sprawia, że cierpi.

To była przyjemna godzina, razem siedziałyśmy w uprzątniętej kuchni, talerze i garnki błyszczały czystością, Nunzia zaś wzdychała:

– Jak pięknie mówisz, Lenù, od razu widać, że czeka cię wspaniała przyszłość. – Łzy napłynęły jej do oczu, wyszeptała, że Lila powinna się uczyć, to jej przeznaczenie. – Ale mój mąż nie chciał – dodała – a ja nie potrafiłam się mu przeciwstawić: wtedy nie było pieniędzy, bo ona mogła być jak ty; jednak wyszła za mąż, poszła inną drogą i nie da się już teraz tego cofnąć, życie niesie nas tam, gdzie samo chce.

Życzyła mi dużo szczęścia.

– Z pięknym młodzieńcem, który uczy się jak ty – powiedziała i spytała, czy naprawdę podoba mi się syn Sarratorego.

Zaprzeczyłam, ale zwierzyłam się, że następnego dnia wybieram się z nim w góry. Wyraziła zadowolenie, pomogła przygotować bułki z salami i serem. Zawinęłam je w papier, włożyłam do torby razem z ręcznikiem plażowym i innymi rzeczami, które mogły okazać się potrzebne. Poleciła, żebym jak zwykle zachowała zdrowy rozsądek, i życzyłyśmy sobie dobrej nocy.

Zamknęłam się w pokoiku, chwilę poczytałam, ale nie mogłam się skupić. Pięknie będzie wyjść wczesnym rankiem, odetchnąć rześkim pachnącym powietrzem. Lubiłam morze, lubiłam nawet Pinuccię, jej płacz, kłótnie dzisiejszego wieczoru, miłość rodzącą pojednanie, która z tygodnia na tydzień rosła między Lilą i Stefanem. I tak bardzo pragnęłam Nina. Cudownie było mieć przy sobie dzień po dniu jego i przyjaciółkę, zadowolonych, pomimo chwilowych nieporozumień, pomimo złego nastroju, który nie zawsze drzemał w czarnej głębi.

Usłyszałam, że Stefano i Lila wrócili. Rozmawiali i chichotali po cichu. Drzwi otworzyły się, zamknęły, znowu otworzyły. Usłyszałam kran, spłuczkę. Potem zgasiłam światło, wsłuchałam się w lekki szum trzciny, hałasy dobiegające z kurnika i zapadłam w sen.

Ale wkrótce się obudziłam, ktoś był w pokoju.

– To ja – wyszeptała Lila.

Czułam, że siedzi na skraju łóżka, podniosłam się, by zapalić światło.

– Nie – powiedziała. – Będę tylko chwilkę.

I tak zapaliłam, usiadłam.

Miała na sobie bladoróżową halkę. Jej skóra była tak opalona, że podkreślała biel oczu.

– Widziałaś, jak daleko zapłynęłam?

– Niezła jesteś, ale bałam się o ciebie.

Pokręciła dumnie głową i uśmiechnęła się tak, jakby chciała powiedzieć, że morze już należy do niej. Nagle spoważniała.

– Muszę ci coś powiedzieć.

– Co?

– Nino mnie pocałował – wyrzuciła jednym tchem, jak ktoś, kto w spontanicznym wyznaniu stara się nawet przed sobą ukryć to coś, czego nie da się wyznać. – Pocałował mnie, ale ja trzymałam zaciśnięte usta.

56.

Opowieść była szczegółowa. Ona, wykończona, ale zadowolona, że udowodniła swoje umiejętności, oparła się na nim, aby łatwiej utrzymać się na powierzchni. Ale Nino wykorzystał bliskość i z siłą przycisnął swoje usta do jej warg. Ona natychmiast je zacisnęła, i choć on próbował otworzyć je czubkiem języka, ani na chwilę nie ustąpiła. „Jesteś szalony – powiedziała, odpychając go. – Mam męża". Ale Nino odparł tylko: „Ja cię kochałem, jeszcze zanim poznałaś męża, od czasu szkolnego konkursu". Lila przykazała mu, żeby więcej się na to nie ważył, i ruszyli w stronę brzegu.

– Tak przyciskał, że aż bolały mnie wargi – zakończyła. – I jeszcze mnie bolą.

Spodziewała się jakiejś reakcji z mojej strony, ale ja powstrzymałam się od pytań czy komentarzy. Kiedy doradziła, abym nie szła z nim w góry, chyba że będzie z nami też Bruno, odparłam chłodno, że jeśli Nino mnie pocałuje, nie będzie w tym nic złego, ja nie jestem zamężna ani nawet zaręczona.

– Szkoda tylko – dodałam – że mi się nie podoba: jego pocałunek byłby jak pocałunek zdechłego szczura.

Udałam, że nie mogę powstrzymać się od ziewania, a ona, rzuciwszy mi spojrzenie, które wydało mi się zarazem czułe i pełne podziwu, poszła spać. Płakałam bez przerwy od chwili, kiedy opuściła pokój, aż do świtu.

Dzisiaj czuję pewne zażenowanie, gdy sobie przypomnę, jak bardzo cierpiałam, nie mam dla siebie żadnego zrozumienia. Ale tamtej nocy wydawało mi się, że zagubiłam sens życia. Dlaczego Nino tak się zachował? Całował Nadię, całował mnie, całował Lilę. Czy to ten sam człowiek, którego kochałam, taki poważny, pełen idei? Godziny mijały, a ja nie mogłam pogodzić się z faktem, że tak poważnie podchodzi do wielkich światowych problemów i tak lekceważąco do uczuć. Zaczęłam zastanawiać się nad sobą, sama siebie oszukiwałam, łudziłam się. Bo jak ja, niska, pulchna, w okularach, pilna w nauce, ale nie inteligentna, udająca wykształconą, poinformowana, podczas gdy było całkiem inaczej, mogłam choć przez chwilę pomyśleć, że mu się podobam, nawet jeśli to miałoby trwać tylko przez wakacje? Zresztą czy naprawdę tak myślałam? Dokładnie przeanalizowałam swoje zachowanie. Nie, nie potrafiłam wyjaśnić sobie własnych pragnień. Nie tylko usiłowałam ukryć je przed innymi, ale nawet przed sobą przyznawałam się do nich ze sceptycyzmem, bez przekonania. Dlaczego ani razu nie powiedziałam Lili, co czuję do Nina? I dlaczego teraz nie wykrzyczałam jej bólu, jaki mi sprawiło jej nocne wyznanie, dlaczego nie zdradziłam jej, że wcześniej Nino pocałował mnie? Co mnie pchało do takiego zachowania? Czy dlatego trzymałam własne uczucia na uwięzi, bo bałam się siły, z jaką w duchu pragnęłam rzeczy, osób, pochwał, sukcesów? Bo bałam się, że ta siła, jeśli nie uzyskam tego, co chcę, eksploduje mi w piersi i wejdzie na drogę najgorszych uczuć, jak wtedy, kiedy zmusiła mnie do porównania pięknych ust Nina ze zdechłym szczurem? Czy właśnie dlatego, nawet kiedy na coś się odważyłam, zawsze byłam gotowa się wycofać? Czy właśnie dlatego zawsze miałam w pogotowiu miły uśmiech, wybuch radości, nawet kiedy sprawy przybierały nieciekawy obrót? Czy właśnie dlatego wcześniej czy później znajdowałam prawdopodobne wytłumaczenie dla osób, które zadawały mi cierpienie?

Pytania i łzy. Świtało już, kiedy chyba zrozumiałam, co się wydarzyło. Nino szczerze sądził, że kocha Nadię. Z pewnością przez lata traktował mnie z nieudawanym szacunkiem i sympatią, pobudzony dobrą opinią o mnie profesor Galiani. Ale teraz, na Ischii, spotkał Lilę i zrozumiał, że to ona od dzieciństwa jest – i będzie już na zawsze – jego jedyną i prawdziwą miłością. Tak, na pewno tak to się potoczyło. I jakże go za to karcić? Gdzie tu wina? W ich historii było coś wyjątkowego, wzniosłego, jakieś zrządzenie losu. Przypomniałam sobie wiersze i powieści, a one podziałały jak środek uspokajający. Pomyślałam, że może nauka do tego się przydaje: do uspokajania się. Ona rozpaliła w jego piersi płomień, on przez lata nieświadomie go podtrzymywał: i teraz, kiedy ten płomień zamienił się w pożogę, cóż innego miał zrobić, jeśli nie pokochać ją. Nawet jeśli ona go nie kochała. Nawet jeśli była zamężna, czyli niedostępna, zakazana: małżeństwo trwa na wieki, nawet po śmierci. Chyba że się je naruszy, skazując się na piekielne męki aż po Sąd Ostateczny. Kiedy nastał dzień, wydawało mi się, że już wszystko wiem. Miłość Nina do Lili to miłość niemożliwa. Jak moja do niego. I dopiero w tym kontekście niemożliwości pocałunek, jakim ją obdarował pośrodku morza, nabrał dla mnie możliwej do zaakceptowania formy.

Pocałunek.

Tu nie chodziło o wybór, lecz o coś, co się stało: zwłaszcza że Lila potrafiła sprawiać, aby coś się stało. Ja natomiast nie. I co teraz mam zrobić? Pójdę na spotkanie. Wejdziemy na górę Epomeo. Albo i nie. Wyjadę dziś wieczorem ze Stefanem i Rinem. Powiem, że matka napisała do mnie, że mnie potrzebuje. Bo jak mam wspinać się z nim, wiedząc, że kocha Lilę, że ją pocałował. I jak mam codziennie patrzeć na nich, jak wypływają coraz dalej i dalej. Byłam wycieńczona, zasnęłam. Kiedy obudziłam się znienacka, wyjaśnienie, jakie w nocy zaświtało mi w głowie, naprawdę nieco ukoiło ból. Pobiegłam na spotkanie.

57.

Byłam pewna, że nie przyjdzie, ale kiedy dotarłam na plażę, on już czekał, i to bez Bruna. Od razu zrozumiałam, że nie ma ochoty szukać drogi na górę, zapuszczać się na nieznane ścieżki. Powiedział, że jest gotów iść, jeśli mi na tym zależy, ale w tym upale byłby to wysiłek na granicy wytrzymałości, i wykluczył, że znajdziemy coś, co równałoby się z morską kąpielą. Zaczęłam się niepokoić, pomyślałam, że może chce mi powiedzieć, że wraca do domu, by się uczyć. On jednak mnie zaskoczył i zaproponował, abyśmy wzięli łódkę. Przeliczył pieniądze, jakie miał, ja wyciągnęłam jakieś drobne. Uśmiechnął się, odparł grzecznie:

– Ty już zatroszczyłaś się o bułki, ja biorę na siebie łódkę.

Kilka minut później byliśmy na morzu, on przy wiosłach, ja na dziobie.

Poczułam się lepiej. Pomyślałam, że może Lila mnie okłamała, że on wcale jej nie pocałował. Ale w duchu wiedziałam, że to nieprawda: ja czasami kłamałam, nawet (a zwłaszcza) przed samą sobą; ona natomiast, jak daleko sięgałam pamięcią, nigdy. Zresztą wystarczyło poczekać chwilę, a Nino sam postanowił rozwiać wątpliwości. Kiedy byliśmy na pełnym morzu, odłożył wiosła, wskoczył do wody, a ja za nim. Nie popłynął swoim zwyczajem, gubiąc się w lekkim falowaniu wody. Zanurkował, zniknął, wyłonił się trochę dalej, znowu zanurkował. Mnie przerażała ta głębia, popływałam chwilę wokół łódki, tak jednak, aby nie oddalić się zbytnio, potem odczułam zmęczenie i niezgrabnie wdrapałam się na pokład. Po chwili on dołączył do mnie, chwycił za wiosła, zaczął energicznie wiosłować. Sunęliśmy wzdłuż wybrzeża, w stronę Punta Imperatore. Aż do tej chwili wymienialiśmy uwagi o bułkach, o upale, o morzu, o tym, że dobrze zrobiliśmy, nie wchodząc na ścieżki prowadzące na Epomeo. Ku mojemu coraz większemu zdziwieniu jeszcze nie przeszedł do spraw, o jakich przeczytał w książkach, czasopismach, gazetach, choć od czasu do czasu, obawiając się ciszy, rzucałam pojedyncze zdania, które mogły posłużyć za zapalnik dla jego zamiłowania do światowych problemów. Nic z tego, co innego chodziło mu po głowie. I faktycznie, w pewnym momencie odrzucił wiosła, przez chwilę wpatrywał się w skalną ścianę, w lot mew, potem zapytał:

– Czy Lina coś ci mówiła?

– O czym?

Zacisnął usta z zakłopotaniem i wyrzucił z siebie:

– W porządku, w takim razie ja ci powiem, co się stało: pocałowałem ją wczoraj.

Taki był początek. Przez resztę dnia mówił tylko o sobie i o Lili. Co prawda kąpaliśmy się, on zwiedzał groty i rafy, zjedliśmy bułki, wypiliśmy całą wodę, którą zabrałam, chciał nauczyć mnie wiosłować. Ale gdy przychodziło do rozmowy, nie mówiliśmy o niczym innym. I co najbardziej mnie uderzyło, ani razu nie spróbował przenieść tej szczególnej kwestii na płaszczyznę ogólną, jak to zazwyczaj robił. Tylko on i Lila, Lila i on. Nic nie powiedział o miłości, nie powiedział o przyczynach, dla których człowiek zakochuje się w takiej czy innej osobie. Za to maniakalnie wypytywał mnie o nią i o jej relację ze Stefanem.

– Dlaczego za niego wyszła?

– Bo się zakochała.

– To niemożliwie.

– Zapewniam cię, że tak było.

– Wyszła za niego dla pieniędzy, żeby pomóc rodzinie, żeby dobrze ułożyć sobie życie.

– W takim razie mogła wyjść za Marcella Solarę.

– Kto to?

– Ktoś, kto ma o wiele więcej pieniędzy od Stefana i kto bardzo się gimnastykował, aby ją zdobyć.

– A ona?

– Nie chciała go.

– Czyli według ciebie wyszła za sprzedawcę wędlin z miłości.

– Tak.

– Co to za historia z kąpielami w morzu, żeby mieć dzieci?

– Lekarz tak powiedział.

– Ale czy ona chce je mieć?

– Na początku nie chciała, a teraz nie wiem.

– A on?

– On chce.

– Jest w niej zakochany?

– Bardzo.

– A czy ty, patrząc z zewnątrz, czujesz, że między nimi wszystko się układa?

– Z Liną nic nigdy się nie układa.

– Co to znaczy?

– Od pierwszego dnia po ślubie mieli problemy, ale z winy Liny, bo nie potrafiła się dostosować.

– A teraz?

– Teraz jest lepiej.

– Nie wierzę.

Krążył wokół tej kwestii z coraz większym sceptycyzmem. Ale ja byłam nieugięta: Lila jeszcze nigdy nie kochała swojego męża tak jak teraz. A im bardziej on nie dowierzał, tym cięższe argumenty przytaczałam. Powiedziałam jasno i wyraźnie, że do niczego między nimi nie dojdzie, że nie chcę, żeby robił sobie nadzieje. To jednak nie wyczerpało tematu. Coraz bardziej stawało się dla mnie oczywiste, że ten dzień między morzem a niebem będzie tym przyjemniejszy dla niego, im więcej będę mu ze szczegółami opowiadać o Lili. Nie zważał na to, że każde moje słowo zadaje mu cierpienie. Liczyło się tylko to, żebym opowiedziała wszystko, co wiem, to, co dobre i co złe, żebym wypełniła nasze minuty, godziny jej imieniem. Co zresztą zrobiłam, i choć na początku bolało mnie to, sprawy powoli zaczęły przybierać inny obrót. Tego dnia zrozumiałam, że rozmawianie o Lili z Ninem mogło w następnych tygodniach stać się nowym sposobem na kontakty między naszą trójką. Ani ja, ani ona nigdy nie będziemy go mieć. Ale mogłyśmy przez całe wakacje zdobyć jego uwagę, ona jako przedmiot niespełnionej namiętności, ja jako mądra doradczyni, która trzyma pod kontrolą szaleństwo obojga. Ta hipotetyczna centralna pozycja przyniosła mi pewną ulgę. Lila przybiegła do mnie, żeby powiedzieć o pocałunku Nina; on, wychodząc od wyznania o pocałunku, spędził ze mną cały dzień. Stałabym się dla tej dwójki niezbędna.

I faktycznie, Nino nie mógł się już beze mnie obejść.

– Czy twoim zdaniem kiedykolwiek mnie pokocha? – zapytał w pewnej chwili.

– Nino, ona już podjęła decyzję.

– Jaką?

– Że będzie kochać swojego męża, mieć z nim dziecko. I właśnie po to tutaj jest.

– A co z moją miłością?

– Kiedy ktoś nas kocha, zazwyczaj skłonni jesteśmy do wzajemności. Możliwe, że poczuje się miło. Ale jeśli nie chcesz bardziej cierpieć, nie oczekuj niczego więcej. Im większe uczucie i szacunek otaczają Linę, tym okrutniejsza może się stać. Zawsze tak było. Pożegnaliśmy się po zachodzie słońca i przez chwilę wydawało mi się, że to był udany dzień. Ale już po drodze powrócił zły nastrój. Jak mogłam przypuszczać, że zniosę taką udrękę, dam radę rozmawiać z Ninem o Lili i z Lilą o Ninie, już od jutra patrzeć na ich potyczki, zabawy, przytulanki, dotykanie się? Wróciłam do domu z postanowieniem, że powiem wszystkim, że muszę wracać, bo chce tego moja matka. Ale jak tylko weszłam, Lila napadła na mnie:

– Gdzie byłaś? Szukaliśmy cię. Potrzebowaliśmy twojej pomocy.

Dowiedziałam się, że spędzili nieprzyjemną niedzielę. Wina Pinuccii, która zamęczyła wszystkich. Na końcu zaczęła wrzeszczeć, że jeśli jej mąż nie chce jej w domu, to znaczy, że jej nie kocha, i ona woli umrzeć razem z dzieckiem. Wtedy Rino ustąpił i zabrał ją ze sobą do Neapolu.

58.

Dopiero następnego dnia zrozumiałam, z czym wiązał się wyjazd Pinuccii. Wieczór bez niej nie był zły: żadnych lamentów, spokój, czas minął w ciszy. Kiedy udałam się do mojego pokoiku, Lila poszła za mną. Nasza rozmowa z pozoru pozbawiona była napięcia. Ale uważałam na słowa, żeby nie zdradzić się z tym, co naprawdę czuję.

– Wiesz, dlaczego chciała wyjechać? – zapytała Lila.

– Bo chce być z mężem.

Pokręciła przecząco głową, odparła z powagą:

– Przestraszyła się swoich uczuć.

– Czyli?

– Zakochała się w Brunie.

Byłam zaskoczona, nie wzięłam pod uwagę takiej możliwości.

– Pinuccia?

– Tak.

– A Bruno?

– Nawet tego nie zauważył.

– Jesteś pewna?

– Tak.

– Skąd wiesz?

– Bruno ma ciebie na oku.

– Bzdury.

– Nino wczoraj mi powiedział.

– Mnie dzisiaj nic nie mówił.

– Co robiliście?

– Wypożyczyliśmy łódkę.

– Sami?

– Tak.

– O czym rozmawialiście?

– O wszystkim.

– O tym, co ci powiedziałam, też?

– O czym?

– Wiesz dobrze.

– O pocałunku?

– Tak.

– Nie, nic nie mówił.

Chociaż czułam się otumaniona przez godziny spędzone na słońcu i liczne kąpiele, zdołałam uniknąć nieodpowiednich słów. Kiedy Lila poszła spać, czułam się, jakbym bujała się na prześcieradle, a ciemny pokój rozświetlały w mojej głowie niebieskie i różowawe światełka. Pinuccia wyjechała z pośpiechem, bo zakochała się w Brunie? Bruno nie chce jej, lecz mnie? Zastanowiłam się nad relacją, jaka wytworzyła się między Pinuccią a Brunem, przypomniałam sobie ich rozmowy, ton głosu, gesty i doszłam do wniosku, że Lila ma rację. Nagle poczułam przypływ sympatii dla siostry Stefana za siłę, którą okazała, zmuszając się do wyjazdu. Ale przypuszczenie, że Bruno celuje we mnie, nie brzmiało przekonująco. Ani razu na mnie nie spojrzał. Poza tym, gdyby był mną zainteresowany, jak twierdzi Lila, to on przyszedłby na spotkanie, a nie Nino. A przynajmniej przyszliby razem. Zresztą i tak mi się nie podobał: za niski, zbyt kręcone włosy, bez czoła, z zębami jak u wilka. Nie ma mowy. Pomyślałam, że powinnam zostać na środkowej pozycji. I tak też zrobię.

Następnego dnia przyszłyśmy na plażę i odkryłyśmy, że obaj chłopcy już czekają, przechadzają się wzdłuż brzegu tam i z powrotem. Lila w kilku słowach usprawiedliwiła wyjazd Piny: czekają na nią obowiązki, wyjechała z mężem. Ani Nino, ani Bruno nie okazali smutku z tego powodu, i to mnie zaskoczyło. Jak można tak zniknąć, nie pozostawiając po sobie pustki? Pinuccia była z nami przez dwa tygodnie. W piątkę spacerowaliśmy, rozmawialiśmy, żartowaliśmy, kąpaliśmy się. Przez tych piętnaście dni z pewnością przydarzyło jej się coś takiego, co zostawiło ślad, już nigdy nie zapomni o swoich pierwszych wakacjach. A my? My, choć na różne sposoby wiele dla niej znaczyliśmy, nie odczuwamy jej braku. Taki Nino, na przykład, nawet nie skomentował jej nagłego wyjazdu. A Bruno ograniczył się do powiedzenia z powagą: „Szkoda, nawet się nie pożegnaliśmy". I minutę później rozmowa toczyła się na całkiem inny temat, jak gdyby nigdy nie przyjechała na Ischię, do Citary.

Nie spodobało mi się też swoiste szybkie przetasowanie. Nino, który zawsze zwracał się do mnie i do Lili, choć najczęściej tylko do mnie, od razu skoncentrował się tylko na niej, jak gdyby teraz, kiedy zostaliśmy we czwórkę, nie musiał już troszczyć się o zabawianie obydwu. Bruno, który do soboty zajmował się tylko Pinuccią, swoje nieśmiałe, acz gorliwe zainteresowanie przelał na mnie, jak gdyby nic nas nie odróżniało, nawet fakt, że ona jest zamężna i brzemienna, a ja nie.

Na pierwszy spacer wzdłuż brzegu morza wyruszyliśmy ramię przy ramieniu. Ale Bruno wkrótce dostrzegł muszlę wyrzuconą przez fale, stwierdził: „Piękna", i pochylił się, by ją wziąć. Grzecznie przystanęłam, by na niego poczekać, a on podarował mi ją, choć niczym specjalnym się nie wyróżniała. Nino i Lila nie zwolnili kroku, co sprawiło, że teraz szliśmy po plaży w parach, oni z przodu, a my z tyłu, oni żywo rozmawiali, ja zagadywałam Bruna, a Bruno z trudem starał się tę konwersację podtrzymać. Próbowałam przyspieszyć, on jednak leniwie trzymał mnie z tyłu. Trudno nam było nawiązać prawdziwy kontakt. Wypowiadał ogólnikowe zdania o morzu, o niebie, o mewach, ale wyraźnie było widać, że odgrywa jakąś rolę, którą sam uznał za stosowną w moim przypadku. Z Pinucci musiał rozmawiać o czym innym, w przeciwnym razie trudno byłoby wytłumaczyć, jak to się stało, że naprawdę miło spędzali ze sobą czas. Zresztą nawet gdyby podjął jakiś ciekawy temat, niełatwo byłoby odcyfrować, co mówi. Bo gdy padało pytanie o godzinę albo papierosy czy wodę, jego głos był czysty, a wymowa wyraźna. Ale kiedy wczuwał się w rolę wrażliwego młodzieńca ("podoba ci się muszla?, popatrz, jaka piękna, weź ją, proszę"), zaczynał się plątać, nie mówił ani po włosku, ani w dialekcie, ale w jakimś emanującym zakłopotaniem języku, po cichu, w sposób urywany, jak gdyby wstydził się tego. Przytakiwałam, ale niewiele rozumiałam, jednocześnie nadstawiałam ucha, aby podsłuchać tego, co mówili sobie Nino i Lila.

Sądziłam, że będzie poruszał poważne kwestie, których teraz się uczy, albo że ona wyłuszczy mu swoje idee w oparciu o książki, jakie mi zabrała, i starałam się nadążyć, żeby wtrącić się do rozmowy. Ale za każdym razem kiedy udawało mi się zbliżyć na tyle, żeby dosłyszeć jakieś zdanie, popadałam w dezorientację. On z silnymi emocjami, wręcz z dramatyzmem opowiadał o swoim dzieciństwie w dzielnicy; ona słuchała w milczeniu. Czułam, że jestem natrętna, wycofywałam się, zostawałam w tyle i nudziłam się z Brunem.

Nawet kiedy postanowiliśmy, że razem pójdziemy się kąpać, nie zdążyłam odbudować dawnego tria. Bruno bez uprzedzenia wepchnął mnie do wody, skończyłam pod powierzchnią, zamoczyłam włosy, których moczyć nie chciałam. Kiedy się wynurzyłam, Nino i Lila byli kilka metrów dalej i nie przestawali rozmawiać z powagą. Siedzieli w wodzie dłużej niż my, ale nie oddalili się przesadnie od brzegu. Najwyraźniej byli tak pochłonięci tym, co sobie mówili, że zrezygnowali z popisywania się pływackimi umiejętnościami.

Późnym popołudniem Nino po raz pierwszy zwrócił się do mnie. Zapytał szorstko, jak gdyby spodziewał się odmowy:

– Może zobaczymy się po kolacji? Przyjdziemy po was, a potem was odprowadzimy.

Nigdy wcześniej nie prosili nas o spotkanie wieczorem. Rzuciłam Lili pytające spojrzenie, ale ona patrzyła w inną stronę. Odparłam:

– W domu jest mama Lili, nie możemy zawsze zostawiać jej samej.

Nino nic nie powiedział, a przyjaciel nawet się nie odezwał, aby go wesprzeć. Ale po ostatniej kąpieli, zanim się rozstaliśmy, Lila rzuciła:

– Jutro wieczorem idziemy do Forio, żeby zadzwonić do mojego męża. Możemy razem zjeść lody.

Ten jej wyskok zdenerwował mnie, ale jeszcze bardziej zdenerwowało mnie to, co stało się chwilę później. Jak tylko dwójka chłopaków skierowała się w stronę Forio, Lila, zbierając swoje rzeczy, zaczęła mnie ganić, jak gdyby wina za cały dzień, godzina po godzinie, wydarzenie po wydarzeniu aż do propozycji Nina, aż do wyraźnej sprzeczności między moją odpowiedzią a jej, w jakiś niewytłumaczalny, ale zarazem niepodważalny sposób spadała na mnie.

– Dlaczego cały czas zajmowałaś się Brunem?

– Ja?

– Tak, ty. Nigdy więcej nie waż się zostawiać mnie samej z tym typem.

– O czym ty mówisz? To wy pognaliście naprzód i nie poczekaliście na nas.

– My? Nino pognał.

– Mogłaś mu powiedzieć, że musisz na mnie poczekać.

– A ty mogłaś powiedzieć Brunowi: ruszaj się, bo ich zgubimy. Skoro tak bardzo ci się podoba, bardzo proszę, wyjdź z nim wieczorem sama. Będziesz mogła mówić i robić, co zechcesz.

– Ja jestem tutaj dla ciebie, a nie dla Bruna.

– Nie wydaje mi się, żebyś była tu dla mnie, ciągle robisz, co ci się żywnie podoba.

– Jeśli moja obecność ci nie odpowiada, wyjadę jutro rano.

– Tak? I wieczorem sama będę musiała jeść lody z tą dwójką?

– Lila, to ty powiedziałaś, że chcesz iść z nimi na lody.

– No przecież muszę zadzwonić do Stefana, jak będziemy wyglądały, jeśli wpadniemy na nich w Forio?

Kontynuowałyśmy sprzeczkę nawet w domu, po kolacji, w obecności Nunzii. Nie była to prawdziwa kłótnia, lecz raczej wymiana zdań okraszona złośliwymi przytykami, za pomocą których obie starałyśmy się sobie coś zakomunikować i obie się nie rozumiałyśmy. W pewnym momencie przysłuchująca się nam w zakłopotaniu Nunzia powiedziała:

– Jutro po kolacji ja też pójdę z wami na lody.

– To daleko – odrzekłam.

Ale Lila wtrąciła się w pół słowa:

– Nie musimy przecież iść na piechotę. Wynajmiemy transport.

59.

Następnego dnia, aby dostosować się do nowego rozkładu godzin chłopaków, przyszłyśmy na plażę nie o dziesiątej, lecz o dziewiątej, ich jednak nie było. Lila zdenerwowała się. Czekałyśmy, ale nie pojawili się ani o dziesiątej, ani później. Przyszli dopiero wczesnym popołudniem, beztroscy, z tajemniczymi minami. Powiedzieli, że skoro mają z nami spędzić wieczór, postanowili pouczyć się rano. Reakcja Lili była zaskakująca, zwłaszcza dla mnie: przegoniła ich. Wysyczała wściekle, przechodząc na dialekt, że mogą się uczyć, kiedy im się żywnie podoba, po południu, wieczorem, w nocy, od razu, nikt ich nie zatrzymuje. A ponieważ Nino i Bruno nie brali jej na poważnie i nadal się uśmiechali, jak gdyby ten wyskok był tylko zabawnym żarcikiem, włożyła sukienkę plażową, z impetem chwyciła torbę i szybkim krokiem ruszyła w stronę drogi. Nino pobiegł za nią, ale zaraz wrócił z grobową miną. Trudna sprawa, naprawdę się zdenerwowała i żadne wyjaśnienia do niej nie docierają.

– Przejdzie jej – stwierdziłam z udawanym spokojem i poszliśmy się kąpać. Potem osuszyłam się na

słońcu, zjadłam bułkę, porozmawialiśmy chwilę bez
większego zaangażowania, aż w końcu orzekłam, że ja
też już muszę wracać do domu.

– Co z wieczorem? – zapytał Bruno.

– Lina musi zadzwonić do Stefana, więc będziemy.
Ale jej wybuch wstrząsnął mną. Co oznaczał ten
głos, to zachowanie? Kto dał jej prawo, by się obrażać
za niedotrzymaną godzinę spotkania? Dlaczego się nie
pohamowała i potraktowała obydwu, tak jak traktuje
Pasqualego czy Antonia, a nawet braci Solara? Dlaczego zachowywała się jak rozkapryszone dziewczę, a nie
pani Carracci?

Do domu dotarłam zasapana. Nunzia prała ręczniki i stroje kąpielowe, Lila siedziała w swoim pokoju na
łóżku i – co raczej nietypowe – pisała. Trzymała zeszyt
na kolanach, miała zwężone oczy i zmarszczone czoło,
a na pościeli leżała rzucona jedna z moich książek. Nie
wiem, kiedy po raz ostatni cokolwiek napisała.

– Przesadziłaś – powiedziałam.
Wzruszyła ramionami, nie podniosła oczu znad
zeszytu, pisała całe popołudnie.

Wieczorem wystroiła się jak na przyjazd męża
i pojechałyśmy do Forio. Zaskoczyło mnie, że Nunzia, która nigdy się nie opalała i była blada, pożyczyła
od córki szminkę, aby nadać ustom i policzkom nieco
koloru. Wyjaśniła, że nie chce wyglądać jak trup.

Od razu wpadłyśmy na chłopaków, stali przed barem jak strażnicy przy budce. Bruno został w krótkich
spodenkach, zmienił tylko koszulę. Nino miał długie spodnie, śnieżnobiałą koszulę i niepokorne włosy doprowadzone do porządku, tak że wydał mi się

mniej piękny niż zazwyczaj. Kiedy dostrzegli Nunzię, zesztywnieli. Usiedliśmy pod daszkiem przed barem i zamówiliśmy ciastka z lodami i bitą śmietaną. Nunzia wprawiła nas w zdziwienie swoją gadatliwością. Mówiła tylko do chłopców. Skomplementowała matkę Nina za urodę; opowiedziała o wielu zdarzeniach z czasów wojny, o faktach z dzielnicy i spytała Nina, czy je sobie przypomina; za każdym razem gdy on odpowiadał, że nie, ona powtarzała:

– Zapytaj matkę, zobaczysz, że ona pamięta.

Lila szybko zaczęła okazywać zniecierpliwienie, stwierdziła, że pora zadzwonić do Stefana, i weszła do baru, gdzie mieściły się kabiny telefoniczne. Nino zamilkł, a Bruno natychmiast go zastąpił w rozmowie z Nunzią. Zauważyłam z przykrością, że nie było w nim tego skrępowania, jakie okazywał przy mnie.

– Przepraszam was na chwilę – powiedział Nino w pewnym momencie, wstał i też wszedł do baru.

Nunzia zaniepokoiła się, szepnęła mi do ucha:

– Może idzie płacić? Ja jestem najstarsza i ja powinnam.

Bruno to usłyszał i orzekł, że wszystko już jest zapłacone, nie mógł przecież pozwolić, aby płaciła dama. Nunzia rozpogodziła się, zaczęła pytać o zakład wędliniarski ojca, pochwaliła się mężem i synem, że też są przedsiębiorcami, prowadzą fabryczkę obuwia.

Zaczęłam się niepokoić, bo Lila długo nie wracała. Zostawiłam Nunzię z Brunem i poszłam do baru. Od kiedy to rozmowy ze Stefanem zajmowały tyle czasu? Skierowałam się do kabin telefonicznych, były puste. Rozejrzałam się wkoło, ale stojąc nieruchomo na środku, przeszkadzałam synom właściciela, którzy obsługiwali stoliki. Zauważyłam, że drzwi wychodzące na podwórko były otwarte, aby wpuszczać świeże powietrze. Wyjrzałam z wahaniem: zapach starych opon mieszał się ze smrodem kurnika. Podwórko było puste, ale w jednym z boków otaczającego go muru dojrzałam przerwę, przez którą widać było ogród. Pokonałam zawaloną zardzewiałym żelastwem przestrzeń i zanim weszłam do ogrodu, zobaczyłam Lilę i Nina. Blask letniej nocy zalewał rośliny. Stali przytuleni do siebie, całowali się. On jedną rękę trzymał pod spódnicą, ona usiłowała ją odsunąć, ani na chwilę nie przestając go całować.

Cofnęłam się pospiesznie, starając się nie narobić hałasu. Wróciłam do baru, powiedziałam Nunzii, że Lila jest jeszcze przy telefonie.

– Kłócą się?

– Nie.

Czułam, jak pożar spala mnie od środka, ale płomienie były zimne i nie zadawały bólu. Jest zamężna, powiedziałam sobie w myślach, zamężna od ponad roku.

Lila wróciła bez Nina. Jej wygląd był nienaganny, ale ja wyczułam nieporządek, w ubiorze, w ciele.

Po chwili on też się pojawił i wtedy zrozumiałam, że nienawidzę ich obojga. Lila wstała i powiedziała:

– Chodźmy, późno jest.

Kiedy siedziałyśmy już w motorikszy, która miała nas zawieźć do domu, Nino podbiegł i pożegnał się radośnie.

– Do jutra – zawołał, i był tak serdeczny, jak jeszcze nigdy dotąd.

Pomyślałam, że fakt, iż Lila jest zamężna, nie stanowi żadnej przeszkody ani dla niego, ani dla niej, i to stwierdzenie wydało mi się tak odrażająco prawdziwe, że żołądek wywrócił mi się do góry nogami i musiałam przyłożyć rękę do ust.

Lila od razu poszła spać, nadaremnie czekałam, aż przyjdzie do mnie, żeby wyznać, co zrobiła i co miała zamiar zrobić. Dzisiaj sądzę, że wtedy sama tego nie wiedziała.

60.

W kolejnych dniach sytuacja stawała się coraz bardziej oczywista. Dotychczas Nino przychodził z jakąś gazetą, książką: teraz już się to nie zdarzało. Wyblakły zagorzałe dyskusje o ogólnoludzkiej sytuacji, zamieniły się w roztargnione zdania, które szukały drogi ku bardziej intymnym słowom. Lila i Nino często wypływali daleko od brzegu, tak że ledwo można ich było dostrzec. Albo zmuszali nas do długich spacerów, które utwierdziły podział na dwie pary. I nigdy, ale to nigdy ja nie szłam z Ninem, a Lila z Brunem. Naturalną koleją rzeczy stało się, że oni zostawali z tyłu. Kiedy zdarzało mi się nagle obrócić, odnosiłam wrażenie, jakbym zadawała bolesny cios. Ich ręce, usta automatycznie odrywały się od siebie.

Cierpiałam, ale muszę przyznać, że nie mogłam w to wszystko uwierzyć, dzięki czemu cierpienie napływało falami. Zdawało mi się, że oto przyglądam się pozbawionemu treści przedstawieniu: bawili się w narzeczonych, choć oboje dobrze wiedzieli, że nimi nie są i nie mogą być. On miał dziewczynę, ona była zamężna. Bywało, że spoglądałam na nich jak na upadłe bóstwa: kiedyś tacy zdolni, inteligentni, a teraz tacy głupi, oddani idiotycznej grze. Chciałam powiedzieć Lili, Ninowi, obojgu: co wy sobie wyobrażacie, wróćcie na ziemię.

Ale nie zdążyłam. W ciągu dwóch czy trzech dni doszło do kolejnej zmiany. Zaczęli jawnie, z obraźliwą bezwstydnością trzymać się za ręce, jak gdyby doszli do wniosku, że nie ma sensu dłużej udawać. Często kłócili się na żarty, tylko po to, żeby stoczyć bitwę, pochwycić się, upaść na piasek. Podczas spacerów, jak tylko zobaczyli jakiś porzucony barak, starą rozwaloną fabryczkę, ścieżkę, która gubiła się w dzikiej roślinności, rzucali się jak dzieci na eksplorację i nie pytali nas, czy pójdziemy z nimi. Oddalali się w milczeniu, on szedł z przodu, ona za nim. Kiedy wyciągali się na piasku, pod słońcem, zmniejszali odległość do minimum. Na początku wystarczył im delikatny kontakt ramion, dotykanie się rękoma, nogami, stopami. Później, po powrocie z niekończących się codziennych spacerów, kładli się obok siebie na ręczniku Lili, bo był większy, i już wkrótce Nino z naturalnością obejmował ją ramieniem, ona kładła mu głowę na piersi. Raz wręcz, śmiejąc się, pocałowali się w usta, pocałunkiem radosnym i pospiesznym. Pomyślałam, że jest nienormalna, że oni są nienormalni. Co, jeśli zobaczy ich ktoś z Neapolu, kto zna Stefana? Co, jeśli przejdzie sprzedawca, który zorganizował nam lokum? A co, jeśli Nunzia nagle postanowi wybrać się nad morze?

Nie mogłam uwierzyć w taką lekkomyślność, choć za każdym razem przekraczali kolejne granice. Nie wystarczało im spotkanie się za dnia, Lila postanowiła, że musi dzwonić do Stefana co wieczór, i niegrzecznie odrzuciła propozycję Nunzii, która chciała nam towarzyszyć. Po kolacji zmuszała mnie do wyprawy do Forio. Wykonywała szybki telefon do męża, a potem szłyśmy na spacer, ona z Ninem, ja z Brunem. Nigdy nie wracałyśmy do domu przed północą, a chłopcy odprowadzali nas na piechotę, po ciemnej plaży. W piątkowy wieczór, czyli dzień przed przyjazdem Stefana, nagle Lila i Nino pokłócili się, i to nie na żarty, lecz na serio. Jedliśmy w trójkę lody, Lila poszła zadzwonić. Wyraźnie zły Nino wyciągnął z kieszeni plik kartek zapisanych po obydwu stronach i zaczął czytać bez żadnego wyjaśnienia, odseparowując się od nijakiej rozmowy, jaką toczyliśmy ja i Bruno. Kiedy Lila wróciła, nawet na nią nie spojrzał, nie włożył kartek do kieszeni, czytał dalej. Poczekała minutę, potem zapytała wesoło:

– Aż tak interesujące?

– Tak – odparł Nino, nie podnosząc oczu.

– W takim razie czytaj na głos, chcemy posłuchać.

– To moje sprawy, was nie dotyczą.

– Co to jest? – zapytała Lila, ale widać było, że już wie.

– List.

– Od kogo?

– Od Nadii.

Błyskawicznym i nieprzewidywalnym ruchem wyrwała mu kartki z ręki. Nino podskoczył, jak gdyby ugryzł go jakiś wielki owad, ale nie zrobił nic, żeby odebrać list, nawet kiedy Lila z przesadną emfazą zaczęła czytać go na głos. To był nieco infantylny list miłosny – każda kolejna linijka stanowiła przesłodzoną wariację na temat tęsknoty. Bruno słuchał w milczeniu, uśmiechając się z zażenowaniem, a ja, widząc, że Nino nie traktuje tego bynajmniej jako żartu, lecz wpatruje się ponuro w sandały, szepnęłam do Lili:

– Dosyć już, oddaj.

Na te słowa przerwała czytanie, nadal jednak miała rozbawioną twarz i nie zamierzała zwracać listu.

– Wstydzisz się, co? – zapytała. – To twoja wina. Jak możesz chodzić z kimś, kto pisze w ten sposób?

Nino nic nie powiedział, dalej wpatrywał się w stopy. Za to wtrącił się Bruno, również przyjmując żartobliwy ton:

– Może kiedy ktoś się w kimś zakochuje, nie przeprowadza egzaminu, aby sprawdzić, czy ta osoba potrafi pisać listy miłosne.

Lila nie raczyła nawet na niego spojrzeć, mówiła tylko do Nina, jak gdyby prowadziła na naszych oczach jakąś sekretną rozmowę:

– Kochasz ją? Dlaczego? Wyjaśnij nam to. Bo mieszka na corso Vittorio Emanuele w domu pełnym książek i starych obrazów? Bo mówi jak wielka damulka? Bo jest córką profesorki?

Nino otrząsnął się z otępienia i odparł sucho:

– Oddaj mi te kartki.

– Oddam, jeśli natychmiast je porwiesz, tu, na naszych oczach.

Na rozbawiony ton Lili odpowiedział głosem poważnym, w którym wyraźnie pobrzmiewał gniew.

– A potem?

– Potem wspólnie napiszemy list do Nadii, w którym poinformujesz ją, że ją rzucasz.

– A potem?

– Jeszcze dziś wieczorem wrzucimy go do skrzynki.

Nino milczał przez chwilę, potem przystał na to.

– Zróbmy tak.

Lila z niedowierzaniem wskazała na kartki.

– Naprawdę je podrzesz?

– Tak.

– I rzucisz ją?

– Tak. Ale pod pewnym warunkiem.

– Posłuchajmy.

– Że ty rzucisz swojego męża. Teraz. Pójdziemy wspólnie do telefonu i mu to powiesz.

Te słowa bardzo mną wstrząsnęły, choć w tamtej chwili nie rozumiałam dlaczego. Wypowiedział je z taką mocą, że aż głos mu się załamał. Nagle, w dobrze znany mi sposób, oczy Lili się zwęziły, tworząc szparki. Zaraz zmieni ton głosu. Zaraz się wścieknie. I faktycznie, powiedziała: jak śmiesz. Powiedziała: za kogo ty mnie uważasz. Powiedziała:

– Co ty sobie myślisz, że możesz na jednej szali kłaść ten list, swoje wygłupy z kurewką z dobrej rodziny i mnie, mojego męża, moje małżeństwo i całe moje życie? Uważasz się za nie wiadomo kogo, ale nawet żartu nie rozumiesz. Ty niczego nie rozumiesz.

Niczego, dobrze słyszałeś, i nie rób takiej miny. Lenù, idziemy spać.

61.

Nino nawet nie drgnął, żeby nas zatrzymać. Bruno powiedział:

– Widzimy się jutro.

Przywołałyśmy motorikszę i pojechałyśmy do domu. Ale już podczas drogi Lila dostała dreszczy, chwyciła mnie za rękę i ścisnęła mocno. Zaczęła chaotycznie zwierzać się ze wszystkiego, co wydarzyło się między nią a Ninem. Pragnęła, żeby ją całował, pozwoliła się całować. Pragnęła poczuć jego dłonie na ciele, pozwoliła się dotykać.

– Nie mogę spać. A jeśli już zasnę, budzę się nagle, patrzę na zegarek, czekam z nadzieją, aż nastanie dzień, aż pójdziemy nad morze. Ale jest noc, nie mogę zasnąć, w głowie tłoczą się wszystkie słowa, które on powiedział, wszystkie, które ja chcę mu powiedzieć. Wytrzymałam. Powiedziałam sobie: nie jestem jak Pinuccia, mogę robić, co mi się żywnie podoba, mogę zacząć i mogę przestać, to tylko rozrywka. Trzymałam zaciśnięte usta, potem pomyślałam, co mi tam, to tylko pocałunek, i odkryłam, co to znaczy, nie wiedziałam tego – przysięgam, że nie wiedziałam – i nie mogłam już bez niego żyć. Dałam mu rękę, ciasno splotłam swoje palce z jego palcami i cierpiałam, kiedy trzeba było się puścić. Ile rzeczy straciłam, a teraz wszystkie naraz mnie zalewają. Zachowuję się jak narzeczona, chociaż jestem już żoną. Jestem cała podekscytowana, serce pulsuje mi w gardle i w skroniach. I wszystko mi się podoba. Podoba mi się, kiedy zaciąga mnie w od-ludne miejsca, podoba mi się strach, że ktoś nas może zobaczyć, podoba mi się myśl, że ktoś nas zobaczy. Czy ty robiłaś te rzeczy z Antoniem? Cierpiałaś, gdy musiałaś się z nim rozstać, i nie mogłaś się doczekać, kiedy znowu go zobaczysz? Czy to normalne, Lenù? Czy z tobą było tak samo? Nie wiem, jak to się zaczęło i kiedy. Na początku on mi się nie podobał: podobało mi się, jak mówi, co mówi, ale fizycznie nie. Myślałam sobie, ileż on rzeczy wie, muszę go słuchać, też się mu-szę czegoś nauczyć. Teraz nawet nie potrafię się skon-centrować, kiedy mówi. Patrzę na jego usta i wstydzę się tego, odwracam wzrok w drugą stronę. W krót-kim czasie pokochałam w nim wszystko: ręce, piękne paznokcie, chudość, żebra pod skórą, długą szyję, źle ogoloną i zawsze szorstką brodę, nos, włosy na piersi, długie i cienkie nogi, kolana. Chcę go pieścić. I przy-chodzą mi do głowy takie rzeczy, że aż się ich brzydzę, naprawdę się brzydzę, Lenù, ale chciałabym to robić, żeby go zaspokoić, żeby sprawić mu przyjemność.

Mówiła przez większą część nocy, w swoim poko-ju, przy zamkniętych drzwiach, zgaszonym świetle, a ja słuchałam. Leżała od strony okna, a światło księżyca połyskiwało na meszku na jej karku, na szerokich bio-drach; ja leżałam od drzwi, po stronie Stefana, i my-ślałam: jej mąż tu śpi w każdą sobotę i niedzielę, na tej połówce łóżka, i przyciąga ją do siebie, po południu, w nocy, i obejmuje. A ona w tym łóżku opowiada mi o Ninie. Te słowa sprawiają, że traci pamięć, wymazują z prześcieradeł jakikolwiek ślad miłości małżeńskiej. Ona mówi o nim, a mówiąc, przyzywa go, wyobraża go sobie, jak ją obejmuje, a ponieważ straciła pamięć, nie widzi w tym żadnej winy, żadnego wykroczenia. Zwierza się, mówi o rzeczach, które powinna zachować dla siebie. Mówi o tym, jak bardzo pragnie człowieka, którego ja pragnę od wieków, i robi to w przekonaniu, że ja, przez swoją niewrażliwość, przez mało wyostrzony wzrok, przez nieumiejętność dostrzeżenia tego, co ona potrafi dostrzec, nigdy nie zwróciłam na niego uwagi, nie odkryłam zalet. Nie wiem, czy robi to specjalnie, czy może naprawdę jest przekonana – z mojej winy, przez moją skłonność do ukrywania się – że od czasów szkoły podstawowej do dzisiaj byłam ślepa i głucha, i dopiero ona, tutaj, na Ischii, odkryła moc, jaką roztacza syn Sarratorego. Jak ja nienawidzę tej jej pychy, która zatruwa mi krew. Ale nie potrafię powiedzieć dosyć, nie potrafię wstać i odejść do swojego pokoiku, aby cicho zawyć, i dalej tu tkwię, tylko od czasu do czasu przerywam jej i usiłuję ją uspokoić.

Zachowałam pozorny dystans, którego we mnie nie było. Powiedziałam:

– To morze, powietrze, wakacje. A poza tym Nino wie, jak cię zwieść, mówi w taki sposób, że wszystko wydaje się proste. Na szczęście jutro przyjeżdża Stefano i zobaczysz, że Nino wyda ci się tylko chłopcem. Bo on jest tylko chłopcem, dobrze go znam. Nam się wydaje nie wiadomo jak wspaniały, ale popatrz, jak go traktuje syn Galiani, pamiętasz go? Od razu zrozumiesz, że go przeceniamy. Oczywiście w porównaniu z Brunem jest cudowny, ale to tylko syn kolejarza, który wbił sobie do głowy, że będzie się uczył. Pamiętaj, że Nino jest jednym z nas, pochodzi z naszej dzielnicy. Pamiętaj, że w szkole ty byłaś o wiele lepsza, chociaż on był starszy. A poza tym popatrz, jak wykorzystuje przyjaciela, każe mu za wszystko płacić, za napoje, za lody.

Te kłamstwa wiele mnie kosztowały. I na niewiele się zdały: Lila coś odburknęła, sprzeciwiła się ostrożnie, ja odrzuciłam jej obiekcje. W końcu zdenerwowała się i zaczęła bronić Nina, jakby ona jedna wiedziała, jakim jest człowiekiem. Spytała, dlaczego wyrażam się o nim tak lekceważąco. Spytała, co ja mam mu do zarzucenia.

– Pomógł ci – powiedziała. – Chciał nawet opublikować ten głupi tekścik w gazecie. Czasami cię nie lubię, Lenù, lekceważysz wszystko i wszystkich, nawet tych, na których wystarczy spojrzeć, by ich pokochać.

Straciłam równowagę, miałam jej dość. Mówiłam źle o człowieku, którego sama kocham, aby ona poczuła się lepiej, a teraz mnie obraża. W końcu wydusiłam z siebie:

– Rób, co chcesz, ja idę spać.

Ona jednak natychmiast zmieniła ton, objęła mnie mocno, żeby mnie zatrzymać, wyszeptała na ucho:

– Powiedz, co mam robić.

Odsunęłam się z rozdrażnieniem, odparłam bezdźwięcznie, że sama musi podjąć decyzję, że ja za nią tego nie zrobię. I dodałam:

– Co zrobiła Pinuccia? Koniec końców postąpiła o wiele lepiej niż ty.

Zgodziła się ze mną, przez chwilę obsypywałyśmy Pinuccię pochwałami, potem westchnęła znienacka:

– Dobrze, jutro nie idę na plażę, a pojutrze wracam ze Stefanem do Neapolu.

62.

To była straszna sobota. Naprawdę nie poszła na plażę, ja zresztą też nie, ale nie mogłam przestać myśleć o Ninie i Brunie, którzy bezskutecznie na nas czekali. Nie ośmieliłam się powiedzieć: skoczę na chwilę nad morze, wykąpię się i wracam. Nie ośmieliłam się też zapytać: co mam robić, mam się spakować? Wyjeżdżamy, zostajemy? Pomogłam Nunzii w porządkach, w przygotowaniu obiadu i kolacji, co chwilę sprawdzając, co u Lili. Nawet nie wstała z łóżka, cały czas czytała i pisała w zeszycie, a kiedy matka zawołała ją na posiłek, nie odpowiedziała, a gdy znowu ją zawołała, trzasnęła drzwiami z taką siłą, że cały dom zadrżał.

– Zbyt dużo morza niszczy nerwy – orzekła Nunzia, gdy samotnie spożywałyśmy obiad.

– Tak.

– I nawet nie jest w ciąży.

– Nie.

Późnym popołudniem Lila wyszła z łóżka, przekąsiła coś, zamknęła się na długo w łazience. Umyła włosy, wymalowała się, włożyła piękną zieloną sukienkę, ale twarz pozostała nadąsana. Mimo to czule przywitała męża, a on, gdy ją zobaczył, pocałował ją jak w kinie, długo i namiętnie, ja i Nunzia zaś przyglądałyśmy się ze skrępowaniem. Stefano przekazał mi pozdrowienia od mojej rodziny, powiedział, że Pinuccia przestała kaprysić, ze szczegółami opowiedział, jak to Solarom spodobały się nowe modele butów przygotowane przez Rina i Fernanda. Ale ta informacja nie przypadła Lili do gustu i nagle wszystko się popsuło. Do tej chwili miała na twarzy wymuszony uśmiech, jak tylko jednak usłyszała nazwisko Solara, naskoczyła na niego, powiedziała, że ta dwójka nic jej nie obchodzi, że nie ma zamiaru żyć tylko po to, żeby wiedzieć, co oni myślą, a czego nie. Stefano poczuł się urażony, zmarszczył brwi. Zrozumiał, że czar minionych tygodni prysł, ale odpowiedział ze zwyczajowym ugodowym uśmiechem, że on tylko relacjonuje, co zaszło w dzielnicy, że ten ton był niepotrzebny. Na nic. Lila szybko zamieniła wieczór w bezpardonowy spór. Na każde słowo Stefana reagowała agresywnym komentarzem. Sprzeczali się nawet, gdy szli do łóżka, i długo jeszcze słyszałam, jak się kłócą, aż w końcu zasnęłam.

Zbudziłam się o świcie. Nie wiedziałam, co robić: czy mam zbierać swoje rzeczy, czy czekać na decyzję Lili; czy iść nad morze, ryzykując, że wpadnę na Nina, czego Lila by mi nie wybaczyła; czy też cały dzień siedzieć zamknięta w pokoju, co już zresztą robiłam. Postanowiłam zostawić kartkę z informacją, że wybieram się na plażę Maronti i że wrócę wczesnym popołudniem. Napisałam, że nie mogę wyjechać z Ischii bez pożegnania z Nellą. Napisałam to w dobrej wierze, ale dzisiaj wiem, jak pracuje moja głowa: chciałam zdać się na los; Lila nie mogłaby mi nic zarzucić, gdybym wpadła na Nina, który poszedł prosić rodziców o pieniądze.

Skutkiem tego był zepsuty dzień i pewna zmarnowana kwota pieniędzy. Wzięłam łódkę, kazałam się zawieźć na plażę Maronti. Poszłam w miejsce, gdzie zazwyczaj rozkładali się państwo Sarratore, ale znalazłam tylko parasol. Rozejrzałam się, dostrzegłam kąpiącego się Donata, a on zobaczył mnie. Zamachał na powitanie, wybiegł z wody, powiedział, że żona i dzieci udały się do Forio, aby spędzić dzień z Ninem. Zrobiło mi się przykro, tu nie chodziło już tylko o ironię losu, to był chichot losu, który odsunął mnie od syna i pchnął w objęcia natarczywej gadatliwości ojca.

Kiedy usiłowałam się jakoś od niego uwolnić, aby iść do Nelli, Sarratore nie odpuścił, zebrał w pośpiechu swoje rzeczy i postanowił mnie odprowadzić. Po drodze ckliwym głosem, bez żadnej żenady wrócił do tego, co się kiedyś wydarzyło między nami. Poprosił mnie o wybaczenie, wyszeptał, że serce nie sługa, wzdychając, mówił o mojej ówczesnej urodzie i o tym, jaka teraz jestem piękna.

– To chyba przesada – odparłam, i chociaż wiedziałam, że powinnam zachować powagę, zaczęłam się nerwowo śmiać.

On, pomimo iż dźwigał parasol i inne rzeczy, nie umiał odmówić sobie przerywanego sapaniem kazania. Powiedział, że problemem młodości jest brak oczu, które widzą, i uczuć, które potrafią obiektywnie ocenić.

– Jest lustro – odparłam. – A ono jest obiektywne.

– Lustro? Lustro to ostatnia rzecz, której wolno zaufać. Założę się, że czujesz się o wiele brzydsza od koleżanek.

– Tak.

– A przecież jesteś od nich ładniejsza. Zaufaj mi. Popatrz, jakie masz śliczne jasne włosy. I jaką postawę. Musisz rozwiązać tylko dwa problemy: pierwszym jest strój kąpielowy, nie odpowiada twoim możliwościom; drugim jest model okularów. Ten, który nosisz, jest zły, Eleno: zbyt ciężki. Masz delikatną twarz, subtelnie wyrzeźbioną przez naukę. Potrzebujesz lżejszych okularów.

Słuchałam go z coraz mniejszym rozdrażnieniem, wypowiadał się jak ekspert od kobiecej urody. Mówił z takim dystansem i znajomością rzeczy, że w końcu zaczęłam się zastanawiać: a jeśli to prawda? Może nie doceniam siebie. Z drugiej strony za jakie pieniądze mam sobie kupić odpowiedni ubiór, odpowiedni strój kąpielowy, odpowiednie okulary? Już miałam pożalić się na niesprawiedliwy podział na bogatych i biednych, kiedy on stwierdził z uśmiechem:

– Zresztą jeśli nie ufasz mojej ocenie, z pewnością zauważyłaś, jak mój syn patrzył na ciebie, kiedy przyszłyście nas odwiedzić.

Wtedy zrozumiałam, że kłamie. Jego słowa miały jedynie połechtać moją próżność, wprawić mnie w dobry nastrój i zbliżyć do niego przez zwykłe uczucie wdzięczności. Poczułam się głupia, zraniona nie przez niego, nie przez jego kłamstwa, ale własną głupotę. Ucięłam krótko i niegrzecznie, co go zmroziło.

Kiedy byliśmy już w domu, zamieniłam kilka słów z Nellą, powiedziałam, że być może wieczorem wszyscy wracamy do Neapolu, i chcę się z nią pożegnać.

– Szkoda, że wyjeżdżasz.

– Szkoda.

– Zjedz ze mną.

– Nie mogę, muszę już lecieć.

– Ale obiecaj, że jeśli nie wyjedziesz, przyjdziesz jeszcze i to na dłużej. Zostaniesz ze mną na cały dzień, i nawet na noc, wiesz, że mamy dodatkowe łóżko. Mam ci dużo do opowiedzenia.

– Dobrze, dziękuję.

Sarratore się wtrącił:

– Liczymy na to. Wiesz, jak bardzo cię lubimy.

Uciekłam, korzystając z faktu, że był u nich krewny Nelli, który jechał do Porto samochodem i mógł mnie podrzucić.

Po drodze, ku mojemu zaskoczeniu, choć starałam się nie myśleć o tym, co mi powiedział Sarratore, jego słowa tłukły się we mnie. Nie, może on nie kłamał. On naprawdę potrafi przeniknąć pozory. Miał możliwość zaobserwować, jak jego syn na mnie patrzy. I jeśli jestem ładna, jeśli Nino naprawdę uznał mnie za atrakcyjną – a ja wiedziałam, że tak jest, bo przecież pocałował mnie, wziął za rękę – nadeszła pora, by przyjrzeć się faktom: Lila odebrała mi go, Lila odseparowała go ode mnie, żeby przyciągnąć do siebie. Może niespecjalnie, ale to zrobiła.

Nagle postanowiłam, że muszę go poszukać, zobaczyć się z nim. Teraz, kiedy zbliżała się godzina odjazdu, teraz, kiedy uwodzicielska moc, jaką Lila posiadała, nie mogła już z taką swobodą nim kierować, teraz, kiedy ona sama postanowiła, że wraca do życia, które wybrała, nasza relacja mogła zostać odbudowana. W Neapolu. W formie przyjaźni. Może spotkalibyśmy się, aby rozmawiać o niej. A potem wrócilibyśmy do naszych tematów, naszych lektur. Udowodniłabym mu, że potrafię bardziej interesować się jego sprawami niż Lila, może nawet bardziej niż Nadia. Tak, musiałam z nim natychmiast porozmawiać, poinformować go, że wyjeżdżam, powiedzieć: zobaczymy się w naszej dzielnicy, na piazza Nazionale, na via Mezzocannone, tam gdzie chcesz, byleby jak najszybciej.

Przywołałam motorikszę, poprosiłam, żeby zawieziono mnie do Forio, do domu Bruna. Wołałam, ale nikt się nie wychylił. Szwendałam się po miasteczku w coraz gorszym humorze, potem poszłam piechotą na plażę. Tym razem los pozornie mi sprzyjał. Szłam już dłuższą chwilę, kiedy nagle wyrósł przede mną Nino, który nie posiadał się ze szczęścia, że udało mu się mnie spotkać. Miał bardzo rozpalone oczy, wykonywał przesadne gesty i mówił podniesionym głosem.

– Szukałem was wczoraj i dzisiaj. Gdzie jest Lina?

– Z mężem.

Z kieszeni w spodenkach wyciągnął kopertę, z przesadną siłą wcisnął mi ją do ręki.

– Możesz jej to dać?

Nie wyglądałam na zadowoloną.

– Nino, to nie ma sensu.

– Daj jej to.

– Dziś wieczorem wyjeżdżamy, wracamy do Neapolu.

Zrobił zbolałą minę, powiedział chrapliwie:

– Kto o tym zadecydował?

– Ona.

– Nie wierzę.

– Naprawdę, powiedziała mi wczoraj wieczorem.

Zamyślił się na chwilę, potem skinął na kopertę.

– Proszę cię, zanieś jej to od razu.

– Dobrze.

– Przysięgnij, że to zrobisz.

– Powiedziałam, że dobrze.

Odprowadził mnie, przez dłuższy czas narzekając na matkę i rodzeństwo.

– Zamęczyli mnie – powiedział. – Na szczęście wrócili do Barano.

Spytałam o Bruna. Zrobił zniechęconą minę, powiedział, że się uczy, na niego też narzekał.

– A ty się nie uczysz?

– Nie mogę.

Wcisnął głowę między ramiona, posmutniał. Zaczął mówić o tym, jak łatwo siebie oszukiwać, jeśli trafi się na profesora, który z powodu własnych problemów wmówi ci, że jesteś zdolny. Zauważył, że to, czego chciał się uczyć, tak naprawdę nigdy go nie interesowało.

– Co ty mówisz? I tak nagle to do ciebie dotarło?

– Wystarczy chwila, żeby życie wywróciło się do góry nogami.

Co się z nim działo? Wygłaszał banały, nie poznawałam go. Przyrzekłam sobie, że pomogę mu wrócić do równowagi.

– Teraz jesteś bardzo wzburzony i nie wiesz, co mówisz – powiedziałam, odwołując się do głosu rozsądku. – Ale jak tylko wrócisz do Neapolu, spotkamy się, jeśli zechcesz, i zastanowimy nad tym.

Skinął twierdząco głową, ale zaraz potem niemalże wykrzyknął ze złością:

– Uniwersytet to zamknięta sprawa, poszukam sobie jakiejś pracy.

63.

Odprowadził mnie prawie pod sam dom. Bałam się, że wpadnę na Stefana i Lilę. Pożegnałam go w pośpiechu i zaczęłam wspinać się po schodach.

– Jutro rano o dziewiątej – zawołał.

Zatrzymałam się.

– Jeśli wyjedziemy, zobaczymy się w dzielnicy, wiesz, gdzie mnie szukać.

Nino zdecydowanie pokręcił głową.

– Nie wyjedziecie – powiedział, jak gdyby wydawał losowi groźny rozkaz.

Pomachałam mu na pożegnanie i już biegłam po schodach, żałując, że nie mam jak sprawdzić, co jest w kopercie.

W domu panowała ciężka atmosfera. Stefano i Nunzia rozmawiali, Lila była chyba w łazience albo w sypialni. Kiedy weszłam, oboje spojrzeli na mnie z urażonymi minami.

Stefano bez ogródek naskoczył na mnie:

– Może mi wyjaśnisz, co wy dwie kombinujecie?

– W jakim sensie?

– Ona twierdzi, że ma dość Ischii, że chce jechać do Amalfi.

– Nic o tym nie wiem.

Nunzia wtrąciła się, ale nie charakterystycznym dla siebie matczynym głosem:

– Lenù, nie mieszaj jej w głowie, pieniędzy nie wyrzuca się przez okno. Co to za pomysł z tym Amalfi? Zapłaciliśmy za pobyt aż do końca września.

Uniosłam się i odparłam:

– Mylicie się, to ja robię, co chce Lina, a nie na odwrót.

– W takim razie idź i jej powiedz, że ma się zastanowić. – Stefano eksplodował. – Wracam w przyszłym tygodniu, wspólnie spędzimy święto Wniebowzięcia i zobaczysz, że będziemy się dobrze bawić. Ale teraz, do jasnej cholery, nie chcę już słyszeć kaprysów. Myślisz, że zabiorę was do Amalfi? A jak Amalfi nie podpasuje, to gdzie dalej, na Capri? A potem? Koniec dyskusji, Lenù.

Ton jego głosu onieśmielił mnie.

– Gdzie ona jest? – zapytałam.

Nunzia wskazała na sypialnię. Poszłam do Lili w przekonaniu, że jest już spakowana i gotowa do wyjazdu, nawet jeśli miałaby zarobić wielkie lanie. Ona jednak spała w halce na nieposłanym łóżku. Wokół panował zwyczajowy bałagan, ale walizki leżały w kącie, puste. Potrząsnęłam nią:

– Lila.

Podskoczyła, spytała z oczami zamroczonymi jeszcze przez sen:

– Gdzie byłaś, widziałaś Nina?

– Tak. To dla ciebie.

Niechętnie podałam jej kopertę. Otworzyła, wyciągnęła kartkę papieru. Przeczytała i w jednej chwili pojaśniała, jak gdyby to nie był list, lecz zastrzyk ze środkiem pobudzającym, który przegonił senność i przygnębienie.

– Co pisze? – zapytałam ostrożnie.

– Do mnie nic.

– Jak to?

– To list do Nadii, rzuca ją.

Włożyła list do koperty, podała mi, przykazując, abym dobrze ją schowała.

Stałam zdezorientowana z kopertą w rękach. Nino rzuca Nadię? Ale dlaczego? Bo Lila go o to prosiła? Żeby ją zadowolić? Byłam rozczarowana, strasznie rozczarowana. Poświęcił córkę profesor Galiani dla gry, w którą bawił się z żoną sprzedawcy wędlin. Nic nie odpowiedziałam, patrzyłam na Lilę, jak się ubiera, maluje. Na koniec zapytałam:

– Dlaczego poprosiłaś Stefana o tę absurdalną rzecz, żeby jechać do Amalfi? Nie rozumiem cię.

Uśmiechnęła się:

– Ja też siebie nie rozumiem.

Wyszłyśmy z pokoju. Lila obcałowała Stefana, tuląc się do niego radośnie. Postanowiłyśmy odwieźć go do Porto, ja i Nunzia w motorikszy, on i Lila na lambretcie. W oczekiwaniu na statek poszliśmy na lody. Lila była dla męża miła, ciągle mówiła, że ma dbać o siebie, obiecała, że będzie dzwonić co wieczór. Zanim Stefano wszedł na kładkę, objął mnie ramieniem i wyszeptał na ucho:

– Przepraszam, byłem naprawdę zły. Gdyby nie ty, to nie wiem, jak tym razem by się to skończyło.

Zdanie samo w sobie było uprzejme, ale ja dosłyszałam w nim nieme ultimatum, które brzmiało: proszę, powiedz swojej przyjaciółce, że jeśli znowu zacznie przeciągać strunę, to struna się zerwie.

64.

Na górze listu był adres Nadii na Capri. Jak tylko statek ze Stefanem na pokładzie odbił od brzegu, Lila radośnie zaprowadziła nas do kiosku, kupiła znaczek, i gdy ja zagadywałam Nunzię, przepisała adres na kopertę i wrzuciła list do skrzynki pocztowej.

Spacerowałyśmy po Forio, ale ja byłam zbyt napięta, cały czas rozmawiałam z Nunzią. Dopiero w domu zaciągnęłam Lilę do pokoiku i powiedziałam jasno, jak sprawy się mają. Ona słuchała mnie w milczeniu, ale z nieobecną miną, jak gdyby z jednej strony czuła powagę tego, co jej mówię, a z drugiej oddawała się myślom, które odbierały znaczenie każdemu mojemu słowu. Powiedziałam jej:

– Lila, nie wiem, co knujesz, ale moim zdaniem igrasz z ogniem. Stefano wyjechał zadowolony i będzie jeszcze bardziej szczęśliwy, jeśli co wieczór odbierze od ciebie telefon. Ale uważaj, wróci za tydzień i zostanie aż do 20 sierpnia. Masz zamiar dalej tak go zwodzić? Masz zamiar bawić się ludzkim życiem? Czy ty wiesz, że Nino nie chce już studiować, chce znaleźć sobie pracę? Co ty mu wbiłaś do głowy? I dlaczego kazałaś mu rzucić dziewczynę? Czy ty chcesz go zniszczyć? Czy wy chcecie zniszczyć się nawzajem?

Na to pytanie Lila otrząsnęła się i wybuchła śmiechem, który jednak brzmiał nieco sztucznie. Przyjęła radosny ton, ale kto ją tam wiedział. Powiedziała, że powinnam być z niej dumna, że nie będę się jej wstydzić. Dlaczego? Dlatego że pod każdym względem została uznana za bardziej elegancką od eleganckiej córki mojej profesorki. Ponieważ najzdolniejszy chłopiec w mojej szkole, a może w Neapolu albo we Włoszech, albo na świecie – rzecz jasna patrząc z perspektywy tego, co ja o nim opowiadałam – właśnie rzucił tę porządną panienkę tylko po to, aby się przypodobać jej, córce szewca, po szkole podstawowej, po mężu Carracci. Mówiła to z rosnącym sarkazmem, jak gdyby wreszcie odkrywała przede mną swój okrutny plan odwetu. Musiałam mieć straszną minę, zauważyła to, ale przez kilka minut kontynuowała w tym tonie, jakby nie mogła się powstrzymać. Czy mówiła serio? Czy w tamtej chwili taki był jej stan ducha? Wykrzyknęłam:

– Dla kogo to przedstawienie? Dla mnie? Chcesz mnie przekonać, że Nino jest gotów na wszelkie szaleństwo, byleby ci sprawić przyjemność?

Z jej oczu znikła radość, spochmurniała, nagle zmienił się też głos:

– Nie, oszukuję cię, jest na odwrót. To ja jestem gotowa na wszelkie szaleństwo i nigdy czegoś takiego do nikogo nie czułam, i cieszę się, że dzieje się to teraz.

Poczuła się zakłopotana, poszła spać, nawet nie życząc mi dobrej nocy.

Ja wpadłam w wyczerpujący stan półsnu i noc spędziłam na przekonywaniu siebie, że ten ostatni strumień słów był prawdziwszy od wcześniejszego. W następnych dniach otrzymałam na to dowód. Przede wszystkim już w poniedziałek zrozumiałam, że po wyjeździe Pinuccii Bruno naprawdę zaczął się o mnie starać i teraz uznał, że nadeszła chwila, aby zachowywać się w stosunku do mnie tak, jak Nino zachowywał się wobec Lili. Podczas kąpieli morskiej niezdarnie przyciągnął mnie do siebie, aby mnie pocałować, co sprawiło, że zachłysnęłam się słoną wodą, i kaszląc, natychmiast musiałam wyjść na brzeg. Obraziłam się na niego, on to wyczuł. Kiedy położył się koło mnie z miną zbitego psa, zrobiłam mu uprzejme, ale stanowcze kazanie, które z grubsza brzmiało następująco: Bruno, jesteś bardzo sympatyczny, ale między tobą a mną nie będzie nic oprócz braterskiego uczucia. Posmutniał, ale się nie poddał. Jeszcze tego samego wieczoru, po telefonie do Stefana, we czwórkę poszliśmy na spacer po plaży. Usiedliśmy na zimnym piasku, a potem położyliśmy się, żeby podziwiać gwiazdy: Lila opierała się na łokciach, Nino położył głowę na jej brzuchu, ja na brzuchu Nina, a Bruno na moim. Wpatrywaliśmy się w konstelacje i wygłaszaliśmy klasyczne pochwały dla cudownej niebieskiej architektury. Wszyscy z wyjątkiem Lili. Ona milczała i dopiero, gdy wyczerpaliśmy zasób słów mogący opisać nasz zachwyt i zdziwienie, stwierdziła, że nocny spektakl ją przeraża, nie widzi tu żadnej architektury, tylko bezmyślnie rzucone na granatową smołę kawałki potłuczonego szkła. To zamknęło nam wszystkim usta, a mnie poirytował jej zwyczaj mówienia na końcu, dzięki czemu zawsze miała czas na zastanowienie i mogła w kilku słowach podważyć to, co mniej lub bardziej rozważnie wygłosiliśmy.

– O jakim ty przerażeniu mówisz – zawołałam – przecież to piękne.

Bruno od razu mnie poparł. Nino natomiast stanął po jej stronie: lekkim ruchem dał mi znać, że mam uwolnić jego brzuch, usiadł i zaczął z nią dyskutować, jakby nas nie było. Niebo, świątynia, porządek, chaos. Na koniec podnieśli się i nie przerywając dyskusji, zniknęli w ciemnościach.

Ja dalej leżałam, opierając się teraz na łokciach. Nie miałam już pod sobą oparcia z ciepłego ciała Nina i ciężar głowy Bruna na żołądku stawał się nieznośny. Powiedziałam: przepraszam, lekko dotykając włosów. On się podniósł, chwycił mnie w pasie, przycisnął twarz do moich piersi. Wyszeptałam „nie", ale i tak przewrócił mnie na piasek i szukał ust, jednocześnie silnie gniotąc piersi dłonią. Wtedy odepchnęłam go mocno, wrzeszcząc „przestań", i tym razem byłam nieprzyjemna, wysyczałam:

– Jak mam ci dać do zrozumienia, że mi się nie podobasz?

On zastygł w wielkim zakłopotaniu, potem usiadł. Zapytał bardzo niskim głosem:

– Czy naprawdę nie podobam ci się ani odrobinę?

Usiłowałam mu wyjaśnić, że to nie jest coś, co da się zmierzyć:

– Tu nie chodzi o większą czy mniejszą urodę, większą czy mniejszą sympatię. Po prostu niektórzy ludzie pociągają mnie, a inni nie, bez względu na to, jak wyglądają.

– I ja ci się nie podobam?

– Nie – prychnęłam.

Ale jak tylko wyrzekłam tę monosylabę, rozpłakałam się i przez łzy bełkotałam coś w stylu:

– Widzisz, płaczę bez żadnego powodu, jak jakaś kretynka, nie warto tracić na mnie czasu.

On pogłaskał mnie palcami po policzku i znowu chciał przytulić, mrucząc: pragnę obsypać cię prezentami, zasługujesz na nie, jesteś taka piękna. Wyrwałam się ze złością, łamiącym się głosem wrzasnęłam w ciemność:

– Lila, wracaj natychmiast, chcę iść do domu.

Koledzy odprowadzili nas aż do schodów, potem odeszli. Jeszcze kiedy wspinałyśmy się w stronę domu, odezwałam się pełna wzburzenia:

– Chodź sobie, gdzie chcesz, rób, co chcesz, ja nigdzie już z tobą nie pójdę. Bruno po raz drugi wziął się za obmacywanie: nie zamierzam więcej być z nim sama, jasne?

65.

Są takie chwile, w których uciekamy do bezsensownych stwierdzeń i wysuwamy absurdalne roszczenia, aby ukryć prawdziwe uczucia. Dzisiaj wiem, że w innej sytuacji, po początkowym oporze uległabym Brunowi. Oczywiście nie podobał mi się, ale nawet

Antonio jakoś szczególnie nie był w moim guście. Do mężczyzn przywiązujemy się powoli, bez względu na to, czy odpowiadają typowi faceta, który w danym okresie życia uznałyśmy za wzorzec. A Bruno Soccavo w tamtym czasie był uprzejmy i szlachetny, łatwo by mi było obdarzyć go odrobiną uczucia. Przyczyny, dla których go odrzuciłam, nie miały nic wspólnego z tym, czy mi się podobał czy nie. Prawda jest taka, że chciałam powstrzymać Lilę. Chciałam stać się dla niej przeszkodą. Chciałam, żeby uświadomiła sobie, w co pakuje siebie i mnie. Chciałam, żeby powiedziała: dobrze, masz rację, popełniłam błąd, nigdy więcej już nie odejdę z Ninem w ciemność, nie zostawię cię samej z Brunem, od tej chwili będę się zachowywać, jak przystało na mężatkę.

Ale oczywiście nie powiedziała tego. Ograniczyła się do stwierdzenia:

– Porozmawiam o tym z Ninem i zobaczysz, że Bruno nie będzie się więcej naprzykrzał.

I tak dzień po dniu dalej spotykałyśmy się z tą dwójką o dziewiątej rano i rozstawałyśmy o północy. Ale już we wtorek wieczór, po telefonie do Stefana, Nino zapytał:

– Nie widziałyście jeszcze domu Bruna. Chcecie wejść?

Od razu zaprzeczyłam, wykręciłam się bólem brzucha i powiedziałam, że chcę iść do domu. Nino i Lila spojrzeli na siebie niepewnie, Bruno nic nie powiedział. Wyczułam ich ogromne niezadowolenie i dodałam ze skrępowaniem:

– Może następnym razem.

Lila nie odezwała się ani słowem, ale kiedy zostałyśmy same, wykrzyknęła:

– Lenù, dlaczego uprzykrzasz mi życie?

Odpowiedziałam:

– Jeśli Stefano dowie się, że same poszłyśmy do ich domu, nie będzie zły tylko na ciebie, ale i na mnie. I na tym nie poprzestałam. W domu podsycałam niezadowolenie Nunzii i wykorzystałam je w taki sposób, żeby skarciła córkę za zbyt wiele słońca, zbyt wiele morza, za nasze spacery do północy. Posunęłam się nawet do propozycji, jak gdybym chciała pogodzić matkę z córką:

– Pani Nunzio, chodźcie z nami jutro wieczorem na lody, a zobaczycie, że nie robimy nic złego.

Na to Lila wpadła we wściekłość i odparła, że ona cały rok się poświęcała, nieustannie zamknięta w sklepie z wędlinami, i ma teraz prawo do odrobiny wolności. Wtedy Nunzia też straciła równowagę:

– Lina, co ty wygadujesz? Do wolności? Jakiej wolności! Jesteś mężatką, odpowiadasz przed mężem. Lenuccia może chcieć odrobiny wolności, ale ty nie.

Jej córka odeszła do swojego pokoju, głośno trzaskając drzwiami.

Ale następnego dnia wygrała Lila: matka została w domu, a my poszłyśmy zadzwonić do Stefana.

– Macie być punktualnie o jedenastej – przykazała nadąsana Nunzia, zwracając się do mnie.

– Dobrze – odpowiedziałam.

Rzuciła mi długie badawcze spojrzenie. Bała się: miała nas pilnować, ale nie pilnowała; obawiała się, że napytamy sobie biedy, ale myślała o swojej straconej

młodości i nie chciała odmówić nam niewinnej rozrywki. Powtórzyłam, aby ją zapewnić:

– O jedenastej.

Rozmowa ze Stefanem trwała co najwyżej minutę. Kiedy Lila wyszła z kabiny telefonicznej, Nino
znowu zapytał:

– Lenù, dobrze się dziś czujesz? Pójdziecie z nami
obejrzeć dom?

– Nie daj się prosić – zachęcał Bruno. – Wypijecie
coś i wrócicie do siebie.

Lila się zgodziła, ja nic nie powiedziałam. Na zewnątrz dom wyglądał na stary, zaniedbany, ale w środku był cały odnowiony: biała i dobrze oświetlona piw-
niczka wypełniona winem i wędlinami; marmurowe
schody z poręczą z kutego żelaza; potężne drzwi, a na
nich błyszczące złote klamki; okna w pozłacanych fra-
mugach; liczne pokoje, żółte sofy, telewizor; w kuchni
szafki w kolorze akwamaryny, a w sypialniach szafy jak
gotyckie kościoły. Po raz pierwszy pomyślałam, że Bruno jest naprawdę bogaty, bogatszy niż Stefano. Pomyślałam, że gdyby moja matka dowiedziała się, że starał
się o mnie student, syn właściciela mortadeli Soccavo,
i że byłam gościem w jego domu, i zamiast dziękować
Bogu za taką łaskę i postarać się, żeby mnie poślubił,
aż dwukrotnie go odepchnęłam, zlałaby mnie na kwaśne jabłko. Z drugiej strony to właśnie myśl o mojej
matce, o jej chromej nodze sprawiała, że czułam się
zwyczajnie nieodpowiednia nawet dla Bruna. Ogarnęła mnie w tym domu nieśmiałość. Po co tu przyszłam,
co ja tu robię? Lila zachowywała się ze swobodą, często
się śmiała, ja zaś czułam się jak w gorączce, w ustach

miałam gorycz. Byłam tak skrępowana, że na wszystkie pytania odpowiadałam „tak", aby tylko nie musieć powiedzieć „nie". Chcesz się napić, chcesz posłuchać tej płyty, chcesz pooglądać telewizję, chcesz lodów. Zbyt późno zauważyłam, że Nino i Lila gdzieś zniknęli, i wtedy zaczęłam się na poważnie niepokoić. Gdzie oni się zaszyli? Czyżby naprawdę zamknęli się w sypialni Nina? Czyżby Lila gotowa była przekroczyć i tę granicę? Czyżby? Nawet nie chciałam o tym myśleć. Skoczyłam na równe nogi, powiedziałam Brunowi:

– Zrobiło się późno.

Zachował się grzecznie, choć dało się wyczuć smutek.

– Zostań jeszcze chwilkę – wyszeptał.

Powiedział, że następnego dnia wyjeżdża wcześnie rano, że musi pojawić się na rodzinnej uroczystości. Zapowiedział, że nie będzie go aż do poniedziałku i te dni beze mnie to prawdziwa tortura. Delikatnie wziął moją rękę, powiedział, że bardzo mu na mnie zależy, potem kontynuował w tym tonie. Powoli wysunęłam dłoń, nie próbował mnie więcej dotknąć. Ale długo mówił o swoich uczuciach do mnie, choć zazwyczaj był oszczędny w słowach. Niełatwo było mu przerwać. Kiedy mi się to udało, odparłam:

– Naprawdę muszę już iść – a potem głośno zawołałam: – Lila, proszę cię, chodź, jest już kwadrans po dziesiątej.

Minęło kilka minut, zanim się pojawili. Nino i Bruno zaprowadzili nas do motorikszy, Bruno żegnał się, jak gdyby wyjeżdżał do Ameryki na resztę życia, a nie na kilka dni do Neapolu. Po drodze Lila zdra-

dziła mi poufnym głosem, jakby przekazywała jakąś
ogromnie ważną informację:

– Nino powiedział, że bardzo cię szanuje.

– Ja jego nie – odparłam krótko i niegrzecznie.
A potem wysyczałam: – Co, jeśli zajdziesz w ciążę?

Odpowiedziała na ucho:

– Nie ma takiej obawy. My się tylko całujemy
i przytulamy.

– Aha.

– A poza tym nie zajdę w ciążę.

– Raz już się zdarzyło.

– Powiedziałam ci, że nie zajdę w ciążę. On wie,
jak to robić.

– On czyli kto?

– Nino. Skorzysta z prezerwatywy.

– A co to takiego?

– Nie wiem, tak to nazwał.

– Nie wiesz, co to jest, i mu ufasz?

– To coś, co się zakłada.

– Na co się zakłada?

Chciałam zmusić ją do nazwania rzeczy po imieniu. Chciałam, żeby dotarło do niej, co ona mi mówi.
Najpierw zapewnia, że tylko się całują, a potem twierdzi, że on wie, jak jej nie zapłodnić. Byłam wściekła,
chciałam, żeby ona się wstydziła. Ale ona wyglądała na
zadowoloną ze wszystkiego, co jej się przydarzyło i co
jeszcze przydarzy. Do tego stopnia, że gdy wróciłyśmy
już do domu, była miła dla Nunzii, podkreśliła, że
wróciłyśmy wcześniej, przygotowała się do snu. Drzwi
od pokoju zostawiła jednak otwarte i kiedy zobaczyła,
że ja też kładę się już spać, zawołała mnie:

– Chodź tu na chwilę i zamknij drzwi.

Usiadłam na łóżku z miną kogoś, kto jest nią i tą całą sytuacją zmęczony.

– Co masz mi do powiedzenia?

Wyszeptała:

– Chcę spędzić noc z Ninem.

Skamieniałam.

– A Nunzia?

– Poczekaj, nie złość się. Zostało niewiele czasu, Lenù. Stefano przyjeżdża w sobotę, zostanie dziesięć dni, potem wracamy do Neapolu. I wszystko się skończy.

– Jakie wszystko?

– To wszystko, te dni, wieczory.

Długo o tym rozmawiałyśmy, była świadoma, czego chce. Powiedziała cicho, że już nic podobnego więcej jej się nie przytrafi. Wyszeptała, że darzy go miłością, że go pragnie. Posłużyła się słowem *miłość*, które znałyśmy z kina i z książek, a którego w dzielnicy nikt nigdy nie używał, ja sama wypowiadałam je co najwyżej w myślach, wszyscy stosowali czasownik *kochać*. Ale ona nie, ona darzyła miłością. Była to miłość do Nina. Wiedziała jednak dobrze, że tę miłość trzeba zdusić, trzeba odebrać jej wszelką okazję do zaczerpnięcia tchu. I zrobi to: zrobi to już w sobotę. Nie miała co do tego wątpliwości, będzie w stanie, i ja powinnam jej zaufać. Ale ten krótki czas, jaki jej pozostał, chciała poświęcić Ninowi.

– Chcę całą noc i cały dzień spędzić z nim w łóżku – powiedziała. – Chcę leżeć w jego objęciach i całować go, pieścić, kiedy przyjdzie mi na to ochota, nawet jeśli będzie spał. Potem koniec.

– To niemożliwe.

– Musisz mi pomóc.

– Jak?

– Musisz przekonać moją matkę, że Nella zaprosiła nas na dwa dni do Barano i że tam będziemy spać.
Zamilkłam. Ona już wszystko obmyśliła, miała plan. Z pewnością omówiła go z Ninem, może to
Nino kazał Brunowi wyjechać. Ciekawe, od jak dawna zastanawiali się nad czasem, nad sposobem. Koniec
rozmów o neokapitalizmie, neokolonializmie, o Afryce, o Ameryce Łacińskiej, o Becketcie, o Bertrandzie
Russellu. To wszystko tylko bla, bla, bla. Nino nie
dyskutował już o niczym. Ich mądre umysły teraz gło-
wiły się nad tym, jak się mną posłużyć i jak oszukać
Nunzię i Stefana.

– Całkiem ci odbiło – odpowiedziałam rozwście-
czona. – Nawet jeśli twoja matka w to uwierzy, twój
mąż nigdy nie da się nabrać.

– Ty przekonaj ją, żeby pozwoliła nam jechać do
Barano, a ja ją przekonam, żeby nie mówiła o tym Stefanowi.

– Nie ma mowy.

– Nie jesteśmy już przyjaciółkami?

– Nie.

– Nie jesteś już przyjaciółką Nina?

– Nie.

Ale Lila dobrze wiedziała, jak mnie wciągnąć
w swoje sprawy. A ja nie potrafiłam się jej oprzeć:
z jednej strony mówiłam koniec, z drugiej przygnę-
biała mnie myśl, że nie będę już częścią jej życia, jej
sposobu na życie. Czym było to oszustwo, jeśli nie

kolejną z jej fantastycznych, pełnych ryzyka inwencji? My dwie razem, wspierając się w walce z resztą świata. Miałyśmy nazajutrz pokonać opory Nunzii. A za dwa dni wyruszymy wcześnie rano. W Forio rozdzielimy się. Ona pójdzie z Ninem do domu Bruna, ja wynajmę łódkę i popłynę na plażę Maronti. Ona spędzi cały dzień i całą noc z Ninem, ja będę u Nelli i spędzę noc w Barano. Następnego dnia wrócę do Forio w porze obiadowej, spotkamy się z Brunem i wspólnie wrócimy do domu. Plan doskonały. Im bardziej sama się zapalała, programując szczegółowo każdy kolejny etap oszustwa, tym umiejętniej zapalała mnie, przytulała, błagała. Oto nowa *wspólna* przygoda. W ten sposób *my* weźmiemy od życia to, czego ono nam nie chciało dać. A może wolę, żeby wyrzekła się tej radości, żeby Nino cierpiał, żeby oboje stracili rozum i zamiast rozsądnie zapanować nad pożądaniem, bezmyślnie popadli w jego szpony? Tamtej nocy nadeszła taka chwila, w której pod wpływem jej argumentów uwierzyłam, że udzielenie jej wsparcia jest nie tylko istotnym celem dla naszej wieloletniej siostrzanej więzi, ale także sposobem na udowodnienie mojej miłości – ona twierdziła, że przyjaźni, ale ja desperacko powtarzałam w myślach: miłości, miłości, miłości – do Nina. I wtedy właśnie zgodziłam się:

– Dobrze, pomogę ci.

66.

Następnego dnia opowiedziałam Nunzii takie wierutne kłamstwa, że aż mi było wstyd. W samym centrum umieściłam panią Oliviero, która w potwornych warunkach mieszka w Potenzy, i był to mój pomysł, nie Lili. Powiedziałam mianowicie:

– Wczoraj spotkałam Nellę Incardo, która zdradziła mi, że jej będąca po ciężkiej chorobie kuzynka przyjeżdża do niej nad morze, aby definitywnie wrócić do zdrowia. Jutro wieczorem Nella urządza przyjęcie dla nauczycielki, na które zaprosiła mnie i Lilę, bo byłyśmy jej najlepszymi uczennicami. Bardzo byśmy chciały na nie pójść, ale skończy się dosyć późno, więc niemożliwe, żebyśmy wróciły na noc. Nella jednak powiedziała, że możemy spać w jej domu.

– W Barano? – zapytała Nunzia ze zmarszczoną brwią.

– Tak, tam będzie przyjęcie.

Cisza.

– Lenù, ty idź, Lila nie może, jej mąż będzie zły.

Lila rzuciła:

– Nie powiemy mu.

– Ależ co ty wygadujesz.

– Mamo, on jest w Neapolu, a ja jestem tutaj, nigdy się nie dowie.

– Pewne rzeczy w taki czy inny sposób wychodzą na jaw.

– Ależ skąd.

– Ależ tak i koniec dyskusji. Jeśli Lenuccia chce iść, dobrze, ale ty zostajesz.

Przekonywałyśmy ją przez dobrą godzinę, ja podkreślając, że z nauczycielką jest naprawdę źle i kto wie, czy to nie ostatnia szansa, żeby okazać jej naszą wdzięczność, a Lila wpływając na nią inaczej:

– Przyznaj się, ile razy ty skłamałaś tacie, i nie w złym celu, ale w dobrym, żeby mieć chwilę dla siebie, żeby zrobić coś słusznego, na co on nigdy by się nie zgodził.

Nunzia najpierw odparła, że nigdy nawet w najbłahszej sprawie nie okłamała Fernanda; potem przyznała, że może raz, dwa razy, wiele razy; w końcu wykrzyczała ze złością, ale i z matczyną dumą:

– Co się takiego stało, kiedy wydawałam cię na świat? Wypadek, płacz, konwulsje? Może zabrakło światła, przepaliła się żarówka, z komody spadła miska z wodą? Bo coś musiało się stać, skoro jesteś taka nieznośna, taka inna.

Nagle posmutniała, złagodniała. Ale za chwilę znowu zaczęła się opierać, powiedziała, że nie okłamuje się męża tylko po to, żeby iść na spotkanie z nauczycielką. Lila wtedy zawołała:

– Pani Oliviero zawdzięczam tę odrobinę, której się nauczyłam, szkołę, którą razem z nią skończyłam.

I na koniec Nunzia ustąpiła. Ale wyznaczyła określoną godzinę: miałyśmy wrócić do domu w sobotę punktualnie o czternastej. Ani minuty później.

– A jeśli Stefano przyjedzie wcześniej i cię nie zastanie? Pamiętaj, Lina, nie wpędzaj mnie w kłopoty. Jasne?

– Jasne.

Poszłyśmy na plażę. Lila tryskała radością, objęła mnie, pocałowała, powiedziała, że będzie mi wdzięczna do końca życia. Ale ja już czułam się winna, że wciągnęłam panią Oliviero w wymyślone przyjęcie w Barano, mając ją przed oczami taką, kiedy energicznie przeprowadzała z nami lekcje, a nie taką, jaka teraz musiała być, w gorszym stanie, niż kiedy zabierała ją karetka, niż kiedy widziałam ją w szpitalu. Przepadło gdzieś zadowolenie z wymyślenia skutecznego kłamstwa, przepadła werwa wspólnego spiskowania, znowu byłam urażona. Zastanawiałam się, dlaczego pomagam Lili, dlaczego ją kryję: chciała przecież zdradzić męża, chciała pogwałcić święty związek małżeński, chciała zrzucić z siebie fakt bycia żoną, chciała zrobić coś, za co Stefan, jeśli to odkryje, utnie jej głowę. Nagle przypomniałam sobie, co zrobiła ze swoim zdjęciem w sukni ślubnej, i poczułam ucisk w żołądku. Pomyślałam, że teraz robi to samo, ale już nie ze zdjęciem, lecz ze swoją osobą jako pani Carracci. I również w tym przypadku wciąga mnie w to, abym jej pomogła. Nino jest tylko narzędziem, o tak. Jak nożyczki, klej, farby, on jej służy do wypaczenia obrazu. Do jakiej potworności mnie namówiła? I dlaczego dałam się namówić.

On czekał już na nas na plaży. Zapytał z niepokojem w głosie:

– No i?

Ona odpowiedziała:

– Udało się.

Wbiegli do wody, nawet nie pytając, czy popłynę z nimi, zresztą i tak bym nie poszła. Było mi zimno ze zdenerwowania, a poza tym po co miałabym wchodzić do morza, żeby pływać przy brzegu, bo boję się głębokości?

Zerwał się wiatr, na niebie snuły się paski chmur, morze było niespokojne. Zanurzyli się bez wahania, Lila z długim okrzykiem radości. Byli szczęśliwi, silni swoim uczuciem, pełni energii, jak ktoś, kto z powodzeniem bierze to, czego pragnie, bez względu na cenę. Zdecydowanymi ruchami szybko zniknęli wśród fal.

Czułam się przygwożdżona do nieznośnego paktu przyjaźni. Jakie to wszystko było zagmatwane. To ja zaciągnęłam Lilę na Ischię. To ja posłużyłam się nią, aby podążyć za Ninem, nie mając przy tym żadnej nadziei na powodzenie. Zrezygnowałam z zarobku w księgarni przy via Mezzocannone dla pieniędzy, które ona mi dawała. Byłam do jej usług i teraz odgrywałam rolę służącej, która wspiera swoją panią. Kryłam jej cudzołóstwo. Przygotowywałam je. Pomagałam jej wziąć Nina, mojego Nina, dać się zerżnąć – tak, zerżnąć – pieprzyć się z nim przez cały dzień i całą noc, obciągać mu. Skronie zaczęły mi pulsować, raz, dwa, trzy razy kopnęłam w piasek, z rozkoszą obracając w myślach słowa zasłyszane w dzieciństwie, ociekające wstydliwymi wyobrażeniami o seksie. Znikło gdzieś liceum, znikło piękne brzmienie książek, tłumaczeń z greki i łaciny. Wpatrzyłam się w połyskujące morze, w długi siny pas, który od horyzontu wspinał się ku błękitnemu niebu, ku białej smudze gorąca, i ledwo ich mogłam dostrzec: Nino i Lila, ciemne plamki. Nie wiedziałam, czy płyną w stronę chmur na horyzoncie, czy też wracają do brzegu. Zapragnęłam, żeby się utopili, żeby śmierć obojgu odebrała jutrzejsze przyjemności.

67.

Usłyszałam, jak ktoś mnie woła, odwróciłam się gwałtownie.

– Czyli dobrze widziałem – powiedział kpiarsko męski głos.

– Mówiłam ci, że to ona – dodał głos kobiecy.

Od razu ich rozpoznałam, podniosłam się. To byli Michele Solara i Gigliola z młodszym bratem, dwunastoletnim chłopcem o imieniu Lello.

Przywitałam ich wylewnie, ale ani razu nie zaprosiłam: usiądźcie przy mnie. Liczyłam, że z jakiegoś powodu spieszą się, że zaraz sobie pójdą, ale Gigliola starannie rozłożyła na piasku swój ręcznik i ręcznik Michelego, na nich położyła torbę, papierosy, zapalniczkę i powiedziała do brata: połóż się na ciepłym piasku, wieje wiatr, a ty masz mokre kąpielówki, przeziębisz się. Cóż było robić. Starałam się nie patrzeć w morze, żeby im też nie przyszło do głowy spoglądać w tamtą stronę, i skupiłam radośnie uwagę na Michelem, który zaczął rozprawiać tym swoim nonszalanckim, pozbawionym emocji głosem. Wzięli sobie wolne, w Neapolu jest zbyt gorąco. Statek rano, statek wieczorem, świeże powietrze. Zresztą w sklepie na piazza dei Martiri zostali Pinuccia i Alfonso, a właściwie Alfonso i Pinuccia, bo Pinuccia nic tak naprawdę nie robi, a Alfonso jest dobry. To właśnie za radą Piny postanowili przyjechać do Forio. Zobaczycie, że je znajdziecie, powiedziała, wystarczy iść wzdłuż plaży. I faktycznie, krok za krokiem i Gigliola zakrzyknęła: czy to nie Lenuccia? I oto jesteśmy. Wielokrotnie powtórzyłam, że się cieszę, a tymczasem Michele nieuważnie wszedł oblepionymi piaskiem stopami na ręcznik Giglioli, tak że go skarciła: „uważaj trochę" – bez skutku. Kiedy już wyczerpał opowieść o tym, dlaczego znaleźli się na Ischii, wiedziałam, że zaraz padnie właściwe pytanie, wyczytałam je w jego oczach, zanim je sformułował:

– Gdzie Lina?

– Pływa.

– Przy tych falach?

– Nie są takie wielkie.

Oboje odruchowo odwrócili się, by spojrzeć na morze pokryte spienionymi pagórkami, to było nie do uniknięcia. Ale zrobili to z roztargnieniem i chwilę później kładli się już na ręcznikach. Michele pokłócił się z chłopcem, który chciał znowu wejść do wody.

– Siedź tutaj – rozkazał. – Chcesz się utopić? – I wcisnął mu do rąk komiks, rzucając w stronę narzeczonej: – Nigdy więcej go nie weźmiemy.

Gigliola obsypała mnie komplementami:

– Pięknie wyglądasz, cała czarna, a włosy jeszcze jaśniejsze.

Uśmiechnęłam się, zaczęłam zaprzeczać, a tymczasem myślałam tylko o tym, że muszę ich stąd odciągnąć.

– Chodźcie odpocząć do domu – zaproponowałam. – Jest Nunzia, bardzo się ucieszy.

Odmówili, za parę godzin odpływał statek, woleli jeszcze chwilę się poopalać, a potem ruszą w drogę.

– W takim razie chodźmy do baru, kupimy coś – odparłam.

– Dobrze, ale poczekajmy na Linę.

Jak zwykle w sytuacjach napięcia starałam się zabić czas słowami, zasypałam ich więc pytaniami, o wszystko, co tylko przychodziło mi do głowy: jak się czuje cukiernik Spagnuolo, co z Marcellem, czy znalazł dziewczynę, co Michele sądzi o nowych modelach butów, co sądzi jego ojciec, co sądzą matka i dziadek. W pewnym momencie wstałam i stwierdziłam:

– Zawołam Linę – i ruszyłam nad brzeg, wołając:

– Lina, wracaj, są ze mną Michele i Gigliola.

Na darmo, nie usłyszała mnie. Wróciłam na piasek, znowu zaczęłam gadać jak nakręcona, żeby odwrócić ich uwagę. Miałam nadzieję, że Lila i Nino zauważą niebezpieczeństwo, zanim Gigliola i Michele zauważą ich, i nie będą zachowywać się wobec siebie zbyt poufale. Gigliola słuchała mnie, Michele zaś nawet nie próbował przez grzeczność udawać. Byłam pewna, że przyjechał na Ischię specjalnie, żeby spotkać się z Lilą i porozmawiać z nią o nowych butach, i teraz wpatrywał się z uwagą w coraz bardziej wzburzone morze.

W końcu ją dostrzegł. Dostrzegł, kiedy wychodziła z wody, z dłonią splecioną z dłonią Nina, para tak piękna, że nie mogła ujść uwadze: oboje wysocy, oboje w naturalny sposób eleganccy, ramię przy ramieniu, z uśmiechem na twarzy. Byli tak sobą zajęci, że nawet nie widzieli, że mam towarzystwo. Kiedy Lila w końcu rozpoznała Michelego i cofnęła rękę, było już za późno. Gigliola chyba niczego nie zauważyła, jej brat czytał komiks, ale Michele wszystko widział i odwrócił się do mnie, aby wyczytać na mojej twarzy potwierdzenie tego, co działo się na jego oczach. I znalazł je pod postacią przerażenia. Powiedział z powagą, powoli, głosem, który przybierał, kiedy chodziło o sprawy wymagające szybkości i zdecydowania:

– Dziesięć minut, przywitamy się tylko i będziemy się zbierać.

W rzeczywistości zostali ponad godzinę. Michele, jak tylko usłyszał nazwisko Nina, którego przedstawiłam, kładąc silny nacisk na fakt, że jest naszym kolegą ze szkoły podstawowej i moim z liceum, zadał mu bardzo drażliwe pytanie:

– Czy to ty jesteś synem tego, co pisze do „Romy" i do „Napoli notte"?

Nino niechętnie potwierdził skinieniem, a Michele przez dłuższą chwilę przyglądał się mu, jak gdyby chciał w jego oczach dopatrzeć się pokrewieństwa. Nie zaszczycił go więcej ani jednym słowem, rozmawiał wyłącznie z Lilą.

Lila była serdeczna, ironiczna, czasami perfidna. W końcu Michele stwierdził:

– Twój pyszałkowaty brat zaklina się, że to on zaprojektował nowe buty.

– To prawda.

– Dlatego są do kitu.

– Zobaczysz, że ten kit będzie się lepiej sprzedawał od poprzedniego.

– Być może, ale tylko jeśli ty przeniesiesz się do sklepu.

– Masz już Gigliolę, która świetnie się sprawuje.

– Gigliola potrzebna jest mi w cukierni.

– Twoja sprawa, ja muszę być w wędliniarni.

– Zobaczysz, że zostaniesz przeniesiona na piazza dei Martiri i dostaniesz wolną rękę.

– Wolna czy niewolna, wybij to sobie z głowy, dobrze mi tam, gdzie jestem.

I dalej w tym tonie, odbijając słowa jak piłeczki. Ja i Gigliola starałyśmy się od czasu do czasu coś wtrącić, zwłaszcza Gigliola, która była potwornie zła o to, jak narzeczony rozprawiał o jej losie, nawet się z nią nie skonsultowawszy. Jeśli chodzi o Nina, zauważyłam, że wyglądał na oszołomionego, a może to był podziw dla Lili, która odważnie i szybko ripostowała Michelego w dialekcie.

W końcu młody Solara zapowiedział, że muszą już iść, ich parasol z rzeczami był dosyć daleko. Pożegnał się ze mną, z wylewnością pożegnał Lilę, powtarzając, że już we wrześniu czeka na nią w sklepie. Do Nina zaś zwrócił się poważnie, jak do podwładnego, którego prosi się o to, aby poszedł kupić papierosy:

– Powiedz tacie, że źle zrobił, pisząc, że wystrój sklepu mu się nie spodobał. Kiedy bierze się pieniądze, trzeba pisać, że wszystko jest piękne, bo jeśli nie, pieniądze mogą zniknąć.

Nino był tak zaskoczony, a może upokorzony, że nie odpowiedział. Gigliola podała mu rękę, on mechanicznie ją uścisnął. Para odeszła, ciągnąc za sobą chłopca, który nie przestawał czytać komiksu.

68.

Byłam wściekła, przygnębiona, niezadowolona z każdego własnego gestu czy słowa. Jak tylko Michele i Gigliola znaleźli się odpowiednio daleko, powiedziałam Lili tak, żeby i Nino usłyszał:

– Widział was.

Nino zapytał z zakłopotaniem:

– Kto to jest?

– Pieprzony kamorysta, który uważa się za nie wiadomo kogo – odparła Lila z pogardą.

Natychmiast ją poprawiłam, bo Nino powinien o tym wiedzieć:

– To wspólnik twojego męża. O wszystkim powie Stefanowi.

– O jakim wszystkim? – zareagowała Lila. – Tu nie ma nic do mówienia.

– Dobrze wiesz, że mu doniosą.

– Tak? A kogo to obchodzi.

– Mnie obchodzi.

– Trudno. Jeśli mi nie pomożesz, sprawy i tak potoczą się, jak mają się potoczyć.

I jak gdyby mnie przy nich nie było, zaczęła umawiać się z Ninem na następny dzień. Ale podczas gdy ona, właśnie dzięki spotkaniu z Michelem Solarą, otrzymała zastrzyk energii, on wyglądał jak oklapnięta kukiełka. Wymamrotał:

– Jesteś pewna, że nie napytasz sobie przeze mnie biedy?

Lila pogłaskała go po policzku:

– Nie chcesz już tego?

Pieszczota dodała mu wigoru:

– Ja się tylko o ciebie martwię.

Wkrótce zostawiłyśmy Nina i wróciłyśmy do domu. Po drodze odmalowywałam katastroficzne scenariusze:

– Dziś wieczorem Michele porozmawia ze Stefanem, Stefano pędem przyjedzie jutro rano, nie zastanie cię w domu, Nunzia odeśle go do Barano, ale i w Barano cię nie znajdzie. Lila, stracisz wszystko, posłuchaj mnie, zniszczysz nie tylko siebie, ale i mnie, moja matka połamie mi kości.

Ona słuchała mnie z roztargnieniem, uśmiechając się, powtarzając w kółko jedną i tę samą śpiewkę: Lenù, lubię cię i zawsze będę lubiła, dlatego życzę ci, abyś choć raz w życiu odczuła to, co ja czuję w tej chwili.

Wtedy pomyślałam: tym gorzej dla ciebie. Wieczór spędziłyśmy w domu. Lila była serdeczna dla matki, sama chciała gotować, sama podawała do stołu, potem posprzątała, umyła naczynia, nawet usiadła Nunzii na kolanach i zarzuciła jej ręce na szyję, a w nagłym przypływie melancholii oparła czoło o jej czoło. Nieprzyzwyczajona do takich czułości Nunzia wyglądała na zażenowaną, w pewnym momencie rozpłakała się i przez łzy wypowiedziała niejasne i pełne niepokoju zdanie:

– Proszę cię, Lina, jesteś córką jakich mało, postaraj się, abym nie musiała umierać przez ciebie ze wstydu.

Lila zaczęła serdecznie żartować z matki, potem odprowadziła ją do sypialni. Rano to ona kazała mi wstać z łóżka, bo coś we mnie wywoływało tak straszne cierpienie, że nie mogłam się przebudzić i uświadomić sobie, że już nastał nowy dzień. Kiedy motoriksza wiozła nas do Forio, nakreślałam przed nią dalsze potworne scenariusze, ale one w ogóle jej nie poruszyły: „Nella wyjechała; Nella ma naprawdę gości i nie może mnie przyjąć; państwo Sarratore postanawiają przyjechać do Forio, żeby odwiedzić syna". Ona za każdym razem odpowiadała żartobliwie:

– Jeśli Nella wyjechała, przyjmie cię mama Nina. Jeśli nie ma miejsca, będziesz spała u nas. Jeśli cała rodzina Sarratore zapuka do drzwi domu Bruna, nie otworzymy.

Trwało to dopóty, dopóki na krótko przed dziewiątą nie dotarłyśmy na miejsce. Nino czekał na nas w oknie, zbiegł, aby otworzyć bramę. Pozdrowił mnie skinieniem i wciągnął Lilę do środka.

Rozwój wydarzeń, którego można było jeszcze do tej pory uniknąć, teraz zaczął nabierać tempa. Na koszt Lili tą samą motorikszą pojechałam do Barano. Po drodze uświadomiłam sobie, że tak naprawdę nie potrafię ich nienawidzić. Czułam żal do Nina, z pewnością czułam wrogość w stosunku do Lili, byłam w stanie nawet życzyć obojgu śmierci, co w cudowny sposób całej naszej trójce uratowałoby skórę. Ale nie czułam do nich nienawiści. Za to nienawidziłam siebie, pogardzałam sobą. Byłam tam, na wyspie, owiewana wiatrem, który przynosił intensywne zapachy roślin, unoszące się w powietrzu po nocy. Ale to było bycie udręczone, podporządkowane innym. Ja żyłam w ich cieniu. Nie potrafiłam odegnać myśli o uściskach, pocałunkach w pustym domu. Ich namiętność przejęła nade mną władzę, zburzyła mój spokój. Kochałam ich i dlatego nie mogłam kochać siebie, nie czułam siebie, nie potrafiłam upierać się przy *mojej* potrzebie życia, którą przecież kierowała tak samo ślepa i głucha siła. Tak mi się przynajmniej zdawało.

69.

Nella i rodzina Sarratore przyjęli mnie z wielkim entuzjazmem. Przybrałam najpokorniejszą z moich masek, maskę ojca, kiedy zbierał napiwki, maskę wypracowaną przez przodków, aby uniknąć zagrożenia, wiecznie przerażonych, wiecznie uległych, wiecznie usłużnych i z wielką serdecznością przechodziłam od kłamstwa do kłamstwa. Nelli powiedziałam, że postanowiłam sprawić jej kłopot nie z własnego wyboru, lecz z konieczności. Powiedziałam, że państwo Carracci mają gości, że dla mnie zabrakło na tę noc miejsca. Że mam nadzieję, że nie przesadziłam tym nagłym pojawieniem się, i jeśli to jakiś problem, mogę wrócić do Neapolu na kilka dni.

Nella objęła mnie, nakarmiła, zaklinając się, że to ogromna przyjemność móc gościć mnie w domu. Nie wybrałam się od razu z rodziną Sarratore na plażę, choć dzieci bardzo protestowały. Lidia nalegała, żebym szybko do nich dołączyła, a Donato zadeklarował się, że poczeka na mnie z kąpielą. Zostałam z Nellą, pomogłam jej doprowadzić dom do porządku, ugotować obiad. Dzięki temu wszystko trochę mniej ciążyło mi na duchu: kłamstwa, myśli o cudzołóstwie, które właśnie się dokonywało, moja współwina, zazdrość, która nie mogła się określić, ponieważ czułam się równocześnie zazdrosna o Lilę oddającą się Ninowi i o Nina oddającego się Lili. Nella wydała mi się mniej wrogo nastawiona do rodziny Sarratore. Powiedziała, że mąż i żona odnaleźli równowagę, a ponieważ oni dobrze się ze sobą czują, aż tak bardzo jej się nie naprzykrzają. Opowiedziała też o pani Oliviero: zadzwoniła do siostry tylko po to, żeby przekazać, że ją odwiedziłam, dowiedziała się, że jest zmęczona, ale bardziej optymistyczna. Przez chwilę wsłuchiwałam się w spokojny przepływ informacji. Ale wystarczyło kilka zdań, nieoczekiwany zwrot, a ciężar sytuacji, w którą się wplątałam, powrócił ze zdwojoną siłą.

– Bardzo cię chwaliłam – Nella kontynuowała rozmowę o pani Oliviero – ale kiedy usłyszała, że przyszłaś do mnie w odwiedziny z dwójką zamężnych koleżanek, zadała wiele pytań, interesowała ją zwłaszcza pani Lina.

– Co powiedziała?

– Że w całej karierze pedagogicznej nie trafiła jej się druga tak zdolna uczennica.

Wspomnienie dawnego prymatu Lili ugodziło we mnie.

– To prawda – przyznałam.

Ale Nella zrobiła minę wyrażającą sprzeciw, a jej oczy rozbłysły.

– Moja kuzynka jest wspaniałą nauczycielką – stwierdziła – ale moim zdaniem tym razem się pomyliła.

– Nie, nie pomyliła się.

– Mogę ci zdradzić, co ja myślę?

– Oczywiście.

– Nie będzie ci przykro?

– Nie.

– Pani Lina nie spodobała mi się. Ty jesteś lepsza, jesteś ładniejsza i mądrzejsza. Rozmawiałam o tym również z państwem Sarratore i oni zgadzają się ze mną.

– Mówicie tak, bo mnie lubicie.

– Nie. Uważaj, Lenù. Wiem, że bardzo się przyjaźnicie, powiedziała mi to moja kuzynka. Nie chcę się wypowiadać na tematy, które mnie nie dotyczą, ale mnie wystarczy jedno spojrzenie, aby ocenić ludzi. Pani Lina wie, że jesteś lepsza od niej, i dlatego nie darzy cię takim uczuciem, jakim ty darzysz ją.

Uśmiechnęłam się z udawanym sceptycyzmem.

– Życzy mi źle?

– Tego nie wiem. Ale ona potrafi krzywdzić, ma to wypisane na twarzy, wystarczy popatrzyć na jej czoło i oczy.

Pokręciłam głową, zdusiłam w sobie uczucie zadowolenia. Ech, gdyby to wszystko było takie proste. Ale ja już wiedziałam – choć nie w tym stopniu, w jakim wiem to dzisiaj – że sprawy między nami były o wiele bardziej zagmatwane. I zażartowałam, śmiałam się, rozbawiłam Nellę. Powiedziałam, że Lila nigdy za pierwszym razem nie sprawia dobrego wrażenia. Od dziecka wszyscy mieli ją za licho, i była nim, ale tylko trochę. Miała chłonną głowę i za cokolwiek się brała, robiła to dobrze: gdyby mogła kontynuować naukę, zostałaby badaczem, jak pani Skłodowska-Curie, albo wielką pisarką, jak Grazia Deledda, czy nawet jak pani Nilde Iotti, polityk Togliattiego. Na dźwięk tych dwóch ostatnich nazwisk Nella wykrzyknęła: Matko Boska, i przeżegnała się z ironią. Potem zaczęła chichotać i nie mogła się pohamować, chciała mi powiedzieć na ucho coś bardzo zabawnego, co zdradził jej Sarratore. Jego zdaniem Lila, owszem, jest piękna, ale na sposób straszny, bo mężczyźni są nią oczarowani, ale boją się.

– Czego się boją? – zapytałam również szeptem.

A ona odpowiedziała jeszcze ciszej:

– Boją się, że ptaszek ich zawiedzie albo im odpadnie, albo ona wyciągnie nóż i go odetnie.

Roześmiała się, pierś jej się zatrzęsła, oczy wypełniły łzami. Nie mogła się przez dłuższą chwilę opanować, a ja szybko poczułam się niezręcznie, czego nigdy wcześniej w jej obecności nie doświadczyłam. To nie był śmiech mojej matki, ohydny śmiech kobiety, która wie. W śmiechu Nelli było coś zarazem niewinnego i ordynarnego, był to śmiech podstarzałej dziewicy, który mną wstrząsnął i też skłonił mnie do śmiechu, chociaż wymuszonego. Zapytałam się w duchu: taka porządna z niej kobieta, dlaczego więc ją to bawi? I nagle zobaczyłam siebie na starość, z takim niewinnym i zarazem złośliwym śmiechem w piersiach. Pomyślałam, że ja też będę się tak śmiać.

70.

Państwo Sarratore wrócili na obiad. Roznieśli smugę piasku na podłodze, zapach morza i potu, skarcili mnie radośnie, bo dzieci na darmo na mnie czekały. Nakryłam do stołu, potem posprzątałam, umyłam talerze, poszłam z Pinem, Clelią i Cirem aż na skraj zagajnika trzcinowego, żeby pomóc im naciąć trzciny i zbudować latawiec. Z dziećmi dobrze się czułam. Rodzice odpoczywali, Nella drzemała na leżaku na tarasie, a czas płynął: latawiec całkowicie pochłonął moją uwagę, w ogóle nie myślałam o Ninie i Lili.

Późnym popołudniem wszyscy poszliśmy nad morze, również Nella, aby puścić latawiec. Biegałam po plaży tam i z powrotem, a za mną trójka rodzeństwa, z otwartymi ustami, kiedy latawiec lekko się unosił, i z głośnymi okrzykami, gdy z nieprzewidywalnym piruetem uderzał w piasek. Próbowałam kilka razy, ale nie poleciał, pomimo instrukcji wydawanych przez Donata spod parasola. Na koniec poddałam się, byłam cała spocona. Powiedziałam do Pina, Clelii i Cira:

– Poproście tatę.

Nadszedł Sarratore ciągnięty przez dzieci. Sprawdził ramy z trzciny, błękitną bibułę, sznurek, potem skontrolował kierunek wiatru i zaczął biec do tyłu, energicznie podskakując pomimo przyciężkiego ciała. Dzieci nie odstępowały go na krok i ja też się ożywiłam, pobiegłam z nimi, aż szczęście, jakie rozsiewały, i mnie się udzieliło. Nasz latawiec szybował coraz wyżej i wyżej, nie trzeba już było biec, wystarczyło trzymać za sznurek. Sarratore był dobrym ojcem. Pokazał, że z jego pomocą sznurek może trzymać nawet Ciro, nawet Clelia, nawet Pino i nawet ja. Przekazał mi go, ale został za moimi plecami, czułam jego oddech na szyi, powtarzał:

– Tak, dobrze, pociągnij trochę, popuść.

W końcu nastał wieczór. Zjedliśmy kolację, rodzina Sarratore udała się na spacer po miasteczku, mąż, żona i trójka dzieci, wszyscy spaleni przez słońce i odświętnie ubrani. Ja, pomimo usilnych próśb, zostałam z Nellą. Zrobiłyśmy porządek, ona pomogła mi posłać łóżko w kuchennym kącie, a potem dla ochłody usiadłyśmy na tarasie. Nie widać było księżyca, a na ciemnym niebie biało pęczniało kilka chmur. Rozmawiałyśmy o tym, jakie piękne i mądre są dzieci Sarratorego, potem Nella przysnęła. I wtedy znienacka spadł na mnie ciężar minionego dnia i zapadającej nocy. Opuściłam dom na palcach, ruszyłam w stronę plaży Maronti.

Ciekawe, czy Michele Solara zachował dla siebie to, co zobaczył. Ciekawe, czy wszystko potoczy się gładko. Ciekawe, czy Nunzia już śpi w domu przy ulicy Cuotto, czy też stara się uspokoić zięcia, który niespodziewanie przybył ostatnim statkiem, nie zastał żony i się wściekł. Ciekawe, czy Lila zadzwoniła do męża i upewniwszy się, że jest daleko stąd, w Neapolu, w mieszkaniu na nowym osiedlu, teraz bez obaw leży w łóżku z Ninem: sekretna para, para planująca rozkoszować się sobą całą noc. Wszystko na świecie jest chwiejne, jest czystym ryzykiem, a kto nie godzi się na nie, ginie w kącie, nie poznawszy życia. Nagle zrozumiałam, dlaczego ja nie zdobyłam Nina, dlaczego to Lila go zdobyła. Nie potrafiłam zawierzyć prawdziwym uczuciom. Nie umiałam dać się zaciągnąć poza granice. Nie posiadałam tej miłosnej siły, która pchnęła Lilę do zrobienia wszystkiego, by zakosztować tego dnia i tej nocy. Stałam w tyle, czekałam. Ona natomiast sięgała po to, czego pragnęła, zapalała się, grała o wszystko albo nic i nie bała się pogardy, szyderstw, oplucia, lania. To ona zasłużyła na Nina, ponieważ uznała, że kochać go, to spróbować go zdobyć, a nie liczyć, że on ją zechce.

Schodziłam po ciemku. Teraz zza rzadkich chmur o świetlistych brzegach wychylił się księżyc, wieczór był pachnący, słychać było hipnotyzujący szmer fal. Na plaży zdjęłam buty, piasek był zimny, szaroniebieskie światło sięgało aż do morza, a potem rozlewało się na jego drżącej powierzchni. Pomyślałam, że Lila ma rację, piękno to tylko sztuczka, niebo jest tronem dla strachu; ja teraz żyję tutaj, dziesięć kroków od wody, i to wcale nie jest piękne, to przerażające; jestem zarazem częścią tej plaży, morza, roju różnych form zwierzęcych, uniwersalnego strachu; w tej chwili stanowię malutką cząstkę, przez którą przerażenie każdej rzeczy na świecie nabiera świadomości; ja; ja, która słucham szumu morza, która czuję wilgoć i zimny piasek; ja, która wyobrażam sobie całą Ischię, splecione ciała Nina i Lili, Stefana, jak samotnie śpi w nowym domu, który jest coraz mniej nowy, furię towarzyszącą dzisiejszemu szczęściu i karmiącą jutrzejszą brutalność.

To prawda, za bardzo się boję i dlatego pragnę, aby wszystko szybko się skończyło, aby postaci z moich koszmarów zjadły moją duszę. Pragnę, żeby z tej ciemności wyskoczyły hordy wściekłych psów, żmij, skorpionów, ogromnych morskich stworów. Pragnę, żeby w tej chwili, kiedy tak tu siedzę nad brzegiem morza, z nocy wyłonili się zabójcy, którzy rozedrą moje ciało. Tak, tak, niech spotka mnie kara za to, że się do niczego nie nadaję, niech spotka mnie to, co najgorsze, coś tak niszczącego, przez co nie sprostam tej nocy, jutru, godzinom i dniom, które nadejdą i powalą mnie, poddając coraz bardziej druzgocącym próbom. Takie ogarnęły mnie myśli: pretensjonalne myśli przygnębionej dziewczyny. Nie wiem, jak długo im się oddawałam. Potem ktoś powiedział: „Lena", i dotknął mojego ramienia zimnymi palcami. Podskoczyłam, serce ścisnął mi taki chłód, że kiedy nagle się odwróciłam i rozpoznałam Donata Sarratorego, zaczerpnęłam powietrza, jak gdybym połykała haust magicznego napoju, z tych, co w poematach przywracają siły i chęć życia.

71.

Donato powiedział, że Nella się obudziła, nie znalazła mnie w domu i zaczęła się martwić. Lidia również była nieco zaniepokojona, dlatego poprosiła go, aby mnie poszukał. Jedynym, który uznał za normalne, że nie ma mnie w domu, był on. Pocieszył obie kobiety i powiedział im: „Idźcie spać, z pewnością poszła na plażę podziwiać księżyc". Ale ostrożności nigdy za wiele i żeby je uspokoić, ruszył na poszukiwania. I oto mnie znalazł, wsłuchaną w oddech morza i wpatrzoną w boskie piękno nieba.

Tak mniej więcej powiedział. Usiadł obok mnie, wyszeptał, że zna mnie jak siebie samego. Byliśmy równie wrażliwi na piękno, czuliśmy tę samą potrzebę, by się mu przyglądać, by szukać właściwych słów na oddanie tego, jak słodka jest noc, jak czarujący księżyc, jak połyskujące morze, jak dwie dusze potrafią się spotkać i rozpoznać w ciemności, w wonnym powietrzu. On mówił, a ja wyraźnie dostrzegałam pretensjonalność i śmieszność jego głosu, prostacką liryczność słów, za którymi czaiła się żądza, by się do mnie dobrać. Pomyślałam jednak: może naprawdę ulepiono nas z tej samej gliny, może oboje jesteśmy bez żadnej winy skazani na identyczną przeciętność. Dlatego oparłam głowę na jego ramieniu i wyszeptałam:

– Zimno mi.

On żwawo objął mnie w pasie, powoli pociągnął w swoją stronę, zapytał, czy tak lepiej.

– Tak – odpowiedziałam.

Westchnienie. Potem Sarratore kciukiem i palcem wskazującym podniósł moją brodę, delikatnie oparł swoje wargi na moich, zapytał:

– A tak, lepiej? – I zaczął mnie zasypywać coraz silniejszymi pocałunkami, nie przestając szeptać: „A tak, a tak, jeszcze ci zimno, lepiej tak, lepiej?".

Jego usta były ciepłe i wilgotne, przyjęłam je na swoich z rosnącą wdzięcznością, tak że pocałunki stawały się coraz dłuższe, jego język otarł się o mój,

uderzył w niego, splótł z nim. Poczułam się lepiej. Zauważyłam, że odzyskuję grunt pod nogami, że chłód
ustępuje, topnieje, że strach odpływa w niepamięć, że
jego ręce zdejmują ze mnie zimno, ale robią to powoli,
jak gdyby składało się z cienkich warstw, a on, Sarratore, potrafi ściągać je z ostrożną precyzją, pojedyn-
czo, bez rozdzierania, i że nawet jego usta posiadają
tę zdolność, i zęby, i język, i że dlatego wie o mnie
o wiele więcej, niż Antonio kiedykolwiek zdołał się
dowiedzieć, że wie to, czego nawet ja sama nie wiem.
Zrozumiałam, że jest we mnie jakaś ukryta ja, którą
potrafią wydobyć palce, usta, zęby, język. Warstwa po
warstwie i ta ja wyszła z ukrycia, wreszcie się ujawniła,
a Sarratore udowodnił, że zna sposób, by powstrzymać
ją od ucieczki, od wstydu, że umie ją przytrzymać, jak
gdyby była jedyną przyczyną jego czułych ruchów,
jego nacisków, raz lekkich, a raz frenetycznych. Przez
cały ten czas ani razu nie żałowałam, że przystałam na
to, co właśnie miało się wydarzyć. Nie miałam wątpliwości i poczułam się z tego dumna, chciałam, żeby
tak było, zmusiłam się do tego. Być może pomógł mi
w tym fakt, że Sarratore stopniowo zaniechał kwieci-
stego języka, że w odróżnieniu do Antonia nie żądał
żadnej reakcji z mojej strony, nie wziął mnie za rękę,
żebym go dotykała, ale ograniczył się do przekonania
mnie, że wszystko we mnie mu się podoba, i zabrał
się za moje ciało z troską, pobożnością, dumą typową
dla mężczyzny, który cały skupiony jest na wykaza-
niu dogłębnej znajomości kobiet. Nie stwierdził nawet „jesteś dziewicą", prawdopodobnie był tego tak
pewien, że zdziwiłby się, gdyby okazało się inaczej.

Kiedy ogarnęła mnie tak silna i tak egocentryczna potrzeba rozkoszy, że przyćmiła nie tylko cały świat zmysłowy, ale również i jego ciało, w moich oczach przecież stare, oraz klasyfikujące go określenia – *ojciec Nina, kolejarz–poeta–dziennikarz, Donato Sarratore* – spostrzegł to i wszedł we mnie. Wpierw delikatnie, a potem jednym zdecydowanym pchnięciem, które odczułam jakby szarpnięcie w brzuchu, ukłucie od razu przekreślone przez rytmiczne falowanie, ocieranie, uderzanie, opróżnianie mnie i wypełnianie niespokojną żądzą. Aż w końcu nagle się wysunął, opadł plecami na piasek i wydał z siebie stłumiony ryk.

Leżeliśmy w ciszy, wróciło morze, straszliwe niebo, czułam się ogłuszona. To na nowo skłoniło Sarratorego do pospolitego liryzmu, sądził, iż musi mnie sprowadzić do rzeczywistości czułymi słowami. Ale wytrzymałam zaledwie dwa zdania. Wstałam gwałtownie, strząsnęłam piasek z włosów, z całego ciała, doprowadziłam się do porządku. Kiedy on zadał odważne pytanie: „Gdzie się jutro spotkamy?", odpowiedziałam po włosku, głosem spokojnym i opanowanym, że się myli, że ma mnie więcej nie szukać, ani w Cetarze, ani w dzielnicy. A ponieważ uśmiechnął się sceptycznie, dodałam, że to, co mógłby mu zrobić Antonio Cappuccio, syn Meliny, to nic w porównaniu z tym, co zrobi mu Michele Solara, człowiek, którego dobrze znam i któremu wystarczy jedno moje słówko, żeby nieźle go urządził. Powiedziałam, że Michele nie pragnie niczego, jak tylko stłuc mu gębę, bo wziął pieniądze za artykuł o sklepie na piazza dei Martiri, ale pracy nie wykonał jak należy.

Groziłam mu przez całą drogę do domu, po trosze dlatego, że znowu wyskoczył ze słodkimi frazesami, i chciałam, żeby wyraźnie zrozumiał moje odczucia, a po trosze dlatego, że byłam zaskoczona faktem, że choć od dziecka groźby wyrażałam tylko w dialekcie, świetnie mi to wychodzi także w języku włoskim.

72.

Bałam się, że zastanę obie kobiety na nogach, one jednak spały. Nie martwiły się na tyle, żeby spędzało im to sen z powiek, uważały mnie za rozsądną, ufały mi. Ja też smacznie zasnęłam.

Następnego dnia zbudziłam się radosna, i nawet kiedy stopniowo zaczęła powracać pamięć o Ninie, o Lili, zajściu na plaży, nadal czułam się świetnie. Urządziłam sobie długie pogaduszki z Nellą, zjadłam śniadanie z państwem Sarratore, nie drażniła mnie sztuczna ojcowska uprzejmość, z jaką traktował mnie Donato. Nawet przez chwilę nie pomyślałam, że seks z tym nieco nadętym, próżnym, gadatliwym facetem był pomyłką. Choć gdy patrzyłam, jak siedzi za stołem, słuchałam go i uświadamiałam sobie, że to on mnie rozdziewiczył, odczuwałam wstręt. Poszłam nad morze z całą rodzinką, wykąpałam się z dziećmi i zostawiłam po sobie miłe wspomnienie. Do Forio przybyłam punktualnie.

Zawołałam Nina, od razu wyjrzał przez okno. Nie zamierzałam wchodzić z dwóch powodów: po pierwsze, musiałyśmy jak najszybciej wracać, a po drugie, nie chciałam zachować w pamięci pokoi, które Nino i Lila zamieszkiwali samotnie przez prawie dwa dni. Poczekałam, ale Lila nie schodziła. Nagle powrócił niepokój, wyobraziłam sobie, że Stefano wyjechał rankiem, że przybił na Ischię z kilkugodzinnym wyprzedzeniem, że właśnie jedzie w stronę domu. Znowu zawołałam, znowu wyjrzał Nino, pokazał na migi, że jeszcze tylko minutka. Pojawili się po kwadransie, przytulili się i długo całowali w bramie. Lila podbiegła do mnie, ale nagle stanęła, jak gdyby o czymś zapomniała, i cofnęła się, znowu go pocałowała. Zażenowana patrzyłam w inną stronę i znowu umocniło się we mnie podejrzenie, że jednak coś jest ze mną nie tak, że nie potrafię naprawdę się zaangażować. Za to oni na powrót wydawali mi się przepiękni, doskonali w każdym geście, do tego stopnia, że wołanie: „Lina, pospiesz się", było jak znieważenie wyimaginowanego obrazu. Ona wyglądała, jakby odciągała ją jakaś okrutna siła, dłoń powoli zsuwała się z ramienia, wzdłuż ręki aż po palce, jakby wykonywała jakąś taneczną figurę. W końcu stanęła przy mnie.

Jadąc motorikszą, wymieniłyśmy niewiele słów.

– Wszystko w porządku?

– Tak. A u ciebie?

– W porządku.

Ja nic nie powiedziałam o sobie, a ona nic o sobie. Ale powody owej lakoniczności były skrajnie różne. Ja nie miałam żadnego zamiaru ubierać w słowa tego, co mnie się przytrafiło: to był nagi fakt, dotyczył mojego ciała, jego reakcji fizjologicznych; a że po raz pierwszy została do niego wprowadzona minimalna część ciała drugiego człowieka, było kwestią nieistotną: nocna postać Sarratorego nic po sobie nie zostawiła, może jedynie wrażenie obcości, i odczuwałam ulgę na myśl, że rozwiała się jak burza, która nie zdołała nadciągnąć. Natomiast doskonale rozumiałam, że Lila milczy, ponieważ brakuje jej słów. Była w stanie pozbawionym myśli i obrazów, jak gdyby odrywając się od Nina, pozostawiła w nim całą siebie, nawet umiejętność wypowiedzenia tego, co jej się zdarzyło, co się z nią działo. I ta różnica między nami zasmuciła mnie. Poszukałam w swoim doświadczeniu na plaży czegoś odpowiedniego do jej bolesnego-szczęśliwego zagubienia. Zdałam sobie sprawę, że na Maronti, w Barano nie pozostawiłam niczego, nawet tej nowej siebie, która mi się objawiła. Wszystko zabrałam i dlatego nie czułam żadnej potrzeby – jaką wyczytywałam w oczach Lili, w jej półprzymkniętych ustach, zaciśniętych dłoniach – by wrócić i znowu połączyć się z tym, kogo musiałam zostawić. I choć mój stan mógł z pozoru wydawać się stabilniejszy, bardziej zwarty, u boku Lili czułam się jak błotnisty teren, jak ziemia za bardzo nasiąknięta wodą.

73.

Na szczęście dopiero wiele lat później przeczytałam jej pamiętniki. Zapisała całe strony o tym dniu i o nocy z Ninem, a to, co one mówiły, było dokładnie tym, czego ja nie miałam do powiedzenia. Lila ani słowem nie wspomniała o rozkoszach erotycznych, nie napisała nic, co mogłoby posłużyć do porównania jej doświadczenia z moim. Mówiła natomiast o miłości, i robiła to w sposób zaskakujący. Napisała, że od ślubu aż do tych dni spędzonych na Ischii nieświadomie znajdowała się na skraju śmierci. Szczegółowo przedstawiła to wrażenie, że ona jest już blisko: spadek energii, senność, silny ucisk w środku głowy, jak gdyby między mózgiem a kością czaszki znajdowała się bańka powietrzna, która stawała się coraz większa, wrażenie, że wszystko odchodzi w pędzie, że każdy ruch osób i przedmiotów jest przesadnie szybki i uderza w nią, rani ją, wywołuje fizyczny ból w brzuchu i w oczach. Pisała, że temu towarzyszyło uśpienie zmysłów, jak gdyby owinięto ją w watę, a jej rany nie brały się z rzeczywistego świata, lecz z tej szczeliny między jej ciałem a warstwą hydrofilowej bawełny, w którą ją zapakowano. Z drugiej strony przyznała, że fakt nadchodzącej śmierci wydawał się tak oczywisty, że odbierał jej wszelkie poszanowanie, przede wszystkim dla siebie samej, jak gdyby nic już się nie liczyło i wszystko zasługiwało na zniszczenie. Czasami ogarniała ją gwałtowna potrzeba wyrażenia siebie bez żadnego pośrednictwa: wyrażenia po raz ostatni, zanim stanie się jak Melina, zanim przejdzie przez ulicę właśnie w chwili, gdy nadjeżdża ciężarówka, zanim zostanie potrącona i będzie wleczona. Nino zmienił ten stan rzeczy, wyrwał ją ze szponów śmierci. I zrobił to już w domu Galiani, kiedy zaprosił ją do tańca, a ona odmówiła, przerażona tą propozycją ratunku. Potem na Ischii dzień po dniu zaczął przyjmować rolę ratownika. Przywrócił jej umiejętność czucia. Wskrzesił przede wszystkim poczucie siebie. Tak, wskrzesił. Całe linijki koncentrowały się na kwestii wskrzeszenia: ekstatyczne podniesienie się, koniec wszelkiej więzi, niewypowiedziana przyjemność nowej więzi, zmartwychwstanie, które było także powstaniem: on i ona, ona i on wspólnie na nowo uczyli się życia, usuwali truciznę, tworzyli je jako czystą radość myślenia i istnienia.

Tak to z grubsza wyglądało. Jej słowa były piękne, ja tylko je streściłam. Gdyby wtedy, na motorikszy, zwierzyła się z nich, cierpiałabym jeszcze bardziej, ponieważ w jej zrealizowanej pełni dostrzegłabym przeciwieństwo mojej pustki. Zrozumiałabym, że zetknęła się z czymś, co ja myślałam, że znam, co myślałam, że czuję do Nina, a czego w ogóle nie znałam i co być może poznam jedynie w ograniczonej, słabszej formie. Zrozumiałabym, że ona nie oddała się lekkomyślnie wakacyjnej zabawie, lecz że rosło w niej namiętne uczucie, które ją za sobą pociągnie. Ale wtedy, wracając do Nunzii po naszych występkach, nie potrafiłam uwolnić się od typowego uczucia zmieszania, że nie jesteśmy równe, od często pojawiającego się w naszej historii wrażenia, że ja coś zatracam, ona zaś zyskuje. Dlatego cyklicznie zalewała mnie potrzeba odparowania ciosu, opowiedzenia, że między morzem a niebem, w nocy, na plaży Maronti straciłam dziewictwo. Nie musiałam wymieniać imienia ojca Nina, wystarczyłoby wymyślić jakiegoś marynarza, przemytnika amerykańskich papierosów i opowiedzieć to, co mi się przytrafiło, powiedzieć, jakie to było piękne. Dotarło jednak do mnie, że nic mnie nie obchodzi opowiadanie o sobie i o doznanych rozkoszach, celem bowiem byłoby skłonienie jej do tego samego i dowiedzenie się, ile rozkoszy otrzymała od Nina, a także przeprowadzenie porównania, które wypadłoby – jak liczyłam – na moją korzyść. Na szczęście wyczułam, że ona nic nie powie, więc tylko głupio bym się zdradziła. Zachowałam milczenie, ona zresztą też.

74.

W domu Lila odzyskała mowę wraz z pobudzoną ekspansywnością. Nunzia przywitała nas z ulgą i zarazem wrogością. Powiedziała, że nie zmrużyła oka, że słyszała dziwne hałasy w domu, że bała się duchów i zabójców. Lila przytuliła ją, a Nunzia prawie odepchnęła córkę.

– Dobrze się bawiłaś? – zapytała.

– Świetnie, mam zamiar wszystko zmienić.

– Co zmienić?

Lila roześmiała się.

– Zastanowię się nad tym i ci powiem.

– Powiedz lepiej swojemu mężowi. – Nunzia odcięła się jadowicie.

Córka spojrzała na nią zaskoczona, a było to zaskoczenie pełne zadowolenia i wzruszenia, jak gdyby rada wydała jej się słuszna i niecierpiąca zwłoki.

– Dobrze – odparła i poszła do swojego pokoju, potem zamknęła się w łazience.

Wyszła po dłuższym czasie, ale nadal w halce, skinęła, żebym przyszła do jej sypialni. Poszłam niechętnie. Spojrzała na mnie rozgorączkowanymi oczami, mówiła z zadyszką i szybko:

– Chcę uczyć się tego wszystkiego, czego on się uczy.

– On jest na uniwersytecie, robi trudne rzeczy.

– Chcę czytać te same książki, chcę dobrze zrozumieć sprawy, nad którymi się zastanawia, chcę się uczyć nie po to, żeby iść na uniwersytet, ale dla niego.

– Lila, nie szalej: ustaliłyśmy, że widzicie się po raz ostatni, potem koniec. Co ci jest, uspokój się, zaraz przyjedzie Stefano.

– Czy twoim zdaniem, jeśli bardzo się przyłożę, zrozumiem sprawy, które on rozumie?

Nie wytrzymałam. Stało się jasne to, co już wcześniej przeczuwałam, choć jeszcze kryłam przed samą sobą: że ona też traktuje Nina jako jedyną osobę zdolną ją ocalić. Przejęła na własność moje stare uczucie, wzięła je sobie. A znając ją, nie miałam wątpliwości, że pokona wszelkie przeszkody i pójdzie na całość. Odpowiedziałam ostro:

– Nie. To trudne rzeczy, masz zbyt duże braki, nie czytasz gazet, nie wiesz, kto jest w rządzie, nie wiesz nawet, kto kieruje Neapolem.

– A ty to wszystko wiesz?

– Nie.

– On uważa, że wiesz, mówiłam ci, że bardzo cię szanuje.

Oblałam się rumieńcem i wymamrotałam:

– Staram się wiele nauczyć, a kiedy czegoś nie wiem, udaję, że wiem.

– Nawet udając, powoli człowiek się uczy. Pomożesz mi?

– Nie, Lila, nie! Nie tym masz się zajmować. Zostaw go w spokoju, przez ciebie już teraz mówi, że zrezygnuje z uniwersytetu.

– Będzie studiował, on się do tego urodził. W każdym razie też wielu rzeczy nie wie. A jeśli ja się nauczę tego, czego on nie wie, i powiem mu, gdy mu to będzie potrzebne, przynajmniej mu się przydam. Muszę się zmienić, Lenù, i to natychmiast.

Znowu się uniosłam:

– Jesteś zamężna, wybij to sobie z głowy, nie pasujesz do niego.

– A kto pasuje?

Chciałam ją zranić, powiedziałam więc:

– Nadia.

– Zostawił ją dla mnie.

– Czyli wszystko gra? Nie zamierzam cię więcej słuchać, oboje powariowaliście, róbcie, co wam się żywnie podoba.

I wyszłam zżerana przez frustrację.

75.

Stefano przyjechał o zwykłej porze. Wszystkie trzy przywitałyśmy go z udawaną radością, a on był miły, choć nieco spięty, jak gdyby za dobrotliwą twarzą skrywał jakąś troskę. Zaskoczyło mnie, że nie wziął ze sobą żadnego bagażu, zaczynały się przecież jego wakacje. Lila nie zwróciła na to uwagi, ale Nunzia zapytała:

– Widzę, Stefano, że chodzisz z głową w chmurach, czy coś cię martwi? Jak się czuje twoja mama? A Pinuccia? A jak idzie z butami? Co mówią Solarowie, są zadowoleni?

On odpowiedział, że wszystko jest w porządku, i zasiedliśmy do kolacji, ale rozmowa jakoś się nie kleiła. Początkowo Lila starała się okazywać dobry nastrój, ale ponieważ Stefano odpowiadał monosylabami i bez sympatii, obraziła się i zamilkła. Tylko ja i Nunzia na wszystkie sposoby usiłowałyśmy uniknąć absolutnej ciszy. Gdy jedliśmy owoce, Stefano zwrócił się do żony z lekkim uśmieszkiem:

– Czy ty kąpiesz się w morzu z synem Sarratorego?

Wstrzymałam oddech. Lila odparła z rozdrażnieniem:

– Zdarzyło się. Dlaczego pytasz?

– Ile razy się zdarzyło? Raz, dwa, trzy, pięć, ile? Ty wiesz, Lenù?

– Raz – odpowiedziałam. – Dwa czy trzy dni temu przechodził po plaży i razem weszliśmy do wody.

Stefano nie przestawał się uśmiechać, znowu mówił do żony:

– A ty i syn Sarratorego jesteście w tak dobrej komitywie, że kiedy wychodzicie, trzymacie się za ręce?

Lila spojrzała mu prosto w twarz:

– Kto ci to powiedział?

– Ada.

– A Adzie kto powiedział?

– Gigliola.

– A Giglioli?

– Gigliola sama widziała, idiotko. Przyjechała z Michelem, spotkali się z wami. I to nieprawda, że ty i ten dupek kąpaliście się razem z Lenuccią, byliście sami i trzymaliście się za ręce?

Lila wstała i powiedziała ze spokojem.

– Wychodzę, idę się przejść.

– Nigdzie nie pójdziesz: usiądziesz i mi odpowiesz.

Lila dalej stała. Nagle rzuciła po włosku i z ostentacyjnie znużoną miną, która jednak, co zauważyłam, wyrażała pogardę.

– Jaka ja byłam głupia, że za ciebie wyszłam, jesteś niczym. Czy ty wiesz, że Michele Solara chce mnie widzieć w swoim sklepie, czy wiesz, że Gigliola z tego powodu, gdyby mogła mnie zabić, nie zawahałaby się, i co, ty jej wierzysz? Nie zamierzam cię dłużej słuchać, dajesz sobą manipulować jak marionetka. Lenù, idziesz ze mną?

Ruszyła w stronę drzwi, ja się podniosłam, ale Stefano skoczył, chwycił ją za ramię i powiedział:

– Nigdzie nie pójdziesz. Masz mi powiedzieć, czy to prawda, że sama kąpałaś się z synem Sarratorego, czy to prawda, że chodzicie, trzymając się za ręce.

Lila wyrywała się, ale bez skutku. Wysyczała:

– Puść mnie, brzydzę się tobą.

Wtedy wtrąciła się Nunzia. Skarciła córkę, powiedziała, że nie wolno takich brzydkich rzeczy mówić Stefanowi. Ale zaraz z zaskakującą energią niemalże krzyknęła na zięcia, żeby przestał, że Lila już mu odpowiedziała, że to zazdrość skłoniła Gigliolę do kłamstwa, że córka cukiernika jest obłudna, że boi się stracić miejsce na piazza dei Martiri, że chce wyrzucić stamtąd także Pinuccię i zostać jedyną panią sklepu, choć niczego nie wie o butach, bo ona nawet ciast nie potrafi piec, a przecież to wszystko zasługa Lili, nawet w dużej mierze nowa wędliniarnia, i dlatego nie zasługuje na takie traktowanie, o nie, nie zasługuje.

To był prawdziwy wybuch: poczerwieniała na twarzy, wytrzeszczyła oczy, w pewnym momencie wyglądała, jakby miała się udusić, bo mówiła jednym tchem. Ale Stefano nie wysłuchał ani słowa. Teściowa jeszcze nie skończyła, kiedy pchnął Lilę w stronę sypialni, wrzeszcząc:

– Ty mi teraz odpowiesz, i to natychmiast.

A ponieważ ona obrzuciła go wulgarnymi wyzwiskami i aby stawić mu opór, chwyciła się drzwi od kredensu, pociągnął ją z taką siłą, że drzwi się otworzyły, kredens niebezpiecznie zachwiał, talerze i szklanki zaczęły brzęczeć, a Lila przeleciała przez kuchnię i uderzyła w ścianę korytarza, który prowadził do ich pokoju. Chwilę później mąż dobiegł do niej i trzymając ją za ramię, jak gdyby trzymał filiżankę za uszko, wepchnął do sypialni i zamknął za sobą drzwi.

Usłyszałam, jak klucz przekręca się w zamku, i ten dźwięk mnie przeraził. Na własne oczy zobaczyłam przed chwilą, że w Stefanie naprawdę siedzi duch jego ojca, że cień don Achillego naprawdę płynie w jego żyłach na szyi i w sinych żyłkach pod skórą na czole. Ale chociaż bałam się, czułam, że nie mogę, jak Nunzia, siedzieć bezczynnie przy stole. Uwiesiłam się klamki i zaczęłam za nią szarpać, walić pięścią w drewniane drzwi, błagając:

– Stefano, proszę cię, to wszystko kłamstwa, daj jej spokój. Stefano, nie rób jej krzywdy.

Ale on zamknął się w swoim gniewie, wrzeszczał, że żąda prawdy, a ponieważ Lila nic nie odpowiadała, jak gdyby nie było jej w pokoju, przez chwilę wydawało mi się, że mówi do siebie i sam siebie bije po twarzy, sobie zadaje ciosy, rozwala przedmioty.

– Idę po właścicielkę – powiedziałam do Nunzii i zbiegłam po schodach.

Chciałam ją zapytać, czy ma drugi klucz albo czy jest jej wnuk, potężny mężczyzna, który potrafi wyważyć drzwi. Nadaremnie pukałam, kobiety nie było, a jeśli była, nie otwierała. Tymczasem wrzaski Stefana wstrząsały ścianami, rozlegały się na ulicy, po zagajniku trzcinowym, leciały w stronę morza i napotykały chyba tylko na moje uszy, bo nikt z pobliskich domów nie wyjrzał, nikt nie nadbiegł. Docierały do mnie także ciche błagania Nunzii przeplatane groźbami, że jeśli Stefano nie przestanie krzywdzić jej córki, powie o wszystkim Fernandowi i Rinowi, a oni, jak Bóg na niebie, zabiją go.

Biegiem wróciłam na górę, nie wiedziałam, co robić. Całym ciężarem ciała rzuciłam się na drzwi, krzyczałam, że wezwałam straż, że już jadą. Potem, ponieważ Lila dalej nie dawała znaków życia, zaczęłam wrzeszczeć:

– Lila, co z tobą? Proszę, Lila, powiedz mi, co z tobą. – Dopiero wtedy usłyszałyśmy jej głos. Nie mówiła do nas, ale do męża, lodowatym głosem:

– Żądasz prawdy? Tak, ja i syn Sarratorego kąpiemy się, trzymając się za ręce. Tak, wypływamy w morze i całujemy się, i dotykamy. Tak, dałam mu się zerżnąć ze sto razy i dzięki temu zrozumiałam, że jesteś chamem, że jesteś gówno wart, że wymagasz ode mnie samych obrzydlistw, którymi już rzygam. Tak lepiej? Jesteś zadowolony?

Cisza. Po tych słowach Stefano nawet nie pisnął, ja przestałam walić w drzwi, Nunzia przestała płakać. Znowu zaczęły do nas docierać hałasy z zewnątrz, przejeżdżające samochody, jakiś odległy głos, trzepotanie skrzydeł w kurniku.

Minęło kilka minut i Stefano zaczął mówić, ale tak cicho, że nie mogłyśmy niczego dosłyszeć. Zrozumiałam jednak, że stara się uspokoić: zdania krótkie i urwane, udowodnij, że dałaś się zerżnąć, już dobrze, skończ. Wyznanie Lili było dla niego tak trudne do zniesienia, że potraktował je jak kłamstwo. Uznał za sposób, w który ona chciała zadać mu ból, za wybuch, który jak policzek miał sprowadzić go na ziemię i który oznaczał: jeśli jeszcze nie uświadomiłeś sobie, o jak absurdalne rzeczy mnie oskarżasz, teraz ja ci to wyjaśnię, posłuchaj.

Dla mnie słowa Lili były tak samo potworne jak ciosy Stefana. Zauważyłam, że choć przerażała mnie bezgraniczna brutalność, którą chował za dobrym wychowaniem, nie potrafiłam znieść jej odwagi, tej zuchwałej bezczelności, która pozwoliła jej wykrzyczeć prawdę, jak gdyby to było kłamstwo. Każde pojedyncze słowo jemu przynosiło opamiętanie, bo potraktował je jako bzdurę, mnie zaś boleśnie zraniło, bo ja znałam prawdę. Kiedy głos wędliniarza zaczął do nas docierać z większą wyrazistością, zrozumiałyśmy z Nunzią, że najgorsze już minęło, że don Achille opuszcza syna i powraca to łagodniejsze, bardziej elastyczne oblicze, dzięki któremu odnosi sukcesy jako sprzedawca. A Stefano, odzyskawszy je, poczuł się zagubiony, nie rozumiał, co się stało z jego głosem, dłońmi, ramionami. I choć prawdopodobnie w jego głowie tkwił jeszcze żywy obraz Lili i Nina, jak trzymają się za ręce, wizja przytoczona przez grad słów Lili musiała mu się wydać jak najbardziej nierealna.

Drzwi się nie otworzyły, klucz nie przekręcił w zamku aż do świtu. Ale głos Stefana stał się smutny, jego słowa brzmiały jak rozpaczliwe błagania. Czuwałyśmy z Nunzią przez kilka godzin, wymieniając zniechęcone, ledwo słyszalne zdania. Szmery wewnątrz, szmery na zewnątrz.

– Jeśli powiem o tym Rinowi – mamrotała Nunzia – zabije go, to pewne, że go zabije.

A ja szeptałam, jakbym jej wierzyła:

– Proszę, nic nie mówcie.

Tymczasem myślałam: po ślubie ani Rino, ani Fernando nawet nie kiwnęli palcem w sprawie Lili; nie wspominając już, że bili ją, od kiedy się urodziła, gdy tylko przyszła im na to ochota. Przekonywałam też siebie: wszyscy mężczyźni są tacy sami, tylko Nino jest inny. I wzdychałam, a rozpacz w piersi pęczniała: teraz już wiadomo, że Lila weźmie go sobie, chociaż jest mężatką, i razem uciekną z tego bagna, a ja pozostanę w nim na zawsze.

76.

O pierwszym brzasku Stefano wyszedł z sypialni. Lila nie. Powiedział:

– Pakujcie się, wyjeżdżamy.

Nunzia nie mogła się powstrzymać i z urazą wskazała na szkody, jakie wyrządził właścicielce, stwierdziła, że trzeba jej za to zapłacić. On jej odpowiedział – jak gdyby słowa, które wykrzyczała do niego kilka godzin wcześniej, wyryły mu się w pamięci i odczuwał potrzebę postawienia kropki nad i – że zawsze płacił i będzie dalej płacić.

– Za dom ja zapłaciłem – zaczął wyliczać słabym głosem. – Za wasze wakacje ja zapłaciłem, ja dałem wszystko, co macie wy, wasz mąż, wasz syn: dlatego nie wkurwiajcie mnie, spakujcie się i wyjeżdżamy.

Nunzia nawet nie pisnęła. Chwilę później Lila wyszła z pokoju w żółtej sukience z długimi rękawami i w dużych ciemnych okularach, jakie noszą gwiazdy filmowe. Nie odezwała się do nas słowem. Ani w Porto, ani na statku, ani nawet kiedy przyjechaliśmy na osiedle. Bez pożegnania poszła z mężem do domu.

Jeśli o mnie chodzi, postanowiłam, że od tej chwili zajmę się tylko sobą, i tak właśnie zrobiłam: od powrotu do Neapolu zmusiłam się do zerwania relacji. Nie szukałam kontaktu z Lilą, nie szukałam kontaktu z Ninem. Bez protestów wysłuchałam awantury, jaką zrobiła mi matka, która oskarżyła mnie, że pojechałam udawać wielką panią na Ischii, w ogóle nie myśląc, że w domu brakuje pieniędzy. Również mój ojciec, chociaż rozpływał się w pochwałach na temat zdrowego wyglądu, złocistych włosów, w niczym jej nie ustępował: jak tylko matka naskoczyła na mnie w jego obecności, natychmiast ją poparł:

– Jesteś już duża – powiedziała. – Załatw to jakoś.

I faktycznie, musiałam od zaraz zacząć zarabiać. Mogłam wymóc na Lili, żeby dała mi to, co obiecała za mój pobyt na Ischii, ale nie zrobiłam tego ze względu na postanowienie, że przestanę się nią interesować, a przede wszystkim ze względu na brutalne słowa, jakie Stefano skierował do Nunzii (i poniekąd również do mnie). Z tego samego powodu absolutnie nie mogłam się zgodzić, aby, tak jak poprzedniego roku, to Lila kupiła mi podręczniki. Kiedy spotkałam Alfonsa, poprosiłam, aby jej przekazał, że już się o nie zatroszczyłam, i w ten sposób zamknęłam kwestię.

Po święcie Wniebowzięcia pokazałam się w księgarni na via Mezzocannone, i po części dlatego, że byłam pracowitą i zdyscyplinowaną sprzedawczynią, a po części ze względu na mój wygląd, który dzięki słońcu i morzu znacznie się poprawił, właściciel po chwilowym oporze na powrót przyjął mnie do pracy. Postawił jednak warunek, że nie wolno mi się zwolnić po rozpoczęciu roku szkolnego, ale mam dalej pracować, choćby tylko popołudniami, przez cały okres sprzedaży podręczników. Zgodziłam się i zaczęłam całe dnie spędzać w księgarni, przyjmując nauczycieli, którzy przychodzili z wypchanymi torbami, aby za kilka lirów przehandlować książki otrzymane w podarunku od wydawnictw, i uczniów, którzy za jeszcze mniej sprzedawali swoje rozwalone podręczniki.

Cały tydzień trzęsłam się ze strachu, ponieważ spóźniał mi się okres. Bałam się, że jestem w ciąży ze starym Sarratorem, rozpaczałam: na zewnątrz grzeczna i uprzejma, a w duchu zła. Spędziłam wiele bezsennych nocy, ale u nikogo nie szukałam rady czy pocieszenia, wszystko dusiłam w sobie. W końcu któregoś popołudnia poszłam do brudnej ubikacji w księgarni i zobaczyłam krew. To była jedna z nielicznych szczęśliwych chwil w tamtym okresie. Miesiączka była dla mnie swoistym symbolicznym i ostatecznym wymazaniem wtargnięcia Sarratorego w moje ciało.

W pierwszych dniach września przyszło mi na myśl, że Nino pewnie już wrócił z Ischii, i zaczęłam się obawiać, a zarazem mieć nadzieję, że wpadnie chociażby po to, żeby się przywitać. Ale nie pokazał się ani na via Mezzocannone, ani w dzielnicy. Lilę zaś widziałam tylko parę razy, w niedzielę, jak u boku męża przejeżdżała główną ulicą. Tych kilka sekund wystarczyło, aby mnie zdenerwować. Co się stało? Jak rozwiązała swoje sprawy? Dalej miała wszystko, niczego jej nie brakowało: samochód, Stefana, dom z łazienką, telefonem i telewizorem, piękne ubrania, wygodne życie. Ciekawe zresztą, jakie tajne plany właśnie obmyśla w swojej głowie. Wiedziałam, jaka jest, i przypuszczałam, że nie zrezygnuje z Nina, nawet jeśli Nino zrezygnuje z niej. Ale przegnałam te myśli i zmusiłam się do przestrzegania zawartego w duchu paktu: żyć bez nich i nauczyć się, jak nie cierpieć. W tym celu skupiłam się na swego rodzaju treningu w hamowaniu i eliminacji własnych reakcji. Nauczyłam się, jak sprowadzać emocje do minimum: jeśli właściciel księgarni dobierał się do mnie, odpychałam go bez zgorszenia; jeśli klienci byli niemili, robiłam dobrą minę do złej gry; nawet wobec matki zdołałam zachować równowagę. Powtarzałam sobie każdego dnia: jestem taka, jaka jestem, i muszę się zaakceptować; taka się urodziłam, w tym mieście, z tym dialektem, bez pieniędzy; dam z siebie tyle, ile mogę dać, wezmę, co mogę wziąć, zniosę, co trzeba będzie znieść.

77.

Potem zaczęła się szkoła. Dopiero pierwszego października, kiedy weszłam do auli, zdałam sobie sprawę, że jestem w trzeciej klasie liceum, że skończyłam osiemnaście lat, że czas nauki, w moim przypadku cudownie długi, dobiega końca. Tak lepiej. Wiele rozmawiałam z Alfonsem o tym, co będziemy robić po maturze. Wiedział tyle co ja. Rzucił, że będziemy chodzić na konkursy, ale w rzeczywistości nie wiedzieliśmy, co to takiego. Mówiliśmy: *podejść do konkursu, wygrać konkurs,* ale mieliśmy o tym blade pojęcie: czy trzeba napisać jakieś wypracowanie, odpowiadać na pytania? I co się wygrywa, pensję?

Alfonso zwierzył mi się, że jak tylko wygra byle jaki konkurs, zamierza się ożenić.

– Z Marisą?
– No przecież.

Kilka razy ostrożnie zapytałam go o Nina, ale Alfonso go nie lubił, nawet nie mówili sobie cześć. Nigdy nie zrozumiał, co ja w nim takiego widzę. Mówił, że jest brzydki, zgarbiony, sama skóra i kości. Marisa natomiast jest piękna. I od razu dodawał, aby mnie nie zranić:

– Ty też jesteś piękna.

Lubił piękno, a zwłaszcza dbałość o ciało. On sam bardzo o siebie dbał, pachniał wodą kolońską, kupował dobre ubrania, codziennie chodził podnosić ciężary. Powiedział, że dobrze się bawił w sklepie na piazza dei Martiri. To nie to samo co wędliniarnia. Tam można, a nawet trzeba ubierać się elegancko. Tam można rozmawiać po włosku, przychodzili sami porządni, wykształceni ludzie. Tam, nawet jeśli trzeba uklęknąć przed klientami i klientkami, żeby włożyć im buty, można to zrobić z klasą, jak rycerz. Ale na nieszczęście nie dało się dłużej zostać w sklepie.

– Dlaczego?

– Cóż.

Na początku wykręcał się, więc nie naciskałam. Potem zdradził, że Pinuccia nie wychodzi już z domu, ponieważ nie chce się przemęczać, wyskoczył jej brzuch jak torpeda; zresztą i tak było wiadomo, że po narodzinach dziecka nie będzie miała czasu na pracę. To w teorii powinno usunąć wszelkie przeszkody, bracia Solara byli z niego zadowoleni, mógłby nawet zostać na stałe od razu po maturze. Ale nic z tego. I w tym miejscu nagle padło imię Lili. Na sam jego dźwięk poczułam palenie w żołądku.

– Co ona ma z tym wspólnego?

Dowiedziałam się, że od powrotu z wakacji zachowuje się jak wariatka. Dalej nie może zajść w ciążę, kąpiele na nic się zdały, odstawia numery. Raz rozbiła wszystkie donice z roślinami, jakie miała na balkonie. Mówiła, że idzie do sklepu z wędlinami, ale zostawiała Carmen samą i gdzieś przepadała. W nocy Stefano budził się i widział, że nie ma jej w łóżku: chodziła po domu, czytała i pisała. Potem nagle się uspokoiła. A właściwie całą swoją energię, jaką dotychczas angażowała w niszczenie życia Stefanowi, skoncentrowała na innym celu: by zatrudnić Gigliolę w nowej wędliniarni i osobiście zająć się sklepem na piazza dei Martiri.

Bardzo mnie to zdziwiło.

– To Michele chce, żeby przeniosła się do jego sklepu – odparłam – ale ona nie zamierza tam iść.

– Tak było kiedyś. Teraz zmieniła zdanie i robi wszystko, aby się tam ulokować. Jedyną przeszkodą jest sprzeciw Stefana. Ale wiadomo, że koniec końców mój brat robi to, co ona chce.

Nie zadawałam więcej pytań, nie chciałam w żaden sposób zostać na nowo wchłonięta przez sprawy Lili. Ale przez chwilę zastanawiałam się ze zdziwieniem: co ona knuje, dlaczego znienacka postanowiła pracować w centrum miasta? Potem dałam sobie z tym spokój, miałam inne problemy: księgarnię, szkołę, odpytywania, podręczniki. Niektóre kupiłam, ale większość bez skrupułów ukradłam księgarzowi. Wzięłam się ostro do nauki, zwłaszcza po nocach. Popołudniami bowiem aż do świąt Bożego Narodzenia pracowałam w księgarni. Potem się zwolniłam. Ale wkrótce sama Galiani załatwiła mi kilka korepetycji, do których bardzo się przykładałam. I tak szkoła, prywatne lekcje i nauka zajmowały cały mój czas.

Kiedy pod koniec miesiąca wręczałam matce zarobione pieniądze, wkładała je do kieszeni bez słowa, ale rano wstawała wcześnie, żeby przygotować mi śniadanie, czasami nawet kogel-mogel, do którego przykładała się z tak wielką pieczołowitością – ja w tym czasie jeszcze leżałam sennie w łóżku i wsłuchiwałam się w uderzenia łyżeczki o filiżankę – że sam rozpływał się w ustach jak śmietanka, nie czuć było ani jednego ziarenka cukru. Natomiast w liceum, z powodu leniwego działania całego przykurzonego mechanizmu szkolnego, profesorowie nie mieli innego wyboru, jak uznać mnie za najzdolniejszą uczennicę. Bez problemu obroniłam miejsce pierwszej uczennicy w klasie, a ponieważ Nina już nie było, uplasowałam się pośród najlepszych uczniów w szkole. Nietrudno było jednak zrozumieć, że Galiani, choć nadal bardzo szczodra, obarczała mnie za coś winą, co nie pozwalało jej na taką uprzejmość jak w przeszłości. Na przykład kiedy zwróciłam jej książki, okazała niezadowolenie, bo były pełne piasku, i zabrała je, nie obiecując, że pożyczy następne. Poza tym przestała przekazywać mi swoje gazety: przez jakiś czas zmuszałam się do kupowania „Il Mattino", potem zrezygnowałam, nudziło mnie, to były wyrzucone pieniądze. Nie zaprosiła mnie też więcej do swojego domu, chociaż z przyjemnością spotkałabym się z jej synem, Armandem. Ale dalej publicznie obsypywała mnie pochwałami, stawiała dobre oceny, doradzała konferencje, a nawet istotne filmy, których projekcje odbywały się w sali parafialnej w Port'Alba. Aż któregoś razu, tuż przed przerwą świąteczną, zawołała mnie, gdy wychodziłam ze szkoły, i razem przeszłyśmy kawałek drogi. Bez ogródek zapytała, co wiem o Ninie.

– Nic – odpowiedziałam.

– Powiedz prawdę.

– To jest prawda.

Okazało się, że Nino po wakacjach nie skontaktował się ani z nią, ani z jej córką.

– Z Nadią zerwał w bardzo nieprzyjemny sposób – powiedziała tonem urażonej matki. – Wysłał jej krótki list z Ischii i ona bardzo przez niego cierpiała. – Pohamowała się jednak i dodała, wracając do roli nauczycielki: – Ale cierpliwości, jesteście młodzi, ból pomaga dojrzeć.

Skinęłam potakująco głową, a ona zapytała:

– Z tobą też zerwał?

Zaczerwieniłam się.

– Ze mną?

– Nie spotykaliście się na Ischii?

– Tak, ale między nami nic nie było.

– Na pewno?

– Absolutnie nic.

– Nadia jest przekonana, że on zostawił ją dla ciebie.

Zaprzeczyłam energicznie, powiedziałam, że chętnie spotkam się z Nadią i wyjaśnię jej, że między mną a Ninem nigdy nic nie było i nigdy nic nie będzie. To ją ucieszyło, zapewniła mnie, że przekaże moje słowa córce. Rzecz jasna nie wspomniałam o Lili, nie tylko dlatego, że postanowiłam już się nią nie zajmować:

mówienie o niej wprawiłoby mnie w przygnębienie. Próbowałam zmienić temat, ale ona wróciła do Nina. Powiedziała, że krąży o nim wiele pogłosek. Niektórzy twierdzą, że nie podszedł na jesieni do egzaminów, mało tego, że w ogóle zrezygnował ze studiów; są też i tacy, którzy się zarzekają, że widzieli go któregoś popołudnia całkiem pijanego, jak szedł po via Arenaccia, zataczając się i co chwilę popijając z butelki. Ale na koniec dodała, że Nino nie był powszechnie lubiany i może ktoś postanowił rozsiać plotki na jego temat. Szkoda jednak, jeśli są prawdziwe.

– Na pewno są nieprawdziwe – odparłam.

– Miejmy nadzieję. Trudno jednak nadążyć za tym chłopcem.

– Zgadza się.

– Jest bardzo zdolny.

– Tak.

– Jeśli masz jakieś możliwości, by się dowiedzieć, co porabia, daj mi znać.

Pożegnałyśmy się i pobiegłam udzielić lekcji greki dziewczynce z gimnazjum, która mieszkała przy Parco Margherita. Ale nie było to łatwe. W ogromnym tonącym w półcieniu pokoju, gdzie przyjęto mnie z szacunkiem, stały ciężkie meble, wisiały kobierce ze scenami łowieckimi, stare fotografie wysokich oficerów wojskowych i przeróżne inne oznaki wielowiekowej władzy i dobrobytu, które w mojej bladej czternastoletniej uczennicy wywoływały odrętwienie na ciele i umyśle, a we mnie budziły niesmak. Przy tej okazji musiałam stoczyć szczególny bój o poprawną deklinację i koniugację. Na myśl nieustannie powracała

mi postać Nina, tak jak opisała ją Galiani: zniszczona
kurtka, powiewający krawat, długie nogi o niepewnym kroku, pusta butelka, która po ostatnim łyku
rozbija się na kamienistej via Arenaccia. Co takiego
zaszło między nim a Lilą po powrocie z Ischii? Wbrew
moim przewidywaniom ona najwyraźniej opanowała
się, wszystko dobiegło końca, wróciła do równowagi.
Nino natomiast nie: z młodego studenta, mającego
na wszystko konkretną odpowiedź, przemienił się
w pijaka zżeranego przez cierpienie z miłości do żony
sprzedawcy wędlin. Postanowiłam jeszcze raz zapytać
Alfonsa, czy ma o nim jakieś informacje. Zdecydo-
wałam, że sama spotkam się z Marisą i zapytam ją
o brata. Zaraz jednak wybiłam to sobie z głowy. Przejdzie mu, powiedziałam do siebie. Szukał mnie? Nie.
A czy Lila mnie szukała? Nie. Dlaczego więc mam
się nim albo nią zamartwiać, skoro oni nie troszczą
się o mnie? Dokończyłam lekcję i zajęłam się swoim
życiem.

78.

Po świętach Bożego Narodzenia dowiedziałam się od
Alfonsa, że Pinuccia urodziła synka, któremu nadano
imię Fernando. Poszłam do niej z wizytą, myśląc, że
zastanę ją w łóżku, szczęśliwą, z dzieckiem przy piersi. Ona jednak już była na chodzie, chociaż w koszuli
nocnej i kapciach, naburmuszona. Niegrzecznie przegoniła matkę, która powtarzała jej: „Wracaj do łóżka,

nie przemęczaj się". A kiedy zaprowadziła mnie do kołyski, powiedziała ponuro:

– Nic nigdy mi się nie udaje, popatrz, jaki jest brzydki, budzi we mnie wstręt nie tylko, kiedy go dotykam, ale nawet gdy na niego patrzę.

I choć Maria, stojąc w progu, mruczała pod nosem uspokajającą formułkę: „Pina, co ty mówisz, jest przepiękny", ona powtarzała ze złością:

– Jest brzydki, brzydszy niż Rino, w tej rodzinie są same szkarady. – Potem westchnęła głęboko i zawołała rozpaczliwie, ze łzami w oczach: – To moja wina, źle wybrałam sobie męża, ale kiedy jest się jeszcze dziewczynką, nie myśli się o tym. I popatrz tylko, jakiego mam syna, ma taki spłaszczony nos jak Lina. – Potem, bez żadnej logiki, zaczęła obrzucać szwagierkę wyzwiskami.

Od niej dowiedziałam się, że ta dziwka już od piętnastu dni rządzi się w sklepie na piazza dei Martiri. Gigliola musiała jej ustąpić, wróciła do baru Solarów; ona sama też musiała ustąpić, bo nie wiadomo, jak długo będzie uwiązana do dziecka; wszyscy musieli ustąpić, przede wszystkim Stefano, jak zwykle zresztą. I teraz Lila codziennie wymyśla coś nowego: do pracy chodzi ubrana jak jedna z telewizyjnych panienek Mike'a Bongiorna, i jeśli nie zawozi jej mąż, bez żenady daje się zawozić Michelemu; wydała krocie na dwa obrazy, które nie wiadomo co przedstawiają, i zawiesiła je w sklepie, też nie wiadomo po co; kupiła mnóstwo książek i postawiła na jednej z półek zamiast butów; urządziła swego rodzaju salonik, z sofami, fotelami, pufami i kryształową czaszą, w której trzyma

czekoladki Gay Odina i każdy za darmo może się po-
częstować, jak gdyby nie była tam, żeby wąchać stopy
klientom, ale robić za panią na zamku.

– I to nie wszystko – dodała. – Jest coś o wiele
gorszego.

– Co?

– Czy ty wiesz, co zrobił Marcello Solara?

– Nie.

– Pamiętasz buty, jakie Stefano i Rino mu poda-
rowali?

– Te zrobione według rysunku Liny?

– Tak, kicz nie buty, Rino zawsze mówił, że woda
wlewa się do środka.

– Co się stało?

Pina uraczyła mnie zagmatwaną historią o pieniądzach, perfidnych konszachtach, oszustwach i długach. Zdarzyło się, że Marcello, który nie był zadowolony z nowych modeli zaprojektowanych przez Rina
i Fernanda, na pewno w zmowie z Michelem zlecił
wykonanie tych butów nie fabryce „Cerullo", lecz
jakiejś innej, w Afragoli, po czym przed Bożym Narodzeniem rozprowadził je po sklepach i sprzedawał
pod marką „Solara", przede wszystkim na piazza dei
Martiri.

– A miał do tego prawo?

– Oczywiście, są jego: te dwa głupki, mój brat
i mój mąż, dały mu je, może robić, co mu się żywnie
podoba.

– I co dalej?

– Teraz po Neapolu krążą buty „Cerullo" i buty
„Solara". Z tym że buty „Solara" idą jak świeże bułecz-

ki, lepiej od „Cerullo". I zarabiają na nich tylko bracia Solara. Rino jest zdenerwowany, ponieważ nie spodziewał się, że konkurencją staną się sami Solarowie, wspólnicy, i to na dodatek z butami własnoręcznie przez niego wykonanymi, a potem głupio oddanymi.

W pamięci powrócił obraz Marcella, kiedy Lila groziła mu szewskim nożem. Był mniej pomysłowy niż Michele, bardziej nieśmiały. Po co miałby coś takiego robić? Rodzina Solara prowadziła liczne interesy, niektóre jawne, inne nie, i z dnia na dzień była coraz silniejsza. Miała potężnych przyjaciół, sięgających jeszcze czasów dziadka, z którymi wymieniała się przysługami. Ich matka pożyczała na lichwiarski procent i miała księgę, na myśl o której drżała połowa dzielnicy, może nawet sami Cerullo i Carracci. Dlatego dla Marcella i jego brata buty i sklep na piazza dei Martiri to tylko jedno z licznych źródeł, z jakich ich rodzina czerpie dochód, i z pewnością nie jedno z najważniejszych. Po co więc to wszystko?

Historia Pinuccii zaczęła mnie drażnić: za zasłoną pieniędzy wyczułam coś poniżającego. Miłość Marcella do Lili już dawno się skończyła, ale rana pozostała i została skażona. Teraz, kiedy nie był od nikogo zależny, poczuł, że może swobodnie krzywdzić tych, którzy w przeszłości go upokorzyli.

– Rino – powiedziała Pinuccia – poszedł razem ze Stefanem, żeby się temu sprzeciwić, bez efektu.

Solarowie potraktowali ich z wyższością, ci ludzie przyzwyczaili się, że mogą robić, co chcą, dlatego spotkanie z nimi to jak rozmowa ze ścianą. Na koniec Marcello powiedział w sposób ogólnikowy, że on i brat zamierzają wypuścić całą linię „Solara", która będzie powtarzała, z licznymi wariacjami, linię tego pierwszego próbnego buta. A potem dodał bez wyraźnego związku: „Zobaczymy, jak wyjdą wasze nowe sztuki i czy warto utrzymać je na rynku". Rozumiesz? Rozumiałam. Marcello chciał wyeliminować markę „Cerullo", zastąpić ją marką „Solara" i zadać niemały finansowy cios Stefanowi. Powiedziałam sobie, że powinnam opuścić dzielnicę, Neapol, co mnie obchodzą ich niesnaski. A tymczasem zapytałam:

– A Lina?

W oczach Pinuccii zabłysło coś okrutnego:

– Problemem jest właśnie ona.

Cała ta historia rozbawiła Linę. Kiedy Rino i jej mąż denerwowali się, ona szydziła z nich: „To wy podarowaliście mu te buty, nie ja; to wy robiliście interesy z Solarami, nie ja. Co ja mam na to poradzić, że jesteście parą dupków?". Była irytująca, nie wiadomo, po czyjej stronie stoi, czy po stronie rodziny, czy braci Solara. Niemniej kiedy Michele po raz kolejny powtórzył, że chce ją mieć na piazza dei Martiri, ona się zgodziła i zadręczała Stefana tak długo, aż ją puścił.

– Jak to się stało, że Stefano ustąpił? – zapytałam.

Pinuccia westchnęła głęboko i z dezaprobatą. Stefano ustąpił, ponieważ liczył, że skoro Michelemu tak na niej zależało i skoro Marcello od zawsze miał do niej słabość, Lila zdoła naprawić sytuację. Ale Rino nie ufał siostrze, był przerażony, nie spał po nocach. Ten stary but, który on i Fernando odrzucili, a który Marcello kazał wykonać w oryginalnej postaci, podobał się i dobrze się sprzedawał. Co, jeśli Solarowie zaczną bezpośrednio negocjować z Lilą, a ona, podła z natury, choć odmówiła zaprojektowania nowych butów dla rodziny, zacznie projektować dla nich?

– Nie dojdzie do tego – zapewniłam Pinuccię.

– Ona ci to powiedziała?

– Nie, nie widzimy się od wakacji.

– To dlaczego jesteś taka pewna?

– Znam ją. Gdy Lina czymś się zainteresuje, angażuje w to wszystkie siły. Ale gdy już zrobi, co zaplanowała, przechodzi jej ochota i więcej się tym nie zajmuje.

– Jesteś pewna?

– Tak.

Moje słowa ucieszyły Marię, chwyciła się ich, żeby uspokoić córkę.

– Słyszałaś? – zapytała. – Wszystko będzie dobrze, Lenuccia wie, co mówi.

Ale tak naprawdę nic nie wiedziałam, nawet najgłupsza cząstka mnie pamiętała nieprzewidywalność Lili, dlatego nie mogłam się doczekać, aż wyjdę z tego domu. Pomyślałam sobie: co ja mam wspólnego z tymi nędznymi historyjkami, z dziecinną zemstą Marcella Solary, z tym szarpaniem się i martwieniem o pieniądze, o samochody, domy, meble i bibeloty, o wakacje? Jak Lila mogła po Ischii, po Ninie wrócić do gierek z kamorystami? Zdam maturę, podejdę do jakiegoś konkursu i go wygram. Wyjadę z tego bagna tak daleko, jak tylko się da. Rozczuliłam się, patrząc na chłopczyka, którego Maria wzięła na ręce, i powiedziałam:

– Jaki piękny.

79.

Ale temu nie potrafiłam się oprzeć. Długo zwlekałam, aż w końcu uległam: spytałam Alfonsa, czy w którąś niedzielę wybierzemy się we trójkę z Marisą na spacer. Alfonso bardzo się ucieszył, poszliśmy do pizzerii przy via Foria. Pytałam o Lidię, o chłopców, zwłaszcza o Cira, a potem zapytałam, co takiego porabia Nino. Ona odpowiedziała niechętnie, mówienie o bracie działało jej na nerwy. Przez długi czas zachowywał się jak szalony i doszło do tego, że pobił ojca, którego ona uwielbiała. Nigdy się nie dowiedzieli, co było przyczyną jego zachowania: przestał studiować, chciał wyjechać z Włoch. Potem nagle wszystko minęło: znowu był jak dawniej i właśnie zaczął zdawać kolejne egzaminy.

– Czyli ma się dobrze?

– Cóż.

– Jest szczęśliwy?

– O ile ktoś taki jak on może być szczęśliwy, to chyba tak.

– Tylko studiuje?

– Pytasz, czy ma dziewczynę?

– Ależ skąd, pytam, czy wychodzi, imprezuje, chodzi na potańcówki.

– Lena, a skąd ja mam to wiedzieć? Nigdy go nie ma w domu. Teraz ubzdurał sobie kino, powieści, sztukę i gdy wpadnie czasami do domu, od razu za-

biera się za dyskutowanie z tatą, żeby go obrazić i pokłócić się z nim.

Poczułam ulgę, że Nino się opamiętał, ale także
żal. Kino, powieści, sztuka? Jak szybko ludzie się zmieniają, jak szybko zmieniają zainteresowania, uczucia.
Jedne zdania zastępują drugie, czas to rzeka słów tylko
pozornie spójnych, a im więcej ich, tym lepiej. Poczułam się jak idiotka, zaniedbałam rzeczy, które spra-
wiały mi przyjemność, aby dostosować się do tego, co
lubi Nino. O tak, tak, pogodzić się z własnym losem
i każdy w swoją stronę. Miałam tylko nadzieję, że Marisa nie powie mu o naszym spotkaniu i o tym, że pytałam o niego. Od tego wieczoru nawet z Alfonsem
nie rozmawiałam więcej ani o Ninie, ani o Lili.

Jeszcze bardziej zamknęłam się w swoich obowiązkach, pomnożyłam je, aby wypełniały całe dnie
i noce. Tamtego roku uczyłam się wręcz maniakalnie,
uparcie i wzięłam dodatkowe korepetycje, za które
dostawałam mnóstwo pieniędzy. Narzuciłam sobie
żelazny rygor, o wiele większy od tego, do którego
zmuszałam się od dzieciństwa. Mój czas był zorgani-
zowany, miał postać linii prostej, która biegła od świtu
aż do późnej nocy. W przeszłości Lila stanowiła nieustanne i radosne odchylenie ku zaskakującym obsza-
rom. Teraz chciałam wszystko zdobywać dzięki sobie.
Miałam prawie dziewiętnaście lat, nie zamierzałam
już nigdy od nikogo zależeć i nigdy za nikim tęsknić.

Trzecia klasa liceum minęła jak z bicza strzelił.
Walczyłam z astronomią, z geometrią, z trygonome-
trią. To był bieg ku coraz większej wiedzy, choć w rzeczywistości uznałam za oczywiste, że moje braki wy-

nikają z natury, dlatego nie da się ich wyeliminować. Mimo to chciałam dać z siebie wszystko. Nie miałam czasu, by iść do kina? Uczyłam się tytułów i streszczeń na pamięć. Nigdy nie byłam w muzeum archeologicznym? Spędziłam tam pół dnia w biegu. Nigdy nie zwiedziłam Pinakoteki na Capodimonte? Zajrzałam na dwie godziny. Jednym słowem miałam zbyt wiele do roboty. Co mnie mogły obchodzić buty i sklep na piazza dei Martiri? Nie poszłam tam ani razu.

Czasami spotykałam byle jak ubraną Pinuccię, która pchała przed sobą wózek z Fernandem. Zatrzymywałam się na chwilę, z roztargnieniem wysłuchiwałam utyskiwań na Rina, Stefana, Lilę, Gigliolę, na wszystkich. Spotykałam też Carmen, coraz bardziej zgorzkniałą, bo od kiedy Lila poszła sobie i zostawiła ją zdaną na dokuczliwość Marii i Pinuccii, sprawy w nowej wędliniarni przybierały coraz gorszy obrót. Pozwalałam jej się przez kilka minut wyżalać, jak bardzo brakuje jej Enza Scanny, jak liczy dni do końca służby wojskowej, jak haruje jej brat, Pasquale, który dwoi się i troi w pracy na budowie i w działalności partyjnej. Czasami spotykałam też Adę, która zaczęła nienawidzić Lili, za to była zachwycona Stefanem, mówiła o nim z czułością i nie tylko dlatego, że zwiększył jej płacę, ale dlatego, że jest bardzo pracowity, zawsze dla wszystkich miły i nie zasługuje na taką żonę, która traktuje go gorzej niż psa.

To ona mi powiedziała, że Antonio został przedwcześnie zwolniony z wojska ze względu na załamanie nerwowe.

– Jak to?

– Wiesz, jak z nim jest, już przy tobie miał problemy.

To przykre zdanie zraniło mnie, starałam się o nim nie myśleć. Którejś zimowej niedzieli przypadkiem wpadłam na Antonia i ledwo go poznałam, tak bardzo schudł. Uśmiechnęłam się do niego, spodziewając się, że stanie, on jednak nawet mnie nie zauważył i dalej szedł przed siebie. Wtedy go zawołałam, a on odwrócił się z uśmiechem zagubienia na twarzy.

– Cześć, Lenù.

– Cześć. Cieszę się, że cię widzę.

– Ja też.

– Co robisz?

– Nic.

– Nie wracasz do warsztatu?

– Nie ma dla mnie miejsca.

– Zdolny jesteś, na pewno coś znajdziesz.

– Nie, jeśli się nie wylecze, nie będę mógł pracować.

– Na co chorujesz?

– Na strach.

Tak właśnie powiedział: strach. Pewnej nocy w Cordenons podczas nocnej straży przypomniała mu się zabawa, którą wymyślił ojciec, gdy jeszcze żył, a on był bardzo malutki: piórem rysował na palcach lewej ręki oczy i usta, a potem poruszał nimi i mówił, jak gdyby były żywymi ludźmi. To była piękna zabawa i gdy sobie o niej przypomniał, do oczu napłynęły mu łzy. Ale jeszcze tamtej nocy, podczas jego wachty, odniósł wrażenie, jak gdyby dłoń jego ojca weszła w jego dłoń, i że on teraz ma w palcach prawdziwe malutkie ludziki, które śmieją się i śpiewają. Dlatego właśnie ogarnął go strach. Walił ręką w budkę strażniczą tak długo, aż pokaleczył sobie całą dłoń, ale palce dalej się śmiały i śpiewały bez chwili przerwy. Poczuł się dobrze dopiero wtedy, kiedy jego straż dobiegła końca i poszedł spać. Odrobina wypoczynku i następnego ranka nic mu nie było. Ale obawa, że choroba w ręce powróci, pozostała. I faktycznie wróciła, wiele razy, i wracała coraz częściej, palce śmiały się i śpiewały nawet podczas dnia. Aż w końcu zaczął wariować i odesłano go do lekarza.

– Teraz czuję się lepiej – powiedział – ale wszystko może powrócić.

– Powiedz, jak mogę ci pomóc.

Zastanowił się chwilę, jak gdyby rozważał pewne możliwości. I wyszeptał:

– Nikt mi nie może pomóc.

Od razu zrozumiałam, że nic już do mnie nie czuje, całkowicie wyparowałam mu z głowy. Dlatego po tym spotkaniu co niedzielę szłam pod jego okna i wołałam go. Przechadzaliśmy się po podwórku, rozmawialiśmy o wszystkim i o niczym, a kiedy mówił, że jest zmęczony, żegnaliśmy się. Czasami schodziła z nim mocno umalowana Melina i spacerowaliśmy we trójkę. Niekiedy spotykaliśmy się z Adą i Pasqualem, i wtedy szliśmy gdzieś dalej, ale zazwyczaj mówiliśmy tylko my, Antonio milczał. Te spacery weszły nam w nawyk. Poszliśmy razem na pogrzeb Nicoli Scanny, obwoźnego sprzedawcy owoców, który nagle zmarł na zapalenie płuc. Enzo otrzymał przepustkę, ale nie dotarł na czas, żeby się z nim pożegnać. Wspólnie poszli śmy także pocieszać Pasqualego, Carmen i ich matkę Giuseppinę, kiedy ojciec, były stolarz, który zabił don Achillego, zmarł w więzieniu na zawał. I byliśmy razem również wtedy, gdy dowiedzieliśmy się, że don Carlo Resta, sprzedawca mydeł i wszelkiego rodzaju urządzeń domowego użytku, został pobity na śmierć w swoim sklepie w suterenie. Długo o tym rozprawialiśmy, dyskutowała cała dzielnica, plotki rozsiewały prawdę wymieszaną z okrutnymi fantazjami, ktoś opowiedział, że ciosy nie wystarczyły i wepchnięto mu pilnik do nosa. O zbrodnię oskarżono jakichś drobnych przestępców, ludzi, którym zapłacono za robotę. Ale Pasquale powiedział nam później, że zdobył o wiele bardziej wiarygodne informacje: don Carlo był zadłużony u pani Solary, ponieważ nałogowo grał w karty i od niej pożyczał pieniądze.

– I co z tego? – spytała go Ada, która sceptycznie podchodziła do śmiałych hipotez chłopaka.

– To, że nie chciał lichwiarce oddać tego, co jej się należało, i kazali go zabić.

– Daj spokój, głupoty opowiadasz.

Pasquale prawdopodobnie przesadzał, ale po pierwsze, nigdy się nie dowiedziano, kto zabił don Carla Restę, a po drugie, sklep w suterenie wraz z całym towarem kupiła za marne grosze właśnie rodzina Solara, choć pozostawili w nim żonę don Carla i najstarszego syna, aby dalej go prowadzili.

– Z dobrego serca – stwierdziła Ada.

– Z podłości – odparł Pasquale.

Nie pamiętam, czy Antonio wypowiedział się na temat tego wydarzenia. Przygniatał go ciężar choroby, a wywody Pasqualego w pewnym stopniu ją zaostrzały. Wydawało mu się, że jego dysfunkcja roznosi się po całej dzielnicy i przejawia pod postacią okropnych wypadków.

Ale to, co najbardziej nami wstrząsnęło, zdarzyło się pewnej ciepłej wiosennej niedzieli, kiedy ja, Antonio, Pasquale i Ada czekaliśmy na podwórku na Carmelę, która wróciła na chwilę do domu po golf. Po pięciu minutach Carmen wychyliła się przez okno i krzyknęła do brata:

– Pasquale, nigdzie nie ma mamy, drzwi do łazienki są od wewnątrz zamknięte na klucz, a ona nie odpowiada.

Pasquale wbiegł po schodach, przeskakując po dwa stopnie, my za nim. Carmela stała przed drzwiami do łazienki cała przerażona, a Pasquale pukał z zażenowaniem, grzecznie, ale nikt z drugiej strony nie odpowiadał. Wtedy Antonio powiedział do przyjaciela, wskazując na drzwi: nie martw się, później je naprawię, i chwyciwszy za klamkę, prawie ją oderwał.

Drzwi się otworzyły. Giuseppina Peluso była kobietą radosną, energiczną, pracowitą, miłą, potrafiła stawić czoła wszystkim przeciwnościom losu. Nigdy nie przestała troszczyć się o uwięzionego męża, a jego aresztowaniu, kiedy oskarżono go o zamordowanie don Achillego Carracciego – co dobrze pamiętam – sprzeciwiała się ze wszystkich sił. Cztery lata temu roztropnie przyjęła zaproszenie Stefana, by spędzić wspólnie sylwestrową noc, na przyjęcie poszła z dziećmi, zadowolona z pojednania między rodzinami. I była szczęśliwa, kiedy dzięki Lili jej córka dostała pracę w wędliniarni na nowym osiedlu. Ale teraz, po śmierci męża, najwyraźniej ogarnęło ją zmęczenie, w krótkim czasie pomalała, wyparowała gdzieś cała jej energia, została tylko skóra i kości. Odczepiła w łazience lampę, metalowy talerz na łańcuszku, i do haka wkręconego w sufit przymocowała żelazny drut do rozwieszania prania. Potem się powiesiła.

Antonio pierwszy ją zobaczył i rozpłakał się. Łatwiej było uspokoić dzieci Giuseppiny, Carmen i Pasqualego, niż jego. Powtarzał z przerażeniem: widziałaś, że miała bose nogi i długie paznokcie u palców i że na jednej stopie były świeżo pomalowane na czerwono, a na drugiej nie? Ja nie zwróciłam na to uwagi, ale on tak. Z wojska wrócił z jeszcze silniejszym niż dawniej przekonaniem – pomimo nerwicy – że jego zadaniem jest być mężczyzną, który jako pierwszy bez strachu rzuca się w niebezpieczeństwo i potrafi rozwiązać każdy problem. Ale był słaby. Po tym wypadku całymi tygodniami widział Giuseppinę w każdym ciemnym kącie w domu i było z nim jeszcze gorzej, dlatego zaniedbałam niektóre z moich obowiązków, aby pomóc mu wrócić do równowagi. Był jedyną osobą w dzielnicy, którą w miarę regularnie odwiedzałam aż do egzaminów maturalnych. Lilę natomiast widziałam tylko raz, u boku męża, na pogrzebie Giuseppiny, jak przytulała szlochającą Carmen. Ona i Stefano posłali ogromny wieniec kwiatów z fioletową wstęgą, na której widniały kondolencje od małżonków Carraccich.

80.

Nie z powodu egzaminów przestałam widywać się z Antoniem, choć zbiegło się to w czasie. Właśnie w tamtych dniach przyszedł do mnie podniesiony na duchu, żeby poinformować, że będzie pracował dla braci Solara. Nie byłam zadowolona, uznałam to za kolejny przejaw jego choroby. Nienawidził Solarów. Już jako dziecko pobił się z nimi w obronie siostry. On, Pasquale i Enzo stłukli Marcella i Michelego i zniszczyli ich fiata 1100. Ale co najważniejsze, zostawił mnie właśnie dlatego, że zwróciłam się do Marcella z prośbą, żeby pomógł mu uniknąć wojska. Dlaczego teraz uległ? Udzielił niejasnych wyjaśnień. Powiedział, że w wojsku zrozumiał, że szeregowiec musi słuchać każdego, kto ma jakikolwiek stopień. Powiedział, że porządek jest lepszy od nieporządku. Powiedział, że nauczył się skradać za plecami drugiego człowieka i zabić go tak, żeby nawet nie zorientował się, że nadchodzi. Zrozumiałam, że choroba odegrała tu swoją rolę, ale największe znaczenie miała bieda. Poszedł do baru spytać o pracę. Marcello najpierw źle go potraktował, ale potem zaproponował określoną sumę na miesiąc – tak się wyraził – nie dając nic konkretnego do roboty, tylko żeby był w gotowości.

– W gotowości?

– Tak.

– Do czego?

– Tego nie wiem.

– Daj sobie z nimi spokój, Antò.

Ale nie dał. I przez tę jego zależność pokłócił się nie tylko z Pasqualem, ale i z Enzem, który wrócił z wojska bardziej niż dotychczas milczący, bardziej nieugięty. Choroba czy nie, żaden z nich nie przebaczył Antoniowi tej decyzji. Zwłaszcza Pasquale, i mimo że chodził z Adą, posunął się nawet do pogróżek, powiedział, że czy będzie jego szwagrem czy nie, nie chce go więcej widzieć.

Odsunęłam się od tych kłótni i skupiłam na maturze. Ucząc się w dzień i w nocy, czasami pokonana przez upał, przypominałam sobie minione lato, zwłaszcza lipiec, zanim wyjechała Pinuccia, kiedy Lila, Nino i ja stanowiliśmy szczęśliwe trio, a przynajmniej tak mi się wydawało. Ale zaraz odrzucałam te fantazje, nawet najodleglejsze ich echo: nie pozwalałam sobie na żadne rozterki.

Egzamin maturalny był decydującą chwilą w moim życiu. W parę godzin napisałam wypracowanie na temat natury w poezji Giacoma Leopardiego, wplatając w nie oprócz wierszy, które znałam na pamięć, komentarze w pięknym stylu, zaczerpnięte z podręcznika do historii literatury włoskiej; ale co najważniejsze, pracę z łaciny i greki oddałam, kiedy moi koledzy, w tym Alfonso, dopiero zabierali się do pisania. To skupiło na mnie uwagę egzaminatorów, w szczególności pewnej starszej i chudej nauczycielki w różowym żakiecie i z niebieskimi włosami prosto od fryzjera, która szeroko się do mnie uśmiechała. Ale prawdziwy zwrot dokonał się na egzaminach ustnych.

Byłam chwalona przez wszystkich profesorów, choć szczególnie przychylnie potraktowała mnie egzaminatorka w niebieskiej fryzurze. Moja wypowiedź zrobiła na niej wyjątkowe wrażenie, i to nie ze względu na to, co mówiłam, ale w jaki sposób mówiłam.

– Pięknie pani pisze – zwróciła się do mnie z nieodgadnionym akcentem, bardzo odległym jednak od neapolitańskiego.

– Dziękuję.

– Czy pani naprawdę uważa, że nic nie może przetrwać, nawet poezja?

– Tak myśli Leopardi.

– Jest pani pewna?

– Tak.

– A co pani myśli?

– Ja myślę, że piękno to oszustwo.

– Jak ogród Leopardiego?

Nic nie wiedziałam o ogrodzie Leopardiego, niemniej odpowiedziałam:

– Tak. Jak morze w pogodny dzień. Albo zachód słońca. Albo niebo w nocy. To tylko puder maskujący potworność. Jeśli się go zmyje, pozostaniemy sam na sam z naszym przerażeniem.

Moje zdania brzmiały ładnie, wypowiadałam się z natchnioną intonacją. Ale nie improwizowałam, to była ustna interpretacja tego, co napisałam w wypracowaniu.

– Na jaki kierunek pani się wybiera?

Niewiele wiedziałam o kierunkach, miałam blade pojęcie o tym znaczeniu tego słowa. Szybko zmieniłam temat:

– Podejdę do różnych konkursów.

– Nie idzie pani na uniwersytet?

Zrobiłam się czerwona na policzkach, jak gdybym chciała ukryć jakąś winę.

– Nie.

– Musi pani pracować?

– Tak.

Podziękowano mi, wróciłam do Alfonsa i innych. Ale chwilę później profesor podeszła do mnie na korytarzu i długo mówiła o jakiejś uczelni w Pizie, gdzie po zdaniu egzaminu podobnego do tego, który właśnie przeszłam, można studiować za darmo.

– Jeśli wróci tu pani za dwa dni, przekażę wszystkie niezbędne informacje.

Wysłuchałam jej, ale tak, jak słucha się kogoś, kto mówi o sprawach, które tak naprawdę nas nie dotyczą. I kiedy dwa dni później pojawiłam się w szkole jedynie z obawy, że pani profesor może się obrazić i dać mi niską ocenę, byłam pod wrażeniem szczegółowych informacji, które przepisała dla mnie na kartce z protokołu. Nigdy więcej jej nie spotkałam, nie wiem nawet, jak się nazywa, a tyle jej zawdzięczam. Nie przestając zwracać się do mnie per „pani", z wielką naturalnością przytuliła mnie na pożegnanie.

Egzaminy dobiegły końca, zdałam ze średnią pięć i pół. Alfonso też ładnie wypadł, uzyskał średnią cztery zero. Zanim na zawsze i bez żalu opuściłam szary i odrapany budynek, którego jedyną zasługą – przynajmniej w moich oczach – był fakt, że uczęszczał do niego także Nino, zobaczyłam Galiani i podeszłam, aby się przywitać. Pogratulowała mi wspaniałych wyników, jednak bez entuzjazmu. Nie zaoferowała książek na wakacje, nie spytała, co będę robić po liceum. Jej chłodny ton poirytował mnie, myślałam, że sprawy między nami się wyjaśniły. W czym leżał problem? Czy skoro Nino zostawił jej córkę i więcej się już nie pokazał, na zawsze zostałam do niego przyrównana, zaliczona w poczet tego samego rodzaju młodych, beztroskich, niepoważnych i niegodnych zaufania ludzi? Ponieważ przywykłam do myśli, że wszyscy raczej mnie lubią i że roztaczam wokół siebie aurę sympatii jak błyszczącą zbroję, poczułam się źle i sądzę, że jej obojętność odegrała znaczącą rolę w decyzji, którą podjęłam. Nie mówiąc nikomu (bo kogo miałam się poradzić, jeśli nie Galiani?), złożyłam podanie o przyjęcie mnie do Szkoły Wyższej w Pizie. Od tej chwili poświęciłam się zarabianiu pieniędzy. Ponieważ rodziny, których dzieciom przez rok udzielałam korepetycji, były ze mnie zadowolone i fama o mnie jako zdolnej nauczycielce zataczała coraz szersze kręgi, sierpniowe dnie zapełniłam znaczną liczbą nowych uczniów, którzy we wrześniu mieli sprawdziany poprawkowe z łaciny, greki, historii, filozofii, a nawet matematyki. Na koniec miesiąca odkryłam, że jestem bogata, zgromadziłam siedemdziesiąt tysięcy lirów. Pięćdziesiąt dałam matce, która zareagowała dość gwałtownie, prawie wyrwała mi pieniądze z ręki i wcisnęła je do stanika, jakbyśmy nie znajdowały się w naszej kuchni, ale na ulicy, i obawiała się rabunku. Pozostałe dwadzieścia ukryłam.

Dopiero dzień przed wyjazdem powiedziałam rodzinie, że jadę na egzaminy do Pizy.

– Jeśli mnie przyjmą – ogłosiłam – będę studiować, na nic nie wydając ani grosza.

Mówiłam z wielkim zdecydowaniem, po włosku, jak gdyby tej kwestii nie dało się wyrazić w dialekcie, jak gdyby mój ojciec, moja matka, rodzeństwo nie powinni i nie mogli zrozumieć tego, co właśnie zamierzam zrobić. Ograniczyli się więc tylko do skrępowanego słuchania. Miałam wrażenie, że nie widzą we mnie córki i siostry, ale jakąś obcą osobę, która nie w porę wpadła z wizytą.

Na koniec ojciec powiedział:

– Rób, co masz robić, ale pamiętaj, że my nie możemy ci pomóc – i poszedł spać.

Młodsza siostra spytała, czy może jechać ze mną. Matka zaś nic nie powiedziała, ale zanim przestała krążyć po mieszkaniu, zostawiła na stole pięć tysięcy lirów. Długo się im przyglądałam. Potem, pokonując wyrzuty sumienia, że marnuję pieniądze w pogoni za własnymi kaprysami, pomyślałam: to moje pieniądze, i je wzięłam.

Po raz pierwszy wyjeżdżałam z Neapolu, z Kampanii. Bałam się wszystkiego: że pomylę pociągi, że zachce mi się sikać i nie będę wiedziała, gdzie iść, że zapadnie noc i zgubię się w nieznanym mieście, że mnie okradną. Wszystkie pieniądze włożyłam do stanika, jak moja matka, i spędziłam wiele godzin targana niepokojem, który niespójnie splatał się z coraz silniejszym poczuciem wolności.

Wszystko potoczyło się dobrze. Z wyjątkiem egzaminu, jak mi się wydawało. Nauczycielka o turkusowych włosach przemilczała, że będzie o wiele trudniejszy od matury. Egzamin z łaciny był bardzo skomplikowany, a to dopiero początek: każda odpowiedź stanowiła okazję do skrupulatnego badania moich umiejętności. Mówiłam byle co, bełkotałam, często udawałam, że rozwiązanie mam na końcu języka. Profesor od języka włoskiego potraktował mnie tak, jak gdyby sam dźwięk mojego głosu go drażnił: „panna pisze, nie podając argumentów, lecz lejąc wodę; widzę, że panna śmiało rzuca się na problemy, których fundamenty krytyczne są jej całkiem obce". Załamałam się, szybko straciłam wiarę w to, co mówię. Profesor to zauważył i spoglądając na mnie ironicznie, poprosił, abym opowiedziała, co ostatnio czytałam. Przypuszczam, że miał na myśli dzieło jakiegoś włoskiego autora, ja jednak tego nie zrozumiałam i chwyciłam się bezpiecznego koła ratunkowego, czyli rozmów, jakie poprzedniego lata toczyliśmy na Ischii, na plaży w Citarze na temat Becketta i Dana Rooneya, który choć ślepy, chciał być także głuchy i niemy. Powoli ironia na twarzy profesora przemieniła się w niejasny grymas. Przerwał mi wkrótce i przekazał profesorowi od historii. Ten nie był lepszy. Poddał mnie niekończącej się i wyczerpującej serii skrajnie precyzyjnych pytań. Nigdy dotychczas nie czułam się tak wielką ignorantką, nawet podczas najgorszych szkolnych lat, kiedy bardzo źle mi szło. Na wszystkie pytania umiałam odpowiedzieć, znałam daty i fakty, ale za każdym razem w sposób przybliżony. Jak tylko przypierał mnie do muru, żądając szczegółów, poddawałam się. Na koniec dodał z niesmakiem:

– Czy czytała pani cokolwiek, co nie było szkolnym podręcznikiem?

Odpowiedziałam:

– Zgłębiałam ideę narodu.

– Pamięta pani autora książki?

– Federico Chabod.

– Posłuchajmy, co pani zrozumiała.

Przez kilka minut słuchał mnie z uwagą, potem brutalnie podziękował, odsyłając w przekonaniu, że mówiłam same bzdury.

Długo płakałam, jak gdybym gdzieś przez nieuwagę zgubiła najbardziej obiecującą część siebie. Potem powiedziałam sobie, że głupio tak rozpaczać, od dawna wiem, że nie jestem naprawdę zdolna. Lila jest zdolna, Nino jest zdolny. Ja jestem tylko zarozumiała i otrzymałam zasłużoną karę.

Dowiedziałam się jednak, że zdałam egzamin. Miałam otrzymać własny kąt w internacie, łóżko, którego nie będę musiała co rano składać i co wieczór rozkładać, biurko i wszystkie książki, jakie tylko będą mi potrzebne. Ja, Elena Greco, córka woźnego, w wieku dziewiętnastu lat opuszczałam dzielnicę, opuszczałam Neapol. Sama.

81.

Dni zaczęły uciekać jeden po drugim. Zabrałam ze sobą kilka szmat, jeszcze mniej książek. I nadąsane słowa mojej matki: „Jeśli coś zarobisz, prześlij pieniądze pocztą; kto teraz pomoże twojemu rodzeństwu w odrabianiu lekcji? Przez ciebie będą się źle uczyć. Ale jedź sobie, kogo to obchodzi: zawsze wiedziałam, że uważasz się za lepszą ode mnie i od całej reszty". I hipochondryczne słowa mojego ojca: „Boli mnie tutaj, ciekawe, co to jest, chodź do tatusia, Lenù, nie wiem, czy kiedy wrócisz, jeszcze będę żył". I nalegające słowa rodzeństwa: „Czy jeśli przyjedziemy cię odwiedzić, będziemy mogli spać z tobą, jeść z tobą?".

Pasquale przestrzegł mnie:

– Uważaj, gdzie cię te całe studia zaprowadzą, Lenù. Pamiętaj, kim jesteś i po czyjej stoisz stronie.

Carmen, która nie dawała sobie rady ze śmiercią matki i była bardzo roztrzęsiona, pożegnała mnie skinieniem i rozpłakała się. A Alfonso nie mógł wyjść ze zdziwienia i tylko wybełkotał:

– Wiedziałem, że będziesz dalej się uczyć.

I Antonio, który zamiast zwrócić uwagę na to, że mówię, gdzie jadę i po co jadę, powtórzył kilkakrotnie:

– Teraz czuję się już dobrze, Lenù, wszystko minęło, zaszkodziło mi wojsko.

I Enzo, który tylko uścisnął mi rękę tak mocno, że przez kilka dni czułam ból. I w końcu Ada, która spytała:

– Powiedziałaś o tym Linie? Powiedziałaś? – Uśmiechnęła się złośliwie i nalegała: – Powiedz jej, pęknie ze złości.

Pomyślałam, że Lila pewnie dowiedziała się od Alfonsa, od Carmen, od samego męża, któremu z pewnością powiedziała Ada, że wyjeżdżam do Pizy. Skoro nie przyszła mi pogratulować, prawdopodobnie naprawdę ją to poirytowało. Z drugiej strony, jeśli niczego nie wie, nie na miejscu byłoby iść do niej i informować ją o tym, zwłaszcza że od ponad roku tylko sporadycznie wymieniałyśmy pozdrowienia. Nie chciałam afiszować się przed nią szczęściem, które jej nie spotkało. Porzuciłam więc tę kwestię i zajęłam się ostatnimi przygotowaniami. Napisałam do Nelli, żeby o wszystkim jej opowiedzieć i zapytać o adres pani Oliviero, której chciałam przekazać tę wiadomość. Odwiedziłam kuzyna mojego ojca, który obiecał mi swoją starą walizę. Poszłam do kilku domów, gdzie uczyłam i gdzie miałam odebrać zapłatę.

To była dobra okazja, żeby pożegnać się z Neapolem. Przeszłam się via Garibaldi, wspięłam po via Tribunali, na piazza Dante wsiadłam w autobus. Pojechałam na Vomero, wpierw na via Scarlatti, potem Santarella. Stamtąd zjechałam kolejką linową na piazza Amedeo. Matki moich uczniów przyjmowały mnie ze smutkiem, bywało, że z wielką serdecznością. Płacono mi i częstowano mnie kawą i prawie zawsze ofiarowywano jakiś drobny prezent. Kiedy skończyłam ten obchód, uświadomiłam sobie, że znajduję się w niewielkiej odległości od piazza dei Martiri.

Weszłam w via Filangieri, nie wiedząc, co mam robić. W pamięci powróciło otwarcie sklepu obuwniczego, Lila ubrana jak wielka pani i dręczący ją niepokój, że tak naprawdę nic się nie zmieniła, że nie posiada wdzięku typowego dla dziewcząt z tej dzielnicy. Pomyślałam teraz, że ja naprawdę się zmieniłam. Mam na sobie ciągle te same szmaty, ale skończyłam liceum i właśnie wyjeżdżam do Pizy. Zmieniłam się nie na zewnątrz, ale w środku. Pozory wkrótce też nadejdą i nie będą już tylko pozorami.

Na tę myśl poczułam zadowolenie. Zatrzymałam się przed witryną optyka, przyjrzałam oprawkom. Tak, muszę zmienić okulary, te, które mam, zakrywają mi całą twarz, potrzebuję lżejszej oprawki. W oczy wpadły mi okulary w kształcie dużych cienkich kół. Muszę spinać wysoko włosy. Nauczyć się sztuki makijażu. Odeszłam od optyka i dotarłam na piazza dei Martiri.

O tej porze wiele sklepów miało do połowy spuszczone rolety, u Solarów spuszczone były w trzech czwartych. Rozejrzałam się. Co wiedziałam o nowych zwyczajach Lili? Nic. Kiedy pracowała w wędliniarni, nigdy nie wracała do domu na obiad, choć był kilka kroków dalej. Jadła coś w sklepie razem z Carmen albo rozmawiała ze mną, jeśli zajrzałam do niej po szkole. Dlatego tym mniej prawdopodobne jest, aby teraz, kiedy pracuje na piazza dei Martiri, jechała do domu w porze sjesty, zresztą po co, a poza tym nie starczyłoby jej czasu. Może była w barze, może na spacerze po bulwarach nad zatoką w towarzystwie sprzedawczyni, którą z pewnością zatrudniła. A może odpoczywała w środku. Zastukałam w rolety otwartą dłonią. Żadnej odpowiedzi. Znowu zastukałam. Nic. Zawołałam, usłyszałam kroki, potem głos Lili zapytał:

– Kto to?

– Elena.

– Lenù – usłyszałam, jak wykrzykuje.

Podniosła rolety, stanęła przede mną. Od dawna nie widziałam jej nawet z daleka, wydawała się jakaś inna. Miała na sobie białą bluzkę i wąską granatową spódnicę, była starannie uczesana, wymalowana. Ale jej twarz wyglądała jakby na szerszą i bardziej płaską, całe jej ciało wyglądało na szersze i bardziej płaskie. Wciągnęła mnie do środka, opuściła żaluzje. Mocno oświetlone pomieszczenie zostało całkowicie przemeblowane, naprawdę przypominało salon, a nie sklep obuwniczy. Powiedziała z taką szczerością w głosie, że jej uwierzyłam:

– Lenù, przytrafiło ci się coś wspaniałego, bardzo się cieszę, że przyszłaś się ze mną pożegnać. – Oczywiście wiedziała o Pizie. Mocno mnie uścisnęła, pocałowała w obydwa policzki, do oczu napłynęły jej łzy. Powtórzyła: – Naprawdę bardzo się cieszę.

Potem zawołała w stronę drzwi od ubikacji:

– Chodź, Nino, możesz wyjść, to Lenuccia.

Zabrakło mi tchu w piersiach. Drzwi się otworzyły i pojawił się Nino w swojej zwyczajnej pozie, z pochyloną głową, z rękami w kieszeniach. Ale twarz wyrażała napięcie.

– Cześć – burknął.

Nie wiedziałam, co odpowiedzieć, wyciągnęłam do niego rękę. Uścisnął ją bez entuzjazmu. Lila tymczasem w kilku krótkich zdaniach przekazała mi wszystkie istotne informacje: od prawie roku widywali się po kryjomu; dla mojego dobra postanowiła nie mieszać mnie więcej w to oszustwo, które gdyby wyszło na jaw, mnie też przysporzyłoby niemałych kłopotów; była w drugim miesiącu ciąży, ma zamiar wszystko wyznać Stefanowi, chce od niego odejść.

82.

Lila mówiła dobrze znanym mi tonem, tonem wyra-
żającym determinację, za pomocą którego starała się
wyeliminować wszelkie emocje i ograniczała się do
pobieżnego, wręcz sarkastycznego streszczenia faktów
i czynów, jak gdyby obawiała się, że jeśli pozwoli sobie
na lekkie drżenie głosu albo dolnej wargi, wszystko
zatraci kontury, rozrośnie się i pogrąży ją. Nino siedział na sofie ze spuszczoną głową, co najwyżej kiwa-
jąc z aprobatą. Trzymali się za ręce.

Powiedziała, że zrozumiała, iż trzeba położyć kres
tym pełnym obaw spotkaniom w sklepie, w chwili
kiedy zrobiła badanie moczu i dowiedziała się, że jest
w ciąży. Teraz ona i Nino potrzebują własnego domu,
własnego życia. Chce dzielić z nim przyjaźnie, książki,
konferencje, kino, teatr, muzykę.

– Nie potrafię już znieść rozłąki – dodała.

Odłożyła trochę pieniędzy i właśnie negocjuje
warunki wynajmu małego mieszkanka na Campi Flegrei za dwadzieścia tysięcy lirów miesięcznie. Tam się
ukryją w oczekiwaniu na narodziny dziecka.

Ale jak? Bez pracy? Z Ninem, który musi studiować? Nie potrafiłam się opanować i odparłam:

– Po co masz zostawiać Stefana? Umiesz kłamać,
od dawna go okłamujesz, możesz dalej to robić.

Spojrzała na mnie przez zwężone powieki. Dostrzegłam, że wyczuła sarkazm, urazę, nawet pogardę,

jakie ta pozornie przyjacielska rada skrywała. Zobaczyła też, że Nino gwałtownie podniósł głowę i lekko otworzył usta, jak gdyby chciał coś powiedzieć, ale się pohamował, żeby nie wszczynać kłótni. Odparła:

– Kłamstwa potrzebne mi były, żeby mnie nie zabił. Ale teraz wolę zginąć, niż dalej tak żyć.

Kiedy żegnałam się z nimi, życząc wszystkiego dobrego, miałam nadzieję, że dla *własnego* dobra nigdy więcej ich nie zobaczę.

83.

Lata na uczelni były bardzo ważne, ale nie dla naszej przyjaźni. Przyjechałam do szkoły nieśmiała i niezgrabna. Szybko zdałam sobie sprawę, że mówię językiem literackim, który czasami ociera się o śmieszność, zwłaszcza jeśli w samym środku przesadnie poprawnego zdania brakowało mi jakiegoś słowa i pustkę wypełniałam zitalianizowanym słowem dialektalnym. Rozpoczęłam ciężką pracę nad sobą. Niewiele wiedziałam o dobrych manierach, mówiłam podniesionym głosem, jadłam, mlaskając: dostrzegałam zażenowanie innych i starałam się kontrolować. Próbując być towarzyska, przerywałam w pół zdania, wypowiadałam się w sprawach, które mnie nie dotyczyły, a usiłując być miła, ale zdystansowana, zachowywałam się w sposób przesadnie zażyły. Któregoś razu dziewczyna z Rzymu na postawione przeze mnie pytanie, nie pamiętam już czego dotyczące, odpowiedziała, parodiując moją intonację.

Wszystkie obecne studentki zaczęły się śmiać. Poczułam się urażona, ale również zareagowałam śmiechem i tylko nasiliłam akcent dialektalny, radośnie z siebie kpiąc. Podczas pierwszych tygodni walczyłam z pragnieniem powrotu do domu i zagrzebania się na powrót w spokojnym i skromnym życiu. Ale właśnie dzięki owej skromności zaczęłam być dostrzegana i powoli także lubiana. Pozornie bez żadnych starań z mojej strony polubiły mnie inne studentki, studenci, woźni, profesorowie. W rzeczywistości jednak bardzo się nad tym natrudziłam. Nauczyłam się, jak kontrolować głos i gestykulację. Pojęłam zasady savoir-vivre'u, te pisane i niepisane. Trzymałam na wodzy zwłaszcza neapolitański akcent. Zdołałam udowodnić, że jestem zdolna i godna szacunku, nigdy jednak nie przyjmowałam postawy wyższości, często żartowałam ze swojej ignorancji, udając zaskoczenie dobrymi wynikami w nauce. Przede wszystkim starałam się nie stwarzać sobie wrogów. Kiedy któraś z dziewcząt okazywała mi niechęć, skupiałam na niej swoją uwagę, byłam życzliwa, ale i dyskretna, usłużna, ale nie nadskakująca i nie zmieniałam zachowania nawet wtedy, kiedy ona zmieniała o mnie zdanie i sama chciała się ze mną spotykać. Tak samo postępowałam z profesorami. Oczywiście wobec nich zachowywałam większą ostrożność, ale cel był niezmienny: zaskarbić sobie szacunek, sympatię i życzliwość. Z pogodnym uśmiechem i nabożną miną krążyłam przede wszystkim wokół tych najbardziej nieprzyjemnych i najbardziej ostrych.

Do egzaminów podchodziłam regularnie, a w kwestiach nauki narzuciłam sobie taką jak zwykle okrutną samodyscyplinę. Przerażała mnie myśl, że coś może pójść źle i stracę to, co od razu, pomimo trudności, wydało mi się rajem na ziemi: własny kąt, własne łóżko, własne biurko, mnóstwo książek, miasto na antypodach dzielnicy i Neapolu, a wokół tylko ludzie, którzy się uczą i chcą rozmawiać o tym, czego się uczą. Przykładałam się z taką sumiennością, że od wszystkich profesorów zawsze otrzymywałam najwyższe noty i w ciągu jednego roku stałam się jedną z tych studentek, które uważa się za obiecujące i na których pełne szacunku pozdrowienia należy odpowiadać z serdecznością.

Pojawiły się tylko dwa trudne momenty, oba w pierwszych miesiącach. Pewnego ranka ta sama dziewczyna, która naigrawała się z mojego akcentu, naskoczyła na mnie, wrzeszcząc w obecności innych studentek, że z torebki zniknęły jej pieniądze i że albo natychmiast je oddam, albo zgłosi to dyrektorce. Zrozumiałam, że tym razem nie mogę odpowiedzieć pojednawczym uśmiechem. Wymierzyłam jej siarczysty policzek i obrzuciłam wyzwiskami w dialekcie. Wszystkie się przestraszyły. Miałam opinię osoby, która zawsze robi dobrą minę do złej gry, i po mojej reakcji poczuły się zdezorientowane. Dziewczynie z Rzymu zabrakło słów, zatkała sobie nos, z którego kapała krew, i dała się koleżance odprowadzić do łazienki. Kilka godzin później obie mnie odszukały i ta, która oskarżyła mnie o kradzież, przeprosiła i powiedziała, że znalazła swoje pieniądze. Objęłam ją, odparłam, że jej przeprosiny są szczere, i naprawdę tak myślałam. Wychowano mnie w taki sposób, że nawet gdybym popełniła błąd, nie byłabym w stanie przeprosić.

Drugi poważny problem pojawił się w związku z uroczystością inauguracyjną, która miała się odbyć przed świętami Bożego Narodzenia. Był to swego rodzaju bal debiutantek, od którego nie dało się wywinąć. Dziewczęta nie rozmawiały o niczym innym: mieli przyjść wszyscy studenci z piazza dei Cavalieri, to znacząca chwila dla zaznajomienia się sektora kobiecego z męskim. Ja nie miałam co na siebie włożyć. Tej jesieni było zimno, spadło dużo śniegu i byłam nim oczarowana. Ale wkrótce odkryłam, jak dokuczliwy może być mróz na ulicach: ręce bez rękawiczek traciły czucie, stopy lodowaciały. Na moją garderobę składały się dwie zimowe sukienki, uszyte przez matkę ze dwa lata wcześniej, zniszczony płaszcz odziedziczony po ciotce, długi niebieski szalik, który sama sobie zrobiłam, i wielokrotnie zelowane buty na małym obcasie. Problemów miałam niemało, a tu jeszcze bal, z którym nie wiedziałam, co począć. Poprosić koleżanki o pomoc? Większość z nich na tę okazję szyła sobie strój na miarę i prawdopodobnie pośród sukienek na każdy dzień miały coś, w czym mogłabym się bez żenady pokazać. Ale po doświadczeniach z Lilą nie potrafiłam znieść myśli, że miałabym mierzyć ubrania innych i odkryć, że na mnie nie leżą. Może lepiej sfingować chorobę? Skłaniałam się ku temu rozwiązaniu, choć mnie przybijało: miałabym w pełni zdrowia umierać z pragnienia, by jak Natasza tańczyć na balu z księciem Andrzejem albo księciem Kuraginem, a zamiast tego siedzieć sama, gapić się w sufit i słuchać odgłosów muzyki, szmeru rozmów, śmiechów? W końcu podjęłam decyzję prawdopodobnie upokarzającą, ale byłam pewna, że nie będę jej żałować: umyłam włosy, upięłam wysoko, pomalowałam usta i włożyłam jedną z moich dwóch sukienek, tę, której jedyną zaletą był granatowy kolor.

Poszłam na uroczystość i już na samym początku poczułam się nieswojo. Ale mój strój miał tę zaletę, że zamiast zawiści, budził poczucie winy, które zachęcało do solidarności. Wiele przychylnych mi koleżanek dotrzymywało mi towarzystwa, a chłopcy często zapraszali mnie do tańca. Nie pamiętałam już, jak jestem ubrana, zapomniałam też o stanie moich butów. Na dodatek tego wieczoru poznałam Franca Mariego, brzydkiego chłopaka, ale za to bardzo zabawnego, inteligentnego i bystrego, bezczelnego i rozrzutnego, o rok starszego ode mnie. Pochodził z dobrze sytuowanej rodziny z Reggio Emilia, był walczącym komunistą, lecz krytycznie nastawionym wobec socjaldemokratycznych tendencji swojej partii. Większość tej odrobiny wolnego czasu, jaką dysponowałam, wesoło spędzałam właśnie z nim. Wszystko mi podarował: sukienki, buty, nowy płaszcz, okulary, przez które wreszcie było widać oczy i całą twarz, książki na tematy polityczne, czyli te, które jemu najbardziej leżały na sercu. Od niego dowiedziałam się potwornych rzeczy o stalinizmie i to on skłonił mnie do czytania tekstów Trockiego, dzięki którym wyrobił sobie antystalinowskie poglądy i przekonanie, że w ZSRR nie panuje ani socjalizm, ani tym bardziej komunizm: rewolucja została przerwana i należy ją na nowo rozpętać.

Także na jego koszt po raz pierwszy udałam się za granicę. Pojechaliśmy do Paryża, na kongres młodych komunistów z całej Europy. Niestety niewiele zobaczyłam, cały czas siedzieliśmy w zadymionych pomieszczeniach. Z miasta pozostało mi wrażenie dróg o wiele bardziej kolorowych niż w Neapolu czy Pizie, drażniący hałas syren policyjnych i zaskoczenie powszechną obecnością czarnoskórych, zarówno na ulicach, jak i w salach, w których Franco wygłaszał długie wykłady po francusku nagradzane gromkimi oklaskami. Kiedy opowiedziałam Pasqualemu o moim politycznym doświadczeniu, nie mógł uwierzyć, że ja – właśnie ty, powiedział – coś takiego zrobiłam. Potem zamilkł zmieszany, kiedy przedstawiłam mu moje lektury i stwierdziłam, że jestem zwolenniczką Trockiego.

Od Franca przejęłam również wiele nawyków, które z czasem zostały wzmocnione przez rady i wykłady niektórych profesorów: aby posługiwać się czasownikiem „uczyć się", nawet jeśli się czyta powieści science fiction; aby tworzyć szczegółowe fiszki do każdego czytanego tekstu; aby entuzjastycznie podchodzić do wszystkich fragmentów właściwie przedstawiających skutki nierówności społecznej. Bardzo dbał o tę moją, jak sam ją nazywał, reedukację, a ja chętnie dawałam się reedukować. Niestety, ku mojej wielkiej rozpaczy, nie udało mi się w nim zakochać. Lubiłam go, lubiłam jego niespokojne ciało, ale nie był mi niezbędny. To słabe uczucie, jakie do niego żywiłam, wygasło w krótkim czasie po tym, jak został usunięty z uczelni: na jednym z egzaminów uzyskał ocenę niedostateczną i odesłano go do domu. Przez kilka miesięcy pisaliśmy do siebie. Usiłował wrócić, powiedział, że robi to tylko po to, żeby być blisko mnie. Zachęciłam go, aby znowu podszedł do tego egzaminu: oblał. Jeszcze kilka razy napisaliśmy do siebie, potem przez długi czas nie miałam o nim żadnych wiadomości.

84.

Tak z grubsza wyglądały moje przygody w Pizie od końca 1963 aż do 1965 roku. Jak łatwo mówić o życiu, gdy nie pojawia się w nim Lila: czas biegnie spokojnie, a najważniejsze fakty suną wzdłuż linii lat, jak bagaże po taśmie na lotnisku; bierzesz je, umieszczasz na stronie i gotowe.

Trudniej przedstawić to, co w tym samym okresie przydarzyło się jej. Taśma to zwalnia, to przyspiesza, skręca znienacka, wyskakuje z toru. Bagaże spadają, otwierają się, ich zawartość rozsypuje się na boki. Jej przedmioty mieszają się z moimi, aby je podnieść, muszę wrócić do opowieści, która mnie dotyczy (a którą przecież przedstawiłam bez większych problemów), i wydłużyć te zdania, które teraz wydają mi się zbyt syntetyczne. Na przykład czy gdyby zamiast mnie na uczelnię w Pizie poszła Lila, robiłaby dobrą minę do złej gry? A wtedy kiedy uderzyłam w twarz dziewczynę z Rzymu, jak wielki wpływ wywarł na mnie jej sposób bycia? Jak jej się udało przegnać na odległość moją sztuczną łagodność, do jakiego stopnia to ona dała mi potrzebną determinację, do jakiego stopnia to ona podyktowała mi nawet wyzwiska? A skąd się brała odwaga, jeśli nie z jej przykładu, kiedy pośród tysięcy obaw i tysięcy skrupułów wciągałam do pokoju Franca? A skąd promieniowało poczucie niezadowolenia, kiedy spostrzegałam, że nie darzę go miłością, kiedy stwierdzałam swoją oziębłość uczuciową, jeśli nie z konfrontacji z jej zdolnością do kochania, którą udowodniła i cały czas udowadniała?

Tak, Lila znacząco utrudnia pisanie. Moje życie zmusza mnie do wyobrażenia sobie, jak wyglądałoby jej życie, gdyby ją spotkało to, co spotkało mnie, jak ona posłużyłaby się moim szczęściem. Jej życie nieustannie pojawia się w moim, w słowach, które wypowiedziałam, a które często są echem jej słów, w owym zdeterminowanym geście, który jest adaptacją jej gestu, w moim *mniej*, które jest takie w zestawieniu z jej *więcej*, i w moim *więcej*, które u niej byłoby *mniej*. Nie biorąc pod uwagę tego, czego nigdy nie powiedziała, ale dała mi przeczuć, tego, czego nie wiedziałam, a potem wyczytałam w jej pamiętnikach. Dlatego opowieść o faktach musi zawierać filtry, odniesienia, półprawdy, półkłamstwa: a efektem tego jest wyczerpujące mierzenie minionego czasu w oparciu o niepewną skalę słów.

Muszę na przykład przyznać, że nie wiedziałam niczego o cierpieniach Lili. Ponieważ wzięła sobie Nina, ponieważ za pomocą swoich tajemnych sztuczek zaszła w ciążę z nim, a nie ze Stefanem, ponieważ z miłości chciała dopuścić się czegoś niedopuszczalnego dla środowiska, w którym się wychowałyśmy – porzucić męża, zrezygnować z niedawno zdobytego dostatku, ryzykować śmierć wraz z kochankiem i dzieckiem, które nosiła w łonie – uznałam ją za kobietę szczęśliwą burzliwym szczęściem z książek, z filmów i komiksów, jedynym, które w tamtym czasie mnie interesowało, czyli nie szczęściem małżeńskim, ale szczęściem namiętnym, wściekłą mieszaniną zła i dobra, która przytrafiła się jej, a nie mnie.

Myliłam się. Teraz cofnę się do chwili, kiedy Stefano zabierał nas z Ischii, bo wiem z całą pewnością, że gdy statek oddalił się od brzegu i Lila zdała sobie sprawę, że Nino nie będzie już na nią czekał każdego ranka na plaży, że nie będzie już mogła z nim dyskutować, rozmawiać, szeptać, że nie wypłyną wspólnie w morze, że nie będą się całować, obejmować i kochać, ból gwałtownie odcisnął na niej swoje piętno. W ciągu kilku dni całe jej życie jako pani Carracci – harmonia i dysharmonia, strategie, batalie, wojny i przymierza, utrapienia z dostawcami i z klientelą, sztuka oszukiwania na wadze, zaangażowanie, żeby pieniędzy przybywało w kasie – zdematerializowało się, przestało być rzeczywiste. Tylko Nino był rzeczywisty i konkretny, a ona, pragnąc go, pożądając w dzień i w nocy, chwytała się męża w ciemnej sypialni, aby choć na kilka minut zapomnieć o tym drugim. Potworny okres. Ale właśnie podczas owych kilku minut najbardziej odczuwała potrzebę, by go mieć, i to w sposób tak wyraźny, z takimi szczegółami, że odpychała Stefana jak obcego człowieka i z płaczem, i obelgami na ustach uciekała w róg łóżka albo zamykała się w łazience na klucz.

85.

W pierwszej chwili postanowiła zbiec w nocy i wrócić do Forio, ale wiedziała, że jej mąż od razu ją znajdzie. Wtedy pomyślała, że może spytać Alfonsa, czy Marisa wie, kiedy jej brat wróci z Ischii, ale bała się, że szwagier opowie o tym Stefanowi, i odpuściła. W książce telefonicznej znalazła numer do domu państwa Sarratore i zadzwoniła. Słuchawkę podniósł Donato. Powiedziała, że jest koleżanką Nina, on urażonym tonem szybko uciął rozmowę i się rozłączył. W rozpaczy znowu zaczęła planować ucieczkę i już miała się na nią decydować, kiedy któregoś popołudnia, na początku września, w progu zatłoczonej wędliniarni stanął Nino, nieogolony i całkowicie pijany.

Lila powstrzymała Carmen, która już się rzuciła, żeby przegonić włóczęgę, w jej oczach obcego i bez piątej klepki.

– Ja się tym zajmę – powiedziała i pociągnęła go za sobą. Precyzyjne ruchy, chłodny głos, pewność, że Carmen Peluso nie rozpoznała syna Sarratorego, jakże różnego od chłopca, który razem z nimi chodził do szkoły podstawowej.

Działała w pośpiechu. Z boku sprawiała wrażenie kogoś, kto jak zwykle potrafi rozwiązać każdy problem. Ale tak naprawdę nie wiedziała, gdzie jest. Zbladły ściany pełne towaru, droga zatraciła kontury, rozmyły się wypłowiałe fasady nowych kamienic,

426

a przede wszystkim nie dostrzegała zagrożenia, które nad nią wisiało. Nino, Nino, Nino: czuła tylko radość i pożądanie. On znowu stał przed nią i wszystko w nim mówiło dobitnie, jak wiele wycierpiał i że nadal cierpi, że jej szukał i pragnął tak bardzo, iż teraz usiłował ją objąć, pocałować na chodniku.

Zaciągnęła go do swojego mieszkania, które wydało jej się najbezpieczniejszym miejscem. Przechodnie? Nikogo nie widziała. Sąsiedzi? Nikogo nie dostrzegła. Zaczęli się kochać od razu, gdy drzwi się za nimi zamknęły. Nie czuła żadnych wyrzutów sumienia. Tylko potrzebę, by wziąć Nina, natychmiast, trzymać go, przytrzymać. I ta potrzeba nie zmalała nawet, kiedy się zaspokoili. Dzielnica, sąsiedztwo, wędliniarnia, ulice, hałasy od strony kolei, Stefano, Carmen czekająca z niepokojem – wszystko wracało powoli, ale tylko jako obiekty, które trzeba natychmiast poukładać, uważając, żeby nie stanęły na przeszkodzie, ale też żeby nagle nie pospadały, jak to bywa z naprędce powrzucanymi na siebie pudłami.

Nino skarcił ją, że wyjechała bez uprzedzenia, przytulił, znowu jej zapragnął. Żądał od niej, aby odeszli natychmiast, nie potrafił jednak powiedzieć gdzie. Ona odpowiadała, że tak, tak, tak i w pełni podzielała jego szaleństwo, choć odczuwała upływ czasu, realne sekundy i minuty, z którymi rosło niebezpieczeństwo, że ktoś ich nakryje. Dlatego leżąc z nim na podłodze, wpatrywała się w żyrandol, który groźnie wisiał prosto nad nimi, i tak jak na początku martwiła się tylko o to, żeby natychmiast mieć Nina, potem spadły na nią inne sprawy – teraz zastanawiała się, jak zatrzymać go przy sobie, aby żyrandol nie oderwał się od sufitu, aby podłoga nie pękła i nie rozdzieliła ich na zawsze.

– Idź już.

– Nie.

– Oszalałeś.

– Tak.

– Proszę cię, błagam, idź już.

Przekonała go. Spodziewała się, że Carmen coś jej powie, że sąsiedzi będą plotkować, że Stefano wróci z drugiego sklepu, aby ją zbić. Nic takiego się nie stało, poczuła ulgę. Podwyższyła Carmen pensję, wobec męża stała się czuła, zaczęła wymyślać wykręty, aby po kryjomu spotykać się z Ninem.

86.

Na początku największym problemem nie była ewentualna plotka, która mogła wszystko zniszczyć, ale on sam, ukochany chłopak. Dla niego liczyło się tylko to, żeby ją pochwycić, całować, gryźć, penetrować. Jak gdyby pragnął, domagał się, żeby całe życie spędzić z ustami na jej ustach, wewnątrz jej ciała. I nie znosił rozłąki, przerażała go, bał się, że ona znowu zniknie. Dlatego otumaniał się alkoholem, nie uczył się, palił. Jak gdyby dla niego jedynym problemem na świecie byli oni, a jeśli już uciekał się do słów, to tylko po to, aby wykrzyczeć jej swoją zazdrość, aby maniakalnie powtarzać, że nie może ścierpieć, że ona dalej mieszka z mężem.

– Ja wszystko porzuciłem – szeptał wycieńczony.
– Ty natomiast niczego nie chcesz zostawić.

– I co masz zamiar zrobić? – pytała go w takich chwilach.

Nino milkł, zdezorientowany pytaniem, albo złościł się, jak gdyby rzeczywistość obrażała go. Powtarzał desperacko:

– Ty mnie już nie chcesz.

Ale Lila go chciała, chciała go znowu i znowu, ale chciała też czegoś innego, i to natychmiast. Chciała, żeby wrócił na studia, chciała, żeby zmuszał ją do myślenia, jak robił to na Ischii. Znowu wyłoniła się cudowna dziewczynka ze szkoły podstawowej, uczennica, która oczarowała panią Oliviero, ta, która napisała *Błękitną wróżkę* i domagała się nowej energii. Nino odnalazł ją w czarnej otchłani, w którą wpadła, i wyciągnął stamtąd. I teraz ta dziewczynka nalegała, aby on na powrót stał się młodym studentem i pozwalał jej wzrastać, dawał siły, by przegnać panią Carracci. Co stopniowo jej się udało.

Nie wiem, co takiego się stało: Nino chyba przeczuwał, że aby jej nie stracić, musi być kimś więcej niż tylko rozgorączkowanym kochankiem. A może zwyczajnie zorientował się, że namiętność go niszczy. Faktem jest, że znów zaczął studiować. I to początkowo cieszyło Lilę: powoli wracał do równowagi, stawał się taki, jakim go poznała na Ischii, co sprawiło, że tym bardziej był jej potrzebny. Odzyskała nie tylko Nina, ale także odrobinę z jego słów, z jego myśli. On zdegustowany czytał Smitha, więc ona też próbowała; jeszcze bardziej zdegustowany czytał Joyce'a, więc ona też. Kupiła książki, o których jej opowiadał podczas sporadycznych spotkań. Ona chciałaby o nich porozmawiać, ale nie było na to czasu.

Coraz bardziej zdezorientowana Carmen nie wiedziała, co takiego pilnego Lila ma do roboty, kiedy pod takim czy innym pretekstem znika na kilka godzin. Obserwowała ją spod zmarszczonych brwi, gdy w chwilach największego ruchu w sklepie zostawiała ją z klientami, a sama nic nie widziała, niczego nie słyszała, tak była pochłonięta książką albo swoimi pamiętnikami. Dopiero kiedy Carmen mówiła: „Lina, proszę cię, pomożesz mi?", podnosiła oczy, dotykała palcami ust, odpowiadała, że tak.

Jeśli chodzi o Stefana, nieustannie oscylował między zdenerwowaniem i chwilami rozejmu. Kiedy kłócił się ze szwagrem, z teściem, z Solarami i żalił się, że pomimo morskich kąpieli dzieci się nie pojawiają, żona zaczynała ironizować o burdelu z butami i czytała do późnej nocy powieści, czasopisma, gazety: robiła to maniakalnie, jak gdyby realne życie przestało ją interesować. On patrzył na nią, nie rozumiał i nie miał ani czasu, ani ochoty rozumieć. Po wakacjach na Ischii, w obliczu oznak odrzucenia przeplatanych uległym wyobcowaniem, ta najbardziej agresywna część jego natury popychała go w stronę nowego sporu i ostatecznego wyjaśnienia kwestii. Ale ta druga część, bardziej ostrożna, może tchórzliwa, powstrzymywała pierwszą, udawała, że nic się nie dzieje, myślała: lepiej tak, niż żeby miała znowu zawracać mi gitarę. A Lila, która odczytała tę myśl, starała się ją pielęgnować. Wieczorem, gdy oboje wracali po pracy do domu, traktowała męża bez wrogości. Ale po kolacji i pogaduszkach ostrożnie zanurzała się w lekturę, w przestrzeń niedostępną dla niego, zamieszkiwaną tylko przez nią samą i Nina.

Kim Nino był dla niej w tamtym czasie? Seksualnym obłędem, który utrzymywał ją w stanie nieustannego erotycznego fantazjowania; bodźcem dla głowy, by mu dorównać; a przede wszystkim abstrakcyjnym tajnym projektem pary zamkniętej w mentalnym schronieniu, które miało być po trosze szałasem dla dwóch serc, a po trosze laboratorium dla wykluwających się idei na temat złożoności świata, w jakim on stanowił czynnik obecny i aktywny, ona zaś cień umocowany u jego pięt, ostrożna doradczyni, wierna współpracowniczka. Te rzadkie chwile, kiedy udawało im się spotkać nie na kilka minut, ale na godzinę, przeradzały się w niewyczerpany przepływ doświadczeń seksualnych i werbalnych, złożoną rozkosz, która moment rozstania, powrót do wędliniarni i do łóżka Stefana czyniła trudnym do zniesienia.

– Dłużej tego nie wytrzymam.

– Ani ja.

– Co robimy?

– Nie wiem.

– Chcę na zawsze być z tobą.

A przynajmniej – dodawała ona – przez kilka godzin każdego dnia.

Ale jak wykroić sobie stałe i bezpieczne pory? Widywanie Nina w domu było skrajnie niebezpieczne, widywanie na ulicy jeszcze groźniejsze. Na dodatek bywało, że Stefano dzwonił do sklepu podczas jej nieobecności i wtedy trudno było wymyślić jakieś wiarygodne wytłumaczenie. I tak szamocząc się między niecierpliwością Nina i wyrzutami męża, zamiast odzyskać poczucie rzeczywistości i powiedzieć sobie jasno i wyraźnie, że znalazła się w sytuacji bez wyjścia, Lila zaczęła się zachowywać, jak gdyby realny świat stał się sceną teatralną albo szachownicą i wystarczyło przesunąć namalowaną scenerię, poruszyć pionkami, i oto gra, jedyne, co naprawdę się liczyło, *jej* gra, *ich gra* może toczyć się dalej. Przyszłością stał się kolejny dzień i jeszcze kolejny, i jeszcze następny. Albo nagłe wyobrażenia rzezi i krwi, często pojawiające się w jej pamiętnikach. Nigdy nie pisała *zostanę zamordowana*, ale odnotowywała fakty z kroniki kryminalnej, czasami nieco je modyfikując. Były to historie zabitych kobiet, w których kładła nacisk na zacietrzewienie zabójcy, na rozlaną wszędzie krew. I umieszczała szczegóły, których gazety nie podawały: wyłupane oczy, rany cięte gardła albo organów wewnętrznych, ostrze, które przeszywa pierś, odcięte sutki, brzuch rozcięty od pępka w dół, nóż wydłubujący genitalia. Wyglądało na to, że nawet realizmowi brutalnej śmierci chciała odebrać moc, sprowadzając ją do serii słów, do dającego się opanować schematu.

87.

I właśnie patrząc z perspektywy gry o możliwym skutku śmiertelnym, Lila włączyła się w spór między bratem, mężem a braćmi Solara. Wykorzystała przeświadczenie Michelego, że jest najbardziej odpowiednią osobą do prowadzenia interesu na piazza dei Martiri. Przestała ostro się sprzeciwiać i po czupurnych negocjacjach, dzięki którym uzyskała absolutną autonomię i całkiem okazałe tygodniowe wynagrodzenie, zgodziła się pracować w sklepie obuwniczym. Nie zważała na brata, który czuł się zagrożony przez nową markę „Solara" i ten ruch potraktował jako zdradę; ani na męża, który wpierw się wściekł, zagroził jej, a potem zmusił do skomplikowanych pertraktacji w jego imieniu, w kwestii długów zaciągniętych u matki braci Solara, sum, jakie miał otrzymać i jakie zwrócić. Zignorowała nawet przesłodzone słówka Michelego, który nieustannie krążył wokół niej, by dyskretnie przypilnować reorganizacji sklepu, i jednocześnie naciskał, aby to ona, pomijając Rina i Stefana, zaprojektowała nowe modele butów.

Lila już dawno przeczuła, że jej brat i ojciec zostaną odsunięci, że Solarowie wszystko sobie przywłaszczą, że Stefano utrzyma się na fali, tylko jeśli coraz bardziej będzie uzależniony od ich interesów. Ale tak jak wcześniej ta perspektywa oburzała ją, tak teraz pisała w notatkach, że była jej całkowicie obojętna. Oczywiście przykro jej było z powodu Rina, smutkiem napawała ją świadomość, że jego rola drobnego właściciela dobiega końca, zwłaszcza teraz, kiedy się ożenił i miał dziecko. Ale wszystkie dawne więzi przestały mieć w jej oczach znaczenie, jej zdolność do kochania zmierzała tylko w jednym kierunku, każda jej myśl, każde uczucie stawiało w centrum Nina. I choć wcześniej troszczyła się o to, żeby jej brat był bogaty, teraz zajmowało ją tylko to, żeby Nino był zadowolony.

Kiedy pierwszy raz udała się do sklepu na piazza dei Martiri, aby sprawdzić, co tam jest do zrobienia, uderzyło ją, że na ścianie, gdzie wcześniej wisiało płótno z jej ślubną fotografią, ciągle widniała czarnożółta plama po ogniu, który go zniszczył. Ten ślad wzbudził w niej niemiłe wrażenia. Pomyślała: nic mi się nie podoba z tego, co mnie spotkało i co zrobiłam, zanim spotkałam Nina. I nagle przyszło jej do głowy, że w tym pomieszczeniu w centrum miasta z niejasnych przyczyn rozegrały się najważniejsze etapy jej wojny. To tutaj w wieczór bijatyki z chłopakami z via dei Mille podjęła ostateczną decyzję, że musi wyjść z biedy. To tutaj jej pożałowała i oszpeciła swoje zdjęcie w sukni ślubnej, i zażądała, aby wytwór zniszczenia jak ciężka zniewaga zawisł w sklepie w formie dekoracji. To tutaj odkryła, że jej ciąża przeminie bez śladu. I to tutaj teraz dobiegało końca obuwnicze przedsięwzięcie jej rodziny, wchłaniane przez rodzinę Solara. I tutaj skończy się też jej małżeństwo, zrzuci z siebie Stefana i jego nazwisko ze wszystkim, co się z nim wiąże. Co za niechlujstwo, powiedziała Michelemu Solarze, wskazując na spaleniznę. Potem wyszła na chodnik, by popatrzeć na kamienne lwy na środku placu, i odczuła strach.

Wszystkie ściany kazała przemalować na biało. W ubikacji, która nie posiadała okien, wybiła zamurowane niegdyś drzwi wychodzące na wewnętrzny dziedziniec i we wnękę wstawiła nowe z matowego szkła, by wpuścić odrobinę światła. Kupiła dwa obrazy pędzla pewnego malarza, które widziała w galerii na Chiatamone i które jej się spodobały. Zatrudniła sprzedawczynię z innej dzielnicy, z Materdei, uczęszczającą do szkoły dla sekretarek biurowych. Uzyskała zgodę, aby godziny popołudniowej przerwy, od pierwszej do czwartej, były dla niej i dla sprzedawczyni czasem absolutnego wypoczynku, za co dziewczyna była jej niezmiernie wdzięczna. Pilnowała Michelego, który choć z zamkniętymi oczami godził się na każdą nowość, żądał, by szczegółowo informowała go o tym, co robi i na co wydaje pieniądze.

Tymczasem decyzja, by pracować na piazza dei Martiri, doprowadziła do jeszcze większej alienacji w dzielnicy. Dlaczego dziewczyna, która dobrze wyszła za mąż i tak po prostu zaczęła żyć w dostatku, piękna dziewczyna, która mogła być panią w swoim mieszkaniu, panią mężowskich włości, wczesnym rankiem zrywa się z łóżka, by cały dzień spędzić daleko od domu, w centrum miasta, pracując dla innych, komplikując życie Stefanowi, teściowej, która z jej winy musiała wrócić do harówki w nowej wędliniarni? Zwłaszcza Pinuccia i Gigliola, każda na swój sposób, obrzuciły Lilę taką ilością błota, do jakiej były zdolne, ale to akurat było do przewidzenia. Bardziej zaskakujące było zaś to, że Carmen, która uwielbiała Lilę za wszystko, co od niej otrzymała, jak tylko ta opuściła sklep z wędlinami, odebrała jej swoje uczucie w tempie, z jakim cofamy pogryzioną przez zwierzę rękę. Nie spodobało jej się gwałtowne przeobrażenie z przyjaciółki-współpracowniczki w służącą pod rozkazami matki Stefana. Poczuła się zdradzona, porzucona i nie potrafiła zapanować nad rozżaleniem. Kłóciła się nawet o to z chłopakiem, Enzem, który nie aprobował jej niechęci, kręcił głową i na swój lakoniczny sposób w dwóch czy trzech słowach nie tyle bronił Lili, ile przyznawał jej swego rodzaju nietykalność, przywilej posiadania niepodważalnych racji.

– Wszystko, co ja zrobię, jest złe, ale wszystko, co ona robi, jest dobre. – Carmen syczała z nienawiścią.

– Kto tak mówi?

– Ty: Lina uważa, Lina robi, Lina wie. A ja? To ona mnie tu zostawiła i poszła sobie! Ale oczywiście ona zrobiła dobrze, że odeszła, ja zaś robię źle, że narzekam. Prawda? Tak właśnie myślisz?

– Nie.

Ale ta monosylaba nie przekonała Carmen, która cierpiała dalej. Przeczuwała, że Enzo znudził się wszystkim, nią także, i to dodatkowo ją denerwowało: od kiedy umarł jego ojciec, od kiedy wrócił z wojska, robił, co musiał robić, prowadził zwyczajne życie, ale już w wojsku zaczął się uczyć po nocach, aby zdobyć jakiś tam dyplom. Teraz całkiem zamknął się w sobie, jak dzikie zwierzę – w środku ryki, na zewnątrz milczenie – i Carmen nie mogła już tego ścierpieć, nie potrafiła zwłaszcza pogodzić się z faktem, że ożywiał się tylko, gdy mówił o tej jędzy. Wyrzucała mu to w twarz, zaczynała płakać i krzyczeć:

– Nie cierpię Liny, ponieważ ma wszystkich w dupie, lecz tobie to się podoba, ja to wiem. Ale gdybym ja spróbowała zachowywać się jak ona, zbiłbyś mnie na kwaśne jabłko.

Natomiast Ada już dawno opowiedziała się po stronie swojego pracodawcy Stefana, przeciwko żonie, która go tyranizowała, i kiedy Lila przeniosła się do centrum, żeby zostać luksusową ekspedientką, stała się jeszcze bardziej perfidna. Bez żenady obmawiała ją przed każdym, zacietrzewiała się zwłaszcza w stosunku do Antonia i Pasqualego:

– Ona was, facetów, zawsze oszukiwała, bo ta dziwka wie, jak was podejść. – Mówiła to ze złością, jak gdyby Antonio i Pasquale byli przedstawicielami wszelkiej małości rodzaju męskiego. Ubliżała bratu, który jej nie popierał, wrzeszczała do niego: – Siedzisz cicho, bo też bierzesz pieniądze od Solarów, obaj od nich zależycie i wiem, że pozwalasz babie sobą kierować, pomagasz jej w porządkowaniu sklepu, ona ci mówi: przesuń to, przesuń tamto, a ty przesuwasz.

Ale wobec narzeczonego, Pasqualego, z którym coraz rzadziej żyła w zgodzie, była jeszcze gorsza, nieustannie atakowała go słowami:

– Jesteś brudny, śmierdzisz.

On przepraszał, że dopiero skończył pracę, ale Ada dalej obrzucała go wyzwiskami, robiła to przy każdej okazji, tak że dla świętego spokoju Pasquale ustąpił w kwestii Lili, w przeciwnym razie musiałby zerwać zaręczyny. Choć – co trzeba przyznać – nie tylko to zaważyło: do tej chwili często złościł się na narzeczoną i na siostrę, że zapomniały o tym, co same zyskały dzięki sukcesom Lili, ale kiedy pewnego ranka zobaczył naszą wspólną przyjaciółkę, ubraną i wymalowaną jak luksusowa prostytutka, u boku Michelego Solary, który wiózł ją swoją alfą romeo na piazza dei Martiri, nie mógł zrozumieć, jak nie mając wyraźnych potrzeb finansowych, mogła sprzedać się temu typowi.

Lila jak zwykle nie zwracała najmniejszej uwagi na rosnącą wokół niej wrogość, skupiła się wyłącznie na nowej pracy. I sprzedaż szybko wzrosła. Sklep stał się miejscem, do którego klienci udawali się na zakup butów, ale także żeby porozmawiać z tą młodą, pełną wigoru i bardzo piękną kobietą o wyjątkowej inteligencji, która pośród butów trzymała książki i je czytała, która częstowała mądrymi słowami i czekoladkami, a przede wszystkim która na żonie i córkach adwokata czy inżyniera, na dziennikarzu z „Il Mattino", na bogatym młodzieńcu czy starcu marnującym czas i pieniądze w klubie dla dżentelmenów nie sprawiała wrażenia, jakby chciała sprzedać buty „Cerullo" czy „Solara", lecz jedynie ugościć ich na sofie i w fotelach i uciąć sobie z nimi miłą i luźną pogawędkę.

Jedyną przeszkodą był Michele. Często plątał się pod nogami w godzinach pracy, a raz nawet powiedział jej tym swoim wiecznie drwiącym tonem, wiecznie aluzyjnym:

– Źle wybrałaś męża, Lina. Miałem rację: wystarczy popatrzeć, jak sobie świetnie radzisz z ludźmi, którzy mogą nam się przydać. Razem w kilka lat przejęlibyśmy cały Neapol i zrobilibyśmy z nim, co nam się spodoba.

Po czym usiłował ją pocałować.

Lila go odepchnęła, on się nie obraził. Powiedział z rozbawieniem:

– W porządku, umiem czekać.

– Czekaj sobie, byle nie tutaj – odparła – bo jeśli będziesz czekał tutaj, jutro wracam do wędliniarni.

Michele ograniczył swoje wizyty, za to potajemne wizyty Nina stawały się coraz częstsze. Przez wiele miesięcy wreszcie mogli prowadzić w sklepie na piazza dei Martiri własne życie, które trwało trzy godziny dziennie z wyjątkiem niedziel i świąt, stanowiących czas trudny do zniesienia. Jak tylko o godzinie pierwszej sprzedawczyni opuszczała żaluzje w trzech czwartych i szła na przerwę, Nino wchodził przez drzwi od podwórka i uciekał przez te same drzwi równo o czwartej, zanim dziewczyna wróciła. Rzadko kiedy pojawiał się jakiś problem – ze dwa razy przyjechał Michele z Gigliolą, a w sytuacji szczególnego napięcia nawet Stefano – a jeśli się pojawił, Nino zamykał się w ubikacji i uciekał przez podwórko.

Przypuszczam, że był to dla Lili burzliwy okres próby przed szczęśliwym życiem. Z jednej strony nie przestawała odgrywać roli młodej kobiety, która handlowi butami chce nadać ekscentryczny charakter, z drugiej czytała dla Nina, uczyła się dla Nina, toczyła refleksje dla Nina. I nawet kontakty ze znaczącymi osobami, które poznała w sklepie, miały w przyszłości posłużyć Ninowi.

W tamtym czasie Nino opublikował na łamach „Il Mattino" artykuł poświęcony Neapolowi, który w środowisku akademickim przysporzył mu niemałej sławy. Ja tego nawet nie zauważyłam, i na moje szczęście: gdybym znalazła się w środku ich historii, jak to było na Ischii, odbiłoby się to na mnie tak poważnie, że chyba już nigdy bym się z tego nie otrząsnęła. A przede wszystkim niewiele trzeba by mi było, żeby zrozumieć, że spora część zdań – nie tych zawierających konkretne informacje, ale myśli, które nie wymagały wielkiej wiedzy, jedynie błyskawicznego kojarzenia bardzo odległych faktów – wyszła spod ręki Lili, ona też nadała charakterystyczną wymowę całemu tekstowi. Nino nie potrafił tak pisać i nigdy się tego nie nauczył. Tylko ona i ja posiadałyśmy tę umiejętność.

88.

Potem odkryła, że jest w ciąży, i postanowiła położyć kres oszustwom na piazza dei Martiri. Późną jesienią roku 1963, a było to w niedzielę, odmówiła uczestniczenia w obiedzie u teściowej, do której chodzili co tydzień, i sama z wielkim zaangażowaniem zabrała się za gotowanie. Podczas gdy Stefano poszedł po ciastka do braci Solara i postanowił zanieść też trochę matce i siostrze, aby przebaczyły im niedzielną dezercję, Lila wrzuciła do walizki kupionej na podróż poślubną trochę bielizny, kilka sukienek, parę zimowych butów i schowała ją za drzwiami do salonu. Potem umyła wszystkie brudne naczynia, w kuchni z dbałością nakryła do stołu, z szuflady wyciągnęła nóż do mięsa i położyła go na zlewie, pod ścierką. W końcu, czekając, aż mąż wróci, otworzyła okno, aby przewietrzyć po gotowaniu, oparła się o parapet i patrzyła na błyszczące pociągi i tory. Chłód przegnał z mieszkania zaduch, nie przeszkadzał jej, dodawał tylko energii.

Stefano wrócił i zasiedli do stołu. Rozdrażniony tym, że musiał zrezygnować z dobrej matczynej kuchni, ani słowem nie pochwalił obiadu, za to ostrzej niż zazwyczaj wypowiadał się o szwagrze i czulej o siostrzeńcu. Kilkakrotnie nazwał go „synem mojej siostry", jak gdyby wkład Rina niewiele się liczył. Kiedy byli przy deserze, zjadł trzy ciastka, Lila żadnego. Porządnie otarł usta z kremu i powiedział:

– Chodźmy się zdrzemnąć.

Lila odpowiedziała:

– Od jutra nie pójdę więcej do sklepu.

Stefano od razu zrozumiał, że to będzie kiepskie popołudnie.

– Dlaczego?

– Dlatego że nie chcę.

– Pokłóciłaś się z Michelem i Marcellem?

– Nie.

– Lina, nie wygłupiaj się, wiesz dobrze, że ja i twój brat jesteśmy bliscy wojny z nimi, nie pogarszaj sytuacji.

– Niczego nie pogarszam. Ale tam już nie wrócę.

Stefano zamilkł, a Lila zrozumiała, że jest zaniepokojony, że chce zmienić temat, żeby go nie zgłębiać. Mąż obawiał się, że ona zaraz mu powie o afroncie, jaki spotkał ją ze strony braci Solara, o niemożliwej do wybaczenia obrazie, w której obliczu, jeśli się o niej dowie, będzie musiał zareagować definitywnym zerwaniem relacji. Na co nie mógł sobie pozwolić.

– Dobrze – odparł po dłuższej ciszy. – Nie musisz tam iść, wróć do wędliniarni.

Lila odpowiedziała:

– Nie chcę też iść do wędliniarni.

Stefano spojrzał na nią pytająco.

– Chcesz zostać w domu? Wspaniale. To ty chciałaś pracować, ja nigdy cię o to nie prosiłem. Prawda czy nie?

– Prawda.

– Będę bardzo zadowolony, jeśli zostaniesz w domu.

– W domu też nie chcę być.

Stefano powoli tracił cierpliwość, był to jedyny znany mu sposób, aby przegnać niepokój.

– Skoro w domu też nie chcesz siedzieć, można wiedzieć, czego, do cholery, chcesz?

Lila odpowiedziała:

– Chcę odejść.

– Gdzie odejść?

– Nie chcę już być z tobą, chcę cię zostawić.

Stefano nie umiał zareagować inaczej niż śmiechem. Te słowa brzmiały tak potwornie, że przez kilka minut poczuł się lepiej. Uszczypnął ją czule w policzek, powiedział z typowym uśmiechem, że są mężem i żoną i że mąż i żona nie mogą się zostawić, obiecał jej też, że następnej niedzieli zabierze ją na Wybrzeże Amalfitańskie, więc się trochę zrelaksują. Ale ona spokojnie odparła, że nie ma powodu, aby dalej byli razem, że myliła się od początku, że nawet kiedy byli narzeczonymi, darzyła go tylko sympatią, że teraz już wyraźnie widzi, że nigdy go nie kochała i że nie potrafi dłużej znosić tego, że on ją utrzymuje, że pomaga mu pomnażać pieniądze, że śpi z nim. Na koniec dostała po twarzy i upadła na krzesło. Szybko się podniosła, kiedy Stefano już się rzucał, by ją chwycić, podbiegła do zlewu i chwyciła nóż, który ukryła pod ścierką.

Wycelowała w niego dokładnie w chwili, kiedy on znowu się zamachnął, by ją uderzyć.

– Zrób to, a zabiję cię tak, jak zabito twojego ojca – powiedziała.

Stefano zatrzymał się ogłuszony wspomnieniem o losie ojca. Wymamrotał coś w stylu: „Ależ tak, zabij mnie, rób, co chcesz". I machnął ręką, po czym ogarnęło go tak niepowstrzymane ziewanie, z rozdziawionymi ustami, że aż łzy napłynęły mu do oczu. Odwrócił się do niej plecami, nie przestając mamrotać:

– Idź sobie, idź, wszystko ci dałem, na wszystko ci pozwalałem, a ty tak mi się odwdzięczasz, mnie, który cię wyciągnął z nędzy, pomógł się wzbogacić twojemu bratu, ojcu, całej twojej parszywej rodzinie.

Podszedł do stołu i zjadł kolejne ciastko. Potem wyszedł z kuchni i skierował się do sypialni, skąd wrzasnął do niej znienacka:

– Nawet nie potrafisz sobie wyobrazić, jak bardzo cię kocham!

Lila odłożyła nóż do zlewu i pomyślała: nie wierzy, że odchodzę; nie uwierzy też, że mam kogoś, nie potrafi uwierzyć. Zmusiła się i poszła do sypialni, aby powiedzieć mu o Ninie, aby powiedzieć, że jest w ciąży. Ale mąż już spał, naciągnął na siebie sen jak zaczarowaną kołdrę. Włożyła więc płaszcz, wzięła walizkę i opuściła mieszkanie.

89.

Stefano spał cały dzień. Kiedy się obudził i zobaczył, że żony nie ma, udał, że nic się nie stało. Zachowywał się tak od dziecka, kiedy ojciec terroryzował go samą swoją obecnością. Wyćwiczył w sobie charakterystyczny łagodny uśmiech, powolne i spokojne ruchy, powściągliwy dystans do otaczającego świata, by zapanować zarówno nad strachem, jak i pragnieniem rozerwania mu piersi gołymi rękoma i wyrwania serca.

Wieczorem wyszedł i zrobił coś szalonego: poszedł pod okna Ady, swojej sprzedawczyni, i chociaż wiedział, że jest pewnie z Pasqualem, w kinie albo gdzie indziej, zawołał ją, wołał wielokrotnie. Ada wyjrzała z zaniepokojoną, ale i szczęśliwą miną. Została w domu, ponieważ Melina wariowała bardziej niż zazwyczaj, a od kiedy Antonio zaczął pracować dla braci Solara, nigdy go nie było i nie miał stałych godzin. Towarzystwa Adzie dotrzymywał narzeczony. Mimo to Stefano wszedł i ani słowem nie wspominając o Lili, spędził wieczór w domu rodziny Cappuccio, dyskutując z Pasqualem o polityce, a z Adą o sprawach związanych z wędliniarnią. Po powrocie do domu zachowywał się tak, jakby Lila poszła do rodziców, i zanim położył się spać, starannie ogolił brodę. Spał twardo całą noc.

Kłopoty zaczęły się następnego dnia. Sprzedawczyni ze sklepu na piazza dei Martiri powiadomiła Michelego, że Lila nie przyszła do pracy. Michele zadzwonił do Stefana, a Stefano powiedział, że jego żona się rozchorowała. Choroba trwała wiele dni, więc Nunzia zajrzała do córki, żeby sprawdzić, czy może w czymś pomóc. Nikt jej jednak nie otworzył, wróciła wieczorem, gdy sklepy były już zamknięte. Stefano dopiero co wszedł do domu i siedział przed telewizorem, który grał na cały regulator. Zaklął, poszedł otworzyć, wpuścił teściową. Ale gdy tylko Nunzia zapytała: „Jak czuje się Lila?", odpowiedział, że go zostawiła, i rozpłakał się.

Nadbiegły obie rodziny: matka Stefana, Alfonso, Pinuccia z dzieckiem, Rino, Fernando. Wszyscy byli przerażeni z takiego czy innego powodu, ale tylko Maria i Nunzia naprawdę martwiły się o los Lili i zastanawiały, gdzie się podziewa. Pozostali kłócili się o sprawy, które niewiele miały z nią wspólnego. Rino i Fernando, obrażeni na Stefana za to, że nic nie zrobił, żeby zapobiec zamknięciu fabryki obuwia, oskarżyli go, że nigdy nie starał się zrozumieć Lili i że zrobił bardzo źle, że ją posłał do sklepu Solarów. Pinuccia zdenerwowała się i wrzasnęła na męża i teścia, że Lila zawsze miała nierówno pod sufitem i że to nie ona jest ofiarą Stefana, ale Stefano jej. Kiedy Alfonso zasugerował, że należałoby zwrócić się do karabinierów, popytać w szpitalach, wszystkich ogarnęła jeszcze większa irytacja i naskoczyli na niego, jak gdyby obrzucił ich wyzwiskami: wrzeszczał zwłaszcza Rino, że ostatnią rzeczą, jakiej im potrzeba, to żeby stali się pośmiewiskiem dla całej dzielnicy. Tylko Maria powiedziała cicho:

– Może pojechała na trochę do Lenuccii.

Ta hipoteza wydała się prawdopodobna. I choć wszyscy dalej się kłócili, udawali jednak – może z wyjątkiem Alfonsa – że wierzą, iż z winy Stefana i braci Solara wpadła w depresję i postanowiła wyjechać do Pizy.

– Tak – stwierdziła spokojniejsza już Nunzia – zawsze tak robi, gdy ma jakiś problem, szuka Lenuccii.

Od tej chwili zaczęli się złościć na śmiałą podróż, ona sama, w pociągu, daleko, nie uprzedziwszy nikogo. Z drugiej strony myśl, że Lila jest ze mną, wydała się tak wiarygodna i zarazem tak kojąca, że od razu uznano ją za fakt. Tylko Alfonso powiedział:

– Jutro wyjeżdżam, żeby się o tym przekonać.

Ale został natychmiast skarcony przez Pinuccię:

– Gdzie ty chcesz jechać, skoro musisz pracować.

I przez Fernanda, który odburknął:

– Zostawmy ją w spokoju, niech wróci do równowagi.

Następnego dnia Stefano obdarzał taką wersją każdego, kto pytał o Lilę: „Pojechała do Pizy, by odwiedzić Lenuccię, chce odpocząć". Ale jeszcze tego samego popołudnia Nunzię znowu ogarnął niepokój, poszła do Alfonsa i zapytała, czy ma mój adres. Nie miał, nikt go nie miał, tylko moja matka. Wtedy Nunzia posłała do niej Alfonsa, ale moja matka przez wrodzoną wrogość do wszystkiego i do wszystkich, albo może po to, by uchronić mnie przed problemami, podała mu niekompletny adres (możliwe też, że tylko taki posiadała: moja matka słabo pisała, obie zresztą wiedziałyśmy, że nigdy nikomu nie będzie potrzebny). W każdym razie Nunzia i Alfonso wspólnie napisali do mnie list, w którym dosyć oględnie pytali, czy Lila do mnie przyjechała. Na kopercie napisali tylko „Uniwersytet w Pizie", moje imię i nazwisko, nic więcej, dlatego otrzymałam go z wielkim opóźnieniem. Przeczytałam, jeszcze bardziej zdenerwowałam się na Lilę i na Nina, nie odpowiedziałam.

Tymczasem już dzień po rzekomym wyjeździe Lili Ada, oprócz pracy w starej wędliniarni, oprócz troszczenia się o całą swoją rodzinę i o potrzeby narzeczonego, zabrała się za sprzątanie w mieszkaniu Stefana i za gotowanie mu, co znowu wprawiło Pasqualego w zły humor. Pokłócili się, on jej powiedział:

– Nie płaci ci, żebyś była jego służącą.

Ona odpowiedziała:

– Lepiej być służącą, niż marnować czas na kłótnie z tobą.

Na piazza dei Martiri natomiast, aby uspokoić braci Solara, pospiesznie posłano Alfonsa, który od razu poczuł się tam jak ryba w wodzie: wychodził wczesnym rankiem, ubrany jak na ślub, i wracał wieczorem, bardzo zadowolony, bo podobało mu się spędzanie całego dnia w centrum miasta. Jeśli zaś chodzi o Michelego, wraz ze zniknięciem pani Carracci stał się nie do zniesienia. Wezwał Antonia i powiedział mu:

– Znajdź mi ją.

Antonio odburknął:

– Neapol jest duży, Michè, Piza zresztą też i całe Włochy. Gdzie mam zacząć?

Michele odparł:

– Zacznij od najstarszego syna Sarratorego. – Potem rzucił mu spojrzenie, jakim obdarzał wszystkich, których uważał za wartych mniej niż zero, i powiedział: – Spróbuj choć pisnąć słowo o tych poszukiwaniach, a wsadzę cię do wariatkowa w Aversie i nigdy już stamtąd nie wyjdziesz. O wszystkim, czego się dowiesz i co zobaczysz, masz informować tylko mnie. Jasne?

Antonio skinął głową.

90.

Lilę w życiu najbardziej przerażało to, że przedmioty, a zwłaszcza ludzie mogą zagubić swoje kontury, rozrosnąć się i zniekształcić. Strachem napawało ją, że brat, którego kochała bardziej niż kogokolwiek z rodziny, ulegnie zniekształceniu, i drżała na myśl, że podczas przejścia ze stanu narzeczeństwa w małżeński również Stefano się rozłoży. Dopiero z jej pamiętników dowiedziałam się, jaką traumą była dla niej noc poślubna i jak bardzo obawiała się, że ciało jej męża powykrzywia się, zdeformuje pod wpływem wewnętrznych żądz i gniewu albo z winy podłych planów i niegodziwości. Bała się przede wszystkim, że gdy obudzi się w nocy, zobaczy go takiego zdeformowanego w łóżku, zamienionego w odchody eksplodujące pod naporem zawartej w nich cieczy, rozpuszczone i ściekające ciało a wraz z nim wszystko, co wkoło, meble, całe mieszkanie i ona, jego żona, rozerwane, zassane przez brudny potok żywej materii.

Kiedy zamknęła za sobą drzwi i z walizką przemierzała dzielnicę, jak gdyby była niewidoczną smugą białej pary, a potem wsiadła do metra i dotarła na Campi Flegrei, miała wrażenie, że zostawia za plecami miejsce rozmiękłe, zamieszkane już tylko przez nie-określone formy, i że kieruje się w stronę struktury zdolnej wreszcie pomieścić ją w całości, bez obawy, że ona się rozpadnie i rozpadną się postaci wokół niej. Dotarła do celu pustymi ulicami. Wciągnęła waliz-kę na drugie piętro bloku, aż do dwupokojowego ciemnego i zaniedbanego mieszkania, w którym sta-ły tylko stare i brzydkie meble, a w ubikacji mieściła się jedynie muszla i umywalka. Wszystkim zajęła się sama, Nino musiał przygotowywać się do egzaminów, a na dodatek pracował nad kolejnym artykułem do „Il Mattino" i nad przekształceniem poprzedniego w esej, który choć odrzucony przez „Cronache meri-dionali", miał zostać opublikowany przez czasopismo zatytułowane „Nord e Sud". Sama obejrzała miesz-kanie, wynajęła je, zapłaciła za trzy miesiące z góry. Teraz, jak tylko przekroczyła próg, poczuła ogromną radość. Ze zdziwieniem odkryła w sobie przyjemność płynącą z porzucenia człowieka, który przecież miał być częścią niej samej już na zawsze. Tak właśnie napi-sała, przyjemność. W najmniejszym stopniu nie żal jej było wygód nowego osiedla, nie czuła zapachu pleś-ni, nie dostrzegała plamy wilgoci w rogu sypialni, nie spostrzegła szarego światła, które z trudem przenikało przez okno, nie zniechęciła się otoczeniem, które su-gerowało natychmiastowy powrót do nędzy z czasów dzieciństwa. Poczuła się natomiast, jak gdyby za do-tknięciem czarodziejskiej różdżki zniknęła z miejsca, w którym cierpiała, i pojawiła się w innym, które obiecywało szczęście. Przypuszczam, że po raz kolejny doznała rozkoszy samounicestwienia: koniec z tym, kim była; koniec z główną ulicą, z butami, wędliniarniami, mężem, braćmi Solara, piazza dei Martiri; koniec również ze mną, z nią jako panną młodą, żoną, która gdzieś przepadła, zagubiła się. Z siebie zostawiła tylko kochanka Nina, który przyszedł wieczorem.

Był bardzo poruszony. Przytulił ją, pocałował, rozejrzał się wkoło z dezorientacją. Zaryglował drzwi i okna, jak gdyby obawiał się, że ktoś może nagle wtargnąć. Po raz pierwszy po wspólnej nocy w Forio kochali się w łóżku. Potem on wstał, zabrał się za naukę, co chwilę żalił się na zbyt słabe światło. Ona też wstała i pomagała mu w powtórkach. Poszli spać o trzeciej w nocy, przejrzawszy razem nowy artykuł dla „Il Mattino", i spali objęci. Lila poczuła się bezpieczna, chociaż na zewnątrz padało, szyby w oknach drżały, dom był całkiem obcy. Jakże świeże było ciało Nina, długie, delikatne, inne niż ciało Stefana. Jak podniecający był jego zapach. Wydawało jej się, że opuszcza świat cieni i dociera do miejsca, gdzie wreszcie życie jest prawdziwe. Rankiem, gdy tylko postawiła stopy na podłodze, od razu pobiegła do ubikacji i zwymiotowała. Zamknęła drzwi, żeby Nino nie słyszał.

91.

Wspólne życie trwało dwadzieścia trzy dni. Z godziny na godzinę odczuwała coraz większą ulgę, że porzuciła wszystko. Nie żałowała żadnej z wygód, jakimi cieszyła się po ślubie, nie smuciło jej rozstanie z rodzicami, z rodzeństwem, z Rinem, z bratankiem. Ani przez chwilę nie myślała o tym, że pieniądze kiedyś się skończą. Liczyło się tylko to, że budziła się z Ninem i z nim zasypiała, że była przy nim, kiedy się uczył albo pisał, że prowadzili żywe dyskusje, podczas których ulatniało się z głowy wszelkie napięcie. Wieczorem wychodzili, szli do kina albo na prezentację jakiejś książki, na debatę polityczną i często wracali późno, na piechotę, mocno przytuleni do siebie, aby uciec przed chłodem czy deszczem, żartując, czubiąc się.

Raz poszli na wykład pewnego autora, który pisał książki, ale też robił filmy i nazywał się Pasolini. Wszystko, co go dotyczyło, budziło zamęt, i Nino go nie lubił, wykrzywiał usta, mówił: „To pedał, wprowadza tylko zamieszanie", dlatego opierał się, wolał zostać w domu i się pouczyć. Ale Lila była ciekawa i zaciągnęła go na spotkanie. Odbywało się w tym samym klubie, do którego ja ją kiedyś zaciągnęłam, kiedy jeszcze byłam posłuszna profesor Galiani. Wyszła z niego pełna entuzjazmu, pchała Nina w stronę, gdzie stał pisarz, chciała z nim porozmawiać. Ale Nino zirytował się i próbował ją odciągnąć, zwłaszcza że uświadomił sobie, iż na przeciwległym chodniku stała grupka młodzieńców wykrzykująca obraźliwe słowa.

– Chodźmy stąd – powiedział z niepokojem. – Nie podoba mi się ani on, ani faszyści.

Lila jednak wychowała się pośród bijatyk i nie miała zamiaru uciekać. On próbował zaciągnąć ją w stronę jednej z uliczek, a ona się wykręcała, śmiała, na wyzwiska odpowiadała wyzwiskami. Ustąpiła dopiero w chwili, kiedy rozpoczęła się bójka, a pośród prowokatorów dostrzegła Antonia. Jego oczy i zęby połyskiwały, jak gdyby były z metalu, ale w odróżnieniu od pozostałych nie krzyczał. Wyglądał na zbyt zajętego rozdawaniem ciosów, aby mógł spostrzec jej obecność, niemniej wieczór i tak był już zepsuty. Po drodze starła się z Ninem: nie zgadzali się w kwestiach, o których mówił Pasolini, jak gdyby poszli w dwa różne miejsca i wysłuchali dwóch różnych osób. Ale to nie wszystko. Tego wieczoru Nino zaczął opłakiwać długi podniecający etap ich pobieżnych spotkań w sklepie na piazza dei Martiri i jednocześnie dotarło do niego, że coś w Lili mu przeszkadza. Lila dostrzegła jego rozdrażnione roztargnienie i aby uniknąć dalszych spięć, przemilczała, że pośród atakujących dojrzała kolegę z dzielnicy, syna Meliny.

Już od następnego dnia Nino był coraz mniej skłonny do wspólnych wyjść. Najpierw mówił, że musi się uczyć, i to była prawda, potem wymknęło mu się, że podczas kilku publicznych spotkań zachowała się niestosownie.

– W jakim sensie?

– Przesadzasz.

– Czyli?

Urażonym głosem zaczął wyliczać:

– Głośno komentujesz; jeśli ktoś cię ucisza, zaczynasz się kłócić; przeszkadzasz przemawiającym i sprzeczasz się z nimi. Tak nie wolno.

Lila zawsze wiedziała, że tak nie wolno, ale doszła do wniosku, że teraz z nim wszystko można, nawet skracać dystans, nawet zwracać się na ty do ważnych osób. Bo czyż nie potrafiła podejmować znaczących ludzi w sklepie braci Solara? Czyż to nie dzięki jednemu z jej klientów on opublikował swój pierwszy artykuł na łamach "Il Mattino"? O co więc chodzi?

– Jesteś zbyt nieśmiały – odparła. – Jeszcze nie dotarło do ciebie, że jesteś od nich lepszy i dokonasz rzeczy o wiele ważniejszych. – I pocałowała go.

Ale Nino pod taką czy inną wymówką zaczął wieczorem wychodzić sam. A jeśli już zostawał w domu i uczył się, biadolił na hałasy roznoszące się po budynku. Albo parskał ze złości, bo musiał prosić ojca o pieniądze, a ten dręczył go pytaniami w rodzaju: gdzie śpisz, co robisz, gdzie mieszkasz czy się uczysz? Albo gdy Lila dostrzegała powiązania między bardzo odległymi od siebie kwestiami, zamiast ekscytować się tym, kręcił tylko głową, denerwował się.

Po jakimś czasie wpadł w tak zły nastrój, miał takie zaległości w egzaminach, że by móc kontynuować naukę, przestał kłaść się z nią do łóżka. Lila mówiła:

– Już późno, chodźmy spać.

On odpowiadał z roztargnieniem:

– Ty idź, ja położę się później.

Patrzył na zarys jej ciała pod kołdrą i pragnął tego miłego ciepła, ale też się go obawiał. Nie skończyłem jeszcze studiów – myślał – nie mam pracy; jeśli nie chcę zmarnować życia, muszę zacząć się przykładać; a zamiast tego siedzę tutaj z tą zamężną dziewczyną, która jest w ciąży, wymiotuje co rano, rozwala mój rozkład dnia. Bardzo cierpiał, kiedy dowiedział się, że "Il Mattino" nie wydrukuje jego artykułu. Lila go pocieszała, powiedziała, żeby wysłał do innych gazet. Potem jednak dodała:

– Jutro zadzwonię.

Chciała zatelefonować do redaktora, którego poznała w sklepie braci Solara, i dowiedzieć się, co takiego im się nie spodobało. Nino jednak się uniósł:

– Do nikogo nie zadzwonisz.

– Dlaczego?

– Dlatego że ten kutas nigdy nie był zainteresowany mną, lecz tobą.

– Nieprawda.

– Najprawdziwsza prawda, nie jestem idiotą, sprawiasz mi same kłopoty.

– Co chcesz przez to powiedzieć?

– Nie powinienem cię słuchać.

– A co ja takiego zrobiłam?

– Namieszałaś mi w głowie. Jesteś jak kropla wody: kap, kap, kap. Nie przestaniesz drążyć, dopóki nie będzie po twojemu.

– Ty obmyśliłeś artykuł i ty go napisałeś.

– Właśnie. Dlaczego więc kazałaś mi go cztery razy przerabiać?

– To *ty* chciałeś go przerabiać.

– Lina, powiedzmy sobie szczerze: wybierz coś, co lubisz, sprzedawaj buty, sprzedawaj salami, ale przestań udawać kogoś, kim nie jesteś, bo mnie niszczysz.

Mieszkali razem od dwudziestu trzech dni, w chmurze, w której skryli ich bogowie, aby mogli bez przeszkód cieszyć się sobą nawzajem. Te słowa zraniły ją dogłębnie. Odpowiedziała mu:

– Idź sobie.

On z furią włożył kurtkę na sweter i trzasnął za sobą drzwiami.

Lila usiadła na łóżku i pomyślała: wróci za dziesięć minut; zostawił książki, notatki, krem do golenia i brzytwę. Potem rozpłakała się: jak w ogóle mogła pomyśleć o mieszkaniu z nim, o pomaganiu mu? To moja wina: zmusiłam go do napisania czegoś złego tylko po to, żeby uwolnić własną głowę.

Położyła się do łóżka i czekała. Czekała całą noc, ale Nino nie wrócił ani rano, ani w ogóle.

92.

Tego, co teraz opowiem, dowiedziałam się od różnych osób w różnym czasie. Zacznę od Nina, który opuścił mieszkanie na Campi Flegrei i znalazł schronienie u rodziców. Matka potraktowała go o wiele lepiej niż syna marnotrawnego. Z ojcem natomiast już w pierwszej godzinie wziął się za łby, poleciały obelgi. Donato wykrzyczał w dialekcie, że albo zostaje, albo wynosi się z domu, ale nie wolno mu absolutnie znikać na cały miesiąc, nikogo o tym nie uprzedzając, a potem wrócić tylko po pieniądze, jak gdyby sam je zarobił.

Nino zamknął się w swoim pokoju i długo rozmyślał. Chociaż chciał biec do Liny, błagać ją o przebaczenie, wykrzyczeć, że ją kocha, na chłodno ocenił sytuację i doszedł do wniosku, że wpadł w pułapkę, i to nie z własnej winy czy z winy Liny, lecz przez żądze. Pomyślał: teraz na przykład nie mogę się doczekać,

by do niej wrócić, pokryć ją pocałunkami, wziąć odpowiedzialność za własne czyny; ale jakaś część mnie
dobrze wie, że to, co dzisiaj zrobiłem na fali rozczaro-
wania, jest dobre i słuszne: Lina nie pasuje do mnie,
Lina jest w ciąży, przeraża mnie to, co ma w brzuchu;
dlatego absolutnie nie wolno mi wrócić, muszę biec
do Bruna, pożyczyć od niego pieniądze, wyjechać
z Neapolu tak jak Elena, gdzie indziej studiować.

Zastanawiał się przez całą noc i przez cały następny dzień, raz opętany przez pragnienie Lili, raz cze-
piając się surowych myśli przywołujących w pamięci
jej złe wychowanie, naiwność, inteligencję i zarazem
ignorancję, siłę, z jaką wciągała go w swoje pomysły,
które wydawały się nie wiadomo jak wspaniałe, a były
tylko ryzykowne.

Wieczorem zadzwonił do Bruna i odchodząc
od zmysłów, wyszedł, żeby do niego jechać. Pobiegł
w deszczu aż na przystanek, wskoczył do właściwego
autobusu. Ale nagle zmienił zamiar i wysiadł na piazza Garibaldi. Metrem dojechał na Campi Flegrei, nie
mógł się doczekać, aż przytuli Lilę, weźmie ją od razu,
na stojąco, jak tylko wejdzie do domu, przy ścianie,
przy wejściowych drzwiach. To teraz było najważniejsze, potem pomyśli o reszcie. Było ciemno, stawiał
w deszczu długie kroki. Nie zauważył ciemnej sylwetki, która wyszła mu naprzeciw. Otrzymał tak silne
pchnięcie, że upadł na ziemię. I wtedy, jeden za drugim, posypały się kopniaki i ciosy, ciosy i kopniaki.
Ten, kto go bił, powtarzał nieustannie, ale i bez złości:

– Zostaw ją, nie spotykaj się z nią i więcej jej nie
dotykaj. Powtórz: zostawię ją. Powtórz: nie będę się

z nią spotykał i więcej jej nie tknę. Gnoju jeden: lubisz zabierać kobiety innym, co? Powtórz: popełniłem błąd, zostawię ją.

Nino powtarzał posłusznie, ale napastnik nie przestawał go tłuc. Stracił przytomność bardziej z przerażenia niż z bólu.

93.

Nina pobił Antonio, który jednak nic o tym nie powiedział swojemu mocodawcy. Kiedy Michele zapytał, czy znalazł syna Sarratorego, odpowiedział, że tak. Kiedy wyraźnie zaniepokojony zapytał, czy ten ślad zaprowadził go do Lili, odpowiedział, że nie. Kiedy zapytał, czy ma o niej jakieś informacje, powiedział, że nie udało mu się znaleźć Lili i że można całkowicie wykluczyć, iż syn Sarratorego ma cokolwiek wspólnego z panią Carracci.

Rzecz jasna kłamał. Dosyć szybko i całkiem przypadkiem trafił na Nina i Lilę, w wieczór, kiedy miał brać udział w bijatyce z komunistami. Rozwalił kilka twarzy, a potem wymknął się ze starcia i poszedł za tą dwójką, która mu umknęła. Dowiedział się, gdzie mieszkają, zrozumiał, że są razem, i w następnych dniach śledził ich, by dowiedzieć się, co robią, jak żyją. Patrząc na nich, poczuł jednocześnie podziw i zawiść. Podziw dla Lili. Bo jak to możliwe, zastanawiał się, że porzuciła swój dom, piękne mieszkanie i męża, wędliniarnie, samochody, buty, braci Solara dla studenta bez grosza przy duszy, który trzyma ją w norze gorszej od tych z ich dzielnicy? Co nią kieruje, odwaga czy szaleństwo? Potem skupił się na zawiści wobec Nina. Najbardziej go bolało, że ten chudy i brzydki cham podobał się mnie i spodobał się też Lili. Co takiego ma w sobie syn Sarratorego, na czym polega jego przewaga? Myślał nad tym całą noc i cały dzień. Ogarnęła go wręcz chora mania, która drażniła nerwy, zwłaszcza w dłoniach, tak że musiał je nieustannie splatać, ściskać jak do modlitwy. Na koniec postanowił, że musi uwolnić Lilę, choć prawdopodobnie w tej chwili ona nie zamierza być uwalniana. Ale – powiedział sobie – ludzie potrzebują czasu, żeby zrozumieć, co dla nich dobre, a co złe, a pomoc polega właśnie na tym, żeby w określonym momencie życia, kiedy sami nie są do tego zdolni, dokonać za nich wyboru. Michele Solara nie kazał mu spuszczać lania synowi Sarratorego, o nie: a ponieważ nie powiedział Michelemu tego, co najważniejsze, nie musiał się do tego posuwać; to była jego decyzja, którą podjął po części, żeby oddalić Nina od Lili i przywrócić jej to, co z niepojętych powodów sama odrzuciła, a po części z niechęci, jaką żywił nie do niego, nie do mięczaka z babską skórą i zbyt długimi i łamliwymi kośćmi, ale do zalet, które ja i Lila kiedyś mu przypisałyśmy i nadal przypisywałyśmy.

Muszę przyznać, że kiedy dużo później opowiedział mi o tych wydarzeniach, zrozumiałam jego powody. Rozczulił mnie, pogłaskałam go po policzku, by pocieszyć po okrutnych emocjach, jakie nim targały. On się zaczerwienił, zmieszał, powiedział, żeby pokazać, że nie jest potworem:

– Pomogłem mu potem.

Podniósł syna Sarratorego, półprzytomnego zaprowadził do apteki i zostawił w drzwiach, a sam wrócił do dzielnicy, żeby porozmawiać z Pasqualem i Enzem.

Ci niechętnie przystali na spotkanie. Nie uważali go już za swojego przyjaciela, zwłaszcza Pasquale, chociaż chodził z jego siostrą. Ale Antonio nie zważał na to, zachowywał się tak, jak gdyby ich wrogość wynikająca z faktu, że sprzedał się braciom Solara, była tylko dąsem, który nie podważa przyjaźni. Nie wspomniał o Ninie, skupił się na tym, że znalazł Lilę i że trzeba jej pomóc.

– W czym? – spytał agresywnie Pasquale.

– W powrocie do domu: nie pojechała do Lenucci, żyje w norze na Campi Flegrei.

– Sama?

– Tak.

– Dlaczego się na to zdecydowała?

– Nie wiem, nie rozmawiałem z nią.

– Dlaczego?

– Znalazłem ją z polecenia Michelego Solary.

– Jesteś pieprzonym faszystą.

– Niczym nie jestem, ja tylko wykonałem robotę.

– Świetnie, a teraz czego chcesz?

– Nie powiedziałem Michelemu, że ją znalazłem.

– I co z tego?

– Nie chcę stracić pracy, muszę zarabiać. Jeśli Michele dowie się, że skłamałem, zwolni mnie. Wy ją stamtąd zabierzcie i zawieźcie do domu.

Pasquale znowu obrzucił go ciężkimi wyzwiskami, ale i tym razem Antonio nie zareagował. Zdenerwował się dopiero wtedy, kiedy jego przyszły szwagier powiedział, że Lila dobrze zrobiła, że zostawiła męża i całą resztę: skoro wreszcie uwolniła się od sklepu braci Solara, skoro zrozumiała, że popełniła błąd, wychodząc za Stefana, to on teraz na pewno nie będzie jej z powrotem do niego zaciągał.

– Chcesz ją zostawić samą na Campi Flegrei? – zapytał Antonio z niedowierzaniem. – Samą i bez grosza przy duszy?

– Bo co, my jesteśmy bogaci? Lina jest dorosła, zna życie, najwyraźniej ma swoje powody, skoro tak postąpiła, zostawmy ją w spokoju.

– Ale ona zawsze nam pomagała, jeśli tylko mogła.

Pasqualego zawstydziła ta aluzja do pieniędzy, które Lila mu dała. Odburknął jakieś ogólniki o bogatych i biednych, o sytuacji kobiet w dzielnicy i poza nią, o tym, że jest gotów wesprzeć ją finansowo. Ale Enzo, który do tej chwili milczał, przerwał mu rozdrażnionym gestem i powiedział do Antonia:

– Daj jej adres, pójdę i dowiem się, co zamierza.

94.

Następnego dnia naprawdę poszedł. Wsiadł do metra, wysiadł na Campi Flegrei i odnalazł ulicę oraz bramę.

W tamtym czasie wiedziałam o Enzu tylko tyle, że absolutnie nic mu nie pasowało: ani lamenty matki, ani ciężar rodzeństwa, ani kamorra rządząca rynkiem warzywno-owocowym, ani handel obwoźny, który dostarczał niewielkiego zarobku, ani komunistyczne pogaduszki Pasqualego, ani nawet związek z Carmen. Ale ponieważ był zamknięty, trudno było wyrobić sobie o nim opinię. Dowiedziałam się od Carmen, że uczy się w tajemnicy, że chce zaocznie zdobyć dyplom rzeczoznawcy przemysłowego. Przy tej samej okazji – może w Boże Narodzenie? – Carmen zdradziła, że od kiedy wrócił z wojska, a było to wiosną, pocałował ją tylko cztery razy. I dodała ze złością:

– Może nie jest facetem.

My, dziewczęta, kiedy ktoś niezbyt się nami interesował, często mówiłyśmy, że nie jest facetem. A czy Enzo nim był? Nie rozumiałam pewnych ciemnych stron mężczyzn, żadna z nas ich nie rozumiała, dlatego przy każdym nietypowym przejawie uciekałyśmy do tego sformułowania. Niektórzy, jak bracia Solara, jak Pasquale, jak Antonio, jak Donato Sarratore, a także Franco Mari, mój chłopak z uczelni, wyrażali swoje pragnienia na różne sposoby – poprzez agresję, uległość, roztargnienie, uwagę – ale bez wątpienia nas pragnęli. Inni, jak Alfonso, jak Enzo, jak Nino, w zależności od równie szerokiego wachlarza postaw, zachowywali stonowany dystans, jak gdyby między nami a nimi stał mur i naszym obowiązkiem było podjęcie trudu, by go przeskoczyć. Ta cecha zaostrzyła się u Enza po powrocie z wojska i niczego nie robił nie tylko, aby podobać się kobietom, ale nawet żeby podobać się reszcie świata. Jego ciało, które z natury było niskie, wyglądało, jakby siłą autokompresji dodatkowo się skurczyło, stało się zbitą masą energii. Skóra na twarzy napięła się jak namiot na słońcu, a chód polegał jedynie na przestawianiu nóg, i nic innego w nim się nie poruszało, ani ręce, ani szyja, ani głowa, ani nawet włosy tworzące jasnorudawy kask. To, że postanowił udać się do Lili, zakomunikował Pasqualemu i Antoniowi w formie krótkiej informacji, ucinającej wszelką ewentualną dyskusję. I nawet na Campi Flegrei przybył zdecydowany. Znalazł ulicę, znalazł bramę, wszedł na schody i z determinacją zadzwonił do właściwych drzwi.

95.

Ponieważ Nino nie wrócił ani w ciągu dziesięciu minut, ani godzinę później, ani też następnego dnia, Lilę ogarnęła złość. Nie czuła się porzucona, lecz upokorzona, i choć sama przed sobą przyznała, że do niego nie pasuje, nie mogła znieść myśli, że on jej to brutalnie potwierdził, znikając po zaledwie dwudziestu trzech dniach ich wspólnego życia. W gniewie wyrzuciła wszystko, co zostawił: książki, slipy, skarpety, pulower, nawet ogryzek ołówka. Wyrzuciła, pożałowała swego czynu, rozpłakała się. Kiedy łzy się wyczerpały, poczuła się brzydka, napuchnięta, głupia, upodlona przez rozgoryczenie, jakie budził w niej Nino, właśnie ten Nino, którego kochała i który ją też kochał, jak sądziła. Nagle jej oczom ukazało się mieszkanie w takim stanie, w jakim rzeczywiście się znajdowało: miejsce nędzne, ze ścianami wstrząsanymi przez wszystkie hałasy miasta. Zauważyła smród, karaluchy, które wdzierały się przez drzwi wyjściowe na klatkę, plamy czarnej pleśni na suficie, i po raz pierwszy poczuła, że oto czasy dzieciństwa na nowo wciągają ją w swój wir, nie dzieciństwo z wyobraźni, ale dzieciństwo pełne okrutnych niedostatków, zagrożenia i otrzymanych ciosów. Nagle odkryła, że wyparowało jej z głowy marzenie, które od dziecka dodawało nam otuchy – byśmy się stały bogate. Chociaż bieda na Campi Flegrei wydała jej się o wiele czarniejsza od tej, którą znała, choć sytuację pogarszało dziecko, którego się spodziewała, choć w kilka dni wydała wszystkie pieniądze, jakie ze sobą zabrała, odkryła, że bogactwo nie było już dla niej nagrodą i zbawieniem, że nic już dla niej nie znaczyło. Młodzieńcza zamiana wymarzonych szkatuł, pełnych złotych monet i drogocennych kamieni, na wymiętoszone w dłoniach i przesiąknięte nieprzyjemnym zapachem banknoty wciskane do skrzyneczki, kiedy pracowała w wędliniarni, albo do pudełka z kolorowego metalu w sklepie na piazza dei Martiri, przestała fascynować, straciła resztki uroku. Stosunek między pieniądzem a posiadaniem rozczarował ją. Nie chciała już niczego ani dla siebie, ani dla swojego dziecka. Bogactwem było posiadanie Nina, a ponieważ Nino odszedł, poczuła się biedna, i to biedą, której żaden pieniądz nie jest w stanie zaradzić. Ponieważ z tej nowej sytuacji, w której się znalazła, nie było wyjścia – od maleńkości popełniła zbyt wiele błędów i one teraz zbiegły się w ten ostatni: że uwierzyła, iż syn Sarratorego nie potrafi bez niej żyć i że szczęście wzajemnej miłości trwać będzie na zawsze i odbierze siłę wszelkim innym potrzebom – poczuła się winna i postanowiła nie wychodzić, nie szukać go, nie jeść, nie pić, tylko czekać, aż jej życie i życie dziecka zatraci wszelkie kontury, wszelką ostrość, a ona w głowie nie odnajdzie już niczego więcej, nawet okruszynki tego, co najbardziej ją złościło, czyli świadomości porzucenia.

Potem ktoś zadzwonił do drzwi.

Pomyślała, że to Nino, i otworzyła: to był Enzo. Jego widok nie rozczarował jej. Przyszło jej do głowy, że przyniósł jej odrobinę owoców, jak to zrobił wiele lat temu, w dzieciństwie, po tym jak został pokonany w konkursie zorganizowanym przez dyrektora i panią Oliviero i rzucił w nią kamieniem. Roześmiała się. Enzo uznał ten śmiech za przejaw choroby. Wszedł, zostawiwszy przez szacunek otwarte drzwi: nie chciał, żeby sąsiedzi pomyśleli, że ona przyjmuje mężczyzn jak dziwka. Rozejrzał się, rzucił okiem na jej rozczochrane włosy, i choć nie zobaczył tego, czego jeszcze nie było widać, czyli ciąży, przeczuł, że naprawdę potrzebuje pomocy. Na swój poważny, pozbawiony jakichkolwiek emocji sposób powiedział, zanim ona się uspokoiła i przestała śmiać:

– Teraz stąd wyjdziemy.

– Dokąd?

– Do twojego męża.

– On ciebie przysłał?

– Nie.

– To kto?

– Nikt mnie nie przysłał.

– Nie idę.

– W takim razie ja zostaję z tobą.

– Na zawsze?

– Dopóki nie zechcesz ze mną iść.

– Co z twoją pracą?

– Znudziła mi się.

– A Carmen?

– Ty jesteś o wiele ważniejsza.

– Powiem jej, zobaczysz, że cię zostawi.

– Sam jej powiem, już postanowiłem.

Do tej chwili mówił z dystansem, cicho. Ona odpowiadała szyderczo, śmiejąc się, jak gdyby żadne z ich słów nie było prawdziwe i jak gdyby dla zabawy rozmawiali o świecie, o ludziach, o uczuciach, których od dawna nie ma. Enzo zdał sobie z tego sprawę i na moment zamilkł. Pokręcił się po domu, znalazł walizkę Lili, włożył do niej to, co znalazł w szufladach, w szafie. Lila mu nie przeszkadzała, bo nie uważała go za prawdziwego Enza z krwi i kości, ale za barwny cień, jak w kinie, który choć mówi, jest przecież wytworem światła. Spakowawszy walizkę, Enzo znowu zwrócił się do Lili z bardzo zaskakującą przemową. Powiedział na swój zarazem skoncentrowany, jak i zdystansowany sposób:

– Lina, kocham cię od dziecka. Nigdy ci tego nie mówiłem, bo jesteś bardzo ładna i bardzo mądra, ja natomiast jestem niski, brzydki i do niczego. Teraz wrócisz do męża. Nie wiem, dlaczego go zostawiłaś, i nie chcę wiedzieć. Wiem tylko, że tu nie możesz zostać, nie zasługujesz, żeby żyć na śmietniku. Zaprowadzę cię pod drzwi i poczekam: jeśli źle cię potraktuje, wejdę na górę i go zabiję. Ale nie zrobi tego, będzie zadowolony, że wróciłaś. Zawrzyjmy jednak umowę:

jeśli nie dogadasz się z mężem, ja cię do niego zaprowadziłem i ja mu cię odbiorę. Dobrze?

Lila przestała się śmiać, zwęziła oczy, po raz pierwszy wysłuchała go z uwagą. Do tej chwili ich kontakty były bardzo sporadyczne, ale za każdym razem kiedy miałam możliwość być przy nich, nie wychodziłam ze zdziwienia. Między nimi zachodziło coś nieokreślonego, co zrodziło się w burzliwych latach dzieciństwa. Sądzę, że ona ufała Enzowi, czuła, że może na niego liczyć. Kiedy ten młody mężczyzna wziął walizkę i skierował się w stronę otwartych drzwi, chwilę się wahała, potem poszła za nim.

96.

Tego wieczoru, kiedy odwiózł Lilę do domu, Enzo naprawdę stał pod oknami ich mieszkania i prawdopodobnie gdyby Stefano ją pobił, wszedłby i zabił go. Ale Stefano jej nie pobił, co więcej, z radością wpuścił do czystego, uporządkowanego domu. Zachowywał się tak, jak gdyby żona naprawdę pojechała do mnie do Pizy, choć nie było na to żadnego dowodu. Z drugiej strony Lila nie posłużyła się ani tym, ani innymi kłamstwami. Następnego dnia po przebudzeniu powiedziała mu niechętnie: „Jestem w ciąży". On był tak szczęśliwy, że kiedy dodała: „To nie twoje dziecko", zaczął się szczerze i wesoło śmiać. Ponieważ powtórzyła to samo dwa czy trzy razy, z rosnącą złością, zaczął ją przytulać, całować, szepcząc:

– Dosyć, Lina, dosyć, dosyć, dosyć, bardzo się cieszę. Wiem, że źle cię traktowałem, ale teraz już z tym skończmy, nie mów mi już nic przykrego. – A do oczu napłynęły mu łzy szczęścia.

Lila od dawna wiedziała, że ludzie okłamują siebie samych, aby obronić się przed nagą prawdą, ale zaskoczyło ją, że jej mąż był w stanie robić to z taką radosną determinacją. Z drugiej strony nic jej nie obchodził ani Stefano, ani ona sama i powtórzywszy jeszcze kilka razy, ale już bez emocji: „To nie twoje dziecko", wycofała się i zamknęła w ciążowym odrętwieniu. Woli przegnać ból – pomyślała – i dobrze, niech robi, jak uważa: skoro nie chce cierpieć teraz, będzie cierpiał później.

Zaczęła więc wyliczać to, co chce robić i czego nie chce: nie chciała więcej pracować ani w sklepie na piazza dei Martiri, ani w wędliniarni; nie chciała z nikim się widywać, z żadnymi znajomymi, krewnymi, a zwłaszcza z braćmi Solara; chciała natomiast siedzieć w domu i być żoną i matką. On się zgodził, przekonany, że za kilka dni zmieni zdanie. Lila jednak naprawdę zamknęła się w mieszkaniu, nie zdradzała żadnego zainteresowania tym, co robi Stefano, tym, co robi jej brat i ojciec, losami krewnych męża i jej własnych krewnych.

Ze dwa razy pojawiła się Pinuccia z synem Ferdinandem, zwanym Dinem, ale jej nie otworzyła.

Raz przyszedł bardzo zdenerwowany Rino i Lila go wpuściła, wysłuchała jego tyrady na temat tego, jak wkurzyli się bracia Solara z powodu jej zniknięcia ze sklepu, jak zły obrót przyjmowały sprawy z butami

„Cerullo", bo Stefano myślał tylko o własnych interesach i przestał inwestować. Kiedy wreszcie zamilkł, powiedziała mu:

– Rino, jesteś moim starszym bratem, jesteś dorosły, masz żonę i dziecko, wyświadcz mi przysługę i zajmij się swoim życiem, i nie mieszaj mnie więcej w swoje sprawy.

Rino poczuł się bardzo dotknięty i odszedł przybity, wypłakawszy się wcześniej, że wszyscy są coraz bogatsi, natomiast on z winy siostry, która nie troszczy się o rodzinę, o krew Cerullich, ale czuje się już tylko Carracci, może stracić to, co udało mu się zbudować.

Doszło do tego, że nawet Michele Solara pofatygował się i kilkakrotnie złożył jej wizytę – początkowo przychodził nawet dwa razy dziennie – w godzinach, kiedy był pewien, że Stefana nie będzie. Ale ona mu nigdy nie otworzyła, siedziała cicho w kuchni, prawie nie oddychając. Raz, zanim sobie poszedł, wrzasnął już z ulicy:

– Za kogo ty się, do cholery, uważasz, dziwko? Mieliśmy umowę, a ty jej nie dotrzymałaś.

Lila przyjmowała chętnie tylko Nunzię i matkę Stefana, Marię, które troszczyły się o jej ciążę. Przestała wymiotować, ale ciągle była blada. Miała wrażenie, że stała się gruba i napuchnięta, nie tyle na zewnątrz, co w środku, jak gdyby wewnątrz otoczki z ciała każdy organ zaczął tyć. Brzuch sprawiał wrażenie bańki mięsa, która powiększała się jak nadmuchiwana przez dziecko. Bała się tego powiększania, bała się, że przytrafi jej się coś, co od zawsze przerażało ją najbardziej: że pęknie, rozleje się. Potem nagle poczuła, że kocha tę istotę, którą w sobie ma, ten absurdalny twór życia, ten rozrastający się guzek, który w pewnym momencie wyjdzie przez jej przyrodzenie jak pajacyk, i dzięki niemu odzyskała sens bycia. Przeraziła się własną ignorancją, błędami, które mogła popełnić, i zabrała się za czytanie wszystkiego, co znalazła o ciąży, o tym, co dzieje się w brzuchu, jak powinien przebiegać poród. W tamtych miesiącach rzadko wychodziła. Przestała kupować ubrania i rzeczy do domu, za to miała w zwyczaju prosić matkę o co najmniej dwie gazety, a Alfonsa o kolorowe czasopisma. To były jej jedyne wydatki. Kiedy pewnego razu pojawiła się Carmen, by prosić o pieniądze, powiedziała, żeby zwróciła się do Stefana, bo ona ich nie ma, dziewczyna odeszła więc z kwitkiem. Nikt jej już nie obchodził, tylko dziecko.

Ta sprawa zraniła Carmen, więc jeszcze bardziej zacietrzewiła się w swoim rozżaleniu. Nigdy nie wybaczyła Lili, że zerwała ich współpracę w nowej wędliniarni. A teraz nie mogła przebaczyć, że zamknęła przed nią torebkę. Ale przede wszystkim nie wybaczyła tego, że – jak zaczęła rozpowiadać wkoło – robi, co jej się żywnie podoba: znika, wraca, dalej odgrywa rolę wielkiej pani i posiada piękny dom, a teraz jeszcze spodziewa się dziecka. Im większą jest się dziwką, tym więcej można zyskać. Ją natomiast, choć tyra od rana do wieczora bez żadnych korzyści, spotykają same przykrości. W więzieniu umarł ojciec. Umarła też matka, i to w sposób, o jakim wolała nawet nie pamiętać. A teraz jeszcze Enzo. Któregoś wieczoru czekał na nią przed sklepem z wędlinami, by powiedzieć, że nie czuje się na siłach, by kontynuować ich związek. Tylko tyle, jak zwykle kilka słów, żadnego wyjaśnienia. Pobiegła, by się wypłakać przed bratem, i Pasquale spotkał się z Enzem, aby spytać o powody. Ale Enzo nic mu nie powiedział, dlatego teraz już ze sobą nie rozmawiają.

Kiedy wróciłam z Pizy na Święta Wielkanocne i spotkałam ją w parku, zaczęła się żalić.

– A ja, kretynka – płakała – czekałam na niego przez cały czas służby. A ja, kretynka, pracuję od rana do wieczora za kilka groszy.

Powiedziała, że jest już wszystkim zmęczona. I bez wyraźnego związku zaczęła obrzucać Lilę wyzwiskami. Posunęła się wręcz do oskarżenia jej o relację z Michelem Solarą, którego widziano, jak kręcił się często wokół domu państwa Carraccich.

– Zdrady i pieniądze – wysyczała. – Oto jak robi karierę.

I ani słowa o Ninie. W cudowny sposób dzielnica nie dowiedziała się o tej historii. To Antonio właśnie w tych dniach opowiedział mi, jak go pobił i jak posłał Enza, żeby zabrał Lilę: opowiedział to tylko mnie, i jestem pewna, że przez całe swoje życie z nikim innym o tym nie rozmawiał. Jeśli chodzi o resztę, pewnych rzeczy dowiedziałam się od Alfonsa: w krzyżowym ogniu pytań przyznał się, że wie od Marisy, iż Nino wyjechał na studia do Mediolanu. Dzięki temu, kiedy w Wielką Sobotę na głównej ulicy całkiem przypadkowo wpadłam na Lilę, doznałam przyjemnego uczucia na myśl, że o faktach dotyczących jej życia wiem więcej niż ona sama i że na podstawie tego, co wiem, nietrudno wywnioskować, jak niewiele korzyści przyniosło jej zabranie mi Nina.

Jej brzuch był już raczej duży, wyglądał jak narośl na chudym ciele. Również jej twarz nie demonstrowała kwitnącej urody kobiet w ciąży, wręcz zbrzydła, była zielonkawa, skóra naciągnięta na wystające policzki. Obie udawałyśmy, że wszystko jest w porządku.

– Jak się czujesz?

– Dobrze.

– Mogę dotknąć brzucha?

– Tak.

– A ta historia?

– Jaka historia?

– Ta z Ischii.

– Skończyła się.

– Szkoda.

– A co ty robisz?

– Studiuję, mam swój kąt i wszystkie książki, jakie są mi potrzebne. Mam też kogoś w rodzaju chłopaka.

– W rodzaju?

– Tak.

– Jak się nazywa?

– Franco Mari.

– Co robi?

– Też studiuje.

– Dobrze ci w tych okularach.

– Franco mi je podarował.

– A sukienkę?

– Też.

– Jest bogaty?

– Tak.

– Cieszę się. Jak ci idzie nauka?

– Garb mi już rośnie, ale muszę się przykładać, żeby mnie nie wyrzucili.

– Uważaj.

– Uważam.

– Szczęściara z ciebie.

– Może.

Powiedziała, że ma termin na lipiec. Chodzi do tego samego lekarza, który posłał ją na wakacje nad morze. Lekarz, nie dzielnicowa akuszerka.

– Boję się o dziecko – zdradziła. – Nie chcę rodzić w domu. – Gdzieś przeczytała, że lepiej rodzić w klinice. Uśmiechnęła się, dotknęła brzucha. Potem rzuciła niezrozumiale: – Tylko dlatego tu jeszcze jestem.

– Czy miło jest czuć w środku dziecko?

– Nie, mnie to napawa odrazą, ale noszę je z przyjemnością.

– Stefano był zły?

– Wierzy w to, co mu pasuje.

– Czyli?

– Że na jakiś czas oszalałam i uciekłam do ciebie, do Pizy.

Udałam, że nic o tym nie wiem, przybrałam zdziwioną minę:

– Do Pizy? Do mnie?

– Tak.

– Mam tak mówić, jeśli mnie będzie pytał?

– Rób, jak uważasz.

Na pożegnanie obiecałyśmy sobie, że będziemy pisać. Ale nie pisałyśmy, a ja nie zrobiłam nic, żeby się dowiedzieć, jak przebiegł poród. Czasami tylko pojawiało się we mnie uczucie, które od razu przeganiałam, żeby nie stało się świadome: chciałam, żeby coś jej się przytrafiło, żeby dziecko się nie narodziło.

97.

W tamtym czasie Lila często mi się śniła. Raz leżała w łóżku w zielonej koronkowej koszuli nocnej, miała warkocze, których w rzeczywistości nigdy sobie nie zaplatała, w ramionach trzymała dziewczynkę ubraną całą na różowo i powtarzała bez ustanku z bólem w głosie: „Zróbcie mi zdjęcie, ale tylko mnie, bez dziecka". Innym razem szczęśliwa wpuszczała mnie do domu, a potem wzywała córkę, która nosiła moje imię. „Lenù – mówiła – przywitaj się z ciocią". Wtedy pojawiała się gruba gigantka, o wiele starsza od nas, a Lila kazała mi ją rozbierać, kąpać, zmienić pieluszkę. Po przebudzeniu kusiło mnie, by poszukać aparatu telefonicznego i zadzwonić do Alfonsa, by się dowiedzieć, czy dziecko urodziło się zdrowe, czy ona jest zadowolona. Ale albo miałam dużo nauki, albo biegłam na egzaminy i wylatywało mi to z głowy. Kiedy w sierpniu uwolniłam się od akademickich obowiązków, nie pojechałam do domu. Napisałam do rodziców list pełen małych kłamstewek i wybrałam się z Frankiem do Versilii, do mieszkania będącego własnością jego rodziny. Po raz pierwszy w życiu założyłam dwuczęściowy strój kąpielowy: cały mieścił się w jednej ręce, czułam się więc bardzo odważna.

Dopiero w Boże Narodzenie dowiedziałam się od Carmen, że poród Lili był bardzo ciężki.

– Mogła umrzeć – powiedziała – dlatego lekarz musiał w końcu rozciąć jej brzuch, inaczej dziecko by się nie urodziło.

– To chłopiec?

– Tak.

– Jest zdrowy?

– Jest przepiękny.

– A jak ona się czuje?

– Zrobiła się szeroka.

Dowiedziałam się też, że Stefano wolałby dać synowi imię ojca, Achille, ale Lila sprzeciwiła się temu: wrzaski męża i żony, których od dawna nikt nie słyszał, teraz niosły się echem po całej klinice, tak że pielęgniarki musiały przywołać ich do porządku. W końcu dziecko nazwano Gennaro, czyli Rino, jak brat Lili.

Słuchałam, nie komentowałam. Czułam niezadowolenie, a żeby jakoś nad nim zapanować, zmusiłam się do obojętności. Carmen zwróciła mi na to uwagę:

– Ja mówię i mówię, ale ty nie odzywasz się ani słowem, jakbyś oglądała dziennik telewizyjny. Czy już całkowicie masz nas gdzieś?

– Ależ skąd.

– Wyładniałaś, nawet głos ci się zmienił.

– Miałam brzydki głos?

– Taki jak my wszyscy.

– A teraz?

– Teraz już nie tak bardzo.

Mój pobyt trwał dziesięć dni, od 24 grudnia 1964 do 3 stycznia 1965 roku, ale ani razu nie odwiedziłam Lili. Nie chciałam oglądać jej syna, bałam się, że

w jego ustach, w nosie, w kształcie oczu czy uszu doj-
rzę coś z Nina.

W domu traktowano mnie jak ważną personę,
która zaszczyciła domowników swoją obecnością. Mój
ojciec spoglądał na mnie z satysfakcją. Czułam jego
dumny wzrok na plecach, ale jeśli się do niego odzywa-
łam, wyglądał na skrępowanego. Nie pytał, czego się
uczę, na co mi to, jaką potem chcę zdobyć pracę, i nie
dlatego, że nie chciał wiedzieć, ale ze strachu, że nie
zrozumie moich odpowiedzi. Moja matka natomiast
chodziła po domu zagniewana, a ja, słysząc jej charakterystyczny krok, przypominałam sobie, jak bardzo
bałam się, że upodobnię się do niej. Ale na szczęście
stałam się całkiem inna, i ona to czuła, i miała mi to za
złe. Nawet kiedy mówiła do mnie, robiła to tak, jakby
ciążyły na mnie straszne winy: przy każdej okazji w jej
głosie wyczuwałam dezaprobatę, z tą różnicą, że teraz
ani razu nie zażądała, abym umyła naczynia, posprzątała ze stołu, umyła podłogi. Również rodzeństwo na
początku było skołowane. Usiłowali mówić do mnie
po włosku i często sami siebie poprawiali, wstydząc
się błędów. Ale wobec nich starałam się być taka jak
zawsze i powoli przekonali się do mnie.

Wieczorami nie miałam nic do roboty: moi daw-
ni przyjaciele nie tworzyli już grupy. Pasquale był
w złych relacjach z Antoniem i unikał go na wszelkie
sposoby. Antonio nie chciał się z nikim widywać, po
trosze dlatego, że nie miał na to czasu (bracia Solara
ciągle go gdzieś posyłali), a po trosze dlatego, że nie
wiedział, o czym mógłby rozmawiać: o swojej pracy
nie mógł, a życia prywatnego nie miał. Ada, gdy wy-

chodziła z wędliniarni, albo biegła, by zająć się matką i rodzeństwem, albo była zmęczona, przybita i szła spać, więc prawie wcale nie widywała się z Pasqualem, co go bardzo denerwowało. Carmen nienawidziła wszystkiego i wszystkich, w tym chyba również mnie: nienawidziła pracy w nowym sklepie z wędlinami, nienawidziła Carraccich, Enza, który ją zostawił, brata, który tylko się z nim pokłócił, zamiast rozkwasić mu gębę. A Enzo? Enzo, którego matka, Assunta, zapadła na jakąś brzydką chorobę, albo pracował na dniówkę, albo cały czas, nawet nocą, czuwał przy niej, co ku zaskoczeniu wszystkich nie przeszkodziło mu zdobyć dyplom rzeczoznawcy przemysłowego – ten Enzo stał się nieosiągalny. Zaciekawiła mnie informacja, że udało mu się coś tak trudnego, jak ukończenie szkoły wieczorowej. Kto by pomyślał! Zanim wróciłam do Pizy, dołożyłam wszelkich starań i namówiłam go na przechadzkę. Bardzo go chwaliłam, on jednak ograniczył się do miny wyrażającej, że to nic takiego. Swoje słownictwo zredukował do takiego minimum, że mówiłam tylko ja, on prawie wcale się nie odzywał. Tuż przed pożegnaniem powiedział jedyne zdanie, jakie pamiętam. Przy tej okazji ani słowem nie wspomniałam o Lili. On jednak, jak gdybym cały czas tylko o niej mówiła, rzucił znienacka:

– W każdym razie Lina jest najlepszą matką w dzielnicy.

Owo *w każdym razie* wprawiło mnie w zły nastrój. Nigdy nie dostrzegałam w Enzu szczególnej empatii, wtedy jednak doszłam do wniosku, że idąc przy mnie, *wyczuł* długą niemą listę win, o które oskarża-

łam naszą przyjaciółkę – jak gdybym wypunktowała
je na głos, jak gdyby pod moją nieuwagę moje ciało
wyliczyło je ze złością.

98.

Z miłości do małego Gennara Lila zaczęła wychodzić
z domu. Wkładała dziecko, całe ubrane na niebiesko
albo na biało, do niewygodnego monumentalnego
wózka, prezentu od brata, który zapłacił za niego krocie, i sama spacerowała po osiedlu. Gdy Rinuccio zaczynał płakać, szła do wędliniarni i przystawiała go do
piersi, ku wzruszeniu teściowej, przy pochwałach roz-
czulonych klientów i rozdrażnieniu Carmen, która bez
słowa pracowała z nisko zwieszoną głową. Lila karmiła
synka od razu, jak tylko stawał się niespokojny. Lubiła
czuć go przy sobie, lubiła czuć, jak mleko wypływa
z niej i przelewa się w niego, przyjemnie opróżniając
pierś. Była to jedyna więź, która przepełniała ją zadowoleniem, i pisała w swoich pamiętnikach, że boi się
chwili, w której dziecko odsunie się od niej.

Kiedy nastały piękne dni, jako że na nowym osiedlu ulice były wybrukowane, z niewielką ilością krze-
wów albo rachitycznych drzewek, zaczęła zapuszczać
się aż do parku przed kościołem. Ktokolwiek tamtędy przechodził, przystawał, by spojrzeć na dziecko,
i chwalił je, ku wielkiej radości mamy. Jeśli musiała je
przebrać, szła do starej wędliniarni, gdzie klienci z radością witali Gennara. Ada natomiast, w swoim prze-

sadnie czyściutkim fartuszku, ze szminką na wąskich wargach, bladą twarzą, porządnie uczesanymi włosami i władczym sposobem bycia nawet wobec Stefana, zachowywała się z coraz większą bezczelnością, a ponieważ miała dużo pracy, ostentacyjnie pokazywała, że Lila, wózek i dziecko tylko ją utrudniają. Lila jednak nie zwracała na to uwagi. Bardziej peszyła ją obojętność rozdrażnionego męża, który prywatnie był roztargniony, ale nie wrogi wobec dziecka, publicznie zaś, przed klientami, którzy przemawiali czułymi głosikami albo chcieli je wziąć na ręce i wycałować, okazywał całkowity brak zainteresowania i nie obdarzał nawet jednym spojrzeniem. Lila szła na zaplecze, myła Gennara, ubierała go w pośpiechu i wracała do parku. Tam z rozrzewnieniem przyglądała się synkowi, doszukując się w jego twarzy śladów Nina i zastanawiając, czy Stefano widzi to, czego ona nie potrafiła zobaczyć.

Szybko jednak dawała sobie z tym spokój. Zazwyczaj dni mijały, niczego po sobie nie pozostawiając. Zajmowała się przede wszystkim dzieckiem i nawet czytanie książki, po dwie czy trzy strony na dzień, zajmowało jej tygodnie. W parku, jeśli mały zasnął, oddawała się obserwacji gałęzi drzew, na których pojawiały się pączki, albo pisała coś w pomiętym zeszycie.

Raz zauważyła, że w pobliskim kościele odbywa się pogrzeb, i razem z dzieckiem poszła zobaczyć. To był pogrzeb matki Enza. Widziała go, jak stoi wyprostowany, blady, ale nie podeszła, żeby złożyć kondolencje. Innym razem, kiedy siedziała na ławce z wózkiem obok, pochylona nad grubym woluminem o zielonym grzbiecie, wyrosła przed nią chuda staruszka oparta na lasce, z policzkami, które wyglądały, jakby jej własny oddech zasysał je do gardła.

– Zgadnij, kim jestem.

Lila miała trudności z rozpoznaniem, ale w końcu oczy kobiety w przebłysku pamięci naprowadziły ją na okazałą nauczycielkę, panią Oliviero. Wzruszona skoczyła na nogi, chciała ją objąć, ale staruszka odsunęła się z poirytowaniem. Wtedy Lila pokazała jej dziecko i z dumą powiedziała:

– Ma na imię Gennaro – a ponieważ wszyscy chwalili jej syna, spodziewała się, że nauczycielka zrobi to samo.

Ale pani Oliviero całkowicie zignorowała malca, wykazała zainteresowanie tylko okazałą książką, którą jej była uczennica trzymała w ręce, z palcem włożonym między stronice, by zaznaczyć właściwe miejsce.

– Co to jest?

Lila zdenerwowała się. Nauczycielka wyglądała inaczej, mówiła inaczej, ale miała te same oczy i ten sam ostry ton głosu, jak wtedy kiedy z wysokości biurka zadawała pytanie. Dlatego też postanowiła nie zachować się jak dawniej i odpowiedziała obojętnie, a zarazem bezczelnie:

– Książka nosi tytuł *Ulisses*.

– Mówi o *Odysei*?

– Nie, mówi o życiu, jak świat światem.

– I o czym jeszcze?

– O niczym. Mówi, że w głowie mamy same głupstwa. Że jesteśmy tylko ciałem, krwią i kośćmi. Że każdy wart jest tyle samo. Że chcemy tylko jeść, pić, pieprzyć się.

Nauczycielka skarciła ją, jak w szkole, za to ostatnie słowo, a Lila, nic sobie z tego nie robiąc, roześmiała się, tak że staruszka zrobiła się jeszcze bardziej nieprzystępna. Zapytała, jaka jest ta książka. Lila odparła, że trudna i nie wszystko rozumie.

– To dlaczego czytasz?

– Bo czytał ją ktoś, kogo znałam. Ale jemu się nie spodobała.

– A tobie?

– Mnie tak.

– Pomimo że jest trudna.

– Tak.

– Nie czytaj książek, których nie możesz zrozumieć, sprawią ci ból.

– Wiele rzeczy sprawia ból.

– Nie jesteś szczęśliwa?

– Tak sobie.

– Mogłaś dokonać wielkich rzeczy.

– Dokonałam: wyszłam za mąż i urodziłam dziecko.

– To każdy potrafi.

– Ja jestem jak każdy.

– Mylisz się.

– Nie, to pani się myli, zawsze się pani myliła.

– Jako dziecko byłaś niegrzeczna i teraz też jesteś niegrzeczna.

– Najwyraźniej nie potrafiła pani tego zmienić.

Oliviero spojrzała na nią uważnie, a Lila wyczytała na jej twarzy obawę, że popełniła błąd. Nauczycielka usiłowała odnaleźć w jej oczach inteligencję, którą widziała, gdy była ona jeszcze dziewczynką, chciała potwierdzenia, że się nie pomyliła. Lila pomyślała: muszę natychmiast zrzucić z twarzy jakąkolwiek oznakę, że ma rację, nie potrzebuję jej kazania o tym, że się marnuję. A tymczasem poczuła się jak na kolejnym egzaminie i wbrew sobie zaczęła obawiać się o wynik. Właśnie odkrywa, że jestem głupia – powiedziała w duchu, a jej serce waliło coraz mocniej – odkrywa, że cała moja rodzina jest głupia, że głupi byli moi przodkowie i głupi będą moi potomkowie, że Gennaro też będzie głupi. To ją rozgniewało, włożyła książkę do torby, chwyciła za wózek, odburknęła, że musi już iść. Ta stara wariatka ciągle myśli, że może ją karcić. Zostawiła nauczycielkę w parku, małą, uczepioną laski, zżeraną przez chorobę, której nie chciała się poddać.

99.

Ogarnęła ją obsesja na punkcie rozwijania inteligencji u synka. Nie wiedziała, jakie książki kupować, poprosiła więc Alfonsa, żeby popytał u księgarzy. Alfonso przyniósł jej parę tytułów, za które Lila zabrała się z wielkim zaangażowaniem. W jej pamiętnikach znalazłam notatki o tym, w jaki sposób czytała skomplikowane teksty: z trudem przebijała się strona po stronie, ale po jakimś czasie gubiła sens, myślami błądziła gdzie indziej; mimo tego zmuszała oczy do przebiegania wzdłuż linijek, palce automatycznie przewracały strony i na koniec, choć niczego nie zrozumiała, miała wrażenie, jak gdyby słowa i tak trafiły do jej głowy i wniosły do niej pomysły. Wtedy zaczynała czytać od nowa, a w miarę czytania korygowała pomysły albo je ulepszała, aż książka przestawała być potrzebna i wtedy przechodziła do następnej.

Mąż wracał wieczorem i widział, że choć kolacja niegotowa, ona bawi się z dzieckiem w zabawy, które sama wymyśla. Złościł się na nią, lecz ona już od dłuższego czasu w ogóle na niego nie reagowała. Jak gdyby go nie słyszała, jak gdyby mieszkała tylko z dzieckiem, a jeśli już wstawała i zabierała się za gotowanie, nie robiła tego dlatego, że Stefano był głodny, ale że sama zgłodniała.

W tamtych miesiącach, po długim okresie wzajemnej tolerancji, ich stosunki znowu zaczęły się pogarszać. Któregoś wieczoru Stefano wywrzeszczał, że ma już dość jej, dziecka, wszystkiego. Przy innej okazji powiedział, że zbyt młodo się ożenił, nie wiedząc, co robi. Ale kiedy ona raz mu odpowiedziała: „Ja też nie wiem, co tu robię, wezmę dziecko i odejdę", zamiast wykrzyczeć: idź sobie, stracił cierpliwość, co nie zdarzało mu się już od dawna, i pobił ją przed synkiem, który nieco oszołomiony hałasem, przyglądał się wszystkiemu z koca rozłożonego na podłodze. Z krwawiącym nosem, nie patrząc na Stefana, który głośno ją wyzywał, Lila zwróciła się do dziecka ze śmiechem i powiedziała po włosku (od jakiegoś czasu mówiła do niego tylko po włosku):

– To taka zabawa tatusia, my się tylko bawimy.

Nie wiem z jakiego powodu, ale w pewnym momencie zaczęła zajmować się też bratankiem Fernandem, przez wszystkich zwanym Dinem. Być może wynikło to z pragnienia skonfrontowania Gennara z innym dzieckiem. A może nie, może odczuła wyrzuty sumienia, że całą swoją uwagę poświęca tylko swojemu dziecku, i doszła do wniosku, że powinna także skupić się na bratanku. Ale Pinuccia, choć dalej uznawała Dina za żywy dowód swojej życiowej klęski i bez ustanku krzyczała na niego, czasami nawet go biła: „Przestaniesz już, przestaniesz? Czego ty ode mnie chcesz, mam przez ciebie zwariować?", stanowczo sprzeciwiła się, żeby Lila zabierała go do domu i razem z Gennarem zmuszała do tajemniczych zabaw. Powiedziała jej ze złością:

– Ty się zajmij swoim synem, a ja zajmę się swoim, i zamiast marnować czas, skup się na mężu, bo go stracisz.

Ale wtedy wkroczył Rino.

Był to zły czas dla brata Lili. Nieustannie kłócił się z ojcem, który chciał zamknąć fabrykę obuwia, bo miał już dość harowania, żeby pomnażać bogactwo Solarów, i nie rozumiejąc, że za wszelką cenę trzeba jakoś iść do przodu, opłakiwał swój stary warsztat. Nieustannie kłócił się z Marcellem i Michelem, którzy traktowali go jak natrętnego chłopca, i kiedy w grę wchodziły pieniądze, zwracali się bezpośrednio do Stefana. Kłócił się przede wszystkim z tym ostatnim, wrzaskom i obelgom nie było końca, bo szwagier nie dawał już ani grosza i jego zdaniem prowadził potajemne rozmowy, żeby cały interes z butami przekazać w ręce braci Solara. Kłócił się z Pinuccią, która go oskarżała, że udawał przed nią nie wiadomo kogo, a jest tylko pajacem, którym każdy może potrząsać:

ojciec, Stefano, Marcello i Michele. Dlatego kiedy zrozumiał, że Stefano ma Lili za złe, że za bardzo przykłada się do roli matki, a za mało do roli żony, i że Pinuccia nie chce szwagierce powierzyć dziecka nawet na godzinę, sam zaczął prowokatorsko zaprowadzać syna do siostry. A ponieważ w fabryce było coraz mniej roboty, bywało, że zostawał w mieszkaniu na nowym osiedlu na kilka godzin, żeby patrzeć, co Lila robi z Gennarem i z Dinem. Zauroczyła go jej matczyna cierpliwość, to, że dzieci naprawdę się bawiły, że jego syn, który w domu ciągle płakał albo siedział niemrawo w kojcu jak smutne szczenię, z Lilą stawał się żwawy, szybki, wyglądał na szczęśliwego.

– Co z nim robisz? – zapytał pełen podziwu.

– Pozwalam mu się bawić.

– Moje dziecko wcześniej też się bawiło.

– Tutaj bawi się i zarazem uczy.

– Dlaczego tracisz na to tyle czasu?

– Bo przeczytałam, że o tym, kim będziemy, decydują pierwsze lata życia.

– I jak mój sobie radzi?

– Sam widzisz.

– Tak, widzę, jest lepszy od twojego.

– Mój jest młodszy.

– Czy twoim zdaniem Dino jest mądry?

– Wszystkie dzieci są mądre, wystarczy je wyćwiczyć.

– Ćwicz go, Lina, i nie zniechęcaj się zbyt szybko. Spraw, żeby był bardzo mądry.

Jednak któregoś wieczoru Stefano wrócił wcześniej niż zwykle i był wyjątkowo nerwowy. Zobaczył szwagra, który siedział na kuchennej podłodze, i nie poprzestał na ponurej minie z powodu bałaganu, braku zainteresowania ze strony żony, jej uwagi skupionej na dzieciach, a nie na nim. Powiedział Rinowi, że to jego dom, że nie podoba mu się to, że kręci się tu codziennie i marnuje czas, że fabryka obuwia upada właśnie dlatego, że jest nierobem, że nikt z rodziny Cerullo nie jest godny zaufania. Jednym słowem:

– Albo natychmiast sam wyjdziesz, albo cię wykopię.

Doszło do awantury. Lila krzyknęła, że nie wolno mu się tak zwracać do jej brata, Rino wyrzucił szwagrowi wszystko, o czym do tej chwili tylko przebąkiwał albo co w ogóle przemilczał ze względu na ostrożność. Poleciały potworne wyzwiska. Porzucone dzieci zaczęły wyrywać sobie zabawki i płakać, zwłaszcza ten młodszy, który został pokonany przez starszego. Rino wrzasnął do Stefana, z nabrzmiałą szyją, z żyłami jak druty elektryczne, że łatwo jest udawać pana, gdy ma się bogactwa, które don Achille ukradł połowie dzielnicy, i dodał:

– Ty jesteś nikim, jesteś zwykłym chamem, twój ojciec wiedział przynajmniej, jak być przestępcą, ty nawet tego nie potrafisz.

To była straszna scena, której Lila przyglądała się z przerażeniem. Nagle Stefano oboma rękoma chwycił Rina w pasie, jak tancerz w balecie chwyta swoją partnerkę, i choć byli tego samego wzrostu, tej samej budowy ciała, choć Rino wyrywał się i wrzeszczał, i pluł, podniósł go z nadzwyczajną siłą i rzucił nim o ścianę. Zaraz potem wziął go za ramię i pociągnął po podłodze aż do drzwi, otworzył je, postawił go i zrzucił ze schodów, chociaż Rino usiłował się sprzeciwić, chociaż Lila otrząsnęła się z otępienia i uwiesiła się na mężu, błagając, żeby przestał.

Na tym nie koniec. Stefano wrócił z furią i wtedy Lila zrozumiała, że to samo chce zrobić z Dinem, chce zrzucić go jak kukiełkę ze schodów. Wówczas skoczyła mu na plecy i chwyciła go za twarz, zaczęła drapać, wrzeszcząc:

– To tylko dziecko, Stefano, to tylko dziecko.

Stefano znieruchomiał, powiedział cicho:

– Przestańcie mnie wszyscy wkurwiać, dłużej tego nie wytrzymam.

100.

Zaczął się trudny czas. Rino przestał chodzić do domu siostry, ale Lila nie chciała zrezygnować ze wspólnych zabaw z Rinucciem i Dinem, dlatego w tajemnicy przed Stefanem sama udawała się do domu brata. Pinuccia patrzyła na to krzywo, i na początku Lila starała się jej wyjaśnić, co robi: ćwiczenia na reaktywność, zabawy edukacyjne. Zwierzyła się nawet, że w przyszłości chciałaby zająć się wszystkimi maluchami w dzielnicy. Ale Pinuccia odpowiedziała zwyczajnie:

– Jesteś wariatką i nic mnie nie obchodzi, co za durnoty wyczyniasz. Zamierzasz przygarnąć sobie moje dziecko? Zamierzasz je zabić, zjeść jak wiedźmy? Proszę bardzo, nie chcę go i nigdy nie chciałam, twój brat zrujnował mi życie, a ty rujnujesz życie mojemu bratu. – Potem wykrzyczała: – Ten biedak dobrze robi, że ci przyprawia rogi.

Lila nie zareagowała.

Nie poprosiła o wyjaśnienie, machnęła tylko ręką, tak jak się macha, żeby przegnać muchę. Wzięła Rinuccia i choć przykro jej było, że musi rozstać się z bratankiem, więcej już nie wróciła.

Ale w samotności pustego mieszkania odkryła, że się boi. Nie obchodziło jej, że Stefano płaci jakiejś dziwce, nawet była zadowolona, nie musiała go tolerować, kiedy się do niej zbliżał. Ale po tym, co powiedziała jej Pinuccia, zaczęła martwić się o dziecko: skoro mąż ma inną kobietę, skoro pragnie jej codziennie i o każdej porze, może zacząć zachowywać się jak szalony, może wyrzucić ją z domu. Do tej pory ewentualny definitywny rozpad małżeństwa był dla niej jak wyzwolenie, teraz obawiała się, że straci mieszkanie, środki do życia, czas, wszystko, co jej pozwalało wychować dziecko w najlepszy z możliwych sposobów.

Zaczęła sypiać mało albo wcale. Może wybuchy Stefana nie były tylko przejawem wrodzonego braku zrównoważenia, złej krwi, która ściągała zasłonę dobrotliwości: może naprawdę zakochał się w kimś, tak jak ona w Ninie, i nie potrafi dłużej wytrzymać w klatce, w jakiej zamknęło go małżeństwo, ojcostwo, a nawet obie wędliniarnie i inne interesy. Lila zastanawiała się, ale nie wiedziała, co robić. Czuła, że musi stawić jakoś czoła całej sytuacji, chociażby po to, żeby nad nią zapanować, jednak zwlekała, wahała się, liczyła na to, że Stefano zajmie się kochanką, a ją zostawi w spokoju. Koniec końców – myślała – wystarczy wytrzymać parę lat, aż dziecko urośnie i się ukształtuje.

Tak zorganizowała dzień, aby dom był zawsze uporządkowany, a kolacja na stole. Ale on po historii z Rinem nie wrócił już do dawnej łagodności, był ciągle naburmuszony, wciąż się czymś martwił.

– Coś jest nie tak?

– Pieniądze.

– Tylko pieniądze?

Stefano denerwował się:

– Co znaczy *tylko*?

Dla niego nie było w życiu innych problemów, tylko pieniądze. Po kolacji zajmował się rachunkami, cały czas klnąc: nowy sklep z wędlinami nie przynosił takich zysków jak dawniej; bracia Solara, zwłaszcza Michele, traktowali buty, jak gdyby należały do nich i nie musieli dzielić się zyskami; nic nie mówiąc ani jemu, ani Rinowi, ani Fernandowi, produkcję dawnych modeli „Cerullo" zlecali szewcom na peryferiach za marne grosze, a projektowanie nowych modeli „Solara" powierzali rzemieślnikom, którzy w rzeczywistości ograniczali się do nanoszenia niewielkich zmian na projekty Lili; w ten sposób mała fabryczka teścia i szwagra naprawdę zaczęła podupadać, pociągając za sobą również jego, bo dużo w nią zainwestował.

– Zrozumiano?

– Tak.

– Więc przestań mnie wkurzać.

Ale Lila nie dała się przekonać. Miała wrażenie, że mąż wyolbrzymia problemy – które choć rzeczywiste, to jednak starej daty – po to tylko, aby ukryć prawdzi-we i nowe przyczyny troski i coraz wyraźniejszej wrogo-ści wobec niej. Zarzucał jej wszelakiego rodzaju winy, oskarżając przede wszystkim o zburzenie dobrych rela-cji z braćmi Solara. Pewnego razu wykrzyczał:

– Czy wolno wiedzieć, coś ty zrobiła temu dup-kowi Michelemu?

Ona zaś odparła:

– Nic.

On na to:

– Coś musiałaś, do każdego sporu wciąga ciebie i kpi sobie ze mnie: masz z nim porozmawiać i do-wiedzieć się, czego chce, w przeciwnym razie i tobie, i jemu rozwalę gębę.

Lila rzuciła porywczo:

– Jeśli chce mnie zerżnąć, to co, mam dać się ze-rżnąć?

I zaraz pożałowała tych słów – w pewnych sytu-acjach pogarda brała w niej górę nad roztropnością – ale było już za późno, Stefano wymierzył jej policzek. Policzek nic nie znaczył, nie uderzył jej nawet otwartą ręką, jak zwykle, tylko czubkami palców. O wiele bar-dziej zabolało to, co pełen zniesmaczenia powiedział potem:

– Czytasz, uczysz się, ale jesteś wulgarna: nie cier-pię takich jak ty, rzygać mi się chce, gdy na ciebie pa-trzę.

Od tej pory wracał do domu coraz później. A w niedzielę, zamiast spać do południa, jak miał kie-dyś w zwyczaju, wychodził wcześnie i znikał na cały dzień. Denerwowała go nawet najmniejsza wzmianka o konkretnych codziennych problemach rodzinnych. Na przykład gdy przyszły pierwsze upały, Lila zaczęła się zastanawiać nad wakacjami nad morzem dla Rinuccia i spytała męża, jak mogliby to zorganizować. On odpowiedział:

– Wsiądziesz do autobusu i pojedziesz do Torregavety.

Ona ośmieliła się zaproponować:

– Nie lepiej będzie wynająć jakiś dom?

A on:

– Po co, żebyś mogła się gzić od rana do wieczora?

Wyszedł i nie wrócił na noc.

Wkrótce wszystko się wyjaśniło. Lila pojechała z dzieckiem do centrum miasta, szukała książki, o której przeczytała w innej książce, ale nie mogła jej znaleźć. Zaszła aż na piazza dei Martiri, aby poprosić Alfonsa, który nadal z wielkim zadowoleniem prowadził sklep, żeby on jej poszukał. Wpadła na bardzo ładnego młodzieńca, bardzo dobrze ubranego, jednego z najładniejszych chłopców, jakich kiedykolwiek widziała. Miał na imię Fabrizio. Nie był klientem, ale kolegą Alfonsa. Lila zatrzymała się, aby z nim porozmawiać, i odkryła, że wie mnóstwo rzeczy. Dyskutowali o literaturze, historii Neapolu, o tym, jak należy uczyć dzieci, w czym Fabrizio był dobrze obeznany, bo pracował na uniwersytecie. Alfonso przez cały czas przysłuchiwał się im w milczeniu, a kiedy Rinuccio zaczął kwilić, sam się nim zajął, by go uspokoić. Potem przyszli klienci i Alfonso musiał na nich skupić uwagę. Lila jeszcze przez chwilę rozmawiała z Fabriziem, od dawna nie doświadczyła tak miłej i emocjonującej konwersacji. Gdy młodzieniec musiał już iść, z chłopięcym entuzjazmem pocałował ją w oba policzki, potem ucałował także Alfonsa dwoma głośnymi cmoknięciami. Zawołał z progu:

– To była wspaniała pogawędka.

– Również dla mnie.

Lila posmutniała. I podczas gdy Alfonso dalej zajmował się klientami, przypomniała sobie ludzi, których w tym miejscu poznała, i Nina, i zasunięte rolety, półcień, przyjemne rozmowy, jego, jak wchodził punktualnie o pierwszej, kochał się z nią i znikał o czwartej. Miała wrażenie, jakby sama to sobie wyobraziła, takie niedorzeczne marzenia, i rozejrzała się wokół z zakłopotaniem. Nie tęskniła za tym okresem, nie tęskniła za Ninem. Poczuła tylko, że czas minął, że to, co kiedyś było ważne, teraz już nie jest, ale dalej miała w głowie gmatwaninę, której za nic nie mogła rozplątać. Wzięła dziecko i już miała iść, kiedy wszedł Michele Solara.

Przywitał się z entuzjazmem, pobawił z Gennarem, powiedział, że jest kropka w kropkę jak ona. Zaprosił ją do baru na kawę, a potem postanowił odwieźć samochodem. Gdy siedzieli już w aucie, powiedział:

– Zostaw męża, od razu, jeszcze dzisiaj. Ja wezmę ciebie i dziecko. Kupiłem mieszkanie na Vomero, na piazza degli Artisti. Jeśli chcesz, od razu cię tam zabiorę, pokażę ci je, kupiłem je z myślą o tobie. Tam możesz robić, co chcesz: czytać, pisać, wymyślać projekty, spać, śmiać się, rozmawiać i być z Rinucciem. Mnie zależy tylko na tym, żebym mógł na ciebie patrzeć i cię słuchać.

Po raz pierwszy w życiu Michele mówił bez sarkazmu w głosie. Z lekkim niepokojem rzucał na nią długie spojrzenia, aby kontrolować reakcje. Lila przez cały czas wpatrywała się w drogę, usiłując wyjąć z ust Gennara smoczek, bo jej zdaniem zbyt długo już go miał. Ale dziecko energicznie odsuwało jej rękę. Kiedy Michele zamilkł – ani razu nie weszła mu w słowo – zapytała:

– Skończyłeś?

– Tak.

– A Gigliola?

– Co ma do tego Gigliola? Odpowiedz, tak czy nie, potem się zobaczy.

– Nie, Michè, moja odpowiedź brzmi nie. Nie chciałam twojego brata i ciebie też nie chcę. Po pierwsze dlatego, że ani ty, ani on nie podobacie mi się, a po drugie, ponieważ myślicie, że możecie robić, co chcecie, i brać, co chcecie, bez żadnego szacunku.

Michele nie zareagował od razu, odburknął tylko coś o smoczku, w stylu: daj mu go, bo będzie płakał. Potem odparł ponuro:

– Lina, dobrze się zastanów. Może się zdarzyć, że już jutro tego pożałujesz i sama przyjdziesz do mnie na kolanach.

– To wykluczone.

– Tak? To posłuchaj.

Wyjawił jej to, co wiedzieli wszyscy („Nawet twoja matka, twój ojciec i twój parszywy brat, ale nic ci nie powiedzieli dla świętego spokoju"): Stefano ma kochankę i jest nią Ada, i to od dawna. Wszystko zaczęło się jeszcze przed wakacjami na Ischii.

– Kiedy ty byłaś na wakacjach, ona co wieczór szła do twojego domu.

Po powrocie Lili przestali się na jakiś czas spotykać. Ale nie mogli bez siebie wytrzymać: znowu zaczęli, potem ponownie się rozstali i do siebie wrócili, kiedy ona zniknęła. Niedawno Stefano wynajął mieszkanie na Rettifilo, tam się umawiają.

– Wierzysz mi?

– Tak.

– I co?

Co „i co"? Lilą nie tyle wstrząsnął fakt, że jej mąż ma kochankę i że tą kochanką jest Ada, ale absurdalność każdego jego słowa i gestu, kiedy przyjechał po nią na Ischię. Przypomniała sobie krzyki, uderzenia, wyjazd. Powiedziała Michelemu:

– Brzydzę się tobą, Stefanem i całą resztą.

101.

Lila nagle poczuła, że racja leży po jej stronie, i to ją uspokoiło. Tego samego wieczoru, uśpiwszy Gennara, postanowiła czekać na Stefana. Wrócił niewiele po północy i zobaczył żonę, jak siedzi przy kuchennym stole. Lila podniosła oczy znad książki, którą czytała, powiedziała, że wie o Adzie, że wie, od jak dawna to trwa, i że nic jej to nie obchodzi. „To, co ty zrobiłeś mnie, ja zrobiłam tobie", wyrecytowała z uśmiechem i powtórzyła – ile razy mówiła o tym w przeszłości, dwa, może trzy? – że Gennaro nie jest jego synem. Na koniec stwierdziła, że może robić, co mu się żywnie podoba, spać, gdzie chce i z kim chce.

– Najważniejsze – nagle podniosła głos – żebyś już mnie więcej nie dotykał.

Nie wiem, jaki był jej zamiar, może chciała tylko wyjaśnić sprawy. A może spodziewała się wszystkiego. Że on się przyzna, że potem ją zbije, że wyrzuci z domu, że zmusi ją, żonę, do usługiwania swojej kochance. Była przygotowana na wszelkiego rodzaju agresję i bezczelność człowieka, który czuje się panem i ma pieniądze, żeby wszystko sobie kupić. Ale do żadnych słów wyjaśnienia, które usankcjonowałyby koniec ich małżeństwa, nie doszło. Stefano wszystkiemu zaprzeczył. Powiedział srogo, ale spokojnie, że Ada jest tylko sprzedawczynią w jego wędliniarni, że plotki na ich temat są bezpodstawne. Potem stracił równowagę i krzyknął, że jeśli jeszcze raz powtórzy tę potworną rzecz o jego synu, jak Bóg na niebie, zabije ją: Gennaro jest jego kopią, jest identyczny, i wszyscy tak mówią, dlatego prowokowanie go nie ma sensu. Na koniec – i to było najbardziej zaskakujące – wyznał jej miłość, jak robił to już w przeszłości, posłużył się nawet tą samą formułą. Powiedział, że zawsze ją będzie kochał, ponieważ jest jego żoną, ponieważ wzięli ślub przed księdzem i nic ich nie może rozdzielić. Kiedy się do niej zbliżył, żeby ją pocałować, a ona go odepchnęła, chwycił ją, podniósł w górę, zaniósł do pokoju, gdzie stała kołyska, zerwał z niej wszystko, co miała na sobie, i wszedł w nią z siłą. Ona błagała go cicho, tłumiąc szloch:

– Rinuccio się obudzi, zobaczy nas, usłyszy, proszę, wyjdźmy stąd.

102.

Od tego wieczoru Lila straciła znaczną część i tak ograniczonej już wolności. A Stefano zaczął się zachowywać w sposób całkowicie niekonsekwentny. Ponieważ żona wiedziała już o jego relacji z Adą, wyzbył się wszelkiej ostrożności: często w ogóle nie wracał do domu na noc, co drugą niedzielę wyjeżdżał samochodem z kochanką, w sierpniu pojechał z nią nawet na wakacje – dotarli kabrioletem aż do Sztokholmu, chociaż Ada oficjalnie udała się do Turynu, do kuzynki, która pracowała w fabryce Fiata. Jednocześnie opętała go chora zazdrość: nie chciał, aby żona w ogóle opuszczała mieszkanie, zmuszał ją do robienia zakupów przez telefon, a jeśli wychodziła na godzinę, żeby zabrać dziecko na spacer, przesłuchiwał ją, kogo spotkała, z kim rozmawiała. Jak nigdy dotąd czuł się mężem i pilnował żony, jakby obawiał się, że jego zdrada upoważnia ją do tego samego. To, co robił na Rettifilo podczas swoich schadzek z Adą, pobudzało jego fantazję i nasuwało szczegółowe wyobrażenia, w których Lila robiła jeszcze więcej ze swoimi kochankami. Bał się, że jej niewierność ośmieszy go, ale sam swoją się szczycił.

Nie był zazdrosny o wszystkich mężczyzn, miał określoną hierarchię. Lila szybko zrozumiała, że najbardziej martwi go Michele, przez którego czuł się oszukany i zmuszany do uległości. I chociaż ona nigdy mu nie powiedziała o tym, że Solara próbował ją pocałować, że zaproponował jej, by została jego kochanką, Stefano przeczuwał, że odebranie mu żony byłoby istotnym posunięciem w kierunku zniszczenia go również w interesach. Ale z drugiej strony właśnie dobro interesów wymagało, aby Lila okazała Michelemu choć odrobinę życzliwości. Dlatego nie pasowało mu nic, co ona robiła. Czasami naciskał na nią obsesyjnie:

– Widziałaś Michelego? Rozmawiałaś z nim? Prosił cię o projekty nowych butów?

Innym razem wrzeszczał:

– Z tym chamem masz się w ogóle nie witać, jasne? – I otwierał szuflady żony, szukając dowodów na jej puszczalską naturę.

Sytuację dodatkowo skomplikowali najpierw Pasquale, a potem Rino.

Rzecz jasna Pasquale jako ostatni dowiedział się, że jego dziewczyna jest kochanką Stefana, nawet później niż Lila. Nikt mu o tym nie powiedział, zobaczył na własne oczy, jak pewnej wrześniowej niedzieli późnym popołudniem wychodzili objęci z bramy na Rettifilo. Ada powiedziała mu wcześniej, że musi zająć się Meliną i nie mogą się spotkać. On zresztą ciągle był w drodze, czy to ze względu na pracę, czy z powodu obowiązków politycznych, i nie przykładał wagi do wykrętów i uników dziewczyny. To był dla niego straszny cios, który pogarszał fakt, że choć w pierwszym porywie obdarłby ze skóry tę dwójkę, jego polityczna formacja komunistycznego aktywisty nie pozwalała mu na to. W ostatnich czasach Pasquale został sekretarzem dzielnicowej sekcji partii i chociaż w przeszłości, jak wszyscy chłopcy, z którymi się wychowywałyśmy, szufladkował nas przy pewnych okazjach jako dziwki, teraz – ponieważ uważał się za człowieka światłego, czytał „L'Unità", zgłębiał odezwy partyjne, przewodniczył debatom – już tak nie potrafił, co więcej, starał się traktować nas, kobiety, wraz z naszymi uczuciami, myślami, swobodami za równe mężczyznom. Szarpiąc się między gniewem a szerokimi horyzontami, cały brudny, bo od razu po pracy, poszedł następnego wieczoru do Ady i powiedział, że wie o wszystkim. Ona odetchnęła z ulgą i przyznała się, rozpłakała, poprosiła o przebaczenie. Kiedy zapytał, czy robiła to dla pieniędzy, odpowiedziała, że kocha Stefana i tylko ona jedna wie, jak dobrym, hojnym i uprzejmym jest człowiekiem. Wynik był taki, że Pasquale walnął pięścią w ścianę kuchni w domu rodziny Cappuccio i wrócił do swojego mieszkania, z płaczem i bolącymi knykciami. Przez całą noc rozmawiał z Carmen. Rodzeństwo wspólnie cierpiało, on z powodu Ady, ona z winy Enza, którego nie potrafiła zapomnieć. Sprawy przyjęły naprawdę nieciekawy obrót dopiero wtedy, gdy Pasquale, choć zdradzony, postanowił bronić zarówno honoru Ady, jak i Lili. W pierwszej kolejności udał się na rozmowę ze Stefanem. Wygłosił mu dosyć skomplikowane kazanie, którego sednem było, że ma zostawić żonę i rozpocząć regularny konkubinat z kochanką. Potem poszedł do Lili i zarzucił jej, że pozwala Stefanowi tak gwałcić swoje prawa żony i uczucia kobiety. Któregoś ranka – a była szósta trzydzieści – Stefano stanął przed nim właśnie w chwili, kiedy szedł do pracy, i dobrotliwie zaproponował pieniądze, żeby już więcej nie niepokoił ani jego, ani jego żony, ani Ady. Pasquale wziął pieniądze, przeliczył je i wyrzucił w powietrze, mówiąc:

– Pracuję od dziecka, nie potrzebuję cię – i dodał prawie przepraszająco, że musi iść, bo jeśli się spóźni, to go zwolnią. Kiedy jednak był już daleko, rozmyślił się, odwrócił i zawołał do wędliniarza, który właśnie zbierał rozrzucone na ulicy banknoty: – Jesteś gorszy niż ten faszysta, twój ojciec.

Ruszyli do bójki. Zadawali ciężkie ciosy. Musiano ich rozdzielić, w przeciwnym razie pozabijaliby się.

Rino też dołożył swoje trzy grosze. Nie mógł znieść, że siostra przestała troszczyć się o to, żeby zrobić z Dina bardzo inteligentnego chłopca. Nie mógł znieść, że szwagier nie tylko nie daje mu ani grosza, ale wręcz podniósł na niego rękę. Nie mógł znieść, że romans Stefana i Ady stał się tajemnicą poliszynela, co przynosiło Lili ujmę na honorze. I zareagował w sposób nieoczekiwany. Skoro Stefano tłukł Lilę, on zaczął tłuc Pinuccię. Skoro Stefano miał kochankę, i on znalazł sobie kochankę. Jednym słowem poddał siostrę Stefana dokładnie takim samym mękom, jakim Stefano poddawał jego siostrę.

To zepchnęło Pinuccię na skraj rozpaczy: łzom i błaganiom nie było końca, prosiła, żeby przestał. Na nic. Ku przerażeniu Nunzii, wystarczyło, żeby żona otworzyła usta, a on całkowicie tracił rozum i wrzeszczał:

– Ja mam skończyć? Ja mam się uspokoić? To idź do swojego brata i mu powiedz, że ma zostawić Adę, że ma szanować Linę, że mamy być jedną rodziną i że ma mi dać pieniądze, jakie mi podpieprzył i dalej mi podpieprza razem z Solarami.

Wynik był taki, że pobita Pinuccia często uciekała z domu i biegła do wędliniarni, do brata, by wyszlochać się przed Adą i klientami. Stefano zaciągał ją na zaplecze, a ona wyliczała mu żądania męża, zawsze jednak kończyła słowami:

– Niczego nie dawaj temu gnojowi, chodź natychmiast do domu i go zabij.

103.

Sytuacja przedstawiała się mniej więcej w ten sposób, kiedy wróciłam na ferie wielkanocne do Neapolu. Mieszkałam w Pizie od dwóch i pół roku, byłam zdolną studentką, wracanie do domu na święta stało się dla mnie przykrym obowiązkiem, który wypełniałam, aby unikać kłótni z rodzicami, zwłaszcza z matką. Ale jak tylko pociąg wjeżdżał na stację, stawałam się nerwowa. Za każdym razem bałam się, że jakiś wypadek może uniemożliwić mój powrót na uczelnię: ciężka choroba, która zmusi mnie do pobytu w szpitalu, jakieś potworne wydarzenie, które nie pozwoli mi dalej studiować, bo rodzina będzie mnie potrzebowała.

Byłam w domu dopiero od kilku godzin. Moja matka właśnie skończyła złośliwą relację ze wszystkich kłopotów Lili, Stefana, Ady, Pasqualego, Rina, fabryczki obuwia, która miała zostać zamknięta, skomentowawszy, że czasy są takie, iż w jednym roku masz pieniądze, uważasz się za nie wiadomo kogo, kupujesz spidera, a rok później musisz wszystko sprzedać, kończysz w czerwonym zeszycie pani Solary i przestajesz zadzierać nosa. Nagle przerwała litanię i stwierdziła:

– Twoja przyjaciółka uważała, że osiągnęła wszystko, małżeństwo jak z bajki, wielki samochód, nowe mieszkanie i proszę, dzisiaj ty jesteś o wiele lepsza i piękniejsza. – Skrzywiła się, by zamaskować zadowolenie, i wręczyła mi liścik, który naturalnie przeczytała, choć był adresowany do mnie.

Lila chciała się ze mną spotkać, zapraszała mnie na obiad w Wielką Sobotę. To nie była jedyna prośba, czekały mnie bardzo intensywne dni. Chwilę później Pasquale zawołał mnie z podwórka, i jak gdybym zeszła z Olimpu, a nie z ciemnego mieszkania moich rodziców, wyłożył mi swoje myśli o kobiecie, opowiedział o cierpieniu, chciał poznać moją opinię na temat jego zachowania. Wieczorem to samo zrobiła Pinuccia, wściekła i na Rina, i na Lilę. A następnego ranka nieoczekiwanie Ada, którą spalały nienawiść i poczucie winy.

Wobec całej trójki zachowałam dystans. Pasqualemu poradziłam opanowanie, Pinuccii, aby zajęła się przede wszystkim synkiem, a Adzie, żeby zastanowiła się, czy to jest prawdziwa miłość. Ale muszę przyznać, że pomimo banalności jej opowieści to ona najbardziej mnie zaciekawiła. Kiedy mówiła, nie spuszczałam z niej wzroku, jak gdybym patrzyła na książkę. Była córką szalonej Meliny, siostrą Antonia. Rozpoznałam w jej twarzy rysy matki, wielkie podobieństwo do brata. Wychowała się bez ojca, narażona na wszelkie niebezpieczeństwo, przyzwyczajona do pracy. Przez lata myła w naszych kamienicach klatki u boku Meliny, której mózg raz po raz się zacinał. Gdy była jeszcze dziewczynką, bracia Solara wciągnęli ją do samochodu i mogłam sobie wyobrazić, co jej zrobili. Wydawało mi się więc rzeczą naturalną, że zakochała się w uprzejmym pracodawcy Stefanie. Tak się wyraziła, że go kocha, że się kochają.

– Powiedz Linie – wyszeptała z oczami rozpalonymi namiętnością – że serce nie sługa i że chociaż ona jest żoną, ja jestem tą, która dała i daje Stefanowi wszystko, uwagę i uczucie, jakiego mógłby żądać mężczyzna, wkrótce dam mu też dzieci, dlatego on jest już mój, nie należy do niej.

Zrozumiałam, że chce wziąć wszystko, Stefana, wędliniarnie, pieniądze, dom, samochody. I pomyślałam, że ma prawo stoczyć tę walkę, bo każdy w mniejszym czy większym stopniu taką walkę prowadzi. Postarałam się ją uspokoić, bo była bardzo blada, a jej oczy płonęły. I byłam zadowolona, że jest mi wdzięczna. Fakt, że wszyscy konsultują się ze mną jak z wyrocznią, że mogę rozdawać rady w poprawnym języku włoskim, który onieśmiela Adę, Pasqualego i Pinuccię, sprawił mi przyjemność. Pomyślałam z sarkazmem, że do tego właśnie przydają się egzaminy z historii, filologii klasycznej, glottologii i tysiące fiszek, dzięki którym ćwiczę pamięć: do uspokojenia ich na kilka godzin. Uważali mnie za osobę bezstronną, pozbawioną negatywnych uczuć i namiętności, wysterylizowaną przez naukę. A ja przyjęłam rolę, jaką mi przypisali, nie wspominając o własnych obawach, o własnych szaleństwach, o tym, jak wiele ryzykowałam, wpuszczając Franca do własnego pokoju albo sama zakradając się do jego, o wakacjach, jakie sami spędziliśmy w Versilii, żyjąc, jakbyśmy byli po ślubie. Poczułam satysfakcję.

Ale kiedy zbliżała się pora obiadu, przyjemność ustąpiła miejsca niemiłemu wrażeniu. Z niechęcią poszłam do Lili. Bałam się, że w jednej chwili zdoła przywrócić dawną hierarchię, że stracę wiarę we własne wybory. Bałam się, że pokaże mi w małym Gennarze rysy Nina, aby przypomnieć, że zabawka, która miała być moja, jej przypadła w udziale. Ale przynajmniej na początku sprawy inaczej się potoczyły. Rinuccio – bo coraz częściej tak go nazywała – od razu mnie rozczulił: był pięknym czarnowłosym chłopczykiem i Nino jeszcze się nie objawił ani na twarzy, ani na ciele: podobny był do Lili, i nawet do Stefana, jak gdyby spłodzili go we trójkę. Jeśli chodzi o nią, zrozumiałam, że czuje się słaba i bezbronna, co rzadko jej się zdarzało. Jak tylko mnie ujrzała, jej oczy zrobiły się szkliste i zaczęła drżeć na całym ciele, tak że musiałam ją mocno przytulić, aby się uspokoiła.

Spostrzegłam, że aby zrobić na mnie dobre wrażenie, uczesała się w pośpiechu, w pośpiechu pomalowała usta i włożyła szaroperłową sukienkę z wiskozy, jeszcze z okresu narzeczeństwa, że na nogach miała buty na obcasie. Jeszcze była piękna, ale wyglądała, jakby kości na twarzy zrobiły się większe, oczy mniejsze, a pod skórą nie krążyła krew, lecz jakiś matowy płyn. Była bardzo chuda: gdy ją objęłam, poczułam kości, a obcisła sukienka zdradzała spuchnięty brzuch.

Na początku udawała, że wszystko jest w porządku. Z zadowoleniem przyjęła moje podekscytowanie dzieckiem, spodobało jej się, jak się z nim bawię, pokazała mi, co Rinuccio umie powiedzieć i zrobić. Z niecierpliwością, której u niej dotychczas nie widziałam, zaczęła zalewać mnie terminologią zaczerpniętą z chaotycznie dobranych lektur. Przytaczała autorów, o których nigdy nie słyszałam, zmusiła synka, żeby popisywał się w ćwiczeniach, które sama dla niego wymyśliła. Zauważyłam, że pojawił się u niej tik, grymas ust: nagle rozchylała wargi i zaraz je zaciskała, jakby chciała powstrzymać emocje płynące ze spraw, o których mówiła. Tikowi zazwyczaj towarzyszyło zaczerwienienie oczu, różowawe zabarwienie, któremu sprzyjało zaciskanie ust. Całość sprawiała wrażenie mechanizmu sprężynowego, którego nagromadzona siła rozładowywała się gdzieś w głębi głowy. Wielokrotnie powtórzyła, że gdyby systematycznie pracować z każdym malcem w dzielnicy, można by w ciągu jednego pokolenia wszystko zmienić, nie byłoby więcej zdolnych i niezdolnych, dobrych i złych. Potem spojrzała na synka i rozpłakała się.

– Zniszczył mi książki – powiedziała przez łzy, jak gdyby zrobił to Rinuccio, i pokazała mi je, całe rozerwane.

Nie od razu dotarło do mnie, że to nie dziecko było winne, ale mąż:

– Grzebie w moich rzeczach – wyszeptała. – Nie życzy sobie, aby choć jedna myśl należała do mnie, a jeśli odkryje, że coś przed nim chowam, nawet coś absolutnie bez znaczenia, bije mnie.

Weszła na krzesło, wzięła z szafy metalowe pudełko i wręczyła mi je:

– Tutaj jest wszystko, co wydarzyło się z Ninem – powiedziała – i wiele innych myśli, które przyszły mi do głowy w tych latach, i sprawy moje i twoje, o których sobie nie powiedziałyśmy. Zabierz to, boję się, że on je znajdzie i zacznie czytać. A ja tego nie chcę, nie pisałam tego dla niego, nie pisałam dla nikogo, nawet dla ciebie.

104.

Wzięłam pudełko, choć niechętnie. Zastanawiałam się, gdzie je włożę, co z nim zrobię. Usiadłyśmy do stołu. Dziwiłam się, że Rinuccio potrafi jeść samodzielnie, że posługuje się swoimi małymi drewnianymi sztućcami, że gdy minęła początkowa nieśmiałość, mówi do mnie po włosku, nie wypaczając słów, że na każde pytanie odpowiada właściwie, dokładnie i sam zadaje pytania. Lila nie ingerowała w naszą rozmowę, sama prawie niczego nie zjadła, zamyślona wpatrywała się w talerz. Na koniec, kiedy już wychodziłam, powiedziała:

– Nie pamiętam niczego z Nina, z Ischii, ze sklepu na piazza dei Martiri. Wydaje mi się jednak, że kochałam go bardziej niż siebie samą. A teraz nawet nie obchodzi mnie, co się z nim dzieje, gdzie jest.

Pomyślałam, że jest szczera, i nie powiedziałam tego, co wiem.

– Dobrą stroną zauroczeń – rzuciłam – jest to, że po jakimś czasie mijają.

– Czy ty jesteś zadowolona z życia?

– Raczej tak.

– Masz piękne włosy.

– Może.

– Mam jeszcze jedną prośbę.

– Mów.

– Muszę opuścić ten dom, zanim Stefano zabije mnie i dziecko, nawet nie zdając sobie z tego sprawy.

– Przerażasz mnie.

– Masz rację, przepraszam.

– Mów, co mam robić.

– Idź do Enza. Powiedz mu, że próbowałam, ale się nie udało.

– Nie rozumiem.

– Nie musisz rozumieć: musisz wrócić do Pizy, masz swoje sprawy. Powiedz mu tylko tyle: Lina próbowała, ale się nie udało.

Odprowadziła mnie do drzwi, trzymając dziecko na ręku. Powiedziała do synka:

– Rino, pożegnaj się z ciocią Lenù.

Chłopczyk uśmiechnął się, pomachał ręką.

105.

Zanim wyjechałam, odwiedziłam Enza. Ale kiedy mu powiedziałam: „Lina prosiła, bym ci przekazała, że próbowała, ale się nie udało", przez jego twarz nie przemknął żaden cień emocji, pomyślałam więc, że te słowa w ogóle go nie poruszyły.

– Jest z nią bardzo źle – dodałam. – Zresztą nie wiem, co można by dla niej zrobić.

On zacisnął usta, zrobił ponurą minę. Pożegnaliśmy się.

W pociągu otworzyłam metalowe pudełko, pomimo że przysięgałam, iż tego nie zrobię. Było w nim osiem zeszytów. Od pierwszych słów poczułam się źle. A w Pizie moje samopoczucie pogarszało się z dnia na dzień, z miesiąca na miesiąc. Każde słowo Lili sprawiało, że robiłam się malutka. Każde zdanie, nawet to napisane, gdy była jeszcze dziewczynką, pozbawiało znaczenia moje zdania, te teraźniejsze. Ale jednocześnie każda strona rozpalała moje myśli, moje pomysły, moje strony, jak gdybym do tego czasu żyła w gorliwym odrętwieniu, które do niczego nie prowadziło. Nauczyłam się tych pamiętników na pamięć, co sprawiło, że zrozumiałam, iż świat akademicki, koleżanki i koledzy, którzy mnie szanowali, życzliwe spojrzenia profesorów, którzy mnie mobilizowali, bym robiła jeszcze więcej, to tylko część zbyt bezpiecznego wszechświata, i dlatego zbyt przewidywalnego, jeśli się go zestawi z burzliwym światem, który w warunkach życia w naszej dzielnicy Lila zdołała zbadać i utrwalić swoimi pospiesznymi wpisami na pogiętych i zaplamionych kartkach.

Każdy miniony wysiłek wydawał mi się pozbawiony sensu. Przeraziłam się, bo przez kilka miesięcy nie mogłam skupić się na nauce. Byłam sama, Franco Mari stracił miejsce na uczelni, nie potrafiłam pozbyć

się wszechogarniającego mnie wrażenia, że się nie nadaję. W pewnym momencie stało się jasne, że wkrótce
dostanę jakąś złą ocenę i mnie też odeślą do domu.
Dlatego pewnego ·wieczoru, późną jesienią, niczego
konkretnego nie zamierzając, wyszłam z metalowym
pudełkiem w ręku. Zatrzymałam się na moście Solferino i wrzuciłam je do rzeki Arno.

106.

Ostatni rok spędzony w Pizie zmienił moje podejście,
z jakim przeżyłam pierwsze trzy lata. Ogarnęła mnie
niewdzięczna niechęć do miasta, do kolegów i koleżanek, do profesorów, do egzaminów, do mroźnych dni,
do politycznych zgromadzeń w ciepłe wieczory pod
Baptysterium, do filmów w kinokawiarni, do całej
niezmiennej miejskiej przestrzeni: Timpano, bulwary
Lungarno Pacinotti, via XXIV maggio, via San Frediano, piazza dei Cavalieri, via Consoli del Mare, via
San Lorenzo. Były to stałe trasy, a jednak takie obce,
nawet kiedy piekarz mówił mi „cześć", a sprzedawczyni gazet informowała o pogodzie: obce w intonacji, do
której od razu się zmusiłam, obce w barwie kamieni
i roślin, i znaków drogowych, i chmur czy nieba.

Nie wiem, czy tak się stało z winy pamiętników
Lili. Jedno jest pewne, że od razu po przeczytaniu i na
długo zanim wyrzuciłam pudełko, minęło wszelkie za-
uroczenie. Minęło pierwotne wrażenie, że oto znajduję się w samym środku nieustraszonej walki. Minęło

walenie serca podczas każdego egzaminu i radość, że zdałam z najwyższą oceną. Minęła przyjemność ćwiczenia głosu, gestów, sposobu ubierania się i chodzenia, jak gdybym brała udział w konkursie o najlepsze przebranie, o maskę, która jest tak dobra, że staje się *prawie* twarzą.

Nagle uświadomiłam sobie owo *prawie*. Czy mi się udało? Prawie. Czy wyrwałam się z Neapolu, z dzielnicy? Prawie. Czy miałam nowe koleżanki i nowych kolegów, którzy pochodzili z wykształconych środowisk, często o wiele bardziej wykształconych niż to, do którego należała profesor Galiani i jej dzieci? Prawie. Czy z każdym egzaminem stawałam się studentką coraz lepiej traktowaną przez zamyślonych profesorów, którzy mnie przepytywali? Prawie. Za tym *prawie* dostrzegałam prawdziwy stan rzeczy. Bałam się. Bałam się tak samo jak pierwszego dnia, gdy przyjechałam do Pizy. Obawiałam się tych, którzy są wykształceni bez tego *prawie*, i traktują to jak coś oczywistego i naturalnego.

A na uczelni było ich wielu. Nie chodziło tylko o studentów, którzy wspaniale zdawali kolejne egzaminy, łacinę, grekę czy historię. Ci młodzi ludzie – niemal wszyscy to mężczyźni, jak zresztą wybitni profesorowie i osoby, które przewinęły się przez ateneum – byli najlepsi, bo pozornie bez żadnego wysiłku znali obecne i przyszłe rezultaty trudu, jaki wkładali w naukę. A znali ze względu na pochodzenie albo instynktowną orientację. Wiedzieli, jak się robi gazetę albo czasopismo, jak jest zorganizowane wydawnictwo, czym różni się redakcja radiowa od telewizyjnej, jak powstaje film, jak się tworzą uniwersyteckie hierarchie, co znajduje się poza granicami naszych wiosek i miasteczek, za Alpami, za morzem. Znali nazwiska tych, którzy się liczą, tych, których trzeba podziwiać, i tych, którymi należy pogardzać. Ja zaś nie wiedziałam nic, dla mnie każdy, kto wydrukował swoje nazwisko w gazecie czy w książce, był bogiem. Jeśli ktoś mi mówił z podziwem bądź niechęcią: ten to Iksiński, a tamten jest synem Igrekowskiego, to zaś wnuczka takiego czy siamtego, milczałam albo udawałam, że jestem na bieżąco. Rzecz jasna przeczuwałam, że są to nazwiska *naprawdę* istotne, ja ich jednak nigdy nie słyszałam, nie wiedziałam, co takiego ważnego zrobili, nie znałam hierarchii prestiżu. Na egzaminy chodziłam bardzo dobrze przygotowana, ale gdyby profesor nagle mnie zapytał: „Czy wie pani, dzięki jakim dziełom zdobyłem autorytet, który upoważnia mnie do nauczania na tej uczelni?", nie potrafiłabym odpowiedzieć. Inni zaś potrafili. Dlatego przemykałam między nimi w nieustannej obawie, że powiem albo zrobię coś niewłaściwego.

Kiedy zakochał się we mnie Franco Mari, ta obawa nieco zelżała. On mnie kształcił, nauczyłam się chodzić po jego śladach. Franco był wesoły, uczynny, odważny i hardy. Głębokie przeświadczenie, że czyta właściwe książki i że racja leży po jego stronie, sprawiało, że zawsze mówił z wyższością. Zaczęłam wypowiadać się w prywatnym gronie, rzadziej publicznie, podpierając się jego autorytetem. I byłam w tym całkiem niezła, a przynajmniej stawałam się całkiem niezła. Dzięki sile jego pewników czasami udawało mi się być jeszcze bardziej hardą niż on, jeszcze bardziej odważną. Ale chociaż robiłam duże postępy, nie wyzbyłam się strachu, że nie dam rady, że powiem coś głupiego, że zdradzę się ignorancją właśnie w sprawach, które wszystkim innym są dobrze znane. I jak tylko Franco wbrew własnej woli opuścił moje życie, strach znowu zaczął brać górę. Otrzymałam dowód na to, co już przeczuwałam. Jego dostatek, dobre wychowanie, fama młodego lewicowego aktywisty, towarzyskość, a nawet odwaga, kiedy w sposób wyważony wypowiadał się przeciwko osobom posiadającym władzę wewnątrz i poza uniwersytetem, wytworzyły wokół niego aurę, która automatycznie objęła również mnie, jego dziewczynę i towarzyszkę, jak gdyby sam fakt, że mnie kochał, stanowił publiczne przypieczętowanie moich zalet. Ale w chwili kiedy został usunięty z uczelni, jego zasługi przeminęły i nie opromieniały już mojej osoby. Studenci z dobrych rodzin przestali zapraszać mnie na wycieczki i niedzielne przyjęcia. Niektórzy na powrót zaczęli kpić z mojego neapolitańskiego akcentu. Wszystko, co on mi podarował, stało się niemodne, zestarzało się na mnie. Wkrótce zrozumiałam, że Franco, jego obecność w moim życiu nie zmieniła mojej rzeczywistej sytuacji, ale tylko ją przesłoniła i tak naprawdę nie udało mi się zintegrować ze środowiskiem. Byłam jedną z tych, którzy harują dzień i noc, osiągają znaczące rezultaty, cieszą się sympatią i szacunkiem, ale nigdy się nie wybiją. Zawsze będę się bała: będę się bała tego, że popełnię błąd w mówieniu, że niewłaściwie będę modulować głos, że ubiorę się nieodpowiednio, że zdradzę przy-

ziemne emocje, że nie mam ciekawych pomysłów do
zaproponowania.

107.

Muszę przyznać, że to był ponury okres także z innych
powodów. Wszyscy na piazza dei Cavalieri wiedzieli, że w nocy przemykałam się do pokoju Franca, że
byłam z nim sama w Paryżu, w Versilii, co sprawiło,
że przyczepiła się do mnie opinia łatwej dziewczyny.
Trudno mi wyjaśnić, ile mnie kosztowało zaakcepto-
wanie idei wolności seksualnej, którą Franco gorąco
popierał. Ja sama to przed sobą ukrywałam, aby sprawiać przed nim wrażenie osoby nieskrępowanej i wolnej od przesądów. Nie mogłam przecież rozpowiadać
wkoło tego, co on mi wpajał jak ewangelię, czyli że
półdziewice to najgorszy rodzaj kobiet, małe burżuj-
ki, które wolały nadstawić tyłek, zamiast zrobić to jak
należy. I nie mogłam też opowiadać, że w Neapolu
moja koleżanka wyszła za mąż w wieku szesnastu lat,
że gdy miała lat osiemnaście znalazła kochanka, że
zaszła z nim w ciążę, że wróciła do męża, że pewnie
jeszcze co innego nabroiła, że jednym słowem pójście
do łóżka z Frankiem to nic w porównaniu z burzli-
wymi doświadczeniami Lili. Ignorowałam złośliwe
przytyki dziewcząt, obraźliwe komentarze chłopców,
ich natarczywe spojrzenia na mój duży biust. Ostro
reagowałam na jawne propozycje zastąpienia mojego
byłego chłopaka. I puszczałam mimo uszu wulgar-

ne odpowiedzi pretendentów, którym odmawiałam. Szłam przed siebie z zaciśniętymi ustami i powtarzałam sobie: to się kiedyś skończy.

Potem, któregoś popołudnia, w kafejce przy via San Frediano, kiedy wychodziłam już z dwoma koleżankami, w obecności licznych studentów jeden z odrzuconych zalotników zawołał do mnie z powagą w głosie:

– Neapol, pamiętaj, by mi oddać niebieski pulower, który u ciebie zostawiłem.

Śmiech. Wyszłam, nic nie odpowiedziawszy. Ale wkrótce zauważyłam, że idzie za mną chłopiec, na którego już podczas zajęć zwróciłam uwagę ze względu na zabawny wygląd. Nie był ani jak młodzi pochmurni intelektualiści w typie Nina, ani jak beztroscy młodzieńcy w typie Franca. Nieśmiały samotnik w okularach, kłębek splątanych czarnych włosów, ociężała sylwetka, wykrzywione stopy. Szedł za mną aż do internatu, potem zawołał:

– Greco!

Kimkolwiek był, znał moje nazwisko. Zatrzymałam się z grzeczności. Chłopak przedstawił się: Pietro Airota, i zaczął mówić ze skrępowaniem, bardzo zmieszany. Powiedział, że wstyd mu za kolegów, ale że czuje wstręt też do siebie, bo zachował się jak tchórz i nie zareagował.

– Na co? – zapytałam ironicznie, ale też pełna zdziwienia, że ktoś taki jak on, pochylony, z grubymi okularami, śmiesznymi włosami, miną i mową typową dla kujona, czuł się w obowiązku, by wstawić się za mną jak chłopcy z dzielnicy.

– Żeby obronić twoje dobre imię.

– Ja nie mam dobrego imienia.

Odburknął coś, co zabrzmiało jak mieszanina przeprosin i słów pożegnania, i odszedł.

Następnego dnia sama go poszukałam, zaczęłam siadać przy nim na wykładach, chodziliśmy na długie wspólne spacery. Zaskoczył mnie: jak ja przygotowywał już materiały do rozprawy dyplomowej, jak ja pisał na temat literatury klasycznej; ale w odróżnieniu ode mnie nie mówił „rozprawa", ale „praca", a raz czy dwa wymknęło mu się nawet: „książka". Książka, którą właśnie kończy i którą opublikuje od razu po dyplomie. Praca, książka? Jak on mówi? Chociaż miał dwadzieścia dwa lata, wyrażał się z powagą, nieustannie przytaczał światłe cytaty, zachowywał się, jak gdyby przyznano mu już katedrę na naszej uczelni albo na jakimś innym uniwersytecie.

– Naprawdę opublikujesz swoją rozprawę? – zapytałam z niedowierzaniem któregoś razu.

Spojrzał na mnie równie zdziwiony:

– Tak, jeśli będzie dobra.

– Czy publikuje się wszystkie dobre rozprawy?

– Dlaczego nie?

Zajmował się Bachanaliami, ja czwartą księgą *Eneidy*. Odparłam pod nosem:

– Bachus jest chyba ciekawszy od Dydony.

– Wszystko jest ciekawe, jeśli potrafisz to dobrze przedstawić.

Nigdy nie rozmawialiśmy o sprawach dnia powszedniego, o ewentualności, że USA przekażą broń jądrową RFN ani czy lepszy jest Fellini, czy też Antonioni, jak mieliśmy w zwyczaju z Frankiem, ale tylko o literaturze klasycznej, greckiej i łacińskiej. Pietro miał niesamowitą pamięć: potrafił znaleźć powiązania między dwoma całkiem różnymi tekstami i recytował tak, jakby miał je przed oczami, bez wymądrzania się, bez wyniosłości, jak gdyby było to coś całkiem naturalnego w przypadku dwóch osób, które zajmują się tymi dziedzinami. Im dłużej się znaliśmy, tym bardziej sobie uświadamiałam, że jest naprawdę dobry i że ja nigdy nie będę taka, ponieważ tam, gdzie ja byłam zwyczajnie ostrożna, aby nie strzelić byka, on wykazywał swoistą spokojną skłonność do wyważonych myśli, do stonowanych twierdzeń.

Już po drugim albo trzecim naszym spacerze po corso Italia albo między Duomo a cmentarzem zauważyłam, że wszystko wokół mnie zaczęło ulegać zmianie. Dziewczyna, którą poznałam pewnego ranka, zwróciła się do mnie po przyjacielsku, udając zazdrość:

– Co ty takiego robisz facetom? Zdobyłaś nawet syna Airoty.

Nie wiedziałam, kim jest Airota senior, ale w głosie kolegów i koleżanek ze studiów znowu wyczuwałam respekt, zapraszano mnie na przyjęcia albo do stołówki. Zrodziło się we mnie podejrzenie, że inni zwracają się do mnie właśnie dlatego, że zadaję się z Pietrem, gdyż on zazwyczaj unikał towarzystwa. Zaczęłam wypytywać wkoło, aby poznać zasługi rodziciela mojego nowego kolegi. Odkryłam, że uczy literatury greckiej w Genui, ale jest też ważną osobistością partii socjalistycznej. Ta informacja nie ucieszyła mnie, bałam się, że powiem, a może już powiedziałam, w obecno-ści Pietra coś naiwnego albo niedorzecznego. I gdy on dalej opowiadał o swojej rozprawie-książce, ja, ze strachu przed palnięciem czegoś głupiego, coraz mniej mówiłam o swojej.

Pewnej niedzieli przybiegł zadyszany do inter-natu, chciał, żebym poszła na obiad z jego rodziną, ojcem, matką i siostrą, którzy przyjechali do niego w odwiedziny. Ogarnął mnie strach, starałam się wy-glądać najładniej jak mogłam. Myślałam w duchu: pomylę tryby łączące, będę się jąkać, oni są wielkim państwem, pewnie mają ogromny samochód z szofe-rem, co im powiem, będę siedzieć jak kołek. Ale jak tylko ich zobaczyłam, uspokoiłam się. Profesor Airota był człowiekiem średniego wzrostu, ubranym w sza-ry wymięty garnitur, miał szeroką zmęczoną twarz, duże okulary: kiedy zdjął kapelusz, zobaczyłam, że jest kompletnie łysy. Jego żona Adele była kobietą chudą, niezbyt ładną, ale subtelną, skromną i elegancką. Mie-li samochód identyczny jak bracia Solara, fiata 1100, zanim ci kupili sobie alfę romeo giuliettę. A z Genui do Pizy nie wiózł ich jakiś szofer, lecz Mariarosa, peł-na wdzięku siostra Pietra, o mądrych oczach, która na przywitanie objęła mnie i pocałowała, jakbyśmy były przyjaciółkami od dawna.

– Ty prowadziłaś całą drogę z Genui? – zapytałam.

– Tak, lubię kierować.

– Czy trudno jest zrobić prawo jazdy?

– Ależ skąd.

Miała dwadzieścia cztery lata i pracowała w Ka-tedrze Historii Sztuki na Uniwersytecie w Mediolanie, zajmowała się malarstwem Piera della Francesca. O mnie wiedziała wszystko, czyli to, co wiedział jej brat o moich naukowych zainteresowaniach, i nic ponad to. To samo wiedzieli także profesor Airota i jego żona Adele.

Spędziłam z nimi piękne przedpołudnie, sprawili, że w ich towarzystwie czułam się swobodnie. W przeciwieństwie do Pietra jego ojciec, matka i siostra rozmawiali na przeróżne tematy. Podczas obiadu w hotelowej restauracji profesor Airota i jego córka czule przekomarzali się na tematy polityczne, o których słyszałam od Pasqualego, Nina i Franca, niemniej niewiele o nich wiedziałam. Słowa typu: daliście się zapędzić w pułapkę przez międzyklasowość; ty nazywasz ją pułapką, ja mediacją; mediacją, w której zawsze bez wyjątku wygrywają chadecy; trudno prowadzić politykę na centrolewicy; w takim razie wróćcie do socjalizmu; kraj popada w kryzys i potrzebuje reform; wy niczego nie reformujecie; a co ty proponujesz; rewolucję, rewolucję i jeszcze raz rewolucję; rewolucją będzie, jeśli wyciągniemy Włochy ze średniowiecza: bez nas, socjalistów w rządzie, uczniowie, którzy w szkole rozmawiają o seksie, już dawno siedzieliby w więzieniu, tak samo pacyfiści rozdający ulotki; ciekawe, co zrobicie z Paktem Północnoatlantyckim; zawsze byliśmy przeciwko wojnie i przeciwko każdej formie imperializmu; rządzicie z chadekami, ale dalej jesteście antyamerykańscy?

Taka szybka wymiana zdań, trening z polemiki, który najwyraźniej obojgu sprawiał przyjemność, może to dawne rodzinne przyzwyczajenie. Dojrzałam w nich, w ojcu i w córce, to, czego ja nigdy nie otrzymałam i – teraz to wiedziałam – czego zawsze będzie mi brakować. Co to było? Nie potrafiłam dokładnie określić: może wychowanie w przekonaniu, że sprawy świata należy traktować jak własne; umiejętność postrzegania ich jako coś kluczowego, a nie tylko jako czystą informację do zreferowania podczas egzaminu, by dostać dobrą ocenę; mentalne nastawienie, które nie sprowadza wszystkiego do mojej indywidualnej bitwy, do wysiłku, by zaskarbić sobie uznanie. Mariarosa była uprzejma, jej ojciec też; oboje mówili stonowanym głosem, bez cienia werbalnej przesady jak u Armanda, syna Galiani, czy u Nina; a mimo to wkładali całe serce w formułki polityczne, które przy innych okazjach odbierałam jako zimne, odległe, jako coś, co służy zrobieniu dobrego wrażenia. Nacierając tak na siebie, przeszli płynnie od nalotów bombowych na Wietnam Północny, do rewolucji studenckich w tym kampusie i w innych, do tysięcy ognisk walki z imperializmem w Ameryce Łacińskiej i w Afryce. Teraz wyglądało na to, że córka jest lepiej poinformowana od ojca. Ileż rzeczy wiedziała Mariarosa, mówiła, jakby posiadała wieści z pierwszej ręki, tak że Airota w pewnym momencie spojrzał ironicznie na żonę, a Adele powiedziała:

– Tylko ty jeszcze nie wybrałaś deseru.

– Biorę torcik czekoladowy – odpowiedziała, przerywając w pół słowa z wdzięcznym dąsem.

Spojrzałam na nią pełna podziwu. Prowadziła samochód, mieszkała w Mediolanie, uczyła na uniwersytecie, spierała się z ojcem bez cienia urazy. A ja?

Ja bałam się otworzyć usta i jednocześnie czułam się upokorzona przez to moje milczenie. Nie potrafiłam się powstrzymać, wygłosiłam górnolotnie:

– Po tym, co Amerykanie zrobili Hiroszimie i Nagasaki, należałoby ich oskarżyć o zbrodnię przeciw ludzkości.

Cisza. Cała rodzina skupiła na mnie wzrok. Mariarosa zawołała „brawo", podała mi rękę, uścisnęłam ją. Poczułam przypływ odwagi i nagle zawrzały we mnie słowa, strzępy zapamiętanych kiedyś zdań. Mówiłam o planowaniu i racjonalizacji, o socjalistyczno--chadeckiej przepaści, o neokapitalizmie, o tym, czym jest struktura, o rewolucji, o Afryce i Azji, o przedszkolach, o Piagecie, o milczącej zmowie policji i prokuratury, o faszystowskiej zgniliźnie w każdym zakątku państwa. Byłam zmieszana, zasapana. Serce waliło mi w piersi, zapomniałam, kim jestem i z kim przebywam. Ale czułam, że wokół mnie gęstnieje atmosfera akceptacji, i byłam szczęśliwa, że odważyłam się odezwać, wydawało mi się, że zrobiłam dobre wrażenie. Podobało mi się również to, że nikt z tej pięknej rodziny nie zapytał mnie – jak często bywało – skąd pochodzę, co robi mój ojciec, a co moja matka. Ja to ja i już.

Na rozmowach spędziłam z nimi również popołudnie. A wieczorem, przed kolacją, wszyscy poszliśmy na spacer. Profesor Airota na każdym kroku spotykał znajome osoby. Nawet dwaj profesorowie uniwersyteccy wraz z żonami przystanęli, aby wymienić słowa powitania.

108.

Ale już następnego dnia nie czułam się tak dobrze. Czas spędzony z krewnymi Pietra stanowił kolejny dowód na to, że wysiłek, jaki wkładałam w studia, to pomyłka. Nie wystarczyły własne zasługi, potrzeba było czegoś więcej, a ja tego nie miałam i nie potrafiłam się tego nauczyć. Co za wstyd tak bez żadnego logicznego porządku rzucać słowami w uniesieniu, bez opanowania, bez ironii charakterystycznej dla Mariarosy, Adele, Pietra. Prawda, że cechowała mnie metodyczna gorliwość badaczki, która weryfikuje nawet przecinki, i dawałam tego dowód na egzaminach albo w rozprawie, którą pisałam. Nadal jednak byłam tylko prostą dziewczyną, aż nazbyt dobrze wykształconą i zarazem pozbawioną zbroi, by móc iść naprzód spokojnym krokiem, jak to robili oni. Profesor Airota był nieśmiertelnym bogiem, który na długo przed bitwą zaopatrzył swoje dzieci w zaczarowaną broń. Mariarosa była niepokonana. Pietro doskonały w uczonej uprzejmości. A ja? Ja mogłam tylko stać u ich boku, odbijać ich blask.

Ogarnął mnie niepokój, że mogę stracić Pietra. Sama go szukałam, przylgnęłam do niego, przywiązałam się. Ale bez skutku czekałam, aż się zadeklaruje. Któregoś wieczoru pocałowałam go w policzek, a wtedy on wreszcie pocałował mnie w usta. Zaczęliśmy spotykać się w odosobnionych miejscach, wieczorem, czekając, aż zapadnie zmrok. Ja dotykałam jego, on dotykał mnie, ale nie chciał penetracji. Miałam nieodparte wrażenie, jakbym cofnęła się do czasów z Antoniem, chociaż różnica była ogromna. Teraz towarzyszyło mi podekscytowanie, że wychodzę wieczorem z synem Airoty, że z niego czerpię siły. Czasami ogarniało mnie pragnienie, by zadzwonić do Lili z publicznego telefonu: chciałam powiedzieć jej o nowym chłopaku i że z pewnością nasze prace magisterskie zostaną opublikowane, staną się książkami dokładnie tak, jak prawdziwe książki, z okładką, tytułem, nazwiskiem autora. Chciałam jej powiedzieć, że nie da się wykluczyć, iż oboje będziemy uczyć na uniwersytecie, bo jego siostra Mariarosa w wieku dwudziestu czterech lat już uczyła. Chciałam jej też powiedzieć: Lila, miałaś rację, jeśli od dziecka porządnie wpoją ci pewne rzeczy, gdy dorośniesz, jest ci łatwiej, jak gdybyś urodziła się już wykształcona. Ale w końcu zrezygnowałam z tego pomysłu. Po co miałabym dzwonić? Żeby w milczeniu słuchać o jej sprawach? A jeśli już pozwoli mi mówić, to co jej powiem? Dobrze wiedziałam, że mnie nie przypadnie w udziale to, co z pewnością czeka Pietra. Wiedziałam przede wszystkim, że on wkrótce zniknie, jak Franco, i że w gruncie rzeczy dobrze się stanie, bo ja go nie kocham, bo pieszczę się z nim w ciemnych uliczkach, na skwerach tylko po to, żeby strach nie był tak wielki.

109.

Przed feriami bożonarodzeniowymi w 1966 roku dostałam potwornej grypy. Zadzwoniłam do sąsiadki rodziców – nareszcie nawet w starej dzielnicy wiele osób miało już telefon – i uprzedziłam, że nie przyjadę na święta. Potem zapadłam się w samotne dni wypełnione bardzo wysoką gorączką i kaszlem, a internat powoli pustoszał, nastawała coraz większa cisza. Nic nie jadłam, z trudem piłam. Któregoś ranka, gdy skrajnie wyczerpana tonęłam w drzemce, usłyszałam jakieś głosy w moim dialekcie, odlegle przypominające kłótnie z naszej dzielnicy, kiedy kobiety przekrzykują się, stojąc w oknach. Z najczarniejszej otchłani głowy wyłonił się znany odgłos kroków mojej matki. Nie zapukała, otworzyła drzwi, weszła obwieszona torbami.

Coś niewyobrażalnego. Tylko kilka razy opuściła dzielnicę, i to co najwyżej, żeby udać się do centrum Neapolu. O ile mi wiadomo, nigdy nie była poza miastem. A mimo to wsiadła do pociągu, podróżowała całą noc i przyjechała, by wypełnić mój pokój specjalnie dla mnie przygotowanymi potrawami świątecznymi, plotkami okraszonymi głośnym śmiechem, porządkami, które jak za dotknięciem czarodziejskiej różdżki miały postawić mnie na nogi, żebym wieczorem mogła wyjechać razem z nią: bo ona musiała wracać, w domu zostawiła inne dzieci i mojego ojca.

Matka wykończyła mnie bardziej niż gorączka. Bałam się, że zaraz przyleci dyrektorka, tak krzyczała i przesuwała sprzęty, układała rzeczy bez żadnej ostrożności. W pewnym momencie wydawało mi się, że zaraz zemdleję, zamknęłam oczy w nadziei, że nie podąży za mną w głąb mdlącej ciemności, w którą coś mnie wciągało. Ale ona przed niczym się nie cofnęła. Cały czas krążąc po pokoju, usłużna i zarazem agresywna, opowiadała o ojcu, o rodzeństwie, o sąsiadach, przyjaciołach i rzecz jasna o Carmen, Adzie, Giglioli i Lili.

Starałam się nie słuchać, ale naciskała: zrozumiałaś, co zrobiła, zrozumiałaś, co się stało? I potrząsała mnie za ramię albo za stopę pogrzebaną pod pościelą. Odkryłam, że w chorobowym osłabieniu byłam bardziej wrażliwa na wszystko, czego w niej nie cierpiałam. Zezłościłam się – i powiedziałam jej o tym – za to, że co słowo chciała mi udowodnić, iż wszystkie moje rówieśniczki w porównaniu ze mną źle skończyły.

– Przestań – wymamrotałam. Ale to nic nie pomogło, dalej powtarzała bez ustanku: *ty natomiast.*

Ale najbardziej zraniło mnie to, że za jej matczyną dumą wyczułam obawę, że w jednej chwili sprawy mogą przybrać inny obrót i ja znowu stracę przewagę, nie dam jej więcej okazji do dumy. Nie ufała światu. Dlatego na siłę mnie karmiła, ocierała pot, zmusiła do zmierzenia temperatury niewiarygodną ilość razy. Czyżby się bała, że umrę, pozbawiając ją trofeum, jakim w tym momencie było moje życie? Czyżby się obawiała, że jeśli stracę siły, ulegnę, cofnę się, będę musiała pozbawiona godności wrócić do domu? Z obsesją mówiła o Lili. Kładła na nią tak wielki nacisk, że nagle dotarło do mnie, jak wielką wagę przykładała do niej od zawsze. Pomyślałam, że nawet moja matka spostrzegła, że jest lepsza ode mnie, i teraz sama się dziwi, że zostawiłam ją z tyłu, wierzy w to i nie wierzy, boi się, że straci tytuł *najszczęśliwszej matki w dzielnicy*. Spójrzcie, jaka waleczna, spójrzcie, ile dumy w jej oczach. Widziałam, jak wiele energii rozsiewa wokół siebie, i pomyślałam, że z powodu kulejącej nogi musiała włożyć w przeżycie więcej sił, niż normalnie potrzeba, co powodowało w niej wręcz okrucieństwo, z jakim zachowywała się w domu i poza nim. Kim natomiast jest mój ojciec? Słabym człowieczkiem, wyćwiczonym w służalczości i w dyskretnym wyciąganiu ręki po drobne napiwki: z pewnością nigdy nie zdołałby pokonać wszystkich przeszkód i dotrzeć aż tutaj, do tego ponurego miejsca. Ona tego dokonała.

Kiedy wyjechała i na powrót zapanowała cisza, z jednej strony odczułam ulgę, z drugiej, z winy gorączki, ogarnęło mnie wzruszenie. Wyobraziłam sobie, że jest teraz sama, że pyta każdego przechodnia, czy to właściwa droga na stację kolejową, że idzie na piechotę z chorą nogą, przez obce miasto. Nigdy by sobie nie pozwoliła na autobus, starała się nie marnować nawet pięciu lirów. Ale i tak jej się uda: kupi właściwy bilet i wsiądzie do właściwych pociągów podczas nocnej podróży na niewygodnych ławkach, albo na stojąco, aż do Neapolu. Tam, po kolejnej długiej przechadzce, dotrze do dzielnicy, żeby od razu zabrać się za porządki i gotowanie, i pokroi węgorza na kawałki, i przygotuje surówkę i rosół, i strufoli, ani przez chwilę nie odpoczywając, zła, ale pocieszająca się w myślach: „Lenuccia jest lepsza niż Gigliola, niż Carmen, niż Ada, niż Lina, niż cała reszta".

110.

Według mojej matki sytuacja Lili pogorszyła się dodatkowo z winy Giglioli. Wszystko zaczęło się pewnej kwietniowej niedzieli, kiedy córka cukiernika Spagnuola zaprosiła Adę do parafialnego kina. Następnego wieczoru, gdy zamknięto sklepy, wpadła do niej i powiedziała:

– Co tak będziesz sama siedziała? Chodź do domu moich rodziców na telewizję i przyprowadź też Melinę.

I tak pomału zaczęła ją zabierać także na wieczorne wyjścia z narzeczonym, Michelem Solarą. Często chodzili do pizzerii w piątkę: Gigliola, jej młodszy brat, Michele, Ada i Antonio. Pizzeria znajdowała się w centrum, przy via Santa Lucia. Michele kierował, wystrojona Gigliola jechała obok niego, a z tyłu siedzieli Lello, Antonio i Ada.

Antonio nie chciał spędzać wolnego czasu z pracodawcą i na początku mówił Adzie, że jest zajęty. Ale kiedy Gigliola przekazała, że Michele bardzo się gniewa za te jego wykręty, pochylił głowę i był już posłuszny. Prawie zawsze rozmawiały tylko dziewczęta, Michele i Antonio nie zamieniali ze sobą ani słowa, zresztą Solara często odchodził od stolika i szedł na pogawędkę z właścicielem pizzerii, z którym prowadził liczne interesy. Brat Giglioli zjadał pizzę i nudził się po cichu.

Ulubionym tematem dziewcząt była miłość Ady i Stefana. Rozmawiały o prezentach, jakie on jej dał i ciągle dawał, o cudownej podróży do Sztokholmu w sierpniu ubiegłego roku (jak bardzo Ada musiała nakłamać biednemu Pasqualemu), o tym, że w wędliniarni traktował ją lepiej, niż gdyby była jej właścicielką. Ada się rozczulała, opowiadała i opowiadała. A Gigliola słuchała i co jakiś czas rzucała coś w rodzaju:

– Kościół może anulować małżeństwo, jeśli zechce.

Ada wtedy przerywała, marszczyła brwi:

– Wiem, ale to trudne.

– Trudne, ale nie niemożliwe. Trzeba zwrócić się do Świętej Roty.

– A co to jest?

– Dokładnie nie wiem, ale Święta Rota może wszystko.

– Jesteś pewna?

– Tak czytałam.

Ada była przeszczęśliwa, że tak nieoczekiwanie znalazła przyjaciółkę. Do tej pory przeżywała swoją historię w milczeniu, tonąc w strachu i wyrzutach sumienia. Teraz odkrywała, że rozmowa polepsza jej samopoczucie, umacnia przekonanie o własnych racjach, przekreśla winę. Tylko wrogie nastawienie brata psuło jej nastrój: po powrocie zawsze się kłócili. Któregoś razu Antonio prawie ją spoliczkował. Wykrzyczał do niej:

– Dlaczego, do diabła, rozpowiadasz wszystkim o swoich sprawach? Czy ty zdajesz sobie sprawę, że robisz się na dziwkę, a mnie na alfonsa?

Ona odpowiedziała najbardziej pogardliwym tonem, na jaki było ją stać:

– A ty wiesz, dlaczego Michele Solara chodzi z nami na kolację?

– Bo jest moim szefem.

– Tak, oczywiście.

– To dlaczego?

– Bo ja jestem ze Stefanem, a on się liczy. Gdybym czekała na ciebie, dalej byłabym tylko córką Meliny.

Antonio stracił panowanie nad sobą i powiedział:

– Ty nie *jesteś* ze Stefanem, ty jesteś *kurwą* Stefana.

Ada się rozpłakała.

– To nieprawda, Stefano kocha tylko mnie.

Któregoś wieczoru sprawy zaszły jeszcze dalej. Byli w domu, właśnie skończyli jeść kolację. Ada myła talerze, Antonio patrzył w pustkę, ich matka zamiatała z przesadną energią, nucąc starą piosenkę. W pewnym momencie całkiem przypadkowo przejechała miotłą po stopach córki i doszło do okropnej awantury. Kiedyś wierzono – nie wiem, czy ten przesąd jeszcze istnieje – że jeśli przejedzie się miotłą po stopach panny, ta nigdy nie wyjdzie za mąż. Ada w jednej chwili ujrzała swoją przyszłość. Skoczyła do tyłu, jak gdyby musnął ją karaluch, a talerz, który trzymała w rękach, poleciał na podłogę.

– Zamiotłaś po moich nogach – wrzasnęła, wprawiając matkę w osłupienie.

– Nie zrobiła tego specjalnie – powiedział Antonio.

– Właśnie że specjalnie. Wy nie chcecie, żebym wyszła za mąż, pasuje wam to, że dla was haruję, chcecie mnie tu trzymać przez całe życie.

Melina próbowała przytulić córkę, powtarzając „nie, nie, nie", ale Ada odepchnęła ją gniewnie. Kobieta cofnęła się, uderzyła o krzesło i runęła na podłogę między kawałki stłuczonego talerza.

Antonio rzucił się matce na pomoc, ale Melina wrzeszczała ze strachu – bała się syna, bała się córki, bała się wszystkiego, co wkoło. A Ada wrzeszczała jeszcze głośniej:

– Zobaczycie, że wyjdę za mąż, i to wkrótce, bo jeśli Lina sama się nie usunie, to ja ją usunę, usunę z tego świata!

Wtedy Antonio wyszedł z domu, trzaskając drzwiami. Przez kolejne dni był bardziej przybity niż zazwyczaj, starał się jakimś cudem wyrwać z tej nowej życiowej tragedii, zrobił się głuchy i niemy, unikał drogi przed starą wędliniarnią, a jeśli przez przypadek mijał się ze Stefanem Carraccim, spoglądał w inną stronę, zanim nasiliło się w nim pragnienie, by spuścić mu lanie. Miał mętlik w głowie, nie wiedział już, co słuszne, a co nie. Czy słusznie postąpił, nie przekazując Lili Michelemu? Czy słusznie postąpił, prosząc Enza, aby odwiózł ją do domu? Czy gdyby Lila nie wróciła do męża, sytuacja jego siostry byłaby inna? Mówił sobie, że wszystko dzieje się przez przypadek, dobro i zło nie ma nic do rzeczy. Ale wtedy jego mózg blokował się, i przy pierwszej lepszej okazji, aby uwolnić się od złych myśli, znowu kłócił się z Adą. Krzyczał do niej:

– Kretynko, on jest żonaty, ma małego synka, jesteś gorsza niż nasza matka, brakuje ci wyczucia.

W takich sytuacjach Ada biegła do Giglioli i zwierzała się jej:

– Mój brat to wariat, mój brat chce mnie zabić.

Dlatego któregoś popołudnia Michele wezwał Antonia i zlecił mu długą robotę w Niemczech. On nie dyskutował, z chęcią posłuchał, wyjechał, nie pożegnawszy się ani z siostrą, ani nawet z Meliną. Był pewien, że na obcej ziemi, pośród ludzi, którzy mówią jak naziści z filmów wyświetlanych u księdza, zadźgają go nożem, strzelą do niego, i to go cieszyło. Wolał zostać zabity, niż dalej patrzeć na cierpienie matki i Ady, nic nie mogąc na to poradzić.

Jedyną osobą, z którą spotkał się przed wyjazdem, był Enzo. W tamtym czasie Enzo miał wiele spraw na głowie: usiłował wszystko sprzedać, osła, wóz, sklepik matki, ogród za torami. Część uzyskanej kwoty chciał przekazać niezamężnej ciotce, która zgodziła się zatroszczyć o rodzeństwo.

– A ty? – zapytał Antonio.

– Szukam pracy.

– Chcesz zmienić życie?

– Tak.

– Dobrze robisz.

– Muszę.

– Ja zostanę, jaki jestem.

– Bzdury.

– Naprawdę, ale nic nie szkodzi. Muszę wyjechać i nie wiem, kiedy wrócę. Proszę cię, czy mógłbyś od czasu do czasu rzucić okiem na moją matkę, na siostrę i na dzieci?

– Mógłbym, jeśli zostanę w dzielnicy.

– Enzo, źle zrobiliśmy, nie powinniśmy Liny odprowadzać do domu.

– Być może.

– To wszystko takie cholernie skomplikowane, nigdy nie wiadomo, co robić.

– Tak.

– Cześć.

– Cześć.

Nawet nie uścisnęli sobie dłoni. Antonio dotarł na piazza Garibaldi i wsiadł do pociągu. Jechał długo, dzień i noc, w żyłach płynęły mu wściekłe słowa, a podróż wydawała się nie do zniesienia. Po zaledwie kilku godzinach czuł mrowienie w stopach, nigdzie nie jeździł od czasów służby wojskowej. Co jakiś czas wysiadał, aby napić się wody na dworcu, ale bał się, że pociąg odjedzie bez niego. Później zdradził mi, że na stacji we Florencji był tak przygnębiony, iż pomyślał: tutaj wysiądę i pojadę do Lenucci.

111.

Wraz z wyjazdem Antonia przyjaźń Giglioli i Ady bardzo się zacieśniła. Gigliola zasugerowała jej to, o czym córka Meliny już dawno myślała, czyli że nie wolno jej czekać, musi sama rozwiązać małżeński impas Stefana.

– Lina musi opuścić dom – powiedziała – a ty powinnaś w nim zamieszkać: jeśli będziesz zbyt długo zwlekać, czar pryśnie i stracisz wszystko, nawet pracę w wędliniarni, bo ona znowu wejdzie w łaski i zmusi Stefana, by cię wyrzucił. – Gigliola zwierzyła się też, że mówi z własnego doświadczenia, bo ona ma taki sam problem z Michelem. Szepnęła: – Zestarzeję się, jeśli będę czekać, aż on się zdecyduje na ślub. Dlatego męczę go bezustannie i albo się pobierzemy do wiosny 1968, albo go zostawię i niech się pieprzy.

W ten sposób Ada zaczęła zaciskać wokół Stefana pętlę szczerej, kolosalnej żądzy, która sprawiała, iż czuł się mężczyzną wyjątkowym, a jednocześnie mruczała do niego między jednym pocałunkiem a drugim:

– Stefano, musisz się zdecydować: albo ze mną, albo z nią. Nie mówię, że masz ją wyrzucić na ulicę razem z dzieckiem, to twój syn, masz obowiązki, ale zrób, jak robi dzisiaj wielu aktorów i ważnych ludzi: dasz jej trochę pieniędzy i koniec. W dzielnicy i tak już wszyscy wiedzą, że ja jestem twoją prawdziwą żoną. Chcę być z tobą już na zawsze.

Stefano odpowiadał, że dobrze, i mocno ją przytulał na niewygodnym łóżku na Rettifilo, ale potem nic nie robił, tylko wrzeszczał na Lilę po powrocie do domu, raz, bo nie było czystych skarpetek, innym razem, bo widział, jak rozmawiała z Pasqualem czy z kimś innym.

Ada więc popadła w rozpacz. Pewnego niedzielnego poranka spotkała Carmen, która ostro skarżyła się na ich warunki pracy w obydwu wędliniarniach. I tak od słowa do słowa przeszły do wylewania jadu na Lilę, którą obie, choć z różnych przyczyn, uznawały za źródło wszelkich nieszczęść. Na koniec Ada nie wytrzymała i opowiedziała o swojej uczuciowej sytuacji, zapominając, że Carmen to siostra jej byłego chłopaka. A Carmen, która gorąco pragnęła wejść w krąg plotek, słuchała bardzo uważnie, często komentowała, aby podsycić ogień, a swoimi radami usiłowała jak najbardziej zaszkodzić i Adzie, która zdradziła Pasqualego, i Lili, która ją zdradziła. Abstrahując jednak od niechęci, muszę przyznać, że kontakt z osobą, przyjaciółką z dzieciństwa, która znalazła się w roli kochanki żonatego mężczyzny, napawał dumą. Bo choć my, dziewczęta z dzielnicy, od najmłodszych lat chciałyśmy zostać żonami, gdy dojrzewałyśmy, prawie zawsze sympatyzowałyśmy z kochankami, które wydawały nam się postaciami najbardziej ciekawymi, najbardziej walecznymi, a przede wszystkim najbardziej nowoczesnymi. Z drugiej strony liczyłyśmy, że gdy prawowita żona (zazwyczaj kobieta perfidna albo co najmniej od dawna niewierna) poważnie zachoruje i umrze, kochanka przestanie być kochanką i ukoronuje swoje marzenie o miłości, stając się żoną. Opowiadałyśmy się więc po stronie łamania zasad, ale tylko dlatego, aby ich wartość została utwierdzona. Z tego powodu właśnie Carmen, koniec końców, pomimo podstępnych rad, całym sercem przylgnęła do sprawy Ady, wzruszając się jej historią, i któregoś dnia powiedziała z absolutną szczerością:

– Nie możesz tak dalej żyć, musisz wyrzucić tę jędzę, poślubić Stefana, dać mu dzieci. Spytaj Solarów, czy znają kogoś w Świętej Rocie.

Ada natychmiast scaliła rady Carmen z sugestiami Giglioli i pewnego wieczoru w pizzerii zwróciła się bezpośrednio do Michelego:

– Jesteś w stanie dotrzeć do Świętej Roty?

On odpowiedział ironicznie:

– Tego nie wiem, mogę popytać, zawsze znajdzie się jakiś znajomy. Ale ty teraz bierz szybko, co twoje, nie zwlekaj. I o nic się nie martw: jeśli ktoś ci źle życzy, przyślij go do mnie.

Słowa Michelego były dla Ady bardzo ważne, poczuła się wspierana, nigdy w całym życiu nie doświadczyła wokół siebie tak wielkiej aprobaty. Niemniej naciski ze strony Giglioli, rady Carmen, nieoczekiwana protekcja ze strony liczącego się mężczyzny, a nawet złość, że w sierpniu Stefano nie chciał jechać za granicę, jak rok wcześniej, i tylko kilka razy poszli do Sea Garden, nie wystarczyły, by pchnąć ją do ataku. Do tego potrzebny był całkiem nowy, konkretny fakt: odkrycie, że jest w ciąży.

Ciąża przepełniła Adę niepohamowaną radością. Zatrzymała jednak tę informację dla siebie, nie powiedziała o niej nawet Stefanowi. Któregoś popołudnia zdjęła fartuch, wyszła z wędliniarni, żeby odetchnąć świeżym powietrzem, ale zamiast tego poszła do Lili.

– Coś się stało? – zapytała zaskoczona pani Carracci, otworzywszy drzwi.

Ada odpowiedziała:

– Nie stało się nic, czego byś już nie wiedziała.

Weszła i w obecności dziecka o wszystkim jej opowiedziała. Zaczęła spokojnie, mówiła o aktorach, a także kolarzach, nazwała siebie swoistą femme fatale, tyle że bardziej nowoczesną, i wspomniała o Świętej Rocie, żeby dowieść, że nawet Kościół i Bóg w niektórych przypadkach rozwiązują śluby, kiedy miłość jest bardzo silna. Ponieważ Lila słuchała, nie przerywając, czego Ada nigdy by się nie spodziewała – liczyła wręcz, że powie choć pół słówka, żeby mogła pobić ją do krwi – zirytowała się i zaczęła krążyć po mieszkaniu, po

pierwsze, żeby pokazać, że ona w tym domu była nieraz i dobrze go zna, a po drugie, żeby móc powiedzieć:
– Popatrz, jaki burdel, brudne talerze, kurz, skarpetki i majtki na podłodze, ten biedak nie może tak żyć. – I ogarnięta niepowstrzymaną energią zaczęła zbierać brudne ubrania w sypialni i krzyczeć: – Od jutra będę przychodzić i sprzątać. Nie potrafisz nawet łóżka porządnie posłać, popatrz tutaj, Stefano nie znosi, kiedy prześcieradło jest tak pomarszczone, mówił mi, że wyjaśniał ci to tysiąc razy, a ty nic.

Nagle się zmieszała, stanęła i powiedziała cicho:
– Lina, musisz odejść, bo jeśli nie odejdziesz, zabiję ci dziecko.

Lila wydusiła z siebie tylko:
– Zachowujesz się jak twoja matka, Ado.

Tak właśnie powiedziała. Potrafię sobie wyobrazić jej głos: nigdy nie słychać było u niej wzruszenia, więc pewnie i wtedy mówiła ze zwyczajną dla siebie lodowatą złośliwością albo obojętnością. Niemniej wiele lat później zdradziła mi, że gdy patrzyła, jak Ada chodzi po mieszkaniu w tym stanie, przypomniały jej się wrzaski Meliny, porzuconej kochanki, w chwili gdy rodzina Sarratore opuszczała dzielnicę, i oczami wyobraźni ujrzała lecące z okna żelazko, które o mały włos nie zabiło Nina. Wysoki płomień cierpienia, który wtedy wywarł na niej ogromne wrażenie, teraz wzbił się u Ady; ale to już nie żona Sarratorego go wzniecała, lecz ona sama, Lila. Straszna analogia, na którą w tamtym czasie większość z nas nie zwróciła uwagi. Ona tak, i dlatego prawdopodobnie zamiast niechęci, zamiast zwyczajnej determinacji w zadawaniu przykrości zrodziły się w niej żal, litość. Pewne jest, że chciała ją wziąć za rękę, że powiedziała do niej:

– Usiądź, zaparzę ci rumianku.

Ale Ada potraktowała wszystkie słowa Lili, od pierwszego do ostatniego, a przede wszystkim ten gest jako obelgę. Odskoczyła, wywróciła oczami, pokazując tylko białka, a kiedy znowu pojawiły się źrenice, wrzasnęła:

– Twierdzisz, że jestem wariatką? Że jestem wariatką jak moja matka? W takim razie musisz uważać. Nie dotykaj mnie, zejdź mi z drogi i sama sobie zaparz rumianek. Ja w tym czasie doprowadzę ten burdel do porządku.

Zamiotła podłogi, umyła je, pościeliła łóżko, w ogóle się już nie odzywając.

Lila nie spuszczała z niej oczu, bojąc się, że pęknie jak przedmiot poddany zbytniemu przyspieszeniu. Potem zabrała dziecko i wyszła, długo chodziła po osiedlu, rozmawiając z Rinucciem, pokazując mu różne rzeczy, nazywając je, wymyślając bajki. Ale robiła to nie po to, żeby zabawić dziecko, lecz by opanować niepokój. Do domu wróciła dopiero, kiedy zobaczyła z daleka, że Ada wychodzi przez bramę i biegnie, jak gdyby była gdzieś spóźniona.

112.

Kiedy Ada, cała roztrzęsiona i zasapana, wróciła do pracy, Stefano zapytał ponuro, choć ze spokojem:

– Gdzie byłaś?

Ona odpowiedziała w obecności klientek czekających, aż zostaną obsłużone:

– Sprzątałam twój dom, straszny tam bałagan. – I dodała, zwracając się do publiczności przed ladą: – Na komodzie było tyle kurzu, że można było po niej pisać.

Ku rozczarowaniu klientek Stefano nie zareagował. Kiedy sklep opustoszał i nadeszła pora, by zamykać, Ada zabrała się za mycie i zamiatanie, obserwując kochanka kątem oka. Dalej nic, siedział przy kasie i liczył, paląc amerykańskie papierosy o intensywnej woni. Kiedy zdusił ostatni niedopałek, wziął pręt do opuszczania rolet, ale ściągnął je od wewnątrz.

– Co robisz? – spytała zaalarmowana Ada.

– Wyjdziemy drzwiami od podwórka.

Po czym uderzył ją w twarz tyle razy – najpierw wewnętrzną częścią dłoni, potem zewnętrzną – że musiała oprzeć się o ladę, żeby nie zemdleć.

– Jak śmiałaś iść do mojego domu? – zapytał zduszonym głosem, hamując w sobie krzyk. – Jak śmiałaś naprzykrzać się mojej żonie i mojemu dziecku?

Czuł, że zaraz serce mu wybuchnie, dlatego starał się uspokoić. Pobił ją po raz pierwszy. Burknął, cały się trzęsąc:

– Nie rób tego nigdy więcej – i odszedł, zostawiając ją zakrwawioną w sklepie.

Następnego dnia Ada nie przyszła do pracy. Ale w takim opłakanym stanie znowu pojawiła się w domu Lili, a Lila, kiedy zobaczyła jej posiniaczoną twarz, od razu ją wpuściła.

– Zaparz mi rumianku – poprosiła córka Meliny. Lila zaparzyła.

– Masz śliczne dziecko.

– Tak.

– Kropla w kroplę Stefano.

– Nie.

– Ma jego oczy i jego usta.

– Nie.

– Jeśli chcesz czytać te swoje książki, czytaj, ja zajmę się domem i Rinucciem.

Lila spojrzała na nią bacznie, tym razem prawie
rozbawiona, potem odpowiedziała:

– Rób, co chcesz, ale nie zbliżaj się do dziecka.

– Nie martw się, nie zrobię mu nic złego.

Ada wzięła się do pracy: zrobiła porządek, wypra-
ła ubrania, rozwiesiła je na słońcu, ugotowała obiad,
przygotowała kolację. W pewnym momencie stanęła,
oczarowana tym, jak Lila bawi się z Rinucciem.

– Ile ma lat?

– Dwa lata i cztery miesiące.

– Mały jest, za bardzo go męczysz.

– Nie, robi to, co może.

– Jestem w ciąży.

– Co ty mówisz?

– Tak.

– Ze Stefanem?

– Jasne.

– On wie?

– Nie.

Wtedy Lila zrozumiała, że jej małżeństwo naprawdę zbliża się ku końcowi, i jak zazwyczaj zdarzało jej
się w chwilach, kiedy przeczuwała przełom, nie czuła
ani żalu, ani strachu, ani troski. Kiedy Stefano wrócił

do domu, zastał żonę czytającą w salonie, Adę bawiącą się z dzieckiem w kuchni, mieszkanie pachnące czystością i błyszczące jak wielki klejnot. Zdał sobie sprawę, że lanie na nic się zdało, pobladł, zabrakło mu tchu..

– Wynoś się – powiedział cicho do Ady.

– Nie.

– Co ty sobie myślisz?

– Że tu zostanę.

– Chcesz, żebym zwariował?

– Tak, wtedy będzie nas dwójka.

Lila zamknęła książkę, bez słowa wzięła dziecko i wyszła do pokoju, gdzie ja kiedyś się uczyłam i gdzie teraz spał Rinuccio. Stefano wyszeptał do kochanki:

– Ty mnie rujnujesz. Nieprawda, że mnie kochasz, robisz wszystko, żebym stracił klientów, żebym został bez grosza, a wiesz, że sytuacja i tak nie jest dobra. Proszę cię, powiedz, czego chcesz, a ja ci to dam.

– Chcę zawsze być z tobą.

– Dobrze, ale nie tutaj.

– Tutaj.

– To mój dom i tu mieszka Lina, tu mieszka Rinuccio.

– Od tej chwili ja też będę mieszkać, jestem w ciąży.

Stefano usiadł. W milczeniu wpatrywał się w brzuch stojącej przed nim Ady, jak gdyby przenikał ubranie, majtki, skórę, jak gdyby widział już ukształtowane dziecko, gotową żywą istotę, która zaraz na niego wyskoczy. Potem ktoś zapukał do drzwi.

To był kelner z baru „Solara", zatrudniony od niedawna szesnastolatek. Przekazał Stefanowi, że Michele i Marcello chcą się z nim natychmiast widzieć. Stefano otrząsnął się; ze względu na przetaczającą się przez jego dom burzę żądanie to było prawdziwym zbawieniem. Zwrócił się do Ady:

– Nie ruszaj się stąd.

Ona uśmiechnęła się, skinęła potakująco głową. Wyszedł, pojechał samochodem do braci Solara. Wpakowałem się w niezły burdel, myślał. Co mam robić? Gdyby mój ojciec żył, połamałby mi obie nogi żelaznym prętem. Kobiety, długi, czerwony zeszyt pani Solary. Coś poszło nie tak. Lina. To ona go zniszczyła. Do diabła, co takiego pilnego mają mu do powiedzenia Marcello i Michele o tej porze?

Chcieli starą wędliniarnię. Nie powiedzieli tego otwarcie, ale dali do zrozumienia. Marcello ograniczył się do zasugerowania kolejnej pożyczki, jakiej mogli mu udzielić. Ale stwierdził: buty „Cerullo" muszą być definitywnie nasze, dosyć współpracy z twoim leniwym szwagrem, w ogóle nie można mu ufać. I potrzeba jakichś gwarancji, działalności, nieruchomości, sam zadecyduj. Po czym wyszedł, rzucając, że ma robotę. Wtedy Stefano został sam na sam z Michelem. Długo rozmawiali o tym, czy fabryczkę Rina i Fernanda da się uratować, czy da się to zrobić bez tego, co Marcello nazwał gwarancjami. Ale Michele pokręcił przecząco głową i odparł:

– Gwarancje są potrzebne, bo skandale nie pomagają interesom.

– Nie rozumiem.

– Ja siebie za to rozumiem. Kogo bardziej kochasz, Linę czy Adę?

– To nie twoja sprawa.

– Nie, Stefano, jeśli chodzi o pieniądze, twoje sprawy są też moimi.

– Co mam ci powiedzieć: jesteśmy facetami, dobrze wiesz, jak to działa. Lina jest moją żoną, a Ada to coś całkiem innego.

– Czyli bardziej kochasz Adę?

– Tak.

– Rozwiąż tę sytuację, a potem porozmawiamy.

Minęło wiele potwornych dni, zanim Stefano znalazł sposób, jak wyjść z galimatiasu. Kłótnie z Adą, kłótnie z Lilą, praca leżąca odłogiem, stara wędliniarnia często zamknięta, dzielnica, która patrzyła i zapamiętywała, i nadal pamięta. Piękna para narzeczonych. Kabriolet. Przeminął związek Sorayi z perskim szachem, przeminął związek Johna i Jacqueline. W końcu Stefano poddał się i powiedział Lili:

– Znalazłem ci przyjemne miejsce, w sam raz dla ciebie i dla Rinuccia.

– Jaki jesteś szlachetny.

– Będę przychodził dwa razy w tygodniu, żeby pobyć z synkiem.

– Jeśli o mnie chodzi, możesz się z nim w ogóle nie widywać, to nie twój syn.

– Jędza, chcesz mnie sprowokować, żebym rozwalił ci buzię.

– Rozwalaj, kiedy chcesz, już do tego przywykłam. I zajmij się swoim dzieckiem, a ja zajmę się swoim.

Prychnął, zdenerwował się, naprawdę chciał ją uderzyć. W końcu powiedział:

– To miejsce jest na Vomero.

– Gdzie?

– Jutro cię tam zawiozę i pokażę. Na piazza degli Artisti.

Lila w jednej chwili przypomniała sobie o propozycji, jaką Michele Solara złożył jej jakiś czas temu: „Kupiłem mieszkanie na Vomero, na piazza degli Artisti. Jeśli chcesz, od razu cię tam zabiorę, pokażę ci je, kupiłem je z myślą o tobie. Tam możesz robić, co chcesz: czytać, pisać, wymyślać projekty, spać, śmiać się, rozmawiać i być z Rinucciem. Mnie zależy tylko na tym, żebym mógł na ciebie patrzeć i cię słuchać". Pokręciła z niedowierzaniem głową i powiedziała do męża:

– Bydlak z ciebie.

113.

Teraz Lila siedzi zabarykadowana w pokoju Rinuccia i zastanawia się, co dalej. Nigdy nie wróci do domu ojca i matki: musi sama udźwignąć ten ciężar i nie chce na powrót być córką. Na brata nie może liczyć: Rino oszalał, zemści się na Pinuccii za Stefana, kłóci się już nawet z teściową Marią, bo jest zrozpaczony, bez pieniędzy, po uszy w długach. Może liczyć tylko na Enza: zaufała mu i nadal ufa, choć nie pokazał się więcej, może w ogóle zniknął z dzielnicy. Myśli: przecież obiecał, że wyciągnie mnie stąd. Ale czasami ma nadzieję, że nie dotrzyma słowa, boi się, że może mu narobić kłopotów. Nie boi się ewentualnego starcia ze Stefanem, jej mąż i tak już z niej zrezygnował, a poza tym jest tchórzem, chociaż ma siłę dzikiej bestii. Boi się Michelego Solary. Nie dzisiaj, nie jutro, ale kiedy nie będę się tego spodziewać, stanie przede mną i jeśli się nie podporządkuję, zapłacę wysoką cenę i każdy, kto mi pomoże, też ją zapłaci. Dlatego lepiej, żebym odeszła, nikogo w to nie wplątując. Muszę znaleźć pracę, jakąkolwiek, bylebym tylko zarobiła na jedzenie dla dziecka i na dach nad głową.

Myśl o dziecku pozbawia ją sił. Co trafiło do głowy Rinuccia, jakie obrazy, słowa? Martwi się o to, co niebacznie usłyszał. Ciekawe, czy słyszał mój głos, gdy nosiłam go w brzuchu. Ciekawe, czy wszedł w jego unerwienie. Czy czuł się kochany, odrzucony, czy odczuwał moje wzburzenie. W jaki sposób chronić dziecko. Karmiąc je. Kochając. Ucząc. Filtrując wszelkie bodźce, które mogą na zawsze je skrzywić. Straciłam jego prawdziwego ojca, który niczego o nim nie wie i nigdy nie będzie go kochał. Stefano, który nie jest jego ojcem, ale choć trochę go kochał, sprzedał nas z miłości do innej kobiety i do prawdziwszego syna. Co się z tym dzieckiem stanie. Rinuccio wie już, że kiedy idę do drugiego pokoju, nie zniknę, nadal jestem. Bawi się przedmiotami i ich wyobrażeniami, tym, co na zewnątrz, i tym, co w środku. Umie samodzielnie jeść łyżką i widelcem. Obraca przedmioty i je formuje, przekształca. Od słowa przeszedł do zdania. Po włosku. Nie mówi już on, mówi ja. Rozpoznaje litery alfabetu. Układa je tak, żeby stworzyć swoje imię. Kocha kolory. Jest radosny. Ale ta cała wściekłość… Widział, jak mnie znieważano i bito. Widział, jak rozwalam rzeczy i sama znieważam. W dialekcie. Nie mogę tu dłużej zostać.

114.

Lila wychodziła ostrożnie z pokoju, tylko kiedy nie było Stefana, nie było Ady. Przygotowywała Rinucciowi coś do jedzenia, sama coś skubała. Wiedziała, że cała dzielnica plotkuje, że wieści się rozeszły. Pewnego późnego listopadowego popołudnia zadzwonił telefon.

– Będę za dziesięć minut.

Rozpoznała głos i bez większego zaskoczenia odpowiedziała:

– Dobrze. – I dodała: – Enzo.

– Tak.

– Nie musisz.

– Wiem.

– Bracia Solara są w to zamieszani.

– Pieprzę braci Solara.

Przyjechał dokładnie dziesięć minut później. Wszedł, ona spakowała do dwóch walizek swoje rzeczy i dziecka, a na nocnej szafce w sypialni zostawiła wszystkie kosztowności, w tym pierścionek zaręczynowy i obrączkę.

– Już po raz drugi odchodzę – powiedziała – i tym razem nie wrócę.

Enzo rozejrzał się wkoło, nigdy nie był w jej mieszkaniu. Ona pociągnęła go za ramię:

– Stefano może wpaść w każdej chwili, czasami tak robi.

– I w czym problem? – odpowiedział.

Dotknął przedmiotów, które wyglądały na kosztowne, wazonu, popielniczki, błyszczących sreber. Przejrzał notatnik, w którym Lila zapisywała zakupy dla dziecka i do domu. Potem rzucił jej badawcze spojrzenie, zapytał, czy jest pewna swojej decyzji. Powiedział, że znalazł pracę w fabryce w San Giovanni a Teduccio i tam wynajął mieszkanie, trzy pokoje, trochę ciemna kuchnia.

– Ale tego, co dał ci Stefano – dodał – nie będziesz miała: mnie na to nie będzie stać. – I zauważył na koniec: – Może się boisz, bo nie jesteś do końca przekonana.

– Jestem przekonana – odparła, ze zniecierpliwieniem biorąc Rinuccia na ręce – i niczego się nie boję. Idziemy.

On jeszcze zwlekał. Z notatnika wyrwał kartkę papieru i coś na niej napisał. Zostawił ją na stole.

– Co napisałeś?

– Adres w San Giovanni.

– Dlaczego?

– Nie bawimy się w chowanego.

Wreszcie chwycił walizki i zaczął schodzić po schodach. Lila zamknęła drzwi na klucz i zostawiła go w zamku.

115.

Nic nie wiedziałam o San Giovanni a Teduccio. Kiedy mi powiedziano, że Lila przeniosła się tam z Enzem, jedyne, co przyszło mi do głowy, to fabryka Bruna

Soccava, przyjaciela Nina, zakład produkujący wędliny i usytuowany właśnie w tej okolicy. Nie było to miłe skojarzenie. Od dawna nie wracałam myślami do wakacji na Ischii: przy tej okazji zauważyłam, że szczęśliwe wspomnienia z tamtego lata wyblakły, natomiast jego nieprzyjemna strona rozrosła się. Odkryłam w sobie, że czuję wstręt do każdego dźwięku, każdego zapachu z tamtego okresu, ale tym, co ku mojemu zaskoczeniu pozostało w pamięci jako coś najbardziej nieznośnego, przez co często i długo płakałam, był wieczór na plaży Maronti z Donatem Sarratorem. Tylko cierpienie spowodowane tym, co działo się między Lilą i Ninem, mogło skłonić mnie do uznania tego za przyjemność. Z perspektywy lat uświadomiłam sobie, że to pierwsze doświadczenie penetracji, w ciemności, na zimnym piasku, z pospolitym mężczyzną, ojcem chłopaka, którego kochałam, było poniżające. Wstydziłam się tego, a ten wstyd dołączył do innych bardzo zróżnicowanych wstydów, jakich doznawałam.

Dzień i noc pracowałam nad rozprawą, dręczyłam Pietra, odczytując mu napisane fragmenty. On był uprzejmy, kręcił głową, z pamięci wyławiał fragmenty z Wergiliusza i z innych autorów, które mogłyby mi się przydać. Notowałam każde słowo padające z jego ust, pracowałam nad tym, ale w złości. Miotałam się między sprzecznymi uczuciami. Szukałam pomocy, ale proszenie o nią upokarzało mnie, byłam mu zarazem wdzięczna i wrogo do niego nastawiona, nie mogłam ścierpieć przede wszystkim tego, że robił wszystko, aby jego hojność mi nie ciążyła. Najbardziej zaś męczyło mnie to, że swoje badania prezentowałam razem z nim, przed nim albo po nim naszemu wspólnemu promotorowi, około czterdziestoletniemu docentowi, poważnemu, uważnemu, czasami wręcz towarzyskiemu. Widziałam, że traktuje Pietra tak, jak gdyby już mu przyznano katedrę, mnie zaś jak zwykłą uzdolnioną studentkę. Często rezygnowałam z rozmowy z docentem ze złości, z dumy, z obawy, że będę musiała zaakceptować swoją wrodzoną niższość. Myślałam sobie: muszę być lepsza od Pietra, wie o wiele więcej niż ja, ale jest bezbarwny, brak mu wyobraźni. Jego zachowanie, sposób, w jaki z uprzejmością starał się przedstawiać mi sugestie, jest zbyt ostrożny. To powodowało, że po raz kolejny przerabiałam swoją pracę, zaczynałam od początku, podążałam za ideą, która wydawała mi się nowatorska. Kiedy wracałam do docenta, słuchał mnie, owszem, chwalił, ale nie przykładał zbyt wielkiej wagi do mojej pracy, jak gdyby mój trud był tylko dobrze rozegraną partią. Szybko zrozumiałam, że Pietro Airota ma perspektywy, a ja nie.

Do tego doszedł mój nieoczekiwany wyskok. Docent potraktował mnie po przyjacielsku i powiedział:

– Jest pani studentką o niepospolitej wrażliwości. Czy zastanawiała się pani nad uczeniem po uzyskaniu magisterium?

Sądziłam, że ma na myśli uczenie na uniwersytecie, i zadrżałam z radości, na policzkach pojawiły się wypieki. Odpowiedziałam, że lubię zarówno nauczanie, jak i badania, że chciałabym dalej pracować nad czwartą księgą *Eneidy*. On od razu się zorientował, że go źle zrozumiałam, i zmieszał się. Rzucił kilka ogólnikowych zdań o przyjemności nabywania wiedzy przez całe życie i zasugerował mi konkurs, jaki odbędzie się na jesieni: tylko kilka etatów w szkołach pedagogicznych. Zachęcił gorącymi słowami:

– Potrzebujemy wybitnych profesorów, którzy ukształtują równie wybitnych nauczycieli.

To wszystko. Wstyd, wstyd i jeszcze raz wstyd. Oto jak skończyło się moje wielkie mniemanie o sobie, ambicja, by być jak Pietro. Jedyne, co miałam z nim wspólnego, to drobne doznania erotyczne, kiedy zapadał wieczór. Dyszał, ocierał się o mnie, nie prosił o nic, brał to, co ja mu spontanicznie dawałam.

Zablokowałam się. Przez jakiś czas nie mogłam skupić się na rozprawie, patrzyłam na stronice w książkach, nie dostrzegając linijek. Leżałam w łóżku, gapiąc się w sufit, zastanawiałam się, co dalej. Poddać się właśnie pod sam koniec, wrócić do Neapolu? Obronić się, uczyć w szkołach średnich? Pani profesor. Tak. To więcej niż Oliviero. Na równi z Galiani. A może nie, może ciut niżej. Profesor Greco. W dzielnicy uznano by mnie za znaczącą osobę, córka woźnego, która od dziecka wszystko wiedziała. I tylko ja znałabym prawdę, że nie zaszłam zbyt daleko, ja, która poznałam Pizę, wybitnych profesorów i Pietra, i Mariarosę, i ich ojca. Wielki wysiłek, wielkie nadzieje, piękne chwile. Przez całe życie opłakiwałabym czasy spędzone z Frankiem Marim. Jakie piękne były miesiące, lata u jego boku. W tamtej chwili nie rozumiałam ich znaczenia, ale teraz za nimi tęskniłam. Deszcz, mróz, śnieg, zapach wiosny nad Arno i na ukwieconych uliczkach miasta, ciepło, które sobie przekazywaliśmy. Wybieranie sukienki, okularów. Jego przyjemność w zaprowadzaniu we mnie zmian. I Paryż, ekscytująca podróż za granicę, kafejki, polityka, literatura, rewolucja, która wkrótce nadejdzie, chociaż klasa robotnicza zaczyna się integrować. I on. Jego pokój w nocy. Jego ciało. Wszystko skończone, wierciłam się nerwowo w łóżku, nie mogąc spać. Powtarzałam sobie, że się okłamuję. Czy naprawdę było aż tak pięknie? Dobrze wiedziałam, że wtedy też był wstyd. I skrępowanie, upokorzenia, niesmak: zaakceptować, znieść, zmusić się. Czy to możliwe, że nawet szczęśliwe chwile rozkoszy nie zdają surowego egzaminu? Możliwe. Czarny cień z Maronti wkrótce zalał też ciało Franca, a potem dosięgnął również Pietra.

Od pewnego momentu coraz rzadziej widywałam się z Pietrem, tłumacząc, że jestem w tyle i mogę nie skończyć rozprawy na czas. Któregoś ranka kupiłam zeszyt w kratkę i zaczęłam opisywać w trzeciej osobie to, co przydarzyło mi się na plaży pod Barano. Potem, ciągle w trzeciej osobie, opowiedziałam o wszystkim, co stało się na Ischii. A potem też o Neapolu i o dzielnicy. W końcu zmieniłam imiona, miejsca i okoliczności. I wyobraziłam sobie mroczną siłę skrywającą się w życiu bohaterki, byt posiadający umiejętność scalania świata wokół niej jak płomień spawarki, tworzenia błękitnofioletowej otoczki, w której wszystko tryskało iskrami i pięknie się układało, by jednak szybko rozpaść się na szare i pozbawione sensu kawałki. Spisanie tej historii zajęło mi dwadzieścia dni: z nikim się nie widywałam, wychodziłam tylko, żeby coś zjeść. Na koniec przeczytałam kilka stron, nie spodobały mi się i porzuciłam je. Zauważyłam jednak, że jestem spokojniejsza, jak gdybym cały wstyd przelała na kartki zeszytu. Wróciłam do ludzi, szybko skończyłam rozprawę, znowu zaczęłam spotykać się z Pietrem.

Jego uprzejmość, jego troska wzruszały mnie. Kiedy się obronił, przyjechała cała rodzina w komplecie i pojawiło się też wielu pizańskich znajomych rodziców. Ku własnemu zaskoczeniu zdałam sobie sprawę, że nie czuję już rozżalenia z powodu tego, co czeka Pietra, z powodu jego zaplanowanego życia. Byłam szczęśliwa, że spotka go piękny los, i wdzięczna całej rodzinie za zaproszenie na przyjęcie. Szczególną troską otoczyła mnie Mariarosa. Z zapałem dyskutowałyśmy o faszystowskim przewrocie w Grecji.

Ja obroniłam się podczas kolejnej sesji. Nie poinformowałam o tym rodziców, bałam się, że moja matka poczuje się w obowiązku, by przyjechać i mi gratulować. Przed profesorami stanęłam w jednej z sukienek podarowanych przez Franca, która jeszcze się do tego nadawała. Wreszcie byłam z siebie zadowolona. Nie miałam dwudziestu trzech lat, a już zdobyłam tytuł magistra literatury, uzyskując najwyższą ocenę. Mój ojciec skończył piątą klasę szkoły podstawowej, moja matka zatrzymała się na drugiej, o ile wiedziałam, nikt z przodków nie potrafił poprawnie czytać i pisać. Ja dokonałam cudu.

Świętowałam z kilkoma koleżankami ze studiów i oczywiście z Pietrem. Pamiętam, że było bardzo gorąco. Po zwyczajowych obrzędach studenckich wróciłam do pokoju, żeby się odświeżyć i zostawić maszynopis pracy magisterskiej. Pietro czekał na dole, chciał zabrać mnie na kolację. Spojrzałam w lustro, wyglądałam ślicznie. Chwyciłam zeszyt z historią, którą napisałam, i wrzuciłam do torebki.

Pietro po raz pierwszy zaprosił mnie do restauracji. Franco robił to często i nauczył mnie też wszystkiego o położeniu sztućców, kieliszków.

Zapytał:

– Jesteśmy parą?

Uśmiechnęłam się i odpowiedziałam:

– Nie wiem.

Wyciągnął z kieszeni paczuszkę, podał mi ją. Szepnął:

– Przez cały rok sądziłem, że tak. Ale jeśli ty uważasz inaczej, potraktuj to jako prezent z okazji obrony pracy magisterskiej.

Rozpakowałam, pojawiło się zielone etui. W środku znajdował się pierścionek z brylancikami.

– Jest przepiękny.

Przymierzyłam, pasował idealnie. Pomyślałam o pierścionkach, jakie Stefano podarował Lili, bardziej okazałych. Po raz pierwszy otrzymałam w prezencie klejnot. Franco wiele mi podarował, ale żadnej biżuterii, jedyną, jaką posiadałam, była srebrna bransoletka od mojej matki.

– Jesteśmy parą – powiedziałam i przechyliłam się przez stół, by pocałować go w usta.

On się zaczerwienił, wymamrotał:

– Mam też inny prezent.

Podał mi kopertę, w środku był próbny wydruk jego rozprawy-książki. Co za tempo, pomyślałam z sympatią i nawet odrobiną radości.

– Ja też mam coś dla ciebie.

– Co takiego?

– Głupstwo, ale nie wiem, co innego mogłabym ci dać tak naprawdę od siebie.

Wyciągnęłam z torebki zeszyt i mu podałam.

– To powieść – powiedziałam – *unicum*: jedyna kopia, jedyna próba, jedyna chwila słabości. Nic innego już nie napiszę. – I dodałam ze śmiechem: – Jest tam kilka odważnych fragmentów.

Wyglądał na speszonego. Podziękował, położył zeszyt na stole. Od razu pożałowałam, że mu go dałam. Pomyślałam, że to poważny badacz, z wieloletnią rodzinną tradycją, wkrótce opublikuje esej o bachicznych obrzędach, który stanie się początkiem jego kariery; to moja wina, nie powinnam go wpędzać w zakłopotanie historyjką, której nawet nie przepisałam na maszynie. Ale nawet w takiej chwili nie czułam się nieswojo, on to on, ja to ja. Powiedziałam, że złożyłam podanie i chcę startować w konkursie o etat w szkołach pedagogicznych, powiedziałam, że wrócę do Neapolu, ze śmiechem stwierdziłam, że nasz związek nie będzie łatwy, ja na południu, on na północy. Ale Pietro zachował powagę, miał już wszystko poukładane w głowie, przedstawił mi swój plan: dwa lata, by zadomowić się na uniwersytecie, a potem ślub. Ustalił nawet datę: wrzesień 1969. Kiedy wyszliśmy, zapomniał zeszytu na stole. Rozbawiona zwróciłam mu na to uwagę:

– A mój prezent?

Speszył się, pobiegł, by go wziąć.

Długo spacerowaliśmy. Całowaliśmy się, przytulaliśmy na bulwarach, spytałam pół żartem, pół serio, czy chce przemknąć się do mojego pokoju. Pokręcił przecząco głową i wrócił do namiętnego całowania. Od Antonia dzieliły go całe biblioteki, a mimo to byli tak do siebie podobni.

116.

Powrót do Neapolu przeżywałam jak ktoś, kto ma popsuty parasol i każdy powiew wiatru może mu go nagle zamknąć na głowie. Przyjechałam w samym środku lata. Najchętniej od razu zabrałabym się za szukanie pracy, ale mój status absolwentki uniwersytetu nie pozwalał szukać drobnego zatrudnienia, jak niegdyś. Z drugiej strony nie miałam pieniędzy i czułabym się upokorzona, gdybym poprosiła o nie ojca i matkę, i tak wystarczająco się dla mnie poświęcili. Szybko ogarnęło mnie poirytowanie. Wszystko mnie drażniło, drogi, brzydkie fasady kamienic, główna ulica, park, chociaż na początku wzruszał mnie każdy kamień, każdy zapach. Zastanawiałam się, co zrobię, jeśli Pietro znajdzie sobie inną, jeśli nie wygram konkursu? Nie mogę na zawsze być więźniem tego miejsca i tych ludzi.

Rodzice i rodzeństwo byli ze mnie bardzo dumni, ale dostrzegałam, że sami nie wiedzą dokładnie dlaczego: na co mogłabym się przydać, po co wróciłam, jak mieli sąsiadom pokazać, że jestem chlubą rodziny? Na dobrą sprawę tylko komplikowałam im życie, zwiększałam zatłoczenie w małym mieszkaniu, utrudniałam wieczorne rozkładanie łóżek, rozbijałam codzienną rutynę, do której już nie przynależałam. Na dodatek cały czas siedziałam albo stałam w jednym czy drugim kącie z nosem w książkach, jak pomnik nauki, osoba zarozumiale zamyślona, której nikt nie chciał przeszkadzać, choć wszyscy zastanawiali się, jakie ma zamiary.

Moja matka nie od razu wypytała mnie o narzeczonego, którego istnienia domyśliła się dzięki pierścionkowi, a nie moim zwierzeniom. Chciała się dowiedzieć, co robi, ile zarabia, kiedy pojawi się w domu w towarzystwie swoich rodziców, gdzie zamieszkam po ślubie. Na początku udzieliłam jej kilku informacji: naucza na uniwersytecie, na razie nie zarabia, publikuje książkę, która przez innych profesorów uznana jest za bardzo znaczącą, pobierzemy się za dwa lata, jego rodzice są z Genui, prawdopodobnie ja też zamieszkam w tym mieście, a w każdym razie tam, gdzie on dostanie zatrudnienie. Ale to, jak na mnie patrzyła, jak ciągle zadawała te same pytania, zrodziło we mnie podejrzenie, że jest tak pełna uprzedzeń, że nawet mnie nie słucha. Zaręczyłam się z człowiekiem, który nie poprosił o moją rękę i nawet nie zamierzał prosić, który mieszka gdzieś daleko, który uczy, ale mu za to nie płacą, który publikuje książkę, ale nie jest znany? Jak zwykle zdenerwowała się, chociaż już nie robiła mi awantur. Usiłowała pohamować swoją dezaprobatę, może nawet nie wiedziała, jak miałaby mi ją zakomunikować. Sam język bowiem stał się znakiem mojej inności. Wyrażałam się w sposób zbyt skomplikowany jak na nią, i chociaż zmuszałam się do dialektu i upraszczałam zdania, kiedy sobie o tym przypomniałam, brzmiały nienaturalnie i były przez to niejasne. Na dodatek włożony trud, aby oczyścić głos z akcentu neapolitańskiego, choć nie przekonał pizańczyków, przekonał ją, mojego ojca, rodzeństwo, całą dzielnicę. Na ulicy, w sklepach, na klatce ludzie traktowali mnie z mieszaniną respektu i drwiny. Za plecami zaczęto nazywać mnie pizanką.

W tamtym okresie pisałam długie listy do Pietra, a on odpowiadał listami jeszcze dłuższymi. Na początku spodziewałam się, że przynajmniej wspomni o zeszycie, potem sama o nim zapomniałam. Nie pisaliśmy o niczym konkretnym, posiadam je do dzisiaj: nie ma w nich żadnego szczegółu, który pozwoliłby zrekonstruować ówczesne życie codzienne, ile kosztował chleb, a ile bilet do kina, ile zarabiał woźny, a ile profesor. Skupialiśmy się na książce, którą on czytał, na ciekawym artykule dotyczącym naszych badań, na jakimś moim czy jego wywodzie, na zamieszkach studenckich, na tematach neoawangardowych, o których ja nie wiedziałam niczego, on zaś zaskakująco wiele i bawiły go do tego stopnia, że pisał: „Chętnie wydałbym książeczkę z pogniecionych kartek, tych, na których zaczynasz jakieś zdanie, nie podoba ci się i je wyrzucasz. Zbieram je, chciałbym je wydrukować w takim stanie, pomięte, z przypadkowym rozgałęzieniem zagięć, które splatają się z naszkicowanymi, niedokończonymi zdaniami. Może jest to jedyna literatura, jaką dzisiaj da się tworzyć". Ostatnie zdanie dotknęło mnie. Pamiętam, że wtedy podejrzewałam, że jest to jego sposób na przekazanie mi, że przeczytał historię i że mój literacki prezent zrobił na nim wrażenie produktu przestarzałego.

W tamtych tygodniach wycieńczających upałów kumulowane przez lata zmęczenie zatruło moje ciało, czułam się wyzuta z sił. Popytałam o stan zdrowia pani Oliviero, miałam nadzieję, że ma się dobrze, że uda mi się z nią spotkać i że jej zadowolenie z moich z powodzeniem ukończonych studiów dostarczy mi odrobiny energii. Dowiedziałam się jednak, że siostra z powrotem zabrała ją do Potenzy. Poczułam się bardzo samotna. Zaczęłam wręcz opłakiwać Lilę, naszą burzliwą rywalizację. Miałam ochotę odszukać ją i zmierzyć dystans, jaki nas dzieli. Ale nie zrobiłam tego. Z braku innych obowiązków przeprowadziłam skrupulatne śledztwo w sprawie tego, co myśli o niej dzielnica, co się o niej mówi.

W pierwszej kolejności postanowiłam zwrócić się do Antonia. Nie było go, mówiono, że został w Niemczech, niektórzy twierdzili, że ożenił się z przepiękną Niemką o platynowych włosach, grubą, z błękitnymi oczami i że doczekał się bliźniaków.

Skontaktowałam się więc z Alfonsem: często chodziłam do niego do sklepu na piazza dei Martiri. Był naprawdę pięknym mężczyzną, wyglądał jak szykowny hidalgo, z dbałością posługiwał się językiem włoskim, choć z przyjemnością wtrącał słowa dialektalne. Dzięki niemu sklep braci Solara stał się niezwykle popularny. Zarabiał zadowalającą kwotę, wynajął mieszkanie na Ponte di Tappia i nie tęsknił za dzielnicą, za rodzeństwem, za zapachami i brudem w wędliniarniach.

– W przyszłym roku się żenię – ogłosił bez większego entuzjazmu.

Jego związek z Marisą przetrwał, scalił się, pozostał tylko ten ostateczny krok. Wyszłam z nimi parę razy, dobrze im razem było, ona wyzbyła się dawnej energiczności i wielomówności, teraz skupiała się przede wszystkim na tym, aby nie powiedzieć czegoś, co mogłoby go poirytować. Ani razu nie zapytałam o jej ojca, o matkę, o braci. Nie zapytałam też o Nina, a ona sama nic mi o nim nie powiedziała, jak gdyby na zawsze zniknął także z jej życia.

Widziałam się też z Pasqualem i jego siostrą Carmen: on dalej wykonywał drobne prace murarskie to tu, to tam w Neapolu i na prowincji, ona ciągle sprzedawała w nowej wędliniarni. Od razu zakomunikowali mi, że oboje mają nowe sympatie: Pasquale potajemnie związał się z najmłodszą córką właścicielki pasmanterii; Carmen zaręczyła się z właścicielem stacji benzynowej na głównej ulicy, dobrym człowiekiem pod czterdziestkę, który bardzo ją kocha.

Odwiedziłam również Pinuccię, która zmieniła się nie do poznania: zaniedbana, nerwowa, wychudzona, zrezygnowana, z siniakami po laniu, jakie Rino ciągle jej sprawiał, mszcząc się na Stefanie, i jeszcze bardziej widocznymi oznakami tłumionego nieszczęścia – w oczach i w głębokich bruzdach wokół ust.

W końcu odważyłam się i namierzyłam Adę. Myślałam, że będzie w podobnym stanie co Pinuccia, upokorzona przez rolę konkubiny. Ona jednak mieszkała w domu Liny i wyglądała ślicznie, była pogodna, niedawno urodziła córeczkę, którą nazwała Maria. Powiedziała mi z dumą: nawet podczas ciąży ani na chwilę nie przestałam pracować. I na własne oczy zobaczyłam, że jest prawdziwą panią obydwu sklepów z wędlinami, biega od jednego do drugiego, wszystkim się zajmuje.

Każdy z moich przyjaciół z dzieciństwa powiedział mi coś o Lili, ale Ada była najbardziej poinformowana. A co najważniejsze, mówiła o niej z największą wyrozumiałością, prawie z sympatią. Była szczęśliwa, bo miała dziecko, wygodne życie, pracę, Stefana i za to całe szczęście czuła szczerą wdzięczność wobec Lili. Zawołała z podziwem:

– Ja popełniałam szaleństwa, muszę to przyznać. Ale Liny i Enza nikt nie pobije. Ich całkowity brak ostrożności, brak troski o swój los przeraził mnie, przeraził Stefana, a nawet tego dupka Michelego Solarę. Czy ty wiesz, że ona niczego ze sobą nie zabrała? Czy ty wiesz, że zostawiła mi wszystkie kosztowności? Czy ty wiesz, że na kartce papieru napisali, gdzie będą mieszkać, dokładny adres, numer domu, wszystko, jak gdyby chcieli powiedzieć: odszukajcie nas, zróbcie, co chcecie, mamy to w dupie.

Poprosiłam o adres. Gdy go zapisywałam, ona dodała:

– Jeśli ją zobaczysz, powiedz, że to nie ja zabraniam Stefanowi widywać się z dzieckiem: on ma zbyt wiele na głowie, i chociaż mu przykro, naprawdę nie może. Powiedz też, że Solara nigdy nie zapominają, zwłaszcza Michele. Powiedz, żeby nikomu nie ufała.

117.

Enzo i Lila przeprowadzili się do San Giovanni a Teduccio. Pojechali używanym seicento, które on kupił
za grosze. Przez całą drogę nie odzywali się do siebie,
oboje jednak zwalczali ciszę, rozmawiając z dzieckiem: Lila mówiła jak do dorosłego, a Enzo monosylabami. Lila słabo znała San Giovanni. Raz pojechała
tam ze Stefanem, zatrzymali się w centrum na kawę
i odniosła miłe wrażenie. Ale Pasquale, który często
tam jeździł jako murarz i komunista, mówił o nim bez
sympatii, zarówno jako robotnik, jak i aktywista:

– Śmietnisko – powiedział – dziura. Im więcej
wytwarza się bogactwa, tym bardziej rośnie bieda,
i nie możemy tego zmienić, nawet jeśli jesteśmy silni.

Pasquale jednak zawsze był bardzo krytyczny
wobec wszystkiego, dlatego też mało wiarygodny.
Podczas gdy seicento jechało przez zniszczone ulice,
mijając kamienice w opłakanym stanie i niedawno
wzniesione bloki, Lila przekonywała siebie, że zawozi
synka do ładnej miejscowości niedaleko morza, i myślała tylko o rozmowie, jaką przez uczciwość chciała
od razu przeprowadzić z Enzem.

Myślała i myślała, i w końcu nic nie wyjaśniła.
„Później", powiedziała sobie w duchu. Wreszcie dotarli do wynajętego przez Enza mieszkania na drugim
piętrze nędznego, choć nowego bloku. Pokoje były
prawie puste. Enzo powiedział, że kupił tylko to, co

niezbędne, ale że zaopatrzy się we wszystko, czego potrzeba. Lila zapewniła go, że i tak zrobił już dużo. Dopiero kiedy stanęła przed małżeńskim łóżkiem, postanowiła, że nadszedł czas. Odezwała się czułym głosem:

– Enzo, bardzo cię szanuję, i to od dziecka. Podziwiam cię za to, że sam wziąłeś się za naukę, że zdobyłeś dyplom, a dobrze wiem, jak wiele potrzeba wytrwałości, ja nigdy jej nie miałam. Jesteś też najszlachetniejszą osobą, jaką znam, nikt inny nie zrobiłby tego, co ty robisz dla mnie i dla Rinuccia. Ale nie mogę z tobą spać. Nie dlatego, że widzieliśmy się sam na sam co najwyżej dwa czy trzy razy. I nie dlatego, że mi się nie podobasz. Po prostu brakuje mi czucia, jestem jak ten stół albo ściana. Jeśli wytrzymasz ze mną pod jednym dachem bez dotykania mnie, dobrze; jeśli nie, zrozumiem i jutro rano poszukam czegoś innego. Pamiętaj jednak, że zawsze będę ci wdzięczna za to, co dla mnie zrobiłeś.

Enzo wysłuchał jej w milczeniu. Na koniec powiedział, wskazując na małżeńskie łóżko:

– Ty się tu połóż, ja będę spał na leżance.
– Wolę leżankę.
– A co z Rinucciem?
– Widziałam też drugą leżankę.
– Potrafi sam spać?
– Tak.
– Zostań tak długo, ile chcesz.
– Jesteś pewien?
– Jak najbardziej.
– Nie chcę, żeby cokolwiek zniszczyło nasze stosunki.

– Nie martw się.

– Przepraszam.

– W porządku. Jeśli wróci ci czucie, wiesz, gdzie mnie szukać.

118.

Czucie jednak nie wróciło, co więcej, umocniło się wrażenie obcości. Ciężkie powietrze w pokojach. Góra brudnych ubrań. Niedomykające się drzwi do ubikacji. Przypuszczam, że San Giovanni było dla niej jak otchłań na peryferiach dzielnicy. Nie patrzyła, gdzie stawia stopy, byleby tylko uciec, i wpadła w głęboką dziurę.

Rinuccio od razu zaczął ją martwić. To zazwyczaj pogodne dziecko teraz w dzień kaprysiło, wołało Stefana, a w nocy budziło się i płakało. Troska matki, jej sposób zabawiania go przynosiły ukojenie, ale już nie fascynowały, co więcej, stawał się coraz bardziej podenerwowany. Lila wymyślała nowe zabawy, rozpalała jego zainteresowanie, chłopczyk całował ją, tulił się do piersi, piszczał z radości. Ale potem ją odpychał, bawił się sam albo spał na rozłożonej na podłodze kołdrze. Na spacerze męczył się już po dziesięciu krokach, mówił, że boli go kolano, chciał na ręce, a jeśli ona odmawiała, z wrzaskiem rzucał się na ziemię.

Na początku Lila wytrzymywała, ale powoli zaczęła ustępować. A ponieważ w nocy uspokajał się tylko, jeśli pozwalała mu przyjść do siebie na leżankę, zaczęła spać razem z nim. Kiedy wychodzili na zakupy, niosła go na rękach, choć był dobrze wykarmionym, ciężkim dzieckiem: z jednej strony zakupy, z drugiej on. Wracała wyczerpana.

Prędko zrozumiała, czym jest życie bez pieniędzy. Żadnych książek, żadnych gazet czy czasopism. Wszystko, co zabrała dla Rinuccia, było już za małe, ponieważ chłopiec rósł w oczach. Ona sama miała niewiele ubrań. Ale udawała, że wszystko jest w porządku. Enzo pracował cały dzień, dawał jej potrzebne pieniądze, ale zarabiał mało, a na dodatek część pensji musiał przekazywać krewnym, którzy zajmowali się rodzeństwem. Ledwo starczało na czynsz, światło i gaz. Lila jednak nie wyglądała na zmartwioną. Pieniądze, które miała i które lekkomyślnie wydawała, zlały się w jej głowie z biedą z czasów dzieciństwa, nie miały dla niej żadnej wartości wtedy, kiedy były, i teraz, kiedy ich brakowało. O wiele bardziej martwiło ją ryzyko, że zmarnuje się cała edukacja, jakiej udzieliła synowi, dlatego dwoiła się i troiła, żeby znowu stał się energiczny, bystry, gotowy do zabawy. Ale Rinuccio był zadowolony tylko wtedy, kiedy pozwalała mu się bawić na podeście z dzieckiem sąsiadki. Kłócił się z nim, chlapał błotem, śmiał się, jadł obrzydlistwa i wyglądał na szczęśliwego. Lila obserwowała go z kuchni, skąd przez drzwi wyjściowe miała widok i na niego, i na jego kolegę. Jest zdolny, myślała, zdolniejszy od tego drugiego, który przecież jest ciut starszy: może powinnam pogodzić się z rzeczywistością i przestać trzymać go pod kloszem, nauczyłam go tego, co najważniejsze, i teraz musi sam sobie radzić, najwyraźniej potrzebuje bijatyki, wyrywania innym zabawek, brudzenia się.

Któregoś dnia na schodach pojawił się Stefano. Zostawił wędliniarnię i postanowił zobaczyć się z synem. Rinuccio przywitał go z radością, chwilę pobawili się razem. Ale Lila zrozumiała, że mąż się nudzi, że chce już iść. W przeszłości zachowywał się tak, jakby nie potrafił żyć bez niej i bez dziecka; teraz zaś patrzy na zegarek, ziewa, na pewno przysłała go tu matka albo może Ada. Wszystko mu minęło: miłość, zazdrość, pożądanie.

– Zabiorę go na spacer.

– Chce być brany na ręce.

– Wezmę go na ręce.

– Nie, każ mu iść na nóżkach.

– Zrobię, jak zechcę.

Wyszli. Wrócili pół godziny później, Stefano powiedział, że musi wracać do wędliniarni. Zaklinał się, że Rinuccio nie płakał, nie prosił, by go wziął na ręce. Zanim odszedł, dodał:

– Widziałem, że tutaj znają cię jako panią Cerullo.

– Bo nią jestem.

– Nie zabiłem cię i nie zabiję tylko dlatego, że jesteś matką mojego syna. Ale ty i twój przydupas dużo ryzykujecie.

Lila roześmiała się, odparła wyzywająco:

– Chamie, udajesz zuchwalca tylko wobec tego, kto nie potrafi dać ci po pysku.

Potem zrozumiała, że mąż ma na myśli braci Solara, i zawołała za nim z podestu, gdy schodził już po schodach:

– Powiedz Michelemu, że jeśli się tu pojawi, naplują mu w twarz.

Stefano nic nie odpowiedział, zniknął na ulicy. Przypuszczam, że wrócił góra cztery albo pięć razy. Kiedy po raz ostatni widział się z żoną, wrzasnął wściekle:

– Przynosisz hańbę nawet własnej rodzinie. Rodzona matka nie chce cię widzieć.

– Widać, że nigdy do nich nie dotarło, co za życie z tobą miałam.

– Traktowałem cię jak królową.

– W takim razie lepiej być żebraczką.

– Jeśli znowu zajdziesz w ciążę, masz ją usunąć, nosisz moje nazwisko i nie życzę sobie, żeby dziecko też je nosiło.

– Nie zajdę w ciążę.

– Bo co? Postanowiłaś, że nie będziesz się już więcej pieprzyć?

– Spierdalaj.

– Ja cię w każdym razie ostrzegam.

– Rinuccio też nie jest twoim synem, a mimo to nosi twoje nazwisko.

– Ty dziwko, czyli to prawda, skoro cały czas mi o tym przypominasz. Nie chcę więcej widzieć ani ciebie, ani jego.

W rzeczywistości nie uwierzył. Ale udawał, że wierzy, dla wygody. Pozwolił, żeby święty spokój wziął górę nad emocjonalnym chaosem, którego ona była przyczyną.

119.

Lila szczegółowo opowiedziała Enzowi o odwiedzinach męża. On słuchał z uwagą i ani razu się nie odezwał. Był niezwykle powściągliwy w reakcjach. Nie mówił jej nawet o swojej pracy w fabryce, czy mu się podoba czy nie. Wychodził o szóstej rano, wracał o siódmej wieczorem. Jadł kolację, bawił się chwilę z dzieckiem, słuchał tego, co ona mu opowiadała. Jak tylko Lila wspominała o potrzebach Rinuccia, następnego dnia wracał z niezbędną sumą. Nigdy nie powiedział, żeby poprosiła Stefana o wkład w utrzymanie syna, nigdy nie powiedział, żeby poszukała sobie jakiejś pracy. Tylko patrzył na nią, jak gdyby żył dla tych wieczornych godzin, dla wspólnego siedzenia z nią w kuchni, dla słuchania jej głosu. W pewnym momencie wstawał, mówił dobranoc i zamykał się w sypialni.

Któregoś dnia Lili przydarzyło się spotkanie brzemienne w skutki. Pewnego popołudnia zostawiła Rinuccia u sąsiadki i wyszła z domu. Za swoimi plecami usłyszała uporczywy dźwięk klaksonu. Zobaczyła limuzynę, ktoś machał do niej z okienka.

– Lina.

Przyjrzała się uważnie. Rozpoznała wilczą twarz Bruna Soccava, przyjaciela Nina.

– Co ty tu robisz? – zapytał.

– Mieszkam.

Niewiele mu o sobie powiedziała, w tamtych czasach niełatwo było wytłumaczyć te sprawy. Nie wspomniała o Ninie, on zresztą też nie. Zapytała natomiast, czy się obronił, on odparł, że zrezygnował z nauki.

– Ożeniłeś się?

– Ależ skąd.

– Masz narzeczoną?

– Raz tak, raz nie.

– Co robisz?

– Nic, inni robią za mnie.

Wpadło jej do głowy, by zapytać półżartem:

– Miałbyś jakąś pracę dla mnie?

– Dla ciebie? Ale po co?

– Żeby pracować.

– Chcesz robić salami i mortadele?

– Dlaczego nie.

– A co na to twój mąż?

– Nie mam już męża. Ale mam dziecko.

Bruno przyjrzał się jej z uwagą, próbując zrozumieć, czy żartuje. Wyglądał na zdezorientowanego, zmienił temat:

– To nie jest przyjemna praca – powiedział.

Potem długo mówił o problemach w związkach w ogóle, o matce, która ciągle kłóciła się z ojcem, o namiętnej miłości do zamężnej kobiety, którą niedawno przeżył, ale ona go zostawiła. Dziwne zwierzenia jak na Bruna. Zaprosił ją do baru, nie przestając opowiadać o sobie. Na koniec, kiedy Lila stwierdziła, że musi już iść, zapytał:

– Naprawdę zostawiłaś męża? Naprawdę masz dziecko?

– Tak.

Zmarszczył brwi, zapisał coś na serwetce.

– Idź do tego pana, znajdziesz go rano, od ósmej. I pokaż mu to.

Lila uśmiechnęła się z zażenowaniem.

– Serwetkę?

– Tak.

– Tylko tyle?

Potwierdził skinieniem, nagle onieśmielony przez jej drwiący ton głosu. Odburknął:

– To było piękne lato.

Ona odpowiedziała:

– Też tak myślę.

120.

O tym wszystkim dowiedziałam się później. Chciałam od razu sprawdzić adres, jaki dała mi Ada, ale mnie też przytrafiło się coś decydującego. Któregoś ranka bez większego entuzjazmu czytałam długi list od Pietra. Na końcu ostatniej kartki w kilku zaledwie linijkach zakomunikował mi, że dał mój tekst (tak go nazywał) matce do przeczytania. Adele uznała go za tak dobry, że poleciła go przepisać na maszynie i zaniosła do mediolańskiego wydawnictwa, dla którego od lat wykonywała przekłady. Tam spotkał się z uznaniem i chcą go wydać.

To było późnym jesiennym porankiem, pamiętam szare światło. Siedziałam przy kuchennym stole, na którym moja matka właśnie prasowała ubrania. Stare żelazko energicznie pocierało o materiał, drewno wibrowało pod moimi łokciami. Długo wpatrywałam się w te linijki. Powiedziałam cicho, po włosku, bardziej po to, żeby przekonać siebie, że to się dzieje naprawdę:

– Mamo, tutaj jest napisane, że wydadzą powieść, którą ja napisałam.

Moja matka przestała prasować, podniosła żelazko, postawiła je pionowo.

– Ty napisałaś powieść? – zapytała w dialekcie.

– Chyba tak.

– Napisałaś czy nie?

– Tak.

– Zapłacą ci?

– Nie wiem.

Wyszłam, pobiegłam do baru „Solara", z którego można było bardziej dyskretnie zadzwonić na międzymiastową. Po kilku próbach – Gigliola zawołała do mnie zza lady: „Leć, możesz rozmawiać" – odpowiedział Pietro. Miał jednak tylko chwilkę, bo właśnie wychodził do pracy. Powiedział, że nie wie nic ponad to, co mi napisał.

– Czytałeś? – zapytałam podekscytowana.

– Tak.

– Nic mi o tym nie mówiłeś.

Wymamrotał coś o braku czasu, nauce, obowiązkach.

– Jaka jest?

– Dobra.

– Tylko tyle?

– Tak. Porozmawiaj z moją matką, ja jestem filologiem, nie literatem.

Dał mi numer do domu rodziców.

– Nie chcę do niej dzwonić, krępuję się.

Wyczułam u niego poirytowanie, rzecz rzadka, bo zawsze był bardzo uprzejmy. Odparł:

– Napisałaś powieść, weź za to odpowiedzialność.

Słabo znałam Adele Airotę, widziałam ją cztery razy i zamieniłyśmy tylko kilka grzecznościowych zdań. Przez cały czas żywiłam przekonanie, że jest zamożną, wykształconą panią domu – państwo Airota nigdy nie mówili o sobie, zachowywali się, jak gdyby ich działalność w świecie nie mogła nikogo zainteresować, ale jednocześnie uznawali za oczywiste, że wszyscy o niej wiedzą – i dopiero przy tej okazji zdałam sobie sprawę, że ma pracę, że posiada też władzę. Zadzwoniłam z duszą na ramieniu, odpowiedziała mi pokojówka, przekazała słuchawkę. Pani Airota przywitała mnie serdecznie, ale mówiła mi per pani, ja też mówiłam jej per pani. Powiedziała, że wszyscy w wydawnictwie są przekonani, że to dobra książka, i o ile wie, już przygotowano szkic umowy.

– Umowy?

– Oczywiście. Ma pani zobowiązania wobec innych wydawców?

– Nie. Ale nawet nie przeczytałam tego, co napisałam.

– Napisała to pani od ręki? – zapytała z lekką ironią w głosie.

– Tak.

– Zapewniam panią, że powieść jest gotowa do publikacji.

– Muszę jeszcze nad nią popracować.

– Proszę mi zaufać i nie zmieniać ani przecinka, są w niej szczerość, naturalność i nutka tajemniczości pisarskiej, którą posiadają tylko prawdziwe książki.

Była pełna uznania, chociaż wypowiadała się z coraz większą ironią. Powiedziała, że jak zapewne wiem, *Eneida* też nie została dokończona. Była przekonana, że mam za plecami wiele pisarskich prób i spytała, czy chowam coś jeszcze w szufladzie. Bardzo się zdziwiła, kiedy przyznałam się, że napisałam tylko to.

– Talent i łut szczęścia – zawołała.

Powiedziała w zaufaniu, że w planie wydawniczym pojawiła się niespodziewana luka, i moja powieść została uznana nie tylko za dobrą, ale wręcz opatrznościową. Postanowiono, że wyjdzie na wiosnę.

– Tak szybko?

– Jest pani przeciwna?

Pospieszyłam z zapewnieniem, że nie.

Gigliola, która stała za ladą i słyszała naszą rozmowę, spytała mnie z ciekawością:

– Co się dzieje?

– Nie wiem – odpowiedziałam i pospiesznie wyszłam.

Krążyłam po dzielnicy, nie mogąc uwierzyć we własne szczęście, krew pulsowała mi w skroniach. Odpowiedź, jakiej udzieliłam Giglioli, nie miała jej zbyć w niemiły sposób, ja naprawdę tego nie wiedziałam. Co oznaczała ta niespodziewana zapowiedź: kilka linijek od Pietra, słowa z rozmowy międzymiastowej, żadnych pewników? I co to jest umowa, czy mówi o pieniądzach, o prawach i obowiązkach, czy nie wpakuję się w jakieś kłopoty? Za kilka dni dowiem się, że zmienili zdanie i nie będą wydawać książki. Przeczytają jeszcze raz moją historię, ten, kto uznał ją za dobrą, stwierdzi, że jest banalna, kto jej nie czytał, zdenerwuje się na tego, kto wpadł na pomysł, by ją wydać, wszyscy będą mieli za złe Adele Airocie i w końcu ona sama zmieni zdanie, poczuje się upokorzona, mnie obwini o wpadkę i przekona syna, żeby mnie rzucił. Przechodziłam przed starą biblioteką dzielnicową: od dawna się tam nie pokazywałam. Weszłam, była pusta, w powietrzu unosił się zapach kurzu i nudy. Rozkojarzona szłam wzdłuż półek, dotykałam podartych książek, nie patrząc ani na tytuł, ani na autora, muskając je tylko palcami. Stary papier, skręcone bawełniane nitki, litery alfabetu, farba drukarska. Woluminy – co za górnolotne słowo. Poszukałam *Małych kobietek*, znalazłam. Czy to naprawdę się dzieje? Czy naprawdę mnie, właśnie mnie przypadnie w udziale to, co zaplanowałyśmy razem z Lilą? Za kilka miesięcy pojawi się wydrukowany, zszyty papier, pełen moich słów, a na okładce nazwisko, Elena Greco, ja. Będzie to punkt, w którym przerwie się długi łańcuch analfabetów, półanalfabetów, a nieznane nazwisko na wieczność obleje światło. Za kilka lat – trzy, pięć, dziesięć, dwadzieścia – książka skończy na tych bibliotecznych półkach, w dzielnicy, w której się urodziłam, zostanie skatalogowana, ludzie będą ją pożyczać, żeby zobaczyć, co takiego napisała córka woźnego. Usłyszałam, że ktoś spuszcza wodę w toalecie, poczekałam, aż pojawi się pan Ferraro, ten sam, który pracował, gdy byłam pilną uczennicą: wychudzona twarz, może z większą ilością zmarszczek, biały jeżyk na głowie gęsto otaczający niskie czoło. Wreszcie ktoś, kto doceni to, co mnie spotkało, kto zrozumie moje rozpalenie, silne pulsowanie w skroniach. Ale z ubikacji wyszedł nieznajomy okrągły człowieczek pod czterdziestkę.

– Chce pani pożyczyć książki? – zapytał. – Proszę się pospieszyć, bo zamykam.

– Szukam pana Ferraro.

– Ferraro przeszedł na emeryturę.

Pospieszyć się, bo zamyka.

Wyszłam. Właśnie teraz, kiedy miałam zostać pisarką, w całej dzielnicy nie było nikogo, kto by mi powiedział: dokonałaś czegoś nadzwyczajnego.

121.

Nie przypuszczałam, że zarobię pieniądze. Dostałam szkic umowy i odkryłam, że zapewne dzięki poparciu Adele wydawnictwo wypłaci mi dwieście tysięcy lirów zaliczki, sto po podpisaniu i sto po przyjęciu tekstu. Mojej matce zabrakło tchu, nie mogła w to uwierzyć. Mój ojciec powiedział:

– Żeby zarobić tyle pieniędzy, trzeba pracować wiele miesięcy.

Oboje zaczęli chwalić się w dzielnicy i poza nią: nasza córka stała się bogata, jest pisarką, wychodzi za mąż za profesora uniwersyteckiego. Ja zakwitłam, przestałam się uczyć do konkursu o szkolny etat. Jak tylko pieniądze dotarły, kupiłam sukienkę, kosmetyki do makijażu, po raz pierwszy w życiu poszłam do fryzjera i pojechałam do Mediolanu, całkiem obcego mi miasta.

Na dworcu odnalazłam się z trudem. W końcu wsiadłam do właściwego pociągu metra, pełna strachu dotarłam pod bramę wydawnictwa. Portierowi udzieliłam mnóstwa wyjaśnień, pomimo iż o nie nie prosił, co więcej, ani na chwilę nie przestał czytać gazety. Wjechałam windą, zapukałam, weszłam. Uderzyła mnie czystość. W głowie tłoczyło mi się wszystko, czego się nauczyłam i czym chciałam się pochwalić, żeby udowodnić, że choć jestem kobietą, że choć widać po mnie pochodzenie, zyskałam prawo, by opublikowano tę książkę, i teraz w wieku dwudziestu trzech lat nic, ale to absolutnie nic we mnie nie podlega dyskusji.

Przyjęto mnie uprzejmie, przeprowadzano z biura do biura. Rozmawiałam z redaktorem, który zajmował się moim maszynopisem, człowiekiem starszym, łysym, ale o przyjemnym wyrazie twarzy. Dyskutowaliśmy przez dwie godziny, bardzo mnie chwalił, często i z wielkim respektem wspominał Adele Airotę, zasugerował pewne poprawki, przekazał kopię tekstu i własne notatki. Na pożegnanie powiedział z wielką powagą:

– Fabuła jest piękna, to bardzo dobrze ułożona współczesna historia, napisana w sposób, który cały czas zaskakuje, ale nie to jest najważniejsze: po raz trzeci czytam pani książkę i na każdej stronie odkrywam coś przemożnego, czego źródła nie potrafię odgadnąć.

Zaczerwieniłam się, podziękowałam. Zdołałam dokonać czegoś wspaniałego, i jak szybko mi to poszło, podobałam się i byłam lubiana, potrafiłam rozmawiać o studiach, o tym, gdzie je ukończyłam, o rozprawie o czwartej księdze *Eneidy*: na grzeczne uwagi odpowiadałam z grzeczną dokładnością, doskonale naśladując ton profesor Galiani, jej dzieci, Mariarosy. Pewna wdzięczna i miła sekretarka o imieniu Gina spytała, czy potrzebuję hotelu, a ponieważ potwierdziłam skinieniem głowy, znalazła mi pokój na via Garibaldi. Ku mojemu zaskoczeniu wydawnictwo za wszystko zwracało, każdego lira wydanego na jedzenie, na bilety kolejowe. Gina powiedziała, abym złożyła informację o wydatkach, a pieniądze otrzymam z powrotem, i poprosiła, by pozdrowić Adele:

– Zadzwoniła do mnie – zdradziła. – Bardzo panią lubi.

Następnego dnia pojechałam do Pizy, chciałam przytulić Pietra. W pociągu przeanalizowałam po kolei uwagi redaktora: z wielką satysfakcją spojrzałam na książkę oczami tego, kto ją chwalił i postarał się, aby była jeszcze piękniejsza. Do celu dotarłam bardzo z siebie zadowolona. Narzeczony załatwił mi nocleg w domu pewnej starszej pani docent od literatury greckiej, którą ja też znałam. Wieczorem zabrał mnie na kolację i ku mojemu zdziwieniu pokazał mi mój maszynopis. On też miał jego kopię i naniósł pewne spostrzeżenia, wspólnie im się przyjrzeliśmy. Nosiły ślad jego badawczego rygoru i dotyczyły przede wszystkim słownictwa.

– Zastanowię się nad tym – obiecałam i podziękowałam.

Po kolacji zaszyliśmy się na jednym ze skwerów. Na koniec, po męczących amorach na zimnie, podczas których krępowały nas płaszcze i wełniane swetry, poprosił, abym starannie dopracowała strony, w których bohaterka traci na plaży dziewictwo. Odparłam niepewnie:

– To bardzo ważna chwila.

– Sama przyznałaś, że to śmiały opis.

– W wydawnictwie nie mieli żadnych obiekcji.

– Powiedzą ci o nich później.

Zdenerwowałam się, powiedziałam, że nad tym też się zastanowię, i następnego dnia w ponurym nastroju wyjechałam do Neapolu. Skoro fragment przedstawiający to wydarzenie tak bardzo konsternuje Pietra, który jest niezwykle oczytanym młodzieńcem, który sam napisał książkę o rytuałach bachicznych, co na to powiedzą matka i ojciec, moje rodzeństwo, dzielnica? W pociągu zabrałam się za tekst, pamiętając o uwagach redaktora, o uwagach Pietra, i to, co mogłam, skreśliłam. Chciałam, żeby książka była dobra, żeby nikomu nie sprawiła przykrości. Wątpiłam, że kiedykolwiek cokolwiek jeszcze napiszę.

122.

W domu od razu spotkała mnie zła wiadomość. Moja matka, w przeświadczeniu, że podczas mojej nieobecności ma prawo zaglądać do mojej korespondencji, otworzyła paczkę wysłaną z Potenzy. W paczce znalazła moje zeszyty ze szkoły podstawowej i liścik od siostry pani Oliviero. Liścik donosił, że nauczycielka umarła w spokoju dwadzieścia dni temu. W ostatnich czasach często o mnie mówiła i poleciła, aby oddano mi niektóre zeszyty, jakie zachowała na pamiątkę. Wzruszyłam się bardziej niż moja siostra Elisa, która od wielu godzin płakała niepocieszona. To rozdrażniło moją matkę, która wpierw wrzasnęła na młodszą córkę, a potem skomentowała głośno, abym ja, starsza córka, dobrze to usłyszała:

– Ta kretynka zawsze uważała się za twoją matkę, i to lepszą ode mnie.

Przez cały dzień nie mogłam zapomnieć o Oliviero i o tym, jaka byłaby dumna, gdyby dowiedziała się o najwyższej ocenie z obrony pracy magisterskiej, o książce, która wkrótce się ukaże. Kiedy wszyscy poszli spać, zamknęłam się w kuchni i w ciszy przeglądałam zeszyty, jeden po drugim. Jak dobrze mnie przygotowała, jakiego pięknego pisma nauczyła. Szkoda, że dorosła dłoń zmniejszyła litery, że szybkość je uprościła. Uśmiechnęłam się, patrząc na zaznaczone z impetem błędy ortograficzne, na „dobrze" i „wspaniale", które skrupulatnie kaligrafowała na marginesie, kiedy trafiła na jakieś piękne zdanie albo właściwe rozwiązanie trudnego problemu, na zawsze wysokie oceny, jakie mi wystawiała. Czy naprawdę była dla mnie jak matka, i to bardziej od mojej rodzonej matki? Od dawna nie byłam już tego taka pewna. Ale zdołała przewidzieć moją drogę, której moja matka nie była w stanie dostrzec, i zmusiła mnie, bym nią podążyła. Za to byłam jej wdzięczna.

Miałam właśnie odłożyć paczkę i iść spać, kiedy zauważyłam, że w środek jednego z zeszytów była włożona cienka broszurka, dziesięć kartek w kratkę sczepionych agrafką i zgiętych wpół. Poczułam w piersi nagły ucisk, rozpoznałam *Błękitną wróżkę*, opowiadanie napisane przez Lilę wiele lat temu. Ile? Trzynaście, może czternaście. Kiedyś bardzo mi się podobała okładka pokolorowana kredkami, ładnie napisany tytuł: w tamtym czasie traktowałam je jak prawdziwą książkę i byłam bardzo zazdrosna. Otworzyłam broszurkę na środkowej stronie. Agrafka zardzewiała, zabarwiła papier na brązowo. Ze zdziwieniem spostrzegłam, że nauczycielka na marginesie jednego ze zdań napisała: „przepiękne". A jednak przeczytała? A jednak spodobało się jej? Przewracałam po kolei strony, były pełne komentarzy: „brawo", „dobrze", „wspaniale". Ogarnęła mnie złość. Stara jędza. Dlaczego nam nie powiedziałaś, że opowiadanie ci się podobało, dlaczego odmówiłaś Lili tej satysfakcji? Co cię skłoniło, by bić się o moje wykształcenie, a nie jej? Czy za twoje usprawiedliwienie wystarczy brak zgody szewca, który nie chciał, aby córka podeszła do egzaminów? Ile złości kryło się w twojej głowie i ile z niej przelałaś na Lilę? Zaczęłam czytać *Błękitną wróżkę* od początku, przebiegając oczami po wyblakłym atramencie, po piśmie bardzo podobnym do mojego. I już na pierwszej stronie odczułam ucisk w żołądku, chwilę potem zlał mnie zimny pot. Ale dopiero pod koniec sama przed sobą przyznałam to, co odkryłam po kilku zaledwie linijkach. Infantylne opowiadanie Lili stanowiło sekretną duszę mojej książki. Kto zechce się dowiedzieć, co takiego nadaje jej ciepło i skąd bierze się mocna, choć niewidoczna nić scalająca zdania, będzie musiał sięgnąć do tej dziecięcej broszurki: dziesięć stron, zardzewiała agrafka, barwnie pokolorowana okładka, tytuł i żadnego podpisu.

123.

Nie spałam całą noc, czekałam, aż nastanie dzień. Wieloletnia wrogość do Lili gdzieś znikła, nagle to, co ja jej zabrałam, wydało mi się o wiele większe od tego, co ona kiedykolwiek mogła zabrać mnie. Postanowiłam, że od razu pojadę do San Giovanni a Teduccio. Chciałam jej oddać *Błękitną wróżkę*, pokazać moje zeszyty, wspólnie je przejrzeć, rozczulić się nad komentarzami nauczycielki. Ale przede wszystkim czułam potrzebę, by usiąść obok niej, powiedzieć: spójrz, jakie byłyśmy zżyte, jakie podobne, i za pomocą rozumowania, którego nabyłam na uczelni, filologicznej analizy, której nauczyłam się od Pietra, wykazać, że jej dziecięca książeczka zapuściła głębokie korzenie w mojej głowie, tak że z biegiem lat doprowadziła do powstania innej książki, odmiennej, dorosłej, mojej, a mimo to nierozerwalnie związanej z jej tekstem, z fantazjami, jakie wspólnie snułyśmy na naszym podwórku, ona i ja, razem uformowane, zdeformowane, zreformowane. Chciałam ją objąć, pocałować i powiedzieć: Lila, od teraz nie wolno nam więcej stracić kontaktu, bez względu na to, co się stanie.

Ale to był trudny poranek, zdawało mi się, że miasto robi wszystko, aby stanąć między mną a nią. Wsiadłam do zatłoczonego autobusu, który jechał w stronę Mariny, jechałam w nieznośnym ścisku między umęczonymi ciałami. Przesiadłam się do jeszcze bardziej zapchanego autobusu, pomyliłam kierunki. Wysiadłam wymięta, rozczochrana, pomyłkę przypłaciłam długim czekaniem i wielkim zdenerwowaniem. Te przejażdżki po Neapolu wykończyły mnie. Na co w tym mieście lata spędzone w gimnazjum, w liceum, na uczelni? Aby dotrzeć do San Giovanni musiałam cofnąć się w rozwoju, jak gdyby Lila nie zamieszkała na ulicy, na placu, lecz w strumieniu czasu minionego, zanim poszłyśmy do szkoły, czasu ciemnego, wyzbytego z zasad i poszanowania. Wróciłam do najbardziej wulgarnej wersji dialektu, znieważałam, byłam znieważana, groziłam, zostałam wykpiona, na co odpowiedziałam pięknym za nadobne: nikczemna sztuka, w jakiej latami mnie trenowano. Neapol bardzo przydał się w Pizie, ale Piza nie przydawała się w Neapolu, stanowiła przeszkodę. Dobre maniery, wypielęgnowany wygląd i głos, mnóstwo książkowych nauk w głowie i na końcu języka: oto widoczne oznaki słabości, które czyniły mnie łatwą ofiarą, należałam do tych, co się na pewno nie wywiną. W drodze do San Giovanni, w autobusie i na ulicach połączyłam dawną umiejętność rezygnowania z łagodności we właściwym momencie z dumą biorącą się z mojej nowej sytuacji: zdobyłam tytuł, uzyskując najwyższą ocenę, jadłam obiad z profesorem Airotą, zaręczyłam się z jego synem, odłożyłam w banku niemałą sumkę, w Mediolanie zostałam z szacunkiem potraktowana przez znaczące osoby; jak te chamy śmią? Odkryłam w sobie siłę niepotrafiącą już dostosować się do za sady: „udawaj, że nic się nie stało", dzięki której zazwyczaj można było przetrwać u nas na osiedlu i poza nim. Kiedy podczas kłótni między pasażerami kilkakrotnie poczułam na sobie męskie dłonie, uznałam, że mam święte prawo do oburzenia, i zareagowałam pogardliwymi krzykami, z moich ust padły niecenzuralne słowa, którymi potrafiła posługiwać się moja matka, a przede wszystkim Lila. Uniosłam się do tego stopnia, że kiedy wysiadłam z autobusu, byłam przekonana, że ktoś wyskoczy za mną i zaraz mnie zabije.

Nic takiego się nie stało, ale i tak odeszłam pełna gniewu i przerażenia. Z domu wyszłam w idealnym stanie, teraz czułam się poturbowana na zewnątrz i w środku.

Doprowadziłam się do porządku, powiedziałam sobie w duchu: uspokój się, jesteś prawie na miejscu. Przechodniów pytałam o wskazówki. Szłam po corso San Giovanni a Teduccio, a lodowaty wiatr ciął mnie po twarzy: droga wyglądała jak żółty kanał o pokiereszowanych ścianach, pełen czarnych szczelin, brudu. Krążyłam zagubiona przez informacje życzliwych ludzi, tak obfitujące w szczegóły, że prawie bezużyteczne. W końcu znalazłam ulicę, bramę. Weszłam po brudnych schodach, prowadzona przez silny zapach czosnku i głosy dzieci. Jakaś bardzo gruba kobieta w zielonym sweterku wychyliła się przez otwarte drzwi, zobaczyła mnie i zakrzyknęła:

– Kogo szukacie?

– Carracci – odpowiedziałam. Ale widząc jej pytającą minę, od razu poprawiłam się: – Scanno. – To było nazwisko Enza. I zaraz potem: – Cerullo.

Wtedy kobieta powtórzyła „Cerullo" i podnosząc grubą rękę, odparła:

– Wyżej.

Podziękowałam, przeszłam obok, ona tymczasem przechyliła się przez poręcz i patrząc w górę, zawołała:

– Titì, idzie taka jedna, co szuka Liny.

Lina. W takim miejscu, na obcych ustach. Dopiero wtedy uświadomiłam sobie, że mam w pamięci Lilę taką, jaką widziałam ostatnim razem w jej mieszkaniu na nowym osiedlu, uporządkowanym, choć pełnym niepokoju, stanowiącym scenerię dla jej życia: z meblami, lodówką, telewizją, zadbanym dzieckiem, ona sama z pewnością po przejściach, ale nadal wyglądająca jak młoda zamożna kobieta. W tej chwili nie wiedziałam, jak żyje, co robi. Nasza rozmowa urwała się na porzuceniu męża, na niewiarygodnym fakcie, że zostawiła piękny dom, pieniądze i odeszła z Enzem Scanną. Nie wiedziałam o spotkaniu z Soccavem. Dlatego wyruszyłam z przekonaniem, że zobaczę ją w nowym mieszkaniu, pośród otwartych książek i edukacyjnych gier dla synka, albo co najwyżej chwilowo poza domem, na zakupach. I mechanicznie, z lenistwa, żeby nie czuć zażenowania, skojarzyłam te wyobrażenia z nazwą San Giovanni a Teduccio, położonym za Granili, na końcu mariny. Teraz wchodziłam po schodach z takimi właśnie oczekiwaniami. Pomyślałam, że wreszcie mi się udało, dotarłam do celu. Stanęłam przed Titiną, młodą kobietą z małą dziewczynką na rękach, która cichutko popłakiwała, a z jej zaróżowionego z zimna noska spływały na górną wargę dwie strużki kataru, i dwójką innych dzieci, uczepionych spódnicy po jednym z każdej strony.

Titina wskazała wzrokiem zamknięte drzwi naprzeciwko.

– Liny nie ma – powiedziała z wrogością.

– Enza też nie?

– Nie.

– Pewnie poszła z synkiem na spacer?

– Kim pani jest?

– Nazywam się Elena Greco, jestem jej przyjaciółką.

– I nie poznaje pani Rinuccia? Rinù, czy widziałeś kiedyś tę panienkę?

Klepnęła jednego z chłopców, dopiero wtedy go rozpoznałam. Chłopiec uśmiechnął się do mnie, powiedział po włosku:

– Cześć, ciociu Lenù. Mama wróci wieczorem o ósmej.

Podniosłam go, przytuliłam, pochwaliłam, że jest taki śliczny i tak pięknie mówi.

– Jest bardzo zdolny – przyznała Titina. – Urodzony profesor.

Od tej chwili znikła gdzieś wszelka wrogość, zaprosiła mnie do środka. W ciemnym korytarzu potknęłam się o coś, co z pewnością należało do dzieci. W kuchni panował bałagan, wszystko zalewało szare światło. W maszynie do szycia jeszcze pod igłą znajdował się kawałek materiału, a wokół niej i na podłodze leżały porozrzucane kolorowe tkaniny. Titina w nagłym przypływie skrępowania usiłowała zaprowadzić jakiś porządek, ale zaraz zrezygnowała i przygotowała mi kawę, ciągle trzymając córkę na rękach. Ja wzięłam

Rinuccia na kolana, zadawałam mu głupie pytania, na które on odpowiadał z bystrą uległością. Tymczasem kobieta informowała mnie o Lili i Enzu.

– Robi salami u Soccava – powiedziała.

Byłam zaskoczona, w pamięci powrócił Bruno.

– Soccavo, ten od wędlin?

– Tak, ten Soccavo.

– Znam go.

– Niedobrzy ludzie.

– Znam tylko syna.

– Jedno gówno, dziadek, ojciec czy syn. Dorobili się pieniędzy i zapomnieli, że też nosili łaty na tyłku.

Zapytałam o Enza. Odpowiedziała, że pracuje przy elektrowozie, tak się wyraziła. Prędko zoriento-wałam się, że bierze Lilę i Enza za małżeństwo, z sym-patią i szacunkiem mówiła o nim „pan Cerullo".

– Kiedy wróci Lina?

– Dziś wieczorem.

– A dziecko?

– Ja się nim zajmuję, je, bawi się, wszystko robi tutaj.

Podróż jednak nie dobiegła jeszcze końca: ja się zbliżałam, a Lila oddalała. Zapytałam:

– Jak długo będę szła pieszo do fabryki?

– Dwadzieścia minut.

Titina udzieliła mi wskazówek, które zanotowa-łam na kartce papieru. Rinuccio tymczasem zapytał grzecznie:

– Ciociu, mogę iść się pobawić?

Poczekał, aż powiem tak, wybiegł na korytarz do drugiego chłopca i od razu usłyszałam, jak w dialekcie wykrzykuje potworne wyzwiska. Kobieta rzuciła mi speszone spojrzenie i krzyknęła z kuchni po włosku:

– Rino, nie wolno mówić brzydkich słów, zaraz przyjdę i dostaniesz po łapkach.

Uśmiechnęłam się do niej, pomyślałam o podróży autobusem. Ja też powinnam dostać po łapkach, jestem w tej samej sytuacji co Rinuccio. Ponieważ kłótnia w korytarzu nie ustawała, musiałyśmy ingerować. Dwójka dzieci okładała się, wrzeszcząc na siebie i rzucając czym popadnie.

124.

Dotarłam do fabryki Soccavo po ubitej ścieżce biegnącej wśród wszelkiego rodzaju śmieci. Po lodowatym niebie sunął czarny dym. Jeszcze zanim dostrzegłam otaczający mur, wyczułam zapach zwierzęcego tłuszczu wymieszany z palonym drewnem, który przyprawił mnie o mdłości. Strażnik powiedział z drwiną, że w godzinach pracy nie wolno składać wizyty koleżankom. Poprosiłam o spotkanie z Brunem Soccavem. Zmienił ton, odburknął, że Bruno prawie nigdy nie pojawia się w fabryce. Proszę zadzwonić do niego do domu, odparłam. Zmieszał się, odpowiedział, że nie wolno mu go niepokoić bez powodu.

– Jeśli pan do niego nie zadzwoni – zagroziłam – poszukam telefonu i sama to zrobię.

Spojrzał na mnie krzywo, nie wiedział, co robić. Ktoś przejechał na rowerze, zahamował, w dialekcie rzucił jakiś obsceniczny komentarz. Na jego widok strażnik wyraźnie się ożywił. Zaczął z nim rozmawiać, jak gdyby mnie tam w ogóle nie było.

Na środku dziedzińca paliło się ognisko. Przeszłam obok ognia, płomień na kilka sekund przeciął zimne powietrze. Dotarłam do niskiego żółtego budynku, pchnęłam ciężkie drzwi, weszłam do środka. Zapach tłuszczu, który był silny na zewnątrz, tutaj wydawał się wręcz nie do zniesienia. Podeszłam do wyraźnie zdenerwowanej dziewczyny, która gwałtownie poprawiała sobie włosy. Powiedziałam „przepraszam", minęła mnie z opuszczoną głową, po trzech czy czterech krokach zatrzymała się.

– O co chodzi? – zapytała niegrzecznie.
– Szukam dziewczyny, która nazywa się Cerullo.
– Liny?
– Tak.
– Zobacz na wędlinach.

Spytałam, gdzie są te wędliny, nie odpowiedziała, odeszła. Pchnęłam kolejne drzwi. Owionęło mnie gorąco i sprawiło, że zapach tłuszczu stał się jeszcze bardziej mdlący. Pomieszczenie było duże, stały w nim zbiorniki po brzegi wypełnione mleczną cieczą, w której wśród oparów pływały ciemne kształty poruszane przez powolne, pochylone sylwetki robotników zanurzonych aż po pas. Nie widziałam Lili. Spytałam jednego, który leżał na mokrych płytkach i starał się naprawić jakąś rurę.

– Czy wie pan, gdzie znajdę Linę?
– Cerullo?
– Cerullo.

– W mieszalni.

– Wcześniej powiedziano mi, że na wędlinach.

– Skoro wiecie, to po co pytacie?

– Gdzie jest mieszalnia?

– Idźcie prosto.

– A wędliny?

– Na prawo. Jeśli tam nie będzie, zajrzyjcie na rozbieralnię. Albo do chłodni. Ciągle ją przenoszą.

– Dlaczego?

Uśmiechnął się krzywo.

– Przyjaciółka?

– Tak.

– To dajmy sobie spokój.

– Proszę powiedzieć.

– Nie obrazicie się?

– Nie.

– Jest upierdliwa.

Poszłam za wskazówkami, nikt mnie nie zatrzymał. Pracownicy i pracownice wyglądali jak zamknięci w srogiej obojętności, nawet kiedy śmiali się albo obrzucali wyzwiskami, byli gdzieś daleko, poza własnym śmiechem, głosami, bryją, którą mieszali, smrodem. Stanęłam pośród kobiet w niebieskich fartuchach i czepkach na głowach, obrabiających mięso: maszyny wydawały dźwięk starego żelastwa łączący się z pluskiem miękkiej, miażdżonej i ugniatanej materii. Tam też Lili nie było. I nie znalazłam jej nawet w miejscu, gdzie różową masę z kawałkami tłuszczu wciskano do kiszek, ani w innym, gdzie ostrymi nożykami oddzielano mięso od skóry, cięto z zawrotną prędkością. Trafiłam na nią dopiero w chłodniach. Wyszła z jednego

z pomieszczeń w otoczce białej chmury. Przy pomocy niskiego mężczyzny niosła na ramieniu różowawy
blok zamrożonego mięsa. Zrzuciła go na wózek i już
miała wracać z powrotem. Od razu dostrzegłam zabandażowaną rękę.

– Lila.

Odwróciła się ostrożnie, spojrzała niepewnie.

– Co ty tutaj robisz? – zapytała.

Jej oczy błyszczały jak w gorączce, policzki zapa-
dły się bardziej niż zwykle, choć sama była szeroka,
wysoka. Ona też miała na sobie niebieski fartuch, na-
łożony jednak na długą kapotę, a na nogach wojskowe
buty. Chciałam ją przytulić, ale zabrakło mi odwagi:
nie wiem dlaczego, bałam się jednak, że zmiażdży
mnie w swoim uścisku. To ona objęła mnie i przytulała przez dłuższą chwilę. Czułam na sobie wilgotny
materiał, przesycony smrodem jeszcze bardziej przenikliwym od tego, który unosił się w powietrzu.

– Chodź, wyjdziemy stąd – powiedziała i krzyknęła do faceta, który z nią pracował: – Dwie minuty.

Zaciągnęła mnie w spokojne miejsce.

– Jak mnie znalazłaś?

– Po prostu weszłam.

– Pozwolili ci?

– Powiedziałam, że cię szukam i że jestem koleżanką Bruna.

– Dobrze, pomyślą, że obciągam synowi właściciela, i zostawią mnie na trochę w spokoju.

– Co ty mówisz.

– Tak to działa.

– Tu w środku?

– Wszędzie. Skończyłaś studia?

– Tak. Ale przytrafiło mi się coś o wiele wspanial-szego. Lila, napisałam powieść, wyjdzie w kwietniu.

Jej twarz była szara, jakby pozbawiona krwi, a mimo to zaczerwieniła się. Zobaczyłam, jak rumie-niec wspina się od gardła przez policzki aż po powieki, które zacisnęła, jakby się obawiała, że płomień spali jej źrenice. Potem wzięła moją rękę i pocałowała ją, wpierw z wierzchu dłoni, potem od środka.

– Bardzo się cieszę – wyszeptała.

Nie zwróciłam nawet uwagi na ten czuły gest, sku-piłam się na jej opuchliznach i ranach, starych i no-wych cięciach, z czego jedno było świeże i zaognione na lewym kciuku, i pomyślałam, że pod bandażem na prawej ręce znajduje się jeszcze gorsza rana.

– Co ci się stało?

Szybko cofnęła dłonie, schowała je do kieszeni.

– Nic. Gdy się obrabia mięso, łatwo zniszczyć palce.

– Obrabiasz mięso?

– Przesuwają mnie tam, gdzie chcą.

– Porozmawiaj z Brunem.

– Bruno jest tu największym bydlakiem. Pojawia się tylko po to, żeby zobaczyć, którą z nas może ze-rżnąć w dojrzewalni.

– Lila.

– To prawda.

– Źle się czujesz?

– Wyśmienicie. W chłodniach dają mi za godzinę dziesięć lirów więcej za złe warunki.

Mężczyzna zawołał:

– Cerullo, dwie minuty minęły.

– Już idę – odpowiedziała.

Wyszeptałam:

– Pani Oliviero nie żyje.

Wzruszyła ramionami, odparła:

– Było z nią źle.

Dodałam pospiesznie, bo zobaczyłam, że pracownik przy wózku zaczyna się niecierpliwić:

– Przekazała mi *Błękitną wróżkę*.

– Co to jest *Błękitna wróżka*?

Przyjrzałam się jej, żeby zrozumieć, czy naprawdę nie pamięta, wydała się szczera.

– Książka, którą *ty* napisałaś w wieku dziesięciu lat.

– Książka?

– Tak ją nazywałyśmy.

Lila zacisnęła usta, pokręciła głową. Wyraźnie się niecierpliwiła, obawiała się problemów w pracy, ale przede mną udawała taką, co może sobie na wszystko pozwolić. Pomyślałam, że powinnam już iść. Powiedziała:

– Minęło sporo czasu – i zadrżała.

– Masz gorączkę?

– Ależ skąd.

Odszukałam w torbie broszurkę, podałam jej. Wzięła, rozpoznała, ale nie pokazała żadnych emocji.

– Byłam zarozumiałą dziewczynką – burknęła.

Pospieszyłam z zaprzeczeniem.

– To opowiadanie jest nadal piękne – zapewniłam. – Przeczytałam je w całości i odkryłam, że zawsze miałam je w pamięci, choć tego nie wiedziałam. To z niego wzięła się moja książka.

– Z tej bzdury? – Zaśmiała się głośno, nerwowo. – W takim razie ten, kto ci ją wydaje, jest wariatem.

Mężczyzna zakrzyknął do niej:

– Cerullo, ja czekam.

– Odwal się – odpowiedziała.

Włożyła opowiadanie do kieszeni i wzięła mnie pod rękę. Ruszyłyśmy w stronę wyjścia. Pomyślałam, jak bardzo się dla niej wystroiłam i jak trudno było dotrzeć w to miejsce. Wyobrażałam sobie łzy, zwierzenia, rozmyślania, piękny poranek spędzony na wyznaniu win i pogodzeniu. A tu proszę, idziemy pod ramię, ona opatulona, brudna, zmęczona, ja przebrana za panienkę z dobrego domu. Powiedziałam, że Rinuccio jest ślicznym chłopcem i bardzo mądrym. Pochwaliłam jej sąsiadkę, zapytałam o Enza. Była szczęśliwa, że spodobał mi się jej synek, sama też pochwaliła sąsiadkę. Ale rozpaliła się dopiero na wspomnienie o Enzu, cała zajaśniała, stała się rozmowna.

– Jest uprzejmy – powiedziała – dobry, niczego się nie boi, jest bardzo inteligentny i uczy się po nocach, wie mnóstwo rzeczy.

Nigdy jeszcze nie słyszałam, aby o kimkolwiek tak mówiła. Zapytałam.

– Czego się uczy?

– Matematyki.

– Enzo?

– Tak. Przeczytał coś o komputerach, a może zobaczył reklamę, sama nie wiem, i to go zaciekawiło. Twierdzi, że komputer nie wygląda tak, jak przedstawiają go na filmach, kolorowe lampki, które się zapalają i gasną, pikając przy okazji. Twierdzi, że to kwestia języka.

– Języka?

W jej oczach dostrzegłam dobrze mi znaną drwinę.
– Nie taki język, którym pisze się powieści – odparła, a jej lekceważący ton, z którym wypowiedziała słowo „powieści", i towarzyszący temu uśmieszek
oburzył mnie. – To język programowania. Wieczorem, kiedy dziecko już śpi, Enzo zabiera się do nauki.
Jej dolna warga była spierzchnięta, spękana przez
zimno, twarz wyniszczona zmęczeniem. A mimo to
z taką dumą wypowiedziała: zabiera się do nauki. Zrozumiałam, że choć zastosowała trzecią osobę liczby
pojedynczej, nie tylko Enzo się tym interesuje.
– A ty co robisz?
– Siedzę przy nim: jest zmęczony i sam by zasnął.
Miło tak siedzieć razem, on powie jedno, ja powiem
drugie. Czy ty wiesz, co to jest schemat blokowy?
Pokręciłam przecząco głową. Wtedy jej oczy stały
się malutkie, puściła mój łokieć i zaczęła opowiadać,
by wciągnąć mnie w tę swoją nową pasję. Na dziedzińcu, pośród zapachu ogniska i smrodu zwierzęcego
tłuszczu, mięsa, nerwów, opatulona w kapotę i niebieski fartuch, z pociętymi dłońmi, rozczochrana, blada,
bez cienia makijażu, Lila nabrała energii i życia. Mówiła o sprowadzeniu wszystkiego do dwubiegunowo-
ści prawda–fałsz, o algebrze Boole'a i o wielu innych
kwestiach, o których nie miałam bladego pojęcia.
A mimo to jej słowa jak zwykle zdołały wywrzeć na
mnie silne wrażenie. Oczami wyobraźni zobaczyłam
skromne mieszkanie nocą, dziecko, które śpi w drugim pokoju; zobaczyłam Enza siedzącego na łóżku,
słaniającego się ze zmęczenia po pracy przy elektrowozie w Bóg wie jakiej fabryce; zobaczyłam ją po całym

dniu przy zbiornikach gotujących albo przy obróbce mięsa czy w chłodniach w temperaturze dwudziestu stopni poniżej zera, jak siedzi na pościeli obok niego. Zobaczyłam ich w cudownym świetle poświęcenia własnego snu, słyszałam głosy: ćwiczyli się w schemacie blokowym, w oczyszczaniu świata z tego, co zbędne, upraszczali czynności dnia codziennego według dwóch wartości prawdy: zera i jedynki. Tajemnicze słowa w nędznym pokoju, wypowiadane szeptem, by nie zbudzić Rinuccia. Dotarło do mnie, że choć w dobrej wierze i z życzliwością, przyszłam tutaj pełna pychy i że przemierzyłam taki szmat drogi, żeby pokazać jej to, co ona straciła, a co ja zyskałam. Ale ona to zrozumiała już w chwili, w której przed nią stanęłam, i teraz, ryzykując starcie z kolegami z pracy i finansową karę, uświadamia mi, że ja niczego nie zyskałam, że na świecie nie ma nic do zyskania, że jej życie zupełnie tak jak moje pełne jest różnorodnych i niedających się zaszufladkować przygód, że czas zwyczajnie płynie bez żadnego porządku i że miło jest spotkać się, żeby usłyszeć, jak szalone dźwięki jednego umysłu odbijają się echem w szalonych dźwiękach drugiego.

– Podoba ci się życie z nim? – zapytałam.

– Tak.

– Chcecie mieć więcej dzieci?

Przybrała minę udawanego rozbawienia.

– Nie jesteśmy razem.

– Nie?

– Nie, nie mam na to ochoty.

– A on?

– Czeka.

– Może jest dla ciebie jak brat.
– Nie, podoba mi się.
– To dlaczego?
– Nie wiem.

Stanęłyśmy przy ogniu, ona skinęła na strażnika.

– Uważaj na niego – powiedziała – gdy będziesz wychodzić, może oskarżyć cię o kradzież mortadeli tylko po to, żeby zrobić ci przeszukanie i całą obmacać.

Objęłyśmy się, pocałowałyśmy. Powiedziałam, że jeszcze się pojawię, że nie chcę jej znowu stracić, i mówiłam szczerze. Ona uśmiechnęła się, szepnęła:

– Tak, ja też nie chcę cię stracić.

Wyczułam, że ona też jest szczera.

Odeszłam bardzo poruszona. Trudno mi było się z nią rozstać, znowu ogarnęło mnie dawne przekonanie, że bez niej nie spotka mnie nic tak naprawdę ważnego, a mimo to czułam potrzebę, by uciec, by już nie czuć smrodu tłuszczu, którym cała przesiąkła. Po kilku szybkich krokach nie wytrzymałam, odwróciłam się, by jeszcze raz jej pomachać na pożegnanie. Stała obok ognia, pozbawiona kobiecych kształtów w opatulającym ją ubraniu i przeglądała *Błękitną wróżkę*. Nagle wrzuciła broszurkę w płomienie.

125.

Nie powiedziałam jej, ani o czym opowiada moja książka, ani kiedy pojawi się w księgarniach. Nie powiedziałam jej nawet o narzeczonym, o naszych planach, by pobrać się za dwa lata. Jej życie wzięło górę i poświęciłam wiele dni, żeby swojemu przywrócić wyraźne kontury i znaczenie. Ostatecznie wróciłam do siebie – ale jakiej siebie? – gdy otrzymałam wstępny wydruk książki: sto trzydzieści dziewięć stron, gruby papier, słowa z zeszytu uwiecznione przez moją rękę, które dzięki pismu drukowanemu brzmiały przyjemnie obco.

Spędziłam wiele szczęśliwych godzin na czytaniu, powracaniu, poprawianiu. Na zewnątrz było zimno, lodowaty wiatr wdzierał się przez nieszczelne okna. Siedziałam przy kuchennym stole wraz z Giannim i Elisą, którzy odrabiali lekcje. Moja matka krzątała się wokół nas, ale z zaskakującą ostrożnością, aby nie przeszkadzać.

Wkrótce znowu pojechałam do Mediolanu. Przy tej okazji po raz pierwszy w życiu pozwoliłam sobie na taksówkę. Po całym dniu pracy nad ostatnimi poprawkami łysy redaktor powiedział:

– Każę zawołać dla pani taksówkę.

Nie potrafiłam odmówić. Gdy z Mediolanu pojechałam do Pizy, na stacji rozejrzałam się wkoło i pomyślałam: dlaczego nie, będę jeszcze raz jak wielka dama. Ta sama pokusa pojawiła się znowu, kiedy wysiadłam w Neapolu, w chaosie na piazza Garibaldi. Przyjemnie byłoby przyjechać do dzielnicy w taksówce, siedząc wygodnie na tylnym siedzeniu, z kierowcą do moich usług, który pod bramą otworzy mi drzwi. Ale zabrakło mi odwagi, wróciłam autobusem. Musiałam jednak mieć w sobie coś, co sprawiało, że wyglądałam inaczej, bo kiedy przywitałam się z Adą, która wyszła z córeczką na spacer, ona spojrzała na mnie roztargnionym wzrokiem i przeszła obok. Potem jednak zatrzymała się, cofnęła i powiedziała:

– Jak ty ślicznie wyglądasz, nie poznałam cię, jesteś jakaś inna.

W pierwszej chwili byłam zadowolona, ale już wkrótce zrobiło mi się przykro. Co to za korzyść stać się kimś innym? Chciałam zostać sobą, zostać związana z Liną, z podwórkiem, z utraconymi lalkami, z don Achillem, ze wszystkim. To był jedyny sposób, by naprawdę odczuwać wagę tego, co właśnie mi się przytrafiło. Z drugiej strony trudno oprzeć się przemianom, a w tamtym okresie mimowolnie zmieniłam się bardziej niż podczas lat spędzonych w Pizie. Na wiosnę wyszła książka, która w większym stopniu niż uniwersytecki dyplom obdarzyła mnie nową tożsamością. Kiedy pokazałam ją matce, ojcu, rodzeństwu, w milczeniu podawali ją sobie, jednak nie wertowali. Z niepewnymi uśmiechami spoglądali na okładkę, wyglądali jak agenci policji mający do czynienia z fałszywym dokumentem. Mój ojciec stwierdził:

– To moje nazwisko. – Ale powiedział to bez satysfakcji, jak gdyby zamiast odczuwać dumę, odkrył nagle, że ukradłam mu pieniądze z kieszeni.

Dni mijały, w gazetach pokazały się pierwsze recenzje. Czytałam z drżeniem, raniona przez najmniejsze nawet słowo krytyki. Te najbardziej przychylne odczytałam rodzinie na głos, mój ojciec jaśniał. Elisa zaś powiedziała drwiąco:

– Powinnaś podpisać Lenuccia, Elena brzmi okropnie.

W tamtych burzliwych dniach matka kupiła album na fotografie i zaczęła wklejać do niego wszystko, co dobrego pisano o mnie. Któregoś ranka zapytała:

– Jak nazywa się twój narzeczony?

Wiedziała, ale coś chodziło jej po głowie i żeby mi to zakomunikować, wolała tak zagaić.

– Pietro Airota.

– Więc ty też będziesz nazywać się Airota.

– Tak.

– I jeśli napiszesz kolejną książkę, na okładce pojawi się Airota?

– Nie.

– Dlaczego?

– Bo Elena Greco mi się podoba.

– Mnie też – odparła.

Ale nigdy mnie nie przeczytała. Ani mój ojciec, ani Peppe, Gianni, Elisa, na początku w ogóle nikt w dzielnicy mnie nie przeczytał. Któregoś ranka przyszedł fotograf, trzymał mnie dwie godziny, wpierw w parku, potem na głównej ulicy, później przed wjazdem do tunelu. Jedno ze zdjęć wyszło w „Il Mattino", spodziewałam się, że przechodnie będą mnie zatrzymywać na ulicy, że przez ciekawość przeczytają. Ale nikt, nawet Alfonso, Ada, Carmen, Gigliola, Michele Solara, któremu alfabet nie był przecież tak obcy jak bratu, nikt nigdy mi nie powiedział: twoja książka jest piękna, albo: twoja książka jest brzydka. Witali się tylko serdecznie i każdy szedł w swoją stronę.

Z czytelnikami po raz pierwszy miałam do czynienia w Mediolanie. Szybko odkryłam, że na spotkaniu szczególnie zależało Adele Airocie, która na odległość śledziła losy książki i przyjechała z Genui specjalnie na prezentację. Przyszła do hotelu, przez całe popołudnie dotrzymywała mi towarzystwa, z dyskrecją starała się mnie uspokoić. Ręce mi drżały i nie chciały przestać, z trudem formułowałam słowa, w ustach czułam gorycz. Byłam rozgniewana na Pietra za to, że został w Pizie, miał jakieś zajęcia. Mariarosa natomiast, która mieszkała w Mediolanie, wpadła jeszcze przed spotkaniem, potem musiała uciekać.

Do księgarni poszłam przerażona. Salka była pełna, weszłam ze spuszczonym wzrokiem. Czułam, że zaraz zemdleję z wrażenia. Adele witała się z wieloma obecnymi, to byli jej przyjaciele i znajomi. Usiadła w pierwszym rzędzie, rzucała mi pełne otuchy spojrzenia, od czasu do czasu odwracała się, by porozmawiać z panią w jej wieku, która siedziała za jej plecami. Do tej chwili przemawiałam publicznie tylko dwa razy, zmuszona przez Franca, a na publiczność składało się sześciu czy siedmiu jego towarzyszy partyjnych, którzy uśmiechali się do mnie z wyrozumiałością. Teraz sytuacja przedstawiała się inaczej. Miałam przed sobą ze czterdzieści obcych osób o wyrafinowanych i mądrych twarzach, w większości zmuszonych do przyjścia przez autorytet państwa Airota, którzy w milczeniu wpatrywali się we mnie spojrzeniem pozbawionym sympatii. Miałam ochotę wstać i uciec.

Ale obrzęd właśnie się rozpoczął. Pewien stary krytyk, bardzo wówczas szanowany profesor uniwersytecki, wypowiedział się o mojej książce w samych superlatywach. Nic nie dotarło do mnie z jego przemowy, myślałam tylko o tym, co sama mam powiedzieć. Zwijałam się na krześle, bolał mnie brzuch. Świat gdzieś odpłynął w bałaganie, a ja nie potrafiłam odnaleźć w sobie władzy, by go z powrotem przywołać i uporządkować. Ale udawałam swobodę. Kiedy przyszła moja kolej, mówiłam, byleby coś powiedzieć, byleby nie milczeć, i z przesadą gestykulowałam, z przesadą wykazałam się literacką wiedzą, z przesadą popisywałam się klasycznym wykształceniem. Potem zapadła cisza.

Co myśleli o mnie ludzie, których miałam przed sobą? Jak mój wywód oceniał siedzący u mojego boku krytyk i profesor? A czy Adele za przychylną miną nie skrywała żalu, że mnie wsparła? Kiedy spojrzałam na nią, od razu uświadomiłam sobie, że oczami błagam o otuchę, o jakiś znak aprobaty, i zawstydziłam się z tego powodu. Tymczasem profesor dotknął mojego ramienia uspokajająco i zachęcił publiczność do pytań. Wielu z zażenowaniem popatrzyło na własne kolana, na podłogę. Jako pierwszy odezwał się pewien dojrzały pan w grubych okularach, bardzo znany obecnym, ale nie mnie. Adele, jak tylko usłyszała jego głos, skrzywiła się z rozdrażnieniem. Mężczyzna długo mówił o upadku edytorstwa, które goniło za zyskiem, a nie za jakością literatury; potem przeszedł do handlowej umowy krytyków i gazet; na koniec skupił się na mojej książce, wpierw z ironią, potem, kiedy przytoczył śmiałe strony, z wyraźną wrogością. Zaczerwieniłam się i w odpowiedzi wybełkotałam jakieś ogólniki niemające nic wspólnego z tematem. W końcu przerwałam wycieńczona i wpatrzyłam się w stół. Profesor--krytyk dodawał mi odwagi uśmiechem, wzrokiem, sądząc, że chcę mówić dalej. Kiedy uświadomił sobie, że nie mam takiego zamiaru, zapytał krótko:

– Inne pytania?

W głębi salki podniosła się ręka.

– Proszę.

Jakiś wysoki młodzieniec o długich zmierzwionych włosach, wielkiej, gęstej czarnej brodzie odezwał się z pogardą w głosie – polemizował z poprzednikiem i czasami nawet z wprowadzeniem poczciwego człowieka, który siedział obok mnie. Powiedział, że żyjemy w kraju prowincjonalnym, gdzie każda okazja jest dobra, aby wylać własne żale, a tymczasem nikt nie zamierza zakasać rękawów i zreorganizować wszystkiego tak, aby działało jak należy. Potem przeszedł do wychwalania innowatorskiej siły mojej powieści. Poznałam go przede wszystkim po głosie, to był Nino Sarratore.